박세당 사변록 연구

저자 소개

김형찬 고려대학교 철학과 교수
이영호 성균관대학교 동아시아학술원 교수
강지은 국립대만대학 국가발전대학원 교수
김태년 퇴계학연구원 전임연구원
한재훈 연세대학교 국학연구원 연구교수
김용흠 연세대학교 국학연구원 연구교수
신창호 고려대학교 교육학과 교수
김용재 성신여자대학교 한문교육과 교수
정일균 서울대학교 사회학과 교수
함영대 국립경상대학교 한문학과 교수
이희재 전 광주대학교 중국학과 교수
付星星 貴州大學 文學與傳媒學院 敎授

박세당 사변록 연구

초판 1쇄 발행   2020년 12월 30일

지은이 | 김형찬 외
펴낸곳 | (주)태학사
등록 | 제406-2020-000008호
주소 | 경기도 파주시 광인사길 217
전화 | 031-955-7580
전송 | 031-955-0910
전자우편 | thspub@daum.net
홈페이지 | www.thaehaksa.com

편집 | 조윤형 최형필 김성천
디자인 | 이보아 이윤경
마케팅 | 김일신
경영지원 | 정충만
인쇄·제책 | 영신사

ⓒ 김형찬 외, 2020. Printed in Korea.

값 32,000원

ISBN 979-11-90727-51-8 93810

박세당 사변록 연구

朴世堂 思辨錄 研究

김형찬 외 지음

태학사

책머리에

　서계(西溪) 박세당(朴世堂)과 관련된 연구와 성과를 단행본으로 엮어 학계에 제공하려는 시도는 이전부터 꾸준히 지속되어 왔다. 특히 실학에 대한 연구가 한국학의 중요한 자산으로 평가받으면서, 그 선구자로서 업적을 평가받고 있는 인물 백호(白湖) 윤휴(尹鑴)와 서계 박세당에 대한 연구는 이전부터 활발하게 이루어져 왔다.

　그중 서계는 당대에 주자학에 대한 비판적인 입장을 강하게 드러내면서 여러 경서에 걸쳐 두루 그 입장을 드러낸 학자였다. 근래에 단행본으로 출간된 『서계 박세당 연구』는 윤사순 선생을 비롯하여 각계의 서계에 대한 중후한 연구 성과를 집성한 것으로, 학계에 신선한 자극을 주었다.

　서계의 경학 방면의 연구 성과인 『사변록』은 그의 다른 문집보다 앞서 번역되고 연구될 정도로 학계에 주목을 받았으며, 1960년대 이래 현재까지도 꾸준히 연구되어 학계에 발표되고 있다.

　이 책은 바로 이러한 서계 연구를 집성하려는 시도 가운데 하나이며, 『사변록』에 대한 최근 20년간의 최신 연구 성과를 집성한 것이다. 이제까지의 『사변록』을 둘러싼 학술계의 방향으로부터 『사변록』의 개별 경전으로서 연구 성과로 제출된 단편 논문들 가운데 학계에 일익이 될 만한 논문들을 선별하여 엮어 놓았다. 수록된 논문들 중에는 이미 고인이 되신 분의 논문도 있으며, 외국 학자의 논문을 번역하여 수록한 것도 있는데, 이는 가급적 『사변록』 전체의 연구 성과를 수록하고자 하였기 때문이며, 의미 있는 성과로 평가받는 논문에 대해서는 같은 주제이더라도 여러 편을 모으는 것을 마다하지 않았다.

이러한 다방면의 논문을 모을 수 있었던 데에는 최초로 『사변록』 학술대회를 기획하고 진행을 도와주셨던 세명대학교 김종수 선생님의 도움이 컸다. 그리고 학술대회의 성과는 물론 곳곳에 산재한 논문을 성의 있게 모아 규모 있는 단행본으로 묶일 수 있도록 진행을 도와주셨던 경상대학교 함영대 선생님의 노고에 마음 깊이 감사드린다.

이번 책의 출간을 준비할 즈음에 태학사 지현구 회장님과 책의 편집을 맡은 조윤형 편집주간님이 서계고택을 방문해 주셨는데, 그때 두런두런 말씀 나누며 주고받은 대화가 새삼 정겹게 떠오른다.

앞으로도 『사변록』 재번역을 비롯하여 서계 선생의 학문을 꾸준히 학계에 알려 나갈 일이 남아 있다. 그러한 가운데 우선 이 책의 출간으로 서계 선생의 연구 성과에 한 걸음 더 내딛게 된 것을 뜻깊게 생각하며, 다시금 이 책의 출간을 위해 노고를 마다하지 않으신 많은 분들께 깊은 감사의 인사를 드린다.

2020년 12월 서계고택에서
서계문화재단 이사장 박용우

차례

삼경부(三經部)

서론

緒論

사문난적斯文亂賊 논란과 사서四書의 재해석
박세당의 『사변록』과 김창협의 비판을 중심으로[1]

김형찬

1. 머리말

성리학을 국가 이념으로 삼았던 조선(1392~1910)에서 사서(四書)는
국가 이념의 근간이 되는 경전으로서 절대적인 권위를 가지고 있었다.
그리고 그에 대한 이해의 기준이 된 것은 주희(朱熹)의 해석이었다. 그
렇다고 해서 주희의 해석 외에 다른 해석이 전혀 용인되지 않았던 것은
아니었다. 주희와 다른 방식으로 『대학(大學)』의 장(章)을 나눈 학자도
있었고,[2] 주희보다는 공맹유학(孔孟儒學) 또는 고학(古學)의 관점을 강조

---

1 이 논문은 2011학년도 고려대학교 문과대학 특별연구비에 의하여 수행된 연구로, 2012년
4월 29일 중국인민대학(中國人民大學)에서 개최된 '국제사서학학술연토회(國際四書學學
術研討會)'[주최: 중국인민대학 국학원(中國人民大學 國學院), 국제중국학회(國際中國學
會), Journal of Chinese Philosophy 잡지사(雜誌社)]에서 발표된 논문 「朝鮮後期"斯文亂
賊之禍"與四書的再解釋」을 수정 보완한 것임.
2 대표적인 학자로 이언적[李彦迪, 1491~1553, 호는 회재(晦齋)]을 들 수 있다. 주희의 『대
학장구(大學章句)』와 장을 달리 나누어 그가 편찬한 「대학장구보유(大學章句補遺)」의 내
용과 그 의의에 관한 상세한 내용은 김진성(2010), 「회재 이언적의 철학사상 연구: 『대학

한 학자도 있었다.[3] 그런데 17세기 말~18세기 초에 조선에서 사서를 포함한 유학경전(儒學經典)의 이해를 두고 벌어진 '사문난적(斯文亂賊) 논란'은 당시 조선의 유력한 지식인 정치가였던 윤휴[尹鑴, 1617~1680, 호는 백호(白湖)]와 박세당[朴世堂, 1629~1703, 호는 서계(西溪)]을 죽음에까지 이르게 하였다.

20여 년 사이에 벌어진 유사한 성격의 두 사건은 지식인 관료가 지배했던 조선 사회가 국가 이념에 대한 논의를 근본적으로 제한하는 매우 경직된 사회로 변해 감을 상징하는 것이었다. 그 이후 지식인 관료들의 지적(知的) 논쟁은 현실 문제에 대한 학문적 대안을 모색하는 차원에 그치지 않고 현실 정치에서 권력투쟁의 방편으로 이용되는 경향이 매우 강해졌다. 윤휴의 경우는 당시 조선의 지식인 사회와 정치권력을 양분하고 있던 서인(西人)과 남인(南人) 사이의 권력투쟁에서 남인 측의 대표적 논객 중 한 사람으로서 목숨을 잃은 것이었다. 한편 박세당은 서인 내에서 갈라진 노론(老論)과 소론(少論)의 권력투쟁에서 소론 측의 지식인 관료로서 희생되었다. 사문난적으로 몰려서 죽임을 당한 이 두 사람뿐 아니라, 이들을 죽음으로 몰고 갔던 서인 노론의 수장(首長)인 송시열[宋時烈, 1607~1689, 호는 우암(尤庵)] 역시 사사(賜死)된 것은 마찬가지였다.

이같이 치열했던 권력투쟁 과정에서 벌어졌던 사문난적 논란에 정치적 의도가 개입되었다는 사실을 부정할 수는 없다. 하지만 그것이 단지 지식을 도구로 삼은 권력투쟁에 불과한 것이었는지에 대해서는 신중하

장구」 개정을 중심으로」, 성균관대학교 대학원 박사학위논문 참조.
3 대표적인 학자로 허목[許穆, 1595~1682, 호는 미수(眉叟)]을 들 수 있다. 허목 사상의 고학적(古學的) 성격에 관한 내용은 김형찬(2009a), 「경외(敬畏)에서 감응(感應)으로: 미수 허목의 퇴계학 계승에 관한 고찰」, 『철학』 98, 한국철학회 참조.

게 생각해 볼 필요가 있다. 윤휴와 박세당은 주자학을 국가 이념의 기준으로 삼았던 당시 조선에서 정치권의 중심에 있던 인물들이다. 그럼에도 이들이 주희의 관점과 달리 경전을 해석하고, 때로는 주희를 직접 비판하기도 했던 이유는 무엇이었을지 생각해 보아야 할 것이다. 그것은 당시 국정을 책임지고 있던 지식인들 사이에서 국가 이념으로서의 주자학이 가진 한계에 대한 근본적인 고민이 있었다는 사실을 드러내는 것이고, 또한 그러한 그들의 학문적 대안 모색이 주자학에 대한 비판을 통해 이루어졌음을 보여 주는 것이기도 하다.

본 논문에서는 박세당의 사서(四書) 재해석과 그에 대한 김창협[金昌協, 1651~1708, 호는 농암(農巖)]의 비판을 통해 당시 집권층 지식인의 그러한 문제의식을 고찰할 것이다.4 박세당은 『사변록』에서 사서와 함께 『시경(詩經)』과 『서경(書經)』도 다루었다. 하지만 현재 남아 있는 자료5를 살펴볼 때, 노론에서 직접 문제로 삼아 비판의 초점이 된 것은 사서에 대한 『사변록』의 재해석이었다. 그것은 그만큼 사서의 해석 문제가 중요했다는 의미일 것이다. 그러므로 본 논문에서는 특히 박세당의 『사변록』과 그를 공격했던 서인 노론의 입장을 사서에 대한 해석 논의를 중심으로 비교 검토할 것이다. 이를 통해 박세당이 주자학에 대해 가졌던 문제의식과 그 대안은 무엇이었는지 검토하고, 이를 공격했던 노론이 문제시했던 점은 무엇이었는지 밝히고자 한다.6

---

4 윤휴는 사서오경(四書五經) 전반에 걸쳐 나름의 새로운 해석을 시도했고, 주자학을 넘어서 고학(古學)으로 돌아가려 했다. 그의 학문적 성격과 그 해석의 특성에 대해서는 이미 김형찬(2009b, 「합리적 이해와 경건한 섬김: 백호 윤휴의 퇴계학 계승에 관한 고찰」, 『퇴계학보』 125, 퇴계학연구원)의 논문에서 검토한 바 있다.

5 김창협이 권상유(權尙游)에게 보낸 두 통의 편지인 「여권유도논사변록변(與權有道論思辨錄辨)」과 「여권유도재론사변록변(與權有道再論思辨錄辨)」을 말한다. 이에 관해서는 다음 장에서 설명한다.

본 논문에서 주목하는 논점은 세 가지이다. 우선 박세당이 사서를 재검토하며 주자학을 비판한 기본적인 입장은 무엇이며, 그에 대한 김창협의 평가는 어떠한가 하는 것이다. 그다음 두 가지는 박세당의 주자학 비판 중 김창협이 특히 문제 삼았던 쟁점으로서, '성즉리(性卽理)'와 '격물치지(格物致知)'에 관한 이해의 문제이다. 당시 논란의 내용 대부분은 사서에 대한 해석의 문제였지만, 본 논문의 목적은 논란이 된 사서의 구절들에 대한 적절한 해석을 찾는 데 있지 않다. 사서는 당시 국가 이념의 근거가 되는 경전이었기에 박세당의 재해석은 바로 국가 이념 또는 주자학 체계에 대한 재해석을 의도한 것이었다고 볼 수 있다. 그 때문에 김창협·권상유[權尙游, 1656~1724, 호는 구계(癯溪)]를 비롯한 노론의 입장에서는 이에 대한 전면적인 논파를 시도하려 했을 것이다. 본 논문에서는 주자학의 기본 명제인 '성즉리', 그리고 주자학의 인식론적 기반이 된 '격물치지' 해석을 둘러싼 논란을 통해 박세당의 재해석이 가지는 의미와 함께 당시 사문난적 논란이 가지는 의의를 고찰할 것이다.

2. 논란의 배경

박세당은 40세(1668, 현종 9) 이후 벼슬에서 물러나 수락산 석천동에

---

6 이 논문의 문제의식은 졸고, 「안동 김문(安東金門)의 지식 논쟁과 지식 권력의 형성: 농암 김창협의 학문적 입장을 중심으로」(『민족문화연구』 56, 고려대 민족문화연구원, 2012)를 집필하면서 비롯되었다. 위 논문에는 김창협의 입장에서 박세당의 『사변록』에 대한 비판을 검토한 내용이 포함되어 있다. 그런데 집필 과정에서 이 문제에 대한 공정한 평가를 위해서는 박세당의 입장에서 이 논란을 좀 더 구체적으로 재검토할 필요가 있다고 판단하게 되었고, 그 결과가 바로 이 논문이다. 따라서 두 논문 사이에는 일부 내용의 중복과 관점의 대립이 있을 수 있음을 밝혀 둔다.

은거하며 주로 학문적 탐구와 교육에 전념한 학자였다. 하지만 그는 예송논쟁(禮訟論爭)·회니시비(懷尼是非) 등 당시 당파를 가르는 주요 논쟁의 배후에서 영향력을 행사한 인물로 알려져 있고, 그의 아들 박태유(朴泰維)·박태보(朴泰輔)는 바로 송시열 및 그의 문인들과 정면으로 맞서면서 노론과 소론이 갈라서게 되는 데 중요한 역할을 한 인물들이었다.[7] 이러한 배경을 고려한다면 1680년 송시열에 의해 사문난적으로 몰려 사사된 윤휴의 죽음이 가지는 정치적 의미에 대해 박세당 자신이 충분히 알고 있었음을 추측할 수 있다. 이는 당시의 상황에서 유학 경전에 대해 주희와 다른 관점을 주장하거나 혹은 주희를 직접 비판할 경우 초래될 수 있는 결과에 대해서, 다시 말해서 그것이 단지 학문적인 논란에 그치는 것이 아니라 정치적인 권력투쟁에 이용될 수 있다는 사실에 대해서 그가 잘 알고 있었다는 것을 뜻한다. 그럼에도 박세당이 사서와 시경·서경에 대해 조목조목 주희의 견해를 비판하며 자신의 견해를 주장한 것을 보면, 지배층 지식인으로서 주자학을 근본적으로 다시 성찰하려 했던 그의 고민이 대단히 진지하고 절실했으리란 것을 짐작할 수 있다.

박세당이 『사변록』을 저술한 것은 52세(1680년)~65세(1693년)였다. 이 시기는 1627년 정묘호란과 1636년 병자호란이라는 국가 존망의 외침(外侵)을 겪은 뒤, 그 충격과 여파가 여전히 남아 있던 때였다. 전쟁에 패한 뒤에도 기존 지배층이 그대로 유지되는 상황에서 집권층에게 통치 질서의 재확립은 매우 절박한 일이었다. 그 사이에 벌어진 두 차례

---

7 노론과 소론의 분열 과정에서 박세당의 역할에 대한 상세한 내용은 김용흠(1996), 「조선 후기 노·소론 분당의 사상 기반」, 『학림(學林)』 17, 연세대학교 사학연구회 참조. 김용흠은 이 논문에서 박세당과 그의 두 아들이 "노·소론 분열과 회니시비(懷尼是非)를 주도"(72쪽)하였다고 평가하였다.

의 예송(1659년 기해예송, 1674년 갑인예송)과 회니시비(1681년) 등 정권의 향배를 가른 일련의 사건들도 바로 국가의 기강을 다시 세우고 국정 운영의 방향을 결정하는 과정에서 발생한 것이었다.[8]

박세당의 『사변록』이 세상의 주목을 받기 시작한 것은 저술 뒤 10년이 지나서였다. 그는 병자호란 당시 패배의 굴욕을 기록한 '삼전도비(三田渡碑)'의 비문을 썼던 이경석[李景奭, 1595~1671, 호는 백헌(白軒)]이 사망하자 그의 신도비명(神道碑銘)을 써 주면서 이경석이 삼전도비 비문을 쓴 불가피한 상황을 인정하고, 그러한 이경석을 비판한 송시열이 부당함을 지적하였다.[9] 이 문제는 바로 병자호란 때의 대응 방식에 대해 노론과 소론을 가르는 핵심적인 입장 차이를 다시 확인하는 것이었다. 송시열은 이미 죽은 후였지만, 그의 유지(遺志)를 계승하며 대명의리(對明義理)의 사수(死守)와 북벌(北伐)에 의한 복수설치(復讐雪恥)를 주장했던 노론 측에서는 박세당을 공격하였고, 그 과정에서 박세당의 『사변록』이 세상에 알려지게 되면서 비판의 초점이 되었다.

박세당과 그의 『사변록』에 대한 노론 측의 비판이 거세지자 숙종은 『사변록』을 논파하라는 명(命)을 내렸다. 그 명을 받은 노론 측의 권상유는 「사변록변(思辨錄辨)」을 작성하면서 동문 학자인 김창협에게 검토해 줄 것을 청하였고, 김창협은 권상유의 글을 읽어본 뒤 장문의 편지

---

8 두 차례의 예송(禮訟)은 왕실(王室)의 상례(喪禮)에 대해 일반 선비 집안의 예법과 달리 예외성을 인정할 것인가를 두고 벌어진 논쟁으로서, 국정 운영에서 왕과 지식인 관료의 위상을 둘러싼 남인과 서인 사이의 논쟁이었다. 한편 회니시비(懷尼是非)는 윤선거의 비문을 둘러싸고 그의 아들인 윤증과 송시열 사이에 벌어진 사건으로서, 병자호란과 같은 국난 시의 처신에 대한 입장 차이를 드러낸 논란이었다.

9 김용흠(1996)은 이 문제에 대한 양측의 입장을 다음과 같이 구분하였다. "대신이 단순히 개인의 절개에만 얽매이게 되면 백관을 통솔할 수 없게 된다는 것이 박세당의 생각"(74쪽)이었고, 이에 대하여 송시열과 그 문인들의 논리는 "송시열의 '춘추의리(春秋義理)'에 입각한 세도론(世道論)"(76쪽)이었다는 것이다.

두 통을 보냈다. 권상유의 「사변록변」은 전해지지 않지만, 김창협의 편지 두 편[「여권유도논사변록변(與權有道論思辨錄辨)」·「여권유도재론사변록변(與權有道再論思辨錄辨)」]은 남아 있어 당시 노론의 입장을 구체적으로 엿볼 수 있다.

3. 행원行遠과 자이自邇

김창협은 「여권유도논사변록변」에서 박세당의 『사변록』 「서문」에 대해 깊이 논의할 만한 가치도 없다고 가볍게 평가하였다. 그는 우선 「서문」의 뜻을 살펴보면, "정자(程子)와 주자(朱子)의 경설(經說)을 그다지 깊고 정밀, 완비된 취지로 여기지 않았다"고 평한 뒤, "자신의 생각을 여러 뛰어난 설들이나 조금이라도 좋은 설들 사이에 의탁한 것이지 곧바로 집대성했다고 자처한 것은 아니"므로 크게 논란을 삼을 것이 없다고 하였다.[10] 그러나 그는 『사변록』의 구체적인 내용을 점검해 들어가면서 박세당의 주장이 주희의 설에 어긋남에 대해서는 매우 강하게 비판하였다. 특히 두 번째 편지인 「여권유도재론사변록변」에서는 박세당이 주희의 설에 대해 흠을 잡아 제멋대로 비판하고 있다며 박세당을 사문난적으로 몰아갔다.[11]

---

10 金昌協, 『農巖集』(韓國文集叢刊本) 卷162, 「與權有道論思辨錄辨」, 21a. "竊詳序文之意, 固以程朱經說, 爲未極深遠精備之趣, 而若其所謂博集衆長, 不棄小善者, 則乃是泛論, 道理如此而姑自託於衆長小善之間, 非直以大成自處也. 設或隱然有此意, 以文字則未見其必然, 恐不必苟摘而深論也."[이하 『農巖集』의 인용문 번역은 『국역 농암집』(송기채 외 역주), 민족문화추진회, 2001~2008을 참고하여 문맥에 따라 수정하였다.]

11 金昌協, 『農巖集』(韓國文集叢刊本) 卷162, 「與權有道再論思辨錄辨」, 33b; 『農巖集』(韓國文集叢刊本) 卷162, 36c~d; 『農巖集』(韓國文集叢刊本) 卷162, 39b.

실제로 박세당의 『사변록』 「서문」을 자세히 읽어 보면, 김창협의 말처럼 그냥 가벼이 볼 내용은 아님을 알 수 있다. 「서문」에는 박세당이 『사변록』을 쓰게 된 문제의식과 이 책에서 제시하고자 한 관점이 명확히 기술되어 있다. 김창협이 그 의미를 이해하지 못했을 리 없었으리라는 점을 고려한다면, 위와 같은 김창협의 평가는 박세당의 『사변록』을 평가절하하려는 의도된 것이었다고 볼 수 있다.

박세당은 『중용』에 나온 "먼 곳을 가려면 반드시 가까운 곳에서 출발해야 한다."[12]는 말을 인용하면서, 당시 학문하는 세태를 비판하고 유학 경전을 이해하는 자신의 입장을 밝혔다.

지금 육경(六經)에서 구하는 것은 모두 그 얕고 가까운 것을 뛰어넘어 깊고 먼 것으로 달려가며, 그 소박하고 소략한 것은 소홀히 하고서 정밀하고 완비된 것만을 엿보고 있으니, 그 어둡고 어지러우며 빠지고 자빠져서 아무런 소득도 없는 것은 이상할 것이 없다. 저들은 다만 그 깊고 멀고 정밀하고 갖추어진 것을 읽지 못할 뿐만 이니라, 그 얕고 가깝고 소박하고 소략한 것마저도 모두 잃게 된다.[13]

깊고 먼 것을 좇느라 얕고 가깝고 소박하고 소략한 것마저 모두 잃게 될 것이라는 이러한 주장은 물론 당시 학자들의 학문 경향에 대한 비판이었다. 그런데 이러한 비판은 새로운 것이 아니었다. 사실상 주자학을

---

12 朴世堂, 『西溪全書』(下), 「思辨錄」, 2a; 『中庸章句』 제15장. "君子之道, 辟如行遠必自邇, 辟如登高必自卑."

13 朴世堂, 『西溪全書』(下), 「思辨錄」, 2b. "今之所求於六經, 率皆躐其淺邇而深遠是馳, 忽其粗略而精備是規, 無怪乎其眩督迷亂沈溺顚躓而莫之有得, 彼非但不得乎其深遠精備而已, 幷與其淺邇粗略而盡失之矣." [이하 「사변록」의 인용문 번역은 『국역 사변록』(민족문화추진회 역주, 민족문화추진회, 1967)을 참고하여 문맥에 따라 수정하였다.]

지리(支離)한 학문으로 몰아세운 왕수인(王守仁)의 비판 역시 이러한 맥락에 있었다. 퇴계(退溪) 이황(李滉, 1501~1570)이 「전습록변(傳習錄辨)」을 써서 양명학을 비판했을 때, 주자학에 대한 왕수인의 비판이 전혀 일리가 없는 것은 아니라고 인정했던 점도 바로 이러한 문제 때문이었다.[14] 중국에서는 이미 명나라 시기부터 양명학이 득세를 했지만, 조선에서는 이황의 『전습록』 비판을 계기로 양명학은 학자들의 관심권에서 멀어졌다.

이황이 지은 「전습록변」의 요지는, 양명학의 주자학 비판은 타당성이 없는 것은 아니지만, 그렇다고 해서 양명학이 주자학의 대안이 될 수는 없다는 것이었다. 이에 이황이 택한 방법은 주자학을 양명학으로 대체하기보다는 양명학에서 비판한 주자학의 약점을 보완하는 것이었다.[15] 이황은 이러한 문제의식을 기반으로 주자학의 형이상학화를 경계하고 도문학(道問學, 이론 학습)과 존덕성(尊德性, 덕성 함양)을 겸비한 학문으로서 주자학을 재해석하며 조선성리학을 발전시켰다.[16] 그러나 이황의 이러한 노력에도 불구하고, 현실의 가까운 문제보다는 고상한 이기심성(理氣心性) 논의에 치중하는 주자학의 경향성을 근본적으로 바꿀 수는 없었다. 그러한 경향은 박세당이 처했던 17~18세기 조선에서 더

---

14 李滉, 『退溪集』(韓國文集叢刊本) 卷30, 「傳習錄辨」, 417c~d.
15 이에 관한 이황(李滉)의 입장에 대해서는 김형찬(Kim Hyoung-chan, 2007), "Toegye's Philosophy as Practical Ethics: A System of Learning, Cultivation, and Practice of Being Human", Korea Journal Vol.47 No.3, Korean National Commission for UNESCO 참조.
16 주희가 본래 이론 학습에만 치중했는가 하는 것은 별개의 문제이다. 주희 역시 당시 후학들의 이론 학습 편중 경향을 경계하며 이론 학습과 덕성 함양의 병행이 필요하다는 것을 강조하였다. 하지만 주희의 당대는 물론 그 이후에도 주자학을 따르는 학자들 사이에서 이론 학습 또는 형이상학적 논의에 치중하는 경향이 나타났다는 것은 부정할 수 없는 사실이다. 이황이나 박세당이 비판하고 경계한 것도 바로 이러한 주자학의 '경향성(傾向性)'이었다.

심해졌고, 박세당은 바로 그러한 주자학과 조선 유학의 경향성을 비판한 것이었다.

물론 박세당이 주자를 전면적으로 비판하기만 한 것은 아니었다. 그 역시 주희와 정이(程頤) 덕택에 "육경의 뜻이 환하게 다시 세상에 밝혀졌다."[17]며 주희를 높이 평가하였다. 그런데 박세당이 바람직한 학문 방법으로 제시한 것이 실제로 주희의 학문 방법인지는 재고해 보아야 할 것이다.

대체로 가까운 것은 미치기가 쉽고, 얕은 것은 재어 헤아리기가 쉽고, 소략한 것은 얻기가 쉽고, 소박한 것은 알기가 쉬운 것이다. 그 도달한 것을 바탕으로 차츰 멀리 가고 또 멀리 간다면, 그 먼 곳 끝까지 갈 수 있을 것이다. 그 헤아린 것을 바탕으로 점점 깊이 들어가고 또 깊이 들어간다면, 그 깊은 곳 끝까지 들어갈 수 있을 것이다. 그 얻은 것을 바탕으로 조금씩 더 갖추어 가고, 그 알게 된 것을 바탕으로 차츰 정밀함을 더해 가며, 정밀한 것을 더욱 정밀하게 하고, 갖춘 것을 디 갖추도록 한다면, ㄱ 갖추기를 다할 수 있게 되고 그 정밀하기를 다할 수 있게 될 것이다.[18]

이것은 바로 박세당이 주장한 "먼 곳을 가려면 반드시 가까운 곳에서 출발해야 한다."는 공부 방법론이었다. 물론 그 자신은 "이는 이론(異論) 하기를 좋아하여 하나의 학설을 수립하려는 마음에서 나온 것이 아니

---

17 朴世堂, 『西溪全書』(下), 「思辨錄」, 2c. "故及宋之時, 程朱兩夫子興, 乃磨日月之鏡, 掉雷霆之鼓, 聲之所及者遠, 光之所被者普, 六經之旨於是而爛然復明於世."

18 朴世堂, 『西溪全書』(下), 「思辨錄」, 2b. "夫邇者易及淺者易測略者易得粗者易識. 因其所及而稍遠之, 遠之又遠, 可以極其遠矣. 因其所測而稍深之, 深之又深, 可以極其深矣. 因其所得而漸加備, 因其所識而漸加精, 使精者益精備者益備, 可以極其備極其精矣."

다"[19]라고 겸사를 하였지만, 『사변록』의 내용은 주로 주희의 설에 대한 비판적 독해에 기반하고 있었다. 그의 학문 방법은 사실상 주자학의 형이상학화 경향성을 비판하면서 '하학이상달(下學而上達)'이라는 선진 유가(先秦儒家)의 방법론을 따른 것이었다는 점에서, 그는 이미 주자학에 기반을 두고 있던 기존의 조선 유학자들과는 다른 길을 가고 있었다. 그는 오히려 수사학(洙泗學)의 회복을 주장했던 조선 후기 실학자들과 같은 학문적 방향을 지향하고 있었다.

4. 선험적 본성과 체득의 윤리

『사변록』을 비판하면서 박세당에 대해 김창협이 반복하여 강조하며 지적한 말은 "성(性)을 알지 못한다."는 것이었다.[20] 다시 말하면 "이(理)가 모두 나의 성 안에 갖추어져 있다는 것을 알지 못한다."[21]는 것이다. 사실 박세당은 성에 대해 자신이 주희와 다르게 해석한다는 점을 분명히 밝혔다. 그는 『중용』의 "천명지위성(天命之謂性)"과 관련하여 다음과 같이 설명하였다.

---

19 朴世堂, 『西溪全書』(下), 「思辨錄」, 2d. "故非出於喜爲異同, 立此一說."
20 金昌協, 『農巖集』(韓國文集叢刊本) 卷162, 「與權有道論思辨錄辨」, 22b. "竊謂彼於性分上, 全無所見.";『農巖集』(韓國文集叢刊本) 卷162, 「與權有道再論思辨錄辨」, 30a. "今某只說得外物與我相關之意, 而不曾言其理之具於吾性. 此蓋於天命率性之理, 全無所見而然, 不足深辨也.";『農巖集』(韓國文集叢刊本) 卷162, 「與權有道再論思辨錄辨」, 33b. "是天命之性, 人獨有之而物不得與也, 是全不識性命之理矣."
21 金昌協, 『農巖集』(韓國文集叢刊本) 卷162, 「與權有道論思辨錄辨」, 22b. "不知其理之悉具於吾性之內, 是以其爲說."

주자의 주에 성을 이라고 했는데, (내가) 지금 이와 달리 해석한 것은 무슨 이유인가. '이'가 심(心)에서 밝은 것이 '성'이므로, 천(天)에서는 '이'라 하고 사람에서는 '성'이라 하는 것은 그 명칭을 어지럽혀서는 안 되기 때문이다.[22]

박세당도 이가 개체에게 부여된 것이 성이라는 주자학의 입장을 근본적으로 부정하는 것은 아니었다. 하지만 이와 성 개념에서 그가 초점을 맞추는 것은 성이 심 안에서 기(氣)와 결합되어 있다는 사실이었다. 그는 '성즉리'라는 명제를 성립시키는 이와 성의 본질적 동일성보다는, 개체에게 부여되어 있는 성의 이질성에 주목한 것이다. 박세당이 성에 대해 이러한 관점의 차이를 분명히 한 것은 바로 18세기 조선에서 벌어지게 되는 인성물성논쟁(人性物性論爭)을 예고한 것이기도 했다. 인성물성논쟁은 주로 노론 계열에서 벌어지게 되지만, 이미 이 시기에 김창협과 박세당 사이에 성에 대한 해석에서 그 쟁점을 드러냈다. 이로써 주자학 내에 이미 이 문제가 내재되어 있음을 보여 주었고, 장차 성에 대한 논의가 심화됨에 따라 이러한 논쟁이 본격적으로 벌어지게 되는 것은 필연적인 일임을 알 수 있다. 그렇다면 성에 관한 박세당과 김창협의 견해 차이도 인성물성논쟁의 맥락에서 조명한다면 그 쟁점이 분명하게 확인될 수 있을 것이다.

비록 물(物)에도 성이 있으나 다만 그 성이 사람과 같지 않기 때문에 오상(五常)의 덕을 일컬을 수 없는 것이니, 성을 사람과 물에 겸해 말하는 것은 『중용』의 뜻이 아니기 때문이다.[23]

---

22 朴世堂, 『西溪全書』(下), 「思辨錄」, 32a. "註, 謂性爲理, 今不同, 何也. 理明于心爲性, 在天曰理, 在人曰性, 名不可亂故也."
23 朴世堂, 『西溪全書』(下), 「思辨錄」, 32a~b. "雖物亦有性, 但其爲性也, 與人不類, 無以稱

이와 같이 박세당은 인간의 성과 여타 물의 성을 명확히 구분하였다. 그는 성을 개체의 기품(氣稟) 내에 부여된 이, 즉 기중지리(氣中之理)로 파악하였을 뿐 아니라 오상의 차이를 인성(人性)과 물성(物性)을 구분하는 논거로 삼았고, 이것은 전형적인 인성물성이론(人性物性異論)의 입장이었다.[24] 김창협은 당연히 박세당이 성즉리를 모르기 때문에 이러한 주장을 한다고 비판하며, 성은 모두 이가 개체에 공통적으로 부여된 것이므로 인성과 물성은 당연히 같다고 주장하였다.[25]

그런데 박세당의 관심은 성과 이에 대한 해석에 머물지 않았다. 그는 이와 성을 구분하는 동시에 도(道)에 대한 해석도 새롭게 시도했다. 그는 『중용』의 "솔성지위도(率性之謂道)"를 풀이하며 다음과 같이 설명하였다.

이니, 성이니, 도니, 교(敎)니 하는 것은 그 귀결처를 따져 들어간다면, 끝내 같지 않은 것이 없으나, 다만 그 명칭은 혼란하게 할 수 없다. …… 도란 성을 따름으로써 얻어지는 것이지 처음 태어날 때부터 갖추고 태어나는 것은 아니다.[26]

平五常之德, 兼言物, 非中庸之指故也."

24 성(性)을 기중지리(氣中之理)로서 이해하여 이(理)와 구분하고, 인간이 오상(五常)을 온전히 갖추고 있는 데 비해 동물은 오상을 온전히 갖추고 있지 않다는 등의 설은 인성물성이론자(人性物性異論者)들의 전형적인 입장이다. 인성물성논쟁의 쟁점에 대해서는 김형찬(1995), 「인물성동이논쟁(人物性同異論爭) 인간과 만물의 차별성에 대한 검토」, 『논쟁으로 보는 한국철학』(한국철학사상연구회 편), 예문서원 참조.

25 金昌協, 『農巖集』(韓國文集叢刊本) 卷162, 「與權有道論思辨錄辨」, 24d~25b.

26 朴世堂, 『西溪全書』(下), 「思辨錄」, 32a~b. "曰理曰性曰道曰敎, 論其致究其歸, 卒未嘗不同, 但不可亂其名. …… 且道是率夫性而得, 非有生之初, 與生俱者也."
또한 박세당은 이·성·도(道)를 다음과 같이 구분하였다. "蓋理根於天, 道行於事, 性之所明者理, 而所發者道." 朴世堂, 『西溪全書』(下), 「思辨錄」, 33a.

이는 이-성-도로 이어지는 일련의 보편적 도덕성에 대한 해석을 각각의 개념에 따라 구분하고, 특히 도를 후천적 노력에 의해 얻어지는 것으로 해석한 것이다. 그런데 이것은 박세당의 학문을 주자학과 구분지을 수 있는 매우 중요한 차이점이다. 김창협이 "도는 천리(天理)가 저절로 그러한 것이지 사람의 힘으로 하는 것이 아니다"[27]라고 지적하며 박세당을 비판한 것도 바로 그 때문이었다.[28] 김창협은 개체에 따라 기질(氣質)에 의한 차별성이 드러남에도 그 성의 근본은 동일한 이라는 점을 강조하는 입장이었으므로, "도를 지키는 공부는 [성이 정(情)으로 발현되기 전에] 특히 본원(本源)인 마음자리에서 먼저 이루어져야 한다"[29]는 점을 강조하였다. 그러한 입장에서 볼 때, 그가 박세당에 대해 "성에 대해 알지 못한다"고 평가하는 것은 당연한 일일 것이다.

이러한 관점의 차이는 『맹자(孟子)』의 "만물개비어아의(萬物皆備於我矣)"에 대한 해석에서도 분명하게 확인할 수 있다. 이 구절에 대한 주희의 해석은 만물의 이치가 바로 개체의 성 안에 갖추어져 있다는 것이었고,[30] 김창협의 이해도 같은 맥락에 있었다. 그러나 박세당은 이에 대해 다음과 같이 설명하였다.

---

27 金昌協, 『農巖集』(韓國文集叢刊本) 卷162, 「與權有道再論思辨錄辨」, 33b. "道者, 天理之自然, 而非人力之所爲也."

28 김창협은 성과 도를 이의 체(體)·용(用)으로 설명하였다. 金昌協, 『農巖集』(韓國文集叢刊本) 卷162, 「與權有道再論思辨錄辨」, 33c~d. "夫道之與性, 本一理也. 但以其體之本然而具於一心者言之, 則曰性, 其用之當然而行於萬事者言之, 則曰道. 此二者之所由分也. 然卽其本然之體而便有當然之用. 故其行於萬事者, 乃其具於一心者耳, 夫豈判然離絶, 各爲二物, 如某之見哉."

29 金昌協, 『農巖集』(韓國文集叢刊本) 卷162, 「與權有道再論思辨錄辨」, 34a. "此其所以不可須臾離, 而持守之功, 尤當先於本原方寸之地也."

30 이 구절에 대한 주희의 주석은 다음과 같다. "此言理之本然也. 大則君臣父子, 小則事物細微, 其當然之理, 無一不具於性分之內也." 朱熹, 『四書章句集注』, 中華書局, 350쪽.

사람의 한 몸이 천지 사이에 처하여 함께하는 바는 가까이는 군신(君臣) 부자(父子)로부터 멀리는 이적(夷狄) 금수(禽獸)에 이르기까지, 작게는 곤충 초목과 무릇 손발이 닿고 이목이 접하는 것까지 물이 아닌 것이 없다. 참으로 내 몸이 맞닥뜨리는 것이면 반드시 모두 그 성을 잃지 않도록 하여 각기 그 자리를 얻게 하여야 한다. 이것이 만물이 모두 내 몸에 갖추어져서 실제로 그 책임을 맡는다는 것이니, 힘쓸 바를 알지 않을 수 있겠는가.[31]

이는 인간 개개인이 만물로 하여금 그 본성을 잃지 않고 제 능력을 다하도록 할 책임을 가지고 있다는 의미에서 "만물개비어아의"를 해석한 것이다. 이것은 주희 해석과 같이 자연의 보편적 이치가 개체성에 동일하게 내재되어 있다는 것이 아니라, 다만 만물과의 관계 속에서 그들의 잠재력을 발휘할 수 있도록 도와줄 수 있는 역량과 책임을 인간이 가지고 있음을 의미한다는 것이다. 이 때문에 김창협은 "지금 박세당은 다만 외물(外物)과 내가 서로 연관되어 있다는 뜻만 말하고 그 이가 내 성에 갖추어져 있다는 것은 말하지 않았다"[32]며 박세당을 비판하였다.

그러나 박세당에 따르면, 이는 마음이 밝게 사리 판단 혹은 도덕적 판단을 할 수 있도록 기준을 제공하는 것이고, 인간은 다만 기와 결합되어 있는 그 기준으로서의 이[氣中之理], 즉 성을 가지고 이 세상에서 만물과 관계 속에서 최선을 다할 뿐이다.[33] 박세당은 도덕적 본성에 대

---

31 朴世堂,『西溪全書』(下),「思辨錄」, 146a. "人之一身, 處乎天地之間, 所與者無非物也, 近自君臣父子遠至夷狄禽獸, 微則昆蟲草木與凡手足之所觸耳目之所接. 苟當於吾身, 必皆有以使無失其性而各得其所. 是則萬物皆爲吾身之所備有而實任其責矣, 可不知所勉哉."
32 金昌協,『農巖集』(韓國文集叢刊本) 卷162,「與權有道再論思辨錄辨」, 30a. "今某只說得外物與我相關之意, 而不曾言其理之具於吾性."
33 김창협 역시 도덕적 판단의 기준으로서의 이(理)의 역할을 매우 강조한 학자였고, 그것은

한 형이상학적 인식 또는 믿음보다는 현실에서의 구체적인 실천이 필요함을 강조하고자 했음을 알 수 있다. 이처럼 본성의 내재적(內在的) 또는 생득적(生得的) 완전성에 의지하기보다는 후천적 노력을 통한 도덕적 덕목의 획득을 강조하는 것은 훗날 정약용(丁若鏞)과 같은 실학자에게 나타나는 전형적인 사고방식이었다.[34]

5. 물리物理의 인식과 도리道理의 구현

'격물(格物)·치지(致知)'의 해석은 주희의 『사서장구(四書章句)』가 성립되는 과정에서 매우 핵심적인 문제이다. 이는 인간 주체가 대상 사물을 어떻게 인식하는가를 다룬 문제인데, 주희는 『대학』의 이 구절에 대해 이른바 '보망장(補亡章)'을 추가하면서 자기 철학 체계의 인식론적 기반으로 삼았다. 그만큼 주희의 격물치지설(格物致知說)에 대한 비판은 곧 주자학에 대한 근본적인 비판으로 여겨질 수 있었다. 그런데 박세당은 이에 대한 재해석을 시도했고, 노론의 김창협은 당연히 이를 문제 삼았다.

주희의 해석에 따르면, 격물이란 사물에 나아가 그 물의 이치[物理]를 궁구하는 것이다. 그리고 그렇게 하여 개별 물리에 대한 인식을 축적하다 보면 어느 순간 우주·자연의 보편적인 이를 환하게 꿰뚫어[豁然貫

그의 지각설(知覺說)을 통해 드러난다. 하지만 김창협의 경우 그 기준으로서의 이는 곧 성과 동실이명(同實異名)인 것이었다는 점에서 박세당의 입장과는 달랐다.

34 주자학에서 생득적(生得的)인 것으로 간주되는 도덕적 본성을 정약용(丁若鏞)은 인간의 후천적 노력에 의해 획득되는 덕목으로 해석하였다. 이에 관한 상세한 내용은 김형찬(2005), 「완결된 질서로서의 이(理)와 미완성 세계의 상제(上帝): 기정진과 정약용을 중심으로」, 『철학연구』 30, 고려대학교 철학연구소 참조.

通] 이해하게 된다[致知]는 것이다.[35] 이에 대해 박세당은 그러한 경지는 보통 사람이 이를 수 있는 경지가 아니라 성인에 가까이 간 사람에게도 어려운 것이므로, 초학자를 위한 책인 『대학』의 바른 해석이 아니라고 비판하였다. 이것은 『대학』의 독자를 누구로 상정하는가에 대한 입장 차를 드러내는 것일 수도 있지만, 격물치지에 대한 박세당의 풀이를 보면 문제는 그보다 더 근본적인 데 있음을 알 수 있다.

구해서 이르는 것을 치(致)라 하고, 격(格)은 법칙[則]이며 바로잡는 것[正]이다. 물이 있으면 반드시 법칙이 있는 것인데, 물에 격함이 있다는 것은 그 법칙을 구하여 바로잡기를 목표로 하는 것이다. 대개 나의 앎이 이 일의 마땅한 데까지 이르게 하여 그 법칙을 다하지 않음이 없도록 처리하는 것인데, 그 핵심은 오직 이 물의 법칙을 찾아서 그 바른 것을 얻게 하는 데 있다.[36]

박세당에 따르면, 물에는 당연히 그 물이 따라야 할 법칙이 있으므로, 그 법칙을 파악하여 물이 그 법칙에 따르도록 바로잡는 것이 격물치지이다. 이것은 "물에 나아가 그 물의 이를 궁구하여 활연관통(豁然貫通)에 이른다"는 주희의 풀이와는 매우 다른 해석이다. 주희가 격물치지를 물리의 인식 과정에 대한 설명으로 해석하였다면, 박세당은 물리의 인

---

35 朱熹, 『四書章句集注』, 6~7쪽. "所謂致知在格物者, 言欲致吾之知, 在卽物而窮其理也. 蓋人心之靈莫不有知, 而天下之物莫不有理, 惟於理有未窮, 故其知有不盡也. 是以大學始敎, 必使學者卽凡天下之物, 莫不因其已知之理而益窮之, 以求至乎其極. 至於用力之久, 而一旦豁然貫通焉, 則衆物之表裏精粗無不到, 而吾心之全體大用無不明矣. 此謂物格, 此謂知之至也."
36 朴世堂, 『西溪全書』(下), 「思辨錄」, 4b. "求以至曰致, 格, 則也, 正也. 有物必有則, 物之有格, 所以求其則而期得乎正也. 蓋言欲使吾之知, 能至乎是事之所當, 而處之無不盡則, 其要唯在乎尋索是物之則而得其正也."

식과 더불어 그 구현(具現)까지도 의미하는 것으로 풀이한 셈이다.

그러한 의미에서 박세당은 정자(程子)의 말을 인용하며 이것을 격물치지에 대한 가장 바른 해석이라고 평가하였다.

격물은 또한 한 가지 단서만이 아니니, 혹은 글을 읽어 도의(道義)를 궁구해 밝힌다든지, 혹은 고금의 인물을 논하여 그 옳고 그름을 분별한다든지, 혹은 사물(事物)에 접하여 그 마땅함의 여부에 대처하는 것이 모두 이를 궁구하는 것이다.[37]

격물치지란 단지 물리를 인식하는 데 그치는 것이 아니라 그 이치를 파악하고 그 이치에 따라 분별, 판단, 실행까지 하는 것을 의미한다는 것이다. 박세당은 주희의 격물치지설에 따를 경우 그것은 "내 집 문을 나가지 않고도 천 리의 먼 곳에 갈 수 있고, 내 집 뜰을 밟지 않고도 태산의 높은 곳을 뛰어넘어 갈 수 있다."[38]는 것과 같이 허황한 일이라고 비판하였다. 이는 주희의 해석이 지나치게 형이상학화되고 고담준론화되어 현실에서 동떨어져 있음을 비판한 것이었다. 그는 격물치지를 일상에서 부딪치게 되는 군신·부자·부부 등과 관련된 일에 대한 실질적이고 구체적인 앎과 그에 대한 실천, 즉 "그 법칙을 다하지 않음이 없도록 처리하는 것"이라고 해석한 것이다. 박세당은 특히 공자(孔子)·정자 등 선학(先學)들과 주희의 비교를 통해 형이상학적 해석이 주희로부터 비롯된 것이며, 본래 선학들의 뜻이 아니라고 주장하였다.[39]

---

37 朴世堂, 『西溪全書』(下), 「思辨錄」, 8a~b. "格物亦非一端, 如或讀書講明道義, 或論古今人物而別其是非, 或應接事物而處其當否, 皆窮理也."
38 朴世堂, 『西溪全書』(下), 「思辨錄」, 10c. "吾能不出吾戶而可以致千里之遠, 不踐吾庭而可以超泰山之高."

하지만 김창협은 격물의 '격'에 사물의 법칙을 찾는다는 뜻뿐 아니라 바른 것을 얻는다는 의미까지 담는 데 대해 비판적이었다.[40] 사실 격을 정(正)으로 해석하는 것은 왕수인이 따른 방식이었다. 박세당은 격에 대해 "사물의 법칙을 찾아 바른 것을 얻게 한다."고 함으로써 주희의 '지(至)'와 왕수인의 '정'을 포괄하는 해석을 취한 것이었다.

당시 조선 성리학계에서 양명학적 해석을 취하는 것은 대단히 조심스러운 일이었다. 그럼에도 박세당이 이 같은 해석을 취한 것은 진리 인식에 대한 그의 입장 때문이었다. 사실상 인식론에서의 박세당과 김창협의 차이는 바로 두 사람의 관심과 초점이 다르다는 데서 비롯된 것이었다. 박세당은 『시경』의 시(詩) 3백 편에 대해 한마디로 말하면 "생각에 사특함이 없는 것이다(思無邪)"라고 평한 공자의 말을 다음과 같이 풀이한 바 있다.

대개 3백 편의 말에 비록 선과 악이 섞여 있다 하더라도 한결같이 모두 정이 발현됨에서 나온 것이며 허위로 꾸민 말은 없으니, 이른바 사무사(思無邪)라고 한 것이다.[41]

정에서 우러나온 진실된 것이면 모두 사무사인 것이지, 선이냐 악이냐 하는 것은 문제가 되지 않는다는 것이다. 그런 의미에서 "정자는 사무사를 성(誠)이라고 말했다."[42]며 정자의 말을 논거로 제시했다. 하지

39 朴世堂, 『西溪全書』(下), 「思辨錄」, 8a~9c.
40 金昌協, 『農巖集』(韓國文集叢刊本) 卷162, 「與權有道論思辨錄辨」, 23c~d.
41 朴世堂, 『西溪全書』(下), 「思辨錄」, 69c. "蓋三百篇之言, 雖有善惡之雜, 一皆出於情之所發而無修飾虛僞之辭, 即所謂思無邪者也."
42 朴世堂, 『西溪全書』(下), 「思辨錄」, 69c. "程子曰思無邪者, 誠也."

만 이에 대해 김창협은 "(박세당이) 이 장에 대해 논한 것은 더욱 사리에 어긋나므로 분명히 논변하고 통렬히 비판하지 않을 수 없다"라고 하면서, "사람 마음의 생각이 동할 때에 바른 것은 천리의 본연(本然)에서 나오고 사특한 것은 기품과 물욕(物欲)의 혼탁함에서 나온다"[43]고 주장하였다. 요컨대 박세당은 선과 악을 구분하기보다는 정의 자연스런 발현에 주목하여 이를 사무사로 이해한 데 대해, 김창협은 선과 악을 정의 발원처에서부터 구분해야 함을 강조한 것이다.

유학 또는 성리학의 목적이 그 학문에 기초한 도덕적 가치를 실현하는 것이라고 할 때, 김창협에게 격물치지란 그러한 도덕적 가치의 기준으로서의 법칙·규범을 인식하는 것이었다. 이 때문에 그는 선과 악이 구분되어 나오는 그 근원에 주목했던 것이고, 그러한 측면에서 그는 순선(純善)한 감성[四端]과 본선이이류어악(本善而易流於惡)하는 감성[七情]을 구분하려 했던 이황의 문제의식을 계승하고 있었다.[44] 하지만 박세당의 경우는 선악이 그 근원에서부터 구분되는 것이 아니라 현상적 실천 속에서 구분된다는 입장에 있었다. 그러므로 그러한 선악을 구분하는 기준조차도 현실적인 실천 속에서 그 가치를 구현하는 과정을 통해 확인, 체득되는 것이고, 격물치지는 바로 그러한 체득, 구현의 과정을 포함한다고 본 것이다.

---

43 金昌協, 『農巖集』(韓國文集叢刊本) 卷162, 「與權有道論思辨錄辨」, 22c. "此章所論, 尤極悖謬, 不可不明辨痛斥, 夫人心思慮之動, 其正者, 出於天理之本然, 而邪者, 生於氣稟物欲之濁穢."
44 김창협은 이러한 학문적 성격으로 인해 '퇴율절충파(退栗折衷派)'로 평가되기도 한다[배종호(1974), 『한국유학사』, 연세대학교 출판부, 151쪽].

6. 맺음말: 사문난적 논란과 사서의 이해

박세당이 이른바 '사문난적'이었는가, 즉 박세당을 탈주자학자 또는 반주자학자로 보는 것이 타당한가에 대해서는 현재까지도 이견이 있다.[45] 하지만 『사변록』의 전체 논지를 볼 때 박세당은 주희의 해석에 대해 분명히 비판하며 그와 다른 해석을 제시한 것이 한두 군데가 아니다. 박세당은 특히 사서에 대한 당시 조선 유학계 주류의 해석이 주희의 설에 근거하고 있음을 잘 알고 있었고, 그에 대한 근본적인 비판적 성찰을 한 것이었다. 그것은 단순히 사서의 몇몇 구절에 대한 해석의 문제가 아니라 경전을 이해하는 입장에 대한 차이로부터 비롯된 것이었으며, 세계를 이해하는 철학적 입장의 차이에 근거한 것이었다.

김창협과 권상유가 『사변록』 중 사서의 해석에 대한 부분에 비판의 초점을 맞추었던 사실에서도 알 수 있듯이, 사서에 대한 해석은 바로 그러한 경전 이해와 철학 체계의 구축에서 가장 핵심적인 문제였다. 김창협이 권상유의 「사변록변」을 검토하며 첨언을 하다가 작정을 하고 장문의 편지를 통해 반박을 한 것도 바로 박세당의 『사변록』이 가지는 그러한 의미 때문이었을 것이다.

박세당이 주자학적 해석의 지나친 형이상학화 또는 고담준론화를 비

---

45 박세당의 탈주자학적 성격을 강조하는 측에서는 "근본적으로 정주철학의 기본 개념과는 기본 명제를 부정함으로써, 그의 탈성리학적인 실학에 적합한 새로운 반정주적 철학을 정초하였다"고 평가한다[윤사순(2006), 「서계 유학의 철학적 특성」, 『서계 박세당 연구』(한국학중앙연구원 편), 집문당, 47쪽]. 이에 반해 "『사변록』의 저술 동기와 『대학』 본문의 재배열은 박세당을 '사문난적'으로 몰거나 '탈·반주자학자'로 평가할 근거가 될 수 없다"고 주장하는 경우도 있다[김태년(2010), 「박세당의 『사변록』 저술 동기와 『대학』 본문의 재배열 문제」, 『한국사상과 문화』 51, 한국사상문화학회, 235쪽]. 그러나 박세당의 학문적 입장에 대한 평가는 대체로 탈주자학 또는 반주자학적이라는 것이 학계의 일반적인 평가이고 논자도 그와 같은 입장에서 『사변록』을 이해한다.

판하며 하학이상달의 공맹유학적(孔孟儒學的) 학문 방법을 제시한 데 대해서는 김창협도 근본적으로 반론을 제기하기 어려웠다. 이에 대해 김창협은 단지 박세당이 정주학에 대해 깊은 이해가 없다고 지적할 뿐이었다. 그러나 박세당이 '성즉리'를 부정하고 도의 이해나 선악(善惡)의 구분을 현상적인 실천의 차원에서 설명하는 것을 보았을 때, 그것은 주자학에 대한 정면 도전으로 여겨질 수밖에 없었다. 박세당의 재해석은 이-성-도로 이어지는 우주·자연의 보편적 법칙·규범에 대한 이해에서 보편 법칙·규범의 선천성을 부정한 것이었기 때문이다.

더욱이 격물치지의 해석에서 격의 해석에 '정'이라는 양명학적 해석을 도입하고, 도덕성을 실천에 의해 획득되는 덕목이라고 주장하는 것을 볼 때, 김창협은 이를 사문난적으로 규정하며 공격하지 않을 수 없었을 것이다. 김창협은 이이(李珥)-김장생(金長生)-송시열로 이어지는 율곡학파(栗谷學派)의 정맥(正脈)을 이은 학자로 인정받았음에도 조선 유학사에서 퇴율절충파(退栗折衷派)로 평가될 만큼 퇴계학(退溪學)에도 열린 마음을 가신 사람이있고, 또한 경화사족(京華士族)으로서 당시 청나라를 통해 들어오는 새로운 문물에도 개방적인 자세를 견지했던 학자였다. 그럼에도 그는 박세당의 학문적 입장에 대해서는 받아들일 수 없는 면이 분명히 있다고 판단했던 듯하다.

실제로 박세당이 『사변록』에서 제시한 새로운 해석들은 바로 주희를 겨냥한 것이었다. 그는 공자·맹자·정자 등 선학들의 말을 논거로 제시하며 주희의 해석의 난점들을 공격했고, 이러한 방식은 바로 뒷날 조선 후기 실학자들이 수사학의 회복을 기치로 내세우며 주희를 공격하게 되는 비판적 연구 방법의 선구이기도 했다. 그것은 주자학의 형이상학화를 배격하며 일상에서의 실천을 통해 도덕적 이상 사회를 구현해 가는 학문으로서의 '유학'의 회복을 주장한 것이었다. 현 시점에서

유학 또는 성리학의 의미를 다시 논의하고자 한다면, 『사변록』을 놓고
치열하게 벌어졌던 유학 경전의 재해석 논란은 매우 유용한 참고 사례
가 될 수 있을 것이다.

사서부

四書部

『대학 사변록』에 대한 연구

이영호

1. 서론

17세기 조선은 조선 성리학이 굳건하게 뿌리를 내림과 동시에 주자학에서 벗어나려는 움직임이 싹트는 시기였다. 이 시기에 태어난 서계(西溪) 박세당(朴世堂, 1629~1703)은 서인(소론)의 당맥[1]으로 예조와 병조에서 좌랑 및 정랑을 지냈으며, 서장관으로 청나라에 다녀오기도 하였다. 그러나 40세(1668년)를 전후하여, 그는 양주(楊州) 수락산 석천동(石泉洞)에 은거하여 학문 연마와 강학에 전념하게 된다. 후에 여러 차례 벼슬에 제수되었으나 취임하지 않다가, 이른바 경신환국(1680년)으로 남인이 실권하고 서인이 득세하자 잠시 벼슬에 나아간 적이 있었다.

---

[1] 서계는 17세가 되던 해에 금성현령(金城縣令) 남일성(南一星)의 따님과 결혼하였는데, 처남인 남구만[南九萬, 1629~1711, 자는 운로(雲路), 호는 약천(藥泉). 17세기 말 소론의 영수임]과 함께 학문을 연마하였다. 이러한 인척 관계가 훗날 그의 정치 계보를 서인(西人), 그중에도 소론(少論)에 속하게 하였다[윤사순(1972), 「박세당의 실학사상에 대한 연구」, 『아세아연구』 46, 고려대 아세아연구소, 34쪽].

그러나 곧 물러나왔으며, 이후 충청도 관찰사, 사간원 대사간, 한성부
판윤, 예조 판서, 이조 판서 등에 임명되었지만 응하지 않았다. 그리고
본격적인 고전 연구 작업을 진행하여, 『사변록(思辨錄)』을 비롯한 『노자』·
『장자』의 주석서를 내면서 학문에 열중하게 된다.

　　그러나 서계의 말년은 불우한 편이었다. 두 아들과 부인을 먼저 잃었
으며, 세상을 뜨기 1년 전에는 이경석(李景奭, 1595~1671)의 신도비 찬
술이 문제가 되어 당화에 휩싸이기도 했다. 서계는 1702년 이경석의 신
도비명을 지으면서, 이경석을 나라의 전형을 지킨 노성인(老成人)으로,
노론의 영수인 송시열(宋時烈, 1607~1689)을 그 노성인을 모욕하는 불
상인(不祥人)으로 각각 비유하였다. 그러고 나서 송시열에 대하여, "불
상(不祥)한 행실이 있으므로 반드시 불상한 응보를 받을 것이다. 이것
이 하늘의 도이니 두렵지 않은가"라고 하면서 배척하였다.

　　이에 김창흡(金昌翕, 1653~1722)을 위시한 노론들은 자신들의 영수가
배척을 당하자, 서계에 대하여 인신공격에 가까운 비난을 퍼부었다.[2]
이때 노론은 서계가 지은 『사변록』에 경을 훼손하고 성인을 모욕한 내
용이 들어 있다고 주장하면서 사문난적으로 몰아 그 공격의 강도를 높
여 갔는데, 서계 사후까지 서계를 옹호하는 측과 서계를 공격하는 측의
논쟁이 이어지게 된다.[3] 서계를 비난하는 측은 『사변록』 자체에 대한
학문적 논의는 도외시하고 '우암(尤庵)=주자(朱子)'라는 등식하에 서계
의 우암에 대한 모욕을 주자에 대한 모욕으로 몰아붙이면서 철저하게
이단으로 몰아가려 했으니, 이는 다분히 당파의 이해관계에 따라 탄압

2 이은순(1992), 「조선 후기 노소당론(老少黨論)의 대립과 정론(政論)」, 『조선 후기 당쟁의
　종합적 검토』, 한국정신문화연구원, 164~164쪽 참조.
3 이 부분에 대해서는, 이승수(1993), 「서계 『사변록』의 저술 태도와 시비 논의(是非論議)」,
　『한국한문학연구』 16집, 한국한문학회, 403~414쪽 참조.

을 한 정략적인 측면이 매우 강하다.⁴ 그러나 서계 사후 서인이 정권을 오랫동안 잡게 되자, 서계는 부정적인 의미의 반주자학자로서의 이단 또는 사문난적으로 평가받게 되었다.

이후 오늘날에 이르러 서계의 경학 사상에 대한 최초의 평가는 반주자학적이라는 점에서 조선 후기의 평가와 다를 바가 없다. 다만 이때 서계의 반주자학적 경학 사상은 '구각(舊殼)을 이탈하려는 진보적이고 계몽적'⁵이라는 평가에서 알 수 있듯이 매우 긍정적이다. 이러한 평가가 내려진 이후, 서계의 경학 사상에 대한 평가는 대체로 긍정적인 의미의 반주자학자라는 데 초점이 맞추어지고 있다.⁶ 한편 서계 사상의 특성에 대하여 다른 견해가 제시되기도 하였다. 서계의 사상이 주자학을 이탈한 흔적이 있기는 하지만 주자학적 영향이 그 사상 체계에 존재하므로, 그를 반주자학자가 아닌 탈주자학자로 보아야 한다는 견해⁷이다.

이처럼 서계를 탈주자학자로 규정했을 때, 그의 경학의 지향점에 대해서는 견해가 다양하다. 우선 서계의 경학은 주자학적 성향과 양명학

---

4 이 점은 후일 남하정(南夏正)의 『동소만록(桐巢漫錄)』에서 다음과 같이 비판을 받았다. "西溪 朴世堂, 平日有思辨錄. 懷之徒, 以爲反朱子, 疏請焚其書, 罪其人, 令下該書, 時齋宗癸未也. 蓋經傳之義理無窮, 學者苟欲窮之, 則不能無疑, 疑則思, 思則辨, 思辨之得失淺深, 惟係其人之識解如何爾, 於經傳何害, 於朱子何與, 而必欲焚, 而禁絶之者, 亦何心哉. 經傳本是活書, 若必硬定膠粘, 一如縛束之爲, 則是爲死書, 豈可謂活書. 自有黨論以來, 世間千萬事, 無一不出於黨論, 而不幸聖經賢傳, 畢竟又作黨論中物事, 此莫非烈之餘烈也. 前此, 呂尹, 以解中庸, 得大罪死, 其後尼尹之禮源, 明谷之禮類, 皆不免毁板, 甚矣, 黨論也!"[유봉학(1998), 『조선 후기 학계와 지식인』, 신구문화사, 20~21쪽에서 재인용.]
5 이병도(1966), 「박서계와 반주자학적 사상」, 『대동문화연구』 제3집, 성대 대동문화연구원, 1쪽.
6 윤사순, 앞의 논문; 이을호(1978), 「반주자학적 사상의 대두」, 『한국철학연구』(中), 동명사.
7 김학목(1998), 「『신주도덕경(新註道德經)』에 나타난 서계의 사상」, 『민족문화』 21집, 민족문화추진회; 지두환(1999), 『한국사상사』, 역사문화, 222쪽 참조.

적 내용을 종합 지양한 것이라는 주장[8]이 있다. 한편으로는 당대의 현실 인식에 바탕을 둔 독자적인 성격의 사상이라고 규정[9]하는 견해가 있고, 또한 조선 왕조의 한학파(漢學派)를 대표하는 계몽적 철학 사상이라고 주장하는 의견도 있다.[10] 이러한 모든 견해는 서계 경학의 본질을 달리 파악하고 있음에도 불구하고, 하나의 공통점이 있다. 그것은 바로 서계 경학의 본질은 유가 사상이라는 것이다. 그러나 한편에서는 서계 사상의 본질은 유가 사상이 아니라 노장사상이라는 전혀 다른 견해도 제기되어 있다.[11]

필자는 일단 서계의 경학을 탈주자학적 경학이라 규정하고자 한다. 그리고 서계의 탈주자학적 경학의 양상을, 그의 『대학』 주석서인 『대학 사변록』을 통해 살펴보고자 한다. 『대학 사변록』의 정확한 분석은 서계 경학의 면모를 올바르게 인식하는 데 도움을 줄 수 있을 것이며, 더 나아가 17세기 『대학』 해석에 나타난 탈주자학적 경학의 일면을 고찰하는 데 기여할 것이다. 이에 먼저 『대학 사변록』에 나타난 서계의 궁경(窮經) 자세를 살펴보고자 한다. 그리고 나서 주자의 『대학장구(大學章句)』에 대한 서계의 비판을 고찰해 보기로 하겠다. 그리고 마지막으로 서계의 『대학』 해석의 지향처가 어디인지를 분석해 보고자 한다.

---

8 송석준(1999), 「주자학 비판론자들의 경전 해석」, 『유교문화와 한국사회』 제1과제 발표 요지, 성대 대동문화연구원.

9 박천규(1987), 「박서계의 『대학』 신역(新譯)」, 『동양학』 17집, 단국대 동양학연구소; 안병걸(1998), 「서계 박세당의 독자적 경전 해석과 그의 현실 인식」, 『조선 후기 경학의 전개와 그 성격』, 성대 대동문화연구원.

10 이운구(1984), 「16, 7세기 조선 왕조에 있어서의 척이론」, 『한국사상대계』 4, 성균관대 대동문화연구원, 665쪽.

11 김만규(1978), 「서계 박세당의 정치사상」, 『국학기요(國學紀要)』 1, 연세대학교 국학연구원.

2. 『대학 사변록』에 나타난 서계의 궁경窮經 자세

1) 전(傳)의 다양성에 대한 긍정

서계가 살았던 17세기 조선 학계의 상황은 '사문난적(斯文亂賊)'이라는 말이 생길 정도로 사상에 대한 획일화가 심했다. 물론 여기서 말하는 '사문'이란 원시유학이 아닌 주자학을 가리키는 개념이다. 이는 당시 주자의 학설이 절대적인 권위를 누렸다는 반증이다. 실제로 『주자대전(朱子大全)』이나 『주자어류(朱子語類)』는 경으로 존숭되었으며, 주자는 성인으로까지 대접을 받았다.[12] 그러므로 당시의 학문 풍토에서 주자의 경전 주석에 대하여 이의를 제기하기가 상당히 어려웠다. 서계 역시 정자와 주자의 주석에 대하여, "정자와 주자 두 선생에 이르러 육경의 뜻이 세상에 찬란하게 다시 빛나게 되었다."[13]고 긍정적으로 평가하거나, 심지어는 '주자의 주석은 고금무쌍'[14]이라고 말할 정도로 높이 평가하고 있다. 그러나 이는 겸사 또는 당시 학계의 상황을 감안하여 한 말로, 서계의 본심은 이 발언과는 달랐던 듯하다.

경(經)의 말이 그 근본은 비록 하나이나 그 실마리는 천 갈래 만 갈래이니, 이것이 이른바 "모이는 곳은 하나인데 생각은 백 가지나 되고, 가는 곳은 같은데 길은 다르다"는 것이다. 그러므로 비록 독특한 지식과 깊은 조예로서도, 오히려

---

12 이 부분에 대해서는, 三浦國雄 著, 이동희 譯(1982), 「십칠 세기 조선에 있어서의 정통과 이단: 송시열과 윤휴」, 『민족문화』 8, 한국고전번역원, 168~176쪽 참조.
13 『西溪集』 卷七, 「序通說」, 『한국문집총간』 134, 민족문화추진회, 1994, 138쪽. "及宋之時, 程朱兩夫子興, 乃磨日月之鏡, 掉雷霆之鼓, 聲之所及者遠, 光之所被者普. 六經之旨, 於是而爛然復明於世"
14 『西溪集』 卷四, 「六籍」, 64쪽. "紫陽傳註古今無"

그 귀추의 갈피를 다하여 미묘한 부분까지 잃지 않을 수 없는 경우가 있다. 따라서 반드시 여러 장점을 널리 모으고 조그마한 선(善)도 버리지 아니하여야만 거칠고 소략한 것도 빠뜨리지 않고 얕고 가까운 것도 누락되지 아니하여, 심원하고 정비된 체제가 비로소 완전하게 되는 것이다.[15]

윗글에서 서계가 내세우는, "경의 언어는 근본이 하나이지만, 그 해석의 실마리는 천만 가지다."라는 '동귀수도(同歸殊塗)'의 논리는, 경을 해석하는 데 있어서 경전 해석의 다양성을 중시하는 이론이다. 이처럼 하나의 경에 대한 다양한 전(傳)을 인정하게 되면, 주자주(朱子註)를 귀착점인 경에 다가가는 여러 갈래의 길 중 하나로 여기게 되며, 이는 결과적으로 주자주의 권위를 부정하는 것이 되어 버린다. 주자주의 권위에 대한 이러한 부정은 자신을 포함한 타인의 전(경의 해석)에 대한 긍정으로 이어진다. 그리고 그 긍정의 논리는, 조략하고 천근한 전(傳)이라도 하나의 장점과 조그마한 선이라도 있다면 경의 심원하고 완전한 해석에 일조를 할 수 있다는 것이다. 이러한 논리는 실상 서계 자신의 경설에 대한 당당한 옹호이다. 그러면 그의 설경(說經)의 자세는 어떠했는지 먼저 알아보고, 서계 주석의 특성에 대하여 살펴보기로 하겠다.

2) 하학(下學) 중시의 설경(說經) 자세

서계는 경전 공부에 있어서 추상적인 원리를 중시하는 상학(上學) 지향이 아니라 일상적이고 구체적인 것에 먼저 관심을 두는 하학을 추구

---

15 『西溪集』 卷七, 「序通說」, 138쪽. "經之所言, 其統雖一, 而其緒千萬, 是所謂一致而百慮, 同歸而殊塗, 故雖絶知獨識, 淵覽玄造, 猶有未能盡極其趣而無失細微. 必待乎博集衆長, 不廢小善. 然後粗略無所遺, 淺邇無所漏, 深遠精備之體, 乃得以全."

하였다. 서계의 이러한 하학 중시의 자세는 경을 공부할 때는 물론, 경을 해설할 때에도 일관되는 태도이다. 먼저 경(經) 공부에 있어서 하학을 중시하는 그의 언급을 살펴보자.

전(傳)에, "먼 곳을 가려면 반드시 가까운 곳에서 출발한다(行遠必自邇)."고 했는데, 이것은 무엇을 두고 한 말인가? 어둡고 가리워진 사람을 일깨워 가르쳐서 그들로 하여금 능히 스스로 깨닫게 하도록 하는 것이 아니겠는가. 진실로 세간의 배우는 이가 이에 얻는 것이 있다면, 앞에 먼 곳이란 곧 가까운 곳으로부터 가야 된다는 것을 알 수 있을 것이다. 그렇다면, 이른바 깊은 것이란 얕은 데로부터 들어갈 수 있을 것이요, 구비된 것이란 또한 소략한 데서부터 이루어질 수 있을 것이니, 세상에는 진실로 조잡한 것도 능하지 못하면서 그 정치(精緻)한 것을 먼저 하고, 소략한 것도 능하지 못하면서 그 구비한 것을 일삼으며, 얕은 것도 능하지 못하면서 그 깊은 것을 앞당겨 하고, 가까운 것도 능하지 못하면서 그 먼 것을 미리 한다는 것은 있을 수 없다. 오늘날 육경에서 구하는 이는 모두 그 얕고 가까운 것을 뛰어넘어서 깊고 먼 것으로 달려가며, 그 조잡하고 소략한 것은 소홀히 하고서 정치하고 구비된 것만을 엿보고 있으니, 어둡고 어지러우며 빠지거나 넘어져서 아무런 소득도 없는 것은 당연하다 할 것이다. 저들은 다만 그 깊고 멀고 정치하고 구비된 것을 얻지 못할 뿐만 아니라, 그 얕고 가깝고 조잡하고 소략한 것마저 모두 잃게 될 것이다.[16]

---

16 『西溪集』卷七,「序通說」, 137~138쪽. "傳曰: '行遠必自邇.' 此何謂也, 非所以提誨昏蔽使其能自省悟乎? 誠使世之學者, 有得乎此, 向所謂遠者, 卽可知自邇而達之. 然則所謂深者, 亦可自淺而入之, 所謂備者, 亦可自略而推之, 所謂精者, 亦可自粗而致之. 世固未有粗之未能而能先其精, 略之未能而能業其備, 淺之未能而能早其深, 邇之未能而能宿其遠者. 今之所求於六經, 率皆躐其淺邇而深遠是馳, 忽其粗略而精備是規, 無怪乎其眩瞥迷亂沉溺顚躓而莫之有得. 彼非但不得乎其深遠精備而已, 倂與其淺邇粗略而盡失之矣."

무언가를 추구함에 있어서 "먼 곳을 가려면 반드시 가까운 곳에서 출발한다(行遠必自邇)"는 자세는, 어둡고 가리워진 인간을 일깨워 주는 데 있어서 불가결의 방법이므로, 초학자는 이를 준수해야 된다. 그런데 대부분의 공부하는 이들은 이러한 방도를 무시하고, 발아래 가까운 곳을 홀시하며 추상적이고 먼 곳만을 응시한다. 그리하여 그들은 한결같이 천근하고도 조략한 하학적 단계를 무시하고, 심원하고도 정채로운 상학적 경지를 성급히 구하려고 한다. 구체적으로 육경에서 무언가를 추구(공부)하는 이들도 이러한 병통에 빠져, 오로지 심원하고 정비된 내용만을 중시하고 거칠고 소략한 것은 소홀히 한다. 그러나 서계가 보기에 이들은 어둡고 어지러운 데 빠져서 상학적인 것을 전혀 얻을 수가 없을 뿐만 아니라, 종래는 가지고 있던 하학적인 것마저도 잃어버리는 지경에 이르게 된다. 서계의 이러한 생각은 상학과 하학을 등가적인 개념으로 보지 않고, 하학을 상학보다 근본적이고 우선적인 개념으로 여기는 것이다. 이는 주자가 이 둘을 등가적인 것으로 파악하고,[17] 더 나아가 『대학』의 격물 해석에서 물리의 인식으로서의 격물을 중시하는 사고와는 그 궤를 달리하고 있다. 경(經) 공부를 하는 데 있어서 이 같은 하학의 중요성은 설경을 할 때에도 적용이 되고 있다. 그리하여 서계의 전(傳)은 비근한 예를 들어 평이하게 경을 해설하는, 하학적 설경 자세가 그 한 특색을 이루고 있다. 『대학』 경일장(經一章)의 '지지이후유정(知止而后有定) ……'에 대한 서계의 설명에서 이 점을 살펴보기로 하자.

---

17 주자는 "學者雖不可安於小成, 而不求造道之極致, 亦不可騖於虛遠, 而不察切己之實病也." (『論語』「學而」, 15章, '子曰賜也~'의 朱子註)라고 하여 하학(下學)과 상학(上學)을 등가적으로 파악하고 있다.

만약 어떤 사람이 북극에 살면서 심한 추위를 피하려고 한다면, 따뜻한 곳으로 나아가려는 것이 당연한 일일 것이다. 그리고 따뜻한 곳에 나아가려고 한다면 당연히 남쪽을 향해 갈 것이요, 남쪽을 향한다면 당연히 낙수에 이르고자 할 것이니, 낙수는 춥고 따뜻한 곳의 중간 지점이다. 남쪽을 향하면 당연히 낙수에 머물게 될 것을 알게 될 것이니[知止], 그 뜻은 곧 정해져서 동쪽으로 가려고 하거나 서쪽으로 가려고 하거나 조나라로 가려고 하거나 위나라로 가려고 하는 계획은 없어질 것이다[靜]. 이렇게 되면, 이 마음은 저절로 편안함을 깨닫게 되어 그제야 행장을 꾸릴 것과 경유할 데를 생각하게 된다[慮]. 생각을 하게 되면 그제야 행장은 얼마나 꾸려야 되며, 경유할 곳은 어디를 먼저 가고 어디를 뒤에 가야 될 것을 알아내게 된다[得].[18]

주자는 『대학』의 이 경문에 대하여 주석을 내면서, "지(知)는 마땅히 그쳐야 할 바의 곳이니, 바로 지선이 있는 곳이다. 이것을 안다면, 뜻이 정한 방향이 있을 것이다. 정(靜)은 마음이 망령되이 동하지 않음을 이르고, 안(安)은 처한 바에 편안함을 이르고, 여(慮)는 일을 처리하기를 정밀하고 상세히 함을 이르고, 득(得)은 그 그칠 바를 얻음을 이른다"[19]고 하면서, 다분히 추상적인 설명을 하고 있다. 이에 비해 서계는, 추위를 피해 남쪽으로 가는 여행자를 예로 들면서, '지(止)'를 여행자가 추위를 피해 가고자 하는 목적지인 낙수에 가서 머무는 것에 비유를 한다.

---

18 『思辨錄-大學』, 經一章. 『韓國經學資料集成』 3 大學 三, 56쪽. "盖如有人居窮北, 而欲避寒沍, 則就暖其所當爲也. 欲就暖, 當向南, 向南, 當止於洛, 洛者, 寒暖之中. 旣知宜向南而當止於洛, 則其志便定, 無欲東欲西欲趨欲魏之計. 此心自覺安帖, 乃有以思度其裝齎經由. 旣思度, 乃得其裝齎多少當幾何, 徑由先後當何從矣."
19 『大學章句』, 經一章, '知止而后有定 …… 慮而后能得'의 經文에 대한 朱子의 註. "止者, 所當止之地, 卽至善之所在也. 知之, 則志有定向. 靜謂心不妄動, 安謂所處而安, 慮謂處事精詳, 得謂得其所止."

그리고 그 여행자가 가서 머물러야 할 곳을 안다면 당연히 그곳으로 가고자 하는 뜻이 '정(定)'할 것이며, 목적지와 그곳으로 가고자 하는 뜻을 정한다면 이리 갈까 저리 갈까 하는 방황이 없어져서 마음이 '고요'해져서 저절로 편안해질 것이고, 마음이 편안해진다면 행장을 꾸릴 것과 경유할 데를 고려할 것이며, 이러한 생각을 하게 되면 꾸려야 될 행장과 경유해야 될 곳이 어딘지를 터득하게 될 수 있다는 것이다. 서계의 이 같은 비유법은 주자의 추상적인 설명에 비해 매우 비근한 언어로 경을 해설하는 방식으로, 이는 서계의 설경 자세에 있어서 하학적인 태도라 할 만하다. 경을 공부하고 경을 해설할 때 서계가 중시하는 이 같은 하학 중시의 자세는, 바로 주자 주석의 상학지향(上學指向)에 대한 비판에서 발생한 것이다. 우리는 이 점을 다음에서 확인하게 된다.

3. 『대학장구』에 대한 서계의 비판

서계의 『대학장구』에 대한 비판은 주로 주자 경전 해석의 상학지향과 주자의 경문 문리에 집중되어 있다. 그리고 비판의 형식은 경문 아래에 자신의 생각을 쓰고, 자신의 생각과 배치되는 주자주를 적시한 다음, 다시 자신의 논리를 따라 축구(逐句) 비판을 가하고 있다. 먼저 주자주의 상학지향에 대한 서계의 비판을 살펴보기로 하자,

1) 주자주의 상학지향에 대한 비판

앞에서 살펴본 서계의 하학 중심적 궁경 자세는 곧바로 주자주의 상학지향에 대한 비판으로 이어진다. 예로서 『대학』 경일장의 "물격이후

지지(物格而后知至) ……"에 대한 주자의 해석과 이에 대한 서계의 비판을 분석해 보기로 하자.

주자: '물격(物格)'이란 물리의 지극한 것이 이르지 않음이 없음이요, '지지'는 내 마음의 아는 바가 극진하지 않음이 없는 것이다. 앎이 극진해진다면, 뜻이 성실해질 수 있다.

서계: 만약 이 (주자의) 뜻과 같다면 그 이른바 성(誠)의 경지는, 사람의 성(性)을 다하고 물(物)의 성을 다하여 조화를 도와 천지(의 운행)에 참여할 수 있을 것이다. 이(理)가 이르지 않음이 없고 앎을 다하지 않음이 없어서 진실로 사람의 성을 다하고 물(物)의 성을 다하여 조화를 도와 천지에 참여할 수 있게 된다면, 이것은 성인의 지극한 공과이고 학문의 일을 다 마친 것이니, 어찌 마음을 바르게 하고 몸을 닦는 데 힘쓸 필요가 있겠으며, 또 집안을 다스리고 나라를 다스리는 것을 논할 필요가 있겠는가. 『중용』에는 학문의 깊은 부분을 천명하였으므로 『대학』과 비교해 보면 진실로 깊고 얕은 차이가 있다. 그러나 사람을 가르치는 점에 있어서는 처음부터 친근하고 자리에 꼭 들어맞아 이해하기 쉽도록 하지 않는 것이 없다. 그러므로 먼 곳을 가려면 가까운 곳에서부터 출발하며 높은 곳에 오르려면 낮은 곳에서 출발하고, 도끼 자루를 가지고 도끼 자루를 다듬는 법칙이 먼 데 있지 않다는 비유는 모두 어린아이들도 알 수 있는 것이다. 하물며 이 『대학』은 바로 초학자가 덕에 들어가는 문이 되는 것이니, 그 말한 것이 마땅히 더욱 친절해야 될 것이다. 그런데 지금 그렇지 않고 입을 열어 말하되, 만 리 길의 첫 길에 한 걸음을 떼어 놓는 자리가 곧 성인의 지극한 공과에 속한다고 한다. 일찍이 자기에게 절실하고 알기 쉬운 이치를 가르쳐 보여서, 한 발자국을 떼어 조심스럽게 한 계단을 밟고 한 계단을 밟은 뒤에 또 한 계단을 오르도록 하여 이미 까마득하여 따라가기 어렵다는 탄식이 없게 하는 것이라든가, 또 차례를 뛰어넘는 실수가 없도록 하지 않는 것은 무슨 이유일까?[20]

공부의 첫걸음인 '물격(物格)'과 '지지(知至)'에 대한 주자의 해석은, 물리(物理)가 극처(極處)에 이른다거나 내 마음의 앎이 극진하게 된다는, 매우 고차원에 속하는 상학을 지향하고 있다. 서계는 주자의 이 같은 상학지향적인 주석에 대하여 이치상 맞지 않는 견해라고 주장한다. 만약 주자의 해석대로라면, 물격과 지지를 바탕으로 한 '성(誠)'은 인물(人物)의 성(性)을 다 발휘하여 천지의 화육(化育)을 돕고 천지와 대등한 존재에 다다른 경지이니, 이는 상학 중에서도 최고의 정신 경계이다. 그러므로 이 경지에서는 정심(正心)이니 수신이니 제가니 치국이니 하는 것을 일삼을 필요조차 없다. 왜냐하면, 천지와 나란히 할 수 있는 정신의 경계는 바로 성인의 영역으로, 이곳에서는 학자의 수양의 단계가 이미 끝나 있기 때문이다. 주자 자신도 또한 『대학』을 '초학자가 덕에 들어가는 문'으로 여긴 정자의 의견에 찬성했듯이, 초학이 덕에 진입하는 최초의 단계에서 이처럼 고원한 상학의 경지를 제시하여 성인의 극공을 먼저 이루라고 할 리는 없다는 것이다. 또한 『중용』과 같이 학문의 깊은 부분을 천명한 책에서도 그 초입에는 친근하고 꼭 들어맞아 이해하기 쉬운 내용을 제시한 것을 보아도 『대학』의 첫 부분을 성인께서 고원한 경지로 설정해 놓을 리는 없다는 것이다. 서계는 바로 이러한 점 때문에 주자가 이 구절을 잘못 해석했다고 여긴다.

---

20 『思辨錄-大學』, 經一章, 62~63쪽. "朱子: 物格者, 物理之極處, 無不到也, 知至者, 吾心之所知, 無不盡也, 知旣盡則意可得而實矣." "西溪: 若如此旨, 其所謂誠者, 乃盡性盡物, 可以贊化育而與天地參矣. 夫理無不到知無不盡, 而誠能盡性盡物贊化育參天地, 則此聖人之極功而學者之能事畢矣, 又何事乎正心修身, 又何論乎齊家治國. 中庸闡明蘊奧, 其視大學, 固有深淺之殊. 然其示人, 初未嘗不親近切當, 使之易曉. 故若行遠自邇, 升高自卑及柯則不遠之喻, 皆童孺之知, 所可及焉者. 況此大學, 乃爲初學入德之門, 則其所言, 當有以益加親切. 而今則不然, 開口指說, 以爲萬里初程投足一步之地者, 乃在於聖人之極功, 曾不開示以切己易明之理, 使曳一踵, 謹躡一級, 躡一級, 又進一級, 旣使無邀焉難及之歎, 又使無躐越凌跨之失者, 抑獨何哉?"

그러나 서계는 주자에 대하여 직접적인 비판은 최대한 자제하고 있다. 대신 주자가 왜 '절실하고 알기 쉬운 이치를 가르쳐 보인다'든가, '후학들로 하여금 차례를 뛰어넘는 실수가 없도록 하지 않았는지'에 대하여 의문을 표하고 있다. 필자가 생각하기에 이 의문이야말로 서계의 주자에 대한 간접 비판으로, 이는 당대의 학문 외적 상황을 의식해서 한 표현인 듯하다. 이상에서 살펴본 서계의 주자주에 대한 비판은 주자주의 상학지향적 설경 방식에 집중되어 있다. 그런데 서계는 주자의 이러한 상학지향적 설경이 경의 문맥을 잘못 이해한 데서 비롯되었다고 생각을 하였다. 그리하여 그는 주자의 경문 문리에 대하여 전면적인 재검토를 하기에 이른다.

2) 주자의 경문 문리에 대한 비판

주자는 『대학』을 개정하고 본문을 경일장(經一章), 전십장(傳十章)으로 나누었으며, 자신의 개정 논리에 의거하여 격물치지보망장(格物致知補亡章)을 삽입시켰다. 이는 주자의 경을 바라보는 시각이 매우 독자적이고 논리적임을 의미한다. 그런데 서계는 『대학』을 읽으면서 경문의 전후 관계를 면밀히 분석하고 나서, 주자 문리의 부적절한 부분에 대하여 비판을 가하고 있다. 일례로 『대학』 경1장의 "물유본말(物有本末) ……"이라는 구절에 대한 주자의 견해와 서계의 이에 대한 비판을 살펴보기로 하자.

주자: 이 글은 윗글의 두 단락의 뜻을 결론지은 것이다.
서계: 아마도 그렇지 않은 듯하다. 아랫글의 두 단락에 말한 바를 자세히 보면, 그 선후를 분별하고 차례를 지시하여 배우는 자로 하여금 늦게 하고 빨리

해야 할 적당한 점을 환하게 알게 한 것이 자상하고 명백할 뿐 아니라, 이 단락을 이어받아 함축성 있게 겉으로 드러나지 않은 뜻을 가리켜 말하였다. 그 아래의 두 단락은 또 이 단락을 거듭 되풀이하여 중간의 두 단락을 끝맺었으니, 단지 글 뜻의 처음이나 끝과 위나 아래가 서로 통할 뿐 아니라, 또한 깨우쳐 인도하고 도와주는 것이 매우 자세하고 간절하여, 그 말의 자세한 것을 수고롭게 여기지 않았으니, 윗글의 두 단락을 위하지 않은 것임을 알 수 있다.[21]

주자는 '물유본말(物有本末) ……'이라는 경문이 이 글의 윗부분인 "대학지도(大學之道) …… 재지어지선(在止於至善)"과 "지지이후유정(知止而后有定) …… 여이후능득(慮而后能得)"이라는 두 단락의 뜻을 결론지은 것이라고 하면서, 명덕(名德)과 신민(親民)을 본말(本末)에, 지지(知止)와 능득(能得)을 시종(始終)에, 본시(本始)와 말종(末終)을 선후(先後)에 대응시켰다. 그러나 서계의 경문 이해는 주자와 달랐다. 서계는 이 글이 앞의 두 단락을 결론지은 것이 아니라, 오히려 뒤에 오는 네 단락-① 古之欲明明德於天下者 …… 致知在格物, ② 物格而后知至 …… 國治而后天下平, ③ 自天子 …… 修身爲本, ④ 其本亂而末治者否矣 …… 未之有也-의 도입부라는 것이다. 그 이유로는 첫째, ①과 ② 단락의 팔조목(八條目)은 물(物)과 사(事)[22]에 대한 점강(漸降)과 점층(漸層)으로 이루어져 있기 때문이다. 둘째로는 ③과 ④ 단락에서, 물(物)과 사(事)의 본말(本末)과 종시(終始)를 분명하게 언급하면서 학자들로 하여금 급히 할 일[先]과 늦게

---

21 『思辨錄-大學』, 經一章, 57~58쪽. "朱子註: 此結上文兩節之意" "西溪: 竊恐其未然. 詳下文兩段所言, 其所以辨先後次第, 使學者曉然不迷緩急之宜者, 不翅丁寧明白, 正承此段而指說含蓄未發之意. 其下兩段, 又申復此段, 以結中間兩段, 則不但文義首尾上下貫徹, 亦見其開導誘掖, 纖悉懇至, 不憚其言語之覼縷者, 其非爲上文兩節可知."
22 후술하겠지만 西溪는 天下, 國, 家, 身, 心, 意, 知, 物을 物로 보았고, 平, 治, 齊, 修, 正, 誠, 致, 格을 事로 보았다.

해야 될 일[後]에 대하여 강조하고 있기 때문이다. 즉, "물유본말(物有本末), 사유종시(事有終始), 지소선후(知所先後), 즉근도의(則近道矣)."라는 단락에서 제시된 '물사(物事)', '본말(本末)', '종시(終始)', '선후(先後)'의 개념이 아래의 네 단락에서 모두 자세하고도 명백하게 언급되므로, 이 단락은 경문의 문리상 당연히 아래 네 단락의 서문에 해당된다는 것이다.

주자의 경문 문리에 대한 서계의 이 같은 비판은 주자가 전7장에서 전10장까지를 『고본대학(古本大學)』의 체례를 따르면서 불분명한 논리를 내세운 것에 대하여 더욱 예리하게 가해지고 있다. 주자는 "이 사이에 죽간의 뒤섞여진 부분이 많고 아래위 장의 글이 서로 바뀌어서 제곳에 있지 않은 것이 있으므로, 두 가지 뜻을 참고해서 해석했다"[23]고 하였다. 주자의 이 말은, 전7장 이후로는 그 구성이 독립적이지 않고 두 개념이 한 장 안에 뒤섞여 있다는 의미이다. 그리하여 주자는 전6장까지는 독립된 장명(章名)을 사용하지만, 전7장에서 전10장까지는 두 개념 사이를 오가는 문장들이 섞여 있다는 생각에 그 장명(章名) 또한 복명(複名)-예컨대 전7장을 정심장(正心章)이라 하지 않고 정심수신장(正心修身章)이라고 하듯이-을 쓰고 있다. 서계는 이에 대해 다음과 같이 그 부당성을 지적하고 있다.

제7장에, "몸을 닦는 것은 그 마음을 바르게 하는 데 있다."고 하였으니, 여기 논한 것은 모두 마음을 바르게 하는 도이요, 제8장에 "그 집안을 다스리는 것은 그 몸을 닦는 데 있다."고 하였으니, 여기 논한 것은 모두 몸을 닦는 도요, 제9장에 "나라를 다스리려면 반드시 그 집안을 먼저 다스려야만 된다."고 하였으니,

---

23 『思辨錄-大學』, 傳七章(釋正心), 98쪽. "此章以下, 並依舊文, 而其間簡編實多錯亂, 上下章, 文有互易, 而不得其所者. 故遂以爲參釋兩義."

여기 논한 것도 또한 모두 집안을 다스리는 도인 것이다. 대개 『대학』의 뜻은, 무릇 일을 하려면 반드시 먼저 그 근본을 세우는 데 있으니, 근본을 세워야만 말단을 할 수 있게 되는 것이다. 그러므로 격치(格致)는 성의(誠意)의 근본이 되고, 성의는 정심(正心)의 근본이 되며, 정심은 수신(修身)의 근본이 되고, 수신은 제가(齊家)의 근본이 되며, 제가는 치국(治國)의 근본이 된다. 이 때문에 격물, 치지, 성의, 정심, 수신, 제가가 저마다 각기 하나의 장이 되는 것이다.[24]

서계는 주자가 전7장 이후는 두 개념이 한 장 안에 섞여 있다는 주자의 생각에 반대하고, 격치(格致)와 성의(誠意)가 이에 알맞은 내용을 보유한 하나의 장이듯이, 정심, 수신, 제가, 치국도 각각에 알맞은 내용을 가진 독립된 하나의 장이어야 한다고 생각했다. 그리고 『대학』의 내용구성은 팔조목의 점층적 논리에서 알 수 있듯이 근본을 먼저 확립하고 이를 미루어 다음 단계로 나아가는 것이기 때문에, 전7장 이후 'ⓐ재(在)ⓑ'의 형식-예컨대 修身在正其心-으로 시작되는 장의 내용은 ⓑ에 관한 것으로 이루어져 있다는 것이다. 그러므로 서계는 전7장 이후로는 주자처럼 석정심수신(釋正心修身, 傳七章), 석수신제가(釋修身齊家, 傳八章), 석제가치국(釋齊家治國, 傳九章), 석치국평천하(釋治國平天下, 傳十章)로 분류하지 않고, 석정심(釋正心, 傳七章), 석수신(釋修身, 傳八章), 석제가(釋齊家, 傳九章), 석치국(釋治國, 傳十章)으로 재분류를 하였다.
그런데 서계의 이 같은 재분류는 『대학』의 본문에 대한 재개정이라는

---

24 『思辨錄-大學』, 傳十章(釋治國), 114쪽. "第七章云, '修身在正其心.' 則所論皆正心之道, 第八章云, '齊其家在修其身.' 則所論皆修身之道, 第九章云, '治國, 必先齊其家.' 則所論亦皆齊家之道. 盖大學之意, 以爲凡爲是事, 要在先立乎其本, 本得而末可爲也. 故格致爲誠意之本, 誠意爲正心之本, 正心爲修身之本, 修身爲齊家之本, 齊家爲治國之本. 是以格致及誠正修齊, 每各自爲一章."

결과를 가져올 수밖에 없다. 왜냐하면 전7장 이후를 독립된 장으로 여기다면, 주자가 한 장 안에 뭉뚱그려 해석해 놓은 구절들을 분석하여 독립된 장에 분속시켜야 되기 때문이다. 이는 또 다른 『대학』 개정본의 탄생을 의미하는데, 주자의 『대학장구』가 조선시대에 절대적인 기준으로 받아들여졌던 것을 고려하면, 서계의 이 개정본이 조선의 『대학』 해석사에서 차지하는 위치를 가늠할 수 있을 것이다.

4. 독자적인 『대학』 해석

위에서 살펴본 『대학장구』에 대한 서계의 비판은, 비판에만 머물지 않고 마침내 독자적인 『대학』 해석을 성립케 하였다. 이에 서계는 주자의 『대학장구』를 재개정하고, 『대학』의 주요 개념에 대하여 새롭게 해석을 가한다.

1) 『대학장구』의 재개정

"『대학』의 본문에 착간이 있는가? 아니면 고본 『대학』 자체가 완전한 형태인가?"라는 논의는, 『대학』의 본문에 착간이 있다는 전제하에 『대학』 본문을 개정한 주자 이후 중국 경학사에서 중요한 주제로 자리 잡는다. 왕양명이 『대학』의 고본을 지지한 이래, 많은 학자들이 고본 『대학』을 중시하게 되었다. 그러나 한편으로는 주자의 개정에 찬성을 표하거나, 자신의 견해에 따라 『대학』을 새롭게 개정하는 경우도 많았다.[25]

---

25 중국의 경우, 毛奇齡의 『大學證文』과 翟灝의 『四書考異』에서 지적된 것만도 30~40종류

조선의 경우, 백호(白湖) 윤휴(尹鑴)가 전자에 속한다면, 서계는 후자에 속하는 셈이다. 이에 대한 서계의 생각을 살펴보자.

대개 이 책은 그 처음부터 편간이 떨어져 나가서 차례가 없었는데, 한나라 때 와서 여러 선비들이 흩어져 없어진 나머지에서 주워 모아 대강 조리를 이루었다. 그러나 자세히 살피지 아니하였으므로, 간혹 아래위가 서로 뒤바뀐 데가 많고, 이로 인하여 그 옛 모습을 잃게 되었다. 심한 곳은 혹 한 장의 글이 장머리의 몇 자만 남아 있기도 하며, 완전히 다른 장의 말로 엮어져 있기도 하다. 혹은 한 대목의 글이 처음과 끝만 겨우 갖추어지고 중간이 떨어져 없어진 경우에는 비슷한 말을 가져다가 넣어 보완하기도 하였다. …… 비록 정자와 주자 두 선생이 공부를 매우 부지런히 하였음에도 또한 미처 바로잡지 못했으니, 정말 탄식할 만한 일이다.[26]

서계는 『대학』의 본문이 한대(漢代) 이전에 이미 누락되거나 뒤섞인 채로 전해져 왔다고 한다. 이렇게 전해지다가 한대에 이르러 유학자들이 『예기』를 편찬하면서 대학의 흩어지고 뒤섞인 글들을 대략이나마 논리에 맞추어 편집을 했는데, 자세하게 살피지 못한 까닭에 그 본모습을 더욱 잃게 되었다는 것이다. 이후 정자와 주자 같은 분들이 부지런히 탐구하여 바로잡으려 하였으나 『대학』 본래의 맥락을 완전하게 회복하지는 못했다는 것이다. 즉 서계는 대학의 착간을 인정하는 데서는

가 된다(諸橋轍次(1976), 『經學研究序說』, 諸橋轍次 著作集 제2권, 東京: 大修館書店, 282쪽).

26 『思辨錄-大學』, 傳九章(釋齊家), 104~105쪽. "蓋此書, 其初編簡爛斷, 無復次序. 至漢諸儒, 收拾於散亂離析之餘, 粗成條理而不能審詳, 間多上下互易, 因失其舊. 甚者, 至或一章之文, 止存章首數字, 全綴以他章之語, 或一簡之文, 首尾僅具, 而中間脫失, 則取其語之疑似者, 挿入而完之. …… 雖以程朱兩夫子, 用工之至勤而亦未及, 正可勝嘆哉."

주자와 견해를 같이하나, 정주(程朱)의 개정본을 완전한 것이라고 여기지 않았다. 이에 서계는 『대학장구』를 재개정하게 되는데, 이때 그는, "단서를 뚜렷이 하였고(端緒了然), 맥락을 분명하게 하였다(脈絡煥然)"[27]라고 할 정도로 자신감을 보이고 있다.

이에 서계의 『대학』개정이 주자의 『대학장구』와 어떻게 다른지 도표로 일목요연하게 살펴보고, 그 특징에 대하여 알아보기로 하자.

	주자의 『대학장구』		서계의 『대학 사변록』	
[1]	전2장 (釋親民)	"是故君子, 無所不用其極."	전3장 (釋止於至善)	전3장의 결어로서, 전3장의 말미로 옮김
[2]	전3장 (釋止於至善)	㉠"詩云, 瞻彼淇澳~民之不能忘也." ㉡"詩云, '於戱!~此以沒世不忘也."	전10장 (釋治國)	㉠과 ㉡은 "詩云, 樂之君子 ~此之謂民之父母."의 아래에 차례대로 옮김
[3]	전8장 (釋修身齊家)	㉠"人之其所親愛而辟焉, ~天下鮮矣!" ㉡"故諺有之, ~莫知其苗之碩."	전9장 (釋齊家)	㉠과 ㉡은 "所謂治國~慈者, 所以使衆也."의 아래에 차례대로 옮김
[4]	전9장 (釋齊家治國)	"堯舜帥天下以仁, ~未之有也."	전8장 (釋修身)	"所謂齊其家, 在修其身者, ~"의 아래로 옮김
[5]	전9장 (釋齊家治國)	"康誥曰: '如保赤子', ~未有學養子而后嫁者也."	전10장 (釋治國)	"所惡於上, ~此之謂絜矩之道."의 아래로 옮김
[6]	전10장 (釋治國平天下)	"上老老而民興孝, ~上恤孤而民不倍."	전9장 (釋齊家)	"所謂治國~慈者, 所以使衆也."와, [3]의 ㉠, ㉡의 사이로 옮김

『대학장구』와 『대학 사변록』의 『대학』개정에 대한 비교

서계의 『대학』본문에 대한 개정은, 위의 도표에서 보듯이 주로 주자의 『대학장구』를 기준으로 하여 전문(傳文)의 이동이 많다.[28] 그러면 이

---

27 『思辨錄-大學』, 傳十章(釋治國).

러한 서계의『대학』개정의 특징은 무엇인가?

우선 지적할 수 있는 것은, 주자의『대학장구』에 대한 뚜렷한 비판의식하에『대학』의 본문을 개정했다는 점이다. 이는『대학』개정의 준거로『고본대학』을 대상으로 하지 않고, 주자의『대학장구』를 대본으로 했다는 데서 쉽게 알 수 있다. 이 때문에 서계는 전문(傳文)의 단락을 이동시킬 때마다, 주자와 단락을 달리 배치하는 이유에 대하여 자세하게 변석(辨析)하고 있다. 우리는 이에 서계의 변석이 어느 만큼 논리적이고 타당한지, 그 실례를 [2]의 경우를 들어 살펴보기로 하자. [2]의 경우, 서계의 개정에 대한 변석은 다음과 같이 세 부분으로 나뉘어 논리가 전개되고 있다.

(1) 주자가 이 두 단락을 전3장으로 옮긴 이유

([2]의) 위 단락은 윗사람이 자신의 덕 닦는 것을 말하였고, 아래 단락은 아랫사람이 임금의 은혜를 잊지 못하는 것을 말하였다. 이 사이에 이른바 '지선(至善)'이라고 말할 만한 것이 있는 까닭으로, 주자는 이에 이를 취하여 '지어지선(止於至善)'의 뜻으로 해석하여 여기에 끌어다 두었다.[29]

---

28 서계의『대학』개정이 주로 전문(傳文) 사이의 단락 이동에서 이루어지고 있지만, 하나의 전(傳) 내에서도 단락의 이동이 있는 경우도 있다. 특히 전10장에서 집중적으로 이루어지고 있는데, 이를 항목별로 살펴보면 다음과 같다(『思辨錄-大學章句識疑』, 傳十章).

① '康誥曰惟命'以下十九字, 舊在'悖而出'之下, 今移屬于'失國'之下.

② '秦書'以下至'驕泰以失之'凡五段, 舊在'仁親以爲寶'之下, 今移屬于'不善則失之 矣'之下.

③ '是故君子先愼'以下凡五段, 舊在'失國'之下, 今移屬于'驕泰以失之'之下.

④ '生財有大道'以下三段, 舊在'驕泰以失之'之下, 今移屬于'亦悖而出'之下.

⑤ '楚書'以下兩段二十八字, 舊在'失之矣'之下, 今移屬于'非其財者也'之下.

29 『思辨錄-大學』, 傳三章, 76쪽. "上段, 言上之自治己德, 下段, 言下之不忘君惠. 其間, 又

(2) 서계가 이 두 단락을 전3장에서 빼 버린 이유

첫째, 전문(傳文)의 체례로써 미루어 본다면, 그렇지 않다는 것을 밝혀낼 수가 있다. 전의 제1장에서 명덕의 뜻을 해석할 적에는 모두 '명(明)' 자를 인용하였고, 제2장에 신민을 해석할 적에도 모두 '신(新)' 자를 인용하였으며, 전3장에서 또 지지선(止至善)의 뜻을 해석하면서도 또 모두 '지(止)' 자를 인용하였다. 그런데 이 두 단락만은 유독 [지(止) 자가] 없으니, 이것이 그 첫 번째 증거이다.

둘째, 전의 제1장과 전의 제2장에 '명(明)' 자와 '신(新)' 자를 잇달아 인용한 단락이 모두 3단락에 그치고, 전3장에서 인용한 '지(止)' 자가 들어 있는 단락도 또한 이미 3단락이 되고, 그 인용한 말뜻도 처음과 끝이 명백하니, 이것이 또 한 가지 증거이다. 대개 이 두 단락을 가져다가 그 뜻을 갖추게 할 필요가 없으므로, 이 (두 단락)를 떼어다가 전10장에 옮겨 둔다.[30]

(3) 서계가 이 두 단락을 전10장[釋治國]에 넣은 이유

[2]-㉠의 경우

이 단락은 군자의 덕이 융성하고 선이 지극하여 백성의 부모 된 도리를 다할 수 있어서, 백성들이 그를 사랑하여 잊을 수 없는 것을 말한 것이다. …… (군자

有所謂至善云者. 故朱夫子, 乃取以爲釋止於至善之義而引置於此."

30 『思辨錄·大學』, 傳三章, 76쪽. "推以傳文義例, 有可明其不然者. 傳第一章釋明德之義, 則皆引明字, 第二章釋新民之義, 則皆引新字. 此章又釋止至善之義, 又皆引止字, 而此兩段獨無, 此其一驗也. 第一章·第二章, 連引明字·新字, 皆止於三段. 此章上所引止字, 亦已得三段, 而其所引語意, 首尾已明, 此又一驗. 盖有不暇待於此兩段以備其義者, 故去之, 移置於傳十章云."

가) 부지런히 힘써 쉬지 않아서, 엄공(嚴恭)하고 독경(篤敬)한 실상을 내면에 간직하고, 빛나고 환한 광채를 밖으로 드러내는 경지에 이를 수가 있었다. 그리고 정치를 펴고 은혜를 베풀어 백성들에게 사랑을 받음이 저와 같았고, 독실하고 광채가 나서 아랫사람에게 복종을 받음이 또 이와 같았으니, 백성들의 마음이 쏠려서 잊을 수 없는 것이 당연하다.[31]

[2]-ⓛ의 경우

윗글에 이미 백성이 잊을 수 없는 것을 말하였는데, 여기에 또 『시경』을 인용하여 그 잊을 수 없는 이유를 밝혔다. [선대(先代)의 군자(君子)가] 마음으로 조심하고 위의(威儀)가 성대한 아름다움이 있으면, [후대(後代)의] 군자는 그가 어질게 생각했던 이를 어질게 여기고 친하게 여겼던 이를 친하게 여겨 잊을 수 없는 것이다. 그리고, 좋아하고 싫어함을 백성들과 함께하는 사랑이 있었다면, 소인(小人, 百姓)들은 그가 즐거워했던 것을 즐겁게 여기고 그가 이롭게 여겼던 것을 이롭게 여겨 능히 잊을 수 없는 것이다. 이 두 절은 혈구(絜矩)를 할 수 있으면, 백성들이 우러르게 됨을 말한 것이다.[32]

위에서 보듯이 서계의 『대학장구』에 대한 재개정은 그 논리가 매우 치밀하다. 우선 서계는, ①에서 보듯이 주자가 『대학장구』를 지을 때의 개정 논리에 대하여 추론을 하고, ②에서 자신은 왜 이 단락을 전3장에

---

31 『思辨錄-大學』, 傳十章(釋治國), 124~125쪽. "此言君子所以德之盛·善之至, 能盡爲民父母之道, 而使民愛之而不能忘者. …… 孜孜不已, 以至存乎內者有嚴恭篤敬之實, 著乎外者有輝耀震灼之光. 其施政布惠見愛於民如彼, 而篤實輝光取服於下又如此, 宜其尤惓惓而不能忘也."
32 『思辨錄-大學』, 傳十章(釋治國), 125~126쪽. "上文, 旣言民不能忘, 此又引詩明其所以不忘之故. 夫有恂慄赫喧之美, 則君子所以賢之親之而不能忘. 有好惡必同之愛, 則小人所以樂之利之而不能忘也. 此兩節, 言能絜矩爲民所戴."

둘 수 없는지에 대하여 자세하게 변석을 한다. 그리고 나서 ③에서 이 두 단락을 전10장에 두어야만 하는 이유에 대해 앞뒤의 문맥을 고려하여 상세히 설명하고 있다. 앞서 우리는 서계의『대학』개정의 특징으로, 주자의『대학장구』에 대한 뚜렷한 비판 의식을 들었다. 그런데 도표의 [2]에 대한 서계의 변석을 통해, 우리는 그의『대학』개정의 또 다른 특징에 대하여 엿볼 수 있다. 즉, 서계의『대학장구』의 비판을 통한『대학』의 개정은, ②와 ③에서 보듯이『대학』본문의 체례와 논리를 고려하여 재구성한 것이 그 특성인 것이다. 그리고 이러한 재구성은 선현이나 다른 서적의 권위를 빌어 자기 이론의 바탕으로 삼지 않고, 순수하게 자신의 논리로 이룩한 것이다. 여기서 우리는 서계 경학의 특성을 '독자적인 경전 해석'으로 규정해도 크게 어긋나지는 않을 것이다. 서계의 이 같은 독자적인 경전 해석의 자세는『대학』의 주요 개념을 분석하는 데 있어서 여실히 드러나고 있다.

2)『대학』의 주요 개념에 대한 새로운 해석

주자의『대학장구』를 재개정한 서계는『대학』의 주요한 개념에 대해서도 그 의미를 새롭게 밝혀 놓았는데, 그 내용은 이강령론(二綱領論), 사물론(事物論), 격물론(格物論) 등이다.

(1) 이강령론(二綱領論)

서계는『대학』의 삼강령설을 부정하고 이강령설을 제시하고 있는데, 그 논리는 다음과 같다.

(주자의) 주에서는 명명덕(明明德), 신민(新民), 지어지선(止於至善) 세 가지를 『대학』 한 책의 강령으로 삼았는데, 진실로 이와 같다면 명명덕이 한 가지 일이 되고 신민이 한 가지 일이 되며 지어지선이 또 따로 한 가지 일이 된다. 지금 명명덕과 신민은 각기 한 가지 일이 될 수 있으나, 지어지선은 또 따로 한 가지 일이 될 수 있겠는가? (주자의) 주에 "명명덕과 신민을 모두 지선에 머무르게 해야 된다"고 하였다. 그렇다면 명명덕과 신민 이외에 다른 지어지선이란 것이 있을 수 없음을 알 수 있다. 또한 강령이 있으면 반드시 조목이 있게 마련이니, 조목도 없으면서 홀로 그 강령만이 있을 수는 없다. 강(綱)은 여러 목(目)을 끌어당기는 것이니, 목이 이미 없는데 강이 어찌 있을 수 있겠는가? 그러므로 이 책(『대학』)에 명명덕의 조목이 다섯이 있고 신민의 조목이 셋이 있으나, 지어지선의 조목은 구하여도 끝내 찾을 수가 없는 것이다. 이로써 이 책의 강령이 둘뿐인 것을 알 수 있다. 지어지선은 명명덕과 신민의 공효가 극진한 데 이르는 것이니, 이를 분리해서 별도로 하나의 강령을 만들지 못함은 명백하다.[33]

위의 인용문을 분석해 보면, 서계가 『대학』의 이강령설을 주장하는 근거는 두 가지이다. 첫째는, 주자의 삼강령설은 명명덕(明明德), 신민(新民), 지어지선(止於至善)을 각기 독자적인 내용으로 구성된 하나의 개념으로 파악한 것인데, 이는 주자주 내에서 이미 모순을 내포하고 있다는 것이다. 즉, 주자는 각기 한 가지 일로서 삼강령을 말하고, 다시 "명

---

33 『思辨錄-大學』, 經一章, 53~54쪽. "註以明德新民至善三者, 爲一書之綱領. 誠如此, 是明德爲一事, 新民爲一事, 至善又自爲一事. 今明德新民, 旣各自爲一事矣, 至善又可得以自爲一事乎? 註言明德新民, 皆當止於至善. 然則捨明德新民而更無所謂一段至善者, 可見. 且有綱必有目, 未有無其目而獨有紀綱. 綱所以挈衆目, 目旣不存, 綱安所設. 故此書爲明德之目五, 爲新民之目三, 而及求其爲止至善之目者, 則終不可以得. 以此知此書之爲綱者二而已. 若夫止至善, 乃所以致明德新民之功, 則其不可離之, 使別爲一綱領, 明矣."

명덕과 신민을 모두 지선에 머무르게 해야 된다(明德新民, 皆當止於至善)"라고 하여 '지어지선'을 독립된 개념에서 제외시키는 모순을 범하고 있다는 것이다. 둘째는 강령과 조목이라고 명명한다면, 강령에는 반드시 조목이 있어야 되는데, 지어지선에는 조목이 없다는 점이다. 팔조목 중 격물 치지 성의 정심 수신은 명명덕의 다섯 조목이요, 제가 치국 평천하는 신민의 세 조목이니, 지어지선에 분속될 조목이 없게 되는 것이다. 서계는 이 두 가지 이유에서 지어지선을 별도로 분리해서 강령을 만드는 것에 반대하고, 『대학』의 강령은 둘뿐임이 명백하다고 주장한다. 앞서 살펴본 『대학』본문에 대한 서계의 개정 논리가 주자주에 대한 비판과 자신의 문리에 의거했듯이, 이강령론도 다분히 주자 논리의 불철저성에 대한 비판과, 자신의 논리적이고 독자적인 사유에 의하여 성립된 것이다. 이후 살펴볼 사물론과 격물론도 그 기저는 이에서 벗어나지 않는다.

(2) 사물론(事物論)

주자는 『대학』경1장의, "물유본말(物有本末) …… 즉근도의(則近道矣)"의 구절에 대해 『대학장구』에서 "명덕은 근본이고 신민은 말단이다. 지지(知止)는 시작이고 능득(能得)은 마침이다. 근본과 시작은 먼저 해야 할 것이고 말단과 마침은 나중에 해야 할 것이다(明德爲本, 新民爲末. 知止爲始, 能得爲終. 本始所先, 末終所後)."라고 주를 달았다. 그리고 『대학혹문』에서, "명덕과 신민은 다른 물(物)이어서 안과 밖으로 서로 대응하기 때문에 본말(本末)이라 한다. 그리고 지지(知止)와 능득(能得)은 한 가지 일[事]로서 처음과 끝이 서로 맞물려 있기 때문에 시종(始終)이라고 한다(明德 新民 兩物 而內外相對 故曰本末 知止 能得 一事 而首尾相因 故

日始終)."34라고 하여, 본말로서의 명덕과 신민이 물(物)이고, 시종(始終)으로서의 지지(知止)와 능득(能得)이 사(事)라고 하였다. 그런데 서계는, 주자가 이 단락을 앞 단락의 결어로 잘못 읽었기 때문에 물(物)과 사(事)의 개념에 대해서도 오해를 했다고 하면서, 사와 물에 대하여 주자와 다르게 해석을 하고 있다.

물(物)이란 것은 아랫글의 천하(天下), 국(國), 가(家), 신(身), 심(心), 의(意), 지(知), 물(物)을 말하는 것이요, 사(事)라는 것은 평(平), 치(治), 제(齊), 수(修), 정(正), 성(誠), 치(致), 격(格)을 말하는 것이다. …… (주자의 주에서는) 명명덕과 신민을 본말로 삼았다. 이와 같다면 명명덕과 신민은 섞이어 물(物)이 됨을 면치 못하니, 아마도 경의 본지는 아닌 듯하다. 대개 명명덕과 신민에 있어서 명덕과 민(民)은 물이 되고, 명(明)과 신(新)은 사(事)가 되니, 이치상 섞이어 하나가 될 수 없는 것이다. …… 지금 만약 사(事)와 물(物)을 가리켜 세밀하게 분석하는 시점에서 배우는 자들로 하여금 혼동함을 면치 못하게 한다면, 어찌 이치를 살피고 의(義)를 분별하는 공부에 방해가 되지 않겠는가?35

앞 절에서 살펴보았듯이, 서계의 경문 문리에 의하면 『대학』 경1장의, "물유본말(物有本末) …… 즉근도의(則近道矣)"의 단락은 앞 단락의 결어가 아니다. 그러므로 이 단락의 물(物)과 사(事)는 주자의 주장처럼 앞 단락의 명덕(明德), 신민(新民), 지지(知止), 능득(能得)을 가리키는 개념

---

34 『大學或問』, 중화당 영인본, 108쪽.
35 『思辨錄-大學』, 經一章, 57~58쪽. "物者, 如下文曰天下·曰國·曰家·曰身·曰心·曰意·曰知·曰物, 是也. 事者, 如其曰平·曰治·曰齊·曰修·曰正·曰誠·曰致·曰格, 是也. …… 以明德新民爲本末. 如是, 明德新民, 未免於混而爲物, 恐非經之本志. 盖於明德新民, 則德與民爲物, 而明與新爲事, 理有不容混而爲一者. …… 今若於指事指物, 毫縷分析之處, 使學者而不免於混之, 則無亦妨於察理辨義之功乎?"

일 수가 없게 된다. 이에 서계는 이 단락을 뒷 단락의 서문으로 보고, 물(物)은 팔조목에서 천하(天下), 국(國), 가(家), 신(身), 심(心), 의(意), 지(知), 물(物)을 가리키며, 사(事)는 평(平), 치(治), 제(齊), 수(修), 정(正), 성(誠), 치(致), 격(格)을 가리키는 것으로 보았다. 그리고 명덕과 신민을 분석하여 물과 사에 분속시킨다면, 명덕과 민은 물(物)이고, 명(明)과 신(新)은 사(事)라고 하였다. 서계의 이러한 견해는 물을 인식과 행위의 대상으로 보고, 그 대상에 대한 처응(處應, 인식함과 행위함)함을 사(事)로 파악한 것이다.36 그러므로 사는 명사가 아닌 동사로서 '일삼다' 정도로 해석이 가능하며, 이 둘의 관계에 있어서 인간(인식 주체)의 인식 행위인 '사(事)'가 인식 대상인 '물(物)'을 다스리는 원리로 작용을 하게 되는 것이다.37 서계는 이 같은 독특한 사물론을 전개하면서, 세밀하게 분석하는 곳에서 혼동이 있어서는 안 될 것이라고 한다. 왜냐하면 처음 배울 때 그 착안이 어긋나면, 마침내 이치와 의리를 살피고 분별하는 큰 공부가 어그러지기 때문인 것이다. 서계는 이렇듯이 자신의 독창적인 사물론을 내세우면서, 주자의 견해가 경의 본지는 아닐 것이라고 하였다. 이 말은 자신의 견해가 경의 본지에 접근한 언어라는 자신감의 다른 표현으로 이해해도 무리가 없을 듯하다.

(3) 격물론(格物論)

격물론에 대한 서계의 견해는 '하학적(下學的) 격물론', '격물치지일사론(格物致知一事論)', '일물궁구론(一物窮究論)'으로 요약할 수 있는데, 먼

---

36 배종호(1983), 「박세당의 격물치지설(格物致知說)」, 『실학논총』, 전남대학교 출판부, 367
   쪽 참조.
37 『思辨錄-大學』, 經一章. "盖事者, 所以理夫物也."

저 '하학적 격물론'에 대하여 살펴보기로 한다.

격물치지장에 대하여 서계는 "전문(傳文)이 결락되었기 때문에 격치의 설에 대하여 고증을 할 수가 없다"[38]고 하면서, 성의장의 내용을 근거로 격물의 의미에 대하여 추론을 하고 있다.

> 그 성의의 설은 …… 이 뜻이 너무나 평이하고 절근(切近)한 것이 아닌가. 이 경지가 어찌 이(理)가 이르지 않음이 없고 지(知)가 다하지 않음이 없다는 이상의 사람들을 가리키는 말이겠는가. 또 이것[성의(誠意)의 경지-필자]이 어찌 '사람의 성(性)을 다하고 물(物)의 성(性)을 다한 것(盡性盡物)'이라고 일컬을 수 있겠는가. 만약 이것으로 말미암아 그 공부를 이룬다면 비록 '진성진물'의 경지에 이르렀다고 해도 되겠지마는, 만약 이것으로써 이미 '진성진물(盡性盡物)'의 경지에 도달했다고 한다면 아마 옳지 않은 듯하다.[39]

『대학』 성의장을 이루고 내용은 한결같이 평이절근(平易切近)한 것이어서, 그 내용은 공부의 극점에 다다른 사람들에게 하는 말이 아니다. 그렇기 때문에 성의(誠意)의 단계를 '진성진물(盡性盡物)'했다고 여겨서는 안 되는 것이다. 오히려 이 단계에서 시작하여 '진성진물'의 경지에 이르렀다고 하는 것이 논리적으로 타당한 것이다. 성의의 실상이 이러하다면, 이보다 아래 단계인 격물치지의 단계는 더욱 평이절근해야만 할 것이다. 때문에 격물은 주자의 주장처럼 "물리의 극처에 이르지 않음이 없고, 내 마음의 아는 바를 다하지 않음이 없다(物理之極處 無不到

---

38 『思辨錄-大學』, 經一章, 61쪽. "今傳文缺落, 其所以爲格致之說者, 固已無所可考矣."

39 『思辨錄-大學』, 經一章, 63~64쪽. "其誠意之說 …… 此之爲義不已坦易切近乎. 此又豈是指曉理無不到·知無不盡以上人語耶. 且只此便可謂之盡性盡物乎. 若由此而致其功, 雖盡性盡物, 可也, 若以此爲已到盡性盡物之地, 則誠恐不可."

也 吾心之所知 無不盡也)"의 진성진물(盡性盡物)의 상학적(上學的) 내용으로 이루어져 있을 리가 만무하다는 것이다. 이에 서계는 격물치지의 의미는 초학자가 쉽사리 알 수 있는 평이한 내용으로 구성되었을 것이라는 전제하에, "물(物)이 있으면 반드시 그 법칙이 있다. 물을 격(格)한다는 것은, 그 법칙을 구함에 바름을 얻고자 함이다(有物 必有則 物之有格 所以求其則而期得乎正也)."[40]고 하여, 격(格)의 의미를 "법칙을 구해서 바름을 구한다"로 풀이한다. 여기에서 서계가 주장하는 '법칙에서 바름을 구하는 것'으로서의 '격'은, 구체적 물(物)의 상태를 바르게 인지하는 경험지 정도의 수준으로서의 '격'이라고 할 수 있다. 왜냐하면, 바로 위에서 살펴보았듯이 성의의 실상이 평이하고 절근하다면, 그보다 아래 단계인 격물이 고원한 물리(物理)를 궁구(窮究)하는 상학지향적(上學指向的) 인식론이어서는 안 되기 때문이다.

주자의 상학적인 격물론을 부정하는 서계의 이 같은 하학적 격물론에서는 격물과 치지에 대한 주자의 점층적인 논리도 인정되지 않았다. 이는 서계에게 있어서 격물(格物)과 치지(致知)는 같은 개념이라는 '격물치지일사론(格物致知一事論)'으로 이어진다.

나의 앎을 이 일의 당연한 데까지 이르게 하여 이에 대한 처응(處應)이 다하지 않음이 없게 하고자 한다면, 그 요령은 오직 이 물(物)의 법칙을 찾아서 그 바른 것을 얻게 하는 데 있다. 앎을 이루고자 하면 먼저 물을 격(格)해야 한다고 말하지 않고, 앎을 이루는 것은 물을 격하는 데 있다고 한 것은, 물을 격하는 것이 앎을 이루는 것으로써 그 일이 한 가지이기 때문이다.[41]

---

40 『思辨錄-大學』, 經一章, 59~60쪽.
41 『思辨錄-大學』, 經一章, 60쪽. "欲使吾之知, 能至乎是事之所當而處之無不盡, 則其要唯在乎尋索是物之則而得其正也. 不言欲致知先格物, 而曰致知在格物者, 格物所以致知, 其事

서계는 치지에서 평천하까지는 하위(下位, 先)에서 상위(上位, 後)로 이르는 점층적인 개념으로 보았지만, 격물과 치지의 관계는 이렇게 파악하지 않았다. 윗글에서 보듯이, 치지를 이루기 위해서 격물이 그 요령으로 존재하는 것이지, 격물이 치지에 선재(先在)하는 것은 아니다. 이는 격물과 치지가 순차적인 것이 아니라 동시에 이루어진다는 의미로 이해할 수 있다. 서계의 이 같은 논리는 억측이 아니라, 『대학』의 경문 내에서, 평천하에서 치지까지는 'ⓐ선(先)ⓑ'라는 문형으로 되어 ⓐ와 ⓑ가 선후 관계로 이루어져 있는 데 비해, 치지와 격물은 'ⓐ재(在)ⓑ'라고 하여 동시성을 나타내는 '재(在)'로 연결된 데서 확인할 수 있다.

서계의 이 같은 '격물치지일사론'은 하나의 실제적인 물(物, 대상)을 차분하게 궁구하고 나서 다른 물로 그 인식의 범위를 넓혀 가야 된다는 '일물궁구론(一物窮究論)'으로 이어진다. 일찍이 주자는 "사물에는 반드시 이치가 있는 것이니, 마땅히 모두 궁구(窮究)해야 될 것이다. 하늘과 땅의 높고 깊은 것과 귀신의 숨겨지고 나타나는 것이 이것이다."[42]라고 하거나, "한 포기의 풀과 한 그루의 나무에도 모두 이치가 있으므로 이를 살피지 않으면 안 된다"[43]고 하였다. 주자의 이러한 견해는 다분히 형이상학적 원리를 격물의 대상으로 하고 있다. 서계는 주자의 이 같은 주장에 대해서, 천지와 귀신은 사람이 살아가는 근원이니 그 이치에 대하여 탐구하는 것은 학인(學人)의 의무라는 데서는 주자와 견해를 같이한다. 그러나 『논어』에 보면, 자공과 자로 같은 현철(賢哲)도 형이상학적인 천도(天道)와 성(性)에 대하여 공자에게 자주 듣지 못한 것은 그

　一故也."
42 『思辨錄-大學』, 傳五章, 82쪽. "物必有理, 皆所當窮, 若天地之所以高深鬼神之所以幽顯, 是也."
43 『思辨錄-大學』, 傳五章, 82쪽. "一草一木, 亦皆有理, 不可不察."

나름의 이유가 있어서였다고 한다. 이는 배우는 자가 천지, 귀신과 만물의 미묘한 이치를 처음부터 추구하면, 자신에게 절실하고 비근하며 구체적인 물(物)의 이치를 살피는 데 소홀할 수 있기 때문이다.[44]

서계가 생각하기에, 주자 격물설의 단점은 이같이 형이상학적 물리를 중시하는 데서만 그치는 것이 아니다. 또 하나의 중대한 결점은 바로 만물을 궁구의 대상으로 삼은 점이다. 일찍이 정자는 "오늘 한 물건을 궁구하고, 내일 또 한 물건을 궁구한다(今日格一物 明日格一物)."[45]라고 하였다. 서계는 정자의 이 말에 전폭적인 지지를 보내면서, 격물치지란 "일물(一物), 일사(一事)를 가리켜서 하는 말이지, 만물의 이(理)를 궁구하고자 일심(一心)의 지(知)를 다하는 것은 아닐 것이다"[46]고 하였다. 서계가 이처럼 구체적이고 비근한 물을 대상으로 하는 일물궁구론(一物窮究論)을 역설하는 것은, 자신에게 절실하고 비근한 구체적인 물을 하나씩 궁구[窮究, 서계식 표현으로는 칙정(則正)]했을 때만이 선과 악에 대한 분별이 분명해지고 마음의 흔들림이 없어서 그 뜻이 성실해질 수 있기 때문이다.[47] 이는 일물궁구의 여부를 곧 성실의 여부로 연결시키는 논리이다. 그러므로 서계는 성의장에서 "대체로 사람의 마음이 성실한가 성실하지 않는가는, 다만 한 가지 물(物)의 실정을 자세히 살폈는가 살피지 아니했는가에 달려 있다"[48]라고 말할 수 있었다. 이상으

---

44 『思辨錄-大學』, 傳五章, 87쪽. "夫天地鬼神, 人之所得以生, 則其所以然之故, 似宜爲學者所先知. 而賢如子貢子路, 且有不得聞焉者, 其必有深意存焉耳. 今欲使初學之士, 上窮于此, 下窮于草木之微, 懸趹乎不及之塗, 馳騁乎無窮之境, 卒莫省夫所自反, 其不眩亂迷惑而失其本心之所受, 且不可知."

45 『思辨錄-大學』, 傳五章, 81쪽.

46 『思辨錄-大學』, 傳五章, 80쪽. "似指一物一事而言, 恐非謂窮萬物之理而盡一心之知者也."

47 『思辨錄-大學』, 傳五章, 87쪽. "有一物之未盡窮者, 善惡之辨, 終不能眞, 將有內拒中挽之患而意不得誠."

48 『思辨錄-大學』, 傳五章, 80쪽. "可明夫人心誠否, 只在於一物之審其情與未而已."

로 우리는 서계의 격물론에 대하여 살펴보았는데, '격물치지일사론'이든 '일물궁구론'이든, 평이와 비근함을 중시하는 하학적 지향이 그 중심에 있음을 알 수 있었다. 그러면 이상의 논의를 바탕으로 서계 경학사상의 특성을 탈주자학적 성향과 주자학적 한계로 나누어 살펴보기로 하자.

5. 『대학 사변록』에 나타난 탈주자학적 성향과 주자학적 요소

1) 탈주자학적 성향으로서의 하학지향

서계는 『대학장구』를 재개정하면서, "나의 좁은 견해와 얕은 식견으로 경과 전을 찢어발겼으니, 어찌 그 죄를 피하겠는가. 어찌 그 죄를 피하겠는가."[49]라고 할 정도로 주자학을 벗어나는 자신의 견해에 대해 매우 조심스러운 태도를 지닌다. 이는 앞서 언급했듯이, 다분히 당시 학계의 주자학 절대 존숭의 풍조를 의식한 발언이라고 할 수 있다. 서계의 이러한 조심스러운 태도는 때때로 자신의 견해를 곰곰이 살펴보면 주자와 다르지 않다고 강변하기도 한다.[50] 그러나 앞서 살펴보았다시피, 서계의 『대학』에 대한 인식은 주자의 『대학장구』에 대한 비판으로 일관한다. 그리고 서계의 이 같은 주자학 비판 내지 탈주자학적 요소의 지향점은, 그가 '천이조략(淺邇粗略)'을 강조한 데서 알 수 있듯이 '하학'적인 것에 대한 지향이다. 이는 곧 서계 경학의 탈주자학적 성향

---

49 『思辨錄-大學章句識疑』. "褊見淺識, 破裂經傳, 安得辭其罪也, 安得辭其罪也."
50 『思辨錄-大學章句識疑』. "究其大本, 終不失朱子之旨."

이 '하학'으로 귀결된다는 의미이다. 그러면 서계 경학의 지향을 하학지향(下學指向)이라고 하였을 때, 하학의 함의에 대하여 좀 더 알아보기로 하자.

[1] 그 밖의 (주자의) 말씀하신 것이 혹 범범하고 넓기도 하며[泛博] 혹은 깊고 정묘하기도 하니[幽妙], 처음 배우는 선비에게 말할 수 있는 것이 아니다. 그러므로 수사(洙泗)의 자세한 설교가 '간절히 묻고 절근히 생각하는 학문[切問近思之學]'이 되는 것과는 같지 않은 듯하다.[51]

[2] 천 리를 가려면 먼저 그 문을 나서야 되고, 태산을 오르려면 먼저 그 뜰을 밟아야 된다. 그렇듯이 천지(天地), 귀신(鬼神), 초목(草木), 조수(鳥獸)의 그렇게 된 까닭을 알고자 하면, 반드시 먼저 부자(父子), 군신(君臣), 동정(動靜), 어묵(語黙)의 이치를 알아야만 된다. 이것과 반대가 되면, 『중용』의 이른바 "먼 곳을 가려면 가까운 곳에서 출발하고, 높은 곳을 오르려면 낮은 곳에서 시작한다(行遠自邇, 升高自卑)"는 뜻을 잃게 된다.[52]

[3] '신(身)'이란 천하 국가의 큰 근본으로, …… 이것을 주관하는 것은 심(心)이다. …… 물(物)에는 법칙이 있고, 마음에는 지각이 있다. 지각으로 법칙을 구한다면, 마땅히 그 바름을 얻어야만 된다.[53]

---

51 『思辨錄-大學』, 傳五章, 86쪽. "其他所言, 或患泛博, 或憂幽妙, 非所以語夫初學之士, 似與洙泗之丁寧立教爲切問近思之學者, 不同."
52 『思辨錄-大學』, 傳五章, 92쪽. "欲適千里, 先出其戶, 登泰山, 先踐其庭, 欲識天地・鬼神・草木・鳥獸所以然之故, 必先有以知夫父子・君臣・動靜・語黙之理. 反此者, 失乎中庸'行遠自邇升高自卑'之者也."
53 『思辨錄-大學』, 傳五章, 89쪽. "身者, 天下國家之大本也, …… 所主者心. …… 物有則而心有知, 以知求則, 宜可以得其正."

서계가 우환으로 여기는 주자학의 특징은 [1]의 범박(泛博)과 유묘(幽妙)인데, 범박과 유묘가 가리키는 것은 [2]의 '천지(天地), 귀신(鬼神), 초목(草木), 조수(鳥獸)의 연원'이라고 할 수 있다. 서계는 초학지사에게 이 같은 경지는 알맞지 않다고 하면서 [1]의 절문(切問)과 근사(近思)를 수사(洙泗)의 가르침으로 내세웠는데, 절문과 근사의 대상은 [2]의 '부자(父子), 군신(君臣), 동정(動靜), 어묵(語黙)의 이치'라고 할 수 있다. 그리고 이 양자(兩者)의 특성은 원고(遠高)와 이비(邇卑)로 구분되는데, 원고로서의 범박(泛博), 유묘(幽妙)보다 이비로서의 절문(切問), 근사(近思)가 보다 더 수사학(洙泗學)의 본지에 알맞은 개념이라는 것이다. 그러므로 초학자에게는 일상적[邇]이고 구체적인[卑] 것들로서의 '부자, 군신, 동정, 어묵'의 이치에 대한 물음[切問]과 생각[近思]이 매우 중요하다는 것이다. 그리고 [3]에서 보듯이 천하 국가의 대본(大本)인 신(身)을 주관하는 심(心)은 그 작용으로 지(知)가 있는데, 이 지가 바로 앞에 언급한 일상적이고 구체적인 물의 바른 이치를 탐구하는 역할을 한다.

이상의 논의를 요약하면, 일상적이고 구체적인 대상의 중시와 이에 대한 심지(心知)의 절근(切近)한 문사(問思) 작용으로 바른 이치를 얻는 것 등이 서계의 탈주자학적 지향으로서의 '하학(下學)'의 함의이다. 이는 고원한 외재적 진리의 궁구를 중시하는 주자학의 상학적 성향과는 대별되는 의미에서 하학적이다. 또한 앞에서 살펴보았듯이 서계의 하학지향은 선현의 언설과 서적의 권위를 빌리지 않고 자신의 논리적 추론에 의하여 이루어진 독자적 측면이 강하다. 그러나 서계가 이러한 하학지향을 그 사유의 귀결로 삼았다고는 하지만, 유학에서 벗어났다거나 주자학과 다른 학적 체계를 수립했다고는 할 수 없다. '탈주자학'이란 용어 자체가 주자학을 의식한 것으로, 이는 주자학적 기저하에서의 비판과 일탈의 문제인 것이다.

2) 서계『대학』해석의 주자학적 요소

『대학 사변록』에 나타난 서계 경학의 특징을 결론적으로 말한다면, 탈주자학적 성향과 주자학적 기저라는 이중성이다. 여기서 탈주자학적 성향은 독자적 경전 해석과 하학지향으로 나타나고 있으며, 주자학적 요소는 그의 명덕론과 격물론에 자리하고 있다. 그러면 서계『대학』해석의 주자학적 기저는 구체적으로 어떠한 것인지를 살펴보기로 하자.

우선『대학』의 경학적 문제에서 중시되는 개정본과 고본의 구분에서 서계는 주자의 편에 선다. 물론 앞서 살펴보았다시피, 서계 자신이『대학장구』에 불만을 품고『대학』을 재개정하였지만, 어디까지나『대학장구』의 틀에 의거하여 자신의 논리를 전개한 것이다. 이는 윤휴에게서 발견되는 고본 중심적 태도와는 매우 다르다. 또한 서계는 명덕을 하늘이 인간에게 부여해 준 천부적인 덕[54]으로 여기는 한, 주자학의 성즉리설을 준수하고 있다고 할 수 있다. 그리고 서계의 격물론도 물(物)에 대한 오지(吾知)의 궁구(窮究)를 인정하는 한 주자학적 격물론의 틀 안에 머무르고 있다.[55] 물론 앞서 살펴보았다시피, 격물치지의 의미가 주자와는 다르다. 그러나 의성(意誠)의 단계로 가기 위해서는 비록 주자가 말하는 활연 관통의 격물치지에까지는 이르지 못한다 하더라도 물의 법칙을 찾아 그 바름을 얻는 서계식의 격물에까지는 이르러야 한다.[56] 그러므로 서계의 인식론은 주자와 비록 그 물(物)과 지(知)의 수준

---

54 『思辨錄-大學』, 傳首章, 69쪽. "人若欲明其德, 唯在於反顧其身, 以得夫天之所以與我者. 夫天以五常之德, 賦與於人. …… 所謂德者, 卽有以審其爲吾性之所本有, 因以修之, 何憂其不明乎!"

55 『思辨錄-大學』, 經一章, 65쪽. "蓋大學之意, 本欲學者隨事隨物用其格致之功, 使吾之知, 當是事是物而審其所處, 則意之所發而施於其間者, 自無不實也."

56 『思辨錄-大學』, 經一章, 65~66쪽. "按旣言'意雖欲誠, 其道無由.' 則設令勉强用誠, 此意所

에 있어서 층차가 날지언정, 의성에 이르기 위한 전 단계로 격물을 강조한다는 점에서는 주자학의 주지주의적 특성을 보여 주고 있다.

6. 결론

이상으로 우리는 서계의 『대학』해석이 비록 주자학적 한계가 내재하기는 하지만, 독자적인 논리의 힘으로 탈주자학적 사유를 지향했음을 볼 수 있었다. 그리고 그 탈주자학적 지향의 내용은 '하학'에 있었음도 알 수 있었다. 『대학 사변록』에 나타난 이러한 특징은 『대학』이라는 책이 사서(四書)의 서설에 해당되는 것임을 감안한다면, 서계 경학의 전반적인 성격이라고 추론하여도 무리가 없을 것이다.

그런데 서계는 자신의 이러한 하학 중시의 사유 체계를 결코 유학의 이념에서 벗어난 것은 아니라고 여겼다. 오히려 서계는 자신의 하학지향적 사유가 공자의 근본이념인 수사학의 본지에 합치되며, 이것이 바로 유학의 본령이라고 생각하였다. 그리고 이 같은 유학의 본령은 당시 이단으로 치부된 노장학(老莊學)과 농사 같은 비근한 것까지도 포괄하는 광대한 영역으로 인식되었다.[57]

存, 終是不誠. 盖誠不可强, 强便非誠, 若不能誠, 亦止爲僞 …… 經之意, 盖謂隨物而格, 以致其知, 使吾之知, 當一物一事之間, 審其善惡如惡臭好色, 則意之所好, 自無不誠耳."
[57] 이 같은 서계의 사고는 그의 또 다른 역작인 『신주도덕경(新註道德經)』, 『남화경주해산보(南華經註解删補)』의 저술을 가능케 한 바탕이었다. 물론 서계 사상의 기저는 유가사상(儒家思想)이 아니라 노장사상(老莊思想)이라는 주장도 있기는 하지만(김만규, 앞의 논문), 필자의 견해로는 서계의 하학 중시 사유는 어디까지나 유가의 이념이라고 여겨진다(서계의 노장사상이 그의 유가적 사유의 틀 안에서 해석되어졌다는 견해로는, 김경탁(1979), 「박세당의 노자학」, 『중국철학개론』, 범학도서; 송항룡(1982), 「서계 박세당의 노장 연구와 도가철학사상」, 『대동문화연구』 16집, 성균관대학교 대동문화연구원 참고). 그

이상의 논의를 바탕으로 우리는 서계 경학의 경학사적 자리매김을 탈주자학적이며 그 지향점은 하학적이라는 데서 윤휴와 동일선상에서 평가할 수 있을 것이다. 그러나 그 유사점에도 불구하고, 그 내용에 있어서는 차별성이 존재한다. 즉 윤휴의 『대학』 해석이 주자주를 비롯한 여러 경학 사상의 기저 위에서 이룩해 나간 박학적 정신이 두드러진 데 비해, 서계는 주자주의 상학성에 대한 비판에서 자신의 논리를 확립해 나간 독자적 사고가 돋보인다.[58] 그리고 이 같은 경학 사상은 조선 후기 실학적 경학의 선구라고 평가할 수 있을 것이다. 서계에 의해 제시된 '하학' 중시의 경설은 이익(李瀷)과 정약용(丁若鏞)으로 이어지면서, 조선 후기 실학파 경학의 중요한 특징으로 자리하기 때문이다.

리고 『색경(穡經)』의 저술 역시 그가 "稼穡, 固民生之本, 而天下之要道, 聖人未嘗廢其術." (『西溪集』 卷七, 「穡經序」, 135쪽)라고 했듯이, 이 또한 유가의 본령에 포괄되는 것으로 서계는 생각하고 있다.

58 백호와 서계 경학의 구체적 특징에 대해서는 이영호(2004), 『조선중기경학사상연구』, 경인문화사, 155~222쪽 참조.

『대학 사변록』에 대한 새로운 정의

주자학(朱子學)으로써 주자주(朱子註)를 수정한 저술[1]

강지은

1. 서론

서계(西溪) 박세당(朴世堂, 1629~1703)은 주로 반주자(反朱子)·탈주자(脫朱子)의 학자로서 인식되어 왔으며, 『사변록』에서의 주자주(朱子註) 비판이 그 근거로서 제시되어 왔다.[2] 특히 『대학 사변록(大學思辨錄)』[3]에

---

1 본고는 졸고(2007), 「서계 박세당의 「대학 사변록」에 대한 재검토-『대학장구대전』의 주자주(朱子註)에 대한 비판적 고찰의 의미를 중심으로-」, 『한국실학연구』 13호, 한국실학학회; 졸고(2011), 윤휴의 『독서기(讀書記)』와 박세당의 『사변록(思辨錄)』이 주자학 비판을 위해 저술되었다는 주장의 타당성 검토(I)-『대학』의 '격물(格物)' 주석에 대한 재고찰을 중심으로-」, 『한국실학연구』 22호; 졸저(2017), 『朝鮮儒儒學史の再定位-十七世紀東アジアから考える』, 동경대학출판회 등의 일부 내용을 토대로 하여 완성한 것이다.

2 이러한 관점은 이병도(1966), 「박서계와 반주자학적 사상」, 『대동문화연구』 제3호, 성균관대학교 대동문화연구원 및 윤사순(1972), 「박세당의 실학사상에 관한 연구」, 『아세아연구』 제15권 제2호, 통권 제46호 별책, 고려대학교 아세아문제연구소. 이후 현재에 이르기까지 거의 지속되며, 조한석(2005), 「박세당 장자 해석의 사상적 의미-「제물론」 해석의 정치적 활용 가능성을 중심으로」, 『한국사상사학』 25, 한국사상사학회; 윤남한(1982), 『조선시대의 양명학(陽明學) 연구』, 집문당 등이 양명학적 영향을 '예상'한다고 한 줄 언급한 이래 양명학과의 연관성을 말한 연구도 있으나 재고가 필요하다고 생각된다. 『사변록』을 중심

서 주자의 해석이 타당하지 않다거나 경의 본지가 아니라고 한 부분들은 주자학에 대한 비판성을 증명하는 유력한 증거로 인식되었다. 그중에서도 초점이 된 것은 격물에 대한 주희의 해석을 비판적으로 논했다는 점이었다. 주자학에서의 격물 해석에 비판적인 인물은 주자학에 대한 비판 의식을 지녔다고 간주하는 것이 가능하기 때문이다. 예컨대, 양명학은 '사물의 이치에 이른다'라고 한 주희(朱熹, 1130~1200)의 격물 해석을 정면에서 부정하고 '사물을 바로잡는다'라는 해석을 제시하며 주자학에 반기를 들었던 것이다.

박세당은, 주희의 격물 해석이 초학자가 따르기에 무리가 있는 내용이므로 '초학입덕지문(初學入德之門)', 즉 '초학자가 덕을 몸에 익히기 시작하는 입구'라는 『대학』의 취지에 적합한 형태로 재해석해야 한다고 주장하였다. 대부분의 선행 연구에서는 박세당의 격물 해석에 대해, 그가 발언한 대로 의미를 부여하여, 주희의 난해한 해석을 초학자에 알맞도록 수정한 것이라고 인식하였다.

으로 한 연구가 아닌 경우에서도 『사변록』의 반주자·탈주자적 성격을 기정사실화한 경우가 많다. 한편, 이종성(2000), 「박세당 노자 해석의 체용론적 기초」, 『유학연구』 8, 충남대 유학연구소에서는 박세당의 철학에 대한 기존의 '반주자론'을 '탈주자론'으로 대체하고자 하면서 '탈주자'를 '주자학의 비판과 계승'으로 정의하였다. 이러한 '탈주자론'은 박세당 철학에 대한 새로운 관점을 제시했다는 데에 적지 않은 의미가 있다고 생각한다. 다만, '탈정치'·'탈부패' 등 현재 쓰이고 있는 단어들의 용례를 생각해 볼 때, '탈주자'를 '주자를 탈피한 것 즉, 주자학의 패러다임에서 벗어나 그에 대한 고려가 전혀 없는 것'의 의미로 사용해야 할 것이다. '탈주자' 용어에 대해서는 전면적인 재검토가 필요하다고 생각되며, 본고는 잠정적으로 '주자를 탈피한 것'의 의미로 사용하였다.

3 『대학 사변록』은 실제로 『서계전서(西溪全書)』 하, 『사변록(思辨錄)』, 「대학(大學)」에 실려 있으므로, 『사변록』 중의 「대학」편이라 할 수 있을 것이다. 그러나 「연보(年譜)」의 "저대학사변록(著大學思辨錄)"(『서계전서』 상, 권22 「부록」, 「연보」 448쪽)이라는 구절을 토대로 하여 『대학 사변록』을 그대로 저술의 명칭으로 사용하고자 한다.

그러나 박세당이 주석의 기준으로 삼은 '초학입덕지문'은 주희가 『대학장구』 첫 부분에 인용한 정자의 말로서, 말하자면 이것이야말로 주희가 『대학』 해석에 제시한 기준이라는 점을 상기할 때에, 박세당의 주희 해석 비판의 의미를 재검토해야 할 필요성이 대두된다.

『대학 사변록』에서 '주자의 주가 옳지 않다'고 한 박세당의 주장이, 주자학이 국시(國是)였던 조선시대 사회에서 문제가 된 것은 당연한 일이었을 것이다. 당시, 그의 친우들은 그의 태도의 '위험성'에 대해 걱정스럽게 충고하였고, 정치적으로 대립하고 있던 자들은 '주자를 모욕하고 폄하'했다며 공격하는 일들이 실제로 발생하였다. 그러나 오늘날의 학술에서, 『대학 사변록』의 경서 해석으로서의 의의를 고찰하는 경우에도 여전히 반주자학적 저술로 정의할 수 있으며, 동시에 박세당 자신의 '반주자학'적 의도를 확인할 수 있을 것인가. 이하의 분석을 통해 이에 대한 대답을 도출해 내고자 한다.[4]

---

4 윤사순은, 정도전의 학문이 조선시대 이래 도학적 입장에서 도외시되어 왔고 현대에도 여전히 그러한 입장이 이어지고 있는 점을 다음과 같이 지적하였는데, 조선시대에 이루어진 학술 인식이 그 특별한 사회적 배경을 전제로 한 것으로서, 현대의 학술 가치와 일치하지 않을 가능성에 대해 주의 환기하였다는 점에서 시사하는 바가 있다[윤사순(1997), 『한국유학사상론』, 예문서원, 72쪽]. "정도전 및 그의 학문에 대한 이러한 과소평가 또는 기피 현상이 성리학이 아닌 도학의 입장에서 나온 것이라면 별문제이다. 도학은 성리학의 경우와 달리 객관지의 추구보다는, 의리[價値]의 실천과 궁행을 더 존중하는 가치 실현의 정신이 강하기 때문이다. 사실 한국 도학의 도통을 밝히는 자리에서 정도전이나 그의 학문을 제외하는 예는 매우 흔하다. 그러나 의리의 실천·궁행이라는 가치 실현의 정신 못지 않게 객관지 추구라는 측면의 학문적 입장에서마저 정도전의 학문[性理學]을 도외시하는 것은 재고의 여지가 있다."

2. 『대학 사변록』 분석

1) 『대학장구대전』의 중요성

『대학 사변록』은 박세당이 52세 때인 경신년(1680, 숙종 6)에 지어졌다.[5] 박세당의 문집인 『서계전서(西溪全書)』에는, 『대학 사변록』의 뒤 편에 「대학석경고본(大學石經古本)」·「대학고본(大學古本)」의 원문 및 「대학장구지의(大學章句識疑)」가 수록되어 있다. 「대학장구지의」는 『대학장구』를 재배열하고 그 취지를 간단히 덧붙인 것이다. 박세당은 「대학장구지의」를 『장구』를 '개정(改定)'한 저작으로 자임하고 있으며, 여기에서 개정한 내용을 바탕으로 하여 약 7년 뒤에 『대학 사변록』을 완성하였다.[6] 그는 「대학장구지의」를 바탕으로 『대학』의 경문(經文)과 전문(傳文)을 다시 배열하는 작업을 하였지만, 두 저술을 비교해 보면 전문의 배열이 반드시 일치하는 것은 아니다. 「대학장구지의」에서 『대학장구』의 배열을 그대로 유지하면서도 아무래도 다른 면으로 옮기는 것이 맞는 것 같다는 해설을 덧붙인 부분이 이에 해당된다. 후에 『대학 사변록』을 완성하면서 자신의 견해를 확신하고 다시 옮겨 기록한 것으로 보이며, 역시 두 저술 사이에 상당한 기간이 있었음을 나타내는 것이라고 할 수 있다. 『대학장구지의』를 다시 수정하는 작업을 하지 않은 것은, 그 서문에서 밝혔듯이 이 저작이 전문을 외우기 위해 해 둔 작업이기 때문일 것이다.

『대학 사변록』은 전반부와 후반부가 각기 하나씩의 기준을 가지고

---

5 朴世堂, 『西溪全書』 上, 卷22 「附錄」, 「年譜」 448쪽.

6 朴世堂, 『西溪全書』 下, 『思辨錄』, 「大學」 20쪽: "自余改定章句, 已七年."(이하, 『西溪全書』 下, 『思辨錄』, 「大學」은 『대학 사변록』으로 표기.)

서술되고 있다. 전반부는 『대학장구』 처음 부분의 '초학입덕지문'이라는 명제를 중심으로 하고 있다. 후반부는 전문 각 장의 주제를 확정하고 해당 주제별 문의(文義)에 합당하도록 전문을 재배열하는 데에 중점을 두고 있다(후반부에서도 '초학입덕지문'이라는 기준은 적용된다).

『대학 사변록』에서는 『주자어류(朱子語類)』의 내용으로 보이는 내용들을 '주(註)'라고 언급하며 서술하고 있는데, 이는 다름이 아니라 저자가 해당 내용들을 『어류』가 아닌 『대학장구대전』의 소주를 통해 읽고 있기 때문이라고 생각된다.[7] 『대학 사변록』의 여러 문장들에서 『대학장구대전』의 소주를 상세히 읽은 정황이 포착되는 것이다. 『대학혹문』 및 『주자어류』를 일부 참고한 듯하나, 『대학혹문』은 뒤에 가서야 입수한 것으로 보이며,[8] 『주자어류』의 경우에도 전반적으로 읽고 참조한 것으로는 보이지 않는다. 다만, 『주자어류』는 『대전』본 소주에 거론된 부분을 위주로 언급하고 있지만, 소주에 인용되지 않은 부분을 논한 경우도 약간 있는 듯하여, 『주자어류』를 실제로 보았는지 여부는 확실히 단정할 수 없다. 그 밖에 다른 서적이나 주석서를 참고한 흔적은 보이지 않는다.[9] 『논어 사변록』의 경우에는 황간(黃幹)·사량좌(謝良佐)·양시

---

7 『조선왕조실록』의 기록을 참조하면, 세종 1년(1419)에 이미 황제로부터 하사받은 『사서오경대전(四書五經大全)』이 들어왔고(『세종실록』 1년 12월 7일 기사), 그 후 왕실 주도의 판각 등을 거쳐 널리 유포되었다. 『대전』본의 집주(集註)에 대한 불신도 없지 않았으나(『선조실록』 2년(1569) 4월 19일 기사), 『대전』본 『사서』를 어릴 때부터 읽었다는 송시열의 말(『현종개수실록』 즉위년(1659) 9월 5일 기사)이나, 이이(李珥)가 『대전』본에 구두를 찍은 일(『정조실록』 15년(1791) 5월 3일 기사) 등을 통해 당시 『대전』본의 유행을 짐작할 수 있다.

8 박세당, 『대학 사변록』, 태학사, 1979, 21쪽: "回得或問而讀之, 乃知程子, 亦於此章, 多所易置."

9 박세당은 무신년(현종 9년, 40세) 10월 27일에 이경억(李慶億)을 정사로 하는 동지사 일행에 합류하여 서장관으로 연경에 가서 이듬해(기유) 3월에 돌아왔다(『연보』 무신조·기유조 및 『현종실록』 9년 10월 27일(임진) 기사 참조). 「연보」에는 일행이 지나는 도중의

(楊時) 등을 비롯한『대전(大全)』본 소주의 주들을 인용하여 거론하고 있으나『대학 사변록』에서는 거의 주자주만을 다루고 간혹 정이(程頤, 1033~1107)의 설을 언급하고 있다.

박세당은 주로『주자어류』로부터 인용된 이『대전』소주의 내용에서 주희의 대답이 명쾌하지 않은 부분을 연구 대상으로 하여 해설하고 있다. 즉, 주자주에서 충분히 설명했어야 함에도 불구하고, 미진하게 다룬 부분에 대해 집중적으로 서술하고 있는 것이다. 주자주에서 충분히 서술된 부분에 있어서는 그대로 받아들여 전체적인 의미 파악의 근간으로 삼고 있다. 그리고 주자주에서 언급이 없는 이설(異說)이나 주자학 이외의 학설에 대한 관심은 나타나 있지 않다.

『대학 사변록』에서 논하는 대부분의 주제가『대학장구대전(大學章句大全)』의 소주에서 제기된 문제들과 연관되어 있는 것으로 보인다. 박세당이『대학 사변록』에서 행한 주자주에 대한 비판을『대전』소주와 상세히 비교하여 고찰해 본다면,「대학 사변록」의 경학사적 위치를 명확히 할 수 있을 것이다.

2) '초학입덕지문'이라는 기준

박세당은『대학』이 '초학입덕지문'이라는 점을 전제로 하여 "주희의 격물설은 '초학입덕지문'이라는『대학』의 취지에 어긋나는 것"이라고 주장하며 자신의 설을 제출하였다. 조선조 유학자로서는 드문 이러한 과감한 발언은 일찍이 "진보적이고 계몽적인 그 태도와 사상"으로서 주목

산천 도리 지명 중에 그때까지 잘못 전해지던 것들을 책이나 거주민들에게 묻거나 하여 바로잡았다는 기록이 있다. 관심이 있었다면 이때에 서적을 구할 기회가 있었을 텐데, 그와 관련된 기록이 없고『대학 사변록』에서도 다른 주석서를 참고한 흔적이 보이지 않는다.

받았다.[10] 후속 연구들에서는 구체적으로, '주희의 심원한 격물 해석을 부정'하고 '경험을 중시'하고 '현실적인 실천'을 중시한 것이라고 평가되었고,[11] 주희의 격물설과 왕수인의 치양지설(致良知說)을 통합시킨 지행합일(知行合一)적 해석이라는 의미가 부여되기도 하였다.[12]

많은 선행 연구들이 분석을 진행하였던 아래의 『대학 사변록』의 주석에서 박세당은, 격물치지는 초학자들의 첫 단계, 예를 들어 만 리 길을 떠나는 여정의 첫걸음과도 같은 것이라고 하였다. 그러므로 알기 쉽게 제시하여 초학자들이 어려움을 느끼지 않고 단계별로 나아갈 수 있도록 인도해야 한다고 주장하였다.

주자의 주석에 "'물격(物格)'이란 물리(物理)의 극치가 이르지 않음이 없는 것이다. '지지(知至)'란 자기 마음의 아는 바를 다하지 않음이 없는 것이다"라고 하였다. ……실로 이 『대학』은 '초학입덕지문'이므로 그 내용은 더욱 친근하고 절실해야 할 것이다. 그런데 지금 (주자는) 그렇게 하지 않고 입을 열어 설명함에, 만 리 길 여정에서 그 첫걸음을 밟는 것과 같은 격물을 성인의 최고 공적과 같은 것이라고 하였다. 자기 몸에 절실하고 알기 쉬운 도리를 통해 열어 보여 주어서, 조심스레 발을 디뎌 신중하게 한 계단씩 밟고 또 한 계단을 오르게 하여 '너무 멀어 따라가기 어렵다'라는 한탄이 없도록 하고 또한 각 단계를 뛰어넘어 차례를 무시하는 실수를 범하지 않도록 해야 하는데, 이렇게 하지 않았다.

---

10 이병도(1966), 1쪽.

11 안병길(1998), 「서계 박세당의 독자적 경전 해석과 그의 현실 인식」, 성균관대학교 대동문화연구원 편, 『조선 후기 경학의 전개와 그 성격』, 성균관대학교 출판부, 288쪽; 김용흠(1996), 「조선 후기 노·소론 분당의 사상 기반: 박세당의 『사변록』 시비를 중심으로」, 『학림』 제17호, 연세대학교 사학연구회.

12 송석준(1996), 「한국 양명학의 초기 전개 양상: 윤휴와 박세당의 『대학』 해석을 중심으로」, 『동서철학연구』, 한국동서철학회, 제13호, 21~22쪽.

그런데 박세당 『대학』 해석의 전제가 되는 '초학입덕지문'은 주희의 『대학장구』 첫머리의 "子程子曰 大學孔氏之遺書而初學入德之門也"에서 유래한다. 『대학』을 '초학입덕지문'이라고 한 것은 정이(程頤)이며, 『대학장구』 첫 부분에 이 말을 인용하여 정이의 대학관(大學觀)을 계승하여 『대학』 해석의 기준으로 삼은 것은 주희이므로, '초학입덕지문'의 구체적 의미는 정이와 주희의 말에 대한 고찰에서부터 파악해야 할 것이다. 먼저 『이정유서(二程遺書)』에는 다음과 같은 문장이 있다.

> 처음 선생을 뵙고 물었다. "처음 배우는 것은 어떻게 해야 합니까?" 선생께서 말씀하셨다. "덕에 들어가는 문으로는 『대학』보다 좋은 것이 없다. 오늘날 배우는 자들은 이 책이 남아 있음에 힘입어야 하고, 그 밖에는 『논어』・『맹자』보다 좋은 것이 없다."[14]

그리고 주희가 '초학입덕지문'을 『대학장구』의 첫머리에 인용한 이유는 『주자어류』의 내용을 통해 엿볼 수 있다.

> 『대학』과 『논어』・『맹자』는 성현이 사람들을 위해 설명한 가장 중요한 것이

---

13 박세당, 『대학 사변록』, 4쪽. "注言物格者, 物理之極處, 無不到也, 知至者, 吾心之所知, 無不盡也, ……況此大學, 乃爲初學入德之門, 則其所言, 當有以益加親切, 而今則不然, 開口指說, 以爲萬里初程投足一步之地者, 乃在於聖人之極功, 曾不開示以切己易明之理, 使曳一踵, 謹躡一級, 躡一級, 又進一級, 旣使無邈焉難及之歎, 又使無躐越凌跨之失者, 抑獨何哉."

14 程顥・程頤, 『二程遺書』, 上海: 上海古籍出版社, 2000, 卷22 「伊川雜錄」, 332쪽. "初見先生問, 初學如何. 曰入德之門, 無如大學. 今之學者賴有此一篇書存, 其他莫如論孟."

다. 그러나 『논어』・『맹자』는 일에 따라 문답한 것이어서 요점을 파악하기 어렵다. 하지만 『대학』은 증자(曾子)가 공자께서 말씀해 주신 옛사람의 학문하는 큰 방법을 기술하고, 또 문인들이 전술(傳述)하여 그 본지를 밝힌 것이므로 체계가 모두 갖추어져 있다. 이 책을 깊이 음미한다면 옛사람의 학문적 지향을 알 수 있다. (그 후에) 『논어』・『맹자』를 읽으면 쉽게 이해될 것이다. 그 뒤로 공부할 것이 많겠지만 근본은 이미 확립된 것이다.[15]

주희도 『대학』을 숙독한 후에 『논어』와 『맹자』를 읽어야 한다고 말하였다. 『논어』・『맹자』는 각 장이 각각의 에피소드로 이루어져 있어서, 앞 장을 이해했다고 해서 다음 장도 반드시 이해할 수 있는 것은 아니다. 반면 『대학』은 통일된 체계로 고인이 학문한 방법이 정리되어 있으므로, 숙독한다면 이를 이해하는 일은 어렵지 않다. 그러나 주희가 말하는 '초학입덕지문'이란 단지 쉬운 내용을 가리키는 것은 아니다. 다음의 문장에서 더 상세한 내용을 확인할 수 있다.

『대학』은 학문을 하는 강목이므로, 먼저 『대학』을 통해 강령을 세워 놓으면 다른 경서의 모든 설은 그 속에 있다. 『대학』을 완전히 이해하고 나서 다른 경서를 읽으면, 비로소 '이것이 바로 격물치지에 해당하는 일'이고 '이것이 바로 정심성의에 해당하는 일'이며, '이것이 바로 수신에 해당하는 일'이고 '이것이 바로 제가치국평천하의 일'이라는 것을 알게 된다.[16]

---

15 黎靖德 編, 『朱子語類』, 『朱子全書』, 上海: 上海古籍出版社, 合肥(安徽): 安徽教育出版社, 2001, 卷13 「學七」, 412쪽. "大學語孟最是聖賢爲人切要處. 然語孟卻是隨事答問, 難見要領. 唯大學, 是曾子述孔子說古人爲學之大方, 門人又傳述以明其旨, 體統都具. 玩味此書, 知得古人爲學所鄕, 讀語孟便易入. 後面工夫雖多, 而大體已立矣."
16 黎靖德 編, 『朱子語類』, 卷14 「大學一」, 422쪽. "大學是爲學綱目. 先通大學, 立定綱領, 其他經皆雜說在裏許. 通得大學了, 去看他經, 方見得此是格物致知事, 此是正心誠意事,

요컨대, 『대학』은 배우는 자가 큰 강령을 파악하도록 하는 경서이며, 장래에 배울 많은 경서들로써 이 대강령의 속을 채워 나가게 된다는 것이다. 앞으로 나아갈 원대한 도의 전체적인 틀을 정하는 경서라는 것이지 초학자들이 한 번쯤은 거칠 법한 입문서라는 의미는 아닌 것이다.[17] 주희는, 『대학』은 『논어』·『맹자』보다 이해하기 쉽다고 말하기는 했으나, 이는 주제가 천근하다는 것이 아니라 서술 방식이 통일되어 있어서 읽기 쉽다는 것이다. 본문이 하나의 주제를 향하고 있으므로 처음부터 끝까지 일독하면 그 핵심을 파악할 수 있다. 이러한 틀을 잡아 놓은 뒤에 『논어』·『맹자』를 읽게 되면, 일상생활의 일이나 제후와의 대화 등 각기 다른 에피소드들을 이 틀의 해당 부분에 정리하여 넣으면 된다는 것이다.

　아래에서는 사서(四書)의 난이도에 대해 말하고 있다. 주희는 『중용』은 배우는 이들이 쉽게 이해할 수 없는 심오한 내용이지만, 『대학』·『논어』·『맹자』의 경우 그 내용의 심오함에 따라 배우는 순서가 결정되는 것은 아니라고 생각하였다. 『대학』은 조리가 확실할 뿐 아니라 내용도 배우는 이들에게 매우 필요한 것이긴 하나, 그 규모가 크다. 『논어』와 『맹자』는 질문자나 기록자가 제각각이고 그때그때 일어난 다양한 사건들을 배경으로 하고 있으며, 또 그 내용 중에는 배우는 이에게 꼭 필요하지 않은 것도 있다.

　　이 책[『대학』]은 세상에 가르침을 주기 위한 대전(大典)으로, 모두 천하 후세를 위하여 설명해 준 것이다. 『논어』·『맹자』는 때에 따라 사물에 접하여 넌지

此是修身事, 此是齊家治國平天下事."
17 위의 책, 419쪽. "某要人先讀大學, 以定其規模."

시 한 말이니, 어떤 시점, 어떤 일로 인하여 발언한 것이다. 그러므로 『대학』은 규모는 크지만, 처음과 끝이 갖추어져 있어 강령을 찾을 수 있고 절목(節目)이 분명하여 공부의 순서가 정해져 있으니 배우는 이들의 일상에 매우 필요한 것이다. 『논어』·『맹자』도 사람에게 절실하기는 하지만, 질문하고 기록한 이가 한 사람이 아니며 내용의 앞뒤와 깊고 얕은 것이 순서대로 되어 있지 않거나 억양(抑揚)·진퇴(進退)가 고르지 않은 것도 있고, 그중에는 처음 배우는 이들에게 일상적으로 필요하지 않은 내용도 포함되어 있다. 이것이 정자(程子)가 이 책을 먼저 보게 하고 『논어』·『맹자』를 나중에 보게 한 이유이다. 그 순서는 난이도나 완급에 의한 것이지, 성인의 말에 우열이 있기 때문은 아니다. (그러나)『중용』은 성인의 문하에서 전수한 극치의 말이므로 후학들이 쉽게 이해할 수 있는 내용이 아니다.[18]

또한, 주희는 "독서에 있어서 『논어』·『맹자』와 같은 경우, 일상생활에서 발생한 일에 대해 말한 것이므로 문맥에 의심되는 부분이 없다"[19]고 하였다. 일반적으로는 "초급 단계에서 일상생활의 일을 배우고 상급 단계에서 원대한 일을 고찰한다."라고 생각하기 쉽다. 그러나 주희가 『대학』을 '초학입덕지문'으로 규정하고 초학자들이 먼저 배워야 한다고 말한 이유는, 원대한 도의 큰 강령을 아는 것을 목표로 삼도록 하고자

---

18 朱熹, 『大學或問』, 『朱子全書』, 上海: 上海古籍出版社, 合肥(安徽): 安徽敎育出版社, 2001, 第6冊. "是書垂世立教之大典, 通爲天下後世而言者也. 論孟應機接物之微言, 或因一時一事而發者也. 是以是書之規模雖大, 然其首尾該備, 而綱領可尋, 節目分明, 而工夫有序, 無非切於學者之日用. 論孟之爲人雖切, 然而問者非一人, 記者非一手, 或先後淺深之無序, 或抑揚進退之不齊, 其間蓋有非初學日用之所及者. 此程子所以先是書後論孟, 蓋以其難易緩急言之, 而非以聖人之言爲有優劣也. 至於中庸, 則又聖門傳授極致之言, 尤非後學之所易得而聞者."

19 朱熹, 『晦庵先生朱文公文集』, 卷48 「答呂子約」, 『朱子全書』, 2213쪽. "讀書如論孟是直說日用眼前事, 文理無可疑."

해서이다.

박세당이 격물치지를 '만 리 길 여정의 첫걸음이 되는 공부'라고 서술한 것은 '원대한 도에 나아가는 기본을 갖춘다'는 주희의 생각에 반대하지 않았음을 나타낸다. 주희의 '하학이상달(下學而上達)'론 또한 박세당의 주장과 다르지 않음은 주지의 사실이다.[20] 그러나 박세당은 주희가 내린 '초학입덕지문'이라는 규정을 수용하면서도, 격물 공부를 해석할 때 궁극의 경지를 제시한 것은 '초학입덕지문'인 『대학』에 부합하지 않는다고 주장하여 마치 주희의 『대학』 해석을 전면적으로 부정한 듯한 인상을 남겼다. 그렇다면 박세당은 주희의 '초학입덕지문'이라는 규정을 사용하기는 했지만, 결국 기존의 "주자학적 경서 해석의 난해함을 비판하기 위해, 일상생활의 실천을 중시하는 입장에서 격물을 재해석하였다"라는 의미를 부여할 수 있는 것인가. 아래의 분석에서 이에 대해 대답하고자 한다.

3) 사물의 법칙을 알지 못하면 실천도 없다

박세당은 주희의 '격물'에 대한 뜻풀이에 대해 다음과 같이 이의를 제기하였다.

지엽(枝葉)에 나아가 그 근본을 탐구하고 끝을 말미암아 그 시작을 찾는다면, 먼저 해야 할 일이 무엇인지 알 수 있다. 구하여 도달하는 것을 '치(致)'라 한다. 격(格)은 '칙(則)'이자 '정(正)'이다. (그 이유는,) 사물에는 반드시 그 법칙이 있

---

20 예컨대, 『朱子語類』, 卷27 「論語九」 "如做塔, 且從那低處·闇處做起, 少間自到合尖處. 若只要從頭上做起, 卻無著工夫處. '下學而上達', 下學方是實."이 그것이다.

다. 물(物)을 격(格)하는 것, 즉 격물이란, 사물의 법칙을 구하여 올바름을 얻는 것이다. 즉, "자신의 지(知)가 일의 올바름이 무엇인지를 알아서 모든 일을 적절하게 처리할 수 있도록 하고자 한다면, 사물의 법칙을 구하여 그 올바른 바를 얻는 것이 중요하다"라는 의미이다. 치지(致知)를 위해서 먼저 격물을 해야 한다고 하지 않고 "치지는 격물에 있다"라고 한 까닭은, 격물을 행하는 일은 곧 올바른 지식을 지극히 하는 일 그 자체로서 이 둘은 하나의 일이기 때문이다. ○ 주자의 주석에서 '격'을 '지(至)'로 '물'을 '사(事)'로 풀이하였는데, 모두 타당하지 않은 듯하다. '격'이라는 글자에 '지'의 의미도 있기는 하지만 '격물'에서 '격'을 '지'로 해석한다면 '지물(至物)'이란 것은 말이 되지 않는다. '지사(至事)'로 바꾸어도 역시 의미가 통하지 않으므로 타당하지 않다.[21]

박세당은 주희가 격(格)을 '이르다'로 해석한 것은 옳지 않다고 주장한다. 그는 '이르다' 대신에 '법칙(을 얻는 것)', '올바름(을 얻는 것)'이라는 풀이를 제시하고 있다. 그러나 이는 양명학적 해석처럼 사물을 올바르게 한다는 의미는 전혀 아니다. 사물의 법칙이나 타당한 내용을 제대로 인식하는 것을 말한다. 요컨대, '사물의 법칙을 고찰하는 것'이라는 해석이며, 이는 결코 주희가 정의한 격물의 의미와 다른 것이 아니다. 주희와의 차이점은 격물을 끝까지 진전시킨 지점을 어떻게 상정하였는가에 있다. 주희는 '격'을 '이르다'로 훈독하여, 사물 하나하나의 이치에 대한 탐구를 거듭하여 마침내 활연(豁然)히 관통하는 경지에까지 '이르

---

21 朴世堂, 『大學思辨錄』, 4쪽. "卽末而探其本, 由終而原其始, 則所先可見矣, 求以至曰致, 格, 則也, 正也, 有物必有則. 物之有格, 所以求其則而期得乎正也. 蓋言欲使吾之知, 能至乎是事之所當而處之無不盡, 則其要唯在乎尋索是物之則而得其正也. 不言欲致知先格物, 而曰致知在格物者, 格物, 所以致知, 其事一故也. ○注, 訓格爲至, 訓物爲事, 皆恐未當, 格雖有以至爲義者, 但若於格物而謂格爲至, 則至物云者, 便不成語, 若易物爲至事, 理亦不顯, 終未見其得."

다', 즉 최고 단계를 목표로 하는 것이라고 해석했다. 다만 주희의 말은 격물이 모두 이러한 것이라는 의미라기보다, 이 단계에 도달하기 위한 하나하나의 노력이 격물이라고 말한 것이다. 박세당은 '격'에는 원래 '이르다'라는 의미가 있지만 '격물'의 '격' 같은 경우에는 여기에 맞지 않는다고 하였다. 최고 단계에까지 '이르는' 것이 아니라, 사물 하나하나의 법칙을 고찰하는 일에 한정한 것이다.

"자신의 지(知)가 일의 올바름이 무엇인지를 알아서 모든 일을 적절하게 처리할 수 있도록 하고자 한다면, 사물의 법칙을 구하여 그 올바른 바를 얻는 것이 중요하다."라는 박세당의 주석에서 '모든 일을 적절하게 처리할 수 있도록 하고자 한다면'이라는 부분은 '실천 중시'의 실학사상으로 해석된 적도 있으나, 이러한 추론은 아래와 같은 이유로 그 타당성이 의심된다.

박세당의 주석에서 '……할 수 있도록 하고자 한다면'이란 말은, 격물의 목적을 말한 것이지 격물 자체를 의미하는 것은 아니다. 나아가 경학사(經學史)상의 주석, 게다가 주희마저도 격물의 목적은 올바로 행하기 위함이라고 하였으며, 단지 지식 탐구를 목적으로 한다고는 말하지 않았다. 이 주석을 실천적인 측면으로 해석해서는 그 의미를 온전히 파악할 수 없다. 박세당은 격물의 단계를 제한하여, 극치에 이르거나 활연하게 관통하는 경지까지 포함하는 것은 불가능하다고 주장하였다. 즉, 주희의 격물 해석에서 '활연관통(豁然貫通)'을 제외시켜 처음 배우는 이들이 사물을 고찰하는 범위로 한정하고 있는 것이다.

다음으로, 박세당은 『대학』에서는 '격물(格物)'부터 '평천하(平天下)'까지의 순서의 중요성에 대해 아래와 같이 해설하였다.

근본이 확립되면 말단이 생겨나고, 시작을 제대로 하면 끝이 완성된다. 이로부터 나중에 할 일이 무엇인지 알 수 있다. 지극한 바를 얻는 것을 '지(至)'라고 한다. 사물의 법칙을 구하여 그 올바른 바를 얻어야만, 비로소 자신의 지(知)가 일의 마땅한 바에까지 이를 수 있고 의심이 없게 된다. 일의 마땅한 바를 알고 의심하는 바가 없어야만 비로소 의(意)가 성실해진다. 생각건대 '사(事)'란 물사 (物事)를 처리하는 것이다. 지(知)로써 일의 마땅한 바를 판단하고 의(意)로써 실제 일을 행한다. (그러므로) 사물에 대해 올바른 법칙을 알지 못하는데 지(知) 가 마땅한 바를 판단한다든지, 지(知)가 마땅한 바를 판단해 내지 못하는데 의 (意)가 성실하게 일을 행한다는 것은 있을 수 없는 일이다. 이 두 구절에서 거듭 본말과 종시의 순서를 상세히 설명한 이유는, 배우는 자로 하여금 먼저 행해야 할 일과 나중에 행해야 할 일의 구분이 있음을 알게 하여 명덕신민(明德新民)의 공부에 순서대로 점차 나아가 각 단계를 뛰어넘어 수순(手順)을 무시하는 실수 를 범하지 않도록 하기 위해서이다.[22]

위에서 밑줄을 그은 '사물의 법칙을 구하여 그 올바른 바를 얻어야만' 이라고 한 주석은 무엇을 바로잡는다는 것이 아니라 물의 법칙을 타당 하게 인식하는 것을 가리킨다. 여기에서 '행(行)'을 강조하는 사상을 도 출해 내거나 주자학의 주지적인 해석과 다른 '실학사상'이 나타난다고 보는 것은 타당하지 않다. 박세당의 의도는 사물의 법칙을 확실히 분별 하는 것의 중요성을 강조하는 데에 있다. 그는 행동하고자 한다면 우선 올바른 인식부터 지녀야 한다고 말하는 것이다. 위에서 밑줄을 그은

---

22 朴世堂, 『大學思辨錄』, 4쪽. "本立, 末斯生, 始得, 終乃成, 則所後, 可見矣, 得所致曰至. 求物之則而得其正, 然後吾之知, 能至乎事之所當而可以無所疑矣. 知事之所當而無所疑 然後, 意乃得以誠. 蓋事者, 所以理夫物也. 知以辨事之宜, 意以行事之實, 未有物不得其 則而知當乎辨, 知不當其辨而意誠於行者也. 此兩節, 反覆詳言本末終始之次第, 欲使學者 知其先後之辨, 而於明德新民之功, 循循漸進, 無躐等凌節之失矣."

'사물에 대하여 올바른 법칙을 알지 못하는데 지(知)가 마땅한 바를 판단한다든지, 지(知)가 마땅한 바를 판단해 내지 못하는데 의(意)가 성실하게 일을 행한다는 것은 있을 수 없는 일이다'라는 부분을 보면, 이러한 주장을 더 확실하게 확인할 수 있다.

박세당은『대학』경문의 "物格而後知至 ……國治而後天下平"에 대해, 격물(格物)·치지(致知)·성의(誠意) 등의 각 조목을 순서대로 행하는 것을 강조한 부분이라고 주장한다. 이러한 해석은 박세당이 발명한 것은 아니다. 역대의 많은 주석자들이 물격에서 천하평까지 정해진 순서를 잘 지켜야 한다고 기술하였다. 이러한 주석들은『대학』경문의 '이후(而後)'라는 글자를 염두에 둔 것이다.

주희 주석도 당연히 이와 동일하다. 경문의 '치지재격물(致知在格物)'에 '재(在)' 자가 있기 때문에, 주희는 이를 다른 조목의 '선(先)' 자와는 구별하여 설명하였다. 왕수인(王守仁, 1472~1528)의 경우에는, 격물(格物)·치지(致知)·성의(誠意)·정심(正心)·수신(修身)에 대해, 물(物)·지(知)·의(意)·심(心)·신(身)을 하나의 사물로 보고, 격(格)·치(致)·성(誠)·정(正)·수(修)를 하나의 일로 보아 '선' 자와 '재' 자의 의미 차이를 확실히 구분하지 않았다. 주자학적 해석과 크게 다른 점이다. 송시열(宋時烈, 1607~1689)의 재전제자(再傳弟子)인 한원진(韓元震, 1682~1751)은 왕수인의 이러한 해석을 다음과 같이 비판하였다.

(양명은) 또 "신(身)·심(心)·의(意)·지(知)·물(物)은 다만 하나의 사물이다. 격(格)·치(致)·성(誠)·정(正)·수(修)는 다만 하나의 일이다"라고 하였다. 그러므로 "몸을 닦고자 하는 이는 반드시 마음을 바로 해야 한다. 마음을 바로 하고자 하는 이는 반드시 그 의념(意念)이 발하는 바를 바르게 해야 한다. 뜻을 성실히 하고자 한다면 반드시 앎을 지극히 해야 한다. 치지(致知)는 반드시 격물(格

物)에 있다."23라고 하였다. 격물과 치지는 확실히 한가지 일이다. 격물 외에 따로 치지의 일은 없다. 따라서 『대학』에서 "치지는 격물에 있다"라고 하였다. 그러나 다른 조목들은 각각 하나의 일로서 각기 노력해야 하는 별도의 조목이긴 하지만, 각각의 다른 항목들은 서로 도움을 준다. 그러므로 "이렇게 하고자 한다면 먼저 이렇게 해야 한다."라고 하거나 "먼저 이렇게 한 다음에 이렇게 한다."라고 한 것이다. 선(先)·후(後) 두 글자로부터 각각의 항목은 따로 힘써야 할 것이면서도 서로 도움을 주는 것임을 알 수 있다. 양명의 말대로라면 '修身在正心 正心在誠意 誠意在致知'와 같이 되어, 치지는 격물에 '있다[在]'라고 한 것과 마찬가지로 [두 조목이 선후 관계가 아니라, '재(在)' 자로 이어지는] 문장이 되었을 것이다. 그러나 실제 『대학』의 문장은 그렇지 않으므로 양명의 설이 옳지 않음을 알 수 있다.24

박세당의 '치지재격물(致知在格物)'에 대한 해석은 한원진의 위 해석과 그 궤를 같이한다고 할 수 있다. 박세당과 한원진은 비슷한 해석을 하였고, 이는 주희 주석을 부연한 것에 해당하며, 왕수인의 설과는 다르다. 그럼에도 불구하고 현대 학술에서 박세당의 해석은 자주 주자학을 비판한 것으로 간주되고 있다. 요컨대 주희 주석을 인용하고 부연한 문장이 반주자학적 관점으로 분석된 것이다. '반주자학 사상의 도출'을

---

23 이 인용문은 원문을 간결히 요약한 것이다. 吳光 等 編校, 王守仁, 『王陽明全集』 下册 卷 26 「續編一·大學問」, 971쪽(上海古籍出版社, 1992) 참조.

24 韓元震, 『南塘集』 민족문화추진회편, 『한국문집총간』 제202책, 卷27 「王陽明集辨」, 89쪽. "又曰, 身心意知物, 只是一物. 格致誠正修, 只是一事. 故曰, 欲修其身者, 必在於正心. 欲正其心者, 必就其意.念所發而正之. 欲誠其意, 必在於致知. 致知必在於格物. 格物致知, 果是一事. 格物之外, 更無致知之事. 故大學曰, 致知在格物. 其他條目, 各是一事, 各致其功, 而特其工夫, 相資而相因, 故曰欲如此, 先如此. 又曰, 如此而后如此, 先后二字, 可見其工夫之各致, 而亦見其相資而相因也. 如陽明說, 則當曰修身在正心, 正心在誠意, 誠意在致知, 如言致知之在格物. 今不如是, 則亦知其不如是矣."

염두에 두면, 주석자가 다름이 아니라 경문의 '재' 자를 해석하고 있다는 사실을 놓치게 된다. 이로부터 '치지'와 '격물'을 하나의 일로 해석한 것이 곧 저자의 사상이라고 속단하거나 양명학의 영향을 받았다는 판단을 내리기도 하는 일이 발생하며, 주희의 설과 다르지 않다는 사실은 무시되고 만다.

역대 주석자들이 '치지'와 '격물'을 두 가지 일이 아닌 하나의 일이라고 해석한 것은, 자기의 학설을 주장하기 위한 것이라기보다는 경문의 '치지재격물(致知在格物)'의 '재(在)' 자를 설명하기 위함이다. 한원진도 박세당도 주희 주석을 비판하고자 한 것이 아니다.

4) 주희의 해석에서 격물과 물격의 차이

격물에 대한 주희의 설은 『대학혹문』에 자세히 보이는데, 정이(程頤)의 말을 인용하고 그에 부합하는 견해를 밝히는 형식으로 서술하고 있다. 『수자어류』와 『주지대전』의 여러 문장들에도 이와 유사한 내용이 나타난다. 현대 연구자들은 주희의 격물설을 다음과 같이 간추리고 있다.

천지 만물은 다 이(理)를 가지고 있다. 『대학』에서는 사물에 나아가서 이미 알고 있는 이에 바탕을 두고, 그것을 미루어 궁구함으로써 궁극의 이에 도달할 수 있다. 그렇게 하면 그 지식은 보편적이고 정밀하고 절실하여 완전하게 된다. 격물의 방법은 한 가지로 정해진 것이 아니라 독서·강론·심신과 성정을 살피는 것, 천지귀신의 변화, 조수 초목의 마땅함에 이르기까지의 이를 남김없이 알도록 하는 것이다. 반드시 그 사물의 표리(表裏)·정조(精粗)를 빠짐없이 극진히 궁구하고 나아가 그 유(類)를 미루어 통달하면 마침내 활연히 관통하는 경지에 도달하게 된다.[25]

격물과 치지의 관계에 대해서는, 격물은 사물의 이치를 궁구하는 노력이며, 사물의 이치를 밝혀 환히 알게 되면 사람의 지식도 완전해지고 철저하게 된다는 것이다. '치지'는 주체의 측면에서 말한 것으로, 인식 과정으로서의 격물이 생산한 자연적인 결과이다. 격물은 치지를 목적으로 한다는 의미이기도 하고, 또 어떤 면에서는 격물의 과정 속에서 치지는 자연히 실현된다는 것이다.[26]

　그런데 주희는 '물격(物格)'과 '격물(格物)'을 구분하여 해석하고 있다. 오늘 일물(一物)을 격(格)하는 것은 '격물'이고, 이 물을 격한 뒤를 '물격'이라고 하고, 또 활연관통한 이후를 '물격'이라 한다. 그리고 '치지(致知)'와 '지지(知至)'에 있어서는, 지지는 내 마음에 있는 지(知)가 다하지 않음이 없는 것, 즉 치지의 궁극적인 경지로 해설하고 있다. 지지와 치지에는 전체와 부분, 최종 목표와 과정의 차이가 있는 것이다. 결론적으로, 한 사물을 궁구한 후에 사람의 지식이 넓어지는 것이 격물이며, 격물을 거듭하여 끊임없이 쌓은 후에 만물의 이치를 관통하게 되면 비로소 지지라고 할 수 있다.[27]

　구체적으로 주희의 『대학장구』는 '격물치지'에 대해, "치지(致知)는 자기의 앎을 궁극까지 발전시키고자 노력하는 것이다. 격물(格物)은 사물의 이치에 대하여 그 궁극까지 도달하고자 노력하는 것이다(推極吾之知識 欲其所知無不盡也 窮至事物之理 欲其極所無不到也)."라고 하였다. 한편 '물격지지'에 대해서는 "물격(物格)은 사물의 이치가 모두 궁극에까지 도달한 것이다. 지지(知至)는 자기 마음의 앎이 궁극에까지 다한 것이

25 오하마 아키라(大濱晧) 저, 이형성 옮김(1999), 『범주로 보는 주자학』, 예문서원, 335~337쪽 참조.
26 陳來 저, 이종란 외 옮김(2002), 『주희의 철학』, 예문서원, 324~325쪽 참조.
27 陳來(2002), 327쪽 참조.

다(物理之極處無不到也 吾心之所知無不盡也)."라고 하였다.

요컨대, 궁극의 단계에 도달하려고 노력하는 것이 '격물치지'이고, 궁극의 단계에 도달한 상태가 '물격지지'라는 말이다. 따라서 주희는, '격물'은 급하게 극치에 도달하기를 구하는 것이 아니라 축적하는 것이 중요하다고 생각한다. 그러므로 "한 사물의 이치를 지극히 하여 온갖 이치에 통하는 것으로 말하자면, 안회(顔回)도 이 경지에는 이르지 못하였다. 다만 오늘 한 가지 일을 이해하고 내일 또다시 한 가지 일을 이해하여, 이를 거듭 쌓은 후에야 비로소 훤히 전체를 꿰뚫는 이해가 가능해진다"[28]라고 한 것이다.

5) 윤증과 박세당: 주자학적 해석을 전제로

그런데 박세당이 윤증(尹拯, 1629~1714)과 『대학』의 '격물' 해석을 둘러싸고 행하였던 논의를 분석해 보면, 박세당이 격물과 물격, 치지와 시지에 대한 주희의 구분을 인식하지 않고 있다는 점이 발견된다. 박세당의 형인 박세후(朴世垕)는 윤증의 여동생과 결혼하였고, 박세당의 아들 박태보(朴泰輔)는 윤증을 사사(師事)하는 등 박세당과 윤증은 밀접한 관계가 있었다. 두 사람은 정치적·학술적으로 의견을 나누는 동지였다고 할 수 있을 것이다.[29] 윤증과 박세당의 논의는 정치적 대립이 배제

---

28 黎靖德 編, 『朱子語類』 卷18 「大學五」, 598쪽. "一物格而萬理通, 雖顔子亦未至此. 但當今日格一件, 明日又格一件, 積習旣多, 然後脫然有箇貫通處." 이 문장은 『주자어류』 권18의 몇 부분에서 정이(程頤)가 한 말로 인용되어 있다. 한편 같은 책 같은 권(628쪽)에는 "今日格一件, 明日格一件, 爲非程子之言"이라는 윤돈(尹焞)의 말도 실려 있다. 따라서 이것들이 본래 누구의 말인지는 확정할 수 없다. 하지만 주희가 이러한 생각에 동의했다고는 할 수 있을 것이다.

29 윤증과 서계 박세당의 교류 상황에 관해서는 이종성 외(2003), 「명재 유학 사상의 본질적

되어 있으므로, 당시 학술적 논의에 있어서 진정한 초점이 무엇이었던가를 확인할 수 있는 매우 적절한 사료이다. 그러므로 이들의 논의를 연구 대상으로 삼은 것은 선행 연구의 큰 공헌이다. 다만, 윤증이 박세당과 대립된 각도에서 그를 비판하였다고 간주하거나, 두 사람이 각기 주자학과 반주자학을 대표한다고 한다면,[30] 이러한 결론은 재고의 여지가 있다. 아래에서 분석하겠지만, 이 두 사람의 논의에서는 '주자학적 해석에 대항하여 등장한 새로운 경서 해석'이라는 도식은 전혀 성립하지 않는다. 윤증과 박세당은 모두 '초학입덕지문'이라는 주희가 『대학』을 해석하는 기준에 동의하고 있고, 윤증이 거론하는 주희의 문언에 대하여 박세당이 꼭 이견을 가졌다고는 할 수 없기 때문이다.

그렇다면 박세당은 주희 주석의 어떤 점을 비판하였던 것일까? 다음의 문장에서 실마리를 찾을 수 있다.

(주자의) 주석에서 "'물격(物格)'은 사물의 이치가 모두 궁극까지 도달한 것이다. '지지(知至)'는 자기 마음의 앎이 궁극에까지 다한 것이다."라고 하였다. ……이치가 모두 궁극까지 도달하고 앎이 궁극에까지 다한다는 것이, (『중용』에서 말하는) 진실로 사람의 성(性)을 다하고 물(物)의 성을 다하여 천지(天地)가 만물을 기르는 일에 참여하는 것이라면, 이는 성인(聖人)의 최고 경지의 공적이자 학문을 통해 도달할 수 있는 최종 단계이다. 그렇다면 또 어찌 정심(正心)과 수신(修身)을 일삼겠으며 제가(齊家)와 치국(治國)을 논하겠는가. ……(다른 조

성격에 관한 연구」, 『동서철학연구』 제29호, 한국동서철학회; 김세정(2006), 「명재 윤증과 서계 박세당의 학문과 교우 관계」, 『동서철학연구』 제42호, 동서철학연구회 등이 상세하다.
30 예를 들면, 김세정(2008), 「명재 윤증과 서계 박세당의 격물논변」, 『동양철학연구』 제56호, 동양철학연구회; 이종성(2010), 「서계 박세당의 실학적 격물인식: 명재 윤증과의 격물논변을 중심으로」, 『공자학』 제19호, 한국공자학회 등.

목은 모두 초학자들이 힘써야 할 것들인데) 어찌하여 유독 격물(格物)만 사물의
이치를 반드시 궁극까지 다해야만 하며, 그렇지 않으면 '격(格)'이라고 하기에
부족한 것인가? 또 '지지(知至)'의 경우에도 자기 마음의 앎을 반드시 끝까지
다해야만 하며, 그렇지 않으면 '지(至)'라고 하기에 부족한 것인가?[31]

박세당의 주석 첫 부분에는 주희의 '물격지지'의 주석이 인용되어 있
다. 그러나 그 후반에 '어찌하여 유독 격물(格物)만'이라고 서술한 부분
을 보면, 주희의 '격물' 주석에 대해 언급하고 있음을 알 수 있다. 즉,
박세당은 주희 주석에서 '격물'은 하나하나의 단계이고 '물격'은 이것이
궁극에 도달한 단계라고 말한 차이에 주의를 기울이지 않은 것이다.
그래서 박세당은 "주희는 격물을 해석하기를, 모든 사물의 이치를 전부
지극히 하고 모든 지식을 전부 알아야만 다음 단계에 나아갈 수 있다고
하였는데 이는 경문의 내용과 어긋난다."라고 윤증에게 보내는 편지에
서 문제를 제기한 것이다. 이에 대해 윤증은 『주자어류』를 인용하여
다음과 같이 실명하였다.

주자는 "격물에서부터 평천하에 이르기까지는 성인이 순서를 대략 나누어
사람들에게 보여 준 것으로, 하나를 완벽하게 해낸 뒤에 다음 일로 나아간다는
말이 아니다. 이와 같다면 어느 때에 완성할 수 있겠는가."[32]라고 하였다. 이
말로 그대의 의문이 풀리겠는가. 『대학』의 전문(傳文)은 각 조목마다 설명한

---

31 朴世堂, 『西溪全書』 下 『大學思辨錄』, 4쪽. "注言物格者, 物理之極處, 無不到也, 知至者,
吾心之所知, 無不盡也. ……夫理無不到知無不盡, 而誠能盡性盡物贊化育參天地, 則此聖
人之極功而學之能事畢矣. 又何事乎正心修身, 又何論乎齊家治國. ……何獨於格物而曰物
理極處必須無不盡也, 不然則不足謂之格. 於知至而曰吾心之所知必須無不盡也, 不然則
不足謂之至也."
32 『朱子語類』 卷15(『朱子全書』 第14冊), 495쪽.

것이지만『장구』는 장별로 의미를 풀이하였기 때문에, 하나의 일마다 각각 그 끝까지 설명해 놓은 것일 뿐이다. 어찌 한 가지 일을 반드시 끝까지 행하고 나서 그다음의 일을 행한다는 의미이겠는가. 지금 학자의 일상생활로 말하자면, 매일 눈앞에 닥친 여러 가지 일이 있으니 격(格)ㆍ치(致)ㆍ성(誠)ㆍ정(正)ㆍ수(修)ㆍ제(齊), 각각의 일에 힘을 다할 뿐이다. 어찌 오늘은 격물을 행하고 내일은 성의(誠意)를 행할 리가 있겠는가. 다만 앎이 철저하지 못할 때는 실행도 철저하지 못하고 앎이 철저할 때는 실행도 철저하다는 의미일 뿐이다. 그대의 잘못은 너무 국한하여 책을 읽는 점에 있다.[33]

윤증은, 박세당이 주희의 격물 주석에 대해, 모든 사물의 이치를 지극히 하고 모든 앎을 지극히 하고 난 뒤에야 다음 단계로 나아간다는 의미라고 이해한 것은 오해라고 하였다. 윤증은『대학장구』의 간결한 주석을『주자어류』의 말로 보충하여 생각하는, 조선 유학자들의 연구 방법을 이용해 설명함으로써 박세당의 오해를 풀어 주려고 하였다. 그러나 윤증의 설명에 대해 박세당은『주자어류』를 이용해『대학장구』의 내용을 보충하는 방법을 거부하고,『대학장구』의 설과『주자어류』의 "하나를 완벽하게 해낸다는 것이 아니다."라는 말은 모순을 면치 못한다며[34] 다시 반론하였다.

---

33 尹拯,『明齋遺稿』卷10「與朴季肯(辛未四月六日) 論大學格致. 論語幷有人章別紙」, 민족문화추진회『한국문집총간』제135책, 1994, 238~239쪽. "朱子曰, 自格物至平天下, 聖人亦是略分箇先後與人看, 不是做一件淨盡無餘, 方做一件. 如此何時做得成. 此一段, 可解高明之所疑耶否. 傳文, 是逐條發傳, 章句是逐章解義, 故一事各到底說耳, 豈謂一事必到底而後方做一事耶, 今以學者日用言之, 日間有面前多小事, 格致誠正修齊, 只可隨分着力. 安有今日格物, 而明日誠意之理, 只是知得不徹時, 做得亦不徹, 知得徹時, 做得亦徹云耳, 此看書太局之病."
34 朴世堂,『西溪全書』上卷7「答尹子仁書」, 133쪽. "今顧爲物格知至之說如此, 豈不與向所謂不成做一件淨盡無餘者, 未免於矛盾耶."

그 반론을 받고서, 윤증은 『대학장구』의 내용으로 돌아가 주희의 '격물치지' 주석과 '물격지지' 주석을 구별하여 이해해야 한다고 다음과 같이 지적하였다.

(주자의) 보망장(補亡章, 소위 '格物補傳)[35]에서 이른바 "이미 알고 있는 이치를 바탕으로 하여 천하 모든 사물의 이치를 알기 위해 더욱 궁구하고 노력한다." 등의 말은 모두 '격치(格致)' 공부이다. 노형이 말하는 "하나의 사물을 격(格)하면 이에 사물의 이치가 이르고, 하나의 앎을 치(致)하면 이에 앎이 지극해진다." "사물에 따라 힘쓰면 효과가 나타난다."라는 것은, 그 (格物致知의) 일에 해당한다. (보망장에서) 이른바 "겉부터 속까지 작은 것부터 큰 것까지 전부 빠짐이 없고, 완전한 본체부터 광범위한 작용까지 전부 밝아진다."라는 것은 격물치지의 효과, (즉 物格知至)이다. 이는 곧 노형이 말한 "천하 사물의 이치를 전부 지극히 하여 하나로 관통한다."라는 것이다. 생각건대, 사물의 이치가 이르고 하나의 앎이 지극해지며 사물에 따라 힘써서 효과를 보는 것은 공부에 착수하는 것이지, '물격지지' 전체라고 할 수는 없다.[36]

---

35 정이(程頤)는 『대학』의 한 구절인 "致知在格物, 物格而知至"에서 '격물치지(格物致知)'의 수양 방법을 발견하고, 격물(格物)을 궁리(窮理)와 연결지어 해석하였다. 주희는 정이의 이 해석을 계승하여 『대학』에는 격물치지를 해설한 부분이 원래 있었다고 하면서 격물보전(格物補傳)을 지었다. 구체적으로는, 본래 『예기(禮記)』의 일부분인 「대학」 텍스트의 이 부분에는 '此謂知本. 此謂知之至也'라는 10글자만 있었는데, 주희는 이 10글자를 전(傳)의 5장으로 편차하고 그 뒤에 격물치지에 관한 내용을 보충하는 문장을 덧붙였다.

36 尹拯, 『明齋遺稿』 卷10 「與朴季肯(甲戌四月二十二日)」, 241쪽. "補亡章所謂因其已知之理, 卽凡天下之物, 益窮用力等語, 皆格致之工夫也. 老兄所謂格一物而物斯格, 致一知而知斯至, 隨物用功, 卽功見效者, 在其中矣. 所謂表裏精粗無不到, 全體大用無不明者, 卽格致之功效也. 卽老兄所謂盡窮天下事物之理, 而一以貫之者也. 蓋一物格一知至, 隨物用功, 而卽功見效者. 方是着功之事. 而不可謂物格知至之全體."

윤증은 나아가 주희의 편지 내용을 인용하여 다음과 같이 설명하였다.

예를 들면, (주자는) 어떤 학자에게 답신한 글에서 "어디에서든 마음을 불러 깨우고[提撕], 어디에서든 마음을 수렴하고[收拾], 어느 때이든 상세히 연구하고[體究], 일에 따라 토론해야 한다. 하루에 세 번 혹은 다섯 번 마음을 가다듬고[整頓], 세 가지 혹은 다섯 가지의 일을 이해한다면 자연스레 숙련되어 절로 명확해진다"라고 하였다. 여기에서 말하는 제시(提撕)·수습(收拾)·정돈(整頓)은 존심(存心)·수신(修身)의 일이고, 체구(體究)·토론(討論)·이해[理會]는 격물치지(格物致知)의 일이다. 매일같이 수양한다면 이는 바로 노형이 말한 "사물에 따라 노력하면 효과가 나타난다."라는 것이 아니겠는가. 주자의 저작에는 이러한 취지의 발언이 많이 있으니, 보망장(補亡章)의 '용력(用力)' 두 글자에도 이미 이러한 취지가 포함되어 있다.[37]

위의 서신들의 내용으로부터는, 선행 연구에서 파악하였던 주자학 추종자와 주자학 비판자의 대립이나 '지행분리(知行分離)' 입장과 '지행합일(知行合一)' 입장의 대립[38]은 발견할 수 없다. 박세당의 문제 제기는 바로, 주희가 격물치지를 해석함에 있어서 최고의 단계까지 언급한 것은 '초학입덕지문'이라는 전제에 어긋난다는 점이었다. 이에 대해 윤증은 『주자어류』나 서간문 등의 내용에서 주희 주석을 보충하여 주희 격

---

37 上同. "如答一學者書所謂隨處提撕, 隨處收拾, 隨時體究, 隨事討論. 但使一日之間, 整頓得三五次, 理會得三五事, 則自然純熟, 自然光明云者. 其言提撕收拾整頓, 則存心修身之謂也, 體究討論理會, 則格物致知之謂也. 乃使之逐日幷下工夫, 則此非老兄所謂隨物用功卽功見效者耶. 如此等語, 不一而足, 而已在補亡章用力二字中耳."
38 선행 연구에서는 주희의 글인 「答一學者書」를 박세당의 문장으로 오인한 문제점이 보인다. 이처럼 17세기 유학자들의 주자학 자료에 대한 치밀한 조사에 충분히 주의를 기울이지 않은 것이 윤증과 박세당의 논의를 대립 구도를 통해 해석하게 된 원인이 아닐까.

물론의 전체상을 제시함으로써, 주희 주석에 대한 박세당의 오해를 고쳐 주려 하였다. 이에 대해 박세당은 『주자어류』의 내용은 옳다고 인정하더라도 『주자어류』와 『대학장구』의 내용은 분명히 다르므로 이 두 견해는 모순된다는 주장을 지속하였다. 그래서 윤증은 『장구』의 내용으로 돌아가 '격물치지'의 주석과 '물격지지'의 주석을 구별해서 설명하고, 박세당이 이 두 해석을 혼동하고 있음을 지적하였다. 그 후 주희의 편지 내용을 인용하여 박세당이 주장하는 내용은 이 편지에 나타난, 즉 주희와 동일한 견해라고 주장하고 있다.

그리고 박세당은 격물의 의미를 초학자 대상으로 해석해야 하는 또 하나의 근거로서, 『대학』의 다른 조목인 성의(誠意)·정심(正心)의 내용이 초학자도 실천할 수 있는 정도의 수준이라는 점을 들고 있다.

> 지금 『대학』의 성의·정심설은 모두 사물을 가리켜 친절하게 설명하고 귀를 끌어다가 들려줄 뿐만 아니라, 어리석은 부인이나 어린아이라도 이해하고 실행할 수 있도록 한 것이다. 이런 관점에서 보건데, 어찌하여 (격물에 대한 해석에서만) 거창한 말로 듣는 사람을 놀라게 하고 도저히 미치지 못할 것이라고 근심하게 한단 말인가.[39]

요컨대, 박세당은 『대학』의 성의장을 보면 성의 공부는 알기 쉽고 실천하기 쉬운 내용뿐인데 유독 격물에 대해서만 초학자가 도달할 수 없는 극치를 말하여, 격물에 대한 주희의 해석은 다른 조목의 쉬운 내용과 균형이 맞지 않다고 주장하는 것이다. 이에 대한 윤증의 반론은 다음과 같다.

---

39 尹拯, 『明齋遺稿』 卷10 「與朴季肯(辛未四月六日)」에 첨부된 「西溪答書」, 240쪽. "今據大學誠意正心之說, 皆指事切物, 不翅耳提口詔, 愚婦小兒亦若可知可能, 則何嘗有如許宏大言語, 使聽之者, 瞠然有不可企及之憂耶."

격물치지를 해석할 때에는 격물치지의 극치까지 설명하고, 성의를 해석할 때에는 성의의 극치까지 설명해야 한다. 예를 들어, 성의에서 '심광체반(心廣體胖, 마음이 넓어져 몸도 살지는 상태가 되는 것)'은 어찌 초학자나 어린아이가 미칠 수 있는 것이겠는가. 다만 성의의 궁극적인 효과를 설명하고 있을 뿐이다. 어찌 거창한 것을 말하기 위함이겠는가. 지금 만일 심광체반의 경지에 도달한 후에야 비로소 정심 공부로 나아갈 수 있다고 생각한다면, 이 역시 잘못된 것이 아니겠는가.[40]

윤증은, 주희가 격물의 극치까지 언급한 것은 최고 단계를 제시한 것일 뿐이고 격물 자체를 극히 높은 수준으로 간주한 것은 아니라고 하였다. 이어서 윤증은 성의장에서도 '심광체반'의 경지 같은 경우는, 마찬가지로 높은 단계를 제시한 것이므로, 주희의 격물설은 성의장과 서로 균형이 맞는다고 반론하였다.

이상의 분석을 바탕으로 박세당과 윤증의 논의의 핵심을 제시해 본다면, '격물'을 기초적인 수양으로 규정할 것인지, 아니면 고원한 경지를 목표로 하는 수양으로 규정해야 하는지에 대한 대립은 존재하지 않는다. 두 사람 모두 『대학』을 주희와 마찬가지로 '초학입덕지문'으로서 인식하고 있을 뿐만 아니라 주자학의 근간이 되는 격물치지 해석을 논의의 전제로 삼고 있다. 박세당은 윤증이 제시하는 주희의 서간문이나 『주자어류』의 견해, 즉 윤증이 정리한 주자학적 격물 해석에 기본적으로 동의하고 있는 것이다. 그는 주자학적 해석에 근본적인 의문을 품은 것이 아니다. 그는 『대학장구』의 격물보전의 존재 자체를 부정하지 않

---

40 上同, 「與朴季肯(甲戌四月二十二日)」, 241쪽. "蓋釋格致則當說到格致之極處, 釋誠意則當說到誠意之極處. 如誠意之心廣體胖, 亦豈新學小兒之可及耶. 只是說誠意之極功耳. 豈是欲爲宏大之言耶. 今若以爲心廣體胖然後可下正心工夫, 則不亦誤耶."

을 뿐 아니라 "오늘 한 가지 물을 궁구하고 내일 또 한 가지 물을 궁구한다"는 것을 격물의 뜻으로 믿는다는 것을 정자와 주자의 표현을 빌려 설명하고 있다. 그리고 격물을 주희와 다른 의미, 예컨대 왕수인의 '물을 바로잡는다'라는 등으로 해석하려는 시도나 관심은 전혀 보이지 않는다. 다만, 주희가 격물의 격을 지로 풀이한 데 대해 '지물(至物)'이라는 단어가 뜻이 통하지 않는다는 점만을 지적하였을 뿐이다.[41] 이러한 지적은 주희 문하의 후학인 차약수(車若水)도 논한 바 있다.[42] 그러므로 박세당의 주석으로부터 '주자학 비판', '실천 중시', 나아가 '근대성'을 도출해 내는 것은 지나치게 성급하다.

윤증과 박세당의 논의에서, 물리를 궁구한다는 주희 격물설의 본래의 뜻이 양자에게 비판 없이 수용되고 있다는 점을 잊어서는 안 된다. 즉, 『대학』에서 '궁리(窮理)'를 말하지 않고 '격물'을 말한 것은 사람들이 실제에 나아가 궁구할 수 있게 하기 위한 것이라는, 『대학』이라는 텍스트에 대한 주희의 설정에 이견이 없는 것이다.[43] 박세당의 비판은 주희가 생각하는 '격물'의 개념이나 격물 이론 자체를 문제 삼은 것이 아니며, 그의 '격물' 해석 자체가 17세기의 이른바 '주자학자'들에게 받아들

---

41 朴世堂, 『大學思辨錄』 4쪽: "註, 訓格爲至, 訓物爲事, 皆恐未當, 格雖有以至爲義者, 但若 於格物而謂格爲至, 則至物云者, 便不成語, 若易爲至事, 理亦不顯, 終未見其得, 註, 爲是 之故而又添一窮字, 以提綴其語, 然格又不見有窮至之義."

42 車若水, 『脚氣集』: "格物是窮理, 不可易也. 而以格爲至, 則有可籌繹者, 格于上下, 可以 訓至, 格物難以訓至. 曰致知在至物非辭也. 愚嘗謂格且比方思量之謂, 此爲是, 此爲非, 此爲正, 此爲邪, 此爲輕, 此爲重, 今之諺, 欲知輕重則曰以稱格之, 此字必有傳承. 玉篇 云, 格, 至也, 量也, 度也. 廣韻亦然. 彼之字義多出于古時. 經註格至也, 是出堯典注. 不 知度也量也出在何處. 以此訓格正與今文合."(격물에 대한 주희의 의미 파악을 수긍하면 서도 '至物'로 풀이하는 것을 반대한다는 면에서 박세당과 맥을 같이 하지만 고증의 측면 에서 훨씬 자세하다.)

43 『大學章句大全』: "大學不說窮理而謂之格物, 只是使人就實處窮究."

여질 수 없는 내용인 것이 아니다.

다만, 윤증과 박세당의 격물 논의로부터 다음과 같은 연구 방법론의 차이가 발견된다. 윤증은 주희 주석의 진의가 명확하지 않을 경우 다른 저술로부터 이를 보충하는, 조선 학술계에서 널리 행해지고 있던 방법을 사용하였다. 이에 비해 박세당은 이러한 방법을 사용하지 않고 있으며, 사용할 수 없기도 하다. 그는 『대학장구』 이외의 주희 저술을 섭렵하고 있지 않기 때문이다. 윤증이 제시한 주희의 기타 저술들의 내용에 대해 박세당은 처음 접하는 듯이 대응하고 있으며, 그러한 내용에 동의한다. 그러므로 그는 『장구』의 주석에는 그러한 (주자학적) 사고가 명확하게 발견되지 않기 때문에 『장구』와 다른 저술의 내용은 서로 모순된다고 주장한 것이다.

3. 주자학으로써 진행한 『장구』 수정

1) 주자의 문의(文義)로써 전문(傳文)을 재배열하다

박세당은 주희의 『대학장구』의 전문 배열을 수정하였다.[44] 각 단락이 온전하다는 전제하에 단락 단위로만 끊어 이동시키는 것이 아니라, 문장의 중간을 끊거나 가운데 부분만을 뽑아내기도 하는 방식을 취하였다. 재배열의 기준이 되는 것은 첫째, '문의(文義)'이다. 문장의 앞뒤 문맥상 연결이 어색한 부분을 뽑아내어 뜻이 들어맞는 부분으로 옮기는 것이다. 둘째, 각 장의 주제를 명확히 하여 이 주제에서 벗어난 부분을

---

44 재배열의 구체적인 내용은 선행 연구들이 상세히 소개한 바 있으므로 본고에서는 생략한다.

해당 주제의 장으로 옮기는 것이다.

박세당은 "所謂平天下在治其國者"와 "是以君子有絜矩之道也"의 사이에 있
는 "上老老而民興孝~上恤孤而民不倍"의 구절을 앞의 "所謂治國 必先齊其家
者 其家不可教 而能教人者無之 故君子不出家而成教於國 孝者 所以事君也 弟者
所以事長也 慈者 所以使衆也"의 뒤로 옮겼다. 그리고 "사군(事君)·사장(事
長)·사중(使衆)의 세 가지는 안에서 밖으로 옮겨가는 것이고, 홍효(興
孝)·홍제(興弟)·불배(不倍)의 세 가지는 아래에서 위로 감화된 것이니,
이른바 집을 나가지 않고도 나라에 교화를 이룬다는 것이다."라고 하
고, 아래위의 문의가 서로 응하지 않으므로 바로잡는다고 하였으며,[45]
'상행하효(上行下效)'와 '혈구(絜矩)'가 각기 다른 의미이므로 말이 전혀
상응하지 않는다고 하였다.[46] 그러나 '상행하효'와 '혈구'의 의미는 주희
의 것을 그대로 사용하였다.

그런데, 이 부분의 『대전』 소주를 살펴보면, 해당 구절이 앞뒤 문맥에
이어지지 않는다는 제자의 문제 제기와 주희의 응답이 있다.[47] 독자의
입장에서 볼 때, '상행하효'를 말한 것에 이어서 바로 '是以君子有絜矩之
道也'로 의미가 이어지지는 않는 것은 사실이며 주희의 대답은 제자의

---

45 朴世堂, 『大學思辨錄』 12쪽: "事君事長使衆, 三者, 由內而移於外, 興孝興弟不倍三者, 以
下而化於上, 所謂不出家而成教於國者也. ○此一段, 舊本, 誤繫第十章所謂平天下在治其
國者之下, 是以君子有絜矩之道也之上, 上下文義, 皆不相應, 而與此章上段孝者所以事君
也弟者所以事長也慈者所以使衆也, 語意自貫, 正所以反覆乎上文, 其所謂不出家而成教
於國之義, 至是而乃見矣, 故今輒正之."

46 朴世堂, 『大學思辨錄』 14쪽: "蓋老老長長恤孤, 是齊家, 而興孝興弟不倍, 是國治, 則與章
首所謂平天下在治其國者, 語不相應, 老老而興孝長長而興弟恤孤而不倍, 是上行而下效,
絜矩是恕己而推彼則語亦全不相應, 卽此可斷其爲誤."

47 『大全』: "上老老而民興孝, 下面接是以君子有絜矩之道也, 似不相續, 如何. 曰, 這箇(便)
是相續. 絜矩是四面均平底道理, 教他各得老其老, 各得長其長, 各得幼其幼. 不成自家老
其老, 教他不得老其老, 長其長, 教他不得長其長, 幼其幼, 教他不得幼其幼, 便不得."(『語
類』 16:217의 내용이며, 徐寓가 기록한 부분이다.)

의문을 완벽하게 해소해 줄 만한 것이 못 되었다. 박세당이 물론 이 부분의 『대전』 소주를 읽었을 것으로 추정되지만, 소주를 접하기 전에 이미 그러한 문제의식이 있었을 수도 있다. 어쨌든, 이렇게 전문의 순서를 바꾸기는 했지만, 문장의 의미를 다르게 파악한 것은 아니다. '혈구지도(絜矩之道)'에 대한 해설을 보면, "'구(矩)는 마음이다. 내 마음이 하고자 하는 것이 바로 남이 하고자 하는 것이다(矩者 心也 我心所欲 卽他人所欲).", "혈구는 예컨대 자신이 안락함을 좋아하면 남도 안락하고 싶어 할 것이라고 생각하는 것(絜矩如自家好安樂 便思他人亦欲安樂.)" 등 『대전』 소주의 주자주의 의미를 그대로 받아들이고 있다. 문제 제기가 소주의 문제 제기 범위 안에 있다고 할 수 있는 것이다.

『대학 사변록』은 주희의 장구의 배열을 수정하거나 주에 대한 이의를 제기하면서 위의 '지물(至物)'에 대한 논의에서와 마찬가지로 '문의에 맞지 않음'을 지적하였고, 훈고나 고증을 시도하지 않았다. 박증(博證), 즉 논리를 전개함에 있어서 널리 증거를 찾아 확인하는 방법을 쓰고 있지 않다.[48]

앞에서도 언급했듯이 박세당은 『대전』의 주자주를 위주로 『대학』을

---

[48] 양계초(梁啓超)는 청대(淸代) 고증학의 과학적 방법론에 대해 다음과 같이 논하였다. ① 사물을 유의하여 관찰하여 특별히 주의할 가치가 있는 것들을 끄집어 낸다. ② 뽑아낸 사항과 동류(同類)이거나 상관관계가 있는 것을 모두 나열하여 비교 연구한다. ③ 비교 연구의 결과, 자기의 의견을 세운다. ④ 이 의견에 근거한 데 더하여 정면(正面)과 측면(側面)과 반면(反面)에서 널리 증거를 구하여 증거가 갖추어지면 정설로 취하고 유력한 반증이 나오면 정설을 폐기한다(梁啓超 著, 朱維錚 導讀(2000), 『淸代學術槪論』, 上海古籍出版社, 62쪽).
윤사순(1972. 74쪽)은 박세당이 『대학』과 『중용』을 '문의(文意) 즉 사상을 토대로' '철저하게 고증'하였다고 하였는데, 적어도 『대학 사변록』에 있어서는 자신이 파악한 문의를 바탕으로 전문(傳文)을 재배열하고 별도의 근거를 제시하지 않고 있다는 점에서, 고증으로 인정하기 어렵지 않을까 한다.

보았다. 그는, 격물치지에 지나치게 어려운 범위까지 포함시킨 주희의 해설을 정이의 설과 비교하면서 정이를 지지한 주석을 '『혹문』에 인용된 정자의 설을 보면(至其或問所引程子之說)'이라는 말로 시작하고 있다.[49] 정이의 설도 주희의 인용문을 통해 습득하고 있는 것이다.[50]

이상의 예로부터, 그는 역시 주 텍스트인 『대전』을 꼼꼼하게 검토하여 그 안에 담긴 주희의 주석을 여러 각도에서 분석, 비평하고 있다는 점, 그 외의 참고 서적으로는 거의 『혹문』과 『어류』가 유일하며 주희 이외의 주석도 이것들을 통해 습득하고 있다는 점, 그리고 『대전』에 나와 있지 않은 부분에까지 『혹문』과 『어류』를 세밀하게 살피고 다루고 있지는 않다는 점을 알 수 있다.

『대학 사변록』은 전7장부터 10장까지의 주제를 각기 정심을 해석한 것(釋正心), 수신을 해석한 것(釋修身), 제가를 해석한 것(釋齊家), 치국을 해석한 것(釋治國)이라고 하였다. 이것은 주희가 각기 정심과 수신을 해석한 것(釋正心修身), 수신과 제가를 해석한 것(釋修身齊家), 제가와 치국을 해석한 깃(釋齊家治國), 치국과 평천하를 해석한 것(釋治國平天下)이라고 한 데에 반대한 것이다.

예컨대 주희는 위 장을 이어서 아래 장을 이끈다(承上章以起下章)고

---

49 물론 이러한 표현은 주자 자신이 이미 정자의 설을 인용하고 있다는 것을 강조하고, 자신이 그러한 정자의 설에 찬동한다는 뜻을 나타내기 위하여 사용했다고 할 수도 있다(이 부분은 『대학 사변록』에서 유일하게 『대전』에 수록되지 않은 『혹문』의 내용을 다룬 것으로 보인다).

50 박세당은 "격물은 몽(夢)과 각(覺)을 가르는 관건이 되고, 성의는 인(人)과 귀(鬼)를 가르는 관건이 된다(格物是夢覺關, 誠意是人鬼關)."라는 주석을 들어 그 표현이 적절하고 명백하다(言切而旨明)고 한 부분이 있다. 이 부분은 『어류(語類)』의 내용이지만 역시 『대전』에 인용되어 있다. 그리고 이 부분의 『어류』에는 다음 몇 개의 조목에도 관련 해설이 계속되고 있지만, 박세당은 더 이상의 언급을 하지 않고 있다. 『주자어류』를 상세히 고찰하지 않았다는 추정을 하게 된다.

하여 전7장에서의 정심과 수신을 긴밀하게 연결시키고 있다. 『대학장구』는 팔조목을 순서에 따라 행하는 것을 주요한 방법의 하나로 삼고 있기 때문이다. 이에 반해 박세당은 이 장이 단지 인심이 바르게 되지 못하는 단서들을 열거하여, 성찰하여 바름에 합치하도록 하게한 것이지 수신과 함께 해석한 것이 아니라고 하고 있다. 뒤이어 『대학』 고본의 전이 착간이 많아 글들이 제자리에 있지 않으므로 주희가 이를 충분히 살피지 못했다고 하였다.

그런데 '치국'을 말한 장에 '평천하'나 '수신'의 문장이 섞여 들어간 듯하다는 등 각 장에 다른 주제의 문장이 포함된 것 같다는 의문은 『대전』 소주에 여러 차례 기록되어 있다.[51] 이러한 제자의 의문에 대해 주희는 '성현의 글이 원래 끊어낸 듯이 연결되지 않는 것은 아니다'라는 다소 모호한 대답을 하고 있다. 그리고 '보통 사람의 경우에는 자기에게 선이 있다고 해서 남에게 반드시 선을 요구하지 않지만, 나라를 다스리는 경우이므로 요구하는 것'이라고 하면서 '유저기(有諸己)'의 부분이 왜 '치국(治國)'의 장에 들어가야 하는지에 대해서도 설명하고 있다.[52] 박세당은 이 문답의 내용을 직접 거론하면서 자신의 설을 개진하고 있다.[53]

---

51 『大全』: "問此章言治國, 乃言帥天下以仁, 又似說平天下. 言有諸己, 又似說脩身, 何也. 朱子曰, 聖賢之文簡暢, 身是齊治平之本, 治國平天下, 自是相關, 豈可截然不相入."[『어류』 16:200의 주모(周謨)가 기록한 부분과 내용이 같으나 『대전』본 소주에는 문장이 축약되어 있다].

52 『大全』: "尋常人, 若有諸己, 又何必求諸人, 無諸己, 又何必非諸人. 如孔子說躬自厚而薄責於人, 攻其惡無攻人之惡. 至於大學之說, 是有天下國家者, 勢不可以不責他. 大抵治國者, 禁人惡勸人善, 便是求諸人非諸人."[『어류』 18:135의 섭하손(葉賀孫)이 기록한 부분과 내용이 같으나 『대전』본 소주에는 앞부분은 축약되고 뒷부분이 부연되어 있다].

53 『大學思辨錄』 13쪽: "此一段, 舊本, 誤屬於此, 蓋以其有帥天下而民從之之語, 與上文一人定國, 意有相類故也, 而朱子亦遂信之, 雖有或人之問而不以爲疑, 然詳玩文義, 斷有不然, 且或人所謂有諸己, 似說修身者, 是誠得矣, 至其謂帥天下, 似說平天下, 則已失之矣, 夫帥者, 以身先之之謂, 自家而至國, 自國而及天下, 莫非修身之餘也."

앞의 주희 주석에 대한 비판이 『대전』 소주의 문제 제기(대부분은 『주자어류』에서 인용된 문장)와 맥락을 같이하면서도 그 연원을 밝히지 않고 있는 것에 비해, 여기에서는 직접 소주의 내용을 언급하고 그에 대해 자신의 견해를 밝혔다. 소주의 질문 내용에 대해 한 가지는 옳은 문제 제기였고 다른 한 가지는 틀렸다고 하였다. 그리고 이러한 판단에 따라 '솔천하(帥天下)' 부분에서부터 '유저기(有諸己)'에 이르는 부분까지를 '수진(修身)'만을 논했다고 주장한 8장으로 옮겼다. 그리고 수신에 해당하지 않는 부분을 잘라내어 제가만을 해석하였다는 9장으로 옮겼다.

전문의 재배열은 이상과 같이 내용에 대한 『대전』 소주의 문제 제기를 기반으로 하여 주희의 대답에서 미비했던 내용을 비판하면서 진행된다. 어떤 부분에서는 문제 제기의 연원으로서의 『대전』 소주의 내용을 밝히고 문제 제기 자체의 문제점을 다루기도 하였고, 어떤 부분에서는 연원을 밝히지 않고 자신의 견해만을 피력하면서 진행하였다. 그러나 전문의 의미 파악은 역시 주자주를 토대로 하고 있다.

2) 『대전』 소주의 문제의식의 심화

기존의 연구에서 충분히 다루어진 바 있듯이, 주희의 『대학장구』가 '명명덕(明明德)·신민(新民)·지어지선(止於至善)'을 삼강령(三綱領)으로 분석한 것에 대하여, 『대학 사변록』은 지어지선(止於至善)을 뺀 이강령으로 분석하고 있다. 그 근거는, '지어지선'의 목적은 '명명덕'과 '신민'을 지선(至善)의 경지에 이르도록 추구하는 데에 있으므로 독립된 하나의 강령이 아니라는 점과, '지어지선'에는 하위의 목(目)이 없다는 점이었다.

권상유(權尙游, 1656~1724)는 변파록(辨破錄)[54]에서 박세당의 이강령 주장을 비판하였으며, 이 내용에 대해 김창협(金昌協, 1651~1708)이 권상유의 문목에 답한 내용도 남아 있다.[55] 그중 박세당의 이강령설에 대한 반박은 다음과 같다.

박세당이 강령에 해당하는 목이 없다는 형식상의 이유로 지어지선을 제외시킨 것에 대해 김창협은 '재명명덕(在明明德)'·'재신민(在新民)'·'재지어지선(在止於至善)'에 모두 '재(在)'자가 동일하게 붙어 있으므로 다 강령의 위치에 있는 것으로 보아야 한다고 하였다. 또 팔조목 내에서 지선의 조목을 찾을 것이 아니라 명덕과 신민이 모두 지극히 당연한 지점에 머물러 있는 것이 지어지선의 강령(明德新民 皆止於當然之極者 止至善之綱也)이라면서 주희의 3강령이 타당함을 주장하고 있다. 박세당은 "주에 명덕을 밝히는 것과 백성을 새롭게 하는 것이 모두 마땅히 지선에 그쳐야만 된다고 했으니, 그렇다면 명덕과 신민을 버리고는 이른바 다른 한 단계의 지선이란 것이 없는 것을 알 수 있다(註言明德新民 皆當止於至善 然則捨明德新民而更無所謂一段至善者 可見)."라고 하였는데, "① 명덕과 신민이 모두 ② 당연지극(當然之極)에 있어야 한다."는 동일한 문장을 해석하면서, 한 사람은 ①을 강조하여 2강령이라고 하고, 다른 한 사람은 ②를 강조하여 3강령이라고, 각기 다른 주장을 하고 있는 것이다.[56]

---

54 숙종 29년(1703), 이관명(李觀命)·권상유(權尙游)에게 『사변록』 변파(辨破)의 명이 내려 이듬해(1704) 8월에 책자를 바친 것으로 실록에는 기록되어 있다(『조선왕조실록』 숙종 29년(1703 계미) 6월 21일 을미 및 숙종 30년(1704, 갑신) 8월 5일 임신 기사 참조). 변파의 완성본을 바친 것은 1704년이지만, 이미 1703년 7월 이전에 완성되었다는 사실을 권상하의 문집을 통해 확인할 수 있다(『寒水齋先生文集』 제3권 「承思辨錄辨破之命後書啓」 참조).

55 변파록(辨破錄)의 내용 전체를 볼 수 있는 자료는 아직 발견되지 않은 듯하며, 김창협이 권상유의 문목에 답한 서신에서 일부 내용만을 볼 수 있다(『農巖集』 卷15, 「書與權有道尙游論思辨錄辨」 및 「與權有道再論思辨錄辨」 참조).

56 변파(辨破)의 내용은 박세당의 비판 방법을 그대로 써서 비판한 것이 또 있다. 예컨대, "『장

문장의 구성 형식에 착안한 이러한 변론은 어느 한쪽에게도 확실한 승리를 보장해 주지 못한다. '재(在)' 자의 통일성으로 볼 때 김창협의 정리가 일리가 있는 반면, 하위의 강령이 배분되지 않은 점을 볼 때 박세당의 논리도 일면 타당해 보인다. 다만, 양쪽 모두 '명덕'·'신민'·'지선'에 대한 의미는 주희의 설을 기반으로 하고 있음은 분명하다. 박세당의 이강령 주장은 주자주를 크게 바꾸는 것 같지만 실은 주자학적 문의 파악을 기초로 하여 주자주의 3강령을 2강령으로 바꾼 것이다.

박세당은 또한 이 '지어지선'의 해설에 해당하는 부분으로서 주희가 배열해 놓은 기욱시(淇澳詩)가 인용된 단락57을 10장으로 옮긴다. 주희는 '도성덕지선(道盛德至善)'에서의 '지선'이라는 글자를 고려하여 '지어지선'의 해설로 넣었으나 박세당은 앞의 전문들에 있어서 '명명덕'을 설명하는 부분에서는 '명' 자가 있는 인용문이, '신민'에서는 '신' 자가 있는 인용문이 제시되어 있으므로, '지어지선'을 설명하는 부분에서는 '지(至)' 자가 아닌 '지(止)' 자가 들어간 인용문이 있어야 한다는 논리로써 이 글을 '지어지선'의 해설 부분에 넣을 수 없다고 주장하였다. 전 제1장에서 명덕을 해석할 때는 모두 '명' 자가 들어 있는 문장을 3단락 인용하였고, 2장에서 신민을 해석할 때는 모두 '신' 자가 들어간 문장을 3단락 인용하였으므로, 3장에서 지지선을 해석할 때에도 '지(止)' 자가 들어간 문장이 3단락 인용되도록 해야 한다는 논리이다.58

구』가 격물에서의 격을 해석함에 있어서 궁(窮)을 덧붙여 억지로 해석한 것을 비판했으면서 자신은 '사물의 법칙을 찾아서 그 바른 것을 얻는 것'이라고 한다면 이것은 '격' 자에 법칙이라는 뜻과 바르다는 뜻 이외에 '찾는다'라는 뜻까지 있게 되는 것이다'라는 내용이다.

57 『大學章句』: "詩云瞻彼淇澳, 菉竹猗猗, 有斐君子, 如切如磋, 如琢如磨, 瑟兮僩兮, 赫兮喧兮, 有斐君子, 終不可諠兮, 如切如磋者, 道學也, 如琢如磨者, 自修也, 瑟兮僩兮者, 恂慄也, 赫兮喧兮者, 威儀也, 有斐君子終不可諠兮者, 道盛德至善, 民之不能忘也."

58 『大學思辨錄』7쪽: "傳第一章釋明德之義, 則皆引明字, 第二章釋新民之義, 則皆引新字,

그렇다면 박세당이 왜 강령에서 굳이 '지어지선'을 제외시키고자 했는지 살펴보겠다.

우선 『장구』에서는 지(止)는 '반드시 여기에 이르러서 다른 곳으로 옮겨가지 않는다는 뜻(必至於是而不遷之意)'이라고 하였고, 박세당은 '지어지선에 있다는 것은 명덕과 신민을 반드시 지선에 이르게 됨을 추구한 뒤에야 그만두는 것(在止於至善 言明德新民 皆必求至於至善然後乃已)'이라고 하였다.

주희는 지선에 이른 뒤에도 다른 곳으로 움직여 가서 지선을 잃게 되지 않도록 끊임없이 계속해야 한다는 의미를 지어지선에 부여했지만, 박세당은 명명덕과 신민이 지선에 이른 것으로 완료되었다는 의미만을 부여하였기에 하나의 강령이 될 수 없다고 한 것이다.

『장구』에서 명덕을 '사람이 하늘에서 얻어서 허령불매하여 뭇 이치를 갖추어 만사에 응하는 것(明德者 人之所得乎天 而虛靈不昧 以具衆理而應萬事者也)'이라고 한 뒤에 '군이 기품에 구애되어 인욕에 가려지면 잘못될 때가 있다(但爲氣稟所拘 人欲所蔽 則有時而誤)'고 덧붙인 것은 바로 지선에 이른 뒤에도 끊임없이 그를 유지하는 노력이 매우 중요하다는 점을 설명하기 위해서인 것이다. 하지만 박세당은 기질로 인해 그릇될 수 있다는 점을 별도로 언급하지 않고 지어지선에 또 다른 하나의 항목으로서의 위상을 부여하지 않았다.

'知止而后有定 定而后能靜 靜而后能安 安而后能慮 慮而后能得'에 대한 주자주의 강조점은 머물 곳을 아는 것[知止]이다. 마땅히 머물 곳을 확실히 알게 되면 이하의 공효가 차례로 나타나게 된다. "지(止)는 마땅히

此章又釋止至善之義, 又皆引止字, 而此兩段獨無, 此其一驗也, 第一章第二章, 連引明字新字, 皆止於三段, 此章上所引止字, 亦已得三段, 而其所引語意, 首尾已明, 此又一驗, 蓋有不暇待於此兩段以備其義者, 故去之, 移置於傳十章云."

머물러야 할 곳이며, 지선의 소재이다(止者 所當止之地 卽至善之所在也)."

이 지선의 소재에 대한 내용이 바로 양명과의 갈림길이 된다. 주희는 지지(知止)가 사사물물을 모두 극진히 이해하는 것으로 보고, 능정(能定)이라고 하지 않고 유정(有定)이라고 한 것을 보아 심(心)에 있어서의 일이 아닌, 물(物)에 있어서의 일임을 알 수 있다고 하였다.[59] 반면, 왕수인은 지선(至善)이 내 마음에 있음을 알지 못하고 자기의 바깥에서 구하고, 사사물물에 모두 정리(定理)가 있다고 하여 지선(至善)을 사사물물 속에서 구하게 되면 지리하고 어지러워져서 일정한 방향이 있음을 알지 못하게 된다고 하여, 지선의 소재가 내 마음임을 명확히 하는 것으로부터 출발해야 한다고 하였다.[60]

박세당은 지선의 소재에 대해, 그리고 친민(親民)에서의 친(親)을 신(新)으로 바꾼 문제 등에 대해서도 이설(異說)을 언급하거나 관심을 보이지 않았다. 즉 『대전』 소주에서 다루어진 문제를 중심으로, 『대전』의 안쪽에서 『대학』을 읽고 있는 것이다.

그는 초학자가 실천하기에 어렵지 않도록 이끌어야 한다는 점을 다시 강조하였다.[61] 먼 길을 갈 때 방향을 정하여 그곳에 가서 머물 줄을 아는 것 정도가 '지지선(止至善)'의 의미라고 하여 '초학'에게 요구하는

---

59 『朱子語類』 14:126 "知止而後有定, 必謂有定, 不謂能定, 故知是物有定說."

60 王守仁, 「大學問」: "人惟不知至善之在吾心而求之於其外, 以爲事事物物皆有定理也而求至善於事事物物之中, 是以支離決裂錯雜紛紜而莫知有一定之向. 今焉旣知至善之在吾心而不假於外求, 則志有定向而無支離決裂錯雜紛紜之患矣. 無支離決裂錯雜紛紜之患, 則心不妄動而能靜矣. 心不妄動而能靜, 則其日用之間從容閒暇而能安矣."

61 『大學思辨錄』 3쪽: "此一節之意, 蓋如有人居窮北而欲避沍寒則就暖, 其所當爲也. 欲就暖, 當向南, 向南, 當止於洛, 洛者, 寒暖之中, 旣知宜向南而當止於洛則其志便定, 無欲東欲西欲趙欲魏之計, 此心自覺安帖, 乃有以思度其裝齎經由, 旣思度, 乃得其裝齎多少當幾何, 經由先後當何從矣, 由是而言, 避寒就暖者爲學之謂也, 向南者, 明德新民之謂也, 止洛者, 止至善之謂也, 如此則其所以開發初學者, 不已明白親切而無疑晦難曉之憂乎."

수준이 너무 높아서는 안 된다고 하였다. 학문의 길을 이렇게 노정(路程)에 비유하여 설명하는 방법은 주희가『대전』소주에 설명해 놓은 틀을 이용하되 더욱 자세히 풀어 쓴 것이다.[62]

한편, 기존 연구에서 이미 상세하게 논의된 바 있듯이, 그는 물(物)과 사(事)를 명확히 구분하지 않고 있는 주자주를 비판하고 이를 시정하고자 하였다.

물과 사는 본디 구별이 있으니 섞어 쓸 수 없다. 예컨대 천하 국가는 물이니 사가 될 수 없고, 평(平)·치(治)·제(齊)는 사이니 물이 될 수 없다.[63]

그런데 물과 사의 구별에 대한 의문은『대전』소주에 다음과 같이 거론되어 있다.

사(事)와 물(物)은 어떻게 분별합니까? 주자가 말씀하였다. 상대하여 말하면 사는 사이고 물은 물이지만, 독립하여 말하면 물은 그 안에 사를 포함한다.[64]

---

62 박세당의 이 주석은 그의 텍스트였던『대전』본의 소주에 있는 내용(하기 인용)을 좀 더 상세하게 설명한 것으로 볼 수 있으며, 주희가 경을 설명한 많은 부분에서 이러한 구체적인 해석이 눈에 띈다(예컨대,『대전』소주: "知止是識得去處, 旣識得, 心中便定, 更不他求, 如行路, 知得從這一路去, 心中自是定. 如求之此又求之彼, 卽是未定"). 또한,『주자어류』에서 개개의 사물의 이를 궁구함에 진력을 다한 후 자신의 것으로 삼는 것이 격물이라는 것을 설명한 글에도 주희가 제자들에게 설명할 때에 위와 같은 해설을 잘 사용하고 있음을 알 수 있다(『語類』15:33 "格, 謂至也, 所謂實行到那地頭. 如南劍人往建寧, 須到得郡廳上, 方是至, 若只到建陽境上, 卽不謂之至也"). 그러나,『대학장구(大學章句)』는 주희의『대학』주석의 정수를 간추린 책이라고 할 수 있으며, 오랜 세월을 거쳐 선별되고 다듬어진 것이므로(주희는『대학』「성의(誠意)」장을 수정하고 삼 일 만에 세상을 떠났다.) 이러한 구체적 해설이 실리지 않은 것이다.『어류』나『혹문』이 아닌『장구』의 주석과『사변록』의 주석을 평면에 놓고 비교하여 양자의 설경 자세를 논할 수 없다.

63 『大學思辨錄』4쪽: "且物之與事, 固當有辨, 不容混合, 如天下國家, 是爲物, 不得爲事, 平治齊, 是爲事不得爲物."

주희는 물과 사를 명확히 구분하지 않고 물을 현상이나 사물 등의 의미로 다 사용하기도 하고 '물사(物事)'라고도 한다.[65] 박세당은 이 소주에서의 주희의 대답에 대해 만족하지 못하여 다시 문제 삼아 해설한 것으로 유추된다.

'격물치지'에 대한 주, 이강령의 주장, 물과 사에 대한 구분 등은 그 문제 제기가 『대전』 소주에 연원하며, 박세당은 이를 비판적으로 인식하여 수정을 가하고는 있지만, 각 용어에 대한 의미 파악은 주자주의 근본 취지에서 벗어나지 않고 있음을 확인하였다. 박세당은 자신의 이러한 주석들이 젊은 시절에 믿고 지키던 제가의 주석(주희의 주석을 포함)들에 대해 만년에 이르러 의심하게 되었기 때문에 지어진 것이라고 하였다.[66]

이는, 선인의 설에 대한 의심을 공부의 당연한 단계로 인정하면서도 자신의 논(論)을 내세우는 것은 처음 읽을 때가 아니라 반복하여 읽고 완벽하게 이해한 뒤에라야 한다고 한 주희의 주장과도 다르지 않다.[67]

---

64 『大全』: "問, 事物何分別. 朱子曰, 對言, 則事是事物是物, 獨言, 物則兼事在其中."

65 알려져 있듯, 왕수인(王守仁)도 格物의 '物' 字를 '事'로 해석하는 등 物과 事를 구분하여 설명하지 않고 있다.
  『傳習錄』: "格物的物字, 卽是事字. 皆從心上說. 先生曰, 然. 身之主宰便是心. 心之所發便是意. 意之本體便是知. 意之所在便是物. 如意在於事親, 卽事親便是一物. 意在於事君, 卽事君便是一物. 意在於仁民愛物, 卽仁民愛物便是一物. 意在於視聽言動, 卽視聽言動便是一物. 所以某說無心外之理, 無心外之物. 中庸言不誠無物, 大學明明德之功, 只是箇誠意. 誠意之功, 只是箇格物."

66 朴世堂, 『西溪全書』卷7「答南雲路書」, 130쪽: "時於春多閑隙. 乍閱舊業. 注家諸說可疑者常多. 率十居三四. 此豈非平日所嘗信守. 而忽於晚暮. 乃復如此. 豈山谿之茅. 日蔓日滋. 向之介然者. 亦都失去. 不復可尋而然耶. 抑人之性靈. 不容盡泯. 雖耗昏之極. 而猶有隨年而增長. 能略窺前人之罅漏耶."

67 『朱子語類』11:103 "今世上有一般議論, 成就後生懶惰. 如云不敢輕議前輩, 不敢妄立論之類, 皆中怠惰者之意. 前輩固不敢妄議, 然論其行事之是非, 何害. 固不可鑿空立論, 然讀書有疑, 有所見, 自不容不立論. 其不立論者, 只是讀書不到疑處耳."(滕璘의 기록)

그러나 박세당은 "경과 전을 깨뜨려 지었으니, 그 죄를 어찌 피하겠는 가"라고 하여, 주희의 전문 배열을 바꾼 것 자체를 큰 이견을 제시하는 것으로 인식하고 있으며, 당시의 학술에 대한 도전으로 타인에게도 인식되었다.[68] 그러나 『대학 사변록』의 주석은 『대학장구대전』에서 제시된 문제들 중 주희가 명쾌하게 해설해 내지 못한 부분을 비판하고 이를 해결하고자 한 저술이라고 할 수 있다. 주석 전개에 있어서는 훈고 고증의 방법보다는 앞뒤의 문맥을 고려하여 문의를 중심으로 진행하였다. 그리고 전체적인 문의는 주희의 해석을 기초로 하고 있다.

4. 결론

『대학 사변록』의 주장은 최종적으로 "주희의 『대학』 주석은 '초학입덕지문'이라는 「대학」의 성격에 어긋난다"는 비판이므로, 주희 주석에 대한 도전에 해당한다고 할 수 있다. 그런데 이것이 주자학에 대한 비판으로서도 성립하는가 하면, 실은 다음과 같은 이유에서 전혀 그렇지 않다.

박세당이 주석의 기준으로 삼은 '초학입덕지문'이라는 『대학』의 취지는 주희가 『대학장구』 첫 부분에 인용한 정자의 말로서, 말하자면 이것이야말로 주희가 『대학』 해석에 제시한 기준이다.

『朱子全書』卷6 學六 「讀書法」: "讀諸經法 論解經 讀史 史學 大抵今人讀書不廣, 索理未精, 乃不能致疑, 而先務立說, 此所以徒勞苦而少進益也."

68 기존 연구에서 논한 바 있듯, 『사변록』 시비의 발단은 이경석(李景奭, 1595~1571) 신도비(神道碑)에서의 송시열(宋時烈, 1607~1689) 비판이었으며 단지 학술적 문제만은 아니었으나, 어쨌든 『사변록』이 이단으로서 변파되었던 것은 역사적 사실이다.

박세당의 격물 해석은, 그가 발언한 그대로, 주희의 난해한 해석을 초학자에 알맞은 내용으로 수정한 것이라는 의미는 갖지 않는다. '초학 입덕지문'을 기준으로 한 박세당의 격물 해석은 주자학의 격물론을 기초로 한다. 그는 "격물은 일상생활 속에서 실천 가능한 범위에 그치면 될 뿐, 그 이상의 고원한 일을 고찰하는 것은 성인의 가르침이 아니다" 라고 주장한 것이 아니다. 고원한 도를 목표로 삼는 것이 전제가 되며, 격물은 그러한 긴 여정에서의 첫걸음으로 간주된다. 그에게 있어 '경전 의 도리를 실현하는' 중요한 출발점이 바로 격물인 것이다. 박세당의 '격물치지' 해석은, 실천하기 위해서는 명확하게 아는 것이 선행되어야 함을 강조하고 있다. 실천이나 경험 그 자체를 강조한 것이 아니다.

『대학 사변록』의 주자주 비판은, 전반적으로 『대학장구대전』의 소주 의 내용을 깊이 고찰한 결과물이라고 할 수 있다. 이러한 기본 텍스트 상의 문제와 관련되어, 그의 문제 제기는 대부분 소주에 인용된 『주자 어류』의 내용 중 제자의 의문에 대한 주희의 대답이 명쾌하지 않은 부 분에서 연원한 것으로 보인다.

전문을 재배열하는 작업은 주희의 문의 파악을 토대로 하여 진행하 되 각 장의 주제를 하나로 확정하고, 그에 해당되지 않는 문장은 다른 장으로 옮겼다. 각 장에 여러 가지 주제가 혼합되어 있는 것 같다는 문제 제기는 역시 『대전』 소주에 여러 차례 나타난다. 제자의 의문에 대해 주희가 명확하게 해답을 제시하지 못한 부분을 박세당이 해결책 을 제시한 것으로 볼 수 있다. 단, 경문과 전문의 용어의 의미는 주자학 적 해석에서 벗어난 것이 거의 없다.

주자학이 정밀하게 연구되던 17세기 조선의 학술계 상황으로 보자면, 박세당의 주석은 '학술사'의 진보를 추동할 만한 기념비적 저작은 아니 다. 그러나 그의 표현 방식은 주자학이라는 권위에 도전했다는 의미를 부여하는 것이 가능하다. 근대 초기 한반도에서 '기존의 권위에 굴하지 않는 진보적 정신'을 도출해 내는 것이 민족사적 과제였을 때의 배경에서 보자면, 이러한 의미 부여가 타당하지 않은 것은 아니다. "주자의 주석은 옳은 경문 해석이 아니다."라는 서술 방법은 17세기에 정적들의 공격을 피할 수 없었다는 점에서 알 수 있듯이 흔치 않은 도전이었기 때문이다.

『대학 사변록』은 『대학장구대전』의 소주 중에 나타난, 주희의 『대학』 해석에 대한 문제의식들에 대해, 주희의 해결이 미진했던 부분을 해결하고자 한 주석서로서 위치 지을 수 있다. 그리고 조선시대 경학사에 특징적인, 주자학으로써 주희의 경서 해석을 비판한 저술이라는 의의를 가진다.

『사변록』 저술 동기와 『대학』 본문 재배열 문제에 대한 검토

김태년

1. 서론

이 글은 서계(西溪) 박세당(朴世堂, 1629~1703)의 『대학 사변록(大學思辨錄)』을 둘러싼 쟁점을 검토하고, 그중 저술 동기와 『대학』 본문의 재배열 문제를 논의하려는 것이다.1 그동안 박세당은 조선 후기 탈주자학적 경향을 보인 대표적인 학자로 평가받았으며, 그 평가의 주요한 근거는 『사변록』이었다. 그중에서도 주희(朱熹)의 『대학장구(大學章句)』에 대한 비판이 담긴 『대학 사변록』은 주희의 학문 체계를 벗어나는 박세당의 사상적 특징이 잘 드러난 텍스트로 여겨졌다.

『사변록』에 대한 해석과 평가는 크게 보아 두 차례에 걸쳐 이루어졌다. 우선 숙종대 벌어진 노론과 소론 간의 시비 과정2에서 나온 '사문난

---

1 필자는 원래 『대학 사변록』을 둘러싼 쟁점 전반에 대해 검토하려 계획했으나, 지면의 한계로 인해 이 논문에서는 전체 쟁점을 살펴본 후, 그중 두 개를 우선 검토하겠다. 나머지 쟁점은 별고에서 다룰 예정이다.

적(斯文亂賊)'이라는 평가[3]가 있고, 현대 연구자들에 의해 이루어진 '탈주자학'이라는 해석이 있다. 전자는 노론 측의 편지 · 상소 등[4]과 김창협(金昌協)의 「논사변록변(論思辨錄辨)」,[5] 그리고 소론 측의 편지 · 상소 등[6]에 드러나 있는데, 이는 주자학이 정학(正學)이라는 전제하에 박세당의 논의가 그것을 훼손시킨 것인가, 그렇지 않은가를 중심으로 내려진 것이었다.[7] 후자는 실학 담론의 형성과 더불어 이루어진 것으로, 주로 박

---

2 『사변록』 관련 시비의 과정에 대해서는 김용흠의 「조선 후기 노 · 소론 분당의 사상 기반」(『학림』 17집, 1996)에 자세하다.

3 홍계적, 『肅宗實錄』 권38권, 29년 4월 17일(임진) "蓋欲置朱子於儓侗, 而自立於高明之域, 豈非斯文之變怪, 吾道之亂賊也?"

4 김창흡, 「與李德壽」, 『三淵集』 권22, 29~38쪽(『한국문집총간』 165, 469a~473c, 이하 『총간』); 홍계적, 『肅宗實錄』 권38권, 29년 4월 17일(임진); 홍계적, 『肅宗實錄補闕正誤』 권38, 29년 4월 17일(임진); 권상유, 『肅宗實錄』 권38, 29년 7월 5일(기유); 이관명 · 이여, 같은 책 권40, 30년 8월 5일(임신); 이여, 같은 책, 30년 8월 30일(정유).

5 홍계적(洪啓迪) 등의 상소에 의해 박세당의 『사변록』이 문제가 되자 숙종은 이를 변파(辨破)하라는 명을 내렸다. 이관명(李觀命)과 함께 숙종의 명을 받은 권상유(權尙游)는 「사변록변(思辨錄辨)」을 작성하여 『사변록』을 조목조목 비판하는 한편, 그 내용을 김창협에게 보내 질정해 줄 것을 요청했는데, 이에 답한 김창협의 글이 「논사변록변(論思辨錄辨)」이다. 권상유의 「사변록변」은 현재 찾아볼 수 없는데, 김창협의 견해는 권상유에게 보내는 편지의 형태로 문집에 실려 있어 사실상 그의 논의가 노론 측의 본격적인 학술적 비판의 내용을 살펴볼 수 있는 거의 유일한 자료라 할 수 있다. 물론 그의 논의는, 정확히 말하자면 박세당에 대한 직접적 비판이 아니라 권상유의 비판에 대한 논의이고, 『사변록』 전체 내용을 포괄하고 있지도 않으며, 권상유의 비판 전반에 대해 모두 다룬 것 같지도 않다. 그러나 그가 노론 중에서도 비교적 개방적인 학풍이었던 낙학파(洛學派)를 선도했던 학자라는 점을 고려하면, 그가 가하는 비판을 노론 비판의 마지노선 정도로 인식할 수 있지 않을까 한다. 즉 그의 비판은 노론이 보기에 가장 문제가 되는 점을 지적한 것으로 이해할 수 있지 않을까 한다는 것이다. 金昌協, 「與權有道(尙游)論思辨錄辨」, 『農巖集』 권15, 3쪽(『총간』 162, 22a); 「與權有道再論思辨錄辨」, 같은 책, 16~17쪽(『총간』 162, 28d~29b).

6 윤증, 「與朴季肯」, 『明齋遺稿』 권10, 26~34쪽(『총간』 135, 238c~242c); 최창대, 「論思辨錄疏」, 『昆侖集』 권8, 1~20쪽(『총간』 183, 135a~144c). 이탄 · 이익명, 『肅宗實錄』 권38, 29년 4월 23일(무술); 이하성, 같은 책, 29년 5월 21일(을축); 임수간, 같은 책, 29년 9월 4일(정미); 남취명, 같은 책 권39, 30년 6월 16일(갑신); 홍우행, 같은 책 권40, 30년 8월 30일(정유); 이인엽 · 최석정, 같은 책 권44, 32년 8월 5일(경인); 이인엽 · 최석정, 『肅宗實錄補闕正誤』 권44, 32년 8월 5일(경인).

세당의 논의를 따라가며 그의 사상이 주자학과 얼마나 같고 다른지 따진 것이었다.[8]

그런데 주지하다시피 박세당 당대에 이루어진 '사문난적'이라는 평가에는 정치적인 배경이 있어 순수하게 학술적으로 논의된 것으로 보기 어려우며, 근대 이후 이루어진 논의는 주로 박세당의 논리를 중심으로 연구가 이루어져 박세당이 비판했던 주희, 그리고 박세당을 비판했던 김창협 등의 주자학자들의 논의를 함께 살피지 못했다는 한계를 가진다.[9]

---

7 박세당을 옹호하던 소론의 논리도 이에서 벗어나지 않는다. 특히 같은 당파였던 윤증이 박세당의 격물치지론에 대해서 비판했던 내용을 볼 때, 그도 주희와 다른 견해에 대해서는 단호하게 비판하는 태도를 보인다. 다만 박세당이 주희와 다른 견해를 제시했다는 이유만으로 그를 '사문난적'으로 규정하지 않았다는 점에서 노론과 다를 뿐이다. 윤증, 위의 글; 김세정(2008), 「명재 윤증과 서계 박세당의 격물 논변」, 『동양철학연구』 56, 동양철학연구회 참조.

8 박세당과 『사변록』과 관련된 연구는 130여 편에 이르며, 이 중 『대학 사변록』과 관련된 연구로 필자가 검토한 것은 다음과 같은 15편의 논문이다. 이병도(1966), 「박서계와 반주자학적 사상」, 『대동문화연구』 3, 성균관대학교 대동문화연구원; 윤사순(1972), 「박세당의 실학사상에 관한 연구」, 『아세아연구』 46, 고려대학교 아세아문제연구소; 배종호(1975), 「박세당의 격물치지설」, 『실학논총』, 전남대학교; 박천규(1987), 「박서계의 대학신석(大學新釋)」, 『동양학』 17, 단국대학교 동양학연구소; 이희재(1989), 「박세당의 인식론」, 『광주사범대학논문집』 6; 장윤수(1990), 「박서계의 『사변록』 고찰; 「대학」과 「중용」」, 『철학논총』 6, 영남철학회; 안병걸(1993), 「박세당의 독자적 경전 해석과 그의 현실 인식」, 『대동문화연구』 28, 성균관대학교 대동문화연구원; 김용흠(1996), 「조선 후기 노·소론 분당의 사상 기반-박세당의 『사변록』 시비를 중심으로」, 『학림』 17, 연세대학교 사학연구회; 송석준(1996), 「한국 양명학의 초기 전개 양상-윤휴와 박세당의 『대학』 해석을 중심으로」, 『동서철학연구』 13, 한국동서철학회; 장창수(1997), 「서계 박세당의 탈주자학적 사유에 관한 연구」, 계명대학교 석사학위논문; 이영호(2000), 「서계 박세당의 『사변록·대학』에 대한 연구」, 『한문학보』 2, 우리한문학회; 윤미길(2002), 「박세당의 사서주해에 대한 일 고찰-다산과의 관련을 중심으로」, 『국어교육』 109, 한국어교육학회; 이향미(2003), 「박세당의 『대학 사변록』 연구: 체제와 격물치지설을 중심으로」, 성균관대학교 석사학위논문; 강지은(2007), 「서계 박세당의 『대학 사변록』에 대한 재검토-『대학장구대전』의 주자주(朱子註)에 대한 비판적 고찰의 의미를 중심으로-」, 『한국실학연구』 13, 한국실학학회; 김세정(2008), 「명재 윤증과 서계 박세당의 격물 논변」, 『동양철학연구』 56, 동양철학연구회.

9 연구자들은 주로 주희의 『사서장구집주』와 박세당의 『사변록』을 비교했을 뿐, 『혹문(或問)』·

따라서 본고에서는 주희와 박세당, 그리고 김창협의 견해를 비교해 보면서『대학 사변록』의 성격을 다시 논의해 보고자 한다. 우선 박세당의 주희 비판, 김창협 등 당대 학자들의 박세당 비판, 그리고 현대 연구자들의 논의를 살펴보면서『대학 사변록』을 둘러싼 쟁점을 추출하고, 그중 우선『사변록』의 저술 동기와『대학』본문의 재배열 문제를 다시 살펴봄으로써 '사문난적'과 '탈주자학'이라는 기존의 평가가 얼마나 사실에 부합하는지 검토해 보고자 하는 것이다.

2.『대학 사변록』의 쟁점

『대학 사변록』은『대학장구』본문, 박세당 자신의 해석, 주희의 주석에 대한 비판, 문장 재배치 논의 등으로 구성되어 있다. 이에 대해 김창협이 비판한 것은 주로 박세당이 주희의 주석을 직접 언급하며 비판한 내용 중 일부에 대한 것이었다.『대학』의 원문 배열 문제에서 주희와 입장을 달리한 점 이외에 박세당이 수희의 주석을 직접 거론하며 비판하는 논제는 1) 지어지선(止於至善)의 해석과 3강령(綱領: 經), 2) 지지(知止)와 능득(能得)에 대한 해석(經), 3) "물유본말(物有本末), 사유종시(事有終始)"에서 물(物)과 사(事)에 대한 해석(經), 4) 격물치지(格物致知)에 대한 해석(經, 傳5), 5) "고시천지명명(顧諟天之明命)"에서 고(顧)의 해석(傳1), 6) 혈구지도(絜矩之道) 해석(傳10), 7) "미유상호인(未有上好仁) ~

『어류(語類)』·『논맹정의(論孟精義)』·『회암집(晦庵集)』등을 함께 살피며 주희의 주석이 성립된 배경까지 추적하여 비교한 것은 아니다. 또한 일부 연구자들은 김창협의 비판도 함께 살폈지만, 본격적인 것은 아니었다. 이병도(1966); 이승수(1993); 김용흠(1996); 윤미길(2002); 이천승(2003),「농암 김창협의 심성론에 대한 연구」, 성균관대학교 박사학위논문; 강지은(2007).

비기재자야(非其財者也)"(傳10)에 대한 해석, 8) "장국가(長國家) ~ 이의 위리야(以義爲利也)"(傳10)에 대한 해석이 전부이다. 뒤에 자세히 살펴 겠지만, 이 주제들은 크게 세 가지 묶음으로 다시 나눌 수 있는데, 1) '초학입덕지문(初學入德之門)'으로서 『대학』의 성격과 관련된 문제(1, 2, 3, 4), 2) 격물치지 해석(4), 3) 기타 해석상의 문제들(5, 6, 7, 8)이 그것 으로, 특히 첫 번째 문제는 거의 대부분의 문제와 관련된 박세당의 기 본 입장이기도 하다. 왜냐하면 그는 『대학』을 초학자들이 처음 배우는 텍스트로 규정하고, 『대학』의 본문을 초학자들에게 걸맞은 쉬운 내용으 로 해석해야 한다는 입장을 초지일관 견지했으며, 그에 따라 여기에서 벗어나는 추상적인 해석이나 『대학』 공부의 실효를 고원한 경지로 설 명하는 것처럼 보이는 주희의 여러 주석에 대해 비판했기 때문이다.[10]

이에 대해 윤증은 1691년에 보내는 편지[11]에서 『대학 사변록』과 관련 하여 8조목의 관계와 격물치지에 대한 주희의 해석을 박세당이 비판한 데 대해 문제를 제기하는 한편, 『사변록』의 저술 방식 전반에 대해서도 충고하고 있다. 전자는 박세당의 『대학』에 대한 이해의 기조가 주희와

---

10 별고를 통해 자세히 다루겠지만, '初學入德之門'이라는 말은 『대학장구』의 첫머리에서 주 희(朱熹)가 정이(程頤)의 말을 인용하여 『대학(大學)』의 개념을 설명하면서 나오는 말이 다. "『대학』은 공자께서 남기신 글로서 학문을 시작하는 자가 덕에 들어가는 문이다." 주 희는 이 말을 사서(四書)의 관계 속에서 해석한다. 즉 사서 중 가장 먼저 읽어야 할 것이 바로 『대학』이라는 말이다. 반면 박세당은 이를 문면 그대로 이해한다. 제대로 된 학문을 이제 막 시작하는 사람이 배우는 책이라는 의미로 해석하는 것이다. 따라서 그는 『대학』 에 나오는 각종 개념들도 너무 어려운 경지로 해석하면 안 된다고 주장한다. 지어지선(止 於至善), 지지(知止), 능득(能得), 그리고 격물치지(格物致知) 등을 상식적인 수준의 단계 로 해석해야지, 마치 궁극의 경지를 일컫는 듯하게 해석해서는 안 된다는 것이다. 그러나 앞서 말한 것처럼 주희도, 그리고 주희가 인용한 정이도 '초학입덕지문'을 사서와의 관계 속에서 언급하고 있으며, 지어지선(止於至善), 지지(知止), 체득(能得), 그리고 격물치지 (格物致知) 등에 대해서도 주희는 박세당이 이해한 것처럼 궁극의 경지로 해석하고 있지 는 않다.

11 尹拯, 「與朴季肯」, 『明齋遺稿』 권10, 26~34쪽(『총간』 135, 238c~242c).

다르지 않은데도 주희를 오해하고 비판하는 데 대한 문제 제기였고, 후자는 박세당의 문체와 책의 체제가 야기할 문제의 소지를 없애고자 하는 충고였다.

『사변록』과 관련한 논란을 촉발했던, 홍계적(洪啓迪) 등이 박세당을 비판하며 올린 상소에서는 『대학』과 관련하여 "『대학』 성의장(誠意章)을 전(傳)의 수장(首章)으로 삼으면서 '정현본(鄭玄本)은 원래 빠지거나 잘못되지 않았다'라고 하였고, '격(格)'을 '정(正)'이라 풀이하면서 '격물(格物)은 본래 궁리(窮理)를 이르는 것이 아니다'라고 하였습니다. 대저 궁리(窮理)하여 치지(致知)하고, 치지하여 성의(誠意)하는 것이 바로 『대학』의 가장 핵심적인 주장인데, 그 핵심을 깨뜨리고 순서를 뒤바꾸었으니, 도(道)에 어그러지고 이치를 해치는 것이 대개 이와 같습니다."[12]라고 하여 『대학』 본문의 재배열 문제와 '격물'의 해석을 문제 삼았다.[13]

숙종에 의해 『사변록』을 검토하라는 지시가 내려진 후, 노론 측에서 그에 대한 검토를 마치고 작성된 텍스트(「논사변록변」)에서 김창협이 최종적으로 거론하는 논제는 1) '지어지선(止於至善)'의 해석과 3강령(經), 2) '격물치지'에 대한 해석(經, 傳5), 3) "심부재언(心不在焉) ~ 부지기미(不知其味)."(傳7)에 대한 해석, 4) "장국가(長國家) ~ 이의위리야(以

---

12 洪啓迪, 『肅宗實錄』 권38, 29년 4월 17일(임진) "『大學』 則以 「誠意章」 爲傳首章, 而謂 '鄭本初非脫誤', 以正訓格, 而謂'格物本非謂窮理'. 夫窮理以致知, 致知以誠意, 卽『大學』 第一義, 而破其頭腦, 倒其階級, 背道害理, 大抵類此." 홍계적은 논의에 앞서 아직 자신이 『사변록』을 읽지 못했고 그 내용에 대한 전언에 근거하여 비판하는 것이라고 전제하고 있다. 『대학』 원문 재배열과 관련하여 잘못된 주장을 하고 있는 것은 이 때문인 듯하다.
13 한편, 소론 측의 주장은 『사변록』의 내용을 중심으로 박세당의 탈주자학적 경향을 부정한 것이 아니라, 그가 『사변록』을 저술한 행위 자체를 변호하는 데 집중되어 있었다. 박세당이 『사변록』을 지은 의도는 "성현을 모욕하고 경전을 훼손하려는" 것이 아니며, 이러한 저술은 중국의 학자들이나 이언적 등의 조선의 선배 학자들도 한 바 있는 순수한 학술 활동의 소산이라고 변호한 것이다. 주석 6의 자료 참조.

義爲利也)"(傳10)에 대한 해석에 불과하며, 그나마 논의의 대부분이 '격물치지'에 대한 해석 문제에 집중되어 있다.

	박세당	윤증	홍계적	김창협
至於至善과 3綱領(經)	○			○
知止와 能得(經)	○			
物과 事(經)	○			
格物致知(經·傳5)	○	○	○	○
顧(傳1)	○			
心不在焉~不知其味(傳7)				○
絜矩之道(傳10)	○			
未有上好仁~非其財者也(傳10)	○			
長國家~以義爲利也(傳10)	○			○
『대학』 본문 재배열	○		○	
8조목의 관계	○	○		
비고		체제		

이상과 같이 살펴볼 때 『사변록』 시비가 벌어진 당대에 『대학』과 관련하여 제기되었던 문제는 『대학장구』의 재배열 문제, 『대학』의 성격과 관련한 문제, '격물치지' 해석 문제로 요약해 볼 수 있고, 그중 『대학장구』 재배열 문제는 그다지 문제가 되지 않은 것으로 보인다.[14]

한편, 근대 이후 박세당에 대한 연구는 이병도에 의해 시작되었다.[15]

---

14 이는 『중용』 본문의 재배열 문제가 심각하게 제기되었던 것과는 양상을 달리한다. 아마도 소론 측의 주장대로 『대학』 본문과 관련해서는 중국과 조선의 학자들 모두 재배열을 시도했던 적이 있었기 때문인 것 같다.

15 장지연(張志淵)과 현상윤(玄相允)은 각각 '조선시대 중기', '당쟁시대의 저명한 제유'의 절 안에서 박세당에 대한 기본 정보와 『사변록』 시비에 대해 간단하게 설명했을 뿐이다. 장지연 지음, 조수익 옮김, 『조선유교연원』 2, 솔출판사, 1998, 47쪽; 현상윤 지음, 이형성 교주, 『조선유학사』, 『기당현상윤전집』 2, 나남출판사, 2008, 422쪽.

그는 『대학 사변록』에 대해서도 몇 가지 논의를 하고 있는데, 그가 제기한 ① 박세당의 학문 태도, ②『중용장구』와 『대학장구』의 편차 개정, ③ 주희의 3강령설 반대, ④ 격물치지설 재해석, ⑤ "물유본말(物有本末), 사유종시(事有終始)"에 대한 새로운 해석 문제 등은 이후 연구자들이 논의를 시작하는 출발점이 되고 있다. 이후 연구가 심화되면서 '초학입덕지문(初學入德之門)'으로서 『대학』의 성격, 지지(知止)와 능득(能得)의 해석 문제 등이 추가되어 논의되었다. 연구자들이 어떤 주제로 『대학 사변록』에 대해 논의하였는지 표로 정리해 보면 다음과 같다.

	학문 태도 (서문)	『대학』 재배열	『대학』의 성격	3강령설 반대	지지(知止)와 능득(能得)	격물치지 (格物致知)	물유본말 (物有本末), 사유종시 (事有終始)
이병도	○	○		○		○	○
윤사순	○		○	○		○	○
배종호			○	○	○	○	○
박천규		○	○	○		○	
이희재	○		○	○		○	○
장윤수	○	○		○	○	○	
안병걸	○		○			○	
김용흠	○			○		○	○
송석준						○	
장창수				○		○	
이영호	○	○		○	○	○	○
윤미길	○		○	○		○	○
이향미	○	○		○	○	○	○
강지은		○	○	○	○	○	○
김세정						○	

이와 같이 각자의 논문 주제에 따라 다루는 내용에서 차이를 보이고

있지만, 대부분의 학자들은 『사변록』 서문을 중심으로 그의 하학상달 (下學上達)의 학문 방법을 '실학(實學)'적 경향으로 해석하고, 『대학』 본문의 재배열 문제를 반주자학의 증거로 제시하며, 박세당이 『대학』을 초학자들의 텍스트로 이해하여 고원하고 형이상학적인 설명 방식을 배격했고 3강령설에 반대했으며, 치지(致知)·지지(知止)·능득(能得) 등의 경지를 일상적이고 합리적인 것으로 해석했고, 물(物)·사(事), 격물치지(格物致知)를 주희와 다른 방식으로 해석하여 새로운 인식론 체계를 형성했다[16]는 데 의견을 같이하고 있다.

3. 『사변록』의 저술 동기

'사변록(思辨錄)'이란 제목은 『중용(中庸)』의 애공문정장(哀公問政章)에 나오는 박학(博學)·심문(審問)·신사(愼思)·명변(明辨)·독행(篤行)의 덕목 중에서 뽑은 것으로, "신중히 생각하고 밝게 분별하며 기록한 책"이라는 의미이다. 박세당은 1660년(庚子) 32세 겨울 증광시에 장원하여 전적이 되어 벼슬길에 오른 후에 예조 좌랑, 병조 정랑, 이조 좌랑 등을 역임하고[17] 1673년(癸丑) 이후로는 충청도 관찰사, 대사간, 부제학, 대사헌, 공조 판서, 예조 판서, 이조 판서 등에 제수되었으나 모두 사양하고 수락산 석천동에서 학문에 정진했는데, 『사변록』은 이때 지어졌다.[18]

---

16 박세당의 격물치지론에 대해서는 연구자들의 입장이 나뉜다. 어떤 이는 양명학적이라 해석하기도 하고, 어떤 이는 여전히 주자학적이라 해석하기도 하며, 어떤 이는 양명학과 주자학을 종합한 것이라 해석하기도 한다.

17 1668년(무신) 40세 10월에는 절사(節使) 서장관이 되어 연행(燕行)을 하였다.

18 「연보」 참조.

그가 가장 먼저 손을 댄 것은 『대학 사변록』이었던 것 같다. 그는 우선 주희가 편찬한 『대학』의 순서를 바꾸어 새롭게 원문을 재배열하고 그 이유를 간략하게 적은 「대학장구지의(大學章句識疑)」를 1674년(甲寅, 46세) 7월 27일에 완성했다.[19] 그 후 1684년(甲子, 56세)에 『대학 사변록』을 완성하고,[20] 1687년(丁卯, 59세)에 『중용 사변록』, 1688년(戊辰, 60세)에 『논어 사변록』, 1689년(己巳, 61세)에 『맹자 사변록』, 1691년(辛未, 63세)에 『상서 사변록』을 각각 지었다.[21]

그가 『사변록』을 저술한 동기는 「대학장구지의」의 서(序)와 『사변록』의 서문에 밝혀져 있다. 그에 따르면, 「대학장구지의」는 박세당이 주희의 『대학장구』를 읽다 보니 잘 이해되지 않는 부분이 많아 뜻이 통하도록 원문의 순서를 재배치한 것으로, 의문점을 기록해 두고 혼자 공부하는 데 참고하려는 의도에서 지어진 것이다. 그는 "근본적으로 따져 보면 결국은 주자의 본의를 잃지 않을 것"이라고 강조하고 있다.[22]

또한 그는 사서(四書)에 대한 『사변록』을 마무리하면서 1689년(己巳)

---

19 「大學章句識疑」, 『思辨錄』, 민족문화추진회, 1989 중판, 470쪽.
20 『大學思辨錄』 맨 마지막 부분(『思辨錄大學』, 『한국경학자료집성』 3, 성균관대 대동문화연구원, 1989, 144쪽)에 "내가 장구를 개정한 지 이미 10년이 되었는데(自余改定章句已十年)"라는 내용이 나오는 것으로 보아, 『대학 사변록』은 「대학장구지의(大學章句識疑)」를 지은 뒤 10년, 즉 1684년에 완성된 듯하다(「연보」에는 1680년(庚申) 52세 때 지은 것으로 되어 있다). 한편 「대학장구식의」의 맨 뒤에 「지의(識疑)」의 내용을 수정하는 후기가 있고, 이것이 『대학 사변록』에 반영되어 있는 것으로 보아, 원문을 재배열하는 「지의」를 지은 뒤 10여 년에 걸쳐 『대학』의 내용 해설, 주희의 주석에 대한 비판 등을 덧붙여 『대학 사변록』을 완성했음을 알 수 있다.
21 1693년(癸酉, 65세)에 『모시 사변록(毛詩思辨錄)』을 짓기 시작하였으나 끝내 완성하지 못했다. 「연보」
22 「大學章句識疑」, 『思辨錄』, 민족문화추진회, 1989 중판, 470쪽. "余嘗讀大學章句, 多所未解, 竊不能無疑. 伏而細繹, 似有一二可議者, 輒不揆僭越, 以意易置如此. 或冀文從其類, 語不失次, 無難曉不通之患. 然唯以識疑, 兼自便誦習, 不敢煩諸他人, 以取狂妄悖謬之罪. 然究其大本, 終不失朱子之旨云."

에 서문을 썼는데, 여기에서 경의 의미, 경학의 부진, 정자와 주자의 공로, 자신의 저술 동기 등을 밝히고 있다. 그는 우선 경을 "요·순 이래 여러 성인의 말씀을 기록한 것"으로 규정하고, "이치가 정순하고 뜻[義]이 갖추어져 있으며, 생각[意]과 취지가 깊고 멀다."고 평가하면서 제대로 공부한 자가 아니면 그 본의를 드러낼 수 없다고 주장했다. 물론 여기서 경은 유가의 경전[六經]이고, 경에 대한 이러한 평가는 전형적인 유학자의 견해이다.

이렇듯 경은 오묘한 뜻을 가지고 있는 것이기에 경에 대한 연구, 즉 경학은 쉽지 않은 것이다. 그는 진·한에서 수·당에 이르는 시기의 경학을 세 가지로 구분하여 비판했다. 진시황제의 분서 이래 경전을 복구하여 전수하는 과정에서 발생한 여러 문파들의 훈고학을 "문호(門戶)를 나누어 쪼개고 사지를 잘라 내고 폭을 찢어 내다가 결국 대체를 파괴했다."고 평가하고, 불교가 전래되고 도교가 흥성한 이래 불교나 도교의 개념과 논리로 유가의 경전을 해석하는 경향에 대해서는 "그 이단에 빠진 자는 사이비 논리를 빌어다가 간사하고 기만하는 말을 꾸미기 일쑤였다."고 비판하며, 과거 시험을 위해 다만 이전의 주석을 외우기만 하는 자들에 대해서는 "전대(前代)의 전적(典籍)을 껴안고 있는 자들은 고착되고 편벽되어 평탄한 대도(大道)에 어둡다."고 질책했다. 이는 주희가 「대학장구서문」에서 보여준 경학사에 대한 인식과 동일한 것이었다.

그는 물론 이렇게 된 책임은 경에 있는 것이 아니라 그것을 제대로 인식하지 못한 학자들에게 있는 것이라 했다. 그들은 "먼 곳을 가려면 반드시 가까운 곳에서 출발해야 한다."는 유학의 하학상달(下學上達)의 정신을 잃어버리고, 불교나 도교처럼 심오한 경지만 찾거나 쇄말한 훈고나 일삼아 결국은 일상의 도를 설파하는 경전의 본의를 깨닫지 못하고 있으니,[23] 이는 마치 "대개 귀머거리가 되면 우레와 벼락의 소리를 듣지 못하고, 장님이 되면 해와 달의 빛을 보지 못하지만, 그것은 귀머거리와 장님의 문제일 뿐이며, 우레와 벼락, 해와 달은 본래 그대로"인 것과 같다는 것이다.

박세당이 보기에 이정(二程)과 주희는 바로 이런 상황을 타개한 학자들이었다. 그는 이정과 주희가 "해와 달의 거울을 갈고 우레와 벼락의 북을 두드리니, 소리는 먼 곳까지 미치게 되고, 빛은 넓은 데까지 덮이게 되어, 육경의 뜻이 이에 다시 환하게 세상에 밝혀졌다."면서 그들 덕택에 훈고학의 치우친 학문 경향이나 이단에 물든 사이비 해석들이 더 이상 발을 붙일 수 없게 되었다고 칭송했다. 이정과 주희에 대한 이러한 평가는 당대 조선의 성리학자 모두가 공유하는 것이었다.

그렇다면 그가 굳이 『사변록』을 쓴 이유는 무엇인가? 그는 "경에 실린 말이 그 근본은 비록 하나이지만 거기에 접근하는 방법은 천 갈래 만 갈래이며," 해석하는 방법에 있어서 "반드시 여러 장점을 널리 모으고 조그마한 선(善)도 버리지 아니하여야만" 경의 본의를 제대로 해석할 수 있다고 전제하고, 혹시 자신의 좁은 소견이 (이정과 주희 등의) "선유(先儒)들이 세상을 깨우치고 백성을 도와주는 뜻에 티끌만 한 도움

---

23 기존 연구 중 대부분은 서문의 이 부분을 실학적 탐구 정신의 대표적 예로 들고 있는데, 이는 문맥에 따라 이해할 때 주희 이전의 경학 사조를 비판하면서 유학의 하학상달(下學上達) 정신을 강조하는 것으로 해석해야 한다. 주희도 바로 이 하학상달 정신에 입각해서 이전의 경학 사조를 비판했고, 사상운동의 목적을 '일상성의 회복'에 둘 정도로 현실과 동떨어진 '고원(高遠)한' 경지를 배격했다. 물론 주희가 정이천 문하의 선배 등에게서 발견한, 불교식의 '고원한' 해석 경향을 에둘러 비판했던 것처럼 박세당도 주희 이전의 이러한 경향에 빗대어 당대 현실의 문제를 우회적으로 비판한 것일 수도 있다. 이기심성논쟁(理氣心性論爭)과 이단논쟁에만 골몰하던 당시 일부 학자들(주로 송시열과 그 문하)을 비판했다는 것이다. 그러나, 그렇다 하더라도 이 문장을 바로 주희를 비판하는 맥락으로 이해하는 것은 무리이다. 바로 뒤에 이정과 주희가 등장하는 것으로 보아, 이 문단은 불교적 해석을 비판하는 것으로 보아야 한다. 이런 이유에서인지 박세당 당대의 비판자들은 그 누구도 이 문장을 가지고 시비하지 않았다.

이나마 되기를 바란 것"이지 새롭고 기이한 이론을 내세우기를 좋아한 것은 아니라고 하였다. 즉 이정과 주희의 경을 해석하는 방법에 동의하고 그 해석에도 대체로 동의한다는 전제 위에 자신의 의견을 피력한다는 것이다.[24]

이렇듯 박세당은 경과 경학사에 대해 유학자로서, 또 성리학자로서 전형적인 인식을 가지고 있었고, 자신의 『사변록』 저술이 "경솔하고 망령되어 나의 소략하고 모자람을 헤아리지 못한 죄는 피할 수 없는 것이지만, 뒷날에 이 글을 보는 이가 혹시 그 뜻이 다른 데 있지 않음을 살펴서 특별히 용서한다면 이 또한 다행이겠다."고 소망했지만, 당대 노론 학자들은 용서하지 않았다. 그들은 박세당을 '우리 도를 어지럽히는 자 [斯文亂賊]'로 몰아세웠던 것이다.

한편 권상유와 이관명이 『사변록』을 '변파(辨破)'하는 데 조언을 했던 김창협은 『사변록』의 서문에 대해 다음과 같이 평가했다.

그가 서문을 지은 의도를 살펴보건대, 그는 원래부터 정자와 주자의 경설을 깊이 탐구하고 정밀하게 갖추지 못한 것으로 여기고 있고, 그가 이른바 "널리 여러 장점을 모으되 작은 선을 버리지 않는다."는 따위의 말은 그냥 하는 말입니다. 도리가 이와 같지만 그가 짐짓 스스로를 여러 장점과 작은 선 사이에 의탁하니, 이는 스스로 '크게 이루었다'고 직설적으로 자처하는 것은 아닙니다. 설사 은연중에 그에게 이러한 의도가 있다 하더라도 문자상으로는 진짜 그런지

---

24 이런 식의 수사는 전근대 지식인, 특히 유학자들에게서는 흔히 볼 수 있는 겸사이다. 정현(鄭玄) 등의 고주(古註)에 대해 파천황적인 신주(新註)를 내세웠던 주희도 『장구집주(章句集注)』의 서문에서 이런 식의 수사를 구사했다. 그러나 분명한 것은 주희도 박세당도 모두 송(宋) 이전의 학문 경향을 그들의 주적으로 삼고, 송 이후의 새로운 경향, 즉 성리학(신유학)적 해석에 대해서는 아군으로 여기고 있다는 점이다. 따라서 일부 연구자들이 이를 '귀납적 방법'으로 해석하는 것은 너무 앞서 나간 것이라 판단된다.

드러나 있지 않으니 너무 가혹하게 지적하고 깊이 논의할 필요는 없을 듯합니다. 어떠합니까?[25]

김창협의 위와 같은 언급을 미루어 보건대, 아마도 권상유는 『사변록』의 서문을 비판하면서 "박세당이 '크게 이루었다[大成]'고 자처하며 주희를 무시했다."고 주장한 듯하다. 이에 대해 김창협은 박세당의 의도야 그렇겠지만 문면에 드러난 뜻은 그렇지 않으니 그런 식으로 비판할 수는 없다고 한 것이다. 김창협의 이러한 언급은 두 가지로 해석할 수 있다. 하나는 박세당은 '사문난적'이라는 견해를 권상유 등과 같이 하면서 효율적 비판을 위해 이렇게 조언했다는 해석이고, 또 하나는 박세당의 『사변록』에 대해 권상유 등에 비해서는 그리 심각하게 생각하지 않았기에 그를 '사문난적' 정도까지 몰아붙일 필요가 있겠느냐는 의미로 발언했다는 해석이다. 당시 노론의 정황으로 볼 때, 그리고 이 문장만으로 볼 때는 전자의 해석이 타당한데, 「논사변록변」 전반에 드러나는 김창협의 어조로 볼 때는 후자의 해석도 가능하다. 그의 글에서는 박세당이 위험한 '사문난적'이 아니라 '주희를 제대로 이해하지 못한 자'라는 인식이 엿보이기 때문이다.[26]

---

25 金昌協, 「與權有道(尙游)論思辨錄辨」, 『農巖集』 卷15, 3쪽(『총간』 162, 22a) "序文. 竊詳序文之意, 固以程朱經說, 爲未極深遠精備之趣, 而若其所謂'博集衆長, 不棄小善'者, 則乃是泛論. 道理如此故姑自託於衆長小善之間, 非直以大成自處也. 設或隱然有此意, 以文字則未見其必然, 恐不必苛摘而深論也. 如何如何?"

26 『사변록』이 논파할 대상이 될 수준도 안 된다는 식의 인식이 당시 노론 일각에 있었던 것은 다음과 같은 사론(史論)이나 『사변록변』을 작성했던 이관명이 『사변록』 소각에 반대하며 주장한 내용에서도 찾아볼 수 있다. 『肅宗實錄』 권38권, 29년 4월 17일(임진) "時, 世堂之書, 稍稍傳說, 或以爲不足攻, 或以爲不必攻, 獨昌翕, 慨然以世道爲憂, 與人書, 發揮先正之志業, 廓闢世堂之詖說." 같은 책 권40, 30년 8월 5일(임신) "而臣取觀其書, 無他神奇可以惑衆者, 或用十三經注疏中, 朱子已棄不取之剩語, 或取他小說中, 無用閑漫之危

아무튼 박세당의『사변록』서문만을 보면 그를 '탈유학'은 물론이고, '탈성리학' 혹은 '탈주자학'이라고도 할 수 없다. 그는 성리학 혹은 주자학의 울타리 안에서 주희의 견해 일부에 대해 자신의 의문을 조심스레 드러냈을 뿐이다. 물론 이것은 문면에 드러난 것이고, 박세당 본인의 의도는 그렇지 않은 것일 수 있다. 기존 연구에서 해석한 것처럼 혹 박세당이 사문난적의 혐의를 두려워해서 일부러 이런 서문을 지었을 수도 있는 것이다. 만약 그렇다면 본문의 내용에는 탈성리학 혹은 반주자학의 자취가 있어야 한다. 우선 '탈 · 반 주자학적 경향'의 대표적인 증거 중 하나로 여겨지는『대학』본문의 재배열 문제에서 그런 흔적을 찾아볼 수 있는지 살펴보자.

4.『대학』본문의 재배열

　박세당의『대학』본문의 재배열을 '사문난적' 혹은 '탈 · 반 주자학'의 증거로 삼으려면, 먼저 주자학자들은 모두『대학장구』의 배열을 옹호했고 주자학에 반대하는 자들은 주로 주희의 배열 방식에 반대를 했다는 정황이 있거나, 박세당의 본문 재배치에 따라『대학』을 주희와는 다른 맥락에서 새롭게 해석할 수 있어야 한다. 과연 그런가.
　앞서 언급한 바대로 박세당은 주희의『대학장구』를 읽다가 글의 뜻이 통하지 않는 부분을 발견하고『대학』본문을 나름대로 재배치해 보았다. 박세당은 그 결과를 토대로「대학장구지의」를 작성했고, 이를 10년

言, 掠爲己有, 間或强索硬論, 惟以求多於前賢爲務, 雖尋常士子, 粗識經傳糟粕, 則可以立覷其誕妄, 非若老, 佛之書, 易爲沈溺者, 此不足深憂. 若焚滅本文之後, 其門徒或以爲其師之言, 不若是而辨破之說, 出於適抉云, 則亦無以考訂, 置之似宜矣."

뒤『대학 사변록』에 일부 수정하여 반영했다. 아래의 표는『고본대학』
(『13경주소』)을 기준으로 석경(石經),27 이정의『이정전서』, 주희의『대
학장구』, 그리고 박세당의『대학』본문 배치를 비교한 것이다. 기준이
되는 고본대학의 번호는 박세당이『사변록』의「대학고본」에서 나누어
놓은 것을 따랐으며, 박세당의 본문 배치는「대학장구지의」를 일부 수
정한『대학 사변록』에 의거한 것이다.

『대학』편차 비교표

고본대학(古本大學)	석경 (石經)	정호 (程顥)	정이 (程頤)	주희(朱熹)	박세당(朴世堂)
1. 大學之道 ~ 在止於至善.	1	1	1	1	1
2. 知止而後 ~ 能得.	5	2	2	2	2
3. 物有本末 ~ 則近道矣.	3	3	3	3	3
4. 古之欲 ~ 致知在格物.	2	15	4	4	4
5. 物格而後知至 ~ 天下平.	12	16	5	5	5
6. 自天子 ~ 皆以修身爲本.	8	17	6	6	6
7. 其本亂而 ~ 未之有也.	9	18	7	7	7(이상 經)
8. 此謂知本.	10	19	9(衍文)	22, 傳4 (衍文)	20, 傳5(衍文)
9. 此謂知之至也.	11	20	10	23, 傳5 28	21, 傳5
10. 所謂誠其意者 ~ 必愼其獨也.	12	21	22	24, 傳6	22, 傳6
11. 小人閑居 ~ 必愼其獨也.	13	22	23	25, 傳6	23, 傳6

---

27 석경본 대학은 출현했을 당시부터 위작(僞作)이라고 의심받았고 얼마 안 있어 풍방(豊坊)
의 창작이라고 논정되어 학술적인 가치를 잃었지만,『대학』과 관련한 논의에 미친 영향은
컸다고 평가받는다. 석경 대학은 중국 삼국시대 위(魏)의 정시(政始) 연간(240~248)에 우
송(虞松) 등이 왕명을 받아 오경(五經)을 고정(考正)할 때 위기(衛覬)·감단순(邯鄲淳)·
종회(鐘會) 등이 고문(古文)·소전(小篆)·팔분(八分)의 삼체로 석각한 것으로, 이를 통해
『대학』과『중용』이 전해졌다고 한다. 佐野公治(1988),『四書學史の硏究』, 創文社, 183쪽.
박세당이 어떤 경로로 석경본 대학을 접했는지는 알 수 없다. 여기에 소개하는 석경본 대
학의 순서는『대학 사변록』바로 뒤에 실린「대학석경고본」을 토대로 작성한 것이다.

12. 曾子曰 ~ 其嚴乎.	14	23	24	26, 傳6	24, 傳6
13. 富潤屋 ~ 必誠其意.	15	24	25	27, 傳6	25, 傳6
14. 詩云瞻彼淇澳 ~ 民之不能忘也.	63	44	45	19, 傳3	44, 傳10
15. 詩云, 於戲前王 ~ 沒世不忘也.	64	45	46	20, 傳3	45, 傳10
16. 康誥, 曰克明德.	54	4	11	8, 傳1	8, 傳1
17. 太甲, 曰顧諟天之明命.	55	5	12	9, 傳1	9, 傳1
18. 帝典, 曰克明峻德.	56	6	13	10, 傳1	10, 傳1
19. 皆, 自明也.	57	7	14	11, 傳1	11, 傳1
20. 湯之盤銘 ~ 又日新.	58	8	15	12, 傳2	12, 傳2
21. 康誥, 曰作新民.	59	9	16	13, 傳2	13, 傳2
22. 詩, 曰周雖舊邦, 其命維新.	60	10	17	14, 傳2	14, 傳2
23. 是故, 君子無所不用其極.	61	11	18	15, 傳2	18, 傳3
24. 詩云, 邦畿千里, 維民所止.	6	12	19	16, 傳3	15, 傳3
25. 詩云, 緡蠻黃鳥 ~ 不如鳥乎.	4	13	20	17, 傳3	16, 傳3
26. 詩云, 穆穆文王 ~ 止於信.	62	14	21	18, 傳3	17, 傳3
27. 子曰, 聽訟 ~ 此謂知本.	7	46	8	21, 傳4	19, 傳4
28. 所謂修身在正其心者 ~ 不得其正.	16	25	26	28, 傳7	26, 傳7
29. 心不在焉 ~ 不知其味.	17	26	27	29, 傳7	27, 傳7
30. 此謂, 修身在正其心.	18[29]	27	28	30, 傳7	28, 傳7
31. 所謂齊其家 ~ 天下鮮矣.	19	28	29	31, 傳8	29(32),[30] 傳8
32. 故諺有之 ~ 莫知其苗之碩.	20	29	30	32, 傳8	33, 傳8[31]
33. 此謂身不修, 不可以齊其家.	21	30	31	33, 傳8	30, 傳8
34. 所謂治國 ~ 所以使衆也.	22	31	32	34, 傳9	31, 傳9
35. 康誥, 曰如保赤子 ~ 而後嫁者也.	24	32	33	35, 傳9	42, 傳10
36. 一家仁 ~ 一人定國.	23	33	34	36, 傳9	34, 傳9
37. 堯舜, ~ 未之有也.	53	34	35	37, 傳9	29,[32] 傳8
38. 故, 治國, 在齊其家.	25	35	36	38, 傳9	35, 傳9
39. 詩云, 桃之夭夭 ~ 可以教國人.	26	36	37	39, 傳9	36, 傳9
40. 詩云, 宜兄宜弟 ~ 可以教國人.	27	37	38	40, 傳9	37, 傳9
41. 詩云, 其儀不忒 ~ 民法之也.	28	38	39	41, 傳9	38, 傳9

42. 此謂治國, 在齊其家.	29	39	40	42, 傳9	39, 傳9
43. 所謂平天下 ~ 有絜矩之道也.	30	40	41	43, 傳10	40, 傳10[33]
44. 所惡於上毋以使下 ~ 絜矩之道.	31	41	42	44, 傳10	41, 傳10
45. 詩云, 樂只君子 ~ 民之父母.	32	42	43	45, 傳10	43, 傳10
46. 詩云, 節彼南山 ~ 爲天下僇矣.	37	43	44	46, 傳10	46, 傳10
47. 詩云, 殷之未喪師 ~ 失衆則失國.	42	47	55	47, 傳10	47, 傳10
48. 是故, 君子先愼乎德 ~ 此有用.	38	48	56	48, 傳10	54, 傳10
49. 德者本也, 財者末也.	39	49	57	49, 傳10	55, 傳10
50. 外本內末, 爭民施奪.	40	50	58	50, 傳10	56, 傳10
51. 是故, 財聚則民散, 財散則民聚.	41	51	59	51, 傳10	57, 傳10
52. 是故, 言悖而出者 ~ 亦悖而出.	44	52	60	52, 傳10	58, 傳10
53. 康誥, 曰維命 ~ 不善則失之矣.	45	53	47	53, 傳10	48, 傳10
54. 楚書, 曰 ~ 以爲寶.	43	54	48	54, 傳10	62, 傳10
55. 舅犯, 曰 ~ 以爲寶.	46	55	49	55, 傳10	63, 傳10
56. 秦誓, 曰 ~ 亦曰殆哉.	33	56	50	56, 傳10	49, 傳10
57. 唯仁人 ~ 能惡人.	34	57	51	57, 傳10	51, 傳10
58. 見賢而不能擧 ~ 過也.	35	58	52	58, 傳10	52, 傳10
59. 好人之所惡 ~ 菑必逮夫身.	36	59	53	59, 傳10	50, 傳10
60. 是故, 君子 ~ 驕泰以失之.	52	60	54	60, 傳10	53, 傳10
61. 生財有大道 ~ 則財恒足矣.	49	61	61	61, 傳10	59, 傳10
62. 仁者, 以財發身 ~ 以身發財.	47	62	62	62, 傳10	60, 傳10
63. 未有上好仁 ~ 非其財者也.	48	63	63	63, 傳10	61, 傳10
64. 孟獻子, 曰 ~ 以義爲利也.	50	64	64	64, 傳10	64, 傳10
65. 長國家 ~ 以義爲利也.	51	65	65	65, 傳10	65, 傳10

---

28 주희는 이 구절 뒤에 보망장(補亡章)을 삽입했다.

29 "此謂, 修身在正其心." 앞에 "顏淵問仁, 子曰非禮勿視, 非禮勿聽, 非禮勿言, 非禮勿動" 즉 『論語』 「顏淵」 1장에 있는 내용이 삽입되어 있다.

30 『사변록』에서는 문장의 일부인 "人之其所親愛而辟焉, 之其所賤惡而辟焉, 之其所畏敬而 辟焉, 之其所哀矜而辟焉, 之其所敖惰而辟焉, 故好而知其惡, 惡而知其美者, 天下鮮矣." 를 傳9의 "所以使衆也." 뒤에 배치했다. 여기에서는 이 문장을 32번째 순서에 넣었다.

31 『사변록』에서는 이 문장 "故諺有之, 曰人, 莫知其子之惡, 莫知其苗之碩."를 傳9의 "天下

먼저 『석경대학』은 『고본대학』과 가장 큰 차이를 보이고 있다. 우선 주희가 경이라 부른 1~7까지의 순서에서도 『고본대학』과 차이를 보이고 있고, 전문(傳文)의 순서도 많이 뒤바뀌었다. 이는 석경본 『대학』에서 3강령의 제시 → 8조목의 제시 → 8조목의 부연 설명 → 삼강령의 부연 설명의 순으로 『대학』의 본문을 구성한 데 기인한 것이다.

형제였던 정호(程顥)와 정이(程頤)의 배열 순서도 각각 다르다.[34] 정호는 1~3 다음에 바로 16~26(『대학장구』에서는 傳1~3에 해당)을 붙이는 등 1~7을 연속되는 경으로 인식하지 않았으며, 26 다음에 다시 4~13(『章句』經 일부와 傳5, 6에 해당)과 28~46(『장구』傳7~10)을 연속해서 연결시켰고, 14와 15(『장구』傳3)를 끼워 넣은 후 다시 47~65(『장구』傳10)를 연결시켰다. 반면 정이는 『고본』과 마찬가지로 1~7까지 한 묶음으로 연결시키고, 27(『장구』傳4)을 끼워 넣은 후 8과 9를 이에 연결시키고, 그 뒤에 16~26(『장구』傳4~5), 10~13(『장구』傳6), 28~46(『장구』傳7~10)을 각각 연달아 배치했고, 그 뒤에 14~15(『장구』傳3)와 53~60(『장구』傳10)을 끼워 넣은 후, 47~52(『장구』傳10)와 61~65(『장구』傳10)를 연결시켰다.

한편 주희는 정이의 해석을 토대로 『고본대학』의 순서를 보존하려 애쓰며 새로운 체계를 선보였다.[35] 주지하듯이 1~7까지를 하나로 묶어

鮮矣." 뒤에 배치했다. 여기에서는 이 문장을 33번째 순서에 넣었다.

32 『사변록』에서는 이 문장을 傳8의 "所謂齊其家在修其身者" 뒤에 배치했다.

33 『사변록』에서는 "所謂平天下, 在治其國者, 上老老而民興孝, 上長長而民興弟, 上恤孤而民不倍, 是以君子, 有絜矩之道也." 중 "上老老而民興孝, 上長長而民興弟, 上恤孤而民不倍."를 傳9의 38 "詩云, 其儀不忒 ~ 民法之也." 뒤에 배치시키고, "是以君子, 有絜矩之道也." 앞에 궐문이 있을 것이라고 추정했다.

34 이정(二程)의 논의는 주로 송시열이 편찬한 『정서분류(程書分類)』(卷10, 「孟子·公孫丑問曰夫子加齊之卿相章」, 3~16쪽; 학민출판사 영인본 地 126~151쪽)를 토대로 『二程集』(漢京文化事業有限公司, 1983)을 참조하여 정리했다.

(古本·程頤와 동일) 경으로, 나머지를 전10장으로 나누었던 것이다. 주희는 이 과정에서 8~27을 새롭게 구성하고, 28 이후는 7~10장으로 장만 나누었을 뿐『고본』의 본문 배치를 그대로 유지하였다. 결국 8~27까지의 순서만 손을 댄 것이다. 그는 16~26을 경 바로 뒤에 붙여 전1~3을 구성하였고, 그 뒤에 14와 15를 붙여 전3에 해당시키고, 27과 8을 연결시켜 전4를 구성하고, 그 뒤에 9를 붙이고 보망장(補亡章)을 삽입하여 전5를 만들고, 10~13을 연결시켜 전6에 해당시켰다.

이상의 내용을 토대로 평가해 보면,『대학』본문 재배열 문제는 주희 이전에도 계속 논란이 되었던 것이고, 여러 가지 방법으로 재배열 시도가 있어 왔으며, 주희의 작업은 석경, 정호·정이, 그 무엇보다도 고본 대학의 체제를 인정한, 온건한 편에 속하는 것이라 할 수 있다. 다만 경과 전10장 체제 구성과 격물치지론이 담겨 있는 보망장의 삽입은 그의 편집에서 가장 새롭게 시도된 것이라 평가된다. 따라서 주희와 다른 점을 논하려면 경과 전10장 체제 구성, 그리고 보망장 삽입을 중심으로 살펴야 할 것이다.

나름대로『대학』을 체계적으로 이해하려는 시도는 주희가『대학장구』체제를 수립한 이후에도 왕수인(王守仁) 등 주희에 반대하는 사람들은 물론, 주자학자들에 의해서도 계속되었다. 남송대의 동괴(董槐)·차약수(車若水)·왕백(王栢)·섭몽정(葉夢鼎) 등은 보망장을 인정하지 않으면서 경문(經文) 내에서 격물치지장을 구성해 내려는 노력을 경주했고, 원대에도 왕신자(王申子) 등에 의해 개정 논의가 지속되었으며, 명대에

---

35 주희(朱熹) 주석의 근거는 大槻信良의『朱子四書集註典據考』(臺灣學生書局, 1976)를 통해 알 수 있고,『四書章句集注』의 성립 과정에 대해서는 錢穆의 「朱子の四書學」(『朱子學入門』,『朱子學大系』1, 明德出版社, 1974)과 佐野公治의『四書學史の硏究』(創文社, 1988)를 참조할 수 있다.

이르러서도 송렴(宋濂)·왕위(王褘)·방효유(方孝孺) 등 금화학파(金華學派) 학자들에 의해 개정설이 논의되었다. 그 후『영락대전(永樂大全)』 편찬 시기에는 잠시 주춤했지만, 15세기 후반에는 양수진(楊守陳)·정민정(程敏政)·채청(蔡淸)·왕서(王恕)·최선(崔銑) 등에 의해 활발한 논의가 전개되었다. 이들의 논의는 주희의 보망장에 대한 비판적 검토를 전제로 이루어진 것이었지만,『고본』의 체제를 유지하는 한편으로는 왕수인의 격물치지론 무력화에 맞서 격물치지론의 경학적 근거를 찾으려는 노력이기도 했다고 평가받는다.[36] 물론 왕수인 이후에도 청대에 이르기까지『대학』의 편차 문제는 지속적인 논쟁거리였다.[37]

이렇듯 박세당 이외에도 많은 주자학자들이『대학』본문의 재배열을 시도했고, 오히려 주희의 격물치지론을 방어하기 위해『대학장구』를 재편하는 경우도 있었다. 이를 보면 주자학 대 비(반)주자학의 전선은『대학』본문 재배열 그 자체가 아니라, 격물치지론에 있음을 알 수 있다. 그렇다면 박세당은 어떤 의도에서『대학』본문을 재배열했는가. 그의 『대학』편집은 주희와 얼마나 다른가.

박세당은 거의 주희의 체제를 따르면서 일부 수정했는데, 그 수정한 부분 중 일부는 정이의 작업과 비슷했다.[38] 박세당이 주희와 달리 구성한 것은 주희는 14~15를 전3에 해당시킨 데 비해 박세당은 이를 전10으

---

36 자세한 내용은 佐野公治의 『四書學史の硏究』(創文社, 1988), 166~199쪽 참조.

37 조선에서도 이언적(李彦迪) 등을 통해 이런 노력은 이어져 왔고, 이런 시도가 존재했다는 사실은 소론에 의해 박세당 변호 논리로 사용되었다. 기존 연구에 자세하므로 여기에서는 설명을 생략한다.

38 물론 박세당이 정이(程頤)의 배치를 염두에 두고 재배열을 한 것은 아니다. 그는 「지의(識疑)」를 쓸 때에는 정이의『대학』을 보지 못했으며, 후에『사변록』을 쓸 때『대학혹문』을 읽으면서 정이의『대학』이 자신과 같은 점이 있음을 발견했다.『思辨錄大學』,『한국경학자료집성』3, 성균관대 대동문화연구원, 1989, 144쪽.

로 돌린 것, 23을 26과 27 사이에 끼워 넣은 점, 31의 일부와 32를 34 뒤에 배치시킨 점, 37을 32 뒤에 넣은 것, 35를 44 뒤에, 14~15를 45 뒤에 넣은 것, 53을 47 뒤에 넣은 것, 54~55를 63 뒤에 넣은 것, 56~60을 53 뒤에 넣은 것이다. 요컨대 주희가 주장한 경과 전10장 체제는 그대로 인정하고, 다만 거의 대부분 같은 장 안에서 전의 문장 배치를 바꾸었을 뿐이다.[39] 이렇게 볼 때 박세당의 재배열은 다른 학자들에 비해 그리 전면적인 것도 아니었다. 따라서 박세당이 『대학』 본문을 재배열한 의도가 거시적으로 주희의 해석 체계를 탈피하려 했다는 증거가 없는 한, 단지 주희의 『대학』 본문 배치에 대해 이의를 제기했다는 것만으로 그를 반(탈)주자 혹은 탈성리학자로 볼 수는 없다.

더욱이 박세당이 이렇게 문장의 순서를 바꾼 것은 체계적인 고증을 통해 『대학』에 대한 새로운 해석 체계를 제시하려 했던 것이라기보다는 그의 말대로 단지 문맥을 순하게 연결하기 위해 시도한 것이었다.[40] 재배열을 통해 새로운 문맥이 형성되고, 이것이 주희의 해석 체계 전반을 뒤흔들 만한 것이 되지 않는 한, 경과 전10장 체제와 보망장을 인정하는[41] 박세당의 『대학』 본문 재배치는 그 자체만으로 그가 반(탈)주자, 탈성리학적이라는 증거가 되기 어렵다고 판단된다.

---

39 자세한 내용은 이향미(2003) 참조.
40 강지은(2007) 참조.
41 박세당은 격물치지장의 존재 자체는 인정했으며, 주희의 보망장 신설 자체에 대해서도 별 이의를 제기하지 않았다. 다만 주희의 격물치지 해석에 대해 이견을 제시했을 뿐이다.

5. 결론

이상과 같이 박세당 당대의 학자들과 근대 이후 연구자들의 견해를 함께 살펴보면서 『대학 사변록』을 둘러싼 쟁점을 추출하고, 우선 저술 동기와 『대학』 본문 재배열의 문제를 검토하여 '사문난적'과 '탈주자학'이라는 해석의 타당성 여부를 따져 보았다.

『대학 사변록』을 둘러싼 쟁점으로 당대에는 주로 격물치지론이 논의 되었다. 『대학』 본문의 재배열의 문제는 초기 잘못된 정보로 인한 홍계적(洪啓迪)의 오해 이외에는 별로 논의되지 못했다. 또한 『사변록』 저술 태도, 즉 '불손한 표현'은 문제가 되었지만, 주희의 주석에 대해 의문을 제기하는 것 자체는 사실 그리 큰 문제일 수가 없었다. 왜냐하면 문제를 제기한 노론으로서도 공부 과정에서 의문을 제기하고 해답을 모색하는 것은 당연한 일이었고, 노론의 유력 인사들, 심지어는 송시열마저도 이런저런 '차의(箚疑)'를 작성하였기 때문이다. 따라서 박세당이 『사변록』을 저술하였다는 사실 그 자체, 혹은 서문에서 밝히고 있는 그의 저술 동기는 학술적인 논란 대상에서는 제외되었다. 결국 저술 동기와 『대학』 본문 재배열을 '사문난적'의 증거로 내세울 수 없었다.

한편 근대 이후 연구자들에 의해서는 이 두 문제가 '탈·반 주자학'의 주요한 근거로 논의되었다. 그러나 앞에서 살펴본 바와 같이 박세당은 적어도 표면적으로는 주희를 비판하기 위해 『사변록』을 작성한 것이 아니며, 그의 학문 방법론(하학상달)도 주희와 그리 다른 것이 아니었다. 또한 『대학』 본문 재배열 역시 박세당 이외에 많은 주자학자들도 시도했던 것이며, 박세당의 본문 재배열이 주희의 『대학장구』가 의도했던 바와 크게 배치되는 것도 아니었다. 다만 주희의 문제의식 안에서 『대학』을 읽어 나가면서 문리가 잘 통하지 않는 부분을 손보고, 너무 어렵게 해석되는 부분을 쉽게 설명하려 했던 것이다.

이렇게 볼 때, 대부분의 기존의 연구와는 달리, 『사변록』의 저술 동기와 『대학』 본문의 재배열은 박세당을 '사문난적'으로 몰거나 '탈·반 주자학자'로 평가할 근거가 될 수 없다고 판단된다. 그렇다면 이제 남은 문제는 '초학입덕지문'으로서 『대학』의 성격, 3강령론 비판, '격물치지'에 대한 재해석 등 박세당이 『대학 사변록』에서 주희를 비판한 내용에 대한 검토이다. 이러한 박세당의 주장에서 과연 '사문난적'의 징후나 '탈(반)주자학'의 경향을 발견할 수 있는지에 대해서는 별고를 통해 살펴보기로 한다.

『대학 사변록』에 나타난
박세당의 '격물치지' 해석과 주희 비판의 성격

한재훈

1. 서론

노환 중에 있던 75세의 서계(西溪) 박세당(朴世堂, 1629~1703)은 『사변록(思辨錄)』을 저술한 것이 빌미가 되어 "사문(斯文)의 변괴, 오도(吾道)의 난적"이라는 죄명으로 탄핵되었고, 이에 따라 삭탈관직과 문외출송의 엄벌을 받았을 뿐 아니라 그의 학설은 조목조목 변파(辨破)되고 저술들은 모조리 불태워지는 참화를 당했다.[1] 주희(朱熹, 1130~1200) 성리학을 정치적·사상적 토대로 삼았던 조선에서 주희의 학설에 이의를

---

[1] 『肅宗實錄』 卷38, 肅宗 29년 4월 壬辰, 35~40쪽. "館學儒生洪啓迪等百八十人上疏曰: '(…) 蓋欲置朱子於儱侗, 而自立於高明之域, 豈非斯文之變怪, 吾道之亂賊也?' (…) 答曰: '朴世堂之侮聖醜正, 一至於此, 則斯文所關, 決難置之. … 朴世堂爲先削奪官爵, 門外黜送, 仍令儒臣, 逐段辨破後, 碑文, 冊子一時投火.'"; 박세당의 학설을 변파하기 위해 권상유(權尙游)와 김창협(金昌協)은 각각 「사변록변(思辨錄辨)」과 「논사변록변(論思辨錄辨)」을 지어 『사변록』의 내용을 공박했다. 이와 관련해서는 김태년(2010), 「박세당의 『사변록』 저술 동기와 『대학』 본문 재배열 문제에 대한 검토」, 『한국사상과 문화』 51, 한국사상문화학회, 215~216쪽 각주 5 참조.

제기한다는 것은 곧 '사문난적(斯文亂賊)'을 뜻했다.

박세당이 이와 같은 화를 당한 며칠 뒤 그의 문인 중 한 사람이 스승의 억울함을 하소연하는 상소를 올렸다.[2] 이 상소문에서 지적한 것처럼 박세당에 대한 탄핵은 순수하게 학술적 이유에서 제기된 것이 아니라 송시열(宋時烈, 1607~1689) 문도들의 다분히 정치적인 이유에서 비롯된 것이었다.[3] 하지만 박세당의 억울함과는 별개로, 주희의 학설에 이의를 제기했다는 것만으로도 탄핵의 충분한 이유가 되었던 것이 당시 조선의 현실이었다.

다양한 주제에 관한 논변과 논쟁들을 거치면서 발전해 오던 조선의 성리학은 17세기 이후 교조적 경향을 보이면서 점차 경화 현상을 드러냈고, 이에 대한 반발로 18세기 이후에는 기존의 성리학에 대한 다양한 형태의 반성과 더불어, 이른바 실학적 담론이 형성되면서 사상적 균열이 일어났다.

현대의 연구자들에게 이러한 변화상은 대단히 흥미로운 연구 주제로 포착되었다. 정약용(丁若鏞, 1762~1836)이나 최한기(崔漢綺, 1803~1877) 등에게서 이른바 실학적인 면모를 확인한 연구자들은 그것을 가능하게 한 선하로서 이익(李瀷, 1681~1763)이나 홍대용(洪大容, 1731~1783) 등에 주목했다. 그리고 다시 더 소급해 올라가서 주자 성리학으로부터 학문적 균열을 만들어 낸 인물들로 윤휴(尹鑴, 1617~1680)나 박세당 등을 발굴했다.

애초 박세당에게 주목한 것이 이러한 목적성에서 비롯되었기 때문에

---

2 상소문을 올린 사람은 당시 수찬(修撰)이었던 이탄(李坦)이었다. 상소문의 자세한 내용은 『肅宗實錄』 38卷, 肅宗 29年 4月 戊戌, 43~45쪽 참조.

3 이와 관련한 내용은 김세봉(2009), 「서계 박세당의 대학 인식과 사회적 반향」, 『동양고전연구』 34, 동양고전학회, 101~107쪽에 자세하다.

그에 대한 최초의 연구가 '반주자학' 또는 '실학사상'에 초점이 맞추어진 것은 어쩌면 당연한 것이었는지도 모른다.4 그리고 이후 발표된 그에 관한 연구들 역시 대체로 '반주자학' 또는 '탈주자학'적 성격에 초점이 맞추어졌다. 그러나 최근에는 이러한 기존의 연구 경향과 더불어 이를 반성적으로 재검토하는 시도들이 함께 나타나고 있다.

박세당 관련 최근의 연구 성과를 시간적으로는 2000년대 이후 발표된 것으로 한정하고, 주제 역시 『사변록』과 관련한 연구들에 국한하여 살펴보면, 박세당에 대한 상이한 평가가 혼재하고 있음을 발견하게 된다. 먼저 기존의 연구 경향과 같은 선상에서 박세당을 반주자학자 또는 탈주자학자로 보는 연구들이 지속적으로 발표되었다. 윤미길은 "박세당은 윤휴와 더불어 반주자학적 태도로써 자주적 학풍을 일으킨 대표적 학자로 꼽힌다."고 했고,5 김세정은 "박세당은 '반주자학자' 또는 '탈주자학자'라는 평가는 어느 정도 타당하다."고 보았으며,6 이종성은 "박세당은 자주적으로 탈주자학적 성향의 사유를 모색하고 있었다."고 평가했다.7 한편, 박세당을 반주자학자 또는 탈주자학자로 보는 것에 대해 이의를 제기하는 연구들도 발표되었다. 강지은은 "『대학 사변록』이 수행한 『대학장구』에 대한 비판적 고찰은 반주자·탈주자까지는 이르지 못했다."고 평가했고,8 김태년은 "『사변록』의 저술 동기와 『대학』 본

---

4 박세당에 대한 현대적 연구는 이병도(1966)의 「박서계와 반주자학적 사상」(『대동문화연구』 3, 성균관대학교 대동문화연구원)과 윤사순(1972)의 「박세당의 실학사상에 관한 연구」(『아세아연구』 15-2, 고려대학교 아세아문제연구소)로부터 시작되었다.

5 윤미길(2002), 「박세당의 사서 주해에 대한 일 고찰-다산과의 관련을 중심으로」, 『국어교육』 109, 한국어교육학회, 347쪽.

6 김세정(2003), 「명재 윤증과 서계 박세당의 격물 논변」, 『동양철학연구』 56, 동양철학연구회, 9쪽.

7 이종성(2010), 「서계 박세당의 실학적 격물 인식-명재 윤증과의 격물 논변을 중심으로」, 『공자학』 19, 한국공자학회, 14쪽.

문의 재배열은 박세당을 '사문난적'으로 몰거나 '탈주자학자' 또는 '반주자학자'로 평가할 근거가 될 수 없다."고 말했다.9 그런가 하면, 이 두 가지 입장의 중간 쯤에 있는 연구들도 발표되었다. 이영호는 "『대학 사변록』에 나타난 박세당 경학의 특징은 탈주자학적 성향과 주자학적 기저라는 이중성"이라고 보았고,10 김세봉은 "박세당은 당시 경직화된 주자 성리학에 매몰되지 않은 채 독자적 노선을 걸으며 실질적 학문에 정진하고 실학의 가교적 역할을 했다."고 말했다.11

박세당에 대한 연구는 이처럼 비슷한 시기에 동일한 주제로 진행되었음에도 서로 다른 평가가 혼재할 만큼 현재 진행형이다. 따라서 이제는 새로운 연구 방법론을 모색할 필요가 있다. 다시 말하면, 기존의 연구 방법이 일정 정도 목적성을 갖고 그에 부합하는 내용들을 찾아가는 방법을 사용했다면, 이제는 일체의 목적성을 배제하고 텍스트 분석을 통해 성격을 구명하는 방법으로 바꿀 필요가 있다. 그리고 이를 성공적으로 수행하기 위해서는 특정 텍스트를 선택하고 특정 주제에 집중하는 선택과 집중의 방식을 통해 개별적인 연구들을 진행하고, 결과적으로 이와 같은 연구들의 축적을 통해 실체를 구명하는 방식이 되어야 한다.

본 논문은 그와 같은 방법론에 입각하여, 박세당의 저술들 중에서 특

---

8 강지은(2007), 「서계 박세당의 「대학 사변록」에 대한 재검토」, 『한국실학연구』 13, 한국실학학회, 328쪽.

9 김태년(2010), 「박세당의 『사변록』 저술 동기와 『대학』 본문 재배열 문제에 대한 검토」, 『한국사상과 문화』 51, 한국사상문화학회, 235쪽.

10 이영호(2000), 「서계 박세당의 『사변록·대학』에 대한 연구」, 『한문학보』 2, 우리한문학회, 152쪽.

11 김세봉(2009), 「서계 박세당의 대학인식과 사회적 반향」, 『동양고전연구』 34, 동양고전학회, 110쪽.

별히 『대학 사변록』이라는 텍스트를 선택하고, 그중에서도 '격물치지'라는 특정 주제에 집중해서 연구를 진행하려고 한다. 물론 이 텍스트와 이 주제는 기존의 연구들에서도 많이 다루어졌다. 하지만 기존의 연구들에서는 여러 텍스트들 중에 『대학 사변록』이 함께 다루어지거나, 『대학 사변록』만을 다루었더라도 다른 주제들 중 하나로 '격물치지'가 다루어지는 방식이었다. 이에 비해 본 논문은 『대학 사변록』 중에서도 '격물치지'에만 집중을 할 것이며, 이를 통해 『대학』의 '격물치지'에 대한 박세당의 실체적 견해를 구명함으로써 또 다른 텍스트와 주제들에 대한 연구 성과와 결합하여 박세당의 사상사적 좌표를 정확하게 설정하는 데 일조하고자 한다.

2. 박세당의 『대학 사변록』 집필 의도

박세당은 52세(1680년)에 『대학 사변록(大學思辨錄)』을 저술했고, 59세(1687년)에 『중용 사변록(中庸思辨錄)』, 60세(1688년)에 『논어 사변록(論語思辨錄)』, 61세(1689년)에 『맹자 사변록(孟子思辨錄)』, 63세(1691년)에 『상서 사변록(尙書思辨錄)』을 각각 저술했으며, 65세(1693년)부터 『모시 사변록(毛詩思辨錄)』을 짓기 시작하였으나 완성을 보지는 못했다.[12]

『사변록』들 중에서 가장 먼저 저술한 『대학 사변록』의 「소서(小序)」에

---

12 朴世堂, 『西溪集』 卷22, 「年譜」, 435~449쪽 참조. 「연보」에 따르면 『모시 사변록』은 「대아 (大雅)・채록(采綠)」편까지만 저술이 진행되고 완성을 보지는 못했다. 그 이유는 박세당이 이후 10년 동안 계속되는 병환에 시달렸기 때문이다. 흥미로운 것은 『시경』보다 『서경』을 이해하는 것이 더 어렵다는 일반적인 평가에 대해 박세당은 동의하지 않으면서, 서사의 목적성과 시대적 맥락 등이 비교적 분명한 『서경』에 비해 그렇지 않은 『시경』이 이해하는 데 더 어렵다고 보았다는 사실이다.

따르면, 40세 이후 관직에서 은퇴한 박세당은[13] 오로지 경서(經書) 연구에만 집중하면서 두 가지에 초점을 맞추어 『사변록』 저술에 몰두했다. 하나는 해당 텍스트의 순서나 자구의 잘못을 바로잡는 것이고, 다른 하나는 텍스트에 대한 주석과 해설의 잘못을 변증하는 것이다. 그중에서도 박세당은 특히 사서(四書)에 더욱 힘을 기울였다고 한다.[14]

박세당은 『대학』·『중용』·『논어』에 이어 『맹자』까지 사서의 『사변록』 저술을 모두 마친 1689년에 「사변록서(思辨錄序)」를 지었다. 이 글에서 박세당은 자신이 『사변록』을 저술한 의도를 분명하게 밝히고 있다. 그것은 요순(堯舜) 이래 수많은 성인들의 말씀을 기록해 놓은 경전의 뜻을 밝히기 위함이었다.

박세당은 이 글에서 먼저 육경(六經)으로 대변되는 유가 경전들이 "그 이치는 정밀하고 그 의미는 완전하며, 그 의도는 깊고 그 취지는 멀다(其理精而其義備 其意深而其旨遠)."는 말로 시작하고 있다. 이처럼 유가

---

13 박세당은 32세(1660) 늦은 나이에 증광시에 장원이 되어 비로소 관직 생활을 하기 시작했다. 이후 그는 이조·예조·병조 및 삼사, 함경북도 병마평사 등 내외직을 두루 역임하였다. 그러나 그는 40세(1668) 때 문신 월과(月課)를 세 차례나 제술하지 않은 일로 파직되었고, 마침내 양주 수락산 석천동에 낙향하여 은거하듯 지냈다[「연보」에서는 이미 휴관(休官)할 뜻이 있었던 박세당은 이때 일부러 제술하지 않아 파직의 빌미를 주었다고 기술하고 있다]. 이후 그에게 여러 차례 관직이 제수되었으나 통진현감을 비롯하여 몇 차례 지방관에 부임하였을 뿐 더 이상 관직에 나아가지 않았다[김세봉(2009), 「서계 박세당의 대학 인식과 사회적 반향」, 『동양고전연구』 34, 동양고전학회, 93~94쪽].

14 朴世堂, 『大學思辨錄』, 「小序」. "先生旣退閑居, 遂專意加工於經書, 沈潛累年, 融解貫通然後, 始乃正其編簡字句之錯訛, 辨其箋註解說之差誤, 錄而成書, 名曰『通說』, 或稱『思辨錄』, 蓋於四書尤致力焉."; 이 글에서 주목되는 것은 『사변록』의 원래 이름은 『통설(通說)』이었고, 『사변록』은 혹칭으로 기록되어 있는 점이다. 이와 관련하여 현전하는 『思辨錄』「序」에는 "裒以成編, 名曰『思辨錄』"이라고 되어 있으나, 박세당의 문집에 수록된 「序通說」과 「年譜」에는 같은 내용을 "裒以成編, 名曰『通說』"로 기록하고 있다. 이러한 사실들에 근거해서 보면, 『사변록』의 원래 이름은 『통설』이었으며, 이후 『사변록』으로 바뀌어 불리게 되었다고 추측된다.

경전들에 대해 높이 평가하는 이유는 우선 그가 유학자로서 경전에 대한 존경심을 표한 것으로 볼 수 있겠으나, 자신이 『사변록』을 지을 수밖에 없는 이유를 정당화해 주는 복선이 이 말속에 깔려 있음도 유의해야 한다. 즉, 경전의 내용이 정밀하고 완전하며 깊고 멀기 때문에 "미천하고 고루한 식견으로 그것을 밝혀낼 수 없음"은 지극히 당연하며, 따라서 "그동안 수많은 시행착오와 이른바 사이비들의 출현이 있을 수밖에 없었다."는 논리가 자연스럽게 따라 나오게 되는 것이다.[15]

그런데 여기에서 주목할 것은 박세당이 시행착오와 사이비들의 출현 기간을 "위로는 진한(秦漢)에서부터 아래로는 수당(隋唐)에 이르기까지"로 한정하고 있다는 사실이다. 이는 다음과 같은 송대(宋代) 정주학(程朱學)의 업적을 염두에 둔 언급이다.

> 그러므로 송대에 이르러 정(程)·주(朱) 두 부자께서 나오셔서 해와 달의 거울을 닦으시고 천둥의 북을 두드리시자, 소리는 훨씬 멀리 퍼졌고 빛은 훨씬 널리 덮였다. 육경(六經)의 취지가 이제야 찬란하게 다시 세상에 밝혀졌다.[16]

여기에서 언급한 '해와 달의 거울'이나 '천둥의 북'은 이 글에 앞서 박세당이 예로 들었던 것을 받은 말이다. 즉, 눈먼 사람은 해와 달의 빛을

---

15 朴世堂, 『大學思辨錄』 「序」. "六經之書, 皆記堯舜以來羣聖之言, 其理精而其義備, 其意深而其旨遠. 蓋論其精也, 毫忽之不可亂; 語其備也, 纖微之無或闕; 欲測其深, 莫得其所底; 欲窮其遠, 不見其所極, 固非世之曲士拘儒淺量陋識所可明也. 是以上自秦漢下逮隋唐, 分門割戶, 斷肢裂幅, 卒以破毁乎大體者, 不可勝數. 其陷溺異端者, 多假借近似, 以飾其邪遁之辭; 其抱持前籍者, 又膠滯迂僻, 全昧夫坦夷之塗. 嗚呼此豈聖賢所以勤勤懇懇爲此書記此言, 以明乎此法, 而庶幾有望於天下後世之意哉?"

16 朴世堂, 『大學思辨錄』 「序」. "故及宋之時, 程, 朱兩夫子興, 乃磨日月之鏡, 掉雷霆之鼓, 聲之所及者遠, 光之所被者普. 六經之旨, 於是而爛然復明於世."

보지 못하고, 귀먹은 사람은 천둥의 소리를 듣지 못하지만, 그들이 보지 못하고 듣지 못한다 해도 해와 달의 빛이나 천둥의 소리는 조금도 손상되지 않는다는 예를 통해 그동안의 시행착오와 사이비들의 출현에도 불구하고 경전 속 진리는 그대로임을 보여 준다.[17] 그리고 그렇기 때문에 정·주가 그것을 다시 밝힐 수 있었다는 말을 하고 싶은 것이다.

박세당이 구사하는 이러한 논의 구조, 즉 성인의 말씀은 완벽하지만 그것을 이해하는 사람들이 없어서 진·한에서부터 수·당까지 묻혀 있던 진리가 송대에 이르러 다시 밝혀지게 되었다는 구조는, 주희의 「대학장구서」의 구조와 대단히 흡사하다. 「대학장구서」에서 주희는 맹자 이후 "그 글은 남아 있었지만 아는 이가 드물었다."는 말로 진·한에서부터 수·당까지를 사상적 암흑기로 평가하고, 송대에 정씨(程)氏) 형제의 출현과 더불어 다시 도통(道統)이 이어졌다고 기술하고 있다.[18] 단, 주희는 정씨 형제만을 언급했지만, 박세당은 정·주를 함께 언급했다는 것이 다를 뿐이다.

이와 같은 사실은 박세당이 기본적으로 성리학적 도통론을 이의 없이 받아들이고 있었음을 보여 준다. 그리고 그것은 다시 박세당이 『사변록』을 저술할 때 특히 사서(四書)에 더욱 힘을 기울였다는 사실과 오버랩되면서, 박세당의 학술을 반주자 또는 탈주자로 평가하는 것이 과연 그의 입장에 부합한 것인지 회의하게 만든다.

그럼에도 불구하고 박세당은 틀림없이 주희의 해석에 다수의 이의를 제기한 『사변록』이라는 저술을 남겼다. 뿐만 아니라, 성리학자들의 입

---

17 朴世堂, 『大學思辨錄』「序」. "夫聾則不聞乎雷霆之聲, 瞽則不視乎日月之光. 彼聾瞽者病耳, 雷霆日月固自若也, 行乎天地而震烈, 耀乎古今而晃朗, 未嘗爲聾與瞽而聲光之或虧."
18 朱熹, 『大學章句』「序」. "及孟子沒, 而其傳泯焉, 則其書雖存, 而知者鮮矣. (…) 宋德隆盛, 治教休明. 於是河南程氏兩夫子出, 而有以接乎孟氏之傳."

장에서 보면 이미 주희에 의해 완벽하게 조정된 『대학』의 편차를 재조
정하는 등의 작업도 감행했다. 이러한 그의 시도는 이른바 주자학자들
로부터 비판의 대상이 되었을 뿐만 아니라, 박세당 자신도 그것이 '용서
받을 수 없는 죄'라는 것을 잘 알고 있었다.[19] 그의 학술을 반주자 또는
탈주자로 보는 후대의 평가는 이와 같은 사실에 기반을 두고 있다.

주희의 사상을 계승하고 있으면서 동시에 주희의 학설을 비판한 박
세당의 이중적인 학술 양상을 어떻게 이해해야 할까? 우선은 그의 이야
기에 귀를 더 기울일 필요가 있다. 그는 위와 같이 정·주의 업적을
높이 평가하면서도 자신이 『사변록』을 지을 수밖에 없었던 이유를 다음
과 같이 설명한다.

> 그러나 경전의 말씀이 그 본통[統]은 비록 하나이지만 그 단서[緒]는 천만 갈
> 래이니, 이것이 이른바 "이룰 것은 한 가지이지만 생각할 것은 백 가지이고,
> 돌아갈 곳은 같지만 가는 길은 다르다."는 것이다. 그러므로 제아무리 절대적
> 지식과 독보적 식견, 심오한 안목과 현묘한 조예를 갖추었다 해도 그것이 추구
> 하는 것을 완전하게 실현하여 미세한 실수조차 없기란 불가능하다. 반드시 다
> 중의 장점을 널리 모으고 작은 훌륭함도 버리지 않고서야 조략한 것도 빠뜨림
> 이 없고 천근한 것도 새나감이 없게 할 수 있을 것이며, 그러고서야 깊고, 멀고,
> 정밀하고, 완벽한 것들이 온전할 수 있을 것이다. 이런 이유로 주제넘은 짓임을
> 잊은 채 좁은 소견으로 터득한 바를 대강 기술하고 이를 모아 엮어 그 이름을
> 『사변록』이라고 했다.[20]

---

19 朴世堂, 『大學思辨錄』 「大學章句識疑」. "褊見淺識, 破裂經傳, 安得辭其罪也, 安得辭其罪
也?"

20 朴世堂, 『大學思辨錄』 「序」. "然經之所言, 其統雖一, 而其緒千萬, 是所謂'一致而百慮, 同
歸而殊塗', 故雖絶知獨識, 淵覽玄造, 猶有未能盡極其趣, 而無失細微, 必待乎博集衆長,

여기에서 박세당은 처음에 제기했던 내용, 즉 '경전의 위대함'을 다시 거론한다. 그 위대함 때문에 제아무리 절대적인 지식과 독보적인 식견의 소유자라 하더라도 경전의 내용을 모두 커버할 수 없으며 미세한 부분의 실수가 있을 수밖에 없다는 것이다. 따라서 뛰어난 한 사람의 훌륭함에만 의존할 것이 아니라, 많은 사람들의 작지만 다양한 장점들이 모아져야 '경전의 위대함'을 밝혀 나갈 수 있다는 것이 박세당의 생각이다.

박세당은 자신이 『사변록』을 저술한 의도 역시 바로 그 작은 장점들 중 하나를 제안하려는 데 있으며, 이렇게 함으로써 세상을 일깨우고 사람들에게 도움을 주고자 했던 선유들의 의도에 동참하고자 한 것일 뿐, 결코 기존의 학설과 다른 특별한 이설을 세우려는 것이 아니라고 강변한다.[21] 이는 박세당이 주희로 상징되는 선유(先儒)들의 학설에 당장은 위배될지라도 그 의도에 동참하는 것만이 진정으로 선유를 계승하는 길이라고 여겼음을 말해 준다.

『사변록』 전체가 이와 같은 의도에서 저술되었겠지만, 특히 『대학 사변록』에서 박세당의 이런 의도를 더욱 명백하게 확인할 수 있다. 그는 『대학 사변록』에 「대학장구지의(大學章句識疑)」[22]라는 글을 첨부해 두었다. 1674년(46세)에 쓴 이 글은 1680년(52세)에 완성된 『대학 사변록』의

不廢小善, 然後粗略無所遺, 淺邇無所漏, 深遠精備之體乃得以全. 是以輒忘僭汰, 槃述其蠡測管窺之所得, 裒以成編, 名曰『思辨錄』."

21 朴世堂, 『大學思辨錄』「序」. "倘於先儒牖世相民之意, 不無有塵露之助, 故非出於喜爲異同, 立此一說."

22 이 글은 그가 46세 되던 1674년 7월 27일 석천거사(石泉居舍)에서 썼다고 명기되어 있다 (甲寅七月二十七日, 書于石泉居舍.). 앞에서 살펴본 것처럼 박세당은 40세 이후 몇 차례 지방관에 부임한 것을 제외하고는 관직에 나아가지 않고 양주 수락산 아래 석천동에 거처하면서 경전 연구에만 매진했다. 이 글은 바로 이 시기에 저술된 것이다.

선행 작업에 해당한다고 평가된다.23 이 글에서 그는 "『대학』을 『대학장구』에 따라 읽었는데 석연치 않은 데가 있었고,24 이런 부분에 연구를 집중하여 몇몇 군데의 편차를 조정했으며, 이는 뜻을 이해하기 어렵고 문리가 통하지 않는 문제를 없애기를 바라는 의도였다."는 취지의 설명을 하고 있다.25 그러면서 그는 자신의 이러한 작업이 결국은 주희의 뜻에 벗어나지 않는다는 점을 강조했다.

그러나 의심 가는 것들을 기록함으로써[識疑] 나 스스로 외우고 익히는 데에

---

23 김태년에 따르면, 박세당은 1674년 「대학장구지의」를 짓고, 1684년 『대학 사변록』을 완성했다[김태년이 『대학 사변록』의 완성 시기를 「연보」에 제시된 1680년이 아니라 1684년으로 보는 것은 『한국경학자료집성』 3(성균관대학교 대동문화연구원, 1989) 144쪽에 수록된 『사변록대학』에 나오는 "自余改定 『章句』 已十年"에 근거한다]. 김태년은 "원문을 재배열하는 「대학장구지의」를 지은 뒤 10여 년에 걸쳐 『대학』의 내용 해설, 주희의 주석에 대한 비판 등을 덧붙여 『대학 사변록』을 완성했다."고 본다[김태년(2010), 「박세당의 『사변록』 저술 동기와 『대학』 본문 재배열 문제에 대한 검토」, 『한국사상과 문화』 51, 한국사상문화학회, 222쪽, 각주 20번 참조].

24 『大學思辨錄』 「小序」에 따르면, 박세당이 어려서부터 『대학』을 읽으면서 석연치 않다고 느낀 대표적인 부분은 『대학장구』 전3장에 수록된 "瞻彼淇澳 (…)"과 "前王不忘 (…)" 두 군데였다고 한다. 실제로 이 두 부분은 나중에 『대학 사변록』을 저술하면서 전3장에서 전10장으로 옮겨졌다(朴世堂, 『大學思辨錄』 「小序」. "先生少時讀 『大學』 至 『瞻彼淇澳』 及 『前王不忘』 兩簡, 輒疑其上下文義不相貫屬, 反復究思, 終有所不通者, 每掩卷而廢之, 及著 『思辨錄』, 移此兩段於第十平天下章.").

25 朴世堂, 『大學思辨錄』 「大學章句識疑」. "余嘗讀 『大學章句』, 多所未解, 竊不能無疑, 伏而細繹, 似有一二可議者, 輒不揆僭越, 以意易置如此, 或冀文從其類, 語不失次, 無難曉不通之患.."; 박세당이 『사변록』의 원래 이름을 『통설(通說)』로 명명한 것도 어쩌면 "이해하기 어렵거나 통하지 않는 근심을 없애겠다(無難曉不通之患)."는 이유 때문이었을 것이다. 『조선왕조실록』 숙종 29년(1703) 4월 17일 조에 홍계적(洪啓迪)을 소두로 한 관학 유생 180명이 박세당을 배척하라고 올린 상소문이 실려 있는데, 그 내용 중에 다음과 같은 언급이 있다. "하나의 학설을 만들어 이름을 『통설』이라고 하였는데, 그 뜻은 '주자의 해설이 통하지 않는 것이 있으므로, 반드시 자신의 해설과 같이 해야 통할 수 있다'는 것입니다(作爲一說, 名以 『通說』, 其意謂 '朱子之說有所不通, 必如吾之說而後可通.')." 이는 『사변록』이 당시에는 일반적으로 『통설』로 지칭되었으며, 『통설』이라는 책은 '경전의 뜻을 이해할 수 있게 하겠다'는 의도에서 저술된 것이었음을 방증해 주고 있다.

편의를 기하려고 한 것일 뿐, 감히 다른 사람들을 번거롭게 함으로써 '주제넘고, 섣부르며, 어긋나고, 그릇되다'는 죄를 얻으려 함이 아니다. 그러나 그 큰 근본을 따져 보면 결국은 주자(朱子)의 본뜻을 잃지 않았다 할 것이다.[26]

이 말에서 알 수 있는 것처럼, 박세당은 "어떻게 주자의 본뜻에 부합할 것인가."에 주목하고 있었다. 즉, 『대학』에 대한 자신의 작업이 결코 주희의 작업에 괜한 이의를 제기하거나 독창적인 견해를 자랑하려는 것이 아니고, 주희의 작업이 갖는 뛰어난 업적에도 불구하고 미비하거나 잘못된 부분을 수정하고 보완함으로써 주희의 의도를 완성시키는 '작은 훌륭함'들 중에 하나이기를 바랐던 것이다. 이러한 그의 생각은 「육적(六籍)」이라는 시에 잘 드러나 있다.

육경의 관건(關鍵)과 추뉴(樞紐)를 누가 능히 열 수 있었으랴?　六籍誰能發鍵樞
자양(紫陽, 주희를 지칭)의 주석은 고금에 다시 없으리라.　　紫陽傳註古今無
후세의 현인들 기뻐할 줄은 알았으나 도울 줄 아는 이 드무니,　後賢知說鮮知助
어리석은 듯하나 어리석지 않다고 말할 수 있겠는가.　　　　可道如愚是不愚[27]

더구나 박세당은 『대학』의 편차 수정의 필요성은 텍스트 자체가 가지고 있는 근본적인 문제라고 보았다. 즉, 『대학』은 『중용(中庸)』과 더불어 『예기(禮記)』의 편들인데, 『예기』는 진(秦)대의 소실[煨燼]과 한(漢)대의 수습[拾綴] 과정을 거치면서 착간(錯簡)이라는 근본적인 문제 상황에 노출되어 있었기 때문에 『대학』 역시 이 착간의 문제에서 자유로울 수

---

26 朴世堂, 『大學思辨錄』 「大學章句識疑」. "然唯以識疑, 兼自便誦習, 不敢煩諸他人, 以取狂妄悖謬之罪, 然究其大本, 終不失朱子之旨云."
27 朴世堂, 『西溪集』 卷4, 「石泉錄[下]·六籍」.

없다고 본 것이다. 그래서 그는 "『대학』의 착간을 지적하고 개정한 예는 주자 이전에 양정(兩程)이 있었고, 주자 이후에도 많이 있었다."는 점을 지적하면서, 이러한 수정 작업이 계속되는 이유는 여전히 "의미가 후련하게 해석되지 못하고 맥락이 일관되게 이어지지 못하는 문제점이 남아 있기 때문"이라고 말했다.[28]

이런 점에서 "『대학 사변록』의 주석은 『대학장구대전』에서 제시된 문제들 중 주희가 명쾌하게 해설해 내지 못한 부분을 비판하고 이를 해결하고자 한 저술"이라는 강지은의 평가[29]나 "박세당이 이렇게 문장의 순서를 바꾼 것은 체계적인 고증을 통해 『대학』에 대한 새로운 해석 체계를 제시하려 했던 것이라기보다는 그의 말대로 단지 문맥을 순하게 연결하기 위해 시도한 것"이라는 김태년의 평가[30]는 박세당이 『대학 사변록』을 집필한 의도와 관련하여 정당한 평가로 이해된다.

3. 박세당의 '격물치지' 이해

박세당이 『대학』의 '격물(格物)'과 '치지(致知)'를 어떻게 이해했는지 논하기에 앞서 확인해 두어야 할 것이 있다. 그것은 박세당이 이 문제와 관련하여 철저하게 다음 두 가지 기본 전제에 집중해서 논의를 전개하

---

28 朴世堂, 『中庸思辨錄』 「小序」. "先生嘗曰. '『庸』 『學』同出於 『禮記』, 而 『禮記一書』固漢儒拾綴燼燼之餘, 故錯簡居多, 則 『庸』, 『學』獨安保其不然乎? 是故 『大學』之指定錯簡者, 朱子之前, 自有兩程; 朱子之後, 亦多有之. 誠見語意之有所不暢, 脈絡之有所不貫故耳.'"

29 강지은(2007), 「서계 박세당의 『대학 사변록』에 대한 재검토」, 『한국실학연구』 13, 한국실학학회, 326쪽.

30 김태년(2010), 「박세당의 『사변록』 저술 동기와 『대학』 본문 재배열 문제에 대한 검토」, 『한국사상과 문화』 51, 한국사상문화학회, 233쪽.

고 있다는 사실이다. 박세당은 먼저 『대학』의 '격물치지'에 대한 모든 논의는 어떤 경우에도 텍스트(『대학』)의 전체 구도 안에서 이루어져야 한다고 보았고, 다음으로 그러한 논의는 당연히 텍스트(『대학』)의 목표 대상인 15세 초학자들의 학습을 위한다는 근본 취지에서 벗어나지 않아야 한다고 보았다.

첫 번째 전제와 관련하여 박세당은 다음과 같이 말한다.

『대학』의 의도는 본래 사(事)와 물(物)에 따라 격(格)과 치(致)의 노력을 기울이게 하려는 것이다. 그리하여 자신의 지(知)가 맞닥뜨린 사와 물에 대해 그 대처할 바를 살필 수 있도록 한다면 그 과정에 발하여 시행된 의(意)가 자연히 진실하지 않음이 없게 될 것이다.[31]

박세당의 이 말은 두 가지 사실을 분명히 하고 있다. 하나는 '격물'과 '치지'를 '성의(誠意)'와의 관계 속에서 이해해야 한다는 것이고, 다른 하나는 주희처럼 사를 물 안에 포함하여 이해하는 것이 아니라 사와 물을 분리해서 접근해야 한다는 것이다. 이 두 가지 사실은 박세당의 '격물치지설' 내에서 긴밀한 관련성을 유지하고 있다. 즉, 『대학』의 팔조목에 속하는 '격물'과 '치지'는 당연히 '성의'를 위시한 나머지 조목들과의 관련성을 유념하면서 논의되어야 하며, 그러기 위해서는 물과 사 각각에 대해 격물치지가 진행되어야 비로소 성의와 자연스럽게 연결된다고 본 것이다.[32]

---

31 朴世堂,『大學思辨錄』, 經一章. "蓋大學之意, 本欲學者隨事隨物用其格致之功, 使吾之知, 當是事是物而審其所處, 則意之所發而施於其間者, 自無不實也."
32 朴世堂,『大學思辨錄』, 經一章. "經之意, 蓋謂隨物而格, 以致其知, 使吾之知, 當一物一事之間, 審其善惡如惡臭好色, 則意之好惡, 自無不誠焉耳."

박세당은『대학』경문에 "물에는 본(本)과 말(末)이 있고 사에는 종(終)과 시(始)가 있으니, 먼저 할 바와 나중에 할 바를 안다면 도에 가까울 것이다."[33]라고 한 것처럼, 엄연히 물과 사를 구분하고 있음에 주목하여 이 둘을 한데 뒤섞어서는 안 된다고 보았다.[34] 그리하여 박세당은 이러한 물과 사의 구분을 아래에 제시되는 '팔조목'과 연관시켜 다음과 같이 설명한다.

물(物)은 아랫글에서 말하는 천하(天下)·국(國)·가(家)·신(身)·심(心)·의(意)·지(知)·물(物) 같은 것이 해당되고, 사(事)는 평(平)·치(治)·제(齊)·수(修)·정(正)·성(誠)·치(致)·격(格) 같은 것이 해당된다.[35]

천하(天下)·국(國)·가(家) 등은 물이지 사가 될 수 없으며, 평(平)·치(治)·제(齊) 등은 사이지 물이 될 수 없다.[36]

만일 사(事)를 가리키고 물(物)을 가리키는 미세한 갈림처에서 학자가 되어 가지고 혼동함을 면치 못한다면 이치를 살피고 의의를 변별하는 공부에 방해가 되지 않겠는가?[37]

여기에서 알 수 있는 것처럼, 박세당은 팔조목으로 제시된 개념들을

---

33 『大學』. "物有本末, 事有終始, 知所先後, 則近道矣."
34 朴世堂, 『大學思辨錄』, 經一章. "且物之與事, 固當有辨, 不容混合."
35 朴世堂, 『大學思辨錄』, 經一章. "物者, 如下文曰天下, 曰國, 曰家, 曰身, 曰心, 曰意, 曰知, 曰物, 是也; 事者, 如其曰平, 曰治, 曰齊, 曰修, 曰正, 曰誠, 曰致, 曰格, 是也."
36 朴世堂, 『大學思辨錄』, 經一章. "如天下, 國, 家, 是爲物, 不得爲事; 平, 治, 齊, 是爲事, 不得爲物."
37 朴世堂, 『大學思辨錄』, 經一章. "今若於指事指物毫縷分析之處, 使學者而不免於混之, 則無亦妨於察理辨義之功乎?"

타동사와 목적어로 구분하여, 목적어에 해당하는 것은 물, 타동사에 해당하는 것은 사로 정리하고 있다. 그의 이러한 구분법은 『대학』의 강령인 명덕(明德)과 신민(新民)에도 그대로 적용되어, 목적어인 덕과 민은 물, 타동사인 명과 신은 사라고 보았다.[38]

이처럼 물과 사를 구분해서 설명하는 박세당의 방식은 당연히 원전인 『대학』 내에서 격물치지를 이해해야 한다는 생각에서 비롯된 것이다. 특히 『대학』에서 물과 사를 구분하여 제시한 다음 팔조목의 내용을 설명하는 것을 감안할 때,[39] 이처럼 이해하는 것이 마땅하다고 보았다.

박세당이 '격물치지'와 관련하여 물과 사를 구분해야 한다고 주장하는 근본적인 이유는 사를 물로부터 독립시켜서 지(知)의 대상으로 명확히 해야 『대학』의 팔조목을 실천적으로 성취하는 논의가 제대로 진행될 수 있다고 보기 때문이다.

사람이 뭔가를 하려고 한다면 반드시 어떤 일[事]이 마땅히 해야 할 것인지와 그 일을 할 때 마땅히 머물러야 할 바에 대해 알아야 한다.[40]

사(事)는 물(物)을 다스리는 것이며, 지(知)로써 사(事)의 적당함을 변별한다.[41]

『대학』에서 '격물치지'가 필요한 궁극적인 이유는 천하·국·가와 같

---

38 朴世堂, 『大學思辨錄』, 經一章. "蓋在明德, 新民, 則德與民爲物, 而明與新爲事, 理有不容混而爲一者."

39 朴世堂, 『大學思辨錄』, 經一章. "此一節引發下兩節之意, 其所以開示者, 至此而益明切矣." 단, 여기에서 언급한 '此一節'은 『大學』의 "物有本末, 事有終始, 知所先後, 則近道矣"를 가리키고, '下兩節'은 『大學』의 "古之欲明明德於天下者, (…) 致知在格物"과 "物格而後知至, (…) 國治而後天下平"을 가리킨다.

40 朴世堂, 『大學思辨錄』, 經一章. "人欲有爲, 必須知何事之當爲, 與爲事所當止."

41 朴世堂, 『大學思辨錄』, 經一章. "事者, 所以理夫物也, 知以辨事之宜."

은 물 그 자체보다 이것들에 어떻게 대처할 것인가에 관한, 즉 평·치·제와 같은 사의 적당함을 변별해서 실천적 성취로 연결하는 데 있다는 것이 박세당의 생각이다.[42] 하지만 사의 적당함을 변별해 내는 것은 당연히 물의 법칙성을 이해하는 것으로부터 출발할 수밖에 없다.[43] 그래서 박세당은 '격물'과 '치지'에 대해 다음과 같이 해석한다.

> 구하여 이르러 가는 것을 '치(致)'라고 한다. '격(格)'은 법칙[則]이며 올바름[正]이다. 어떤 물(物)이든 반드시 법칙을 갖게 마련이다. 물이 격(법칙이며 올바름)을 갖고 있다는 것은 그 법칙을 구해서 올바름을 얻기를 기약하는 근거이다. 나의 지(知)로 하여금 사(事)의 당연한 바에 이르러 대처함이 극진하지 않음이 없도록 하려면, 그 핵심은 오직 물의 법칙을 찾아서 그 올바름을 얻는 데 있다는 것을 말한다.[44]

이 말을 이해하기 위해서는 다음 두 가지에 유념할 필요가 있다. 첫째는 박세당이 '격물'의 '격'에 대해 '법칙'과 '올바름'이라는 이중적 해석을 하고 있다는 점이다. 여기에서 '법칙'은 물 자체가 가지고 있는 고유한 특성을 지칭하고, '올바름'은 그것을 다룰 때 요구되는 정당한 방식을 지칭한다. 이때 정당한 방식이 물 자체의 고유한 특성에 근거한 것임은 당연하며, 이런 점에서 정당한 방식은 자연스럽게 물을 다스리는

---

42 朴世堂, 『大學思辨錄』·補亡章. "其所謂應接事物而處其當否者, 尤爲最切, 愚故以爲『大學』格致之旨要不外此."
43 朴世堂, 『大學思辨錄』, 經一章. "格物, 所以致知."; 같은 곳. "求物之則而得其正, 然後吾之知能至乎事之所當而可以無所疑矣."
44 朴世堂, 『大學思辨錄』, 經一章. "求以至曰致. 格, 則也, 正也. 有物必有則, 物之有格, 所以求其則而期得乎正也, 蓋言欲使吾之知, 能至乎是事之所當, 而處之無不盡, 則其要唯在乎尋索是物之則而得其正也."

사와 연결된다. 둘째는 박세당이 해석한 '치지'의 '지'는 물이 아니라 사에 초점이 맞추어져 있다는 것이다. 좀 더 정확하게 말하자면, '사의 당연한 바'를 알아서 결과적으로 물에 대한 대처가 완벽할 수 있도록 하는 데 지의 초점이 맞추어져 있다는 것이다. 다음의 언급은 이러한 내용을 잘 보여 준다.

물(物)의 법칙을 구해서 그 올바름을 얻은 연후에야 나의 지(知)가 사(事)의 당연한 바에 이르러 의혹하는 바가 없게 될 수 있다.[45]

박세당은 『대학』의 '격물치지'를 이상과 같은 방식으로 이해해야 그것이 팔조목에서 다음 단계인 성의(誠意)와도 자연스럽게 연결될 수 있다고 보았다.[46] 앞에서 살펴본 "사와 물에 따라 격과 치의 노력을 기울이게 하는 것"이 『대학』의 본래 의도였다거나, 그 결과 "자신의 지(知)가 맞닥뜨린 사와 물에 대하여 그 대처할 바를 살필 수 있도록 한다면 그 과정에 발하여 시행된 의(意)가 자연히 진실하지 않음이 없게 될 것"이라는 언급이 이러한 주장을 뒷받침해 준다.[47]

그런데 이와 관련한 모든 논의가 15세 초학자들의 학습을 위한다는 근본 목적에서 벗어나지 않아야 한다는 것이 중요하다. 『대학』이 비록 대인(大人)들이 배우는 것이라고는 하나, 15세 이상 초학자들을 목표

---

45 朴世堂, 『大學思辨錄』, 經一章. "求物之則而得其正, 然後吾之知能至乎事之所當而可以無所疑矣."
46 朴世堂, 『大學思辨錄』, 經一章. "知事之所當而無所疑, 然後意乃得以誠."; 같은 곳. "經之意, 蓋謂隨物而格, 以致其知, 使吾之知, 當一物一事之間, 審其善惡如惡臭好色, 則意之好惡, 自無不誠焉耳."
47 朴世堂, 『大學思辨錄』, 經一章. "蓋大學之意, 本欲學者隨事隨物用其格致之功, 使吾之知, 當是事是物而審其所處, 則意之所發而施於其間者, 自無不實也."

대상으로 하여 가르치는 것이다. 그렇다면 『대학』 수준에서 엄청나게 어려운 내용이나 높은 수준의 경지를 요구하지는 않았을 것이라고 박세당은 보았다.[48] 그래서 그는 다음과 같이 말했다.

『중용(中庸)』에서 온축심오한 내용을 천명하는 정도는 『대학』과 비교하면 커다란 수준 차가 있다. 그럼에도 (『중용』에서) 사람들에게 제시하고 있는 것들은 친근하고 적절하여 쉽게 이해할 수 있는 것들이다. 그래서 "먼 데를 가려면 가까운 데서부터 해야 하고, 높은 곳을 오르려면 낮은 곳에서부터 해야 한다."거나 "도낏자루의 법칙은 먼 데 있지 않다." 등의 비유는 모두 어린아이들도 다 알 수 있는 것들이다. 하물며 이 『대학』은 '초학들이 덕에 들어가는 문'이라면 그 말이 당연히 더욱 친근하고 절실해야 할 것이다.[49]

박세당의 이 말은 『대학』이 『중용』보다 더욱 친근하고 적절한 표현으로 이해하기 쉽게 기술되었을 것임에도 불구하고, 『중용』보다 더 어려운 말들로 『대학』을 해석해 온 것에 대한 비판적 시각을 담고 있다. 특히 박세당이 문제시하는 것은 『대학』 중에서도 '격물치지'에 관한 주희의 해석이다. 그렇다면 박세당이 『대학』 격물치지에 대한 주희의 해석에 대해 비판하는 내용과 이유 역시 이 점에 맞추어져 있을 것임은 당연하고도 자연스러운 것이다.

---

48 朴世堂, 『大學思辨錄』, 經一章. "此書雖曰'大人之學', 然乃所以訓十五以上初學之士者, 則恐不當於發教之初, 遽以此詔之."
49 朴世堂, 『大學思辨錄』, 經一章. "『中庸』闡明蘊奧, 其視 『大學』, 固有深淺之殊. 然其示人, 初未嘗不親近切當, 使之易曉, 故若'行遠自邇, 升高自卑'及'柯則不遠'之喩, 皆童孺之知所可及焉者. 況此 『大學』, 乃爲初學入德之門, 則其所言當有以益加親切."

4. 박세당의 주희 '격물치지설' 비판

주희의 '격물치지설'에 대한 박세당의 비판은 크게 두 가지 문제에 맞추어져 있다. 하나는 격물치지의 대상에 관한 문제이고, 다른 하나는 격물치지가 요구하는 수준에 관한 문제이다.

박세당은 주로 『대학 사변록』 보망장(補亡章)을 통해 주희의 '격물치지설'에 대해 이의를 제기하는 한편, 자신의 견해를 제시하고 있다. 이 과정에서 박세당은 주희의 『대학혹문(大學或問)』에 수록된 관련 내용을 대상으로 하여 논의를 전개한다. 특히 그는 주희가 『대학혹문』에서 격물치지에 관한 자신의 논거로 인용하고 있는 정이(程頤, 1033~1107)의 견해를 분석함으로써 오히려 정·주의 견해를 갈라치기하고, 결과적으로 주희의 '격물치지설'을 고립시키는 전략을 구사한다.

우선 박세당은 격물치지의 대상 범주를 어떻게 설정할 것인가에 관한 문제로부터 논의를 시작한다. 그는 주희처럼 천하의 모든 '만물지리(萬物之理)'를 격물치지의 대상으로 삼는 것에 반대하고, 일상에서 마주하는 '일물일사(一物一事)'를 대상으로 삼아야 한다는 점을 명확하게 하려고 했다. 그래서 그는 치지(致知)가 성의(誠意)로 연결되는 지점에서 중요한 연결고리 역할을 하는 '진지(眞知)' 개념을 거론한다.

일찍이 주희는 『대학혹문』에서 정이의 '범에게 물려가 봤던 사람[傷虎者]' 이야기를 통해 이 '진지' 개념을 설명했다.[50] 그런데 박세당은 주희의 '진지' 개념을 반박하는 데 이 이야기를 활용한다.

---

50 朱熹, 『大學或問』. "昔嘗見有談虎傷人者, 衆莫不聞, 而其間一人神色獨變, 問其所以, 乃嘗傷於虎者也. 夫虎能傷人, 人孰不知, 然聞之有懼有不懼者, 知之有眞有不眞也. 學者之知道, 必如此人之知虎, 然後爲至耳."

'범에게 물려간 이야기'의 경우에 이르게 되면, 비록 이 이야기를 가지고 도(道)에 대한 앎의 참됨[眞知]을 증명하였으나, 범에게 해를 입은 자가 천하의 물(物)을 다 궁구하여 마음의 지(知)를 모조리 지극히 한 사람이 아니라는 것은 분명하다. 그렇다면 사람의 마음이 성실한지 여부는 다만 일물(一物)의 실정을 자세히 살폈는지 여부에 달린 것일 뿐, 만리(萬理)를 두루 관통하기를 기다린 뒤에야 그럴 수 있는 것이 아니라는 것을 분명하게 알 수 있다. 이제 만일 범에게 물려가 봤던 사람을 두고 "범이 두려운 존재라는 사실을 아직도 '참으로 안다'라고 할 수 없으며, 반드시 만리(萬理)를 남김없이 관통하고서야 바야흐로 '참으로 안다'라고 할 수 있다."고 한다면 그것이 될 말인가.[51]

실제로 주희는 "앎이 지극하다[知至]는 것은 이 세상 모든 사물의 이치에 나의 앎이 이르지 않는 것이 없음을 말한다. 만일 하나만 알고 둘을 알지 못하거나, 큰 것만 알고 작은 것을 알지 못하거나, 고원한 것만 알고 심오한 것을 알지 못한다면 그것은 앎의 지극함이 아니다. 모름지기 알지 못하는 것이 없어야 지극함이라 할 수 있다."라고 했다. 박세당은 격물치지에 관한 주희의 설명이 대체로 이런 식이라면서, 자신은 이러한 설명에 의심하지 않을 수 없다는 점을 분명히 했다.[52]
박세당 스스로 언급한 것처럼 정이의 '범에게 물려가 봤던 사람' 이야기는 애당초 도(道)에 대한 참된 앎[眞知]을 증명하기 위해 주희가 인용

---

51 朴世堂, 『大學思辨錄』, 補亡章. "至所稱傷虎之說, 則雖以證夫知道之眞, 然傷虎者固非盡格天下之物, 而畢致一心之知者. 於此, 亦可明夫人心誠否, 只在於一物之審其情與未而已, 有不待於旁貫萬理而後能者. 今若謂人之傷虎者, 未必眞知虎之可怖, 而必待於盡貫萬理而後, 方能眞知云爾, 則又豈可乎?

52 朴世堂, 『西溪集』卷7, 「答尹子仁書」. "有曰'知至, 謂天下事物之理, 知無不到. 若知一而不知二, 知大而不知細, 知高遠而不知幽深, 皆非知之至也. 須要無所不知, 乃爲至耳.' 前後爲說, 一皆如此, 獨無可疑者乎?"

한 것이다. 하지만 박세당은 이 이야기를 다른 각도에서 조명함으로써 주희 '격물치지설'의 문제점을 지적하고 있다. 즉, '진지'란 일물에 대한 앎의 정도에 관한 것이지 만리에 대한 관통 여부와는 무관하다는 것이다.

이처럼 격물치지와 성의 이하 나머지 조목들을 연결하는 '진지'의 성립 조건을 논함으로써 박세당은 격물치지의 대상 범주를 어떻게 설정할 것인지를 분명히 하고자 했다. 이는 주희의 '격물치지설'에서 박세당이 가장 문제시하고 있는 것으로, 주희의 '격물치지설' 자체의 위대성에도 불구하고 그것이 『대학』의 격물치지에 대한 설명으로서 적합하지 않다는 문제의식을 반영하고 있다.

이런 문제의식으로 인해 박세당은 "하나의 물(物)은 반드시 하나의 이치[理]를 가지고 있으니, 궁구하여 그것에 이르는 것이 이른바 '격물'이다."라는 정이의 언급에 주목하면서, 정이의 말에 근거하자면 '격'과 '치'는 '일물일사'를 대상으로 한 개념들이며, '만물의 이치를 궁구하고 마음의 지를 극진하게 함'을 말한 것이 아니라고 강조했다.[53] 여기에서도 박세당은 정이의 견해를 인용하여 자신의 생각을 지지하는 증거로 삼음과 동시에 주희의 '격물치지설'과 갈라치기히는 전략을 구사하고 있다.[54]

박세당이 말하는 '일물일사'는 단순히 숫자 '하나'에 주안점이 있는 것이 아니라, 일상에서 응접(應接)해야 할 대상으로서의 사물이라는 데 주안점이 있다. 그래서 그는 "격물을 하는 방법은 한 가지가 아니다."라

---

[53] 朴世堂, 『大學思辨錄』, 補亡章. "又曰: '致, 盡也, 格, 至也, 一物必有一理, 窮而至之, 所謂格物者也.' 據此則其所以爲格致之訓者, 似指一物一事而言, 恐非謂窮萬物之理而盡一心之知者也."

[54] 박세당이 정이와 주희의 견해를 갈라치기하는 전략을 구사한 까닭은 주희를 비판하는 것에 대한 개인적 부담감을 정이의 권위에 의지하여 상쇄함과 동시에 자신에게 쏟아질 비판들에 대응할 진지를 확보하려는 의도에서였을 것으로 볼 수 있다.

고 한 정이의 "사물을 응접할 때 당연함과 그렇지 않음에 대처하는 것도 궁리(窮理)"라는 말을 인용한 뒤 이에 대해 다음과 같이 평가했다.

이 말이 격물치지의 의미에 대한 가장 적절하고 적당한 설명이며, 그중에서도 '사물을 응접할 때 당연함과 그렇지 않음에 대처하는 것'이라는 말은 더욱 적절한 표현이다. 나는 이 때문에 『대학』의 격물치지의 요지는 여기에서 벗어나지 않는다고 생각한다.[55]

『대학』 격물치지의 요지를 이처럼 이해하고 있었기 때문에, 격물치지의 대상인 일상에서 응접해야 하는 '일물일사'는 당연히 매일매일 격치해야 하는 것일 수밖에 없다. 그래서 그는 "오늘 일물(一物)에 대해 격하고, 내일 또 일물에 대해 격한다."는 정이의 말은 분명히 주희의 주장과 다르다는 점을 부각시켰다.[56]

박세당이 비판하는 주희 '격물치지설'의 또 하나의 문제점은 바로 격물치지의 수준에 관한 것이다. 박세당은 격물치지에 대한 주희의 요구 수준이 지나치게 높다는 점을 다음과 같이 비판하고 있다.

(주희는 『대학장구』의) 주(註)에서 "'물격(物格)'이란 사물의 이치의 지극한 곳이 이르지 않음이 없다는 뜻이고, '지지(知至)'란 내 마음의 아는 바가 극진하지 않음이 없다는 뜻이다."라고 했고, "앎이 극진하게 되었다면 의(意)가 진실할

---

55 朴世堂, 『大學思辨錄』, 補亡章. "又云: "格物亦非一端, 如或讀書講明道義, 或論古今人物而別其是非, 或應接事物而處其當否, 皆窮理也." 此於格致之義最爲切當, 而其所謂"應接事物而處其當否"者, 尤爲最切, 愚故以爲『大學』格致之旨要不外此.

56 朴世堂, 『大學思辨錄』, 補亡章. "又曰: "今日格一物, 明日格一物." 據此則程子所以取義於格者, 明其不與朱子同矣.

수 있다."라고 했다. 만일 이 논지대로라면, 이른바 '성(誠)'이라는 것은 곧 (『중용』에서 말한) '본성을 극진히 하고, 사물을 극진히 하여, 화육을 돕고 천지와 더불어 셋이 되는 것'이다. 이치가 이르지 않음이 없고, 앎이 극진하지 않음이 없게 되어, 본성을 극진히 하고, 사물을 극진히 하여, 화육을 돕고 천지와 셋이 된다면 이것은 성인(聖人)의 최고 경지이며 배움이 성취할 모든 것이다. 이 이외에 다시 정심과 수신을 일삼을 것이 무엇이며, 제가와 치국을 논할 것이 무엇이겠는가?[57]

박세당은 주희가 '격물치지설'에서 요구하는 수준이 '성인의 최고 경지이며, 배움이 성취할 모든 것'으로서, 결과적으로 이하의 모든 조목들을 무의하게 만든다는 점에서 동의할 수 없었다. 이러한 비판은 주희 '격물치지설'의 논리적 모순이나 이론적 결함 등에 대한 반론이 아니며, 오로지 『대학』의 격물치지에 대한 해석으로서 적절함 또는 정당함에 대한 비판이라는 사실에 유념할 필요가 있다.

주지하는 바와 같이, 주희는 『대학』을 경(經) 1장과 전(傳) 10장 체재로 이해했고, 이와 같은 체재를 바탕으로 '격물치지'에 대한 전이 망실되었다고 보았다. 그리하여 주희가 그 망실된 부분을 보완하려는 의도로 지은 글이 바로 '보망장(補亡章)'이다. 주희는 이 보망장을 통해 격물치지에 대한 자신의 이론을 전개했고, 이후 주희의 '격물치지설'에 대한 모든 논의는 반드시 이 보망장의 내용에 근거하게 되었다.

---

57 朴世堂, 『大學思辨錄』, 經一章. "註言: '物格者, 物理之極處無不到也; 知至者, 吾心之所知無不盡也.' '知旣盡, 則意可得而實矣.' 若如此旨, 其所謂誠者, 乃盡性盡物, 可以贊化育而與天地參矣. 夫理無不到, 知無不盡, 而誠能盡性盡物贊化育參天地, 則此聖人之極功, 而學之能事畢矣, 又何事乎正心, 修身? 又何論乎齊家, 治國?"

박세당 역시 주희의 『대학장구』 체재로 『대학』을 이해했으며, '격물치지'에 대한 전이 망실되었다는 주희의 주장도 그대로 수용했다. 그럼에도 불구하고 보망장에 제시된 '격물치지'에 대한 주희의 설명은 『대학』의 전반적인 내용들에 비추어 보았을 때 너무나 높은 수준을 요구함으로써 균형과 조화를 깨뜨리고 있다는 점에서 동의할 수 없다고 비판한다.

이제 전(傳)의 글은 없어져 버렸기 때문에 (본래의 『대학』이) '격물치지(格物致知)'에 대해 어떻게 설명했는지는 이미 상고할 수 없게 되었다. 그러나 '성의(誠意)'와 '정심(正心)'의 뜻을 발명해 놓은 것에 근거하여 참작해 보면 그렇지(주희의 설명처럼 수준이 높지) 않았을 것임을 알 수 있다. '성의'에 대한 설명을 보면, (…) 이 뜻이 너무나 쉽고 가깝지 않은가? 이것이 어찌 '이치가 이르지 않음이 없고, 앎이 극진하지 않음이 없는 수준' 이상의 사람들을 대상으로 깨우쳐 주는 말이겠는가? 더구나 이것만으로 '본성을 극진히 하고, 사물을 극진히 한 것'이라고 말할 수 있겠는가? 이것을 계기로 삼아 노력을 다한다면 '본성을 극진히 하고, 사물을 극진히 하는 것'도 가능하겠으나, 이것을 '이미 본성을 극진히 하고, 사물을 극진히 한 것'이라고 한다면 옳지 않을 것이다. '정심'에 대한 설명은 (…) 이것은 모두 초학자들도 능히 알 수 있는 것들로서, '본성을 극진히 하고, 사물을 극진히 하여, 화육을 돕고, 천지와 셋이 되는 수준' 이상의 사람들에게 이야기한 것이 아님도 이미 분명하다. 어찌 유독 '격물'에 대해서만 "사물의 이치의 지극한 곳이 반드시 이르지 않음이 없어야 하며, 그렇지 않으면 '격(格)'이라 할 수 없다."거나 '지지'에 대해서만 "내 마음의 아는 바가 반드시 극진하지 않음이 없어야 하며, 그렇지 않으면 '지(至)'라 할 수 없다."고 했겠는가?[58]

---

58 朴世堂, 『大學思辨錄』, 經一章. "今傳文缺落, 其所以爲格致之說者, 固已無所可考矣. 然且據所發明誠, 正之義以參之, 則亦有審其不然者矣. 其誠意之說, 曰'毋自欺', 曰'愼其獨'. 言'毋欺'也, 則以'惡惡臭, 好好色'爲證; 言'愼獨'也, 則以'小人閒居爲不善, 見君子而厭然揜

결국 박세당의 문제의식은 『대학』이 15세 초학자들이 학습해야 하는 텍스트라는 점과 『대학』의 모든 내용은 『대학』 자체의 유기적인 관계 안에서 설명되어야 한다는 점에서 출발한다. 이런 측면에서 봤을 때 주희의 '격물치지설'은 15세 초학자들이 도저히 학습을 통해 성취할 수 있는 수준이 아닐뿐더러 그것이 너무 돌출적이어서 나머지 조목들과의 관계에서 균형과 조화를 이루지 못한다는 점을 박세당은 지적한 것이다. 아울러 이는 박세당의 비판이 『대학』에 대한 『대학장구』의 문제점에 초점이 맞추어져 있는 것이지 주희의 철학적 이론 체계를 겨냥하고 있지 않다는 사실을 의미한다.

이와 같은 사실은 주희의 '격물치지설'에서 제시된 이른바 '활연관통'에 대한 박세당의 문제 제기에서도 확인할 수 있다. 박세당은 주희가 주장한 '활연관통'과 관련하여 그것이 『대학』의 격물치지를 설명하는 내용으로서 적절하고 정당한 것인가를 따졌을 뿐, 그것의 이론적 허구성이나 논리적 문제점 등을 비판하지는 않았다.

공부를 부지런히 쌓고 쌓아서 마침내 모든 이치가 다 밝아지고 온 마음이 환하게 트이게 되어 공자께서 말씀하신 "나의 도(道)는 하나로써 모든 것을 관

之, 則人如見其肺肝'爲證, 此之爲義不已坦易切近乎? 此又豈是指曉'理無不到, 知無不盡' 以上人語耶? 且只此便可謂之'盡性盡物'乎? 若由此而致其功, 雖盡性盡物, 可也; 若以此 爲已到盡性盡物之地, 則誠恐不可. 其正心之說, 則曰'心有所忿懥, 恐懼, 好樂, 憂患, 則 皆不得其正', 又曰'心不在焉, 視不見, 聽不聞, 食不知其味', 此皆初學之所能識者, 其非所 以語夫能盡性盡物, 可以贊化育, 參天地'以上人者, 亦已明矣. 何獨於格物, 而曰'物理極 處必須無不盡也, 不然則不足謂之格', 於知至, 而曰'吾心之所知必須無不盡也, 不然則不 足謂之至也'?"
박세당은 윤증과의 논변에서도 같은 취지의 언급을 하고 있다. "今據『大學』誠意, 正心之說, 皆指事切物, 不啻耳提口詔, 愚婦小兒亦若可知可能, 則何嘗有如許宏大言語, 使聽之者瞠 然有不可企及之憂耶? 此愚陋之所甚惑, 不審老兄於此何信以爲不然乎?"(『西溪集』卷7, 「答 尹子仁書」)

통한다."와 같은 경지에 이르는 것은 성인의 성대한 덕과 지극한 공으로서, 이른바 '오직 천하의 지성(至誠)한 자'만이 해당할 것이다. 저 '한없이 아름다워 천지와 더불어 셋이 되고 화육(化育)을 돕는' 것을 '한 가지 선(善)을 얻고서는 마음속에 간직해 지니는' 것과 한데 놓고 뒤섞어서는 안 될 것이다. 그렇다면, 배우기 시작하는 아이들에게 갑자기 이것은 하라고 질책하면서 유독 '선을 선택하고, 그것을 굳게 지키는" 내용은 어찌 빠뜨렸겠는가. 주부자께서 말씀하신 것은 지어지선(止於至善)의 극치(極致)이며, 자신의 의(意)를 성(誠)하게 하려는 초학자의 일이 아니다.[59]

여기에서도 알 수 있는 것처럼, 박세당은 '활연관통'에 대한 또 다른 표현인 '모든 이치가 다 밝아지고 온 마음이 환하게 트이게 되는' 경지를 공부가 축적된 이후에 가능한 경지로서 인정하고 있다. 다시 말하면, 이 글은 박세당이 '활연관통' 자체가 터무니없는 억설이라거나 도저히 도달할 수 없는 이상일 뿐이라는 식의 비판을 하는 데 목적이 있는 것이 아니다. 박세당이 말하고자 하는 것은 오직 그것이 '극치의 경지'를 논하는 것으로는 의미가 있을지 몰라도, 『대학』에서 '성의'의 전 단계로서 요구되는 '격물치지'를 설명하는 내용으로서는 적합하지 않다는 것이다.

박세당은 명재 윤증과 격물치지에 대해 논변하는 과정에서 다음과 같이 말한 바 있다.

---

59 朴世堂, 『大學思辨錄』, 補亡章. "若其積累之勤, 終至於萬理明盡, 一心洞然, 若夫子之所謂吾道一而(以)貫之者, 則此聖人之盛德極功, 而所謂惟天下之至誠者可以當之. 彼於穆不已, 與天地參, 而能贊其化育者, 固不容與得一善而服膺者, 等而亂之, 則又豈可遽以此責之於新學小子, 而獨闕乎擇善固執之義哉? 若朱夫子所謂者, 乃止至善之極致, 非初學欲誠其意者之事也."

격치(格致)와 존양(存養) 등은 참으로 학문을 하는 데 중대한 절목으로서, 말학(末學)이 감히 가볍게 논할 바가 아닙니다. 단 이것이 애당초 『대학』 경문의 의의에 관한 해설과 관계없이 그저 선현께서 독자적으로 학설을 세우신 것이라면 결코 제가 감히 뭐라 말할 수 없을 것입니다. 하지만 그게 그렇지가 않습니다. 『대학』의 경문이 구비되어 있기 때문에 미세한 부분들에 대해 의심이 없을 수 없는 점이 있습니다.[60]

박세당은 주희의 '격물치지설' 등이 성리학적 논리 체계 안에서 이론을 전개하는 것이라면, 그것에 대해서야 이의를 제기할 수도 없고 그럴 이유도 없다고 말하고 있다. 다만 이것이 『대학』을 설명하는 내용으로 제기된 것이기 때문에 이의를 제기하지 않을 수 없다고 본 것이다. 주희의 '격물치지설'에 대한 박세당의 비판은 바로 이 지점에 놓여 있을 뿐, 일부 연구자들이 주장한 것처럼 '이(理)'를 중심으로 하는 주희의 성리학 체계 전반에 대해 비판하는 것이 아니다. 이런 이유에서 적어도 『대학 사변록』에 나타난 박세당의 '격물치지설'을 근거로 그의 학술을 '반주자' 또는 '탈주자'로 규정하는 것은 혹시 일종의 '존재 강요의 오류'를 범하고 있는 것은 아닌지 다시 고려해 볼 필요가 있다.

5. 결론

그동안 박세당은 대체로 '반주자학자' 혹은 '탈주자학자'로 평가되어

---

60 朴世堂, 『西溪集』 卷7, 「答尹子仁書」. "格致, 存養等, 誠爲爲學之大節, 固非末學所敢輕議. 但此初不係解說經義, 而直出先賢所自立說, 則在於區區實萬萬不敢輒容一喙. 今顧未然, 經文具在, 實有不能無疑於一毫者."

왔다. 이러한 평가를 뒷받침하는 가장 대표적인 사례로 취급되었던 것이 그의 『사변록』이다. 실제로 그는 『사변록』에서 주희의 학설에 여러 이견을 제기했고, 주희의 작업들에 수정을 가하기도 했다. 이와 같은 그의 이견과 수정을 가장 뚜렷하게 보여 주는 작품이 『대학 사변록』이며, 이런 이유로 그의 '반주자학' 또는 '탈주자학'적 성향과 정도를 탐색하고자 한 연구자들은 일찍부터 이 작품에 주목했었다.

그러나 최근 몇몇 연구자들은 『대학 사변록』을 엄밀하게 분석, 검토한 연구 결과를 바탕으로, 『대학 사변록』은 『대학』에 대한 주희의 주석이 갖는 문제점들을 지적 또는 보완한 것일 뿐 주희 성리학의 이론 체계를 반대하거나 그것으로부터 이탈하려는 목적으로 저술된 것이 아니라는 주장을 내놓기 시작했다. 그리고 박세당을 '반주자학자' 또는 '탈주자학자'로 단정하기 위한 근거로 최소한 『대학 사변록』을 원용하는 것은 옳지 않다는 평가를 하고 있다.

본 논문은 바로 이 지점에서 출발하고 있다. 『대학 사변록』이라는 동일한 텍스트를 대상으로 이처럼 상이한 결론이 혼재하는 상황에서 그 실체를 확인하고 싶었다. 이에 본 논문은 선택과 집중의 방식으로 이 문제에 접근하기 위해 『대학 사변록』 중에서도 '격물치지'라는 특정 주제에 초점을 맞추었다. 그 이유는, 첫째 '격물치지'가 주희 성리학 내에서 갖는 중요성 때문이고, 둘째 박세당이 이 주제에 관한 주희의 설명에 많은 이의를 제기했다는 점 때문이며, 셋째 앞의 두 가지 이유로 인해 이 주제에 관한 박세당의 해석을 잘 분석하면 주자학에 대한 박세당의 좌표가 드러날 수 있다고 보았기 때문이다.

그 결과 적어도 『대학 사변록』에 나타난 박세당의 '격물치지' 해석을 통해서는 그의 '반주자학' 또는 '탈주자학'적 의도와 내용을 발견할 수 없었다. 박세당이 주희의 성리학적 이론 체계 자체를 부정한 사례를

『대학 사변록』에서는 찾을 수 없었을 뿐 아니라, 오히려 그가 누구 못지 않게 주희의 학문적 업적을 높게 평가했음을 확인할 수 있었다. 박세당이 『대학 사변록』을 통해 비판적 이의를 제기한 것은 주희의 '격물치지설'이 『대학』의 주석으로서 적절하지 않다는 사실을 밝히고 싶었기 때문이다.

주희 성리학을 교조적으로 숭상하면서 주희의 학설에 대해 일점일획의 의심도 용납하지 못했던 17세기 조선에서라면 박세당의 이러한 생각마저도 '반주자' 또는 '탈주자'의 혐의를 씌워 사문난적으로 몰았을 수 있다고 본다. 그렇다고 해서, 박세당이 저들과 방식이 달랐을 뿐, 주희를 존경하고 주희를 계승하고자 했던 의도가 변질되는 것은 아니다. 더구나 오늘 박세당을 연구하면서 '다름'을 '반대' 또는 '이탈'로 바꿔 읽을 필요는 없지 않을까?

『대학 사변록』에 보이는 박세당의 '경세經世' 지향 학문관

김용흠

1. 들어가는 말

　서계(西溪) 박세당(朴世堂, 1629~1703)은 병자호란의 소용돌이 속에서 성장하여 삼전도(三田渡)의 치욕으로 대표되는 국가의 위기를 극복하기 위한 방안을 진지하게 모색한 관인(官人)이자 유자(儒者)였다. 두 차례에 걸친 왜란의 피해에서 아직 충분히 회복되지 못한 상황에서 맞게 된 두 차례의 호란, 특히 병자호란의 피해는 국왕부터 양반 지배층은 물론 일반 백성들에 이르기까지 계급·계층을 넘어서 심각한 상흔을 남겼을 뿐만 아니라 삼전도의 치욕은 지식인 일반을 거의 공황 상태에 빠트리는 트라우마가 되었다.[1]

　조선 왕조 국가는 주자학(朱子學)을 국정교학(國定敎學)으로 삼고 출발하여 전근대 국가로서는 보기 드물게 체계적인 집권국가(集權國家)의

---

1 김용흠(2014a), 「전쟁의 기억과 정치-병자호란과 회니시비」, 『한국사상사학』 47, 한국사상사학회.

형태를 갖추었다. 이른바 '『경국대전(經國大典)』 체제'가 바로 그것이었다. 이와 함께 양반 사대부들은 주자 성리학(性理學)을 연구하고 학습하여 선조대에는 '목릉성세(穆陵盛世)'라고 칭할 정도로 기라성 같은 학자들이 조정에 포진하여 국가 경영에 참여하였지만 왜란으로 인한 국가의 위기를 막지 못하였다.

양란기(兩亂期)의 국가적 위기를 겪으면서 관인·유자들이 주자학 내지 주자 성리학에 대해 의문을 제기하는 것은 자연스러운 일이었다. 박세당이 사서(四書)를 비롯한 유교 경전 연구에 매진한 것은 바로 이러한 시대적 조건의 산물이었다. 지금까지의 『사변록(思辨錄)』에 대한 연구는 이러한 측면을 충분히 고려하지 못한 느낌을 준다.[2] 『사변록』이 주자학을 반대하는 저술인가, 아니면 벗어난 것인가, 양명학과의 관련성 여부, 실학인가 아닌가 등 지금까지 제기된 논점들은 그가 『사변록』을 저술한 역사적 맥락에 대한 구체적 이해를 통해서도 접근할 수 있을 것이다.

심진도의 치욕 이후 국가의 위기를 극복하기 위한 방안으로서 대동(大同)과 균역(均役)이 당대의 화두가 되었다. 이것은 일부 뜻있는 지식

---

2 박세당에 대해서는 이병도, 윤사순의 선구적 연구 이래 꾸준히 이어져서 최근에도 다양한 연구가 나왔다. 2000년 이후 나온 『대학 사변록』에 대한 연구로서 필자가 검토한 것은 다음과 같다. 이영호(2000), 「서계 박세당의 『사변록·대학』에 대한 연구」, 『한문학보』 2, 우리한문학회; 윤미길(2002), 「박세당의 사서주해에 대한 일 고찰-다산과의 관련을 중심으로」, 『국어교육』 109, 한국어교육학회; 이향미(2003), 「박세당의 『대학 사변록』 연구: 체제와 격물치지설을 중심으로」, 성균관대 석사학위논문; 강지은(2007), 「서계(西溪) 박세당(朴世堂)의 『대학 사변록(大學思辨錄)』에 대한 재검토」, 『한국실학연구』 13, 한국실학학회; 김태년(2010), 「박세당의 『사변록』 저술 동기와 『대학』 본문 재배열 문제에 대한 검토」, 『한국사상과 문화』 51; 강지은(2011), 「윤휴의 『독서기(讀書記)』와 박세당의 『사변록(思辨錄)』이 주자학 비판을 위해 저술되었다는 주장의 타당성 검토(Ⅰ)-『대학』의 '격물(格物)' 주석에 대한 재고찰을 중심으로」, 『한국실학연구』 22, 한국실학학회.

인들 사이에서 당시의 위기를 타개하기 위해서는 지배층이자 기득권자인 양반과 지주의 양보가 불가피하다는 데 합의가 이루어지고 있었음을 의미한다.[3] 그렇지만 이를 위한 제도 개혁은 수많은 반발과 논란을 불러일으키며 지지부진한 가운데 국가의 위기는 심화되었다. 박세당이 살았던 시기에 서인(西人)과 남인(南人) 사이에 예송(禮訟)과 환국(換局) 등과 같은 당쟁(黨爭)이 치열하게 전개되고, 그 여파로 서인이 노론(老論)과 소론(少論)으로 분열되기에 이르렀는데, 이러한 갈등의 이면에는 바로 이러한 국가의 위기 타개 방안에 대한 찬반이 가로놓여 있기도 하였다.

박세당은 이러한 상황이 당대의 관인·유자 일반을 지배하고 있는 학문 경향에서 유래된 것으로 간주하고, 그것을 극복하기 위한 방안 마련에 골몰하였다. 그 과정에서 그는 주자학 내지 주자 성리학 자체에 학문적 정치적 갈등이 일어난 원인이 있다고 보고 유교 경전에 대한 주자의 주석을 비판적으로 검토하여 『사변록』을 저술하기에 이르렀다. 박세당은 특히 『대학 사변록』을 통해서 수기(修己)에 경도된 송명(宋明) 이학(理學)의 편향을 바로잡고 유학의 본령이 수기 못지않게 치인(治人), 즉 경세(經世)에 있다는 것을 밝혀냈다. 이것은 변화하는 현실에 대한 인식에 입각하여 새로운 학문을 모색하는 과정이었는데, 이른바 '조선 후기 실학(實學)'은 바로 이러한 과정을 거쳐서 형성된 새로운 국가론이자 정치경제학(政治經濟學)이었다.[4]

---

3 김용흠(2009a), 「조선 후기 정치와 실학」, 『다산과 현대』 2, 연세대 강진다산실학연구원.
4 '조선 후기 실학'에 대해서는 그 개념을 두고 아직도 논란이 분분한 실정이다. 필자는 '조선 후기 실학'은 역사적 개념이며, 유학의 경세론에 해당하는 사회경제 개혁론, 즉 새로운 '국가론'이 있어야 '조선 후기 실학'으로 규정할 수 있고, 오늘날의 학문 범주에서는 '정치경제학'으로 규정할 수 있다고 보았다. 김용흠(2010), 「조선 후기 실학과 사회인문학」, 『동방학지』 154, 연세대 국학연구원; (2013), 「홍이섭 사학의 성격과 조선 후기 실학」, 『한국

양란 이후에는 당대의 변화하는 국내외적 현실에 의해 조성된 국가의 위기를 극복하기 위해 학문적 모색이 다양하게 이루어졌는데, 당색(黨色)에 따라서 독특한 학문이 형성되었다.[5] 대체로 유형원(柳馨遠)에 의해 출발된 남인(南人) 실학이 고전 유학에 토대를 두고, 이를 연역하여 새로운 국가론을 전개하였다면, 박세당에게서 출발된 소론(少論) 실학은 고전 유학에 근거하면서도 당시의 현실 문제에 대하여 경험적이고 귀납적으로 그 해결 방안을 모색하는 가운데 형성되었다. 특히 소론은 자신들의 경세론을 정치를 통해서 구현하기 위해 탕평론(蕩平論)을 제출하여 이것을 제도 정치를 통해서 실현하려고 노력하였다. 여기서는 박세당의『대학 사변록』을 집중적으로 검토하여, 그가 소론 실학과 탕평론의 정당성을 어떻게 마련하였는지를 규명해 보려 한다.

2.『대학 사변록』저술의 역사적 맥락

1) 국가의 위기와 탕평론

17세기의 관인 · 유자들은 양란을 전후한 시기의 국가적 위기에 처하여 전후 수습과 지배 체제의 재정비를 모색하였다. 이들을 지배한 사상은 주자학이었으므로 그에 입각하여 그 극복 방안을 모색하는 것은 자

실학연구』 25, 한국실학학회; (2014),「다산 실학의 성격과 국가 구상-21세기 유학의 변용 가능성 탐색」,『한국학논집』 56, 계명대 한국학연구원. 박세당이 실학자인가의 여부 역시 논란이 있는데, 그 경세론의 성격에 비추어 실학자로 간주하였다(김용흠, 2009a, 앞 논문).
5 정호훈(2004),「조선 후기 실학의 전개와 개혁론」, 연세대 국학연구원 편,『전통의 변용과 근대개혁』, 태학사; 김용흠(2009a), 앞 논문.

연스러운 일이었다. 그렇지만 주자학만으로는 국내외적으로 변화하는 현실 속에서 국가의 위기를 극복하기 어렵다는 것이 점점 분명해졌다. 그리하여 주자학을 넘어선 유교(儒敎) 일반 내지 노장사상(老莊思想)과 서학(西學)까지 포괄하는 새로운 사상에 입각하여 그 해법을 모색하는 지식인들이 등장하는 것은 피할 수 없는 일이었다. 이리하여 기존의 붕당 간 권력 다툼에 더하여 기존 체제와 주자학을 고수하려는 세력과 주자학을 넘어서 국가의 위기를 타개하려는 세력 사이의 정치적 갈등도 격화되었다. 이러한 갈등은 정국 운영론, 예론(禮論), 사회경제 개혁론, 그리고 당시의 변화하는 동북아시아 국제 정세와도 관련하여 주화론(主和論)과 척화론(斥和論)의 대립 및 북벌론(北伐論)을 둘러싼 갈등 등으로 다양하게 표출되었다.[6]

인조반정(仁祖反正)은 주자학 명분론과 의리론을 내세우면서 일어난 정치 변란이었으므로, 이후 명분론적 지향이 강화될 수밖에 없었다. 그러나 이러한 사상 경향에 집착해서는 당시의 현실적 난관을 극복할 수 없다는 인식이 갈수록 확산되었다. 따라서 당시의 심각한 국가적 위기 상황을 타개하기 위해 주자학 명분론과 의리론을 부정하지 않으면서도 그것을 범유교적 차원으로 확대 해석하여 현실에 적합한 대처 방안을 모색하는 관인·유자들이 속속 등장하였다. 이들이 내세운 것이 바로 변통론(變通論)이었다. 당시의 정치와 정책 전반에 걸쳐서 변통론을 제기한 관인·유자들은 주자학 명분론과 의리론을 고수하려는 관인·유자들과 대립, 갈등하였다. 인조대에는 공신(功臣)과 사류(士類), 재조(在朝) 관료(官僚)와 재야(在野) 산림(山林)은 물론이고, 서인(西人)과 남인

---

6 김용흠(2006), 『조선 후기 정치사 연구 I - 인조대 정치론의 분화(分化)와 변통론(變通論)』, 혜안, 16쪽.

(南人)이라는 당색을 넘어서 주자학 정치론이 변통론과 의리론의 대립 구도로 분화되어 정치적 갈등으로 표출되었다. 공신 가운데는 이귀(李貴)와 최명길(崔鳴吉), 산림에서는 박지계(朴知誡)가, 그리고 남인 가운데 이수광(李晬光) 등이 변통론 진영을 형성하였는데, 공신으로서는 김류(金瑬)가, 산림에서는 김장생(金長生), 그리고 남인 가운데 정경세(鄭經世)가 의리론 진영을 대표하였다. 이들은 그때그때의 정치 현안과 관련하여 왕권론(王權論)과 신권론(臣權論), 붕당론(朋黨論)과 파붕당론(破朋黨論), 변법론(變法論)과 수법론(守法論) 등으로 나뉘어 대립하였다.7

반정 초의 개혁 국면에서 국가의 유지, 보존을 통해 보민(保民)을 모색하는 변통론자들에 의해 양전(量田)과 대동(大同), 호패(號牌)와 균역(均役)이 논의되고, 관인·유자 사이에서 점차 지지자를 확대시켜 갔다. 이들은 호패법 시행에 역량을 집중시켜 나가고자 하였지만 의리론자들의 반발과 정묘호란으로 호패법은 결국 결실을 보지 못하고 폐기되고 말았다. 제도 개혁을 통한 국가 체제의 재정비와 국방력 강화가 지지부진한 상황에서 후금[後金, 청(淸)]과 정면으로 맞서는 것은 무모한 일이었다. 여기에 변통론자들이 주화론을 취하게 되는 필연성이 있었다. 이에 대해 의리론자들은 주자학 명분론에 입각한 화이론(華夷論)과 같은 자신들의 이념을 국가 그 자체보다 우선하면서 척화론의 입장에 섰다.8

박세당은 유서 깊은 반남(潘南) 박씨 가문에 속하였다. 고려 말 신진 사대부였던 박상충(朴尙衷)이 그 10대조였으며, 그 아들 박은(朴訔)은 태종대 좌명공신(佐命功臣)이 되었고, 4대조 박소(朴紹)는 당시 집권층이 추앙했던 '기묘명현(己卯名賢)' 가운데 하나였다. 박소에게는 5명의

---

7 김용흠(2006), 위 책, 30~31쪽; (2010), 「연평 이귀, 실학과 탕평론의 선구자」, 『내일을 여는 역사』 39, 내일을 여는 역사재단, 서해문집.
8 김용흠(2006), 위 책, 제4장 참조.

아들과 16명의 손자가 있었는데, 이들의 활동으로 반남 박씨는 17세기를 대표하는 가문으로 부상하였다.[9] 그의 손자 박동언(朴東彦)은 의인왕후(懿仁王后)의 아버지로서 선조의 국구(國舅)가 되었다. 또 다른 손자 박동량(朴東亮)은 왜란 당시 선조를 호종한 호종공신(扈從功臣)이었으며, 선조에게서 영창대군(永昌大君)을 부탁받은 이른바 '유교(遺敎) 7신' 가운데 하나였고, 그 아들 박미(朴瀰)는 선조의 부마였다. 박동량의 손자가 바로 숙종대 탕평론(蕩平論)을 제출한 박세채(朴世采, 1631~1695)로서, 박세당과는 박소를 고조로 섬기는 친척 간이었다.[10]

박세당 가문은 박소의 장남인 박응천(朴應川)의 후손으로서 박소의 자손 중에서도 관직과 훈공, 그리고 학문이 가장 혁혁한 가계의 하나였다.[11] 조부 박동선(朴東善, 1562~1640)은 1590년(선조 23) 문과에 합격한 뒤, 광해군이 즉위하자 대사간이 되었으나 폐모론에 반대하고 은거하여 인목대비(仁穆大妃)에 대한 절의를 지켰다. 박세당의 부 박정(朴炡, 1596~ 1632)은 1619년(광해군 11)에 문과에 합격한 뒤 인조반정에 참여하여 정사공신(靖社功臣)이 되었다. 이들 부자는 김류의 권유로 반정에 참여하였는데,[12] 인조 정권에서 부자가 함께 교대로 사헌부 대사헌(大司憲)에 임명되는 보기 드문 모습을 연출하였다.[13] 박정이 30대의 젊은 나이에 사거한 뒤 박동선은 의정부 좌참찬까지 올랐으며 기로소(耆老所)에 들어가는 영광을 누렸다.[14]

---

9 김학수(2001), 「17세기의 명가 반남박씨(潘南朴氏) 서계 가문」, 『문헌과 해석』 16호.

10 김용흠(2008), 「남계(南溪) 박세채(朴世采)의 변통론(變通論)과 황극탕평론(皇極蕩平論)」, 『동방학지』 143, 222쪽; (2016), 「주자학자 박세채가 탕평론을 제출한 사연」, 『내일을 여는 역사』 65, 민족문제연구소.

11 김학수(2001), 앞 논문, 68~69쪽.

12 김용흠(2006), 앞 책, 70쪽.

13 『인조실록』 권24, 인조 9년 5월 1일 갑술.

박동선은 정묘호란 당시 윤황(尹煌)과 함께 척화론의 입장에 섰으며, 원종(元宗) 추숭에 반대하였다.[15] 그렇지만 그 아들인 박정은 정사공신 원훈이었던 김류(金瑬)와 이귀(李貴)가 서로 갈등할 때 주로 김류의 공격을 받았다.[16] 이것은 이귀가 줄기차게 주장한 변통론에 그가 점차 공감하여 가고 있음을 보여 준다. 그가 호패법을 혁파한 것을 애석해한 것은 그 분명한 표현이었다.[17] 그렇지만 30대의 젊은 나이에 사거하여 뚜렷한 정치 노선을 드러내지는 못하였다.

박세당은 최명길의 주화론과 그가 원종 추숭 논쟁에서 주장한 별묘론(別廟論)을 긍정적으로 평가하였다.[18] 이것은 자신의 조부 박동선의 입장과는 다른 것이었다. 숙종 연간까지도 집권층과 사류(士類) 대부분은 인조대 주화론과 원종 추숭에 대해서 부정적으로 평가하는 것이 일반적이었다. 박세당이 주자학 명분론과 의리론을 내세우는 이들 주류 지배층과 다른 입장을 취하게 된 것은 당시의 국가적 위기를 극복하는 것이 다른 무엇보다 시급하다고 본 현실 인식 때문이었다.[19] 박세당과 같은 반남 박씨였던 박세채 역시 원종 추숭을 긍정하고 정묘호란 당시 이귀의 주화론을 인정하였다.[20] 박세채는 송시열(宋時烈) 못지않은 주자

14 김용흠(2014b), 「조선의 주류 지식인은 왜 사문난적이 되었나?-서계 박세당의 삶과 사상」, 『내일을 여는 역사』 57, 237쪽.
15 김용흠(2009b), 「숙종대 소론 변통론의 계통과 탕평론-명곡(明谷) 최석정(崔錫鼎)을 중심으로」, 『한국사상사학』 32, 237쪽.
16 김용흠(2006), 앞 책, 112쪽.
17 『인조실록』 권16, 인조 5년 5월 18일 계미.
18 『西溪集』 권7, 「遲川集序」, 민족문화추진회 간행 『한국문집총간』 134책 145쪽(이하 '총간 134-145'로 표기). 최명길의 주화론과 원종 추숭 당시 그의 입장과 처신에 대해서는 김용흠(2006), 앞 책 참조.
19 김용흠(2014b), 앞 논문.
20 김용흠(2008), 앞 논문, 223쪽, 228쪽.

주의자(朱子主義者)였으므로[21] 주자의 경전 주석의 오류를 지적한 박세당과는 학문적 입장을 달리 하였지만, 현실 인식에 바탕을 두고 주자학 정치론에서 벗어나고 있었던 점은 공통된다고 볼 수 있다. 박세채가 숙종 대 조정에서 탕평론(蕩平論)을 제기하고, 박세당이 갑술환국 이후 이의 철저한 실천을 강조한 것은[22] 바로 이러한 현실 인식과 새로운 정치론에 대한 공감대 위에서 나온 것이었다.

박세당은 혼맥으로 연결된 윤증(尹拯)·남구만(南九萬)과 가장 긴밀하게 교류하였다. 박세당은 의령 남씨와 결혼한 이후 10여 년간 정릉동(貞陵洞)에 있던 남씨 친정에 의탁해 지내면서 처남 남구만은 물론이고, 처숙이었던 남이성(南二星)과도 학문적 토론을 하면서 시간 가는 줄도 모를 정도였고,[23] 정국 현안과 관련해서 서신을 통해서 끊임없이 의견을 조율하였다.[24]

박세당의 형 박세후(朴世垕)의 혼인을 통해서 박세당 가문이 윤증 가문과 결합한 것은 주류 양반 가문의 결합이라고 할 만하였다. 인조 대 정국에서 박동선과 윤황이 척화론 진영에서 공동보조를 취하였으므로 정치 노선도 일치하였다고 볼 수 있다. 박세당은 윤황의 아들들인 윤순거(尹舜擧)·윤문거(尹文擧)·윤선거(尹宣擧)를 '현인(賢人)'으로 지칭하면서 그 행실과 덕망을 칭송하였다.[25] 그리고 윤증과는 서신을 통해서 집안의 대소사는 물론이고 학문과 출처 및 정국 현안에 대해서 긴밀하게 토론하였다.[26]

---

21 정경희(1994), 「17세기 후반 '전향 노론' 학자의 사상」, 『역사와 현실』 13, 한국역사연구회.
22 김용흠(1996), 「조선 후기 노·소론 분당의 사상 기반–박세당의 『사변록』 시비를 중심으로」, 『학림』 17, 연세대 사학연구회.
23 김학수(2001), 앞 논문, 73~74쪽.
24 김용흠(1996), 앞 논문, 73~75쪽.
25 『西溪集』 권8, 「魯西三賢墨蹟跋」, 총간 134-150~151.

숙종대 정국에서 남구만은 여러 차례 영의정을 역임하면서 정국을 주도하였고, 윤증은 비록 출사한 적은 없지만 서인 내에서 산림으로서의 명망이 높아져, 국왕을 한 번도 대면한 적이 없으면서도 우의정에 임명될 정도로 정치적 영향력이 컸다. 여기에 같은 반남 박씨 친척인 박세채 또한 갑술환국 이후 좌의정으로 출사하여 탕평 정국의 일익을 담당하였다. 실로 박세당을 포함한 이들 네 사람이 숙종대 소론을 대표하는 지도자였다고 볼 수 있으며, 이들은 모두 환국으로 점철된 숙종대 정치의 난맥상을 타개하기 위해서는 탕평책을 추진해야 한다는 것에 일치된 인식을 보였다.[27]

이들이 제기한 탕평론은 양란 이후 조선 왕조 국가가 처한 대내외적 위기를 극복하기 위해 새로운 정책과 제도를 모색하고 이를 정치의 중심 문제로 끌어들이려는 관인·유자 일각의 노력의 소산이었다.[28] 박세당은 자신의 주변 인물들에게 이의 실천을 적극 독려하는 입장이었는데, 그가 이에 임하는 기본적인 자세로서 강조한 것이 바로 '주충신론(主忠信論)'이었다.[29] 그는 죽기 직전에 미리 작성하여 자손들에게 준 글에서 충(忠)과 신(信)을 강조하였는데,[30] 최석항(崔錫恒)이 작성한 시장(諡狀)에서 박세당의 "평생 언행이 하나같이 충(忠)과 신(信)에 근본을 두었다."[31]는 평가를 받은 것을 보면 박세당 주변 인물들 역시 이것을 인정하였음을 알 수 있다. 즉 그는 탕평론을 당시의 관인·유자들이 진정성을 가지고 추진해야 할 정치론으로 보고 있었던 것이다.[32]

---

26 『西溪集』 권7, 「答尹子仁書」 총간 134-123; 권19, 「與尹子仁」, 총간 134-393~398.
27 김용흠(2014b), 앞 논문, 241~3쪽.
28 김용흠(2008, 2009b), 앞 논문.
29 김종수(2002), 「박세당의 진리론과 사상 체계론」, 『한국실학연구』 4, 151~152쪽.
30 『西溪全書』 上, 「戒子孫文 遺戒第三」, 太學社, 1979(영인본), 4쪽 23나~24가.
31 『西溪集』 권21, 「諡狀」, 총간 134-433.

조정에서 탕평론을 공식적으로 제기한 것은 박세채였는데, 송시열과 그 문인들이 이를 저지하기 위해 일으킨 것이 바로 회니시비(懷尼是非)였다. 흔히 송시열이 지은 윤선거 묘갈명에 대해서 윤증이 불만을 품고 이를 고쳐 달라고 청하였는데 송시열이 이를 고쳐 주지 않아서 회니시비가 일어났다고 알려져 있지만, 이는 사실의 일면만을 말한 것이다. 윤증이 송시열에게 요청한 것은 윤선거를 칭찬해 달라는 것이 아니라 송시열 자신의 의견을 분명히 밝혀 달라는 것이었다. 즉 윤선거와 송시열의 40여 년에 걸친 우정에 비추어 볼 때, 윤선거에 대한 평가를 후배인 박세채의 표현을 빌려서 말하는 것은 윤선거에게 허물이 되는 것은 물론이고, 송시열 자신 역시 후세 사람들의 비판을 피할 수 없을 것이라는 우려에서 나온 것이었다.[33] 그렇지만 송시열은 윤휴(尹鑴)에 대한 윤선거·윤증 부자의 모호한 태도를 집요하게 물고 늘어지면서 이를 거부하였다.

송시열이 윤휴를 '사문난적(斯文亂賊)'이라고 공격한 것은 잘 알려진 사실인데,[34] 윤선거가 이에 반대한 이유는 무엇일까? 그것은 당시의 시대적 과제였던 북벌(北伐)에 대한 서로 다른 입장 차이 때문이었다. 인조대 병자호란에 이은 1637년 삼전도의 치욕 이후 호서(湖西) 사림(士林)들은 '복수설치(復讐雪恥)'의 방안 모색에 여념이 없었는데, 결국 양반과 지주의 특권을 양보 내지 제거해서라도 국방력을 강화시켜 오랑

---

32 김용흠(2014b), 앞 논문, 245쪽.

33 김용흠(2010), 「숙종대 전반 회니시비와 탕평론-윤선거·윤증의 논리를 중심으로」, 『한국 사연구』 148, 78~79쪽; (2016), 「스승을 비판한 백의정승-명재 윤증의 탕평론과 회니시비」, 『내일을 여는 역사』 62, 민족문제연구소.

34 三浦國雄(1982), 「17世紀 朝鮮에 있어서의 正統과 異端-宋時烈과 尹鑴」, 『民族文化』 18; 金駿錫(1988), 「17세기 畿湖朱子學의 동향-宋時烈의 '道統' 계승운동」, 『孫寶基博士停年 紀念 韓國史學論叢』, 지식산업사.

캐로부터 당한 치욕을 씻어야 한다는 인식이 확산되고 있었다. 그리하여 유계(兪棨) · 윤선거 등은 양반제와 지주제의 모순을 완화 내지 제거할 수 있는 제도 개혁이 불가피하다고 보고 있었는데, 송시열은 이에 반대하고 북벌을 도덕과 의리의 측면으로 제한하려 하였다. 그리고 제도 개혁 주장에 대해서는 이단(異端) 논쟁을 제기하여 정치 쟁점을 치환하는 것으로 맞섰다.[35]

윤휴에 대한 태도에서 이들의 차이는 분명하게 드러났다. 윤휴 역시 북벌 추진을 위해서는 당시의 지배층인 양반 · 지주의 기득권을 제거 내지 약화시키는 것이 불가피하다고 보고 있었다. 송시열은 윤휴가 주자학을 비판한 사문난적이고 이단이라는 측면을 정치 공세의 쟁점으로 부각시킴으로써 그의 체제 개혁론을 부정하려 하였다. 이것은 송시열이 주자를 내세워서 북벌을 부정한 것이었다. 이에 대해 윤선거는 주자학에 대한 작은 차이를 문제 삼지 말고 그의 체제 개혁론을 수용하여 북벌에 적극 나서라고 송시열에게 요구하였다. 송시열이 북벌보다 주자학을 중시하면시 정책 논쟁을 이단 논쟁으로 치환하려 하였다면, 윤선거는 주자학보다 북벌을 중시하면서 당파를 떠나서 체제 개혁을 위해 협력해야 한다고 보았던 것이다. 예송(禮訟)에서 송시열과 윤휴는 서로 양립할 수 없는 대립 관계를 형성하였는데, 윤선거는 이들을 모두 비판하였다. 그는 예론이 정치적 목적을 달성하려는 수단으로 전락하였다고 비판하고, 그로 인해 사림이 분열되어 국가가 멸망하게 될 것이라고 우려하였다. 그가 송시열의 집요한 공격에도 불구하고 윤휴를 비롯한 남인을 포용하려고 한 것은 북벌에 대한 의지에서 나온 것이었다.

---

35 김용흠(2005), 「17세기 정치적 갈등과 주자학 정치론(政治論)의 분화」, 오영교 편, 『조선 후기 체제 변동과 속대전』, 혜안; 김용흠(2010), 앞 논문.

즉 윤선거는 예송보다 북벌을 중시한 것이었다.[36]

송시열은 북벌의 당위성을 주자학 의리론에 입각하여 윤리·도덕, 즉 인륜 차원에서 강조하였다.[37] 그는 유계·윤선거 등이 주장하는 제도 개혁을 거부하였으므로, 그의 주장은 철저히 관념적이고 체제 유지적인 것이 될 수밖에 없었는데, 그럴수록 그의 의리론에 대한 집착은 강화되었다. 그는 효종의 북벌 정책을 사실상 거부하였으면서도, 정치적으로는 자신을 북벌 의리의 상징으로 자리매김하는 작업을 집요하게 전개하였다. 송시열은 이러한 상징 조작을 위해서 전쟁의 기억을 동원하였는데, 이른바 '김만균(金萬均) 사건'이나 이경석(李景奭) 비방 사건은 물론 이른바 '회니시비(懷尼是非)' 역시 바로 그러한 맥락에서 일어난 일이었다.[38]

숙종대 정국에서 송시열 문인 최신(崔愼)이 상소하여 윤선거와 윤증을 비방한 것은 박세채가 탕평론을 제기한 이듬해인 1684년(숙종 10)의 일이었다. 이로 인해 회니시비가 조정으로 비화되어 노론과 소론 사이의 갈등이 격화되었다. 1687년(숙종 13)에는 송시열 본인이 나서서 직접 상소하여 윤선거를 비방하였다. 여기에 대해 당사자인 윤증은 미온적인 태도로 일관하였는데, 박세당은 적극적으로 시비를 가려야 한다는 입장이었다. 특히 박세당의 아들 박태보(朴泰輔)는 송시열 상소를 반박하는 나양좌(羅良佐) 상소문을 작성하였다. 나양좌 상소문은 윤선

---

36 김용흠(2012), 「'당론서(黨論書)'를 통해서 본 회니시비(懷尼是非)-『갑을록(甲乙錄)』과 『사백록(俟百錄)』 비교」, 『역사와 현실』 85, 130~131쪽; (2014a), 앞 논문, 248~249쪽; (2015), 「삼전도의 치욕, 복수는 어떻게?-미촌 윤선거의 북벌론과 붕당 타파론」, 『내일을 여는 역사』 61, 도서출판 선인.

37 김준석(2003), 『조선 후기 정치사상사 연구-국가 재조론(再造論)의 대두와 전개』, 지식산업사, 228~246쪽.

38 김용흠(2014ab), 앞 논문.

거의 북벌론을 계승한 것이 탕평론임을 분명히 하고, 송시열 일파가 제기한 회니시비가 그 탕평론을 무력화시키기 위한 것이라고 폭로하였다.[39] 결국 회니시비는 체제 개혁을 지향하는 탕평론을 거부하고 무력화시키기 위해 전쟁의 기억을 왜곡하고 역사적 사실을 조작하기도 하였으며, 이를 주자와 주자학의 권위를 동원하여 합리화하는 과정에서 발생한 사건이었다.[40]

1680년 경신환국 이후 소론 탕평론의 형성과 구현에 주도적인 활동을 하던 박태보는 1689년 인현왕후(仁顯王后)의 폐비에 맞서다가 숙종에게 고문을 받고 죽음으로써 서인 내에서 박세당의 명분과 지위는 더욱 강화되었다. 1694년 갑술환국 이후 박세당이 끊임없이 조정의 부름을 받고 지위가 경(卿)의 반열에까지 이른 것이 그것을 입증한다. 박세당 자신 역시 갑술환국 이후의 정국에 대하여 상당한 기대를 걸고, 소론 대신들에게 탕평책 실현에 적극 나서라고 촉구하였다. 그는 당색에 관계없이 능력 있는 인재를 등용하여 개혁정치를 펴는 것이야 말로 당시의 국가적 위기를 극복하는 관건으로 보고 있었다.

당시 소론 우위의 정국에서 추진된 탕평책은 송시열 문인들을 중심으로 한 노론 당인들의 격렬한 반대에 직면하여 저지되고 있었다. 이에 대해 박세당은 남구만은 물론이고 박세채·윤지완(尹趾完)·신익상(申翼相) 등 소론 대신들의 소극적 태도를 일일이 열거하면서 통렬하게 비판하였다. 박세당이 볼 때 노론 당인들은 죽음을 무릅쓰고 탕평책을 반대하는데, 소론 대신들 중에는 한 사람도 그런 자세로 탕평론을 실천하는 사람이 없다는 것이었다.[41] 그렇지만 이들의 노력에도 불구하고

39 김용흠(2014b), 앞 논문, 252~3쪽.

40 김용흠(2014b), 앞 논문; (2016), 「조선 후기 노론 당론서와 당론의 특징-『형감(衡鑑)』을 중심으로」, 『한국사상사학』 53, 한국사상사학회.

노론 당인들의 집요한 공세로 탕평책의 효과는 미미하였다. 더구나 1701년 인현왕후의 죽음을 계기로 장희빈(張禧嬪)이 사사(賜死)됨으로써 갑술환국 이후 조성되었던 소론 우위의 탕평 정국은 탕평책에 반대하는 노론 우위의 정국으로 전환되었다.

박세당이 이경석(李景奭)의 신도비명을 작성한 1702년은 남구만이 장희빈의 오라비인 장희재(張希載)를 비호한 책임을 지고 아산에 유배되었을 때였다.[42] 여기서 박세당은 이경석을 '노성인(老成人)'이라고 찬양하고, 그를 모욕한 사람을 '상서롭지 못한 사람'으로 규정하였는데, 이것은 송시열을 지목한 것이 분명하였다. 이어서 두 사람을 각각 봉황(鳳凰)과 올빼미에 비유하는 것으로 끝을 맺었다.[43] 박세당이 이경석을 찬양하고 송시열을 비판한 것은 인현왕후의 죽음을 계기로 소론 탕평론이 좌절된 것을 의식하고 나온 것임이 분명하였다.

이에 대해 이듬해인 1703년 홍계적(洪啓迪) 등 송시열 문인들이 상소하여 박세당이 자신들의 스승인 송시열을 모함하였으니 처벌하라고 요구하였다.[44] 이 상소문에서 박세당이 『사변록(思辨錄)』을 저술한 것을 들어서 '주자를 능멸하였다'는 죄목을 함께 거론한 것은 이 사건의 지향점을 분명하게 보여 준다. 송시열이 이경석을 비판한 것은 주자학 의리론에 입각한 것인데, 박세당이 『사변록』에서 주자 주석을 비판하더니, 이제는 송시열마저 공격하기에 이르렀다는 것이다. 이것은 박세당이 사문난적(斯文亂賊)인 윤휴를 편드는 무리이기 때문에 나온 당연한 귀결

---

41 김용흠(1996), 앞 논문, 72~75쪽.
42 이승수(2001), 「17세기 노소 분기의 고민과 선택-서계 박세당의 고제자(高弟子) 서당(西堂) 이덕수(李德壽)」, 『문헌과 해석』 16호, 142쪽; 『곤륜집(昆侖集)』 권17, 「영의정약천남공묘지명(領議政藥泉南公墓誌銘)」, 총간 188-322.
43 김학수(2001), 앞 논문, 93쪽.
44 『숙종실록』 권38상, 숙종 29년 4월 17일 임진.

이라고 주장하였다. 이 상소문의 실제 작성자는 김창협(金昌協)이었는데, 그와 그 아우 김창흡(金昌翕)은 모두 박세당을 윤휴와 동일시하면서 박세당을 '사문난적'으로 몰아간 것이었다.[45] 이것은 앞서 살핀 바와 같이 양란기 이래 주자학 정치론이 분화되어 새롭게 형성된 정치론인 탕평론을 부정하고, 주자와 송시열을 존숭하는 노론만이 배타적으로 권력을 장악해야 한다는 의도를 분명하게 표출한 것이었다.[46]

이 시기에는 이처럼 탕평론에 대한 찬반을 두고 보수와 진보가 첨예하게 대치하였는데, 박세당은 그 대립의 첨단에 서 있었다. 박세당은 최명길의 주화론을 옹호하면서 다음과 같이 말하였다.

> 동토(東土)의 사람들이 그 잠자리를 편안히 하고 그 자손을 보전할 수 있었던 것이 모두 공의 은택인데, 도리어 오늘날 말하는 자들이 그에게 힘입었으면서도 그 사람을 헐뜯으니, 너무 잘못된 것이 아니겠는가.[47]

이것은 노론 반탕평론자들이 내세우는 주자학 의리론이 현실과 동떨어진 것임을 날카롭게 지적한 것으로 볼 수 있는데, 그는 여기서 그치지 않고 이러한 문제가 주자학 그 자체에서 연원하였다고 간주하였음에 틀림없다. 그가 승승장구하던 벼슬을 내던지고 『사변록』 저술에 몰두한 것은 바로 이러한 배경에서 나온 것이었다.

---

45 이승수(2001), 앞 논문, 144~145쪽.
46 김용흠(2014b), 앞 논문, 253~5쪽.
47 『西溪集』 권7, 「遲川集序」, "東土之人, 得奠其枕席, 保其子孫, 皆公之賜. 顧今之談者, 賴其力而訾其人, 不已舛乎."

2) 『대학』과 『대학 사변록』

유학(儒學)이 다른 학문 또는 사상과 구별되는 가장 중요한 특징은 '수기치인(修己治人)'의 명제에 집약되어 있다. 다른 사람을 다스릴 사람은 일정한 수양이 필요하다는 이 명제는 유교 문화권에서 지극히 당연시되고 있기 때문에 오히려 몇 가지 중요한 전제가 간과되는 경향이 있다. 첫째는 그 명제 자체가 '국가(國家)'를 전제하고 있다는 것이다. 인간은 국가라는 정치 공동체를 통해서 생존을 도모할 수밖에 없으며, 그것은 필연적으로 치자(治者)와 피치자(被治者)의 분리를 초래하게 되는데, 이때 치자에게는 수신(修身)이 요구된다는 것이다. 둘째로 그 명제 자체의 강조점이 '치인'에 있다는 것이다. '수기'는 '치인'을 위한 전제이지 수기로 치인이 대체될 수 있는 것은 아니다. 그런데도 '치인'='경세제민(經世濟民)', 즉 '경세(經世)'가 유학의 본령이라는 것은 자주 무시되는 경향이 있다.

중국 춘추전국시대에 제자백가(諸子百家)의 한 유파로 출현하였던 유가(儒家)가 유학(儒學)을 거쳐서 유교(儒教)가 되기까지는 장구한 시간이 요구되었다. 전국시대를 통일한 진(秦) 왕조로부터는 '분서갱유(焚書坑儒)'의 탄압을 받기도 하다가 한(漢)대 들어서야 비로소 국학(國學)의 지위를 얻고, 당(唐)대에는 국가가 과거제도를 시행하면서까지 장려하였지만 지배 사상이 되지는 못하였다. 송(宋)대 들어서 당시까지 우위를 점하고 있던 불교(佛教)와 도교(道教)를 극복하기 위해 신유학(新儒學)이 등장하여 격렬한 정치적 갈등을 거친 이후 몽고족 왕조인 원(元)대 들어서 비로소 주자학(朱子學)이 국정교학(國定教學)으로 정착되어 명(明)·청(清)대까지 이어졌다.

중국 역사에 등장하는 숱한 왕조의 교체가 흥망성쇠의 단순한 반복이 아니라면, 한-당-송-원-명-청으로 이어지는 통일 왕조의 성장 소멸은 생산력 발전에 토대를 둔 국가의 발전 과정으로 파악해야 마땅할 것이다. 유학 역시 이러한 발전 단계에 맞추어서 선진(先秦) 유학에서 훈고학(訓詁學)으로, 그리고 성리학(性理學), 양명학(陽明學), 고증학(考證學)으로 변모하였다고 보아야 할 것이다. 그런데 이 가운데 성리학, 특히 주자학이 원대에서 청대까지 국정교학의 지위를 누린 것 역시 그럴 만한 이유가 있다고 보는 것이 합리적이다. 이것은 주자학 단계에 이른 유학이 여타의 제자백가에 비해서 국가 경영, 즉 경세제민에 가장 유용한 사상으로 인정받았다는 것을 입증한 것이었다.

유교 경전(經典) 가운데 유학의 기본 명제가 '수기치인'에 있다는 것을 가장 간명하게 제시한 것이 바로 『대학(大學)』이었다. 널리 알려져 있는 '수신제가치국평천하(修身齊家治國平天下)'는 이것을 집약한 명제였는데, 『대학』에서는 여기서 나아가 '수신(修身)' 앞에 '격물치지(格物致知)'와 '성의정심(誠意正心)'의 과정을 둔 거의 유일한 문헌이 아닌가 한다. 원래 『예기(禮記)』의 한 편에 불과했던 『대학』에 대해서 당대의 한유(韓愈)와 이고(李翶)가 맨 먼저 그 중요성을 강조하면서 『맹자』나 『주역』처럼 중요한 '경서(經書)'로 보았고, 북송대 정호(程顥) · 정이(程頤) 형제가 이를 이어서 그 지위를 높이는 데 온 힘을 경주하여 '경서'의 지위로 끌어올렸다.[48] 이들을 이어서 주희(朱熹)가 그 장구(章句)를 바로잡고 주석을 가하였으며, 죽기 직전까지 『대학』 성의장(誠意章)을 고쳤을 정도로 공을 들였다고 한다.[49]

잘 알려진 것처럼 북송대 정호 · 정이 형제는 『대학』과 함께 『논어(論

---

48 候外廬 외 지음, 박완식 옮김(1993), 『송명이학사 1』, 이론과실천, 187~188쪽.
49 가노 나오키(狩野直喜) 著, 吳二煥 譯(1986), 『中國哲學史』, 乙酉文化社, 407쪽.

語)』・『맹자(孟子)』・『중용(中庸)』에 주목하기 시작하여 사서(四書)라고 이름 붙이고, 이것을 계승하여 남송대 주희가 본격적으로 주석하여 『논어집주(論語集註)』와 『맹자집주(孟子集註)』, 그리고 『대학장구(大學章句)』와 『중용장구(中庸章句)』를 저술하여 정주이학(程朱理學)의 대강(大綱)을 제시하였다. 그 후 사서의 지위는 오경(五經)보다도 더 높아져서 사서에 대한 저작물이 대량으로 확산되었으며, 명초에는 『사서대전(四書大典)』이 편찬되어 『오경대전(五經大典)』과 비등한 지위를 갖게 되었다.[50]

이학(理學)은 송초에 시작되고 북송 오자(五子)를 통해 형성되었으며, 주희에 이르러 집대성되었다. 주희는 이정(二程)의 사상을 근간으로 하여 여러 학파에 드나들며 그들의 학설을 종합하여 정통 이학의 기본적인 관점을 체계적으로 정립하였다. 그리하여 한편으로는 이학이 유례없이 완벽한 형식을 갖추었지만, 다른 한편으로는 그 고유한 이론적 결함을 더욱 더 두드러지게 만들었다.[51] 이(理)의 보편성을 긍정하면서 보편인 이를 특수 현상과 구별해야 한다는 주희의 견해는 과학적 예측이나 실천 활동에 객관적 기초를 제공하였다는 점에서 이론적으로 합리적인 요소를 포함하고 있을 뿐만 아니라 인식 발전사에서도 무시할 수 없는 의의를 갖고 있었다.[52]

그러나 그가 형이상의 이와 형이하의 물질 세계를 구분하고 이의 초경험성을 강조함으로써 이론상으로 이러한 이중 세계를 진정으로 통일시켜 내지 못하여 이학 체계에 치명적인 결함을 초래하였다.[53] 그의 격물치지론은 그 목적이 과학의 진리를 탐구하는 데 있는 것이 아니라

---

50 候外廬 외 지음, 박완식 옮김(1993), 앞 책, 17~18쪽.
51 楊國榮 지음, 김형찬·박경환·김영민 옮김(1994), 『양명학』, 예문서원, 32쪽.
52 楊國榮 지음, 위 책, 34쪽.
53 楊國榮 지음, 위 책, 36쪽.

도덕의 선(善)을 밝히는 데 있을 뿐이었다.[54]

나아가서 그의 이학은 유학의 기본 명제인 수기치인 가운데 수기의 과정을 제시하는 것에 치중하였으며, 수기를 완성하면 치인은 자연스럽게 이루어진다고 간주하여 치인의 영역을 은연중에 수기에 종속시켜 버리고 말았다. 이것은 주자가 불교·도교 등과 대항하여 이학 체계를 마련하는 과정에서 불가피하게 초래된 측면도 없지 않지만, 결과적으로 경세라는 유학의 본령을 소홀히 하는 역사적 한계를 노정한 것으로 보지 않을 수 없다.

여러 논자들이 지적하고 있듯이 박세당은 유학의 발전에서 이정자와 주희의 업적을 인정하고, 그들이 설정한 학문의 방향에 따라서 현실 문제의 해답을 구하고자 하였다. 그리고 그가 『대학』을 탐구한 방법도 주자가 설정한 경로를 그대로 따르고 있었다.[55]

원래 『예기』에 들어 있던 『고본대학(古本大學)』에 대한 논란은 주자 이래 청대까지 중국 경학사에서 중요한 주제였다.[56] 저자가 누구이고, 어떤 성격의 저술이며, 텍스트에 착간(錯簡)이 있는지 여부 등이 주된 논점이 되었다.[57] 박세당은 이러한 논란이 있다는 것을 잘 알고 있으면서

---

54 侯外廬 외 지음, 박완식 옮김(1995), 『송명이학사 2』, 이론과실천, 43~47쪽.

55 김태년(2010)과 강지은(2007, 2011)은 이것을 근거로 박세당의 학문이 주자주의를 벗어난 것이 아니라고 주장하였다. 그렇다면 박세당이 『대학 사변록』에서 주자를 비판한 부분은 어떻게 봐야 하느냐는 문제가 남는다. 어쩌면 박세당이 주자가 제시한 경로를 따르려 하다가 주자를 비판하였다는 점이 더 중요할 수도 있을 것이다.

56 佐野公治(1988), 『四書學史の硏究』, 創文社: 東京, 167~198쪽.

57 명대에는 『예기』에서 『대학』과 『중용』을 뽑아낸 것을 비판하는 사람도 있었다. 范文瀾(1933), 『群經槪論』, 283쪽, "郝仲興曰, 世儒見不越凡民, 執小數而遺大體, 守精粕而忘菁華. 如曲禮王制內則玉藻雜記則以爲禮, 如大學中庸則以爲道, 過爲分析, 支離割裂, 非先聖敎人博文約禮之意. 自二篇孤行, 則道爲空虛而無實地, 四十七篇別立, 則禮似枯瘁而無根柢, 所當亟還舊觀者也."

도 주자의 주장대로 이것이 증자(曾子)와 증자 문인의 기록이라고 믿고, 『고본대학』에는 착간이 있다고 간주하고 주자의 『대학장구』에 입각하여 그것의 의미를 따져 나갔다.

박세당이 이처럼 『대학』 탐구에 들어간 것은 그가 벼슬살이를 그만두고 석천동에 은거한 이후의 일이었다. 문과에 장원급제하여 당대의 유자들이 선망해 마지않던 청요직(淸要職)을 두루 섭렵하다가 갑자기 벼슬을 내던지고 농촌에 은거해 농사지으며 맨 먼저 착수한 작업이 『대학 사변록』이었다.58 당시는 예송과 환국으로 서인과 남인이 교대로 집권하면서 정국이 소용돌이칠 때였다. 박세당과 소론 지도자들은 이를 극복하기 위해 탕평론을 제출하였는데, 의리론을 앞세워 정책 논쟁을 의리 논쟁으로 치환하려는 노론 반탕평론자들의 반발로 실효를 거두지못하고 있었다. 박세당은 이러한 노론 반탕평론자들의 행태가 주자학자체의 문제에 연원이 있다고 간주하고 『대학 사변록』을 저술하기에이르렀던 것이다. 『대학』이야말로 주자의 말대로 '학문을 하는 강목[爲學綱目]'이었으니 말이다.59

---

58 윤사순(1985), 『한국유학론구』, 현암사, 197~202쪽; 김태년(2010), 앞 논문, 222쪽. 김태년은 박세당이 『대학장구지의』를 지은 것이 1674년, 『대학 사변록』을 완성한 것은 1684년으로 비정하였다.

59 「讀大學法」, "大學是爲學綱目, 先讀大學, 立定綱領, 他書皆雜說在裏許. 通得大學了, 去看他經, 方見得此是格物致知事, 此是誠意正心事, 此是修身事, 此是齊家治國平天下事."

3. 『대학 사변록』의 이학理學 비판과 경세經世 지향

1) 주자 이학과 인식론 비판

박세당은 『대학 사변록』에서 먼저 주자(朱子) 이학(理學)의 주요 개념들에 이의를 제기하면서 다음과 같이 주장하였다. 첫째는 『대학』의 소위 삼강령(三綱領) 중 '지어지선(止於至善)'을 강령(綱領)에서 제외하여야 한다는 것, 둘째는 '물유본말 사유종시(物有本末 事有終始)'에서 물(物)과 사(事)를 구별한 것, 셋째는 '격물치지(格物致知)'에 대하여 격(格)을 칙(則)·정(正)으로, 치(致)를 구이지(求以至)로 주석한 것 등이 그것이다.

첫째로 '지어지선(止於至善)'을 강령에서 제외해야 된다고 박세당이 주장하는 논거는 두 가지이다. 하나는 강(綱)이 있으면 목(目)이 있어야 하는데, 이에 해당하는 목(目)이 없다는 것이고, 다른 하나는 지어지선은 명덕(明德)·신민(新民)의 공(功)이 이루어지는 것을 말하는 것이므로 그것을 분리하여 별도로 하나의 강령을 만들 수 없다는 것이다.[60] 주자의 삼강령설은 명명덕(明明德)·신민(新民)·지어지선(止於至善)을 각기 독자적인 내용으로 구성된 하나의 개념으로 파악하였으면서도, "명명덕과 신민을 모두 지선(至善)에 머무르게 하여 옮기지 말아야 한다(明明德新民, 皆當止於止於至善之地而不遷)."고 하여, '지어지선'을 독립된 개념에서 제외시키는 모순을 범하였다는 것이다.[61] 이것은 주자의 방법

---

60 『思辨錄』, 「大學」(이하 [대학 사변록]으로 약함), 『西溪全書』 下, 3쪽(영인본 쪽수) 1(판심 쪽수)가(우측면)~나(좌측면), "有綱必有目, 未有無其目而獨有其綱. 綱所以挈衆目, 目旣不存, 綱安所設. 故此書爲明德之目五, 爲新民之目三, 而及求其爲止至善之目者, 則終不可以得, 以此知此書之爲綱者二而已. 若夫止至善, 乃所以致明德新民之功, 則其不可離之, 使別爲一綱領明矣."

61 이영호(2000), 앞 논문, 142~4쪽.

에 따라서 주자 주석의 논리적 모순을 지적한 대목으로 볼 수 있다.

둘째로 '물유본말 사유종시(物有本末 事有終始)'에 대하여 박세당은 물(物)은 천하(天下)·국(國)·가(家)·신(身)·심(心)·의(意)·지(知)·물(物)이고, 사(事)는 평(平)·치(治)·제(齊)·수(修)·정(正)·성(誠)·치(致)·격(格)이라고 하여 양자를 구분하여야 한다[62]고 주장하면서, 주자가 명덕과 신민을 각각 본과 말이라고 주석[明德爲本 新民爲末]한 것은 명덕과 신민을 뒤섞어서 물(物)로 간주한 것이므로 경전의 본뜻이 아니라고 비판하였다.

셋째로 '격물치지(格物致知)'에 대하여 박세당은 주자가 '격(格)'을 '지(至)'로, '물(物)'을 '사(事)'로, '치(致)'를 '추극(推極)'으로, '지(知)'를 '식(識)'으로 주석한 것을 비판하고, 물과 사를 구분해야 한다는 앞서의 주장을 되풀이 한 다음, 격은 칙(則)·정(正)으로, 치(致)를 '지극한 것을 구한다[求以至]'로 주석하였다.[63]

그렇다면 박세당은 왜 지어지선을 삼강령에서 제외하려 하였으며, 물과 사를 구분하려 하고, 격을 칙(則)·정(正)으로 풀이하였을까. 그의 의도는 다음과 같은 주자의 주석에 대한 비판에서 보다 분명하게 드러난다.

물격(物格)은 물리(物理)의 지극한 곳에 이르지 않은 것이 없는 것이고, 지지(知至)는 내 마음으로 아는 것을 극진하게 하지 않은 것이 없는 것이다. 아는

---

62 [대학 사변록] 경1장, 앞 책, 3쪽 2나, "物者如下文曰天下曰國曰家曰身曰心曰意曰知曰物, 是也. 事者如其曰平曰治曰齊曰修曰正曰誠曰致曰格, 是也."

63 [대학 사변록] 경1장, 앞 책, 4쪽 3나, "求以至曰致, 格, 則也, 正也. 有物必有則, 物之有格, 所以求其則而期得乎正也, 蓋言欲使吾之知, 能至乎是事之所當而處之無不盡則, 其要唯在乎尋索是物之則而得其正也."

것이 이미 극진해지면 뜻이 성실해질 수 있고, 뜻이 이미 성실해지면 마음을
바로잡을 수 있을 것이다.[64]

이것을 비판하는 박세당의 논점은 두 가지로 요약해 볼 수 있다. 하
나는 이것이 초학자(初學者)가 할 수 있는 일이 아니라 이미 수양을 마
친 성인(聖人)만이 가능한 경지라는 것이다.[65] 여기서 주목되어야 하는
것은 '무불도(無不到)'의 이(理)는 '성인(聖人)의 극공(極功)'의 경지에서
만 도달 가능한 것이고, 초학자의 '절기이명지리(切己易明之理)'의 이(理)
가 아니라는 것이다. '이무부도(理無不到)', '지무부진(知無不盡)'하게 되
면 이미 배움의 과정은 끝난 것이기 때문에 『대학』에서 말하는 '정심수
신'이나 '제가치국'은 논의할 대상이 아니게 된다. 이러한 경지를 『대학』
에서 초학자에 요구할 리가 없다는 것이다.

두 번째 논점은 주자가 말하는 격물치지는 경험적 접근을 거부한다
는 것이다.[66] 즉 주자가 말하는 '이무부도(理無不到)'의 이(理)는 '수사수
물(隨事隨物)'하여 도달할 수 있는 개별 사물의 이(理), 곧 법칙이 아니었
다. 박세당은 이 두 가지의 이(理)를 구분하고, 『대학』의 격물치지에서
'이무부도(理無不到)'의 이(理)를 제거하고자 하였다. 그리하여 주자가
격(格)을 지(至)라 하고, 물(物)은 사(事)와 같다 하고, 격물을 '궁지사물
지리(窮至事物之理) 욕기극처무부도야(欲其極處無不到也)'라고 하면서 이
두 가지의 이를 혼재시키는 것을 막고 격물을 사물의 법칙 즉 개별 사
물의 이를 탐구하는 것이라고 못 박고자 하여 굳이 격을 칙(則)으로 풀

---

64 『대학장구』 0005, "物格者, 物理之極處, 無不到也. 知至者, 吾心之所知, 無不盡也. 知既
盡, 則意可得而實矣, 意既實, 則心可得而正矣."
65 [대학 사변록] 경1장, 앞 책, 4~5쪽.
66 [대학 사변록] 경1장, 위 책, 5쪽.

이하였던 것이다.

물과 사를 구분한 의도도 마찬가지이다. 박세당은 천하·국·가·신 등의 물과 평·치·제·수 등의 사에 모두 각각의 고유한 이가 있다는 것을 구별할 필요가 있었던 것이다. 그렇게 하지 않으면 만물에 보편적인 이무부도(理無不到)의 이로 대치되어 혼란에 빠질 것으로 보았다. 이는 『대학』의 경문에서도 '물유본말', '사유종시'라고 분명히 구별하고 있는 것에서 입증된다고 생각하였다.[67] 경문의 '지어지선'을 강령에서 제외하고자 한 의도도 이렇게 보면 분명해진다. 박세당이 볼 때 '지어지선'이야말로 개별 사물의 이가 아니라 바로 이무부도(理無不到)의 이였던 것이다. 그렇다고 박세당이 이를 완전히 부정하는 것은 아니었다. 지어지선은 말하자면 궁극적인 목표이지 초학자에게 제시할 강령은 아니라는 것이다.

여기서 주자가 말한 이무부도(理無不到)의 이는 주지하는 바와 같이 '이일분수(理一分殊)'의 이, 즉 만물의 이인 태극(太極)이었다.[68] 태극이란 '천지만물의 이를 총괄한 것'이다.[69] '만물은 이를 가지며 이는 하나의 근원에서 나왔는데',[70] 그것이 바로 태극이다. 따라서 만물은 각각 고유한 태극을 가지고 있는데, 이는 모두 하나의 태극에 통일되어 있다.[71] 주자는 이처럼 이와 태극의 개념에서 '만물의 이[一理]'와 '개별 사

---

67 이러한 견해는 이미 남송(南宋)대 여입무(黎立武)에게서 표명되었다고 한다. 이동희(1981), 「주자의 대학장구에 대한 연구―격물설(格物說)을 중심으로」, 『동양철학연구』 2, 116쪽 참조. 여기서 중요한 것은 왜 그렇게 보려고 했느냐에 있다.

68 任繼愈 編著, 전택원 옮김(1990), 『中國哲學史』, 까치, 348~350쪽.

69 『朱子語類』 권94, 太極圖, 中華書局, 1986, 2357쪽, "總天地萬物之里, 便是太極."

70 『朱子語類』 권18, 大學五, 위 책, 398쪽, "萬物皆有此里, 里皆同出一原."

71 『朱子語類』 권94, 通書, 理性命章, 위 책, 2409쪽, "自其本而之末, 則一理之實, 而萬物分之以爲體, 故萬物各有一太極."

물의 이[分殊理]'를 혼재시키고『대학』에서는 '천지 만물의 이를 총괄한 태극'의 인식을 강요하고 있었던 것이다. 박세당이『대학 사변록』에서 가장 역점을 두어 비판하고 있는 것은 바로 이것이었다. 즉 그는 '이일분수'의 '이'를 격물치지의 대상에서 제외하고자 하였다.[72] 박세당은『대학』에서 제시한 '격물치지'의 대상이 만물에 보편적인 '이일분수'의 '일리'가 아니라 사사물물에 개별적으로 존재하는 법칙, 즉 개별 사물의 '이(理)'라고 보고 있었다.

주자가『대학』에서 인식 대상으로 설정한 '이일분수'의 '이'는 경험적으로 인식 가능한 존재는 아니었다. 그는 이에 대한 경험적 인식의 가능성을 명백하게 부정하였다.[73] 그렇다면 주자는 어떻게 '천지 만물의 이'로서의 태극을 인식하려고 했는가? 그것을 제시한 것이 저 유명한 소위『대학』보망장(補亡章)[74]이었다. 주자는『대학』의 가르침이 나온 이유가 '이를 끝까지 궁구하지 않은 것[惟於理 有未窮]'에 있다고 보았다. 여기에 등장하는 세 번의 '이'는 모두 개별 사물의 이는 아니다. '인기이지지리(因其已知之理)'의 '이(理)' 역시 개별 사물에 내재되어 있는 '이일분수'의 '일리(一理)'라고 보아야 할 것이다. 여기서 주자는 개별 사물에 존재하는 보편적인 일리에 대한 불완전한 인식을 '구지어기극(求至於其極)'하여 '중물지표리정조(衆物之表裏精粗)'에 바로 이 '일리'가 '무부도(無不到)'함을 인식하는 것이『대학』공부의 목적이라고 보고 있었다.

---

72 이승수 역시 박세당이 주자의 '이일분수(理一分殊)'의 논리 체계를 사용하는 것에 거부반응을 나타냈다고 보았다. 이승수(1993), 앞 논문, 395~396쪽 참조.

73 任繼愈 編著(1990), 앞 책, 351쪽.

74『大學章句』0502, "所謂致知在格物者, 言欲致吾之知, 在卽物而窮其理也. 蓋人心之靈, 莫不有知, 而天下之物, 莫不有理, 惟於理, 有未窮, 故其知有不盡也. 是以大學始敎, 必使學者, 卽凡天下之物, 莫不因其已知之理而益窮之, 以求至乎其極, 至於用力之久, 而一但豁然貫通焉, 則衆物之表裏精粗, 無不到, 而吾心之全體大用, 無不明矣."

'오심지전체대용(吾心之全體大用)'이 '무불명(無不明)'해지는 경지는 '이일분수'의 이를 인식할 때만 가능해질 것이다. 주자는 그 경지를 '활연관통(豁然貫通)'이라고 표현하였다. 여기의 '일단활연관통(一旦豁然貫通)'은 불교에서 말하는 '돈오(頓悟)'를 연상시킨다.[75] 이는 개별 사물의 이를 인식하려는 것이 아니라 '이일분수'의 이를 인식하려고 한 필연적인 결과였다.

박세당은 주자의 이러한 주석을 집중적으로 비판하였다. 박세당은 경1장 주석에서 충효(忠孝)를 예로 들어서 부자군신 간의 충효는 인지일용(人之日用)인데, 활연관통할 때까지는 아무리 노력해도 거짓된 것이고, 활연관통한 연후에만 충효가 성립된다는 것은 말이 안 된다고 하였다.[76] 보다 본격적인 비판은 보망장에 대하여 전개되었다. 박세당은 이 부분에서 『대학 사변록』 중 가장 많은 분량을 할애하였다. 우선 박세당은 여기서 보망장과 관련된 정자와 주자의 말을 『혹문(或問)』 등에서 광범하게 인용하여 비평을 가하였다. 자기 생각과 일치하는 것에

---

75 주자(朱子)가 선종(禪宗)의 영향을 강하게 받았다는 것은 잘 알려진 사실이다. 임계유(任繼愈) 편저(1990), 앞의 책, 350~352쪽 참조. 유인희(柳仁熙)는 주자의 '활연관통(豁然貫通)'이 선종의 '묵좌징심(黙坐澄心)'의 관념성을 극복한 것으로 보았다. 유인희(1980), 『주자철학과 중국철학』, 범학사, 148~173쪽 참조. 즉 주자의 격물법은 선종의 '묵좌징심'과는 달리 개별 사물에 나아가서 관찰하는 귀납적 과정을 전제하고 있다는 점에서 인식론적으로 진일보한 것이라고 주장하였다. 그렇지만 주자가 개별 사물에 나아가서 인식하려고 한 것은 개별 사물의 개별적인 법칙이 아니라 '이일분수'의 이(理)였다. '활연관통'의 대상은 바로 '이일분수'의 '일리(一理)'였던 것이다. 여기서 사물의 개별적 특성은 인식 대상에서 제외되고 있다. 따라서 이는 귀납이나 연역이라는 일반적인 인식 과정을 통해서는 인식될 수 있는 것이 아니다. 그것은 '깨달을' 수 있을 뿐이다. 여기에는 인식 과정에서의 일정한 비약이 전제되어 있다. 그리하여 주자가 개별 사물에 나아가서 인식[卽物窮理]하려고 하였음에도 불구하고, 결과적으로 선종의 '돈오(頓悟)'와 차이가 없게 되고 말았다.

76 [대학 사변록] 경1장, 앞 책, 5쪽 6가, "人之日用無非父子君臣大經大倫之間, 而其半生修爲, 未免隔閡鬼關黽勉爲僞, 以待一朝豁然貫通使衆物之表裏精粗無不到, 吾心之全體大用無不明然後, 事君得誠其忠, 事父得誠其孝, 則推之於理, 終有所不然者矣."

대해서는 긍정하기도 하고, 어떤 것에는 의문을 표시하기도 하였으며, 어떤 경우에는 정자와 주자의 미묘한 차이점을 지적하기도 하였다. 그리고 자신의 생각과 다른 점에 대해서는 이를 비판하고 자신의 생각을 개진하였다.[77] 이를 통해서 볼 때 주자학이 인식 대상으로서 경험적 사실을 인정한 경우도 있고 그렇지 않은 경우도 있으며, 그것을 애매하게 처리한 경우도 있음을 알게 된다.

박세당 역시 주자학의 이러한 측면을 의식하면서 그러한 미묘한 부분을 놓치지 않고 비평하였는데, 그 요점은 '만리명진(萬理明盡)', 즉 '이일분수'의 '일리'에 대한 인식을 부정하는 것에 있었다.[78] 그리고 주자가 인륜일용의 이(理)를 인정하면서도 사물에 접하기도 전에[無事時思量] 의혹이 없어질 때까지 그 이치를 '심사정탁(審思精度)'하라고까지 말한 것은 있을 수 없는 일로 보았다.[79] 기타 『혹문』에 나오는 주자의 많은 말들 역시 불필요하게 범박(泛博)하고 유묘(幽妙)하며, 최소한 이는 초

---

77 [대학 사변록] 전5장, 앞 책, 8쪽 11나~12가. 예를 들면, "又曰, 致盡也, 格至也. 物必有一理, 窮而至之, 所謂格物者也. 據此則其所以爲格致之訓者, 似指一事一物而言, 恐非爲窮萬物之理, 而盡一心之知者也"는 자기 생각과 비슷하다고 본 경우이고, "又曰, 格物亦非一端, 如或讀書講明道義, 或論古今人物而別其是非, 或應接事物而處其當否, 皆窮理也."는 자기 생각과 정확하게 일치한 경우이며(此於格致之義 最爲切當 而其所謂應接事物 而處其當否者 尤爲最切), "又曰, 今日格一物明日格一物, 據此則程子所以取義於格者, 明其不與朱子同矣."는 정자(程子)와 주자(朱子) 사이에 차이가 있다고 본 경우이다.

78 [대학 사변록] 전5장, 앞 책, 10쪽 15나, "若其積累之勤終至於萬理明盡一心洞然, 若夫子之所謂吾道一而貫之者, 則此聖人之盛德極切, 而所謂惟天不之至誠者可以當之. 彼於穆不已與天地參而能贊其化育者, 固不容與得一善而服膺者, 等而亂之, 則又豈可遽以此責之於新學小子而獨關乎擇善固執之義哉. 若朱夫子所謂者, 乃止至善之極致, 非初學欲誠其意者之事也."

79 [대학 사변록] 전5장, 앞 책, 9쪽 13나, "若朱子言'於人倫日用之常, 有以見其所當然與其所以然', 若此等者可謂切矣. 然竊觀其立語之意, 猶涉於無事時思量, 與'此事此物推到目前, 須與下手處, 審思精度, 以求理則之所在, 使吾之所知, 十分了明無少疑惑'者, 似有緊慢之可言."

학지사(初學之士)에게는 할 말이 아니라고 하였다.

박세당이 활연관통의 경지 자체를 존재하지 않는다고 보는 것은 아니었다. 그도 역시 '내 마음 속에 분명하여 의심이 없는[吾心了然 無所疑蔽]' 경지가 있음을 인정하였다.[80] 그러나 이것은 '시물시사(是物是事)'의 '물칙지정(物則之正)'을 인식한 뒤에 오는 것이니, 이를 부정하고 참선과도 같은 수양을 통하여 하루아침에 깨닫는 주자의 활연관통과는 다를 수밖에 없다. 주자의 '일심통연(一心洞然)'과 박세당이 말하는 '오심료연(吾心了然)'은 질적으로 다른 것이다. 일심통연은 '만리명진(萬理明盡)'한 성인의 경지이니 '일선이복응자(一善而服應者)'와 '등이난지(等而亂之)'해서는 안 되는 것이다. 박세당은 여기서 성인의 극공(極功)을 초학자에게 강요해서는 안 된다고 완곡하게 말하고 있지만, 내용상으로는 사실상 이를 부정한 것이었다.

박세당은 주자와는 달리 개별 사물의 이를 인정하고 이를 탐구하는 과정에서 '오심료연(吾心了然)'한 상태에 도달할 수 있다고 보았다. 그 과정은 '섭일급우진일급(躡一級又進一級)'하는 단계적 과정이었다.[81] 이는 인식론적으로 주자가 이일분수의 이, 즉 만물의 이인 태극에 대한 인식을 강요함으로써 저지되고 있던 경험과학에의 길을 열어놓았다고 볼 수 있다. 그것은 초학자의 일차적인 인식대상에서 이일분수의 이를 제거하는 것이었고, 인식 방법으로서 불교 선종의 돈오를 연상시키는

---

80 [대학 사변록] 전5장, 앞 책, 10쪽 15가, "物有則而心有知, 以知求則, 宜可以得其正, 知及乎物則之正, 則吾心了然, 無少疑蔽, 其於應是物而處是事, 意之所施自無不順乎眞實之理, 此所謂誠也."

81 [대학 사변록] 경1장, 앞 책, 4쪽 4나~5가, "況此大學, 乃爲初學入德之門, 則其所言, 當有以益加親切, 而今則不然, 開口指說, 以爲萬里初程投足一步之地者, 乃在於聖人之極功, 曾不開示以切已易明之理, 使曳一踵, 謹躡一級, 躡一級, 又進一級, 旣使無邈焉難及之歎, 又使無躐越凌跨之失者, 抑獨何哉."

'일단활연관통(一旦豁然貫通)'을 거부하는 것으로 표현되었다. 그 대신에 박세당이 제시한 것이 '행원필자이(行遠必自邇)'였다.[82] 박세당은『사변록』서문(序文)을 비롯한 곳곳에서 이를 강조하였다. 주목되는 것은 그가 이것을 '세지곡사구유(世之曲士拘儒)'에 대한 비판과 연결시키고 있다는 것이다. 이는 그가 당시의 유자들에게서 주자 도통주의만을 맹신하는 경향이 나타나는 것은 바로 '활연관통'과 같은 신비주의적 인식론에서 비롯되었다고 생각하고 있음을 보여 주는 것이었다.

2)『대학』본문의 재개정을 통한 이학(理學) 지양(止揚)

주자가 이정자를 계승하여 사서를 표장하고 경서의 반열에 올려 두었으며, 그 가운데 특히『대학』의 주석에 공을 들여『대학장구』를 편찬한 것은 앞서 살핀 바와 같다. 그는 원래『예기』에 들어 있던『고본대학』을 개정하여, 본문을 경1장과 전10장으로 분장한 뒤 전5장에「보망장」을 삽입하여 이학(理學)의 근거로 삼았다.[83] 박세당 역시 진시황의 분서갱유 이후 한나라의 유학자들이 만든『대학』이 원래의 그것과 달라졌다고 보았으며, 그런데도 독자들이 자세히 살피지 못하여 오류가 생겼는데, 심지어 정자와 주자 역시 미처 바로잡지 못하였다고 개탄하였다.[84]

박세당은 주자와 마찬가지로 경1장, 전10장 체제를 유지하면서도 장(章)·절(節)에는 이동이 많다. 경1장과 전수장, 전4~7장 등 6개 장은『대학장구』를 따랐지만 전8~10장에서는 상당히 많은 장·절의 이동이 있었다.[85] 그런데 주목되는 것은 전6장까지는 독립된 장명(章名)을 사용하

---

82 『思辨錄』序, 『西溪全書』下, 앞 책, 2쪽 1가.
83 이동희(1981), 앞 논문.
84 [대학 사변록] 전9장, 앞 책, 13쪽 21가나.

다가 전7장부터 주자가 두 개념이 복합된 장명을 사용하는 것을 비판하고, 전7~10장 역시 독립된 장명을 사용하였다는 점이다. 주자가 전7장이 '정심(正心)과 수신(修身)을 풀이한 것이다'고 하고, 전8장은 '수신과 제가(齊家)를 풀이한 것이다'고 하였으며, 전9장은 '제가와 치국(治國)을 풀이한 것이다'고 하고, 전10장은 '치국과 평천하를 풀이한 것이다'고 하였는데, 박세당은 이를 따르지 않고 전7장은 '정심', 전8장은 '수신', 전9장은 '제가', 전10장은 '치국'으로 각각 독립된 장명을 사용하였다.[86] 박세당은 그 이유를 다음과 같이 말하였다.

> 대개 『대학』의 뜻은 무릇 일을 하려면 반드시 먼저 그 근본을 세워야 하니, 근본이 서야만 말단을 다스릴 수 있게 된다는 것이다. 그러므로 격물치지는 뜻을 성실히 하는 근본이 되고, 뜻을 성실히 하는 것은 마음을 바르게 하는 근본이 되며, 마음을 바르게 하는 것은 몸을 닦는 근본이 되고, 몸을 닦는 것은 집안을 다스리는 근본이 되며, 집안을 다스리는 것은 나라를 다스리는 근본이 된다. 따라서 격물치지와 성의(誠意) · 정심(正心) · 수신(修身) · 제가(齊家)가 저마다 각기 한 장이 된다.[87]

즉 박세당은 주자가 전7장 이후는 두 개념이 한 장 안에 섞여 있다고

---

85 이에 대한 상세한 분석은 이영호(2000)와 이향미(2003) 앞 논문 참조. 이향미가 『대학장구』를 따른 곳이 '5개 장'이라 하였으나(이향미, 2003, 앞 논문, 24쪽), 전7장 역시 전문은 『대학장구』와 똑같다. 아마도 전7장부터 박세당이 장명(章名)을 고친 것 때문에 착오가 발생한 것 같다.

86 이 점에 대해서는 이영호(2000)가 처음 주목하였으며, 이향미(2003)가 상세하게 분석하였지만, 그 의의와 성격에 대해서는 분명히 말하지 않았다.

87 [대학 사변록] 전10장, 앞 책, 15쪽 25가, "蓋大學之意, 以爲凡爲是事, 要在先立乎其本, 本得而末可爲也. 故格致爲誠意之本, 誠意爲正心之本, 正心爲修身之本, 修身爲齊家之本, 齊家爲治國之本. 是以格致及誠正修齊, 每各自爲一章."

간주한 것을 비판하고, 격물치지와 성의가 각각 하나의 장을 이루었듯이, 정심·수신·제가·치국도 각각 그에 적합한 독립된 하나의 장이어야 한다고 보았다. 그 이유로서 박세당은 무슨 일을 하려면 반드시 먼저 그 근본을 세워야 하기 때문에, 각각 앞 장을 뒷장의 근본으로 삼은 것이 『대학』의 뜻이라는 점을 들었다.

박세당이 주자를 비판하고 독립된 장명을 사용하자고 주장한 것은 사소한 문제 같지만 사실은 주자 이학의 허점을 예리하게 파고든 결과였다. 주자가 전7장 이하에서 복수의 장명을 사용한 것은 이일분수를 강조한 그의 이학의 필연적 결과였던 것이다. 주자의 이일분수에 의하면 인식 대상은 이일분수의 보편적인 이였으므로 정심의 이(理)와 수신(修身)의 이를 굳이 구분할 필요를 느끼지 못하여 복수의 장명을 사용하였던 것이다.

물론 박세당은 『고본대학』의 이 부분이 "죽간이 뒤섞여진 부분이 많아서 아래 위 장의 글이 서로 바뀌고 제 곳에 있지 않았"으므로 주자가 두 가지 의미를 가진 장명을 붙였을 것이라고 이해하였다.[88] 설사 그렇더라도 만약 이것이 심각한 문제였다고 생각했다면 주자가 『대학장구』에 들인 수고에 비추어 볼 때 그대로 방치해 둘 리가 없었을 것이다. 박세당이 이것을 주자의 불찰로 간주하고 '참람한 것을 잊고' 바로잡은 것은 그가 주자의 이일분수를 부정하고 정심의 이와 수신의 이를 구별하여 인식하려 한 그의 태도의 연장선상에서 나온 것이었다.

박세당이 이러한 입장에서 전8장을 '수신'으로, 전9장을 '제가'로 구분

---

88 [대학 사변록] 전10장, 앞 책, 11쪽 18나, "蓋朱子於此章以下, '並依舊文', 而其間簡編實多錯亂, 上下章文有互易, 而不得其所者, 故遂以爲'參釋兩義', 而不及察其不然也, 今輒忘僭越而正之." 이영호(2000, 앞 논문, 135~6쪽)는 이 부분 해석에서 주자의 말과 박세당의 말을 혼동한 것 같다.

해서 보니『대학장구』전8장에서 '인지기소친애이벽언(人之其所親愛而辟焉)~천하선의(天下鮮矣)'(0801)와 '고언유지(故諺有之)~막지기묘지석(莫知其苗之碩)'(0802)은 '제가'에 해당하는 것이 분명하므로 전9장으로 옮기고,『대학장구』의 전9장에서 '요순솔천하이인(堯舜帥天下以仁)~미지유야(未之有也)'(0904)는 '수신'에 해당한다고 보아 전8장으로 옮겼던 것이다.

그리고 전10장 제1절(1001)에서 "상노노이민흥효(上老老而民興孝), 상장장이민흥제(上長長而民興第), 상휼고이민불배(上恤孤而民不倍)" 3구의 '노노', '장장', '휼고'는 '제가(齊家)'에 속하고, '흥효', '흥제', '불배'는 '국치(國治)'에 해당하므로 '소위평천하재치기국자(所謂平天下在治其國者)'와 맞지 않다고 보고 이 구절을 떼어내어 전9장의 2절로 옮겼다. 그리고 '치기국자(治其國者)'와 '시이군자(是以君子)' 사이에 '본래 빠진 글이 있'는데, 후대에 편집하는 사람들이 이것을 자세히 살피지 않고 이 세 구를 죽간에서 탈락한 것으로 간주하여 여기에 넣는 잘못을 범하였다고 단정하였다.[89] 즉 그는 여기에 '혈구(絜矩)의 도리'를 보여 주는 내용이 있었는데, 누락되었다고 보았던 것이다.『대학』을 개정한 사람 가운데 절 안의 특정 구절을 떼어내어 옮긴 것은 박세당이 처음이자 마지막인 것으로 보인다.

박세당의 이러한『대학』체제의 재개정 작업은 주자 이학의 핵심인 이일분수론의 허점을 예리하게 파고든 결과였는데, 그는 이러한 자신의 작업을 다음과 같은 주자의 말을 인용하여 합리화하였다.

이 장은 말이 이미 다했는데도 다시 단서(端緒)를 꺼내어 간혹 겹쳐 나오는

---

[89] [대학 사변록] 전10장, 앞 책, 14쪽 23나~24가, "而竊究其所以誤之故, 治其國者之下是以君子之上, 本有闕文, 而編者不審, 取此三句於脫簡之中, 挿入其間, 以綴上下, 則後之讀者無由而得察也."

것이 있으니 글이 섞여진 듯하나, 그 단서(端緒)는 서로 접속이 되고 맥락(脈絡)이 서로 관통되어 되풀이하는 절실(切實)한 뜻이 따로 말 밖에 나타나고 있으므로 고칠 수는 없다. 반드시 이 두 해설 중에서 판단하여 같은 것을 서로 따르려고 한다면, 그 분계(分界)는 비록 여유 있는 듯하지만 의미는 혹시 도리어 부족하게 될 것이다.[90]

이것은 정자가 수정한 『고본대학』을 주자가 거부하면서 한 말이었는데, 박세당은 이것을 인용하여 주자의 주석이 오히려 주자가 말한 '단서'가 '접속되지 않고' '맥락'이 '환하게 관통'되지 않아서 자신의 재개정 작업이 불가피하였다고 주장하였다.[91] 이것은 실로 주자의 논리를 따라서 주자 주석의 허점을 지적하고 수정했다고 할 만하였다. 따라서 그것은 반주자학이냐, 탈주자학이냐를 넘어서 주자 이학의 발전이면서 동시에 지양(止揚)으로 볼 수 있을 것이다.

3) 경세(經世) 지향 유학으로서의 실학(實學)

『대학』의 전10장은 가장 분량이 많은데, 주자는 이것을 "치국(治國)과 평천하(平天下)를 풀이한 것이다."고 하였으면서도, '소오어상(所惡於上)~혈구지도야(絜矩之道也)' 절(1002) 주석에서는 "이것은 평천하의 요도(要道)이다. 그러므로 장 안의 뜻은 모두 이것으로부터 미루어 갔다."고

---

90 [대학 사변록] 전10장, 앞 책, 21쪽 37가, "此章言己足而復更端, 間見層出, 有似於錯陳. 然其端緒接續, 脈絡貫通, 而反覆深切之意, 又自別見於言外, 不可易也. 必欲二說中判, 以類相從, 則其界分, 雖若有餘, 而意味或反不足."

91 [대학 사변록] 전10장, 앞 책, 21쪽 37가, "今以此說而細玩乎上下文義, 所謂間見層出之端緒脈絡, 終未有以得夫了然乎其接續, 澳然乎其貫通, 則況於言外別見深切之意, 宜難得以明矣."

하였다.[92] 박세당은 우선 주자의 이 주석을 비판하는 데 상당한 분량을 할애하였는데, 그 요점은 주자가 '치국(治國)'을 누락시킨 잘못을 추궁하고, 전10장의 내용이 '평천하'를 말한 것이 아니라 '치국'을 말한 것이라고 주장하는 데 두어졌다.

박세당은 앞에서 거론한 것처럼 『대학』에서는 근본과 말단을 구분하여 근본을 강조하는 서술 패턴을 갖고 있다고 말한 것에 이어서 10장의 전문이 "소위평천하 재치기국자(所謂平天下 在治其國者)"로 시작하는 것은 10장의 내용이 '평천하'가 아니라 '치국'을 말한 분명한 증거로 간주하였다.[93] 전9장 '제가'까지는 모두 '치국'에 비해 작은 것인데도 상세하게 말했으면서 '치국'만을 빠트릴 리가 없다는 것이다.[94] 이어서 전9장이 '제가와 치국을 풀이한 것'이라는 주자의 주장을 반박하고, 그것은 '제가'를 말한 것이지 '치국'을 말한 것이 아니라고 주장하였다.[95]

그리고 전10장에서 거론한 '민(民)'이 '국(國)의 민'이 아니라면 천하(天下)의 민도 될 수 없다고 보고 이 장 안의 말이나 구절마다 모두 '치국'을 말한 분명한 증거이므로, '평천하'를 말하면 '치국'은 그 안에 있어서 따로 거론하는 것이 불필요하다고 볼 근거는 없다고 주장하였다. 만약 그렇다면 '국'은 '천하'에 매여 있고, '가(家)'는 '국(國)'에 매여 있으며, '신(身)'은 '가'에, '심(心)'은 '신'에 매여 있으니, 『대학』이라는 책은 단지 '평천하'의 도리만 논하면 충분한데, 그것보다 작은 일들을 번거롭게 일일이 거론하면서 '국'만 소홀이 할 수 있겠느냐고 반문하였다.[96]

---

92 『대학』 1002, "此平天下之要道也. 故章內之意, 皆自此而推之."
93 [대학 사변록] 전10장, 앞 책, 15쪽, 25가~나, "今第十章旣又曰所謂平天下在治其國者, 則其立言開端, 未有以見其獨異於他章, 是其意將欲言治國之道乎, 抑其否耶. 且在之爲言也, 謂夫其要之有在於是也."
94 [대학 사변록] 전10장, 앞 책, 15쪽 25나.
95 [대학 사변록] 전10장, 앞 책, 15쪽 26가, 26나.

박세당은 전10장은 '치국'을 말한 것이며, '평천하'의 의미는 그 안에 있다고 주장하였다. 한 잠박의 누에 기르는 방법을 다하면 만 잠박의 누에를 기를 수 있다고 비유하면서 '치국'의 도리를 다하면 천하를 손바닥 위에서 운영할 수 있으므로, 평천하를 따로 말하지 않아도 치국을 말하는 것으로 충분하다는 것이다.[97]

이것은 주자가 이일분수의 일리(一理)에 대한 인식만을 중시하고 개별 사물의 이(理)에 대한 인식을 소홀히 한 것을 비판한 논리의 연장선 상에 있지만 전10장의 의미는 더욱 각별해 보인다. 전10장에서 주자가 치국을 건너뛰고 평천하를 강조한 것은 그의 이일분수론의 자연스러운 귀결이었는데, 이것은 주자 성리학의 치명적인 약점을 노출한 것이었다. 그것은 '수기치인(修己治人)'이라는 유학의 대명제에서 '수기'만을 강조하고 '치인', 즉 유학에 특유한 경세(經世)를 '수기'로 환원하려는 의도를 은연중에 드러낸 것이었기 때문이다. 박세당이 여기서 주자가 '치국'을 빠트렸다고 반복하여 지적한 것은 바로 주자 성리학이 수신에 치중하여 경세를 도외시하였다는 것을 분명하게 드러내기 위한 것임이 틀림없다.

『대학』 전10장에서 민본사상을 강조한 부분은 『맹자』의 방벌(放伐)론보다 더욱 강렬한 표현이 다수 등장한다. 『시경(詩經)』을 인용하여 "국가를 소유한 자는 삼가지 않으면 안 되니, 편벽되면 천하 사람들에게 죽임을 당할 것이다."[98]고 하고, "민중을 얻으면 나라를 얻고, 민중을

---

96 [대학 사변록] 전10장, 앞 책, 16쪽 27가-나.
97 [대학 사변록] 전10장, 앞 책, 16쪽 27나-28가.
98 『대학』 전10장 1004, "詩云節彼南山, 維石巖巖, 赫赫師尹, 民具爾瞻, 有國者, 不可以不愼, 辟則爲天下僇矣." 이 부분에 대한 주자의 주석은 다음과 같다. "言在上者, 人所瞻仰, 不可不謹. 若不能絜矩而好惡徇於一己之偏, 則身弑國亡, 爲天下之大戮矣."

잃으면 나라를 잃는다."⁹⁹고 한 것은 『맹자』에 보이는 역성혁명(易姓革命)론이나 방벌론보다 더 직설적이고 강력하게 민본사상을 천명한 부분이다. 『대학장구』에서 이들 구절에 대한 주자의 주석이 짧고 형식적인 것에 비해서 박세당은 국가를 다스리는 자가 '자신의 사욕을 따르고 민을 돌보지 않으면 끝내 그 나라를 잃게 되고 다른 사람에게 죽임을 당하게 될 것'이라고 반복하여 지적하고, "『대학』에서 이것을 간곡하게 말하면서 여러 차례에 걸쳐서 그 뜻을 환기시킨 것이 분명하니, 독자들이 더욱 깊이 살펴야 할 것이다."고 강조하였다.¹⁰⁰

또한 은(殷)나라는 본래 한 나라였는데 백성들의 마음을 얻었을 때는 흥하였지만 무도(無道)하여 백성들의 마음을 잃자 멸망하였다면서, 민심(民心)이 바로 천명(天命)이므로 통치자는 민심을 따라야 한다고 강조하였다.¹⁰¹ 그리고 『서경』 「주서(周書)」의 「강고(康誥)」(1011)와 「진서(秦誓)」(1014)를 인용한 부분을 여기에 이어 붙여서 통치자의 잘잘못이 국가의 존망으로 직결된다는 것을 강조하였다. 또한 "인인(仁人)만이 남을 사랑할 수 있고, 미워할 수 있다."(1015)는 구절에 대해 주자가 "지공무사(至公無私)하기 때문에 호오(好惡)의 바른 것을 얻은 것이 이와 같다."고 주석한 것을 박세당은 "인자(仁者)가 악인을 미워하는 것은 악인

---

99 『대학』 전10장 1005, "詩云殷之未喪師, 克配上帝, 儀監于殷, 峻命不易, 道得衆則得國, 失衆則失國." 이 부분에 대한 주자의 주석은 다음과 같다. "有天下者, 能存此心而不失, 則所以絜矩而與民同欲者, 自不能已矣."

100 [대학 사변록] 전10장, 앞 책, 17쪽 30가, "彼辟者, 務殉己私而不恤其民, 則終必至於失其國而爲人僇也. 由是觀之, 在家而辟則無以齊其家而家亦亡, 在國而辟則無以治其國而國亦喪. 大學之所以丁寧於此, 屢致其意者, 著矣, 讀者尤當深察也. 此一節, 明不能絜矩者, 爲衆所僇."

101 [대학 사변록] 전10장, 앞 책, 17쪽 30나, "然則天命去就, 由於民心之向背, 民心向背, 由於君道之得失, 君道得失, 初不出乎能與民同其好惡與否耳. 此一節, 又言始能絜矩而爲民所歸, 逮其後也不能絜矩, 則民亦棄之, 其反覆之意益深切矣."

이 백성을 해롭게 하기 때문"이라고 구체적으로 말하여 인자(仁者)에 대한 주자의 해석이 치자의 수신 차원에 머문 것에 비해 보다 경세의 차원으로 나아가 풀이하였다.[102] 전10장에서 이처럼 나라를 잃을 수 있다고 경고한 부분(1005, 1011, 1018)에 대해서 주자는 '천리(天理)의 존망이 결정되는 기틀'이라고 이학(理學)적으로 해석한 것에 비해 박세당은 '혈구', 즉 민과의 관계 속에서 경세(經世)의 측면으로 해석하였다.[103]

또한 전10장에는 '재화(財貨)'에 대해 언급한 부분이 상당한 분량에 달하는데, 박세당은『대학장구』에서 여기저기 흩어져 있는 이와 관련된 구절을 모두 한데 모으고, 이것을 '혈구의 요점'으로 규정하였으며,[104] 『대학』에 이처럼 재화에 대한 내용이 많은 것은 '국가의 흥망이 바로 이 재화에 달려 있기' 때문이라고 하였다.[105] 박세당은 재화 관련 내용이 시작되는 첫 구절(1006) 주석에서 다음과 같이 말하였다.

무릇 민(民)은 국토에서 살면서 재화를 생산하여 사용하므로, 치자로서 덕(德)이 있는 사람은 그 민을 오게 할 수 있으니 내가 쓰는 재화가 없을까 걱정하

---

102 『대학』전10장 1015, "唯仁人, 放流之, 迸諸四夷, 不與同中國. 此謂唯仁人, 爲能愛人, 能惡人." 이에 대한 주자의 주석은 "有此媢嫉之人, 妨賢而病國, 則仁人必深惡而痛絶之, 以其至公無私. 故能得好惡之正如此也."인데, 박세당은 "仁人誅惡之嚴如此, 爲其害民故也. 害民而惡之, 利民而愛之, 此其所以爲愛惡之皆當也."라고 말하여 수기와 경세에 대한 강조의 차이를 보여 준다.
103 『대학』전10장 1018, "是故, 君子有大道, 必忠信以得之, 驕泰以失之." 이에 대한 주자의 주석은 "章內三言得失, 而語益加切, 蓋至此而天理存亡之幾, 決矣."인데, 박세당은 "忠信則能絜矩矣, 驕且泰則反之, 此其得失之所由也."라고 하였다.
104 [대학 사변록] 전10장, 1006, 앞 책, 19쪽 33나, "自章首言絜矩之道, 其間歷引詩書, 反覆乎得失之端而致其丁寧者, 無非此義, 而猶不指明絜矩之要, 至此而始發之." 박세당은『대학장구』에서 1006~1010, 1019~1021, 1012~1013, 1022~1023 순으로 재화와 관련된 구절을 모두 모아서 배열하였다.
105 [대학 사변록] 전10장, 1023, 앞 책, 20쪽 36가~나, "蓋自先愼乎德至此, 其所以反覆覶縷, 使在上者有以察民好惡之情而克自愼畏者, 終始不外乎財, 良以國之興喪, 卽繫於此."

지 않게 된다. 윗사람이 민에게 의뢰하는 것은 재화보다 급한 것이 없으므로, 능히 구(矩)로써 헤아려 자기의 호오(好惡)를 미루어서 민에게 미치지 못하는 것도 재화처럼 심한 것이 없다. 옛날부터 지금까지 교만하고 사치하는 임금은 그 민을 해치고 학대하였는데, 그 잘못은 바로 여기에 있었다. 치자들은 주지육림(酒池肉林)의 즐거움과 거교녹대(鉅橋鹿臺)의 부(富)를 누리니, 민이 어찌 자식과 아내를 팔고 구렁텅이에 빠지는 걱정을 면할 수 있겠는가. 결국 민은 흩어지고 국가는 망하여 그 몸도 능히 보존할 수 없을 것이니, 더구나 그 재화를 보존할 수 있겠는가.[106]

여기서 박세당은 민이 재화 생산의 주체임을 분명히 하고, 치자가 그것을 잘못 다루면 국가가 멸망하여 재화를 보존할 수 없을 것이라고 경고하였다. 그리고 민과 치자 사이에 재화를 두고 문제가 일어나는 지점이 부세(賦稅)에 있다고 제도 차원의 접근도 보여 주었다.[107]

그리고 주목되는 것은 끝부분에 있는 '맹헌자왈(孟獻子曰)' 절(1022)과 '장국가이무재용자(長國家而務財用者)' 절(1023)에 대한 박세당의 주석이다. 주자의 이 부분 주석이 치자의 개인적인 수신 차원에 그친 것에 대해서[108] 박세당이 군주의 '임인(任人)' 차원으로 주석한 것은 주자의

---

106 [대학 사변록] 전10장, 1006, 앞 책, 19쪽 33가~나, "夫民以居土, 土以生財, 財以爲用, 能有其德, 以來其民, 不患無財爲我之用. 蓋上之所資於民者, 莫急於財也, 而其不能絜之以矩而推己好惡以及於民者, 亦莫有若財之甚者. 從古及今, 凡驕恣泰侈之君, 所以殘虐其民者, 其失皆在於此. 在己而有酒池肉林之樂, 鉅橋鹿臺之富, 在民而安得免鬻子賣妻捐溝壑之患也. 卒之民散國亡而其身之不能保, 尙又能保其財乎."
107 [대학 사변록] 전10장, 1021, 앞 책, 19~20쪽 34나~35가, "上好仁以施於下, 則下亦化之, 莫不好義, 思以報上, 如是則無先私後公之心, 而力耕疾作, 以供賦稅, 此見事之有終而府庫之財因以充足矣, 又豈有財在府庫而非爲吾所有也. 蓋世之貪君, 多於常賦之外, 浚剝其民, 以蓄私財, 自古已然, 在後代則如漢桓靈唐德宗, 無非是也, 故其丁寧而致意如此."
108 『대학장구』 전10장, 1023의 주자 주, "此一節 深明以利爲利之害, 而重言以結之."

오류를 극복하고 '경세' 차원으로 나아간 대표적인 부분이라고 할 만하다.[109] 『대학』의 이 전문(1022, 1023)은 '용인(用人)'의 문제를 지적한 것이 분명한데도 주자가 이것을 간파하지 못한 것은 '수신'만을 치우치게 강조하는 이학의 함정으로 간주하지 않을 수 없는데, 박세당은 이것을 분명하게 극복하고 있었던 것이다.

이어서 박세당은 '치국'에서 '용인'이 얼마나 중요한 문제인가를 다음과 같이 피력하였다.

무릇 임금이 나라를 다스리는 것을 혼자서 감당할 수 없으므로, 그것을 함께 하는 것이 바로 신하이다. 임금이 능히 스스로 덕을 삼가고 재화를 생산하는 방법에 뜻을 둔다면 괜찮지만 혹시라도 임용한 사람이 적임자가 아니면 민의 호오(好惡)에 반하여 그 근본과 말단이 뒤집어지지 않을 수 없을 것이므로, 나라도 결국 다스릴 수 없을 것이다. 그러므로 이 장(章)의 뜻은 늘 이러한 측면에 대해서 반복해서 간절하게 말하였으니, 과연 능히 이 문제에 최선을 다할 수 있다면 이른바 혈구라는 것도 얻지 못할 리가 없을 것이므로, 이 글을 읽는 자들이 더욱 깊이 살펴야 할 것이다.[110]

여기서 박세당은 '덕이 근본이고 재화는 말단'이라는 것을 인정하면서도 그것을 적임자의 등용 여부에 달린 일이라고 '경세' 측면에서 주석

---

109 [대학 사변록] 전10장, 1023, 앞 책, 20쪽 36가~나, "而此兩節, 又明財聚民散之故, 以結德本財末, 與夫寶善寶仁之意. 其歸又在於上之任人得失, 亦猶上所引秦誓之旨, 上言絜矩則其任人亦以絜矩論, 下言財利則其任人亦以財利論."

110 [대학 사변록] 전10장, 1023, 앞 책, 20쪽 36나, "夫君之治國, 不能獨任其事, 所與共者臣也, 君能自愼乎德而有意乎生財之道, 其亦庶矣, 然或所用之非人, 又未嘗不反其好惡而易其本末, 國亦終不可爲矣, 故此章之指, 每復懇懇於此, 果能於此而無不盡則所謂絜矩者, 卽無所不得矣, 讀者尤宜深察也."

하고 있다. 그리고 전10장의 전체적인 내용이 이것을 '반복하여 간절하게 말했다'고 한 말 속에서 전10장을 '평천하'를 말한 것이 아니라 '치국'을 말한 것이라는 앞서의 주장과 함께 경세 차원에서 해석하려는 그의 의도를 읽을 수 있다.

이처럼 박세당은 주자의 논리를 따라서 『대학』의 내용을 검토하여, 그것의 논리적 모순과 전문과의 불일치를 지적함으로써 주자 이학의 핵심이었던 이일분수론의 허점을 드러내고 『대학』의 체제를 재개정하였다. 이를 통해 유학의 본령인 '수기치인'이라는 대명제를 주자가 이학적으로 해석하여 도덕과 윤리의 수신 차원으로 환원하려는 것을 비판하고, 유학이 치인, 즉 경세를 지향하는 학문임을 드러내려 하였다. 박세당의 학문이 '실천적 학문'이 되는 이유는 바로 여기에 있었다. 박세당의 학문에서 양명학과 유사한 측면이 있지만,[111] 그를 양명학자로 규정할 수 없는 이유는 그의 학문이 '이학'을 지향한 것이 아니라 '경세'를 지향(指向)하였기 때문이었다. 즉 이학을 지양(止揚)하고 유학의 본령을 회복한 것이었다.

박세당은 이를 통해서 주자학 의리론을 내세우며 제도 개혁에 반대하는 반탕평론자들의 학문적 정치적 행태가 유학의 본령에서 벗어난 잘못된 학문의 소산임을 드러내려 하였다. 당시 박세당을 비롯한 소론 당인들이 주장한 탕평론은 양반제로 대표되는 봉건적 신분제와 지주제의 폐단을 극복한 새로운 국가를 지향하는 것이었다.[112] 따라서 박세당

---

111 정순우, 2007, 「서계 박세당 공부론의 역사적 성격」, 한국학중앙연구원 편, 『서계 박세당 연구』, 집문당.

112 박세당의 경세론에 대해서는 다음 논고가 있다. 김용흠(1996), 앞 논문; 김준석(1998a), 「서계 박세당의 위민의식(爲民意識)과 치자관(治者觀)」, 『동방학지』 100, 연세대 국학연구원; (1998b), 「17세기의 새로운 부세관(賦稅觀)과 사대부 생업론(士大夫生業論)」, 『역사학보』 158, 역사학회. 김준석은 박세당의 경세론이 '서인계의 개량적 방략과 유사하다'

이 『대학 사변록』을 통해서 제시한 '경세' 지향 유학은 탕평론을 제창한 소론 당인들에게 특유한 실학으로 그 성격을 규정해도 무리가 없을 것이다.

4. 맺음말

박세당은 17세기 양반 주류를 대표하는 가문에서 태어나 과거에 장원급제하고 청요직을 두루 역임하였으므로 그의 관인으로서의 장래는 보장된 것이었다. 그런데도 조정에 진출한 지 10년도 되지 않아서 관직을 버리고 석천동에 은거하여 스스로 농사 지으며 저술에 몰두한 것에서 그의 독특한 치자로서의 책무 의식을 엿볼 수 있다. 그가 관직에 있는 동안 조정은 예송의 소용돌이 속에 있었으며, 그가 은거한 이후에도 예송의 여파로 인해 반복되는 환국으로 국가는 물론 집권 양반층의 위기의식은 심화되었다.

양란기 이후 양전과 대동, 호패와 균역이 논의된 것은 집권 주류 양반들조차도 당시의 기득권층이었던 양반과 지주가 누리고 있던 배타적인 신분적, 경제적 특권이 법과 제도를 통해서 억제 내지 제거되지 않으면 국가의 위기를 극복할 수 없다고 인식하였음을 보여 준다. 이에 대항하여 양반과 지주의 기득권을 지키려는 세력이 제기한 것이 예론과 사문난적 논란이었고, 그것을 합리화한 것이 바로 주자학 의리론이었다. 이

(1998b, 앞 논문, 139쪽)고 하여 실학으로 인정하지 않았지만, '박세당의 군신론은 실학의 군주관과 맥락을 함께 하는 것'(1998a, 앞 논문, 184쪽)으로 보기도 하였다. 이것은 토지 제도 개혁 주장 여부로 실학을 판가름한 것이었는데, 그의 경세론을 새로운 '국가론' 차원으로 확대시켜 보면 조선 후기 실학으로 규정할 수 있다고 본다(김용흠, 2009, 앞 논문).

에 제도 개혁을 추진하려는 세력은 유학에서 주자학 의리론보다 상위 범주인 탕평론을 제기하며 제도 개혁을 정치의 중심 문제로 삼으려 하였지만 주자학 의리론자들의 당파적 공세에 의해 사사건건 저지되고 있었다. 송시열과 노론 당인들이 제기한 회니시비는 바로 탕평론을 무력화시키기 위해 의리론을 내세우며 이루어진 대표적인 정치 공세였다.

박세당이 석천동에 은거하여 가장 먼저 저술한 것이 바로『대학 사변록』이었다.『대학』은 유학의 본령이 '수기치인'에 있다는 것을 가장 간명하게 천명한 경전이었다. 주자는 이에 대한 주석을 통해서 이학의 논리적 근거로 삼았는데, 그 과정에서 치인을 수기로 환원하는 오류를 범하였다. 박세당은 주자의 방법과 논리를 따라서『대학』의 내용을 검토하여 주자 주석의 논리적 모순을 지적하고 경문과의 불일치를 드러내었다. 이를 통해서 주자 이학의 오류를 지양하고 유학의 경세 지향을 회복하였다.

박세당이 주자의 이일분수론을 부정하고 사사물물의 이를 탐구 대상으로 설정한 것이나 '활연관통'으로 대표되는 주자 인식론의 허점을 지적하고 사물의 이치를 경험적으로 인식할 수 있는 길을 열어 놓은 것은 주자 이학의 한계를 극복한 것이었다. 주자가『대학』의 체계를 개정하면서 전7장 이하의 장명을 복수로 설정한 것은 이일분수를 핵심으로 보는 그의 이학 체계의 필연적 귀결이자 허점이었다. 박세당은 이것이『대학』전문과 모순된다고 보고『대학』에 제시된 논리에 따라서 전7장 이하 장명을 단수로 확정하고, 그에 따라서 새롭게 장절을 배치하였다.

박세당은 그 과정의 연장선상에서 전10장이 '평천하'가 아니라 '치국'을 말한 것으로 간주하고 '경세'의 측면에서 새롭게 해석하였다. 이를 통하여『대학』이『서경』에서 천명한 민본사상을『맹자』의 방벌론이나 역성혁명론보다 더욱 강력하게 천명하였다는 것을 드러내고, 국가 경

영에서 재화의 중요성을 강조하였다고 밝혔다. 아울러서 재화의 생산
과 보존이 부세제도의 운영에 달려 있으며 적절한 인재의 등용이 그
승패의 관건임을 드러냈다.

『대학 사변록』을 통해서 박세당은 수기로 치인을 대체하려 했던 주자
이학의 오류를 시정하고 치인의 영역을 복구하여 유학의 본령이 경세
에 있다는 것을 드러내려 하였다. 이것은 주자학 의리론에 입각하여
탕평론을 저지하는 것이 잘못된 학문의 소산이라는 점을 분명하게 밝
힌 것이었다. 소론 당인들이 탕평론을 통해서 봉건적 신분제와 지주제
의 모순을 극복한 새로운 국가를 지향하였다는 점에서 소론에게 특유
한 실학의 형성과 전개를 볼 수 있는데, 박세당의 『대학 사변록』은 이것
을 위한 학문적 기초를 마련하였다는 점에 그 의의가 있었다.

주자의 『대학장구』와 박세당의 『대학장구지의』 비교

구분	대학장구(大學章句)	대학장구지의(大學章句識疑)
경	0001 大學之道 在明明德 在新民 在止於至善 0002 知止而后 有定 定而后 能靜 靜而后 能安 安而后 能慮 慮而后 能得 0003 物有本末 事有終始 知所先後 則近道矣 0004 古之欲明明德於天下者 先治其國 欲治其國者 先齊其家 欲齊其家者 先修其身 欲修其身者 先正其心 欲正其心者 先誠其意 欲誠其意者 先致其知 致知在格物 0005 物格而后 知至 知至而后 意誠 意誠而后 心正 心正而后 身修 身修而后 家齊 家齊而后 國治 國治而后 天下平 0006 自天子 以至於庶人 壹是皆以修身爲本 0007 其本亂而末治者否矣 其所厚者薄 而其所薄者厚 未之有也	
전1 明明德	0101 康誥曰 克明德 0102 太甲曰 顧諟天之明命 0103 帝典曰 克明峻德 0104 皆自明也	
전2 新民	0201 湯之盤銘曰 苟日新 日日新 又日新 0202 康誥曰 作新民 0203 詩曰 周雖舊邦 其命維新 0204 是故君子 無所不用其極	0201 湯之盤銘曰 苟日新 日日新 又日新 0202 康誥曰 作新民 0203 詩曰 周雖舊邦 其命維新
전3 止於至 善	0301 詩云 邦畿千里 惟民所止 0302 詩云 緡蠻黃鳥 止于丘隅 子曰 於止 知其所止 可以人而不如鳥乎 0303 詩云 穆穆文王 於緝熙敬止 爲人君 止於仁 爲人臣 止於敬 爲人子 止於孝 爲人父 止於慈 與	0301 詩云 邦畿千里 惟民所止 0302 詩云 緡蠻黃鳥 止于丘隅 子曰 於止 知其所止 可以人而不如鳥乎 0303 詩云 穆穆文王 於緝熙敬止 爲人君 止於仁 爲人臣 止於敬 爲人子 止於孝 爲人父 止於慈 與

	國人交 止於信 0304 詩云 瞻彼淇澳 菉竹猗猗 有斐君子 如切如磋 如琢如磨 瑟兮僩兮 赫兮喧兮 有斐君子 終不可諠兮 如切如磋者 道學也 如琢如磨者 自修也 瑟兮僩兮者 恂慄也 赫兮喧兮者 威儀也 有斐君子 終不可諠兮者 道盛德至善 民之不能忘也 0305 詩云 於戲 前王不忘 君子 賢其賢而親其親 小人 樂其樂而利其利 此以沒世不忘也	國人交 止於信 0204 是故君子 無所不用其極
전4 本末	0400 子曰 聽訟 吾猶人也 必也使無訟乎 無情者不得盡其辭 大畏民志 此謂知本	
전5 格物致知	0501 此謂知本 0502 此謂知之至也	
전6 誠意	0601 所謂誠其意者 毋自欺也 如惡惡臭 如好好色 此之謂自謙 故君子 必慎其獨也 0602 小人 閒居 爲不善 無所不至 見君子而后 厭然揜其不善 而著其善 人之視己 如見其肺肝 然則何益矣 此謂 誠於中 形於外 故君子 必慎其獨也 0603 曾子曰 十目所視 十手所指 其嚴乎 0604 富潤屋 德潤身 心廣體胖 故君子 必誠其意	
전7 修身在正其心	0701 所謂修身 在正其心者 身有所忿懥 則不得其正 有所恐懼 則不得其正 有所好樂 則不得其正 有所憂患 則不得其正 0702 心不在焉 視而不見 聽而不聞 食而不知其味 0703 此謂修身 在正其心	
전8 齊家在修身	0801 所謂齊其家 在修其身者 人 之其所親愛而辟焉 之其所賤惡而辟焉 之其所畏敬而辟焉 之其所哀矜而辟焉 之其所敖惰而辟焉 故好而知其惡 惡而知其美者 天下 鮮矣 0802 故諺 有之曰 人 莫知其子之惡 莫知其苗之碩 0803 此謂身不修 不可以齊其家	0801 所謂齊其家 在修其身者 0904 堯舜帥天下以仁而民從之 桀紂帥天下以暴而民從之 其所令 反其所好而民 不從 是故君子 有諸己而后 求諸人 無諸己而后 非諸人 所藏乎身 不恕 而能喩諸人者未之有也 0803 此謂身不修 不可而齊其家
전9 治國在齊其家	0901 所謂治國 必先齊其家者 其家不可教 而能教人者無之 故君子 不出家而成教於國 孝者 所以事君也 弟者 所以事長也 慈者 所以使衆也 0902 康誥曰 如保赤子 心誠求之 雖不中 不遠矣 未有學養子而后 嫁者也 0903 一家仁 一國 興仁 一家讓 一國 興讓 一人 貪戾 一國 作亂 其幾如此 此謂一言 僨事 一人 定國 0904 堯舜帥天下以仁而民從之 桀紂帥天下以暴而民從之 其所令 反其所好 而民 不從 是故君子 有諸己而后 求諸人 無諸己而后 非諸人 所藏乎身 不恕 而能喩諸人者未之有也 0905 故治國 在齊其家 0906 詩云 桃之夭夭 其葉蓁蓁 之子于歸 宜其家人 宜其家人而后 可以教國人 0907 詩云 宜兄宜弟 宜兄宜弟而后 可以教國人 0908 詩云 其儀不忒 正是四國 其爲父子兄弟足法 而后 民法之也 0909 此謂治國 在齊其家	0901 所謂治國 必先齊其家者 其家不可教 而能教人者無之 故君子 不出家而成教於國 孝者 所以事君也 弟者 所以事長也 慈者 所以使衆也 1001(일부) 上老老而 民興孝 上長長而 民興弟 上恤孤而 民不倍 0801 人之其所親愛而辟焉 之其所賤惡而辟焉 之其所畏敬而辟焉 之其所哀矜而辟焉 之其所敖惰而辟焉 故好而知其惡 惡而知其美者 天下 鮮矣 0802 故諺 有之曰 人莫知其子之惡 莫知其苗之碩 0903 一家仁 一國興仁 一家讓 一國興讓 一人 貪戾 一國作亂 其幾如此 此謂一言僨事 一人定國 0905 故治國 在齊其家 0906 詩云 桃之夭夭 其葉蓁蓁 之子于歸 宜其家人 宜其家人而后 可以教國人 0907 詩云 宜兄宜弟 宜兄宜弟而后 可以教國人 0908 詩云 其儀不忒 正是四國 其爲父子兄弟足法 而后 民法之也 0909 此謂治國 在齊其家
전10	1001 所謂平天下 在治其國者 *上老老而 民興孝*	1001 所謂平天下 在治其國者 *上老老而 民興孝 上*

平天下 在治國	上長長而 民興弟 上恤孤而 民不倍 是以君子 有絜矩之道也 1002 所惡於上 母以使下 所惡於下 母以事上 所惡於前 母以先後 所惡於後 母以從前 所惡於右 母以交於左 所惡於左 母以交於右 此之謂絜矩之道也 1003 詩云 樂只君子 民之父母 民之所好 好之 民之所惡 惡之 此之謂民之父母 1004 詩云 節彼南山 維石巖巖 赫赫師尹 民具爾瞻 有國者 不可以不愼 辟則爲天下僇矣 1005 詩云 殷之未喪師 克配上帝 儀監于殷 峻命不易 道得衆則得國 失衆則失國 1006 是故君子 先愼乎德 有德 此有人 有人此有土 有土 此有財 有財 此有用 1007 德者本也 財者末也 1008 外本內末 爭民施奪 1009 是故財聚則民散 財散則民聚 1010 是故言悖而出者 亦悖而入 貨悖而入者 亦悖而出 1011 康誥曰 惟命不于常 道善則得之 不善則失之矣 1012 楚書曰 楚國無以爲寶 惟善以爲寶 1013 舅犯曰 亡人無以爲寶 仁親以爲寶 1014 秦誓曰 若有一介臣 斷斷兮 無他技 其心休休焉 其如有容焉 人之有技 若己有之 人之彦聖 其心好之 不啻若自其口出 寔能容之 以能保我子孫黎民 尚亦有利哉 人之有技 媢疾以惡之 人之彦聖 而違之 俾不通 寔不能容 以不能保我子孫黎民 亦曰 殆哉 1015 唯仁人 放流之 迸諸四夷 不與同中國 此謂唯仁人 爲能愛人 能惡人 1016 見賢而不能舉 舉而不能先 命也 見不善而不能退 退而不能遠 過也 1017 好人之所惡 惡人之所好 是謂拂人之性 菑必逮夫身 1018 是故君子有大道 必忠信以得之 驕泰以失之 1019 生財有大道 生之者衆 食之者寡 爲之者疾 用之者舒 則財恒足矣 1020 仁者 以財發身 不仁者 以身發財 1021 未有上好仁 而下不好義者也 未有好義 其事不終者也 未有府庫財 非其財者也 1022 孟獻子曰 畜馬乘 不察於鷄豚 伐冰之家 不畜牛羊 百乘之家 不畜聚斂之臣 與其有聚 斂之臣 寧有盜臣 此謂國不以利爲利 以義爲利也 1023 長國家而務財用者 必自小人矣 彼爲善之 小人之使爲國家 菑害 並至 雖有善者 亦無如之何矣 此謂國 不以利爲利 以義爲利也	長長而 民興弟 上恤孤而 民不倍 是以君子 有絜矩之道也 1002 所惡於上 母以使下 所惡於下 母以事上 所惡於前 母以先後 所惡於後 母以從前 所惡於右 母以交於左 所惡於左 母以交於右 此之謂絜矩之道也 0902 康誥曰 如保赤子 心誠求之 雖不中 不遠矣未有學養子而后 嫁者也 1003 詩云 樂只君子 民之父母 民之所好 好之 民之所惡 惡之 此之謂民之父母 0304 詩云 瞻彼淇澳 菉竹猗猗 有斐君子 如切如磋 如琢如磨 瑟兮僩兮 赫兮喧兮 有斐君子 終不可諠兮 如切如磋者 道學也 如琢如磨者 自修也 瑟兮僩兮者 恂慄也 赫兮喧兮者 威儀也 有斐君子 終不可諠兮者 道盛德至善 民之不能忘也 0305 詩云 於戲 前王不忘 君子 賢其賢而親其親 小人 樂其樂而利其利 此以沒世不忘也 1004 詩云 節彼南山 維石巖巖 赫赫師尹 民具爾瞻 有國者 不可以不愼 辟則爲天下僇矣 1005 詩云 殷之未喪師 克配上帝 儀監于殷 峻命不易 道得衆則得國 失衆則失國 1011 康誥曰 惟命不于常 道善則得之 不善則失之矣 1014 秦誓曰 若有一介臣 斷斷兮 無他技 其心休休焉 其如有容焉 人之有技 若己有之 人之彦聖 其心好之 不啻若自其口出 寔能容之 以能保我子孫黎民 尚亦有利哉 人之有技 媢疾以惡之 人之彦聖 而違之 俾不通 寔不能容 以不能保我子孫黎民 亦曰 殆哉 1015 唯仁人 放流之 迸諸四夷 不與同中國 此謂唯仁人爲能愛人 能惡人 1016 見賢而不能舉 舉而不能先 命也 見不善而不能退 退而不能遠 過也 1017 好人之所惡 惡人之所好 是謂拂人之性 菑必逮夫身 1018 是故君子有大道 必忠信以得之 驕泰以失之 1006 是故君子 先愼乎德 有德 此有人 此有土 有土 此有財 有財 此有用 1007 德者本也 財者末也 1008 外本內末 爭民施奪 1009 是故財聚則民散 財散則民聚 1010 是故言悖而出者 亦悖而入 貨悖而入者 亦悖而出 1019 生財有大道 生之者衆 食之者寡 爲之者疾 用之者舒 則財恒足矣 1020 仁者 以財發身 不仁者 以身發財 1021 未有上好仁 而下不好義者也 未有好義 其事不終者也 未有府庫財 非其財者也 1012 楚書曰 楚國無以爲寶 惟善以爲寶 1013 舅犯曰 亡人無以爲寶 仁親以爲寶 1022 孟獻子曰 畜馬乘 不察於鷄豚 伐冰之家 不畜牛羊 百乘之家 不畜聚斂之臣 與其有聚 斂之臣 寧

		有盜臣 此謂國不以利爲利 以義爲利也
		1023 長國家而務財用者 必自小人矣 彼爲善之 小
		人之使爲國家 菑害 並至 雖有善者 亦無如之何矣
		此謂國 不以利爲利 以義爲利也

『중용 사변록』의 이해와 학문적 특징[1]

신창호

1. 서언: 서계의 학문 평가

서계(西溪) 박세당(朴世堂, 1629~1703)은 조선사상사에서 매우 독창적이고 독보적인 존재이다. 일반적으로 『사변록(思辨錄)』이라고 하지만, 일명 『통설(通說)』로 알려진 그의 저작은 유학 연구자들에게 여러 측면에서 논란의 대상이 되어 왔다. 『사변록』에서 보여 준 그의 경전(經傳) 해석 태도에 대해, 상당수의 서계 연구자들은 '반주자학(反朱子學)', '탈정주학(脫程朱學)', '탈성리학(脫性理學)', '실학(實學)' 등으로 평가하였다. 때로는 주자학의 공부론이 지닌 관념성을 극복해 가는 과정에서 양명(陽明)의 공부론을 선택적으로 수용한 것으로 이해하기도 한다. 이외에도 어떤 연구자는 당시 학계에서 이단시하던 도가(道家)의 『도덕경(道德

---

1 본고는 「서계 박세당의 『사변록 중용』 이해와 학문적 특징」, 동양고전학회, 『동양고전연구』 제55집(2014.6.)에 게재한 글을 수정·보완한 것이다.

經)』과『남화경주해산보(南華經註解删補)』의 저작, 불교를 대하는 태도 등을 통해 보여 준 서계의 학문적 개방성을 높이 평가하기도 한다. 요컨대, 서계의 학문은 '사문난적(斯文亂賊)'이라는 학문적 매장(埋葬) 상황을 겪으면서도, 경전에 대한 열린 사유와 새로운 해석으로 학문적 융통성과 독창성을 지닌 사상으로 자리매김되었다.

이러한 평가들을 염두에 두면서, 본고에서는 서계의『중용 사변록』을 통해, 그의 학문이 어떤 사유에 근거하여 나름의 특성을 자아내고 있는지 재조명해보려고 한다.『중용 사변록』과 관련한 선행 연구는 많지는 않다. 어려운 상황에서도 윤석환(1989), 안병걸(1991; 1993), 윤수광(1996), 장창수(1997), 한국학중앙연구원(2006), 장병한(2006), 심미영(2007) 등의 의미 있는 연구 성과가 후학들에게 상당한 도움을 주고 있다.

논자는 선행 연구에서 규정한 서계의 학문적 성격을 거시적 차원에서 수용한다. 서계의 학문적 주장은 분명하게 주자학의 견해와 다른 부분이 많다. 실학적인 특색이나 양명학과 상통하는 측면도 엿보인다. 하지만, '반주자학', '탈정주학', '탈성리학', '실학' 등등으로 서계의 학문을 유학에서 벗어난 것처럼 구체적으로 규정한 부분에 대해, 결코 무조건 동의할 수는 없다. 상당히 비판적으로 성찰할 필요가 있다고 판단한다.『사변록』서문에 주목하면, 그 이유가 드러난다.

서계는 분명코 '육경(六經)'을 자신의 학문 근간으로 인정한다. 육경은 공자가 산정(删定)한 유학의 기본 경전이다. 주자를 비롯한 수많은 학자들은 육경을 존숭하고 재해석하며 학문을 전개해 왔다. 서계도 마찬가지이다. 특히, 진(秦)·한(漢)·수(隋)·당(唐) 시대의 학자들이 육경의 체제를 파괴하고 훼손하였다고 인식하고, 송대(宋代)의 정자(程子)와 주자(朱子)가 육경의 뜻을 다시 환하게 세상에 밝혔다고 기록하고 있다.[2] 그런데 어찌 '반주자학'이나 '탈정자학'이라는 말로 구체적으로 명명할 수 있는가? 사유를 인식하는 지적 태도의 '차이'나 정치적 견해의 차이로 학문의 특성을 규정하는 것은 매우 위험하다. 이런 점에서 기존의 몇몇 연구자들이 규정한 '반주자학', '탈정주학', '탈성리학'이라는 견해는 충분히 재고해야만 한다. 주영아(2011)는 이런 점을 구체적으로 지적하고 있다.

박세당은 『사변록(思辨錄)』의 서문 「서통설(序通說)」에서 정주(程朱)의 학문 성과에 대해 언급하고 있다. 육경(六經)의 의미가 송대(宋代) 정주(程朱)에 이르러서야 찬연히 세상에 드러나게 되었다고 하여, 정자와 주자의 학문적 공로에 대하여 적극적으로 인정하고 있다. 후학들에 의해 정립된 반주자주의, 탈주자주의의 개념에 대한 견해는 재고되어야 마땅할 것이다(주영아, 2011: 11).

물론, 서계는 정주(程朱)와 견해가 다른 부분을 『사변록』의 곳곳에서 지적하고 있다. 하지만 그것이 정주학 자체에 대한 비난이나 반발, 부정인 것은 아니다. 오히려 경전(經傳)을 정확하게 이해하고 독해하려는 학문적 노력이고 사유의 지평을 확장하는 지적 태도의 차이이다. 그것도 서계의 『사변록』 서문에 명시되어 있다.

경에 실린 말은 그 근본은 하나이다. 하지만 그 실마리는 천 갈래 만 갈래이니, 이것이 이른바 "하나로 모이는 데 생각은 백이나 되고, 같이 돌아가는 데 길은 다르다."라는 것이다. 그러므로 독특한 지식과 깊은 조예로서도 오히려

---

2 『思辨錄』 「序」: "六經之書, 皆記堯舜以來羣聖之言, 其理精而其義備, 其意深而其旨遠. ……是以上自秦漢下逮隋唐, 分門割戶, 斷肢裂幅, 卒以破毁乎大體者, 不可勝數.……故及宋之時, 程朱兩夫子興, 乃磨日月之鏡, 掉雷霆之鼓, 聲之所及者遠, 光之所被者普, 六經之旨於是而爛然復明於世." 이하 각주에서는 『사변록』을 비롯한 경전의 원문을 제시한다.

그 귀추의 갈피를 다하여 미묘한 부분까지 잃지 않을 수 없는 경우가 있다. 때문에 반드시 여러 장점을 널리 모으고 조그마한 장점도 버리지 않아야만 추솔, 소략한 것도 유실되지 않고, 얕고 가까운 것도 누락되지 아니하여, 깊고 심원하고 정세하고 구비한 체제가 비로소 완전하게 된다. 때문에 나는 문득 참람한 것을 잊고 좁은 소견으로 얻은 바를 대강 기술하여 이를 모아 편을 만들고, 그 이름을 『사변록』이라 하였다. 혹시 선유들이 세상을 깨우치고 백성을 도와주는 뜻에 티끌만 한 도움이 없지 않을까 한다. 이는 이론 만들기를 좋아하여 하나의 학설을 수립하기 위해 한 작업이 아니다.[3]

이러한 서계의 고백으로 보건대, 박세당은 당시의 유학자와 다른 특별한 학문 자세나 태도를 지니고 자신만의 독특한 이론을 도모한 것이 결코 아니다. 주자가 『대학』이나 『중용』의 장구(章句)를 지으며 그 서문에서 학문의 태도를 드러내는 것과 매우 닮아 있다. 서문의 내용으로 볼 때, 서계는 육경을 중심으로 하는 유학자임을 자처하였다. 선유(先儒)들의 학문 세계를 인정하면서 자신의 미력(微力)을 조금이나마 보태려는 전통적 학문 방식을 존중하고 있다. 때문에 논자는 전통 유학을 부정하는 듯한, '반주자학'이나 '탈정주학', '탈성리학'의 차원에서 서계를 이해하는 것을 아주 경계한다. 특히, '양명학'이나 조선 후기 유학의 '실학'적 특성으로 연결하려는 사유에 대해서는 심각히 재고해야 한다고 판단한다.

---

3 『思辨錄 中庸』: "經之所言, 其統雖一, 而其緒千萬, 是所謂一致而百慮, 同歸而殊塗, 故雖絶知獨識, 淵覽玄造, 猶有未能盡極其趣而無失細微. 必待乎博集衆長, 不廢小善, 然後粗略無所遺, 淺邇無所漏, 深遠精備之體乃得以全, 是以輒忘僭, 汰棸逃其蠡測管窺之所得, 裒以成編, 名曰思辨錄, 倘於先儒牖世相民之意, 不無有塵露之助, 故非出於喜爲異同, 立此一說, 若其狂率謬妄不揆疏短之罪, 有不得以辭爾. 後之觀者, 或以其意之無他而特垂恕焉, 則斯亦幸矣."

본고는 이런 서계의 학문 자세에 근거하여, 그의 학문적 특성을 다시 성찰해 보려는 작업이다. 특히, 그의 『중용 사변록』을 통해 서계가 어떤 시대정신을 구가하려고 했는지, 학문의 내용과 특성을 재조명하려고 한다. 서계의 『사변록 중용』에 관한 연구는 상대적으로 활성화되어 있지 않다. 앞에서 제시한 연구 성과가 거의 대부분을 차지한다고 해도 과언이 아니다. 본고는 이를 참고로 하여, 『중용』을 바라보는 서계의 관점이 유학 본령에 다가가려는 노력이었음을 밝히려고 한다. 그것은 당시의 시대 상황과 정치적 편견이 개입되어 '사문난적(斯文亂賊)'으로 오인되고 있는 서계의 학문성을 반추(反芻)하고, 대신, '통유(通儒)'로서, 유학의 진정성을 부흥한 학자로서 서계를 복권(復權)하려는 하나의 시도이다.

2. 신사명변愼思明辯의 기록, 『중용中庸』

서계 박세당의 『중용 사변록』은 그의 나이 59세, 환갑 무렵에 지은 저술이다. 서계는 70대 초반까지 생존하였으므로 그의 학문이 최고조에 무르익었을 말년의 작품이다. 여러 연구자가 논의한 것처럼, 서계는 주자의 『중용장구』 33장을 20장으로 해체하고 다시 정돈한다. 불변의 진리와도 같이 여기던 주자의 '장구'를 해체한다는 작업 자체가 당시의 학문 분위기로 볼 때는 사상의 배반이요 사유의 역모에 해당할 수 있다. 감히, 『중용장구』에 대해 정면으로 도전하며, 주자의 학설을 비판하다니, 주자학에 대한 오만불손한 태도이다. 하지만, 진짜 문제는 그가 고민한 경전의 내용과 논의의 초점이다.

서계는 주자의 『중용』 학설 자체를 비판한 것이 결코 아니다. 그가 제기한 문제의 초점은 주자의 학문적 태도나 내용 자체라기보다 논리적 모순에 대한 비판이다. 서계의 『중용 사변록』 첫 머리를 보자.

'중용(中庸)'의 의미에 대해, 정자는 "바꾸어 고칠 수 없음을 용(庸)이라 하여, 용은 천하의 정리이다."라고 하였고, 주자는 "용은 평상이다."라고 하였다. 이런 이해는 특별히 이상할 것이 없다. 두 선생은 용의 뜻에 대해 이렇게 해석을 달리하였다. 중용은 반드시 일정한 뜻이 있고, 진실로 두 가지 의미를 겸한 것이 아니라면, 독자가 또한 두 가지 학설을 모두 취할 수 없는 것이 명백하다. 주자가 중(中)을 설명하는 데 이미 정자와 같았는데도 유독 용(庸)에서의 설명이 다른 것은 대개 감히 정자의 말을 폐기할 수는 없었고, 의견이 합하지 않은 점이 있었기 때문이었다. 그 합하지 않는 점을 따져 보면, 또한 다른 것이 아니라 정자의 말이 이치에 맞지 않은 부분이 있다고 생각하였다. 그럼에도 정자의 설이 이치에 맞지 않고, 자기의 설이 이치에 맞은 까닭을 명백히 말하지 않았으며, 두 가지 학설을 모두 두었기 때문에 뒷날의 학자들이 분명히 알지 못하게 되었나.4

『중용 사변록』의 첫 머리는 『중용장구』 1장을 해체하지 않았다. 대신, 주자의 학문 태도를 문제 삼았다. 그것은 중용의 일관된 뜻, 종지를 드러내기 위해 정자와 주자의 두 견해가 불일치하고 있음을 지적한다. 중(中)에서는 의견이 일치했는데, 왜 용(庸)에서 의견 불일치를 보이는

---

4 『思辨錄 中庸』: "程子以爲不易之謂庸, 庸者天下之定理, 朱子以爲庸, 平常也, 是不爲怪異, 二先生於庸, 取義之不同如此, 乃若中庸之旨, 必有一定之趣. 固非兼賅兩義, 則讀者又不可以兼取兩說也明矣. 朱子說中, 旣同程子, 而獨於庸而異者, 蓋雖不敢遽廢程子之言, 而意有所不合焉故耳, 究其所以不合, 亦非有他, 謂夫未允於理焉故耳, 然而不明言程說之所以未允, 已說之所以爲允, 直兩著其說, 是殆使後之學者, 不免於坐受其黭黮矣."

가? 이 불일치로 인해 후학들이 정확한 이해를 하지 못하고 혼란스러움을 느낀다면, 이는 선학의 잘못이다. 이런 비판은 객관적으로 볼 때, 상당한 정당성을 가질 수 있다.

서계는 정자와 주자가 제시한 두 가지 견해를 반대하지 않았다. 그보다는 두 선학의 의견 불일치로 인해 정돈되지 않은, 유학의 본래 사유에 부합하는 논리적 일관성이 무엇인지를 찾으려는 노력으로 이해하는 것이 바람직하다. 서계는 자문자답하는 형식으로 문제를 제기하면서 변석(辯析)을 부가한다. 특이한 점은 서계 자신의 해설을 먼저 제시하고, 다시 주자의 주석에 대한 변석을 가하고 있다. 이는 통상 주자 주석을 변석하는 가운데 자신의 해설을 덧붙이는 일반적 서술 체계와는 다르다. 때문에 주자 주석에 앞서 경학가(經學家)로서 서계 자신의 독창적 해석을 먼저 제시하려는 학문적 의지의 표현으로 읽을 수 있다. 또한 서계는 주자 주석 자체 내의 상호 모순과 오류를 지적해 내는 방법을 택한다. 주자와 정자 사이의 이견들 속에 상호 분열이 있음을 드러내기도 하면서, 성리학적 주석 체계 내의 집중력을 분산시킨다(장병한, 2006: 276~277).

서계가 『중용장구』를 개편하려는 이유는 이런 맥락에서 찾아볼 필요가 있다. 서계는 '중용(中庸)'이라는 이름과 사물[名物]의 정의를 명확히 하려고 했다. 그런데 주자의 『중용장구』에는 그 통일성이 결여되어 있다. 이는 식견이 어두운 사람들, 배우기를 원하는 많은 사람들에게 혼란을 가중시키는 원인이 된다. 서계의 생각은 명확하다. "글이란 옛날 성현이 이름과 사물에 정의를 내려 이치를 분별하고 실상을 나타내는 것"[5]이기 때문에, 명확하고 구체적으로 인식되어야 한다. 그것은 언어

---

5 『思辨錄 中庸』: "書者乃古聖賢因此名物所設義, 以辨乎理而著乎實者也."

를 통해 인식론적으로 명증함을 요구하는 철학적 태도이다. 논리실증주의나 언어분석철학에서 언어의 명료화를 요청하는 작업과도 상통한다. 다시 말하면, 학문의 방법이나 자세 차원에서 그의 견해를 구체적으로 제시하며 논의한 사안이지, 주자의 철학 자체를 부정하며 비판한 것이 아니다.

서계는 정자와 주자의 서로 다른 의견에 대해, 주자가 하나로 통일하여 결정하지 못한 데에 대한 아쉬움을 토로한다. 사유의 옳고 그름은 그다음 문제이다. 식견이 어두운 자가 많고 밝은 사람이 적은 시대 상황을 감안하여, 맞고 틀린 것에 대한 의견 제시를 분명히 하라는 요구이다.[6] 그것은 세상을 정확하고 올바르게 인식하기 위한 학문의 사명과 연관된다.

이름에는 반드시 실제가 있고 사물에는 반드시 이치가 있다. …… 후세에 이 글을 읽는 사람이 이름을 알아야만 그 실제를 구할 것이고, 사물을 알아야만 그 이치를 살필 것이며, 사물과 이름을 알아야만 그 정의를 설정한 바를 알게 될 것이다. 이제 이른바 이름과 사물도 오히려 알지 못하는데, 또 어디서부터 그 이치를 살피고 그 실제를 구하며, 그 글의 뜻을 알 수 있겠는가? 이것이 어찌 성현이 정성스럽게 남을 위하는 본의이겠는가?[7]

이런 점에서 서계는 주자의 사상을 구체적으로 비판하기보다 『중용

---

6 『思辨錄 中庸』: "不但世之蒙識多而明識寡, 得以察知之難, 一或有明者察之, 又必不獨敢於朱子之所不敢辨其是否以示於人."

7 『思辨錄 中庸』: "夫名之必有實也, 物之必有理也.……後之讀是書者, 知名而後可以求其實, 知物而後可以察其理, 知物與名而後, 可以識其義之所設, 令所謂名與物者, 尙不可得以知, 又何從而察其理而求其實, 以識其書之義乎. 是其書雖存而與未有同, 豈聖賢惓惓爲人之意哉."

장구』의 주석과 학문 방법론에 대해 고민하고 있다. 중용의 개념에 대한 합의와 통일, 논리적 모순의 제거를 염두에 두지 않고 저술한, 어찌보면 학문적 엄밀성에 대한 반성이다. 그것은 고증과 의미의 두 측면에서 진행된다. 서계는 주자의 주해(註解)를 일일이 검토하고 비판하면서, 그것과 비교되는 자신의 주해를 제시한다(윤사순, 1990: 235).

그런 고민의 결실이 『중용장구』 33장 130구를 20장 125구로 조정하는 결과를 낳았다. 33장 가운데 장구의 구분을 그대로 둔 곳은 9개의 장에 불과하다. 이는 나머지 24개의 장을 해체하여 유학의 본지(本旨)에 부합하도록 학문을 재건하려는, 지적 열정의 발휘일 뿐이다. 그렇다고 서계의 사유가 중용의 본지에 부합하는지의 여부는 장담할 수 없다. 중요한 것은 서계가 중용의 개념을 통일된 이론으로 정립하고, 그 실천적 차원을 담보하려는 유학자 본연의 자세를 보였다는 점이다.

정자와 주자가 '용(庸)'의 풀이를 두고, 서로 다른 견해를 제시한 것에 대해, 서계는 심각하게 고려하였다. 그것은 다음과 같이 일관된 이론으로 정돈된다.

앞의 두 가지 설과 같다면, 용(庸)은 중(中)의 해석이 되고, 중이라고 말해서는 뜻을 갖추게 한 것이 아니다. 중이 진실로 천하에서 바꿀 수 없는 정리가 된다면, 어찌 혹 평상(平常)이 아니고 괴이한 것이 되겠는가? 그렇다면 이는 중만 말해도 이미 충분할 것인데, 무엇 때문에 반드시 용을 말했겠는가? 용을 말하지 않아도 될 것 같지 않은가? 아, 말하지 않아도 될 것 같은데 말하지 않을 수 없었던 것은 반드시 말하지 않을 수 없는 까닭이 있기 때문이다. 진실로 그 말하지 않을 수 없었던 까닭을 구한다면, 용의 뜻을 아는 데 어려움이 없다. 지금 살펴보건대, 용은 항상(恒常)이다. 그 중용이라 한 것은 이미 일에 그 중을 얻고자 하고, 더욱 중을 항상 유지하되 잠시라도 혹 잃지 않으려 하는

것이다.[8]

　서계는 이런 태도로 "학자들이 『중용』이라는 이름과 사물에 대하여 그 이치를 살피고 그 실제를 구하여, 이 한 권의 『중용』에 말한 것이 중용의 뜻이 아닌 것이 없음"[9]을 인식하도록 하는 작업이 학문의 사명임을 일러 주었다. 이는 『중용 사변록』을 『주자장구』와 다르게 정돈하는 계기가 되었을 것으로 판단된다. 이것이 진정한 유학자로서의 학문적 열정이요, 술이부작(述而不作)의 전통을 실천한 것은 아닐까? 공자가 육경(六經)을 산정(刪定)하였듯이, 그런 정신을 창의적으로 발휘한 모범적인 사례로 볼 수 있다.

3. 『중용』의 원의原義에 충실하려는 회의懷疑

1) 『중용장구』 해체: 재정돈

　서계의 『중용장구』 이해는 1장부터 구체적으로 진행된다. 주자는 『중용장구』 제1장을 한 편의 요점이라 규정하고서도, 각개의 분단(分段) 대지(大旨)를 정리할 때는 제2장~제11장은 '중용(中庸)', 제12장~20장은

---

8 『思辨錄 中庸』: "竊嘗慨然反覆以求乎此, 庸之爲義, 有不在於前兩說者, 假如前兩說, 是庸爲中之釋訓, 非所以備其未全之義也. 夫中固爲天下不易之定理矣. 又豈有或非平常而爲怪爲異者乎. 然則此止言中, 果已足矣. 抑何所爲而又曰庸, 雖不言, 似乎可歟. 嗚呼似乎可以不言, 而顧不得不言, 其必有不可不言者存焉耳. 苟求其所以不可不言之故, 庸之爲說也, 無難知者矣. 今按庸, 恒也. 其曰中庸者, 旣欲事得其中, 尤欲恒持於此而無暫時之或失也."

9 『思辨錄 中庸』: "學者果能執此名物, 以察其理而求其實, 亦可以識夫一篇所設, 無非此義, 其庶幾不失矣."

'비은(費隱)', 제21장~제32장은 '천도(天道)-인도(人道)'로 요약하였다. 하지만, 서계는『중용장구』를 해체하여 정돈하는 과정에서 '중용'의 의미 맥락을 구체화한다. 주자는 나름대로『중용장구』에서 내용을 체계적으로 분류하여 정리하였다. 문제는 제1장의 주요 주제들과 뒷부분이 논리적으로 제대로 연결되지 않는다는 것이다.

이런 점을 고심한 서계는, 제1장에서 나중에 등장하는 개념과 관련 주제들에 대해 거시적 차원에서 그 내용을 요약, 정리하고 있다고 보았다. 그리고 제2장~제4장은 중용의 의미를 담고 있다고 해명하였고, 제5장~제9장은 중의 의미를 해설하여 제1장의 취지를 자세히 해설하였다. 제10장~제12장은 중용의 구체적 실천 사례로서 효(孝)의 의미를 규명하였고, 제13장~제19장은 '중화위육(中和位育)'의 의미를 해설하였다. 그리고 마지막 20장은 전체를 정돈하는 결론적인 장으로 두지 않고, 9장과 10장 사이에 두어야 의미가 통한다고 보았다(안병걸, 1993; 심미영, 2007).

윤수광(1996)의 경우,『중용 사변록』20장을 5개의 주제별로 나누었다. 수장(首章)과 제19장, 제20장을 천인관계(天人關係)를 담고 있는 장으로 보았고, 제2장~제4장은 중용의 의미를 해설한 곳으로, 제5장~제9장은 군자의 실천론으로 이해하였으며, 제10장~12장, 제17장은 성현의 덕(德)을 논의한 곳으로 인식하였다. 마지막으로 제13장~18장까지는 성(誠)에 관한 논의를 집중적으로 담고 있다고 보았다. 이런 점에서 서계의『중용 사변록』은 크게 다섯 부분으로 나누어 설명할 수 있다. 첫째는 중용에 대한 총체적 이해이고, 두 번째는 중용의 의미 해석, 세 번째는 중의 의미 해설, 네 번째는 중용의 실천으로서 효의 문제, 다섯 번째는 중화위육의 의미이다. 이는 크게 보면, 중용의 의미 문제와 중용의 실천 사례, 중용의 구현 모습으로 나누어 설명할 수 있다. 요컨대, 서계는 『중용장구』의 해체와 재구성을 통해 '중용'이라는 개념과 그 실천 및 구현, 즉 유학의 본령을 탐색하려고 시도하였다.

표 1. 『중용장구』와 『사변록 중용』의 장절 구분 및 내용 비교

구분	주지(朱子) 『중용장구(中庸章句)』			서계(西溪) 『중용 사변록(中庸思辨錄)』		
	장별	내용		장별	내용	
장별 내용	제1장	體要	天人論 中和論	제1장	宗旨	天人關係論 (19, 20장)
	제2장~제11장	中庸	中庸論	제2장~제4장	中庸	中庸論
	제12장~제19장	費隱	費隱論	제5장~제9장	君子實踐	中 孝
	제20장~제26장	天道 人道	誠論	제10장~제12장	聖賢之德	德 (17장)
	제27장~32장		德論	제13장~제19장	中庸實現	誠 中和位育
	제33장	要約		제20장	9~10장 사이에 위치	

2) 중용의 의미 규정: 사람의 길

'중용(中庸)'의 의미는 주자의 『중용장구』에서는 제1장~11장에 걸쳐 광범위하게 전개된다. 서계는 그것을 『중용 사변록』 제1장~제4장으로 정돈하면서 자신의 견해를 제시한다. 특히, 제1장을 『중용』의 종지(宗旨)를 요약한 것으로 이해하고, 서계 자신이 읽은 방식대로 독해하면서 주자의 주석을 비판하는 대목은 중용의 의미에 일관성을 부여하려는 노력으로 파악된다.

예컨대, 제1장의 세 구절인 "천명지위성(天命之謂性), 솔성지위도(率性之謂道), 수도지위교(修道之謂敎)"에서 '명(命)-성(性)-도(道)-교(敎)'에 대한 독해를 보면, 서계가 얼마나 '중용'의 본령에 합당하게 의미 규정을

하려고 했는지 고심한 흔적을 엿볼 수 있다. 주자는 "명(命)은 영(令)이다."라고 이해했지만, 서계는 "수여(授與)"로 해석하였다. 왜냐하면, 주자가 말한 '영'의 의미가 분명하지 않았기 때문이다. 수여는 '작위를 줄때 작위를 명하는 일'과 통한다.[10] 그런데 '천명'이라 할 때의 '명'은 하늘이 사람에게 내리는 사안이지, 사람이 아닌 물건에게 주는 것이 절대아니다. 이 지점에서 서계는 진지하게 견해를 제시한다. 중용은 사람을중심으로 하는 사유와 실천이 본질임을 내비친다.

다음으로 서계는 '성(性)'과 '도(道)'를 독해하면서, 중용에 다가서는방식이 어떤 것인지 극명하게 보여 준다.

성(性)은 마음의 밝음이 받는 천리(天理)로, 생명과 함께 타고난다. 하늘에는 밝은 이치가 있는데, 사물이 이에 맞추어 법칙으로 삼고, 이 이치가 사람에게 주어져 그 마음이 밝아진다. 사람이 천리를 받아 그 마음이 밝아지면, 그것으로 사물의 마땅하고 마땅하지 않음을 고찰할 수 있다. 진실로 일을 처리하고 사물에 응함을 반드시 이에 따라 어김없이 행하면, 그 사물을 시행함에 통달하고 막힘이 없게 된다. 이는 네거리의 큰길과 같은 것에 비유할 수 있기 때문에 도(道)라고 한다.[11]

주자는 "성(性)은 이(理)이다."라고 하였다. 그러나 서계는 이에 대해 심각하게 문제를 제기한다. 성과 이는 분명히 말 자체도 다르고 사용되

---

10 『思辨錄 中庸』 1章: "謂命爲令, 今謂爲授與, 何也. 令之義, 不明故也. 如授之爵, 亦謂命之爵也."

11 『思辨錄 中庸』 1章: "性者, 心明所受之天理與生俱者也. 天有顯理, 物宜之而爲則, 以此理則, 授與於人, 爲其心之明, 人旣受天理, 明於其心, 是可以考察事物之當否矣. 苟處事應物, 能必循乎此, 無或違焉, 則其行於事物也. 有通達而無阻滯, 譬若衢路然, 故謂之道也."

는 차원이나 내용도 다른데, 그 명칭 사용을 분명하게 하지 않을 경우, 혼란을 가중할 수 있다는 것이다. 이가 마음에 밝은 것이 성이 되는데, 하늘의 차원에서는 이라고 하고 사람의 차원에서는 성이라고 한다면, 명칭이 문란하게 되어 헷갈리게 된다. 성리학에서 이(理)·성(性)·도(道)·교(敎)가 그 근본이나, 귀결을 따진다면 한결 같지 않은 것이 없다. 하지만 그 명칭은 사용하는 차원이 다르고 의미나 내용이 달라질 수 있기 때문에 혼란을 야기하지 않으려면 분명하게 사용해야 한다. 명칭이 문란할 경우, 근본과 말단의 차례를 상실하게 되어 무엇을 말하는지 그 뜻을 분명하게 할 수 없다.[12] 앞에서도 간략하게 언급했지만, 서양 분석철학의 일상 언어학파가 언어 사용에서 개념의 명료화를 주장하듯이, 서계는 논리적 맥락에 맞게 분명한 개념을 일관되게 사용해야 한다고 경고한다.

이러한 서계의 학문 태도는 정주학 중심으로 형성된 현실의 학문 세계를 전제로, 유학의 자체 혁신을 꾀하는 의도를 지니고 있다. 정주학의 오류를 극복하는 동시에 유학 본래의 정신을 추구하기 위한 학문적 탐구로 이해된다. 그러기에 주자의 주석에 대해 일일이 검토하면서 이론적 모순을 지적한다. 이러한 경전 해석은 정주철학을 부정하고 자신의 새로운 철학을 표명하기 위한 수단일 수도 있다(한국학중앙연구원, 2006: 47). 하지만 서계는 주자의 주석 내용 자체를 전적으로 부정하지 않는다. 의미의 불명확함이나 본지에 부합하지 않는 측면, 논리에 맞지 않는 부분에 대해 유학의 본의에 맞게 재해석하여 수정, 보완한 것으로 이해된다.

---

12 『思辨錄 中庸』 1章: "謂性爲理, 今不同, 何也. 理明于心爲性, 在天曰理, 在人曰性, 名不可亂故也, 曰理曰性曰道曰敎, 論其致究其歸, 卒未嘗不同, 但不可亂其名, 名亂則或失所在本末之次第, 無以明所言之義也."

『중용』제1장의 경우, 서계가 주자의 주석을 반박할 때 다음과 같은 표현을 섞어서 쓰고 있다. "謂命爲令 今謂爲授與 何也 令之義 不明故也"; "謂性爲理 今不同"; "言性兼人物 今去物而獨言人"; "言性道雖同氣稟或異 今但言稟氣之異 不言性道之同" 물론, 이 가운데 '不同'이라는 말을 많이 쓰고 있는데, 이는 주자의 견해에 대한 강력한 비판일 수 있다. 하지만 그것이 주자학[성리학]에 대한 무조건적 반대나 거부는 아니다. 그보다는 주자의 주석이 육경(六經)의 본래 취지나 공맹학(孔孟學)에서 볼 때, 미진하거나 논리적 모순을 범하고 있는 부분들에 대해 바로잡으려는 의도이다. 따라서 서계가 '나는 이렇게 해석한다', 또는 '나는 다른 관점에서 독해한다.' 정도의 견해 차이로 이해하는 것이 타당하다. 뒷부분에서의 반박 양식도 유사하다. "或恐其未盡合" "恐非吾不能已矣" "竊不能無惑焉"(제4장), "恐失本指" "未安而已 深恐妨於講學不小"(제5장), "亦恐未然" "恐非夫子所言之本意"(제7장), "未有洞然無疑者"(제9장), "竊不能無惑" "尤爲可疑" "抑何義歟" "有未及也歟" "似缺仔細" "今未見其爲然也"(제12장), "恐過於求之之深也" "又似不同, 尤可疑"(제13장), "恐未然"(14장), "未見必當"(제15장), "尤爲可疑"(제16장), "足見向說之有所差也" "恐非"(제17장), "恐未然" "未免失本指"(제20장) 등 여러 장에 보이는 서계의 견해는, 대체로 의심해 볼 여지가 있거나 본지에 어긋날 소지가 있음을 염려하는 형식이 대부분이다. 아주 적기는 하지만, 주자의 견해를 옹호하거나 부분적으로 긍정하는 부분도 있다. 예를 들면, "朱子謂中庸之中 實兼中和之義者 是矣"(제2장), "行明二字 當錯 註 所解說 雖其義略通"(제3장), "義雖若無大害"(제20장) 등이 그것이다. 이런 점에서 서계는 정주철학을 비판적으로 인식하고 공맹의 본의에 다가서려는 유학자이다. 왜냐하면 자신이 유학자로서 본분을 지키면서 학문의 본의에 충실하고 있고, 그의 학문 개념이나 용어도 성리학의 틀에서 벗어난 것이 아니기 때문이다.

'중용'의 의미를 밝히려는 서계의 탐구는 "성은 사람과 물건에 두루 통한다."는 주자의 견해를 바로잡으면서 구체적으로 드러난다. 서계는 중용의 뜻에 부합하기 위해서는 주자의 견해 가운데 물건은 버리고 사람만을 취한다.

(성을 구명하면서) 이제 물건은 버리고 사람만을 말하는 이유가 있다. 물건에도 또한 성이 있다. 다만 그 성의 본질이 사람과 같지 않다. 왜냐하면 물건은 인(仁)·의(義)·예(禮)·지(智)·신(信)이라는 오상(五常)의 덕을 일컬을 수 없고, 성을 사람과 물건에 겸해 말하는 것은 중용의 뜻이 아니기 때문이다. 주자는 "사람과 물건이 각기 자연스러운 성을 따르는 것이 도가 된다."라고 했지만, 내가 사람만을 말하는 이유는 간단하다. 『중용』에는 사람만을 말하고 물건에 대해서는 말하지 않았기 때문이다. 『중용』의 글은 사람만을 가르치기 위한 것이요, 물건을 가르치지 위한 것이 아니다. 따라서 사람은 가르칠 수 있으나 물건은 가르칠 수 없고, 사람은 도를 알 수 있으나 물건은 도를 알 수 없다.[13]

서계는 "성이 사람에게도 있고 물건에도 있다."라는 수자의 진제를 부정한 것은 아니다. 물건에도 성이 있다고 설명하였다. 논의의 핵심은 『중용』을 이해할 때이다. 특히, 중용에서 언급하는 '성'과 연관해서는 사람과 물건의 성이라는 우주 만물의 보편적 차원이 아니라, 사람의 성을 중심으로 이해하는 것이 정당하다는 입장 표명이다. 여기에서 주자와 서계가 『중용』을 다르게 이해하는 결정적 시선이 드러난다. 주자

---

13 『思辨錄 中庸』1章: "言性兼人物, 今去物而獨言人, 何也, 雖物亦有性, 但其爲性也, 與人不類, 無以稱乎五常之德, 兼言物, 非中庸之指故也. 註, 言人物各循其性之自然爲道, 今亦但言人者, 何也. 中庸言人而不言物, 夫中庸之爲書也, 以敎人而非以敎乎物, 人可敎也, 物不可敎, 人能知道, 物不能知道也."

는 인성(人性)과 물성(物性)을 겸하는 보편적 원리를 토대로『중용』을 이해하려고 했다. 하지만 서계는 가르침이 가능한 사람, 즉 인성(人性)에만 해당되는 사안으로 인식하였다(심미영, 2007: 13).

서계는 중용의 성을 '사람의 성'이라고 분명하게 제기하였다. 그 성을 따르는 것이 도인데, 도는 그 성에 따라 행하는 것을 말한다. 이는 주자가 "일용 사물의 마땅히 행해야 할 이치"를 도라고 한 견해를 비판하고, "일에 도가 있는 것이 아니라 사람의 일을 행하는 것에 도가 있다."라는 실천에 무게중심을 둔 견해이다. 다시 말하면, 주자가 이론적 정의를 앞세워 '관념적 주석'을 한 데 비해, 서계는 평상적 실천이 중요하다는 사실을 일러 주는 '경험적 해석'을 중시하였다(안병걸, 1993: 652). 이런 차원에서 그 길은 사람의 일을 행하는 실천성을 담보로 하고, 그런 길을 전제로 하는 교(敎)의 경우, 본래부터 나에게 있는 것으로 인하여 마련된 사항이 아니다. 그것은 철저하게 '나의 마땅히 행해야 될 바를 마련한 일'로 정의된다.[14] 이런 차원에서 서계는 "중용의 학문은 성에 따르기에 힘쓸 뿐"[15]이라고 강조한다. 그리하여 중용의 뜻을 다음과 같이 밝힌다.

한마디로 중용의 뜻을 밝혀 보련다. 천리의 본연이 내 마음의 밝은 것이 된다. 행하는 것이 이를 따르면 그것이 도가 되고, 행하는 것이 이를 따르지 못하면 도를 떠나는 것이 된다. 도를 떠나면 성에 어긋나고 성에 어긋나면 사람다움의 근본을 잃게 된다. …… 그러므로 반드시 삼가고 두려워하게 하는 것은, 일이

---

14 『思辨錄 中庸』1章: "道卽行之所循乎其性, 性卽心之所明乎天理. ……事非有道, 人之行乎事者有道, 敎非因吾所固有者裁之, 乃裁吾所當行也, 謂事之有道則疑於道在事而不由乎性, 謂敎之裁吾所有, 則疑於脩性而非脩道也."
15 『思辨錄 中庸』1章: "中庸之學, 唯率性之爲務."

커지기 전에 미리 막아서 잠깐 동안이라도 도를 떠나지 않도록 하는 것이다. 도가 잠깐이라도 떠나지 않는 경지에 이르면 중용의 할 일은 마친 셈이다.[16]

서계의 중용은 내 마음의 밝은 것을 따라 실천하는 길, 흔히 말하는 사람의 도이다. 일상에서 내 마음의 밝은 것, 이른바 오상의 덕을 행하지 못하면 삶의 길은 혼란스러워지고 사람다움은 실종된다.

주자의『중용장구』머리 장의 '성(性)-도(道)-교(敎)'는 어떤 측면에서는 형이상학적 차원이었다. 하늘이 명령한 것을 만물이 갖추고 있는 이치이자 본성이라 하고, 그 만물의 본성을 따르는 당연한 길을 도라고 하며, 그 길을 마름질하여 예악형정(禮樂刑政)으로 드러나는 것을 교라고 한다(신창호, 2008). 그것은 세계에 대한 깊은 사색을 통해 우러나오는 관념의 소산처럼 느껴지며, 객관적으로 사람과 사물의 원리를 설명하는 측면이 강하다. 하지만 서계의 중용은 주체적으로 삶에 역동성을 부여한다. 인간의 길을 오상이라는 도덕에 두고, 실천을 유도한다.

때문에 제1장의 중용에 대한 정의를 서술한 후, 2~4장까지는 그 실천의 사례를 적시하였다. 제2장에서는 "일상에서 덕에 힘써 공업이 융성하여 중용을 실천하는 사람은 군자가 되고, 두려워하거나 뉘우칠 줄 몰라 중용을 실천하지 못하는 존재는 소인이 된다."[17]라고 하였고, 3장에서는 모두 공자의 말을 인용하여 중용을 제대로 실천하기 어렵다는 뜻을 밝혔다.[18] 그리고 4장에서는 순임금과 안회, 공자를 인용하여 중

---

16 『思辨錄 中庸』1章: "一言可明中庸之意乎, 天理之本然, 爲吾心之明, 有行焉而循之則是爲道, 其或行而不循則爲離道, 離道則悖性, 悖性, 失其所以爲人.……故必令戒愼恐懼乎此者, 所以防微杜漸而使無須臾之離於道也, 道至於無須臾而離則中庸之能事畢矣."

17 『思辨錄 中庸』2章: "明能中庸爲君子, 不能中庸, 爲小人, 益勉其德者業日隆, 不知懼悔者惡日積."

18 『思辨錄 中庸』3章: "皆引孔子之言, 以明不能中庸之義."

용을 제대로 실천하는 것이 어떤지를 정돈하였다.[19]

일용동정(日用動靜)의 생활철학을 강조하는 유학의 차원에서 본다면, 서계의 중용 이해는 실제적이고 현실적이다. 이론적 공허함보다는 유학의 본의에 알차게 다가가려는 탐구 정신의 결실이라고 평가할 수 있다.

3) 중용 실천의 근본 양식: 효

서계가 해석한 중용은 마음을 따라 실천하는 사람의 길이다. 그것은 일상의 도리인 윤리 도덕의 실천에 집중된다. 그 실천의 기준은 이치와 법칙으로 표현된다.

하늘은 백성을 낳고 물건에는 법칙이 있는데, 법칙은 이치이다. 효도로 어버이를 섬기고 충성으로 임금을 섬기는 것이 법칙이다. 세상의 사물들을 미루어 보건대, 모두 그러하다. 그러므로 경례 삼백과 곡례 삼천이 이러한 이치에 맞지 않은 것이 없고, 육경의 가르침과 여러 성인의 말이 이러한 이치를 밝히지 않은 것이 없다.[20]

인간과 세계의 법칙에 대한 서계의 인식은, 그가 『중용』을 대하는 태도로 이어진다. 서계는 『중용』은 이러한 이치를 강론한 저작이라는 관점으로 접근한다.[21] 법칙과 이치의 통일을 통해 인간의 본분과 역할을

---

19 『思辨錄 中庸』 4章: "皆言能中庸之義, 上言舜之所以爲中, 次言顏回之所以爲中, 末引孔子之言以明仲尼之所以爲中."
20 『思辨錄 中庸』 5章: "夫天生民而物有則, 則者理也. 孝事親, 忠事君, 是其則也. 推類皆然, 故經禮三百曲禮三千無非所以節, 此理六經之訓羣聖之言, 無非所以明此理."
21 『思辨錄 中庸』 5章: "此書亦獨非講理之言乎."

구명하고, 사람의 길을 고려한다.

길은 인간의 일 가운데 옳은 것으로 내 몸이 마땅히 행할 바가 아니겠는가? 사람의 길이 구체적으로 드러난 것 또한 여기에서 벗어나지 않는다. 다만 사람의 길이 구체적으로 드러난 것에 대해서는 성인이라 하더라도 확실하게 하지 못하는 영역이 있다. 사람의 지위를 얻고 얻지 못하고는 하늘에 달린 일이기 때문에, 처음부터 멋대로 인간의 일을 할 수 있는 것은 아니다. 사람의 길이 구체적으로 드러난 데서 행할 수 있는 일과 행하지 못할 것이 있다.[22]

여기에서 말하는 사람의 길은 중용이다. '중용의 길'은『중용』에 나타난 그대로 '군자의 길'이다.[23] 군자의 길은 그 발단이 부부(夫婦)에서 시작되어 자연과 인간이라는 세계의 질서를 살피는 데로 나아간다.[24] 그런 실천의 과정과 방법은 매우 점진적이고 구체적인 생활 세계에서 진행된다.

군자가 사람의 길을 실천하는 작업은, 예컨대, 먼 곳에 가는 사람은 반드시 가까운 데서 출발해야 하고, 높은 곳에 오르려는 사람은 반드시 낮은 곳에서 출발해야 하는 것과 같다. 어떤 일이건, 낮고 가까운 데를 뛰어넘어 바로 높고 먼 곳으로 가는 사람은 있을 수 없다.[25]

---

22 『思辨錄 中庸』5章: "夫所謂道, 非人事之宜而吾身之所當行者乎. 然則道之至者, 亦不外此, 但其爲道極至, 雖以聖人亦有所不能焉耳. 彼得位與不得位, 實繫于天, 初非人事之所爲, 而爲道之至, 可以謂夫有能行與不能行者也."

23 『思辨錄 中庸』2章: "仲尼曰, 君子, 中庸, 小人, 反中庸."

24 『思辨錄 中庸』5章: "君子之道, 造端乎夫婦, 及其至也, 察乎天地."

25 『思辨錄 中庸』6章: "言君子爲道, 如行遠者必先自邇, 登高者必先自卑. 蓋欲行與登, 未有躐越, 邇卑, 而徑造高遠者."

이때 낮고 가까운 것은 처자(妻子) 관계를 정상적으로 하는 것에 비유된다. 즉 아내와 자식의 관계가 좋게 화합해야 형제가 화락한 데 이르고, 가문을 제대로 정돈하여 안락하게 만들고 부모를 편안하게 해야 나라와 세상을 잘 다스리고 평온하게 할 수 있다.[26] 이는 '수신제가치국평천하(修身齊家治國平天下)'의 공부론과 정치철학을 강조하는 『대학(大學)』의 논리와 직결된다. 여기에서 낮고 가까운 곳으로부터 시작하는 '비근(卑近)'의 논리는 '자루 법칙'인 '가칙(柯則)'과 자기 충실과 타자 배려인 '충서(忠恕)', 자리에 맞는 역할과 본분을 구하는 '위소(位素)'를 통해 실천된다.

도끼 자루를 잡고 도끼 자루 감을 베니, 자루의 법칙이 지금 내 손으로 잡고 있는 이 자루에 존재한다. 그러므로 그 법칙이 멀리 있지 않고 가까이 있는 것과 같다. …… 그렇다고 어떤 사람의 길을 가지고 그 사람의 몸을 다스린다고 말해서는 안 된다. 이는 자기의 몸을 돌이켜 보고 그것에 비추어 보아 용서하는 일을 말한다. …… 내가 베풀기를 원하지 않는 것은 또한 남에게도 베풀지 마라. 나라는 것은 내가 잡고 있는 도끼 자루이고, 남이라는 것은 베어야 할 도끼 자루이다. "내가 원하지 않는 것을 남에게 베풀지 말라."는 것은 저 자루의 법칙이 이 자루에 있다는 것이다. …… 군자는 자기의 자리에 처하여 행한다. '처한다'는 것은 본래 처하는 곳을 의미하는데, 군자는 본래 처한 자리에서 행할 바를 다하고, 그 이외의 것을 구하지 않는다.[27]

---

26 『思辨錄 中庸』 6章: "人道之邇且卑者, 無如處乎妻子之間. 苟不能好合乎, 此則亦無以及于兄弟而順父母之心, 又安望國與天下之得理而有位育之功乎. 故必待妻子好合以至兄弟和樂, 使室家宜而父母順然後, 國與天下可治而平也."

27 『思辨錄 中庸』 7章; 8章: "執柯以伐柯, 彼柯之則, 卽在此所執之柯, 其不遠而邇也若此. ……不可謂卽以其人之道, 還治其人之身也. 皆言反躬推恕之事. ……施諸己而不願, 亦勿施於人. 己者, 所執之柯也. 人者, 所伐之柯也. 不願勿施, 則彼柯之則, 在此柯也. ……君

군자의 길이 중용의 실천이라는 차원에서, 서계는 '가칙'과 '충서', '위소'에 정성이 담겨 있어야 함을 강조한다. 그것이 『중용』의 머리 장에서 말한 '신독(愼獨)'과 같은 뜻이다. 사람의 일은 정성(精誠), 다시 말하면, 최선을 다하여도 제대로 이룰 수 있을지 늘 염려되는 경우가 많다. 그런데 부모 자식 간의 일을 비롯하여 친구나 동료를 만나는 일에 이르기까지, '성의' 없이 대한다면 어떻게 되겠는가? 때문에 서계는 『중용』의 작자인 자사(子思)가 후학을 깨우치는 최고의 삶의 방식을 '정성'이라는 성의(誠意) 의식으로 정돈하였다고 주장한다.[28]

『중용』에서는 이러한 성(性)을 발현한 구체적 인물을 제시하고 있다. 그 첫째는 순임금이요, 다음으로는 무왕(武王)과 주공(周公)이다. 특히, 순임금의 효에 대한 서계의 인식은 중용 실천의 근본을 효도에 두고 있다는 점을 부각시킨다. 순임금은 가족적 차원에서는 최고의 효자였고, 사회적 차원에서는 최고 지도자인 천자가 되었다. 이른바 '대효(大孝)'였다. 가족적 차원의 효자이자 그 사회적 확산의 최고 모습인 천자를 막론하고, 순임금은 자신의 자리에서 정성을 바쳐 본분을 다하였다. 그것은 덕(德)의 체득으로 드러난다.

순임금은 중화(中和)의 덕이 있고 위육(位育)의 공효를 이루어 하늘이 보호하고 있다. 때문에 순임금의 덕이 지극하다고 할 수 있다. 실상을 따져 보면, 그것은 효도에 근본한다. 이런 점으로 미루어 보면, 군자의 길은 일찍이 가까운 데서 시작되지 않은 것이 없다.[29]

子, 素其位而行, 不願乎其外. 素者, 所素處也, 於其所素處之地, 唯盡所當行之道, 而不求其外."
28 『思辨錄 中庸』 9章: "蓋天不誠, 造化息, 人不誠, 無以行, 事神而神不格. 處父子君臣兄弟朋友而皆無物焉. 其何以行之哉. 方有以知子思所以開示後學, 至明至切至勤至懇者, 正在於此, 而爲一篇之要, 不迷乎其用力之方矣."

서계의 중용 실천 양식에서 효(孝)는 핵심을 차지한다. 순임금을 이어 기술되는 무왕과 주공의 효도 마찬가지 차원이다. 이처럼 중용의 덕을 논의하면서 모두가 효를 가지고 말한 것은 중용의 덕이 효보다 가까운 것이 없고, 효보다 구체적이고 확실한 것이 없기 때문이다.[30] 이후에 등장하는 정치·지식·도덕·학문·사변 등을 논의한 공자의 언표는, 효도를 직접적으로 논의하거나 실천 사례로 들고 있지는 않다. 하지만 효는 학문의 원리 차원에서 공자와 자사, 맹자를 거치면서 중용을 실천하는 기준이 된다.[31]

4) 중용의 실현 모습: 사람다움

그렇다면, 온전하게 중용을 실현한 인(仁)은 어떤 모습일까? 중용이 사람의 길이었다면, 사람다운 사람으로 자신의 길을 실천한 인물은 어떻게 세상에 드러나는가? 성리학은 통상적으로 천인합일(天人合一), 즉 자연의 질서를 모범으로 하고 인간이 그것을 본받아 실천하는 양상을 보인다. 다시 강조하면, 천도에서 인도를 찾고 있다.

그러나 서계는 다른 시각에서 접근한다. 천인합일을 부정하는 것은 아니지만, 기존의 접근 양상과는 사뭇 다르게 느껴진다. 천도를 따라 인도를 실현하려는 의지보다는 "인도에 최선을 다하면 천도에도 합치된다."라는 인간 중심적 삶의 실천을 중시한다. 이는 인간이 천명에 순종하는 양식이라기보다는 '천명은 인간 의지의 표현임'을 부각하는 일

---

29 『思辨錄 中庸』10章: "舜有中和之德, 致位育之功, 而天保佑之. 夫舜之爲德, 可謂至矣. 而究其實, 則本諸孝而已. 由是見君子之道, 嘗不由於近也."
30 『思辨錄 中庸』11章: "其稱中庸之德, 皆以孝言者, 中庸爲德, 莫近於孝, 亦莫盛於孝故也."
31 『思辨錄 中庸』12章.

과 통한다(윤수광, 1996: 35~39). 그것은 인도에서 천도로 다가가는 일
종의 역발상이자, 사람의 실천적 노력 여하에 의해 천도를 이룰 수 있
다는 인간 주체의 발현이다.

성실은 하늘의 길이고, 성실하려는 것은 사람의 길이다. 중용에서 그것을 이
루는 방법을 자세하게 밝혀, 종국에 가면, 사람의 길이 최고의 경지에 이르러
사람답게 되고, 그것은 자연의 질서에 합하게 된다.[32]

서계에게서 중용은 자연의 질서이자 천도(天道)인 성실 자체보다 사
람의 길이자 인도(人道)인 성실하려는 노력이 중요하다. 제1장에서 언
급한 것처럼 "중용은 성(性)에 따르기에 힘쓸 뿐"이라는 인식과 상통한
다. 본성을 따른다는 의미는 무엇보다도 인간의 성을 존중하는 차원에
서 논의된다. 엄밀하게 말하면, 이는 중용의 논리 자체에서 담보된다.

세상의 지극한 정성은 그 성을 다하게 하고, 그 성을 다할 수 있으면 다른
사람의 성을 다하게 하며, 다른 사람의 성을 다할 수 있으면 물건의 성을 다하
게 하며, 물건의 성을 다할 수 있으면 천지의 화육을 도울 수 있다. 천지의 화육
을 도울 수 있으면 천지와 더불어 셋이 제 각각의 역할을 하며 조화를 이룰
것이다.[33]

'나의 본성을 다한다'라는 말은 인간으로서 나의 존재를 온전하게 발

---

[32] 『思辨錄 中庸』 13章: "誠者, 天道, 誠之者, 人道. 各明其致而及其卒也, 人道之至合乎天
道也."
[33] 『思辨錄 中庸』 13章: "唯天下至誠, 爲能盡其性, 能盡其性則能盡人之性, 能盡人之性則能
盡物之性, 能盡物之性, 則可以贊天地之化育, 可以贊天地之化育, 則可以與天地參矣."

휘하는 상황이다. 나의 온전함은 가르침을 통해 타인에게로 연결된다. 이런 작업의 연속은 궁극적으로 모든 사람의 본성을 다하게 되어 천지 자연의 공능과 하나가 된다.

'성(性)을 다한다'는 말은 성이 얻은 것을 다하지 않음이 없다는 뜻이다. 다른 사람과 나의 성은 모두 같다. 그러므로 나의 성을 다했다면, 그 가르침을 받는 다른 사람도 그 성이 얻은 것을 다하지 않음이 없다. 물건은 사람에 비해 그 성이 다르지만, 그 이치를 미루어 알 수는 있다. 내 마음이 이치에 밝아진 후에 부류에 따라 미루어 알 수 있는 것이다. 때문에 동물이나 식물에 대해서도 각각 그 성이 얻은 것을 다하지 않을 수 없다. 천지가 모든 생물을 화육하는 일은 각각 그 성을 다하게 하는 것일 뿐이다. 지금 그것을 제대로 할 수 있다면 이는 조화 발육시키는 공을 도와 천지와 함께 하나로 될 수 있다.[34]

서계는 인간이 성을 따라 자신의 성을 다하려는 노력에서, 자연의 질 서보다는 인간의 질서를 내세웠다. 자연학보다는 인간학에 무게중심을 둔다. 서계의 생각에서 주목할 부분이 이 지점이다. 서계가 강조하는 중용의 길은 지성(至誠)을 담보로 하여 자기의 본성을 다하는 진성(盡 性)이다. 이어서 진성을 바탕으로 다른 사람의 본성을 다하는 진인성(盡 人性)으로 삶의 길은 확장된다. 나아가 진인성을 근거로 물건의 본성까 지 다하게 되는 진물성(盡物性)을 통해 세계의 조화를 이룬다. 이런 점 에서 자기의 본성을 다하는 상황은 중용의 과정에서 알파이고, 천지화

---

34 『思辨錄 中庸』 13章: "盡性, 謂性之所得, 無不盡也. 人與我, 性皆同. 旣盡吾之性則其敎 之所被, 亦可使人而莫不盡其性之所得. 物之與人, 其性雖異而其理則有可推者, 吾心旣明 乎理, 亦可推類以知, 使夫動植之物, 亦莫不各盡其性之所得. 夫天地所以化育羣生者, 使 各得盡其性而已. 而今亦能之則, 是有以贊其功而與天地爲一也."

육은 오메가에 해당한다.

지성(至誠)을 원칙으로 하는 진성의 문제는 중용의 1차적 실현이 자기완성의 지향에 있음을 보여 준다. 그것의 확장을 통해 다른 사람과 물건에까지 제 각각의 본분을 다하며 본성이라는 꽃이 만개하기를 기대한다. 이러한 단계의 2차, 3차, 4차로 이어지는 실현 과정을 거쳐 중용은 그 궁극 목적에 다가간다. 그것은 나와 너, 그리고 그것의 사이 세계를 아우르는 거대한 우주적 하모니이다. 존재하는 것들의 이유를 상기하기 때문에, 이런 중용의 실현 모습은 모든 사물에 생기를 불어넣는 삶의 길이다. 나에게서 세계의 만물에 이르기까지 각기 사물의 성을 다하는 것은 유학의 기본 원리인 수기치인(修己治人)의 길에 한 발짝 다가간다.

이런 설명은 뒤이어서 계속된다. 정성(精誠)에 방점을 두는 성(誠)의 등장은 어떤 선악도 가릴 수 없다.[35] 성(誠)은 사람이 자신을 온전하게 이루고, 자기 이외의 다른 사람과 사물을 온전하게 이루는 중심에 자리한다. 뿐만 아니라 그 공효의 지극함은 하늘과 땅을 세계의 싹으로 불러들이고, 하늘과 땅이 제 각각의 역할 분담을 통해 끊임없이 삶의 조건을 마련한다.[36] 그것이 다름 아닌 중화(中和)의 덕이고, 위육(位育)의 의미이다.[37]

---

35 『思辨錄 中庸』14章: "明誠之所著, 善惡皆不可掩."
36 『思辨錄 中庸』15章: "成己成物必待乎誠, 誠之效極其至可以配天地, 天地所以誠積累不息致其功用之盛如此."
37 『思辨錄 中庸』16章; 19章: "聖人所以配天者, 皆由至誠積累之功以致中和之德而得之也.; 明中和位育之義."

4. 결어: 학문學問의 지향과 궁극

서계의『중용』이해는 분명히 주자의『중용장구』에 비판적이다. 하지만 그것은 '반주자학', '탈정주학', '탈성리학', '실학'이라기보다는 경(經)을 이해하고 독해하는 서계의 학문적 독특성이 두드러졌기 때문에 빚어진 현상이다. 특히, 육경을 중심으로 실천적 학문을 펼치려는 일종의 학문적 자부심이 두드러지면서 나타난 사안으로 학765 양식의 창의적 돌출로 볼 수 있다.

서계는『중용 사변록』에서 중용의 일관된 뜻을 드러내기 위해, 정자와 주자의 견해 불일치를 지적하며, 유학의 본래 사유에 부합하는 논리적 일관성을 찾으려고 노력하였다. 그것은 사물의 이름과 본분에 맞는 명물(名物)의 명증함을 요구하는 데로 이끌었다. 그리하여 서계에게서 중용의 학문은 성(性)에 따르기에 힘쓴 것으로 인식되고, 중용은 내 마음의 밝은 것을 따라 실천하는 '사람의 길'로 정돈된다. 이는 주자가 객관적으로 사람과 사물의 원리를 설명하는 측면과는 다른, '인간 주체'로서의 삶에 역동성을 부여한다. 생활철학을 강조하며 강력한 실제성과 현실성을 지닌다.

이런 특징은 중용의 실천 양식에서 효(孝)를 무게중심에 두고 전개되는 것으로 파악된다. 왜냐하면 중용의 덕이 효보다 가까운 것이 없고, 효보다 구체적이고 확실한 것이 없기 때문이다. 효의 실천은 천도(天道)를 따라 인도(人道)를 실현하려는 의지보다는, 인도에 최선을 다하면 천도에도 합치된다는 '인간 중심'적 삶의 실천을 중시하는 것으로 표출된다. 이는 사람의 실천적 노력 여하에 의해 천도를 이룰 수 있다는 인간 주체의 발현이자, 인간학의 강조이다.

요컨대, 서계의『중용』이해는 관념적이고 이론적인 차원을 넘어서 있다. 유교의 형이상학으로서 중용을 해체하고 형이하학적인 실제를 담보하였다. 이는 인간을 중심으로 세계를 이해하고 사람의 길을 고심한 학문의 실천이다. 인간을 주체에 두고 삶에 생기를 불어넣은, 이른바 유학의 본질을 탐구한 학문 정신의 전개라고 판단된다.

『논어 사변록』에 대한 일고_考

김용재

1. 서序

그간 우리나라에서의 경학 연구는 주로 '철학' 영역을 다루는 '경세지학' 방면에 치중하여 온 반면, 경서의 경문 그 자체가 갖는 해석학적 의미와 위상, 그리고 훈고와 고증 등에 대해서는 활발한 논의가 진행되어 오지 못하였다. 설령 그러한 연구가 다소 있었다 하더라도, 결국 '주자학' 중심의 『집주』 연구에 천착하는 단편적인 길을 걸어왔을 뿐이다.[1] 따라서 본 연구는 경전 주해 자료에 대한 연구의 활성화를 위하여 조선의 유자를 선정하고 다양한 경서 주해를 남긴 부분을 천착한다는 데에 연구의 일차적 목표가 설정되었다.

고려 말 우리나라에 전래된 '성리학'은 15세기 건국이념으로 채택되면서 한국적 특징이 드러날 수 있는 '도학(道學)'으로 선보이기 시작하

---

[1] 김용재, 「『논어집해』와 『논어집주』의 주석 비교를 통해 본 『논어』 경문의 이해(2)」, 『한문교육연구』 제34집, 한국한문교육학회, 2010.

였으며, 16세기에 이르러서는 이언적, 이황, 이이로 연결되는 주자학 성숙기를 거치게 되었다. 이후 주자학은 양란(兩亂)이 끝난 17세기 중반을 전후하여 조선시대의 확고한 지배 이념이자 학문으로 자리하게 되었다. 이때 주자학은 '예학(禮學)', '경학(經學)', '실학(實學)' 등 다양한 학문 사조의 양상을 띠며 각양각색으로 전개되기에 이른다.

이에 본고는 17세기 전후가 당시 획일화되어 있던 학풍이 다양한 물꼬를 트게 되는 시점에 도달하게 되었음을 전제하고,[2] 그 선두 주자로서의 유자로 '서계 박세당'을 거론할 수 있다는 점에 착안하였다.[3]

그런데 서계 박세당에 대한 후학의 평가는 천양지차여서, 그의 사상 사적 위상과 지위에 대해 다시 한번 곱씹어 볼 필요성이 대두되었다. 특히 조선 후기까지만 해도 '서계 박세당'을 평가함에 있어서 주자학에

---

2 서계가 활동하던 17세기는 조선 학계에서 '사문난적(斯文亂賊)'이라는 말이 생길 정도로 사상적으로 획일화되었던 시기였다. 여기서 말하는 '사문'은 원시유학이 아닌 '주자학'을 가리키는 개념이다(이영호, 「서계 박세당의 『사변록・대학』에 대한 연구」, 『한문학보』 제2집, 127쪽).

3 박세당(1629~1703)은 남원 출신으로 본관은 반남(潘南), 자는 이긍(季肯)이며, 호는 서계 (西溪)・잠수(潛叟)이다. 인조 7년에 남원부 관아에서 당시 남원부사였던 박정(朴炡)과 양주 윤씨 사이에서 4형제 중 막내아들로 태어났다. 4세 되던 해에 아버지를 여의고, 7세 되던 해에는 맏형까지 잃어 그는 매우 어려운 환경에 처하게 되었다. 그 이듬해에는 병자호란이 일어나 할아버지 박동선(朴東善)이 왕명을 받고 먼저 강화도에 들어가 가족들이 뿔뿔이 흩어지게 되자 그는 전란 중에 할머니, 어머니 등을 모시고 피난 생활을 하며 온갖 고생을 하게 된다. 경제적인 어려움과 전란 등으로 학업의 기회를 놓치다가 10세가 넘어서야 겨우 중형인 박세견(朴世堅)에게 글을 배우게 되었고, 14세에는 고모부인 정사무(鄭思武)를 만나면서 본격적으로 학업에 진전하게 되었다. 17세에는 의령 남씨와 혼인하면서 경제적인 자립을 할 수 없었던 그는 10년 가까이 서울 정릉동에서 처가살이를 하게 되었다. 이때 그는 경제적인 배려뿐만 아니라 학문적으로도 처남인 남구만(南九萬)과 처숙부 남이성(南二星) 등과 함께 토론하면서 학문이 더 성숙되었다. 이러한 인척 관계는 훗날 그가 조정에서 서인(西人), 그중에서도 소론에 속하게 되는 데에 지대한 영향을 끼쳤다고 볼 수 있다(윤사순, 「박세당의 실학사상에 관한 연구」, 『아세아연구』 제46호, 34쪽 재인용).

배치되는 반(反)주자학적 성향을 보인다고 평하는 것이 일반적이었으나, 차츰 그의 사상을 재해석하게 되면서 주자학 학풍에 완전히 반대하지는 않았지만 일면 벗어나려는 경향을 보였다고 하여 '탈(脫)주자학'으로 술회(述懷)하는 학자들이 나타났다. 또한, 그가 남긴 몇몇 경전 주해를 통해 보면, 그의 사상이 당시 시대 상황에 비춰 볼 때 다소 진보적이라고 판단하는 학자들에 의하여 양명학 성향을 가졌다고 인정하거나, 혹은 형이상학적인 것에 머무르지 않고 현실적인 것을 추구하였다는 점을 강조하여 실학적 학풍을 지닌 유자로 인정하는 일부 학자들의 견해도 표출되곤 하였다.[4]

그렇다면 박세당에 대한 위와 같은 선입견을 배제하고, 그의 사상과 학풍이 17세기 후반 조선의 학풍에서 그의 사상이 확연히 드러날 수 있는 부분은 어디에서 찾을 것인가? 단연 경전에 대한 그의 해석, 즉 경학관을 살펴보는 것이 요구된다. 따라서 본고는 박세당의 경전 주해 가운데 『논어 사변록』을 저본으로 설정하고 출발한다.[5] 그리고 그의 경전 주해 양상이 17세기 조선 사회의 학문 사조에 어떠한 영향을 끼쳤는지 알아보는 데에 이 논문의 귀착점이 될 것이다.

---

4 사실 서계 박세당은 노장(老莊)을 공부한 유자로 평가하는 것이 가장 일반적이고 타당하다. 그의 『도덕경주해』와 『남화경주해』가 그의 도가적 학풍에 손색이 없을 정도로 우수하고 탁월하기 때문이다.

5 서계 박세당에 관한 기존 연구에서 『논어 사변록』를 언급한 이는 이병도·김흥규·윤사순 등이 전부이다. 다만, 『논어 사변록』만을 전적으로 저본으로 삼아 논문을 발표한 사람은 오용원이다. 그리고 오용원의 『논어 사변록』은 박세당이 『논어』 주해 과정에서 주자학에 동의하는 '정도'를 중심으로 그의 학문적 관점을 평가하고 있다. 위 이병도·김흥규·윤사순은 저마다 자신의 논증을 전개하는 과정에서 필요에 따라 박세당의 『논어 사변록』 몇 줄을 인용한 것에 불과하였다.

2. 선행 연구에 대한 분석 및 검토

1) 조선시대 『논어』 경설 연구사와 그 특징

우선 조선시대 '경학' 연구에서 『논어』 주석에 관한 역사적 추이를 살펴보기로 한다. 『논어』 주석에 관한 최초 출현은 고려 후기 김인존(金仁存)의 『논어신의(論語新義)』라 할 수 있으나, 안타깝게도 이름만 남아 있지 실제로 현존하지는 않는다.[6] 이후 『논어』 주석서 출현은 한동안 뜸하였다고 볼 수 있다. 아니면 필자의 학문이 일천한 관계로 고려 말~조선 건국 과정에서의 『논어』 주석서를 찾아볼 수가 없었다.[7]

그러다가 조선 전기 이황(李滉)의 『논어석의(論語釋義)』의 출현을 기점으로, 『논어』 주석을 통한 입론의 근거와 학술적 담론이 쏟아지기 시작한다.[8] 17~19세기 중엽까지 저술된 『논어』 주석서가 우리나라 경서 주석의 약 90%를 차지하고 있다는 점은 이의 방증(傍證)이다.

그야말로 17~19세기는 『논어』 주석의 황금기였으나, 19세기 이후부터는 요동치는 대내외적 정세와 맞물려 학문의 주 관심 대상도 바뀜에 따라 『논어』 주석은 역사의 뒤안길로 사라지게 된다. 그럼에도 불구하고, 현재까지 조선시대 『논어』에 관한 주(注)·해(解) 등의 경설을 남긴 학자는 100여 명이며, 135종이 넘는 경설과 주석이 있다.[9]

---

6 이영호, 「조선 논어학의 특징에 대한 도설적 정리」, 한국경학학회 월례발표회 발표문.
7 여말 선초의 유풍(儒風)은 '안향'과 '백이정'의 주자학 유입과 공부라는 풍토하에 있었지만, 주희의 『사서집주』보다는 '오경' 쪽에 관심과 연구가 많았으며, 무엇보다도 불가(佛家)를 배척하기 위한 정치적 명분의 서적들이 즐비하였다고 볼 수 있다. 이후 '회재 이언적'이 주희의 『대학장구』를 보완한다는 의미에서 『대학장구보유』가 발간되기 시작하였고, 사서에 대한 천착이 점차 증가 추세에 접어들기에 이른다.
8 '석의(釋義)'란 한문으로 된 서적에 주석을 달고 자신의 의견을 덧붙인 것의 총칭이다.

아래는 이영호가 분석한 자료로, 조선『논어』주석서의 학파별 분류와 그 특징을 필자가 재요약하여 정리한 것이다.[10]

(1) 주자학적 입장을 견지한 학자와 『논어』 주석서

· 퇴계학파 계열: 이황(李滉, 1501~1570)의 『논어석의(論語釋義)』, 이덕홍(李德弘, 1541~1596)의 『논어질의(論語質疑)』, 류장원(柳長源, 1724~1796)의 『논어찬주증보(論語纂註增補)』, 류건휴(柳健休, 1768~1834)의 『동유논어해집평(東儒論語解集評)』, 이진상(李震相, 1818~1886)의 『논어차의(論語箚義)』, 곽종석(郭鍾錫, 1846~1919)의 『다전논어경의답문(茶田論語經義答問)』.

순	저자	서명	특징
1	이황	『논어석의』	· 현존 최고(最古)의 논어 주석서 · 난해한 경문을 여러 주석서에 근거하여 쉽게 국역한 책
2	이덕홍	『논어질의』	· 집주의 불분명한 곳을 해명 보완, 명징(明澄)하게 해석 · 체용론 시각에서 집주 해석을 명료하게 분석 · 이후 조선 논어 주석학의 선본 역할
3	류장원	『논어찬주증보』	· 중국 당대 주자학 계열의 논어설을 집대성 · 논어정의·논어혹문·주자어류 등 광범위한 자료 인용 · 논어집주대전에 소주를 붙여 오류에 대한 변증 시도

---

9 이영호의 「조선 논어학의 특징에 대한 도설적 정리」 발표문에 의하면 "130여 종의 『논어』 경설이 남아 있으나, 이 가운데 유의미하거나 비교적 완정된 형태의『논어』주석서를 정선해 보면 30여 종을 손꼽을 정도"라고 한다.
10 이영호, 「조선 논어학의 특징에 대한 도설적 정리」, 한국경학학회 월례발표회 발표문.

| 4 | 류건휴 | 『동유논어해집평』 | · 조선 당대 주자학 계열의 논어설을 집대성
· 16~19세기 조선 논어설을 집록
· 심성론 위주의 변론에 집중
· 퇴계학 계열의 경설 인용 많음(류장원을 사사하였기에) |

· 율곡학파 계열: 이이(李珥, 1536~1584)의 『논어석의(論語釋義)』, 김장생(金長生, 1548~1631)의 『논어변의(論語辨疑)』, 이유태(李惟泰, 1607~1684)의 『논어답문(論語答問)』, 송시열(宋時烈, 1607~1689)의 『논어혹문정의통고(論語或問精義通攷)』와 『퇴계논어질의의의(退溪論語質疑疑義)』, 임영(林泳, 1649~1696)의 『논어차록(論語箚錄)』, 어유봉(魚有鳳, 1672~1744)의 『논어상설(論語詳說)』, 김근행(金謹行, 1712~?)의 『논어차의(論語箚義)』, 최좌해(崔左海, 1738~1799)의 『논어고금주소강의합찬(論語古今注疏講義合纂)』, 전우(田愚, 1841~1922)의 『독논어(讀論語)』, 박문호(朴文鎬, 1846~1918)의 『논어집주상설(論語集註詳說)』.

슌	저자	서명	특징
1	이이	『논어석의』	· 사서 언해본을 남김
2	김장생	『논어변의』	· 율곡학 계열에서 최초로 논어 주석서를 집필 · 이이의 학설을 대부분 인용(퇴계학 계열의 유풍과 유사)
3	김근행	『논어차의』	· 『논어집주대전』의 소주(小注)의 오류를 분석
4	최좌해	『논어고금주소강의합찬』	· 집주, 혹문, 집주대전 원용하면서 주희의 인설(仁說) 본의 찾기
5	전우	『독논어』	· 율곡학 계열의 마지막 거유(巨儒) · 정주의 인설(仁說)을 지지, 주희의 경설과 동이(同異) 변석 · 퇴율 이외의 경설을 강렬히 배척, 이단으로 여김 · 서양의 기독교, 중국의 양계초 사상을

			매우 배척 ・배타적이고 비타협적이며 주자학 옹호

임진왜란 이후 사회적·경제적·사상사적 흐름에 큰 변화 발생한다. 혼란한 국면을 타개하기 위하여 유자들은 저마다 자신의 철학적 입장과 담론으로 무장하여 나선다. 기존의『집주』해석이나 천리와 심성을 다뤘던 이론과는 다른, 좀 더 박진하고 현실을 추구하는 사유 체계가 필요하였던 것이다. 이를 한국 유학사에서는 '실학'이라 일컫기도 한다. 그러나 조선의 유학이 실학이 아닌 영역이 어디 있었겠는가? 다만 이전의 유학보다 좀 더 현실적이고 실사(實事)에 득이 되는 것을 추구한다는 차원에서 허학(虛學)에 반대되는 개념으로 '실학'이라는 용어를 사용하였을 뿐이다. 이러한 견지에서 볼 때 주자학으로부터 다른 세계관을 엿보인 학자가 바로 서계 박세당이다. 박세당 이후 이익과 홍대용, 그리고 위백규와 정약용으로 이어지는『논어』경문에 대한 해석의 관점은 그야말로 새로운 패러다임을 내놓기에 충분하였다.[11] 아래는 실학의 입장을 견지한 대표적 유자와『논어』주석서에 대한 소개이다.

(2) 실학의 입장을 견지한 학자와『논어』주석서

박세당(朴世堂, 1629~1703)의 『논어 사변록(論語思辨錄)』, 이익(李瀷, 1681~1763)의 『논어질서(論語疾書)』, 위백규(魏伯珪, 1727~1798)의 『논어차의(論語箚義)』, 홍대용(洪大容, 1731~1783)의 『논어문의(論語問疑)』,

---

11 이영호는 「조선 논어학(論語學)의 특징에 대한 도설적(圖說的) 정리」에서 "조선 실학파의 경학이 박세당에 의해 시작되어 이익에 의해 그 위상이 확연히 정립되었고, 정약용에 의하여 집대성되었다."고 평가한다.

정약용(丁若鏞, 1762~1836)의『논어고금주(論語古今註)』, 석혜장(釋惠藏, 1772~1811)의『논어종명록(論語鍾鳴錄)』, 심대윤(沈大允, 1806~1872)의 『논어(論語)』.

박세당이 실학적 사유의 길을 열어 놓은 인물로 평가되기도 하지만, 18~19세기 반주자학이나 탈주자학적 사유는 주로 성호의 제자, 특히 성호 좌파에서 활발하게 논의되기도 하였다. 특히 19세기 심대윤은『맹자』를 제외하고『대학』·『중용』·『논어』에 주석서를 붙였는데, 일견 양명학적 사유의 편린들도 나타난다.『조선유학사』를 저술한 다카하시 도루(高橋亨)는 심대윤의 사상적 연원을 정제두에 놓고 있으며, 위당 정인보는『양명학연론(陽明學演論)』에서 심대윤을 경학의 빛이라고까지 칭찬 일색이었다.12 아무튼, 조선 후기로 접어들면서 주자 성리학의 공리무용(空理無用)한 성향으로부터 벗어나려는 시도는 박세당이 서문을 열어 놓은 것으로 평가할 만하다.

2) 박세당의 학풍에 대한 기존 연구의 입장13

조선 유학사에서 서계 박세당을 최초로 언급한 사람은 현상윤이다.14 이후 박세당에 대한 유학사에서의 언급은 꾸준히 이어져왔는데, 이병

---

12 정인보는 조선의 학술 사업에서 '역사'는 이익과 안정복, '정치' 방면에서는 정약용, 그리고 '경학'에서는 심대윤이 조선의 빛이라고 극찬한다. 또한 최근에 임형택은『심대윤전집』을 간행하면서 그를 우리나라의 마지막 실학자이자, 양명 좌파의 성향을 가진 학자로 해제를 붙여 놓았다.

13 오용원의「박세당의 논어 사변록 연구」에서 조사된 자료를 재요약 정리하였다(오용원,「박세당의 논어 사변록 연구」,『대동문화연구』, 성균관대 대동문화연구원, 2004).

14 현상윤,『조선유학사』, 현암사, 1948.

도는 박세당의 유풍을 '반주자학'이라 처음 언급하기도 하였다.[15]

그리고 1990년대 들어 이을호·윤사순·금장태 등의 학자들이 이러한 의견에 동조하며 박세당의 사상을 주자학과 획을 긋기 시작한다. 그런데 이러한 평가는 박세당이 '유가' 방면보다 '노장' 쪽에 관한 저술이 많기 때문에, 주자학을 기준으로 보자면 위와 같은 학설이 나올 수밖에 없는 구조이기도 하다. 그런데 또 도가 방면의 연구자들은 박세당을 여전히 유가의 학풍을 견지한 사람으로 평가하고 있으며, 주자학 범주 내에서 주자학 내지 성리학을 비판적으로 발전시켰다고 분석한다. 한편, 박세당이 반주자학자라는 평에 회의와 의문을 제기하고, 박세당의 경학관은 주자학 범주 내에서 주자학을 비판, 발전시켰다는 입장을 처음 발표한 연구자는 이종성이다.[16] 그러나 노장사상을 전공한 이희재·김만규는 "서계 박세당은 노장학자이며, 도가사상에 근접해 있으므로 그의 학문을 말할 때는 반(反)유가라 해야 맞다."고 주장한다.[17]

그러나 사학계에서의 배종호·윤남한은 "박세당이 양명학적 입장과 유사한 특징을 가지고 있다."고 발표하였는데, 그 근거로 박세당이 주해를 내놓은 『대학』의 '격물치지'설을 비근한 예라 한다. 또 박세당의 경전 해석 태도에 대하여 '반(反)주자학' 입장이라는 용어를 사용하는 데 동의하면서도, 이러한 "반주자학적 경학관(經學觀)이 실학의 특징을 가지고 있다."는 독창적 견해가 20세기 말 윤사순에 의하여 발표되었다.[18] 그러나 김용옥은 "박세당은 반주자학자가 아니다."고 주장하면서, "조

15 이병도, 「박서계와 반주자학적 사상」, 『대동문화연구』 제3집, 성균관대 대동문화연구원, 1972.
16 이종성, 「박세당 『노자』 해석의 체용론적 기조」, 『유학연구』 제8집, 충남대 유학연구소, 1997.
17 김만규, 「서계 박세당의 정치사상」, 『동방학지』 제19호, 연세대 국학연구원, 1977; 이희재, 「박세당의 신주도덕경(新註道德經) 연구」, 『서지학연구』 제23호, 서지학회, 2002.
18 윤사순, 「박세당의 실학사상에 관한 연구」, 『한국유학론구』, 현암사, 1980.

선 500년 유학사에서 반주자학이라는 명제 자체가 성립할 수 없다."고 하며, "주자학의 범주를 벗어난 이는 단 1명도 없었다."고 주장한다. 이는 분명 두 번째 견해와 유사하지만, 전체적인 맥락에서 보았을 때, 분명 독창적인 견해로도 볼 수 있다.[19]

이와 같은 선행 연구를 토대로, 본고는 박세당을 탈주자학이니 혹은 반주자학이니 라고 운운하는 전제에서 벗어나, 그가 『논어』경문을 어떻게 해석하였는지에 대하여 해석학적 관점에서의 분석에 초점을 맞추어 연구할 계획이다.

3. 『논어 사변록論語思辨錄』의 체제와 구조적 특징

1) 『논어 사변록』의 구성 체계

박세당의 『사변록』가운데 『대학 사변록』과 『중용 사변록』은 당대 학자들 사이에서 획기적인 선풍을 일으켰다 할 정도로 센세이션한 반향을 가져온 작품이다. 반면에 『논어 사변록』과 『중용 사변록』은 획기적인 논의를 가져왔다기보다는, 기존 주자의 주석에 비판적 어조가 다소 드러났다는 정도에 의미를 두는 경향으로 인지되기도 한다.[20] 그러면 그가 『사변록』을 짓게 된 연유를 기술해 놓은 「서(序)」부터 분석해 보자.

---

19 김용옥, 『삼국통일과 한국통일』상권, 통나무, 1995, 88쪽 참조.
20 박세당이 『사변록』을 저술하기 시작한 것은 52세 때부터의 일이고, 『대학 사변록』과 『중용 사변록』을 서술하기 시작한 이후, 『논어 사변록』과 『중용 사변록』을 완성시켰다. 박세당은 『사변록』사서를 서술하는 첫 장에 자신의 집필한 나이를 기술하고 있다. 예컨대, 『논어 사변록』은 60세라 기술하였다.

육경의 글은 모두 요순 이하 여러 성인의 말을 기록한 것으로, 그 이치는 정미하고 의리는 갖추어져 있으며, 그 의미는 깊고 취지는 심원하다. (중략) 이것은 본래 세간의 하찮은 선비라든가 변통 없는 유자의 얕은 도량이나 고루한 식견으로는 밝혀낼 수 있는 것이 아니다. 그러므로 위로는 진한(秦漢)부터 아래로 수당(隋唐)에 이르기까지 문호를 나누어 쪼개고 사지를 잘라내고 폭을 찢어 내다가 결국 대체를 파괴 훼손한 것을 이루 다 헤아릴 수가 없다.[21]

박세당은 중국(진·한·수·당)의 유자들이 경서의 진면목을 제대로 헤아리지도 못한 채, 문장과 구절을 임의로 자르고 쪼개어 얄팍한 지식으로 성인(聖人)의 말씀을 곡해한 것에 대하여 격분하게 되었고, 이를 바로잡기 위하여 자신이 직접 찬술하게 되었음을 밝히고 있다. 아마도 박세당은 한대(漢代)의 훈고나 당대(唐代)의 불가의 입장에 대해 비판적 식견을 가지고 있었던 것으로 보인다. 그러나 박세당이 정주의 학문을 완전히 그릇된 것이라고 평술하지 않음을 찾아볼 수 있다는 사실로부터, 우리는 그가 정주학에 완전히 반대하고 있지 않음 또한 주의해야 한다.

송나라에 이르러 정주 두 선생이 일어나 곧 해와 달의 거울을 갈고 우레와 벼락을 두드리니, 소리는 먼 곳까지 미치게 되고 빛은 넓은 데까지 덮여 육경의 뜻이 다시 환하게 세상에 밝아졌다.[22]

---

21 『思辨錄』,「序」: "六經之書, 皆記堯舜以來群聖之言, 其理精而其義備, 其意深而其旨遠. (中略) 固非世之曲士拘儒淺量陋識所可明也. 是以上自秦漢下逮隋唐, 分門割戶, 斷肢裂幅, 卒以破毀乎大體者, 不可勝數."

22 『思辨錄』,「序」: "故及乎宋之時, 程朱兩夫子興, 乃磨日月之鏡, 掉雷霆之鼓, 聲之所及者遠, 光之所被者普, 六經之旨, 於是而爛然復明扵世."

그렇다면 여기에서 더욱 의아한 점이 생긴다. 정주학의 공적을 인정하면서도 박세당은 왜 『사변록』을 저술하여야만 했는지, 그리고 그는 성리학의 학문 목표가 오직 성인됨에 있음을 인정하면서도 성인이 되기까지의 과정과 도달하는 방법은 천차만별일 수밖에 없다는 것을 전제하여, 성인의 경지에 도달하는 다양한 방법들 가운데 가장 합리적인 방안을 어떻게 취사선택할 것인지를 설파하여야 한다.

그러나 경(經)에 실린 말이 그 근본은 비록 하나이지만 실마리는 천만 갈래이니, 이것이 이른바 "하나로 모이지만 생각은 백이나 되고, 귀결은 같지만 길은 다르다."고 하는 것이다. 그러므로 비록 뛰어나고 독특한 지식과 깊은 조예로써도 오히려 귀추의 갈피를 다하지 못하거나 미묘한 부분을 놓치는 경우가 있으니, 반드시 여러 장점을 널리 모으고 조그마한 선함도 버리지 않아야, 조략한 것도 빠뜨리지 않고 천이한 것도 누락되지 않아 심원하며 정비한 체제가 비로소 온전하게 된다.[23]

그는 학문을 대하는 태도가 일단 폐쇄적이거나 배타적이어서는 안 됨을 역설한다. 앞서 서술했던 바와 같이 기존의 주자학에 심취된 조선의 유자들은 '퇴계 계열'이건 '율곡 계열'이건 간에, 사승 관계로부터 벗어난 학설이나 주자의 설에 반박하는 학문 태도를 매우 배척, 이단시하였던 반면에, 박세당은 성인이 되고자 하는 목표가 동일하다면 그에 도달하는 과정이나 방법론상에서의 차이는 얼마든지 각양각색으로 드러날 수 있다고 보았다. 다만, 성인의 본지를 왜곡시키지 않는 범위에

---

23 『思辨錄』,「序」: "然經之所言, 其統雖一, 而其緒千萬. 是所謂 一致而百慮 同歸而殊途, 故雖絶知獨識, 淵覽玄造, 猶有未能盡極其趣而無失細微. 必待乎博集衆長, 不廢小善, 然後粗略無所遺, 淺邇無所漏, 深遠精備之體, 乃得以全."

서 가능하므로, 경문의 본지를 벗어나는 우를 범해서는 안 될 것 또한 강조하고 있다. 『사변록』의 서에 해당하는 이러한 내용은 그의 경학관이 매우 유연한 태도를 견지하고 있음을 보여 주는 것이라 하겠다. 한편,『논어 사변록』의 주해 서술에 대해 형식적인 측면을 조사, 분석하면 다음과 같다.

첫째, 『논어 사변록』은 저술의 시작과 함께 간지를 통하여『논어 사변록』을 집필하였던 연령을 기술하고 있다. 예컨대, 『논어 사변록』은 '무진선생육십세(戊辰先生六十歲)'로 되어 있다. 둘째, 『율곡사서언해』에서 편장한 체제를 그대로 따르고 있으며, 따라서 각 편마다 경문의 수가 『율곡언해본』과 동일하다는 점이다. 셋째, 일단『논어』경문을 먼저 쓰고, 그 아래에 한 줄과 한 칸을 띄어 자신의 의견을 진술한다. 넷째, 경문에는 'ㅇ' 표시가 있거나 혹은 없는데, 그 원칙은 아마도 박세당이 저본으로 보았던 서적에 기인한 것으로 보인다. 다섯째,『논어 사변록』의 분량은 그리 많지 않음에도 불구하고,『논어』주해는 거의『논어』의 앞부분에 집약되어 있었다.[24] 『논어집주』가 총 20편 498개 문장임을 감안할 때, 이 가운데『논어 사변록』에 서술된 주해가 모두 208개의 문장으로 약 41.7%에 해당된다.[25] 이를『논어 사변록』에 편별로 서술된 경설의 수를 나열하면 다음과 같다.

---

24 『논어 사변록』은 『대학 사변록』과 『중용 사변록』만큼 박세당의 독특한 주해(註解)가 있다고 볼 수 없을 듯하다. 대부분『집주』에 대한 일부 동의, 또는 반박의 의견 제시로 일관하고 있다. 본고에서는『논어 사변록』안에서 그의 가장 독창적인 주해라 할 수 있는 경문(經文) 몇 가지만을 선별하여 고찰하기로 한다.
25 김희영, 「주희의『논어집주』와 박세당의『논어 사변록』의 주해 비교를 통해 본『논어』경문의 해석학적 이해」, 성신여대 석사학위논문 참조.

편명	경설의 출현 빈도 수	편명	경설의 출현 빈도 수
학이 제1	9	위정 제2	16
팔일 제3	7	이인 제4	11
공야장 제5	14	옹야 제6	14
술이 제7	19	태백 제8	14
자한 제9	19	향당 제10	6
선진 제11	13	안연 제12	13
자로 제13	8	헌문 제14	13
위령공 제15	12	계씨 제16	4
양화 제17	7	미자 제18	2
자장 제19	5	요왈 제20	1

2) 경(經)에 대한 주석 서술 방법

첫 번째 특징은 전술한 바와 같이 『논어 사변록』에는 『대학 사변록』이
나 『중용 사변록』에서와 같이 정주학의 입장과 확연하게 차이를 보여
주는 부분이 그리 많지 않다는 점이다. 다만, 『집주』 내 모(某) 씨의
설이나 혹은 속유(俗儒)와 구유(拘儒)의 설에 대해 비판적 입장을 보이
는 것만큼은 대동소이하다. 그도 그럴 만한 이유는 『대학』·『중용』은
철학적으로 현격한 차이를 보일 수 있는 형이상학에 가깝지만, 『논어』
는 현실에서의 도덕 윤리나 실천 덕목에 관한 내용이 주를 이루고 있기
때문에, 획기적인 반대 논리나 명제를 내세우기가 곤란했을 것이다.

두 번째 특징은 박세당의 『논어 사변록』에 등장하는 학설과 서적을
유심히 들여다보면, 그는 주희의 『집주』만을 비판 대상으로 삼은 것이
아니었다는 점이다. 그는 정주학적 견해뿐만 아니라, 진한-수당-송대
로 이어지는 일련의 성리학적 제(諸) 학설에도 동의하지 않는 부분을
명확히 제시한다. 심지어 명대에 완성되었다던 『논어집주대전본(論語

集注大典本)』에 기재된 여러 소주(小注)들마저도 모두 그의 비판 대상이 되고 있다는 점이 특징이다.

끝으로 박세당은 주자와의 견해 차이를 보이는 부분에서 표면적으로 드러나는 어감이다. 예컨대, 주자가 비유식 표현으로 완곡한 분위기를 연출하여 서술한다면, 박세당은 직설적이면서도 포괄적인 해석을 보인다는 점이다. 예컨대, 아래의 경문에 대한 두 사람의 주해 차이를 비교해 보자.

子曰: "觚不觚 觚哉觚哉." 「옹야」 23

공자께서 말씀하셨다. "모난 고(술잔)가 모나지 않으면 어찌 고라 하겠는가? 어찌 고라 하겠는가?

◦ 집주: '고'는 모가 난 술그릇이다. 모가 나지 않았다면[不觚] 그것은 당대의 세상이 옛 제도의 아름다움을 잃어버린 것이다.[26]
• 사변록: '고'라고 하겠는가를 거듭 말한 것은 매우 상심하여 한 말이다. 사물이 그 이치를 얻지 못함은 어찌 바가지[觚]뿐만이겠는가?[27]

주희는 비유적으로 표현한 반면, 박세당은 포괄적·직설적으로 경문을 해석하고 있다. '모가 난 그릇[觚]'이라 함은 당시 옛 제도를 잘 간직하였음을 보여 주는 것인 반면, '모가 나지 않은 그릇'이라면 이미 문물 제도의 정체성을 상실한 것임을 단적으로 표현한 것이라 하겠다.

---

26 『論語集注』: "觚, 稜也. (中略) 不觚者, 蓋當時失其制而不爲稜也. 觚哉觚哉, 言不得爲觚也."
27 『思辨錄論語』: "重言觚哉, 深傷之之辭, 物不得其理, 豈徒觚之可傷哉."

4. 『논어 사변록』과 『논어집주』의 해석학적 동이同異

1) 훈고·훈석 및 끊어 읽기에 따른 해석의 차이

(1) '인(因)'

○有子曰 "信近於義 言可復也 恭近於禮 遠恥辱也 因不失其親 亦可宗也." 「학이」
    13

『집주』에서는 '因'을 '의지하려고 하는 사람' 정도로 풀이했다. 따라서
위 경문 해석은 "지금 내가 의지하려고 하는 사람이 그와 가까이 있는
사람들로부터 신임을 잃지 않았다면, 그런 사람이야말로 평생 종주로
삼을 만한 인격자"라 풀이된다. 그러나 박세당은 『자치통감』에 나오는
'인경감(因景監)'을 비유하여 '因'을 새겼다.

· 사변록: 인(因)은 '인경감'의 인(因) 자와 같다. 그 의지하는 사람을 친한 이로
  선택하지 않으면 비록 이로 인하여 뜻을 얻고, 성과가 그럴 듯한 것이 있다
  하더라도 그 근본이 더러워 남들이 나쁘게 여길 터이니, 반드시 그 의지하는
  바 사람에게 친할 만한 사람을 얻어야만 자기를 바르게 하고 덕을 좋아하는
  종주 노릇을 할 수 있다는 것이다.[28]

주희는 '인(因)'을 '세력이 비등한 데에 의지하는 것'이라고 주석을 달

---

[28] 『思辨錄論語』: "因, 猶因景監之因, 苟所因不擇可親之人則雖其由此, 得志其成, 效粗有可
稱, 其本汚賤人所卑下, 必其所因者, 得其可親然後, 正己好德之實, 爲可宗也."

앞지만, 이는 잘못된 풀이라고 단언한다.[29] 위 경문에 쓰인 '인(因)'은 '인경감'의 '인'이며, '인경감'은 위(衛)나라 공손앙(公孫鞅)이 진(秦)나라에 들렀을 때 진나라 효공으로부터 총애받던 신하 '경감(景監)'으로 인하여 그렇게 만나보기 어렵다던 효공을 만날 수 있었다는 고사에서 쓰인 '인(因)'과 풀이가 같다고 하였다.

(2) '오여회언종일(吾與回言終日)'

○子曰 "吾與回言終日 不違 如愚 退而省其私 亦足以發 回也 不愚." 「위정」 9

『집주』에서는 "오여회언종일(吾與回言終日)"에서 끊어 읽었으나, 박세당은 "오여회언(吾與回言)"이 한 구절이므로 여기에서 끊어 읽어야 한다고 주장한다.

> · 사변록: "내가 회와 더불어 말한다."는 것이 마땅히 한 구절이 되어야 한다.[30]

따라서 『사변록』에 의하면 위 경문은 "내가 안회와 더불어 말을 했다. 그런데 종일토록 거역하는 바가 없었다. 물러나서 그의 개인적인 행동을 살펴보아도 역시 나를 깨우치기에 충분하다. 안회는 정말 어리석은 아이가 아니다."라고 해석될 것이다.

---

29 『思辨錄論語』: "朱子謂因勢敵宗彼尊, 又謂須於其初審, 其可親者, 從而主之, 恐未然也."
30 『思辨錄論語』: "吾與回言, 當爲一句."

(3) '공호이단(攻乎異端)'

子曰 攻乎異端, 斯害也已. 「위정」 16

위 경문에 대한 박세당의 주석은 매우 날카롭다. 주희는 범씨의 설에 동의하여 '공(攻)'을 '오로지 한다', '공부하다'로 풀이하여 "이단을 공부하면 해로울 뿐이다."라고 해석하였다. 박세당은, 당시 혹자의 주석을 일례로 들어 '공(攻)'을 "치다"로 풀이하고, 경문 맨 끝의 '이(已)'를 '그치다'로 해석하여 "이단을 내치면 해로움은 그칠 것이다."라고 반론하였으나, 이 역시 잘못된 해석이라 단언한다.

> · 사변록: 범씨가 말하기를, 공은 오로지 다스린다는 뜻이니, 이단을 오로지 다스리면 해되는 것이 심하다 하였는데, 집주도 이를 따랐다. 혹자가 말하길, '공'은 '치는 것'이고, '이'는 '그치는 것'이니, "이단을 치면 해를 그치게 할수 있다."고도 풀이했다. 두 설 모두 같지 않으며, 천루(淺陋)한 병폐가 있다.[31]

박세당은 아무리 어리석은 자라 할지라도 위 경문의 본지를 모를 리 없다고 본다. 그는 이 경문에서의 본질적 의미가 '중용의 덕'임을 강조한다. 일상에서 벌어지는 모든 행위는 '과유불급'과 같으니, 사람을 미워하거나 이단을 증오함도 '중용'의 덕을 지키는 것에 비견될 수 없다는 것이다. 즉 그에 의하면, 인간이란 자신의 뜻과 의지에 맞지 않으면 얼

---

31 『思辨錄論語』: "范氏謂攻, 專治也, 專治異端, 爲害甚矣, 註從之, 或謂攻, 伐也, 已, 止也, 攻伐異端, 害可以止, 二說不同而皆病於淺陋"

마든지 미워하고 증오할 수 있으나, 다만 그 정도의 심각함을 성인께서 염려하신 것으로 이해하였다.

　위 두 해석은 어리석은 사람도 누구나 다 아는 풀이인데, 성인이 어찌 이런 의도로 말했겠는가? 또 이단인 줄 알고 공부할 자가 어디 있겠는가? 일찍이 공자가 말씀하시길 "사람으로서 어질지 못한 자를 너무 미워하면 (스스로) 어지러워진다."고 하였으니, 나의 생각으로도 아마 이 글의 본지가 그 말과 같을 것이다. 즉 "비록 이단이라 할지라도 이를 공격함이 너무 지나치면 도리어 해가 되는 수도 있으니, 과하지 말라."로 풀이해야 한다.32

　박세당은 '공'을 '치다'·'공격하다'로 풀이하되, "이단을 공격함이 너무 지나치면 오히려 폐해가 될 수 있으니 과하게 하지는 말라."는 식으로 풀이하였다. 이와 같은 해석의 근거로 박세당은 『논어』「태백」편의 경문을 제시하였다. 「태백」편에 "사람으로서 어질지 못한 자를 너무 심하게 미워하면 어지러워진다."33는 구절이 있기 때문이다.

	공호이단(攻乎異端)	사해야이(斯害也已)	비고
주자 설	이단을 공부하다	곧 해로울 뿐이다.	범씨의 견해 수용
혹자 설	이단을 공격하다	곧 해로움은 그친다.	공(攻)과 이(已)의 해석 다름

---

32 『思辨錄論語』: "夫治異端而爲害, 與伐異端而害止, 不待費說, 愚夫猶知, 聖人何爲於此, 且孰有知其爲異端而, 欲專治之者乎, 夫子甞曰人而不仁, 疾之已甚, 亂也, 愚意恐此章之義, 亦如此, 雖異端而若攻擊之太過, 則或反爲害也, 然亦不敢自信其必然耳."
33 공자께서 말씀하셨다. "용맹을 좋아하고 가난을 싫어하는 것도 난(亂)을 일으키고, 사람으로서 인(仁)하지 못한 것을 너무 심히 미워하는 것도 난을 일으킨다."(『논어』, 「태백」: "子曰, 好勇疾貧, 亂也, 人而不仁, 疾之已甚, 亂也".)

박세당 설	이단을 심하게 공격하다	곧 해로울 뿐이다.	「태백」편 경문을 근거

(4) '수(遂)'

○哀公 問社於宰我~遂事不諫 旣往不咎. 「팔일」 21

『집주』에서는 '수(遂)'를 "일이 아직 이루어지지 않았어도 대세가 이미 결정된 상황을 일컫는 것이다."라고 풀이했으나, 박세당은 이와 다른 뉘앙스의 해석을 내놓았다.

· 사변록: 집주에 '수(遂)'를 풀이하기를 "일이 비록 다 된 것은 아니나 형편상 마지못한 것이다."라 하였다. 그렇다면 성(成)과 수(遂)와 왕(往)의 어법에 차례가 없고 이치도 맞지 않다. 설이라, 간이라, 구라 한 것도 분명히 경중과 선후의 구분이 있으므로 함부로 할 수 없음이다. 생각건대, '성(成)'은 일이 있는 것을 말함이요, '수(遂)'는 일이 이미 이루어진 것을 말함이니, 모두 아직 이루어지지 않은 미완성의 의미는 아닐 것이다.[34]

이러한 해석은 박세당이 '성사(成事)·수사(遂事)·기왕(旣往)'의 시제를 음미해 볼 것을 강화한 것이다. 따라서 그에 의하면 "이미 이루어진 일은[成事]는 말하지 않고, 끝난 일[遂事]은 간(諫)하지 않으며, 이미 지나간 일[旣往]은 탓하지 않겠다."라고 풀이함이 마땅하다고 주장

---

34 『思辨錄論語』: "以遂爲事雖未成而勢不能已者, 然則成遂往, 爲語無次第, 理却未安, 而其曰說曰諫曰咎, 明有輕重先後之分, 不可紊也, 竊意成是謂事之垂成者, 遂是謂事之已成者, 如云成遂未遂, 民遂其生等語, 皆非未成之義, 讀者, 宜審之."

한다.

(5) '어(禦)'

○或曰 雍也 仁而不佞~禦人以口給 屢憎於人 不知其仁 焉用佞. 「공야장」 4

『집주』에 의하면 '어(禦)'는 '남의 말을 막다' 혹은 '응답하다'로 풀이되어 있는데, 박세당은 이를 전면 반박한다.

> ∙ 사변록: 집주에 이르길 '어(禦)는 응답이다'라 하였는데, 아마 옳지 못한 해석이다. '어(禦)'는 '거역하다'는 뜻이니, 말재주가 있는 사람은 자신의 영리함만 믿고서 옳지 않은 것을 옳은 일로 꾸며 다른 사람에게 거역하므로 남에게 자주 미움을 받는다는 것이다.[35]

완연히 다른 해석이다. 말재주[口給]로써 다른 사람을 거역하거나 업신여겨 타인으로부터 매번 미움을 받는다는 의미다. 이는 '어(禦)'를 '막는다'는 본의대로 풀이하여 남의 입을 막아 곤혹스러움에 빠뜨린다는 식의 해석이라 볼 수 있다.

(6) '인(仁)'

○宰我問曰 仁者 雖告之曰 井有人焉~可欺也 不可罔也. 「옹야」 24

---

35 『思辨錄論語』: "以禦爲猶應答, 恐未安, 禦, 拒也, 佞人恃其利口, 飾非以拒人, 所以數見憎於人也."

『논어』전편(全篇)에서 '재아'의 사람됨은 공자에게 있어 그리 탐탁치 못한 제자로 묘사된다. 위 경문에서도 사실 재아는 어진[仁] 행위를 하다가 자신에게 손해가 되지 않을까를 걱정하여 '어진 사람이 어진 일을 급히 행하려 할 때, 설령 우물에 어떤 사람이 빠졌다고 해서 만사를 제쳐 두고 어진 행동을 하기 위하여 우물로 쫓아 들어갈 수 있는지'를 물은 것이다. 위 경문의 "정유인언(井有仁焉)"에서 '유인(有仁)'을 『집주』에서는 '유인(有人)' 정도로 풀이함이 타당하다고 풀이한다. 그러나 박세당은 '유인(有仁)'을 글자 그대로 풀이함이 온전한 해석임을 주장한다.

> · 사변록: 유인(有仁)에서 인(仁)은 생각하건대, 구본을 따르는 것이 옳다. 왈
> 당작인(曰當作人)이란 것은 선유들이 우물에 인(仁)이 있다는 것이 이치에
> 옳지 않아 이상하다고 생각하여 그 글자[仁]의 잘못된 것만을 의심하였다.
> 그러나 재아가 난처한 질문을 해 왔기 때문에 공자의 답변에 '고한다' · '쫓는
> 다' · '빠진다' · '속인다' 등을 살펴보면, '인(仁)'이라는 글자에 착오가 없는데,
> 다만 그들이 자세히 살펴보지 않은 것 같다.[36]

박세당에 의하면 재아는 아무리 어진 사람이라 하더라도 과연 인(仁)이 우물 속에 들어 있는 급박하고 절실한 상황 하에서 어진 행위를 취하려 모든 것을 벗어 던질 수 있는지에 대해 공자에게 여쭀던 것이었고, 공자는 재아의 사람됨이 아직 부족함이 많기 때문에 자신의 몸을 희생하여 인(仁)을 이루는 살신성인은 정의로움[義]에 준하는 것이며, 인(仁)을 위하여 우물에 들어갈 정도로의 무모한 이치는 온전치 못함을 알리

---

36 『思辨錄論語』: "有仁之仁, 恐從舊爲是, 曰當作人者, 非, 先儒見井有仁, 舛理可怪, 遂疑其字誤, 然宰我設難, 正在於此, 觀其問答之辭, 曰告曰從曰陷曰罔, 卽可知非字誤, 但察之未及耳."

기 위함이었다고 해석한다.

(7) '여(與)'

○子曰 "二三子~吾無行而不與二三子者 是丘也." 「술이」 23

위 경문은 인간 공자의 실존적 존재감을 여실히 드러난 부분과 같다.
마치 "나 공자는 이런 사람이다."라는 것을 보여 주는 셈이다. 그런데
'여(與)'에 대한 『집주』와 박세당의 주해가 다르다.

> · 사변록: (주자가) '여(與)의 풀이를 '보여 주다[示]와 같다'라 하였는데, 다소
> 편치 못한 구석이 있다. '여(與)'는 '더불어'·'함께하다'는 뜻이다. 나 공자가
> 했던 모든 행위는 제자[너희]들과 더불어 함께했을 뿐이라는 것이다. 즉 (내
> 가) 너희들에게 숨기는 행동이란 추호도 없었음을 뜻한다. 대개 일반인-여기
> 에서는 제자-들은 성인(聖人)의 가르침이 신묘하여 헤아리기가 불가능하다고
> 생각하고, 그래서 스승이 자기들에게 가르쳐 주지 않는다고 의심하기 때문에,
> 공부자께서 이와 같이 말씀하신 것이다.[37]

어쩌면 박세당의 주석이 인간 공자의 절실하며 겸허한 모습 그 자체
를 그려내고 있는 것은 아닐까라고 생각된다. 그런데 재미있는 점은
박세당의 풀이가 일면 『집주』와는 상반되더라도 정자의 해석과는 일맥
상통하는 부분이 있다. 정자에 의하면 "성인의 가르침이란 항상 당신을

---

37 『思辨錄論語』: "訓與爲猶, 亦恐未安, 與是共之之意, 言我之所行, 無不與二三子而共之,
若是則無所隱于爾者, 亦可見矣, 蓋門人以聖人之道, 神妙不測, 常疑其或有不以提詔於羣
弟子者, 故夫子告之如."

낮추어 그들과 더불어[함께] 하기를 이와 같이 하신 것이다. 이는 단지 자질이 용렬하고 낮은 자로 하여금 힘써 생각하여 따라갈 수 있도록 하신 것이다."[38]로 풀이하고 있기 때문이다. 박세당은 정자의 풀이에 좀 더 가까운 의미를 가지고 있으며, 고원하고 사변적이며 형이상학적인 이치를 배제하고, 늘 본원[孔孟]유학으로의 회귀를 강조하는 등 성인의 가르침이 등고자비(登高自卑)에 있음을 보여 주는 경학관을 가지고 있다.

	吾無行而不與二三子者, 是丘也.	해석
『集注』	'與' → 보여 주다[示]	(나는) 행하고서 그대들에게 보여 주지 않는 것이 없는 자가 바로 나(공구)이다.
『思辨錄』	'與' → 더불어, 함께	(나는) 행하되 너희들과 더불어 하지 않는 것이라곤 아무것도 없다. 이것이 바로 나(공구)이다.

(8) '위(爲)'

○子曰 "若聖與仁 則吾豈敢 抑爲之不厭 誨人不倦 則可謂云爾已矣 公西華曰 正唯弟子不能學也."「술이」 33

박세당은 위 경문의 전반부에 있는 "위지불염(爲之不厭)"과 "회인불권(誨人不倦)"을 대구되는 문장으로 보았다. 따라서 '가르치다[誨]'의 대(對)는 '배우다[爲]'이기 때문에 '위(爲)'는 곧 '배우다[學]'로 풀이해야 한다는 것이다. 따라서 박세당은 위 경문을 "배우기를 싫어하지 않고, 가

---

38 『論語集注』: "聖人之敎, 常俯而就之如此, 非獨使資質庸下者勉思企及."

르치는 데 게으르지 않겠다."고 해석하여 공자의 유명한 언표로 파악하였다.

> · 사변록: 위(爲)는 배운다[學]와 같다. (중략) 일반적으로 자공[賜]과 공서화[赤]가 스승 공자를 찬탄함이 '불염(不厭)'과 '불권(不倦)'에 있음은 그 배우는 바와 가르치는[敎·誨] 바가 홀로 떨어져 달리 존재하는 것이 아님에 있음이다.[39]

『집주』에서 '위(爲)'를 '어진 성인[仁聖]의 가르침을 실천하다'로 풀이하여 '위(爲)'를 '하다·행하다·실천하다'로 해석한 것에 비하면, 박세당의 해석이 좀 더 치밀함을 보여 준다. 어쩌면 박세당은 위 경문에서 교학상장(敎學相長)이나 줄탁동시(啐啄同時)의 여운을 감지하고 있을지도 모르겠다.

(9) '상인호불문마(傷人乎不問馬)'

> ○廐焚 子退朝曰 傷人乎 不問馬. 「향당」 12

『집주』에 의하면 "마구간이 불탔거늘, 공자께서 조정에서 퇴근하시어 '사람이 다쳤느냐?'라 하시고, 말[馬]에 대해서는 묻지 않으셨다."고 풀이된다. 그러나 박세당의 주해에 따르면 "마구간이 불탔거늘 공자께서 조정에서 퇴근하시어 '사람이 다쳤느냐? 다치지 않았냐?' 하시고, 말에

---

[39] 『思辨錄論語』: "爲, 猶言學也. (中略) 蓋賜赤之所嘆, 在於不厭不倦, 非以其所爲所學, 與所以敎誨人者, 有獨異焉."

대해서도 물으셨다."[40]고 그 해석이 완전히 달라진다.

  박세당의 주석에 따르면 불이 일어나면 사람이 다쳤을지를 가장 먼저 염려하고 궁금해하는 것이 인지상정이기 때문에, 사람의 상해 여부를 먼저 물어본 후, 짐승에게까지 피해가 있었는지를 물어봤다는 것이다. 반면에 『집주』에서는 말의 안위 여부에 대해서는 전혀 언급이 없는 것으로 되어 있다. 이것은 경문을 여하히 끊어 읽느냐에 따라 달라진다.

	경문 끊어 읽기	해석
주희	廐焚✔子退朝曰✔傷人乎✔不問馬	마구간이 불났는데, 공자께서 퇴조하여 "사람이 상했느냐?" 하시고 말[馬]에 대해서는 묻지 않으셨다.
박세당	廐焚✔子退朝曰✔傷人乎不✔問馬	마구간이 불났는데, 공자께서 퇴조하여 "사람이 다쳤느냐? 안 다쳤느냐?" 하시고, 말[馬]에 대해서(도) 물으셨다

(10) '찬(撰)'

  ○子路曾晳冉有公西華~異乎三子者之撰.「선진」25

  『논어』 전편에 걸쳐 가장 긴 경문 가운데 하나가 위 「선진」편의 문장이다. 출현하는 인물에 대한 고증 차원에서도 의견이 분분하여 해석 또한 다양하게 회자되고 있다. 자로·증석·염유·공서화 등이 등장하여 스

---

40 『思辨錄論語』: "先儒皆以爲恐傷人之意多故未暇問馬, 是得貴人賤畜之理, 或人又謂傷人乎, 不當爲一句, 蓋先問人而後問馬也, 今以理求之, 恐或說爲得, 蓋廐焚而問馬, 人情之常而理亦當然, 聖人先問人而後問馬, 此可見恐傷人之意多而人畜貴賤各當其理矣, 若曰遂不問馬則殆非人之常情, 其於理亦未爲盡, 馬雖賤畜, 君子固不忘弊帷之施, 況於廐焚而不問其死生, 可乎."

승 공자와 함께 서로의 포부를 늘어놓는 장면이 오버랩되고 있다. 제자 네 명 가운데 이미 세 명이 자신의 희망을 말하였고, 맨 나중에 '증점'이 "이호삼자자지찬(異乎三子者之撰)"이라 하여 "저는 앞서 세 사람이 '찬(撰)'했던 것과는 다릅니다."라고 답한 부분에서의 '찬(撰)'에 대한 풀이가 관건이다.

· 사변록: 찬(撰)을 '갖출 구(具)'로 주석하였으나, 자서(字書)에 '찬(撰)'은 '술(述)'이라 하였으므로 여기에서도 마땅히 '술(述)'로 풀이해야 한다. 증점 자신은 다만 세 명의 술(述)한 바와 다르다는 것이다.[41]

『집주』에서는 '찬(撰)'을 '갖추다[具]'로 새겼으며, 『사변록』에서는 『자서(字書)』를 근거로 제시하며 '찬(撰)'을 '서술하다[述]'로 풀이하였다. 이는 단순히 훈석에 의한 차이를 보였을 뿐, 정자의 주에서도 증점이 매우 고원한 높은 경지에 올랐음을 보여 주는 포부임을 인정하고 있다는 점에서 『집주』와 『사변록』에서의 차이는 크지 않다고 볼 수 있다.

2) 성리학(性理學) 용어에 대한 개념적 동이(同異)

(1) '경(敬)'

○子曰 "道千乘之國 敬事而信 節用而愛人 使民以時." 「학이」

---

41 『思辨錄論語』: "(上略) 撰, 註訓具, 字書, 撰, 述也, 此合訓述, 言己獨異三子所述之志也, 曾點之志, 超然不累, 獨立物表, 而能盡人生之樂, 非三子所可及, 朱子言卽其所居, 樂其日用, 初無舍己從人之意而胸次悠然與天地萬物上下同流, 可謂善乎言矣, 程子謂曾點漆雕開已見大意, 亦以其外輕而內重也."

'경(敬)'은 본래 '경건하다'·'공경하다'의 뜻으로 쓰였다. '일을 경건하게 처리하다[敬事]' 또는 '귀신을 공경하다[敬鬼神]' 또는 '형을 공경하다[敬兄]' 등의 용례에서 알 수 있듯이 그 의미는 '공경하다·경건하다'의 동사적 풀이가 맞다.

'경(敬)'은 『논어』에서도 '21회' 언급되고 있는데, 주로 위와 같은 의미로 풀이되곤 한다. 즉 '경(敬)'은 대부분 도덕 정신과 행위에 대한 내용과 의미를 다루고 있다. 이러한 '경'의 뜻풀이가 철학적으로 중요한 의미를 가지게 된 것은 『논어』에서 공자가 "경건함을 가지고 자기를 닦는다(修己以敬)."라 한 부분과, 『역』·「문언전」에 "군자는 경(敬)으로써 안을 곧게 하고, 의(義)로써 밖을 가지런히 하여, '경(敬)'과 '의(義)'가 확립되면 덕(德)은 외롭지 않다."는 데서 처음 유래하였다. 이때의 '경'의 의미는 '생각이나 헤아림을 중단한 상태에서 마음을 고요하게 간직하는 것'으로 풀이된다.42

그러므로 '경(敬)'은 '공경하다'의 본래적 의미로부터 벗어나, '의(義)'와 함께 인간의 도덕심 혹은 도덕 정신으로 규정되면서, 그 외연의 폭이 넓어지게 되었다. 이후 성리학이 탄생되는 과정에서 정이천은 '경(敬)'을 인간의 중요한 수양 덕목으로 파악하여, '경'에 대한 집중 해설을 내놓기 시작하였고,43 그의 제자인 주자가 스승의 학설을 전폭적으로

---

42 '경(敬)'이 수양의 방법론으로 사용되게 된 철학적 배경에는 성선론을 전제로 하여 출발한다. "인간의 마음은 본래 착하므로 마음이 외부로 표출될 때에는 남을 사랑하는 방향으로 나타나지만, 이때 생각이 이기적 마음으로 갑자기 작용하게 되면 사익만을 위하여 남을 해칠 수 있는 악한 마음으로 변질된다."는 것이다. 따라서 이러한 마음의 변질 과정을 미연에 방지하기 위하여 '경'을 통한 수양 방법이 필요하다는 것이다.

43 정이천의 『어록』에 의하면, "함양(涵養)에는 반드시 경(敬)을 쓸 것이며, 학문의 정진은 치지(致知)하는 데 있다."고 하였고, 또 "경(敬)이란 하나를 주(主)로 함을 말한다."고 하였다. 결국 경(敬)은 공경한다는 본래적 의미보다 '자아실현의 정진과 성인의 경지에 이르기 위한 수양 방법'의 하나로 여겨지게 되었다.

받아들여 성인(聖人)이 되기 위한 최초의, 그리고 최고의 수양·공부 방법으로 '경'을 확립시켜 나간다.44

위 경문의 '경(敬)'에 대해서도 『집주』에서는 단지 '주일무적(主一無適)'으로만 해석하였는데,45 박세당은 이를 대단히 잘못된 해석이라고 비판한다.

· 사변록: 생각건대 경(敬)이란 것은 삼가는 것으로서 조심하고 조심하여 마치 깊은 연못에 임하거나 살얼음을 밟는 것같이 하는 것이다. 조심하고 또 조심하면 자연스레 다른 길로 가기는 어렵다. 만일 주자의 방식대로 오직 한 가지 일만 주로 하고 조심하려는 의지가 없다면 어찌 경(敬)이라 할 수 있겠는가?46

특히 박세당은 『집주』에서의 '구산'의 학설을 반박한다.47 위 경문이 '마음에 간직할 바를 논하였을 뿐 정치적 행위에 대한 언급이 아니라'는 『집주』의 언급은 어불성설이라는 것이다. "일을 경건히 하거나, 쓰임을

---

44 성리학에서는 이러한 수양 방법을 두 가지로 나누어 설명한다. 첫째, '경'을 간직함으로써 악한 마음으로 변질되는 요인을 제거한다는 '거경(居敬)'이다. 둘째, 다른 사물의 본질을 인식하고 그것을 미루어 간접적으로 자신의 착한 마음을 인식하게 되는 '궁리(窮理)'이다.

45 '경(敬)'이란 일(一)을 주장하여 다른 데로 나감이 없는 것을 말한다. 일을 공경하고 믿게 한다는 것은 그 일을 공경하고 백성에게 믿게 하는 것이다(『논어집주』 「학이」: "敬者, 主一無適之謂, 敬事而信者, 敬其事而信於民也").

46 『思辨錄論語』: "敬訓以主一無適, 此但敬之一事, 恐未盡其義, 敬只是謹, 戰戰兢兢, 臨深履薄, 卽此爲敬, 戰兢則自無他適, 若但主一而無戰兢之意, 豈得爲敬."

47 성리학이 탄생되기까지 중요한 역할을 하였던 이정(二程)에게는 뛰어난 제자와 문인이 있었으니, 사량좌(謝良佐)와 양시(楊時)이다. 특히 양시의 삼대 제자가 '주희'였다는 점에서 후대 사람들은 양시를 매우 추앙했다. 양시(1053~1135)는 자가 중립(中立)이고, 복건성 장락(將樂) 사람이며, 호는 구산(龜山)이다. 엄밀히 말하자면, 정명도와 정이천 형제에게는 각각 뛰어난 제자가 있었으니, 형인 정명도에게는 양시, 동생인 정이천에게는 사량좌가 이에 해당한다. 그러나 정명도가 죽은 뒤, 양시는 정이천에게 들어가 그를 스승으로 모시며 학문을 연마하였다.

절약한다거나, 백성을 부리는 일체의 행위가 모두 정치적 업무가 아니고 무엇이겠냐."는 것이다.

　구산이 말하기를 "이 글은 특히 마음에 간직할 바를 논하였을 뿐이며, 정치에 대해서는 언급하지 않았다." 하였는데, 그 해설이 매우 소홀하다. 대개 일을 공경스럽게 하거나 쓰임새를 절약하거나 백성을 부리는 것 등은 정치가 아니고 무엇이겠는가? 정치가 이 세 가지 외에 따로 무엇이 있는가? 호씨는 또 말하기를 "무릇 이 두어 가지는 경(敬)을 주로 삼은 것이다."고 하였고, 주자도 그 뜻을 미루어 해석하였다. 나는 생각건대 '경(敬)'이란 진실로 일이 없을 때는 빠질 수도 있겠으나, 학자는 성인의 말에 대해 반드시 먼저 그 말이 가리키는 바의 뜻을 찾고, 마음을 비워서 뜻을 겸손하게 깊이 터득하여야만 얻는 바가 있게 될 것이니, 경을 주로 삼는다는 것은 아마 이 글의 본뜻이 아닐 것이므로, 각기 그 뜻을 연구하여 얻는 바가 심오하게 되는 것만 같지 못하다. 먼저 자기의 표준을 세우고 경의 뜻을 그 가운데로 몰아넣는 것은 옳지 못할 듯하다.[48]

박세당이 설파하고 있는 이 경문에서 '경(敬)'의 의미는 '조심하다' 또는 '여리박빙(如履薄氷)'과 같은 것으로서, "마치 깊은 못에 임하거나 살얼음을 밟는 것같이 하라."는 의미로 봐야 한다는 것이다. 위정자가 정치를 행함에 있어서는 먼저 자기 자신을 삼가 낮춤으로부터 시작해야 함을 강조한다. 이것이 곧 공맹이 강조했던 '위기지학(爲己之學)'이다.

---

[48] 『思辨錄論語』: "龜山謂此特論其所存而已, 未及爲政, 其說甚疎, 夫敬事, 節用, 使民, 非政而何, 政有外於此三者乎, 胡氏又謂凡此數者, 又皆以敬爲主, 朱子又推釋其義, 竊謂敬固無事而可闕, 然學者於聖人之言, 必先求所以言之旨, 虛心遜志, 以深體之, 然後方有所得, 以敬爲主, 恐非此章之本旨, 不如各致其義所得爲深也, 若先自立標準, 盡驅經義納於其中, 恐未可也."

따라서 박세당은 "사람이 조심하고 또 조심하고 삼가면, 결국 다른 길을 갈 수 없는 법"을 '경(敬)'이라 말하고 있다. 주자가 말한 것처럼 "한 가지만을 전일(專一)하기만 한다면, 이것이 무슨 경(敬)의 본질적 의미겠는가?"라고 비판한다.

또한 박세당은 위 경문이 "도천승지국(道千乘之國)"으로 시작하고 있는만큼, '제후국을 이끄는 위정자'에 해당하기 때문에, 당연히 이것은 정치적 행위에 대한 개념으로 정의함이 옳다고 주장한다. 따라서 '경(敬)'은 위정자의 정치적 행위와 도덕성을 가늠하는 첫 관문으로서, 자신을 삼가 낮추고 조심스러운 행동을 해야 하는 것으로 해석한다.

(2) '성(性)'과 '천도(天道)'

○子貢曰 夫子之文章 可得而聞也 夫子之言性與天道 不可得而聞也. 「공야장」 12

이 경문은 제자가 스승 공자에 대한 평가에 해당한다. 본래 「공야장」편 대부분이 공자가 제자들을 평술하는 전례에 비추어 볼 때, 이 경문은 그와 상반된 것으로서 일면 의미 있는 대문(大文)이라 할 수 있다.

먼저 경문에서의 '문(文)'과 '장(章)'은 「위정」·「팔일」에서 줄곧 언급되었던 바와 같이 '예악(禮樂)'과 '형정(刑政)'을 가리키는 것이다. 공자가 강조한 예악과 형정은 일상에서 가시적 형태에 해당되는 것으로, 누구나 다 인지할 수 있는 영역이다. 그러나 공자는 인간의 '성품'·'본성'에 대해서는 언급이 없었고, '천도'·'진리'에 대해서도 말한 바가 드물었기 때문에, 이러한 형이상학적 부분에 대하여 공자가 왜 언급하지 않은지를 자공은 의혹하고 있다.

주자가 해석하기를 "성이란 것은 사람이 받은 바 천리요, 천도는 천리 자연의 본체이니, 그 실상은 곧 하나의 이치다. 부자께서 드물게 말씀하신 까닭에 학도들이 얻어듣지 못한 것이다. 대개 성인의 가르치시는 등법[獵等]이 계급을 넘지 않은 것이다."라 하였으니, 이로써 본다면, 이치의 전체가 진실로 심오하고 원대하여 알기 어려우므로 삼천 명이나 되는 제자들 중에 얻어들은 자가 몇이 없었는데, 처음 배워 덕에 입문하는 자에게 격치의 방법을 논하고 있으니, 처음 배우는 자들에겐 '성의(자신의 의지를 정성스럽게 함)'와 '정심(마음을 바로 함)'이 가장 관건이 되거늘…… 〈후략〉[49]

박세당은 성인 공자의 진리 세계가 결코 '사변적'이거나 '형이상학적'인 것이 아님을 재차 강조하고 싶었던 것으로 보인다. 왜냐하면 『집주』에서는 "성인의 문하에서는 가르침이 등급을 뛰어넘지 않았으므로, 자공은 이때에 이르러서야 비로소 그 훌륭함에 감탄한 것이다."라고 되어 있는데, 본래 공자는 '성'이니 '천도'를 운운하는 것 자체도 거의 없었으니, 본성의 차이를 언급하지 않으신 것이다. 다만 배움에 입문하는 초학자들은 자신이 가지고 있는 속마음[학문적 의지]만을 바르게 하고 성실하게 갖는 것이 가장 중요한 것으로 보았기 때문이다.

그런데 일반적으로 『논어』를 살펴보면, 공자의 가르침은 제자들의 수준과 성향에 부합시켜 상대주의적 교육 방법을 내려 주시는 것으로 알고 있다. 그런데 『집주』에서는 "처음 학문에 입문하는 자에게 곧바로 '성'과 '천도'를 언급하는 일이 없으며, 배움의 관문이나 과정을 통과한

---

49 『思辨錄論語』: "竊嘗有所深疑者, 子貢言夫子之言性與天道不可得而聞也, 朱子釋之曰性者人所受之天理, 天道者, 天理自然之本體, 其實一理也, 夫子罕言之而學者有不得聞, 蓋聖門教不躐等也, 由是觀之則理之全體固深遠難知, 故三千之徒得聞者無幾, 今爲初學入德之說而論格致之方."

제자들에게만 마지막 즈음 '성'과 '천도' 등의 사변적 내용을 계시 내리셨다."고 기술해 놓았으니, 박세당의 의혹 제기와 비판은 당연한 일이었을 것이다.

박세당은 이 경문에 대한 『집주』를 보면, 결국 공자께서 제자들을 교육할 때 '격물'과 '치지'의 과정을 거쳐, 어느 순간 '활연관통'의 경지에 이르렀을 경우에 한하여 형이상학적 담론(성·천도)을 말씀하셨다고 한다면, 이 얼마나 공자사상에 부합하지 못하냐는 비판이다. 이에 대한 논거는 아래의 『논어 사변록』과 같다.

> 만일 모든 이치를 하루아침에 깨달아서 사물의 세밀하고 거친 것과 마음의 본체와 쓰임을 조금이라도 다 알지 못하는 것이 없음을 어찌 처음 배우는 자들이 얻을 수 있겠는가? 그렇게 철저하게 깨달음을 기다린 연후에 그 뜻의 정성됨과 마음의 바름을 구하려 하면, 배우는 자들은 죽을 때까지 하나의 일에만 전념하거나 마음을 바르게 할 수 있는 자가 없을 것이다.[50]

3) 공문 제자에 대한 평술

(1) '공야장'에 대한 인물 평가와 관습에 대한 견해

○子曰 "子謂公冶長 可妻也~免於刑戮 以其兄之子妻之" 「공야장」 1

주희는 '공야장'에 대한 '인물 평가'에 무게를 두었던 반면, 박세당은

---

50 『思辨錄論語』: "若其一貫萬理物之精粗, 心之體用無毫髮之未盡者, 又豈初學之所可得而能也, 待此功到然後, 求其得意誠心正則學者將有至死而不得一事之誠其意正其心者, 又恐無此事, 然則補亡一章, 無亦與此章所云, 其意相反而徒未免爲躐等之歸歟."

공야장과의 혼인에 부연이 많았다. 이것은 성인[공자]이 당시 결혼 풍습에 따라 시행된 것일 뿐, 공자 개인적인 의지가 반영된 것이 아님을 강조한다. 인간지사 가운데, 특히 자신이나 자신의 친인척과 연관되어 있는 일일수록 공평무사함을 보여야 하는 것이며 어떠한 혐의도 피할 수 없거늘, 하물며 성인께서 혐의받을 일을 하셨겠는가에 대한 박세당의 반문이 돋보인다.

혹자가 말하길 "공야장의 어짊이 남용만 못하므로 공자가 그의 딸은 '장'에게 시집보내고, 형님의 딸조카은 '용(容)'에게 시집보냈으니, 대개 이러한 조치는 형님에게는 후하게 하고 자신에게는 박하게 한 것이다." 하였는데, 정자는 반대하기를 "나이의 많고 적음과 때의 선후를 가히 알 수 없다."고 하였으니, 정자의 말이 옳다고 하겠으나, 형에게 후하게 하고 자신에게 박하게 하는 것은 이치에 당연한 것이므로, 이것은 진실로 형편의 거리낌에 달린 것이 아닌즉, 성인이 자신의 딸은 재주가 있다고 하여 그만한 재주 있는 자에게 짝지어 주고, 형의 딸은 재주가 없다고 하여 반드시 재주 없는 사람에게 짝지어 주지 않았을 것이라 하여, 지극히 공평하다고 한 것이다.[51]

박세당은 "당시의 일반적인 가르침이 혐의를 분별하여 멀리하라는 것이었는데, 성인께서 어찌 무분별하게 자의로 행하고 혐의를 돌아보지 않았겠는가?"에 초점을 두었고, 정자의 주에 일면 동의하면서도 "자신에게 박하고 남에게 후하게 한다."는 '자박타후(自薄他厚)'의 대명제만큼은 그 자체만으로도 인정해야 함을 드러내고 있다. 그러니 '자박타후'

---

51 『思辨錄論語』: "公冶長南容之事, 非果有如或人所謂者, 程子以爲年之長幼, 時之先後, 皆未可知, 可謂得矣, 然厚兄薄己, 常理之所然, 此固不係於避嫌, 聖人不應以己之女才而必求配其才, 兄之女不才而必求配其不才, 用是以爲至公也."

는 공자의 딸과 조카를 시집보내는 것과 전혀 무관한 주석임을 보여 주고 있다.

(2) '자공'과 '자천'

○子貢問曰 "賜也 何如" 子曰 "女器也" 曰 "何器也" 曰 "瑚璉也." 「공야장」 3

위 경문은 「공야장」 3번 문장으로서, 바로 앞 「공야장」 2번 경문과 연관지어 볼 수 있는지의 여부에 따라 해석이 다소 달라진다. 『집주』에 서는 「공야장」 두 번째 경문에서 공자가 '자천'을 군자라고 칭송하는 장면을 '자공'이 지켜본 후, 자신을 알아주지 않는 스승에 불만을 품고 자신에 대한 평가도 내려 달라는 뉘앙스로 스승 공자에게 자신에 대한 평가를 여쭙는 것이라고 서술한다. 즉 자천[2번 경문]과 자공[3번 경문] 을 연속선상에서 살펴봐야 한다는 것이다. 박세당은 이러한 『집주』의 견해에 아래와 같이 반박한다.

자공의 물음이 일시적인 말을 밝힘이 아닌즉, 두 장이 서로 연관해 있는 고로 자공이 공자가 자천을 허여함을 보고 물었다 함은 아마 옳지 않을 듯하다.[52]

한편 박세당은 '자공'에 비하여 '복자천'의 인간됨이 더 부족한데 어찌 가당키나 하느냐고 반문한다. 또 박세당은 '자공'이 '자천'보다 우수한 인품을 가졌다 하여 스승 공자가 자공을 '불기(不器: 군자)'라 평가하고,

---

52 『思辨錄論語』: "子貢之問, 旣未有以明其爲一時之言, 則直以兩章相比之故而遂謂其見孔 子許子賤而以己爲問, 恐未可也."

또 자천을 '불기(不器: 군자)'의 경지에도 이르지 못하였다고 폄하할 수 있는 것도 아니라고 반박 논리를 내세운다. 결론적으로 그에 의하면 「공야장」 2번과 3번 경문은 전혀 연관성이 없는 별개의 경문으로 봐야 한다는 것이다.

공자가 일찍이 군자불기(君子不器)라고 말한 적은 있지만, 이 또한 지나간 한때의 말씀이었다. 어찌 위(2번) 아래(3번) 경문이, 하나는 군자를 언급하고, 또 하나는 그릇을 언급한다고 하여 서로 관련지어 있다거나 제자의 등급을 정하여 평가할 수 있겠는가?[53]

다만 『논어』 「공야장」편은 제자들에 대한 공자의 평술을 다룬 내용이 주를 이루고 있기 때문에, 이들을 서로 조합하거나 분리하는 경우가 왕왕 드러나면서, 많은 연구자들이 시공간적 배경을 임의로 연출하려는 해석이 다분함은 부인할 수 없다. 그러나 박세당은 『논어』 경문의 본지와 편제로부터 조금도 벗어나지 않으려는 해석 방법을 고수하고 있다.

(3) '자하'와 '자장'

○子夏之門人 問交於子張~如之何其拒人也 「자장」 3

위 경문은 '자하'와 '자장'을 견주어 보는 것으로 '벗 사귐'에 대한 양자

---

53 『思辨錄論語』: "況子賤之賢不及子貢, 彼爲不器而此顧未至於不器, 尤未敢信也, 君子不器, 雖夫子所嘗云, 亦各一時之言耳, 豈可以上下兩章, 有曰君子, 曰器而, 便定作等級說也."

간의 관점을 비교한 문장이다. 자하는 "좋은 사람이라면 사귀고, 좋지 못한 친구 같으면 사귀지 말라."고 하였고, 자장은 자하의 이 말에 동의하지 않고 이렇게 말한다. "어진 사람을 존경하고 뭇사람들을 포용할 줄 알며, 잘하는 친구를 아름답게 여기고 못하는 자를 불쌍히 여긴다. 내가 만약 크게 어질다면, 남을 누구인들 용납하지 못할 것이며, 내가 어질지 못하다면 남들이 장차 나를 거절할 것이니, 어떻게 내가 남을 거절할 수 있겠느냐?"[54]고 답한다.

『집주』에서는 자하의 말이 박절하고 편협하니, 자장의 설이 옳다고 판정하였으나, 일견 자장의 설에 대해서도 비판하며 양비론 입장을 취하였다. 그러나 박세당은 전적으로 자하의 말만이 옳음을 강조한다.

> 이것은 마땅히 자하의 말을 옳다고 해야 한다. 만일 자장의 말대로라면 높은 것만 숭상하고 실제가 없는 폐해가 생길 것이다. 공자가 이른 바 '손해를 끼치는 친구損友'라는 것이 자하가 말하는 '거절해야 될 사람' 아니겠는가? 만약 비록 대현(大賢)이라고 하더라도 '편벽되고 겉으로 부드러운 척하며 말이나 번질나게 해대는 사람'을 어찌 용납하거나 친구로 받아들일 수 있겠다는 것이냐?[55]

박세당은 『논어』「계씨」편의 '익자삼우(益者三友)', '손자삼우(損者三友)'에 대한 언급을[56] 논거로 하여 자하의 설을 옹호한다.

---

54 『論語』,「子張」: "子夏之門人, 問交於子張, 子張曰, 子夏云何, 對曰子夏曰可者與之, 其不可者拒之, 子張曰異乎吾所聞, 君子尊賢而容衆, 嘉善而矜不能, 我之大賢與, 於人, 何所不容, 我之不賢與, 人將拒我, 如之何其拒人也."

55 『思辨錄論語』: "此當以子夏之言爲是, 若子張則病於好高而無實矣, 夫子之所謂損友, 非子夏之言當拒者耶, 彼便辟柔佞, 雖大賢, 奚可受而容之乎."

56 『論語』,「季氏」: "益者三友, 損者三友, 友直友諒友多聞, 益矣, 友便辟友善柔友便佞, 損矣."

(이 경문에 대하여) 옛날의 학자(주자)가 "자하가 편협하다."고 평가하였는데, 나는 이 말에 수긍할 수가 없다. 만일 그렇다면 성인(공자)이 말씀하셨던 '세 가지 손해를 끼치는 친구'의 취지를 무시하는 것이다. 손해를 끼치는 친구를 멀리해야 한다고 하면서, 또 자하를 편협하다고 한다면 논리상 모순이 생길 것이니……〈후략〉[57]

4) 양명학적 세계관의 부상

(1) '격(格)'은 '정(正)'이다

○子曰 "道之以政 齊之以刑~齊之以禮 有恥且格"「위정」3

위 경문은 경학 연구에 있어서 귀추가 주목되며 자주 거론되는 문장이다. 왜냐하면 '격(格)'에 대한 해석이 분분하기 때문이다. 『대학장구』에서도 '격물'에서의 '격'에 대한 해석으로부터 주자학과 양명학의 경계가 구분되었음을 감안한다면, 박세당은 당시 주자학 일변의 학풍 속에서 후자의 해석을 선택한 것으로 보인다.

'제(齊)'는 '정제하다'의 뜻이다. '격(格)'은 주자의 말대로 '이른다'는 뜻이 아니요, 주자가 참고로 인용한 다른 어느 설대로 '바르다[正]'고 해석해야 맞다. "덕으로써 인도하면 수치를 깨닫고, 예로써 정제하면 바르게 될 것이다."[58]

---

57 『思辨錄論語』: "先儒以子夏爲迫狹者, 愚未敢取, 若然則廢聖人, 三損之義而後可也, 夫旣以損友爲當遠, 而又以子夏爲迫狹者, 理有矛盾, 豈謂必不賢而後, 當遠損友, 顧大賢則有不能歟."

58 『思辨錄論語』: "齊, 整齊之也, 格, 當從一說訓正, 是政刑, 治乎人, 德禮, 修之己, 無躬行

위와 같이 박세당은 무엇보다『논어』속에 내재된 공자의 본지로 회귀하자는 데에 경서 강독의 일차적인 목표를 두었다. 공맹유학의 본의는 본래 '수신'을 근본으로 삼는 것에서부터 시작하여 '치국평천하'에 이르는 것이기 때문이다.[59]

한편, 위 경문이 「위정」편 첫 문장으로부터 위의 세 번째 문장이 모두 연관 있다고 여기고 부연하기에 이른다. 그는 '정(政)'과 '형(刑)'을 남을 다스리는 위정자의 입장에서 해석하였고, '덕(德)'과 '예(禮)'는 남으로부터 다스림을 받는 피지배층의 입장에서 풀이하였다. 따라서 정치를 덕과 예로써 하면 백성들은 감화되는 효과를 얻어, 혹 자신이 착하지 못한 것을 부끄러움으로 알아 능히 바르게[正] 된다고 경문을 풀이한다.

> 이 장에서 말하는 모든 해설은 말하길 "하는 일이 없어도 사람들이 복종한다는 뜻이다."라 하였으나, 그렇지 않은 것 같다. 오직 주자의 말에 "덕을 닦아야 천하 사람들이 나온다." 하고, 범씨의 말에 "힘쓰는 일은 지극히 적지만 여러 사람들을 복종시킬 수 있다." 하였으니, 본지에 맞는 듯하나, 모두 무위(無爲)로써 따르게 한다는 것으로부터 벗어나지 못한다.[60]

대개 정치를 덕으로써 한다는 것은 먼저 자기를 다스린다는 것이다. 자기를 먼저 바로 잡음으로써 남을 바로 잡아서 천하를 귀복시키는 것

관감지효, 所以民知畏法而不恥不善, 有躬行觀感之效, 所以民恥不善而克由夫正, 以德則有恥, 以禮則能格."

59 『대학(大學)』의 '삼강령' '팔조목'이 모두 이를 증명하여 준다. '명명덕(明明德)'은 곧 수신에 해당하고, '지어지선(止於至善)'은 평천하로서 대동사회 구현을 일컫는 것이라 할 수 있다. 팔조목 역시 '수신'으로부터 '평천하'에 이르는 일련의 과정이다.

60 『思辨錄論語』: "此章所稱諸說, 皆以爲無爲而人服之之義, 恐未然, 唯朱子所謂德修於己而天下歸之, 范氏所謂所務者至寡而能服衆, 似合本旨, 但皆不免以無爲爲歸."

이니, 북극성이 제자리에 있는 것은 곧 자신을 다스린다고 이른 것이다.[61]

박세당은 이 경문의 주제가 정치의 최고는 '덕치'라 할 수 있겠으나, 그 정치를 행하는 근본은 '수기에서 비롯됨'을 강조하기 위함이라고 한다. 즉 '덕치'가 정치의 최고 경지라 할 수 있는 무위지치(無爲之治)와 대등한 것일 수도 있겠지만, 공자의 정치관은 역시 '수기'이며, '수기'가 온전하게 이뤄진 다음에 '치인'이 가능한 것이라고 보았다. 따라서 박세당에 의하면, 이 경문은 유학이 '수기치인지학(修己治人之學)'임을 단적으로 보여 주는 것이 된다.

결론적으로 그는 이 경문을 '북극성이 제자리에 있는 것'과 '뭇 별이 북극성을 향하고 있는 것'으로 양분하였고, 전자는 '수기'에, 후자는 '치인'에 비교하여 풀이하고 있다.

(2) '격치(格致)'보다는 '성의(誠意)'와 '정심(正心)'이다

○子貢曰 夫子之文章 可得而聞也 夫子之言性與天道 不可得而聞也. 「공야장」 12

위 경문에서는 사실 선진(先秦) 시대에 공자가 '성(性)'이니 '천도(天道)'니 '천리(天理)'를 운운하지 않았다고 인정하면 그뿐이다. 그러나 『집주』에서는 '성'과 '천도·천리'에 대하여 성리학적 논리를 서술하였고, 박세당은 이에 반박 논리를 내놓는다. 사실 인간이 도덕적으로 올바른 삶을 살기 위하여 인간 본연의 모습을 지향하기만 하면 된다는 점이 부각되어야만 했는데, 주자는 '격치' 공부를 통하여 일순간 활연관통해야 인간

---

61 『思辨錄論語』: "蓋爲政以德, 先自治也正己以正人, 所以天下歸服, 北辰居其所, 自治之謂也."

본연의 모습을 지킬 수 있다고 설명했기 때문에, 박세당은 초학자에게 이렇게 어려운 '격치'의 단계가 과연 학습자의 본지이겠는가에 대해 비판 논조를 보인다. 초학자들에게 '격치'는 매우 지난(至難)한 과제이자 과정이기 때문에, 자신의 의지를 정성스럽게 다스릴 줄 알고[誠意] 마음을 바로잡는 것[正心]이 초학자가 걸어야 할 첫 관문이라는 것이다. 그리고 '성의'와 '정심'이 곧 공자가 제자들에게 강조하고 싶었던 것이었으며, 제자들이 들었던 공부자의 문장[말씀]이었다고 강조한다.

"일반적으로 성인의 가르치는 등법이 계급을 넘지 않으셨다." 하였으니, 이로써 본다면 이치의 전체는 심오하고 원대하여 알기가 어려우므로 3천 명이나 되는 제자들 중에 이해할 수 있는 제자가 몇이 안 되었는데, 지금 초학자가 입문하는 과정에서 격치(格致)의 방법을 논하기를 "하루아침에 확연히 깨달아 이치를 관통한즉, 모든 물건의 안팎, 세밀한 것과 거친 것을 자연스럽게 알게 되고, 내 마음의 전체 쓰이는 것이 명백하지 않음이 없고 나서야 뜻이 가히 정성됨을 얻은 것이며, 마음이 가히 바르게 됨을 얻을 것이다."고 하니, 대개 뜻을 정성스럽게 하고 마음을 바로잡는 것은 처음 배우는 자에게 가장 급하거늘, 한 물건의 이치를 명백히 깨닫지 못하고 아는 것이 극진하지 못한다면 성의와 정심마저 얻지 못한 것이기 때문에, 격치(格致)의 공부로부터 얻은 결과를 소홀히 여길 수 없을 것이다.[62]

위와 같은 박세당은 해석은 사실 『대학 사변록』에서의 주장과 일맥상

---

62 『思辨錄論語』: "蓋聖門教不躐等也, 由是觀之則理之全體固深遠難知, 故三千之徒得聞者無幾, 今爲初學入德之說而論格致之方, 日一朝豁然貫通則衆物之表裏精粗無不到而吾心之全體大用無不明, 然後意可得而誠心可得而正, 夫誠意正心, 固初學之所急, 就此一物, 理若未明, 知有未至, 則意不可得誠, 心不可得正, 格致之功, 誠不容少忽."

통한다고 볼 수 있다. 그가 '격치' 공부보다 '성의'와 '정심'을 내세우는 것으로부터, 그의 경학관이 '주자학'보다는 '양명학'에 근접하였다고 보는 이유가 여기에 있다. 박세당은 『논어 사변록』에서도 줄곧 "그 어떤 초학자가 마음의 본체[體]와 쓰임[用]을 완전히 터득한 이후에, 성인의 경지에 도달할 수 있겠는가? 철저히 깨달을 때까지 기다린 뒤에야 그 뜻이 정성되고 마음이 바로됨을 구하려고 한다면, 학자들이 죽을 때까지 하나의 일에 매달려도 도달할 수 있는 자가 없을 것이며, 또한 아마 그런 일도 없을 것이다."라 하여 주자의 『대학장구보망장(大學章句補亡章)』을 간접적으로 비판하고 있다.[63]

5. 결어

박세당은 역시 조선의 주자학 계통의 유자임을 거부하였다고 평함이 타당하다. 기존 주자학 계열 학자들이 『논어』를 풀이할 때 아래의 몇 가지 특징을 가지고 있는데, 박세당은 이와는 다른 입장을 더 고수하였기 때문이다.

기존 주자학 계열의 학자들은 '퇴계학파'나 '율곡학파' 모두 사승 관계에 얽매여 있다거나 또는 그를 사사하면서 유풍의 자유로움을 만끽하지 못하였다. 즉 스승의 학설을 존숭하면서 자신의 입론을 강화시켜나갔을 뿐이었다. 또한 이들은 주희의 『집주』와 경설에 대하여 절대적 추숭에 가까운 입장만을 견지하고, 나아가 이외의 것을 이단으로까지

---

63 『思辨錄論語』: "然則補亡一章, 無亦與此章所云, 其意相反而徒未免爲躐等之歸歟(격물보망장은 역시 이 논어 경문에 붙인 나의 뜻과 상반되니, 한갓 엽등(獵等)되는 것을 면치 못할 것이다)."

여기며 배타적인 노선을 걷기에 바빴다. 아마도 주자학 계열은 훈고훈
석의 해석학적 입장보다, 철학적이고 사변적인 논리를 추구하면서 그
들과 궤를 같이 하였기 때문이라고 볼 수 있다.

반면, 박세당의 경우는 사승 관계에 얽매일 필요가 없었기 때문에,
무엇보다도『논어』경문 그 자체에 관심이 많았다. 이는 자유로운 경문
해설이 도출될 수 있는 배경이 되었고,『집주』를 절대시하는 풍조나 이
념이 없었으므로 당연히 이단 배척이라는 강박관념에 귀속되지 않았
다. 혹자들은 박세당의『논어』해설을 분석하여 말하길, '반주자학이니,
탈주자학이니' 운운하지만, 필자의 분석에 따르면 박세당은 주자의『집
주』를 완전히 배격하거나 벗어나지는 않았다고 파악된다. 다만『논어
사변록』을 통해 본 그의 경학관을 단언한다면, 조선의 퇴계학파나 율곡
학파에서처럼『주자집주』에 대한 절대적 존숭의 입장을 지양하였음이
분명하며, 상대적 존숭의 견해를 표방하였다고 소결함이 가장 적확할
것으로 보인다.

나아가 그의 이러한『논어』경설은 당시 공리무용(空理無用)한 학설들
이 난무한 학문 풍토를 바꿔 보려는 일련의 노력이었으며, 따라서 형이
상학적이고 고차원적인 논리나 혹은 사변적인 체용(體用)의 이론보다
는,『논어』경문 속에 내재되어 있는 '위기지학(爲己之學)'과 '수기치인
(修己治人)'을 적절히 강조함으로써, 정치적이고 현실적인 관심사에 좀
더 보탬이 되기를 희망했던 것으로 보인다.

박세당의『논어 사변록』이 가지는 학술사적·사상사적 의미를 굳이
찾아본다면, 기존의 주자학 계열의『논어』주석이『집주』의 절대적 존
숭과 사설에 대한 추숭, 그리고『집주』에 대한 분석과 부연으로 일관됨
으로써 자신의 견해나 주장이 도드라지지 못하였다는 점에 반하여, 박
세당의『논어 사변록』은 자신만의 뚜렷한 문제의식과 현실적 위기감,

그리고 경문 본의에 귀의하려는 실질적인 경전 연구의 자세가 분명하기 때문에, 비록 주자학 방면의 『논어』 주석서보다 양적으로는 극히 미약하지만, 좀 더 다양한 프리즘을 통하여 천착할 필요를 공감시켜 준다.

박세당의 『논어』론

『논어 사변록』을 중심으로

정일균

1. 머리말

주지하다시피, 박세당[朴世堂, 호는 서계(西溪), 1629~1703]은 양란 이후 현실주의적 입장에서 우선 대내적으로는 같은 서인(西人)이면서도 존주대의(尊周大義)와 주자학(朱子學)의 옹위라는 기치를 내세우는 노론(老論)의 정국 운영론에 대해 '무실지거(無實之擧)'라고 비판하는 가운데 나름의 대안적 개혁 방안을 제기하였고, 한편 대외적으로는 노론이 북벌론(北伐論)과 명나라의 '숭정(崇禎)' 연호를 계속 고집하는 입장에 반대하여 청나라의 '강희(康熙)' 연호를 수용할 것을 주장한 바 있다. 바로 이러한 현실 인식 위에서 박세당은 자신만의 독자적인 경학적 입장과 함께 일련의 경세론을 개진함으로써 결국 노론으로부터 '사문난적(斯文亂賊)'이란 지탄을 받았던 소론계의 사상적 거목이었다.[1] 특히 그는 중

---

1 박세당의 생애와 경학 사상에 대한 주요 연구로는 이병도(1966), 「박서계와 반주자학적

사상」, 『대동문화연구』 3, 성균관대학교 대동문화연구원; 윤사순(1972, 1974, 1980), 「박세당의 실학사상에 관한 연구」, 『아세아연구』 46, 고려대학교 아세아문제연구소; 윤사순(1984), 「박세당의 경학관」, 윤사순·고익진 편, 『한국의 사상』, 열음사; 윤사순(2007), 「서계 유학의 철학적 특성」, 한국학중앙연구원 편, 『서계 박세당 연구』, 집문당; 배종호(1975)·배종호(1985), 「박세당의 반주자학과 격물치지설」, 『한국유학의 철학적 전개(하)』, 연세대학교 출판부; 김만규(1978)·김홍규(1980), 「서계 박세당의 시경론: 조선 후기 시경론(詩經論)의 전개에 있어 「시경 사변록」의 위치」, 『한국학보』 20, 일지사; 이을호(1980), 「박세당의 경학」, 『한국개신유학사시론』, 박영사; 박천규(1987), 「박서계의 「대학」 신석」, 『동양학』 17, 단국대학교 동양학연구소; 안병걸(1993a), 「서계 박세당의 중용 해석과 주자학 비판」, 『태동고전연구』 10, 한림대학교 태동고전연구소; 안병걸(1993b), 「박세당의 독자적 경전 해석과 그의 현실 인식」, 『대동문화연구』 28, 성균관대학교 대동문화연구원; 이희재(1994), 「박세당의 천관(天觀)」, 『범한철학』 9, 범한철학회; Lee Heejae(2004), 「The philosophy of Park Sedang in the 17th century of Chosŏn」, 『Comparative Korean Studies』 Vol. 12(2). 국제비교한국학회; 이희재(2009), 「박세당 상서 사변록(尚書思辨錄)의 특징」, 『유교사상연구』 35, 한국유교학회; 이희재(2010), 『박세당: 탈주자학적 실학사상의 선구자』, 성균관대학교 출판부; 송석준(1996), 「한국 양명학의 초기 전개 양상: 윤휴와 박세당의 『대학』 해석을 중심으로」, 『한국동서철학연구회논문집』 13, 한국동서철학연구회; 김용흠(1996), 「조선 후기 노·소론 분당의 사상 기반: 박세당의 『사변록』 시비를 중심으로」, 『학림』 17, 연세사학연구회; 박재술(1996), 「박세당의 천관(天觀)」, 한국사상사연구회 편저, 『실학의 철학』, 예문서원; 장숙필(1996), 「박세당의 실학적 인간관」, 한국사상사연구회 편저, 『실학의 철학』, 예문서원; 이영호(2000), 「서계 박세당의 『사변록·대학』에 대한 연구」, 『한문학보』 2, 우리한문학회; 윤미길(2002), 「박세당의 사서주해에 대한 일고찰: 다산과의 관련을 중심으로」, 『국어교육』 109, 한국어교육학회; 김종수(2002), 「박세당의 진리론과 사상 체계론」, 『한국실학연구』 4, 한국실학학회; 김종수(2004), 「텍스트 이론으로 본 박세당의 인물성이론(人物性異論) 형성 과정」, 『한국실학연구』 7, 한국실학학회; 김종수(2007), 「서계 박세당의 인물성동이론(人物性同異論) 일고(1): 성동론(性同論) 비판」, 『유교문화연구』 제9집, 성균관대학교 유교문화연구소; 김종수(2009), 「서계 박세당의 상서·우공 편 주해 일고」, 『탈경계 인문학』 제2권 제3호, 이화여자대학교 이화인문과학원; 김종수(2011), 「소론학파의 연원과 전개, 철학과 현실 인식」, 『한국철학논집』 32, 한국철학사연구회; 김만일(2003), 「박세당 경학사상의 성격: 『상서 사변록』을 중심으로」, 『유교문화연구』 6, 성균관대학교 유교문화연구소; 김만일(2007), 『조선 17~18세기 상서 해석의 새로운 경향』, 경인문화사; 오용원(2004), 「박세당의 『논어 사변록』 연구」, 『대동문화연구』 47, 성균관대학교 대동문화연구원; 장병한(2006), 「박세당과 심대윤의 『중용』 해석 체계 비고(比考): 성리학적 주석체계에 대한 해체주의적 입장과 그 연계성 파악을 중심으로」, 『한국실학연구』 11, 한국실학학회; 한국학중앙연구원 편(2007), 『서계 박세당 연구』, 집문당; 강지은(2007), 「서계 박세당의 「대학 사변록」에 대한 재검토: 『대학장구대전』의 주자주(朱子註)에 대한 비판적 고찰의 의미를 중심으로」, 『한국실학연구』 13, 한국실학학회; 강지국의 농업 기술을 수용함으로써 양란 이후 피폐해진 조선의 농업을 진흥시키기 위한 관심에서 『색경(穡經)』을 편찬했으며,2 연이어 노장학(老

은(2010), 「17세기 경학방법론 연구: 독창성 및 비판성을 척도로 한 경학 연구를 대신하여」, 『퇴계학보』 128, 퇴계학연구원; 강지은(2011), 「윤휴의 『독서기』와 박세당의 『사변록』이 주자학 비판을 위해 저술되었다는 주장의 타당성 검토(1): 『대학』의 '격물' 주석에 대한 재고찰을 중심으로」, 『한국실학연구』 22, 한국실학학회; 김세정(2008), 「명재 윤증과 서계 박세당의 격물 논변」, 『동양철학연구』 56, 동양철학연구회; 김세봉(2009), 「서계 박세당의 대학 인식과 사회적 반향」, 『동양고전연구』 34, 동양고전학회; 송갑준(2009), 「『사변록』의 주주(朱注) 비판과 경학사적 위치」, 『인문논총』 24, 경남대학교 인문과학연구소; 이종성(2010a), 「서계 박세당의 실학적 격물 인식: 명재 윤증과의 격물 논변을 중심으로」, 『공자학』 19, 한국공자학회; 이종성(2010b), 「서계 유학사상의 실학적 인식의 기초」, 『철학논총』 61, 새한철학회; 김태년(2010), 「박세당의 『사변록』 저술 동기와 『대학』 본문 재배열 문제에 대한 검토」, 『한국사상과 문화』 51, 한국사상문화학회; 김유곤(2011), 「한국 유학의 대학 체제에 대한 이해(1): 『대학장구』와 『고본대학』의 체재를 개정한 학자를 중심으로」, 『유교사상연구』 43, 한국유교학회; 주영아(2011), 「박세당의 개방적 학문관 연구」, 『동방학』 20, 한서대학교 동양고전연구소; 김형찬(2012), 「사문난적 논란과 사서의 재해석: 박세당의 『사변록』과 김창협의 비판을 중심으로」, 『한국사상과 문화』 63, 한국사상문화학회; 김용재(2013), 「박세당의 『사변록·논어』에 대한 일고」, 『유학연구』 29, 충남대학교 유학연구소; 금장태(2014a), 「박세당의 『사변록』과 『대학』 편차의 수정」, 『조선 실학의 경전 이해』, 서울대학교 출판문화원; 금장태(2014b), 「박세당의 『대학』 해석과 쟁점」, 『조선 실학의 경전 이해』, 서울대학교 출판문화원; 금장태(2014c), 「박세당의 『중용』 편차 수정과 해석」, 『조선 실학의 경전 이해』, 서울대학교 출판문화원; 신창호(2014), 「서계 박세당의 『사변록 중용』 이해와 학문적 특징」, 『동양고전연구』 55, 동양고전학회; 한정길(2014), 「박세당의 주자학 반성과 학문관」, 『다산과 현대』 7, 연세대학교 강진다산실학연구원; 허종은(2014), 「박세당의 주희 이해」, 『한국철학논집』 43, 한국철학사연구회; Mark Setton(1997), 『Chŏng Yagyong: Korea's Challenge to Orthodox Neo-Confucianism』, State University of New York Press) 등이 있다. 여기서 특히 박세당의 『논어 사변록』에 대한 연구로는 윤미길(2002), 오용원(2004), 김용재(2013)가 대표적이다.
2 박세당의 『색경(穡經)』에 대한 소개로는, 대표적으로 김용섭(2009) 『조선후기 농학사 연구: 농서(農書)와 농업 관련 문서를 통해 본 농학사조(農學思潮)』, 지식산업사, 243~261면과 이희재(2010: 90~95)가 참조된다. 이러한 『색경』은 ① 박세당이 정계를 떠나 스스로 농업에 종사하게 되면서 48세 되는 병진년(1676년, 숙종 2)에 저술, 완성한 농서로서, ② 그 내용은 「종구곡(種九穀)」·「종소채(種蔬菜)」·「목면(木綿)」·「종과(種果)」·「종제수(種諸樹)」·「종제화채(種諸花菜)」·「전가월령(田家月令)」·「목양(牧養)」·「양잠(養蠶)」·「기타」 등으로 구성되어 있고, ③ 그 편찬에서 주 자료로 사용된 기존의 농서는 『농상집요(農桑輯要)』이며, ④ 농업 기술상의 특징으로는 조선의 중부 이북 지방의 한전농업(旱田農

莊學)을 유가적 바탕 위에서 적극 수용3하는 동시에 정주성리학(程朱性理學)을 비판적으로 검토하는 맥락에서 유교 경전을 독자적으로 재해석한 바 있다.

2. 『사변록』의 경학적 문제의식

박세당의 경학(經學) 저술로는 대표적으로 「대학(大學)」(52세), 「중용(中庸)」(59세), 「논어(論語)」(60세), 「맹자(孟子)」(61세), 「상서(尙書)」(63세), 「시경(詩經)」(65세)에 걸친 일련의 『사변록(思辨錄)』4이 있는바, 이는 일명 '통설(通說)'로도 알려져 있다. 이러한 『사변록』은 그가 52세 되는 경신년(1680년, 숙종 6)부터 "이미 벼슬길에서 물러나와 한가로이 집에 있으면서 마침내 오로지 경서(經書)에만 뜻을 두고 공부를 더하여 침잠한 지 여러 해 만에 두루 이해하고 통달했으며, 그러한 뒤에 비로소 그 편간(編簡)의 자구(字句)에서 착오를 바로잡고 전주(箋註)의 해설에서 틀린 것을 분별하여 이를 기록하여 완성한 책"5으로서, 또한 그는

業)을 중심으로 한 농서인 점과, 특히 중국의 농학(農學)을 수용하여 전묘제도(田畝制度)와 경종법(耕種法)의 개량을 도모하고 있는 점을 들 수 있고, ⑤농업 경영과 농정 이념의 특징으로는 농업 생산의 주체를 어디까지나 소농층(小農層)으로 설정하는 가운데, 예로부터 내려온 고전유학(古典儒學) 및 고전농학(古典農學)의 사상을 바탕으로 하고 있는 점 등이 거론되고 있다.

3 박세당의 노장철학(老莊哲學)의 수용 노력은 대표적으로 『신주도덕경(新註道德經)』(53세)과 『남화경주해산보(南華經註解刪補)』(54세)로 구체화된 바 있다. 한편, 이 저술들이 『대학 사변록(大學思辨錄)』(52세)과 『중용 사변록(中庸思辨錄)』(59세)의 중간 시기에 이루어졌다는 점 또한 그의 경학과 관련하여 유의할 점으로 판단된다.

4 『사변록』에서의 '사변(思辨)'이란 "신중하게 생각하며 밝게 분변한다[愼思之, 明辨之]"(中庸章句, 第20章)의 의미를 함축하고 있다.

5 『思辨錄』(『西溪全書』 下, 1쪽), "庚申. ○先生五十二歲. ○先生旣退閑居, 遂專意加工於經

이를 저술했던 자신의 경학적 문제의식에 대해서는 『맹자 사변록(孟子思辨錄)』을 완성한 해이자 그가 61세 되는 기사년(1689년, 숙종 15)에 쓴 「서(序)」를 통해 다음과 같이 표명한 바 있다.

1) '육경'관: "육경이란 요순 이하 여러 성인의 말씀을 기록한 책"이다

우선, 박세당은 "육경[六經, 사서(四書)와 시경·상서-필자 주]의 책은 모두 요(堯)·순(舜) 이하 여러 성인(聖人)의 말씀을 기록한 것으로서, 그 이치는 정밀하고 그 뜻은 구비되었으며, 그 생각은 깊고 그 취지는 심원하다 할 것이다. 대개 그 정밀한 것을 논하자면 털끝만큼도 어지럽힐 수 없으며, 그 구비한 것을 말하자면 섬세하여 빠진 것이 없다. 그 깊이를 재보려고 해도 그 밑바닥에 이를 수 없으며, 그 심원한 것을 궁구하려고 해도 그 끝을 볼 수가 없다."[6]라고 주장한 바 있다.

이로써 그는 맨 먼저 자신의 '경전(經典)'관의 요체를 천명하고 있다. 즉 그가 보기에 ① 유교의 경전이란 "요·순 이하 여러 성인의 말씀을 기록한 책"으로서, ② 그중에서도 특별히 '사서와 시경·상서'가 핵심을 이루었다. 물론 이러한 관점은 그가 "사서에 대해 더욱 힘을 기울였다."는 기록에서도 간취할 수 있겠다.

書, 沉潛累年, 融解貫通, 然後始乃正其編簡字句之錯訛, 辨其箋註解說之差誤, 錄而成書, 名曰: '通說', 或稱: '思辨錄'. 盖於四書, 尤致力焉."

6 『思辨錄』(『西溪全書』 下, 2쪽), 「序」 "六經之書, 皆記堯·舜以來羣聖之言, 其理精而其義備; 其意深而其旨遠. 盖論其精也, 毫忽之不可亂; 語其備也, 纖微之無或闕. 欲測其深, 莫得其所底; 欲窮其遠, 不見其所極."

2) '정주성리학'에 대한 평가: "송나라 때에 와서 정자와 주자 두 선생이 일어나심에 …… 육경의 뜻이 이에 다시 환하게 세상에 밝혀졌다"

이어 박세당은 "이것[육경－필자 주]은 본래 세간의 하찮은 선비라든 가 변통 없는 유자의 얕은 도량이나 고루한 식견으로써는 밝혀낼 수 없는 것이다. 그럼에도 위로는 진(秦)·한(漢) 시대로부터 아래로는 수(隋)·당(唐) 시대에 이르기까지 문호(門戶)를 나누어 쪼개고 사지를 잘라 내고 폭을 찢어 내다가 결국은 대체를 파괴 훼손시키고 만 것이 이루 다 헤아릴 수 없다. 그 이단에 빠진 자는 근사한 것을 빌어다가 그의 간사하고 회피하는 말을 꾸미기도 하고, 그 앞 사람의 전적(典籍)을 굳게 지키기만 하는 자는 고착(固着)·불통(不通)하며 우괴(迂怪)·편벽(偏僻)하여 전혀 평탄한 길에 어두웠던 것이다. 아! 이것이 어찌 성현들이 부지런히, 그리고 간절히 이 글을 만들고 이 말을 기록하여, 이로써 이 법(法)을 밝혀 천하의 후세에게 바랐던 뜻이었으랴!

…… 송(宋)나라 때에 와서 정자(程子)와 주자(朱子) 두 선생께서 일어 나심에 …… 육경의 뜻이 이에 다시금 환하게 세상에 밝혀졌다. 이에 전날 오괴(迂怪), 편벽된 것으로 내닫던 자들이 사람들의 생각과 뜻을 고착, 불통하도록 만들 수 없게 되었고, 근사한 것으로 속이던 자들 또 한 명호(名號)를 거짓으로 빌릴 수 없게 됨에, 간사하고 회피하는 선동 과 유혹이 마침내 끊어지고 평탄한 표준과 목적이 뚜렷해지게 되었다. 이렇게 된 연유를 따져 보자면 또한 말단을 쥐고서 근본을 더듬어 가고 흐름을 따라서 근원에 거슬러 감으로써 얻은 것이었으니, 이는 자사(子思)께서 말씀하신 지침에 참으로 깊이 합하고 묘하게 맞는 것이 아니겠 는가?"[7]라고 주장하였다.

이로써 그는 ① 중국의 진·한 시대에서 수·당 시대에 이르는 시기의 경학사(經學史)의 흐름과 성과에 대해서는 매우 비판적인 인식을 표명한 반면, ② 송대의 정주성리학의 경학적 성과 및 그 사상적 의의와 관련해서는 이를 높이 평가하는 데에 조금도 인색하지 않았다.

3) '학문 방법론'에 대한 기본 입장: "학문 방법론의 요체"란 '가까운 것', '얕은 것', '소략한 것', '거친 것'에서부터 시작해서 '먼 것', '깊은 것', '구비한 것', '정밀한 것'으로 나아감에 있다

다음으로, 박세당은 이상의 논의, 특히 정주성리학의 훌륭한 성과조차 무엇보다 "말단을 쥐고서 근본을 더듬어 가고 흐름을 따라서 근원에 거슬러 감으로써 얻은 것이었으니, 이는 자사(子思)께서 말씀하신 지침에 참으로 깊이 합하고 묘하게 맞는 것"이라는 인식과 병행하여 자신이 생각하는 '올바른 학문 방법론'을 구체적으로 개진하고 있다. 즉 그는 "전(傳)에 '먼 곳을 가려면 반드시 가까운 곳에서 출발해야 한다'고 했으니, 이것은 무엇을 두고 한 말인가? 어둡고 가리어진 사람을 이끌어 가르쳐서 그로 하여금 스스로 깨달을 수 있도록 하는 것이 아니겠는가? 진실로 세간의 배우는 자로 하여금 여기서 얻는 바가 있도록 하자면, 앞서 말한 바 먼 곳이란 곧 가까운 곳에서부터 가야 함을 알 수 있을

---

7 『思辨錄』(『西溪全書』 下, 2쪽), 「序」 "固非世之曲士拘儒淺量陋識所可明也. 是以上自秦·漢, 下逮隋·唐, 分門割戶, 斷肢裂幅, 卒以破毁乎大體者, 不可勝數. 陷溺異端者, 多假借近似, 飾其邪遁之辭; 其拘持前籍者, 又膠滯迂僻, 全昧夫坦夷之途. 嗚呼! 此豈聖賢所以勤勤懇懇爲此書·記此言, 以明乎此法, 而庶幾有望於天下後世之意哉! …… 及宋之時, 程·朱兩夫子興, …… 六經之旨, 於是而爛然復明於世. 暴之汚僻者, 旣無足以膠人慮而滯人意, 其近似者, 又不能以假之名而借之號, 邪遁之煽誘逖絶, 坦夷之準的有在. 究其所以至此者, 亦莫非操末探本·泝流沂源而得之, 則是於子思所言之指, 眞有深合而妙契者乎?"

것이다. 그런즉 이른바 깊은 곳 역시 얕은 데서부터 들어가야 할 것이요, 이른바 구비한 것 또한 소략한 데서부터 미루어 가야 할 것이며, 이른바 정밀한 것 역시 거친 데서부터 이를 수 있을 것이다. 세상에는 진실로 거친 것도 능하지 못하면서 그 정밀한 것을 먼저 할 수 있고, 소략한 것도 능하지 못하면서 그 구비한 것을 일삼을 수 있으며, 얕은 것도 능하지 못하면서 그 깊은 것을 미리 할 수 있고, 가까운 것도 능하지 못하면서 그 먼 것에 처할 수 있는 경우란 존재하지 않는다. 지금 육경(六經)에서 구하는 바는 하나같이 얕고 가까운 것을 뛰어넘어 깊고 먼 것으로만 치달리며, 거칠고 소략한 것을 소홀히 하고 정밀하고 구비한 것만을 엿보고 있으니, 결국 어둡고 어지러우며 빠지거나 넘어져서 얻는 바가 없게 됨은 괴이할 것이 없다 할 것이다. 저들은 단지 그 깊고 멀고 정밀하고 구비한 것을 얻지 못할 뿐만 아니라, 아울러 그 얕고 가깝고 거칠고 소략한 것마저 모두 잃게 될 것이다. 아, 슬프다! 그 또한 미혹됨이 심한 것이 아니겠는가?"[8]라고 주장한 바 있다.

이로써 그는 ①'학문 방법론'의 요체란 어디까지나 먼저 '가까운 것', '얕은 것', '소략한 것', '거친 것'에서부터 출발하여 차근차근 '먼 것', '깊은 것', '구비한 것', '정밀한 것'으로 나아감에 있음을 강조하는 한편, ②특히 당시 조선의 학문 풍토가 이처럼 자명한 이치를 무시하고 무조건 처음부터 고원하고 현학적인 경지만을 추구·숭상하는 엽등(躐等)의 폐단에 젖어 있음을 통렬히 비판하기에 이른다. 물론 이러한 그의 비판

---

8 『思辨錄』(『西溪全書』 下, 2쪽), 「序」 "傳曰: '行遠必自邇', 此何謂也? 非所以提誨昏蔽使其能自省悟乎? 誠使世之學者, 有得乎此, 向所謂遠者, 卽可知自邇而達之. 然則所謂深者, 亦可自淺而入之; 所謂備者, 亦可自略而推之; 所謂精者, 亦可自粗而致之. 世固未有粗之未能而能先其精, 略之未能而能業其備, 淺之未能而能早其深, 邇之未能而能宿其遠者. 今之所求於六經, 率皆躐其淺邇而深遠是馳, 忽其粗略而精備是規, 無怪乎其眩瞀迷亂沉溺顚躓而莫之有得. 噫嘻, 悲夫! 其亦惑之甚乎?"

의 이면에는 상기의 풍조를 은연중 조장했다고 판단되는 정주성리학의 세계관과 학문 체계 그 자체에 대한 나름의 부분적 의구심과 회의가 자리 잡고 있었다.

4) 사변록의 저술 목적: 사변록을 저술한 목적은 어디까지나 '수사학의 본지'를 파악하는 데 일조함에 있다

마지막으로, 당시 조선의 일반적 학문 풍토와 정주성리학에 대한 박세당의 상기한 바 비판적 의식은 연이어 "경(經)에 실린 말씀이 그 근본[統]에서는 하나일지라도 그 실마리는 천 갈래 만 갈래이니, 이것이 이른바 '(근본은-필자 주) 일치하면서도 생각은 다양하며, 같은 곳으로 귀결하면서도 길은 다르다'는 것이다. 따라서 빼어난 지식과 깊은 조예로도 오히려 그 취지를 극진히 하여 미세한 부분에까지 실수가 없도록 하지 못하는 경우가 있음에, 반드시 여러 장점을 널리 모으고 조그마한 선(善)도 버리지 않음을 기다린 연후에야 거칠고 소략한 것도 유실되지 않고 얕고 가까운 것도 누락되지 않아 깊고 멀며 정밀하고 구비한 체제가 이에 완전하게 되는 것이다. 이 때문에 나는 참람된 것을 잊고 좁은 소견으로나마 얻은 바를 대강 기술하고, 이를 모아 편(編)을 이루어 이름을 '사변록(思辨錄)'이라 하였다. 혹시라도 선유(先儒)들이 세상을 깨우치고 백성을 돕고자 한 뜻에 티끌만 한 도움이나마 없지는 않을까 하니, 따라서 이는 이론(異論)하기를 좋아하여 하나의 학설을 세우려는 의도에서 나온 것은 아니다. 나의 이 경솔하고 망령되며 소략하고 잘못된 것을 살피지 못한 죄는 피할 수 없겠지만, 뒷날에 이 글을 보는 자가 혹시나 그 뜻이 다른 데 있지 않음을 살펴서 특별히 용서한다면 이 또한 다행일까 한다."[9]라는 간절한 학문적 염원을 토로하는 것으로 이어졌다.

이로써 그는 ① 평소 일관되게 지향, 탐구했던 '경에 실린 말씀의 근본[統]', 즉 수사(洙泗)의 가르침과 '공자(孔子)의 본뜻'에 이르는 방법은 기실 하나가 아니라 다양한바, ㉠ 바로 이러한 맥락에서 경전의 본지를 제대로 파악하기 위해서는 이에 대한 개방적이고도 활발한 경학적 공론의 장이 필수적으로 요청됨을 강조하는 한편, ㉡ 자신이 『사변록』을 저술한 목적 역시 어디까지나 경전의 본지를 파악하는 데 일조함으로써 "혹시라도 선유들이 세상을 깨우치고 백성을 돕고자 한 뜻에 티끌만한 도움이나마 없지는 않을까 한다."는 학문적 충정에 있음을 토로하고 있다. ② 결국 이상과 같은 그의 일련의 주장 이면에는 ㉠ 당시 주자도통주의(朱子道統主義)의 기치하에 주자학을 절대시하면서 주자학 이외의 학설이나 학문에 대해서는 모조리 사문난적으로 몰아가는 한편, 강경한 존주대의의 명분론과 어느덧 주자학 본래의 계몽성을 소진한 채 고원심수(高遠深邃)한 형이상학적 담론에 매몰되어 갔던 당시 노론의 학문적 입장에 대한 강한 비판적 문제의식이 자리 잡고 있었음은 물론이요, ㉡ 나아가 이러한 그의 문제의식은 "간혹 살펴보면 또한 (주자의-필자 주) 주설(註說)에 의심나는 부분이 있는 것을 면치 못"하며 "수사의 가르침"과 "공자의 본뜻과도 자못 다른 점이 있다"[10]는 인식으로 이

---

9 『思辨錄』(『西溪全書』 下, 2쪽), 「序」 "然經之所言, 其統雖一, 而其緒千萬, 是所謂'一致而百慮, 同歸而殊塗.' 故雖絶知獨識, 淵覽玄造, 猶有未能盡極其趣而無失細微, 必待乎博集衆長, 不廢小善, 然後粗·略無所遺, 淺·邇無所漏, 深·遠·精·備之體, 乃得以全. 是以輒忘僭, 汰槩述其蠡測管窺之所得, 裒以成編, 名曰'思辨錄'. 倘於先儒牖世相民之意, 不無有塵露之助, 故非出於喜爲異同, 立此一說. 若其狂率謬妄不揆踈短之罪, 有不得以辭爾, 後之觀者, 或以其意之無他而特垂恕焉, 則斯亦幸矣."

10 『思辨錄』(西溪全書(下), 9쪽), 「傳5章」의 註 "其他所言, … 似與洙·泗之丁寧立教爲切問近思之學者, 不同. … 則殆有異於夫子之旨."; 思辨錄【大學】(西溪全書(下), 20~21쪽), 「傳10章」의 註 "○自余改定 章句, 已七年, 間復省閱, 又不免於註說有疑, 故每欲一爲難辨, 久未之暇, 今始粗有所論."

어지면서 주희(朱熹)의 경전 주석 역시 비판적으로 검토하는 가운데 어디까지나 요(堯)·순(舜) 이래 전수된 '수사학(洙泗學)의 본지'를 천명하려는 나름 의지적 고심을 보여 주고 있다. 그러면 지금부터 박세당의 경학적 입장의 특징을 『논어 사변록(論語思辨錄)』을 중심으로 간략하게 살펴보기로 하자.

3. 『논어 사변록』의 구성

박세당은 『논어 사변록』을 저술하면서 『논어집주(論語集註)』의 「학이(學而)」편에서 「요왈(堯曰)」편까지의 '총 498장' 가운데서 나름의 관점에서 특별히 논의할 필요가 있다고 판단되는 '208장'만을 선별하여 이에 대한 자신의 경학적 입장을 차례대로 개진하고 있다.

한편, 박세당은 『논어 사변록』에서 경문(經文)을 선별한 기준 및 여타 선별되지 않은 경문에 대한 『논어집주』에서의 주석에 대해서는 자신의 입장을 명확히 제시한 바 없다. 다만 그가 『논어 사변록』을 저술한 문제의식이나 내용을 전체적으로 고려할 때, 아마도 선별되지 않은 나머지 경문의 경우에는 대체로 『논어집주』와 의견을 같이했던 것이 아닐까 추측된다.

표 1. 『논어 사변록』의 구성

	편명	『논어집주』	『논어 사변록』에서 다룬 장절	비고
1	「학이(學而)」편	총 16장	1, 3, 5, 6, 8, 10, 13, 14, 16	9장
2	「위정(爲政)」편	총 24장	1, 2, 3, 4, 9, 10, 11, 15, 16, 17, 18, 20, 21, 22, 23, 24	16장

3	「팔일(八佾)」편	총 26장	3, 4, 7, 8, 11, 13, 21	7장
4	「이인(里仁)」편	총 26장	1, 2, 3, 5, 6, 10, 11, 13, 15, 18, 22	11장
5	「공야장(公冶長)」편	총 27장	1, 3, 4, 5, 8, 11, 12, 14, 15, 19, 20, 21, 22, 25	14장
6	「옹야(雍也)」편	총 28장	1, 2, 3, 5, 10, 11, 17, 18, 19, 20, 23, 24, 27, 28	14장
7	「술이(述而)」편	총 37장	2, 6, 10, 11, 18, 19, 23, 25, 26, 27, 28, 29, 30, 31, 32, 33, 34, 35, 37	19장
8	「태백(泰伯)」편	총 21장	2, 3, 4, 5, 6, 7, 9, 11, 12, 13, 17, 18, 19, 20	14장
9	「자한(子罕)」편	총 30장	4, 6, 7, 8, 10, 12, 13, 15, 16, 17, 18, 19, 20, 21, 23, 26, 27, 28, 29, 30	20장
10	「향당(鄉黨)」편	총 17절	4, 5, 6, 8, 12, 16	6절
11	「선진(先進)」편	총 25장	1, 7, 10, 11, 13, 15, 16, 18, 19, 20, 21, 22, 25	13장
12	「안연(顔淵)」편	총 24장	2, 3, 4, 6, 7, 10, 13, 14, 18, 20, 21, 22, 23	13장
13	「자로(子路)」편	총 30장	2, 3, 4, 8, 14, 15, 21, 22	8장
14	「헌문(憲問)」편	총 47장	4, 5, 7, 8, 11, 14, 28, 31, 34, 36, 44, 46, 47	13장
15	「위령공(衛靈公)」편	총 41장	1, 3, 4, 15, 20, 21, 22, 30, 31, 33, 36, 40	12장
16	「계씨(季氏)」편	총 14장	3, 7, 9, 12	4장
17	「양화(陽貨)」편	총 26장	17 4, 11, 19, 21, 22, 25, 26	7장
18	「미자(微子)」편	총 11장	1, 7	2장
19	「자장(子張)」편	총 25장	3, 5, 8, 11, 17	5장
20	「요왈(堯曰)」편	총 3장	1	1장
합 계		총 498장	총 208장	

4. 『논어 사변록』의 내용

이상과 같이 구성된 『논어 사변록』에서 박세당은 몇 가지 주목할 만한 경학적 입장을 개진하고 있다. 그리고 이러한 그의 경학적 입장은 크게 두 요소로 구성되어 있는데, 즉 그가 ①『논어』의 주요 개념에 대한 독자적 해석'을 제시하고 있는 부분과, ②『논어 사변록』을 저술하며 수미일관 하나의 원칙으로서 견지했던 나름의 '경전 해석 태도'를 표명하고 있는 부분으로서, 특히 후자가 『논어 사변록』의 내용에서 주종을 이루고 있다.

1) 『논어』의 주요 개념에 대한 독자적 해석

상기한 바처럼, 박세당은 『논어 사변록』에서 비록 소략하고 단편적이기는 하나 『논어』에서 언급되고 있는 몇 가지 주요 덕목과 개념에 대해 특히 주희의 『논어집주』와는 다른 독자적인 해석을 제시한 바 있다. 이에 그 대표적인 사례를 들자면, 우선 '인(仁)', '경(敬)', '중(中)·용(庸)'이란 덕목과 함께 여타 '학(學)'과 '정(政)'의 개념이 바로 그것이다.

(1) '인(仁)' 개념

박세당은 『논어 사변록』에서 우선 '인(仁)' 개념의 이해와 관련하여, 첫째, 인이란 덕(德) 가운데 큰 것11이라 주장하여 의당 인을 중시하는 유가 일반의 태도를 공유하고 있다. 그럼에도 그는 인의 구체적 실상과

---

11 『思辨錄』【論語】(西溪全書(下), 83쪽), 「泰伯」篇 第7章의 註 "仁, 是德之大."

관련해서는 일관되게 "반드시 자기가 먼저 수양한 뒤에야 다른 사람을 감화시킬 수 있고, 반드시 자기가 먼저 배운 뒤에야 다른 사람을 가르칠 수 있다. 이와 같은 것은 모두 (먼저–필자 주) 자기 몸을 바로잡아서 다른 사람을 바로 잡아주는 것이니, ……이것이 곧 인자(仁者)의 일"12이라거나, "안으로는 몸가짐을 씩씩하게 하고, 밖으로는 일에 공경하며, 또한 서(恕)를 미루어 다른 사람에게 미칠 수 있다면 인의 방도가 이것에서 벗어나지 않는다."13거나, "안으로 병통이 없는 것이 인이다."14라고 강조함으로써 '인'이란 덕목을 어디까지나 구체적인 윤리적 행위와 결부시켜 인식, 설명하고 있음을 살펴볼 수 있다.

둘째, 박세당은 인(仁)과 여타 덕목과의 개념적 위계와 관련해서도 충(忠)과 신(信)은 인이 되는 바탕15이라거나 "인은 예(禮)와 악(樂)의 실질"16이라 하여 탄력적이자 개방적으로 규정하였다. 이로써 그는 '인' 개념의 형이상학적 특권성을 특별히 강조하는 관점에 대해서도 의식적으로 일정한 거리를 두고 있었음을 간취할 수 있겠다.

마지막으로, 박세당은 또한 "공자께서 인을 논하심에 일[事]에 나아가 말씀하시지 않은 경우가 없음은 『논어』에 실린 말씀에서 똑똑히 볼 수 있거늘, 어찌 이른바 '저 일에 이르지 않을 때에 인(仁)의 공부가 된다'는 경우가 있을 수 있겠는가? ……대개 '도(道)에 뜻을 둔다'는 것은 '이를 구함'을 말함이요, '덕(德)에 의거한다'는 것은 '이를 붙잡음'을 말

---

12 『思辨錄』【論語】(西溪全書(下), 78쪽),「雍也」篇 第28章의 註 "必先自修而 後可以化人, 必先自學而後可以教人. 如此者, 皆正己以正人, … 仁者之事也."

13 『思辨錄』【論語】(西溪全書(下), 91쪽),「顏淵」篇 第2章의 註 "內莊己, 外敬事, 又能推恕 以及乎人, 則仁之爲道不外乎是."

14 『思辨錄』【論語】(西溪全書(下), 91쪽),「顏淵」篇 第4章의 註 "內不疚者, 仁也."

15 『思辨錄』【論語】(西溪全書(下), 68쪽),「學而」篇 第3章의 註 "忠·信, 所以爲仁."

16 『思辨錄』【論語】(西溪全書(下), 71쪽),「八佾」篇 第3章의 註 "仁者, 禮·樂之實."

함이며, '인(仁)에 의지한다'는 것은 '이를 실행함'을 말함이다. 즉, 구하는 것을 일컬어 '도'라 하고, 붙잡는 것을 일컬어 '덕'이라 하며, 실행하는 것을 일컬어 '인'이라 한다."[17]라고 역설한 바 있다. 이를 통해 그가 '인'이란 덕목을 항상 구체적인 일[事]과의 연관성하에서, 곧 '외면적인 실천 행위'를 통해서 비로소 성립되는 것으로 인식, 설명하고 있음을 파악할 수 있다.

한편, 이상과 같은 박세당의 '인(仁)' 개념에 대한 일련의 설명은 특히 『논어집주』에서 표명되고 있는 주희의 입장에 대한 비판적 입장을 기본적으로 전제, 함축하고 있음은 물론이다. 첫째, '인'이란 덕목을 어디까지나 구체적인 윤리적 행위와 결부시켜 인식, 설명하는 그의 문제의식과 기본 취지는 인에 대한 공자의 가르침이 기실 "다언(多言)을 기다릴 필요없이 스스로 명백"[18]하고 구체적임에도, 오히려 주희는 이러한 '인'을 새삼 "천지가 만물을 낳는 마음[天地生物之心]"[19]으로 규정하여 "인자(仁者)는 천지와 만물을 한 몸으로 여겨 자기 아닌 것이 없"으며 "인은 말하기가 지극히 어렵다."[20]는 식으로 거창하게 부연함으로써 '인'

---

17 『思辨錄』【論語】(西溪全書(下), 78~79쪽),「述而」篇 第6章의 註 "孔子論仁, 未有不就事而言者, 論語 所載, 班班可見, 安有所謂'不到那事時, 爲仁工夫也'? …… 盖'志於道'者, 求之之謂也; '據於德'者, 執之之謂也; '依於仁'者, 行之之謂也. 求之曰: '道', 執之曰: '德', 行之曰: '仁'."

18 『思辨錄』【論語】(西溪全書(下), 78쪽),「雍也」篇 第28章의 註 "又'猶病'云者, 先儒皆作'猶所不能'之義, 亦恐未是. '猶病諸', 如云: '猶患之', 盖謂'猶患其難能'也, 非謂'堯·舜亦不能於此'也. ……然聖人未必爲此務大之論耳. ……此爲仁·恕之辨, 有不待多言而自明者矣."

19 『孟子集註』,「公孫丑章句上」篇 第7章의 註 "仁者, 天地生物之心, …… 所謂'元者, 善之長'也.";『中庸章句』,「第20章」의 註 "仁者, 天地生物之心而人得以生者, 所謂'元者, 善之長'也.";『朱子全書』, 第23冊(『晦庵先生朱文公文集』 卷67,「仁說」), 3280쪽(上海古籍出版社·安徽教育出版社, 2002). "蓋仁之爲道, 乃天地生物之心. …… 此心何心也? 在天地則塊然生物之心, ……";『朱子全書』, 第24冊(『晦庵先生朱文公文集』 卷74,「玉山講義」), 3589쪽(上海古籍出版社·安徽教育出版社, 2002). "仁字是箇生底意思."

20 『論語集註』,「雍也」篇 第28章의 註 "病, 心有所不足也. …… ○程子曰: '…… 仁者, 以天

이란 덕목을 매우 고원하고 추상적인 경지에다 올려놓고, 심지어는 요·순 같은 성인조차도 이를 행하기에는 부족하거나 불가능하다는 식으로 "대단한 것을 일삼는 논의[務大之論]"를 전개하는 행태에 대한 강한 의구심과 반감에 있었다.

둘째, 박세당은 상기와 같은 맥락과 문제의식에서 주희처럼 '이기론적 세계관'의 도식에 따라 '인(仁)'이란 덕에다 특별한 형이상학적·윤리적 의미를 부여함으로써 결과적으로 이러한 인을 형이상자(形而上者)로서의 '이(理)'이자 '본연(本然)의 성(性)', "본디 갖추고 있는 선(善)"이자 "천리(天理)",21 나아가 "뭇 선의 원천"이자 "온갖 행위의 근본"22으로까지 지나치게 특권화하는 인위적 논리에 대해서도 일정하게 비판적 거리를 유지했던 것으로 보인다.

물론 이러한 그의 입장의 이면에는 평소 그가 경전을 해석하면서 견지했던 하나의 중요한 원칙, 즉 "배우는 자가 성인의 말씀에 대해서는 반드시 먼저 말씀의 취지를 구하되, 마음을 비우고 뜻을 겸손히 하여 깊이 체득한 연후에야 바야흐로 얻는 바가 있을 것이다. ……만약 배우는 자가 먼저 자신의 표준을 세우고, 경전의 뜻을 모조리 (자신의 표준에다-필자 주) 맞추어 해석하는 태도는 아마 옳지 못할 것이다."23라는

地萬物爲一體, 莫非己也. …… 仁至難言, ……'"

21 『論語集註』, 「里仁」篇 第11章의 註 "懷德, 謂'存其固有之善'.";『論語集註』, 「述而」篇 第29章의 註 "仁者, 心之德, 非在外也.";『論語集註』, 「述而」篇 第37章의 註 "人之德性, 本無不備.";『論語集註』, 「顏淵」篇 第1章의 註 "蓋心之全德, 莫非天理.";『大學章句』, 「經1章」의 註 "明德者, 人之所得乎天而虛靈不昧, 以具衆理而應萬事者也.";『中庸章句』, 「第20章」의 註 "謂之'達德'者, 天下古今所同得之理也.";『中庸章句』, 「第27章」의 註 "德性者, 吾所受於天之正理."

22 『朱子全書』, 第23册(『晦庵先生朱文公文集』 卷67, 「仁說」), 3280쪽.(上海古籍出版社·安徽教育出版社, 2002) "蓋仁之爲道, … 則衆善之源, 百行之本, 莫不在是."

23 『思辨錄』【論語】(西溪全書(下), 68쪽), 「學而」篇 第5章의 註 "○…… 然學者於聖人之言,

관점이 자리 잡고 있었던 것으로 판단된다.

마지막으로, 박세당이 '인(仁)'이란 덕목을 항상 구체적인 일[事]과의 관성하에서, 곧 외면적인 실천 행위를 통해서 비로소 성립되는 것으로 역설한 데에는 무엇보다 주희가 "인이란 사욕이 모두 없어져 심덕(心德)이 온전한 상태"이자 "인욕(人欲)의 사(私)를 이겨 천리(天理)의 공(公)을 온전히 한 상태"[24]라 설명함으로써 인을 어디까지나 '마음[心]의 상태', 즉 "심덕"[25]으로 한정하여 정의하는 가운데 "만약 인에 의지하지 아니한즉 저 일에 이르지 아니할 때에 이 마음은 곧 안정할 곳이 없게 된다."[26]는 식으로 내면적인 '마음의 수양'에 일차적으로 중점을 두는 논리에 대한 비판과 거부를 함축하고 있음은 물론이다.

(2) '경(敬)' 개념

박세당은 『논어 사변록』에서 '경(敬)' 개념을 이해함에 있어서도, 첫째, "경이란 다만 삼가는 것[謹]으로서, 전전긍긍하여 깊은 연못에 임하

必先求所以言之旨, 虛心遜志, 以深體之, 然後方有所得. …… 若先自立標準, 盡驅經義納於其中, 恐未可也."

24 『論語集註』,「述而」篇 第6章의 註 "仁, 則私欲盡去而心德之全也.";『論語集註』,「雍也」篇 第28章의 註 "恕之事而仁之術也, 於此勉焉, 則有以勝其人欲之私而全其天理之公矣."

25 『論語集註』,「公冶長」篇 第18章의 註 "愚聞之師, 曰:'當理而無私心, 則仁矣.'";『論語集註』,「雍也」篇 第5章의 註 "仁者, 心之德.";『論語集註』,「述而」篇 第6章의 註 "仁則私欲盡去而心德之全也.";『論語集註』,「述而」篇 第29章의 註 "仁者, 心之德, 非在外也.";『論語集註』,「述而」篇 第33章의 註 "仁則心德之全而人道之備也.";『論語集註』,「泰伯」篇 第7章의 註 "仁者, 人心之全德.";『論語集註』,「顏淵」篇 第1章의 註 "仁者, 本心之全德.";『論語集註』,「衛靈公」篇 第9章의 註 "仁以德言.";『孟子集註』,「告子章句上」篇 第11章의 註 "仁者, 心之德.";『孟子集註』,「告子章句下」篇 第6章의 註 "仁者, 無私心而合天理之謂."

26 『思辨錄』【論語】(西溪全書(下), 78쪽),「述而」篇 第6章의 註 "朱子釋'依仁', 曰: '… 若不依於仁, 則不到那事時, 此心便沒頓放處', 此章下 集註 中前後諸說, 亦皆此意, 而此一段尤爲可疑. …"

거나 살얼음을 밟는 듯이 한다면 이것이 곧 경이 되는 것이요, 전전긍 긍한다면 저절로 다른 길로 갈 수 없게 되는 것이다."[27]라고 정의함으로 써 '경'이란 덕목의 요체는 어디까지나 '삼감[謹]'이라는 구체적 실천에 있음을 강조한 바 있다.

둘째, 박세당은 이러한 경을 또한 모든 "일에 임하는[莅事]" 기본자세 로서 강조하는 가운데, 이처럼 "밖으로 일[事]을 경으로 임하는 자세"가 곧 "인(仁)의 도(道)" 가운데 하나가 됨을 주장하기도 하였다.[28]

한편, 박세당의 이러한 해석은 주희가 「학이」편 제5장의 경문인 "경 사이신(敬事而信, 일을 공경하고 믿게 한다)"을 해석하면서 여기서의 '경'을 '주일무적(主一無適, 하나를 주장하여 다른 길로 가지 않는다)'으 로 정의[29]한 데 대한 비판적 문제의식을 함축하고 있다. 즉, 그는 주희 가 "'경'의 뜻을 '주일무적'으로 해석했는데 이는 단지 경을 구성하는 한 가지 일일 뿐이니, (경문의-필자 주) 뜻을 다하지 못한 것으로 보인다. …… 만약 하나만 주장할 뿐 전전긍긍하여 삼간다는 뜻이 없다면 어찌 경이 될 수 있겠는가?"[30]라고 비평하고 있다. 이처럼 '주일무적'으로서 의 '경' 개념에 대한 그의 비판적 인식은 ① 우선 그가 '성인의 본지'를 일차적으로 중시하여 주희의 경전 주석 또한 상대화하는 가운데 나름 의 독자적 해석을 모색해 나가는 진지한 학문적 고심을 잘 보여 주고 있을 뿐만 아니라, ② 나아가 정주성리학이 표방했던 수양론의 일 요체

---

27 『思辨錄』【論語】(西溪全書(下), 68쪽), 「學而」篇 第5章의 註 "○… 敬只是謹, 戰戰兢兢, 臨深履薄, 卽此爲敬, 戰兢則自無他適."

28 『思辨錄』【論語】(西溪全書(下), 91쪽), 「顔淵」篇 第2章의 註 "'使民如承大祭', 莅事以敬 也. … 內莊己, 外敬事, 又能推恕以及乎人, 則仁之爲道不外是."

29 『論語集註』, 「學而」篇 第5章의 註 "敬者, 主一無適之謂."

30 『思辨錄』【論語】(西溪全書(下), 68쪽), 「學而」篇 第5章의 註 "○'敬'訓以'主一無適', 此但 敬之一事, 恐未盡其義. … 若但主一而無戰兢之意, 豈得爲敬?"

로서 '거경(居敬)'과 '존심(存心)'을 통해 성인의 경지로서의 '구인(求仁)'을 지향한다는 도식, 즉 "매양 정좌(靜坐)하여 시선을 거두고 경을 위주로 하며, 정신을 모으고 생각을 중지하여 이 조급하고 불안정한 마음[心]을 적연부동(寂然不動)하고 밝은 상태로 보존한다."는 일반적 도식에 대한 근본적 문제시를 비록 단초적이나마 논리적으로 함축하고 있다는 의미에서 엄중한 경학적 사안 가운데 하나라고 평가할 수 있을 것이다.

(3) '중(中) · 용(庸)' 개념

박세당은 또한 『논어 사변록』에서 "용(庸)에 대해서 정자는 '정리(定理)'로 보았고, 주자는 '평상(平常)'으로 보았는데, 나는 '용이란 항구(恒久)라는 뜻이다'라고 말하고자 한다. 중(中)은 정밀함[精]을 이름이요, 용(庸)은 한결같음[一]을 이름이다. 『중용』에서 보자면, 첫 장에서 말한 도(道)가 '중'이요, '(이러한 도는 잠깐이라도-필자 주) 떠날 수 없다'는 것은 용이다."[31]라고 해석한 바 있다.

이처럼 '중 · 용' 개념에 대한 박세당의 일견 간단한 진술은, 기실 그의 독자적인 경학적 입장을 가장 인상 깊게 보여 주는 대표적인 사안 가운데 하나로서, 특히 주희와는 이해의 방향을 완전히 달리하였다. 즉, ① 주희가 "'중'이란 편벽되지 않고 치우치지 아니하여 지나침이나 미치지 못함이 없는 것의 명칭이요, '용'이란 평상이다."[32]라고 정의한 데 대하

---

31 『思辨錄』【論語】(『西溪全書』下, 78쪽), 「雍也」篇 第27章의 註 "庸, 程子以爲'定理', 朱子以爲'平常', 竊謂: '庸是恒久之義. 中者, 精之謂也; 庸者, 一之謂也. 以 中庸, 首章言之道是'中', '不可離是庸.'"

32 『論語集註』, 「雍也」篇 第27章의 註 "'中'者, 無過不及之名也; '庸', 平常也. …… ○程子曰:

여, ②박세당은 ㉠특히 "'용'이란 항구이다. '중용'이라 한 것은 이미 일[事]에 그 중을 얻고자 하고, 더욱 그 얻은 중을 항상 간직하여 잠시라도 혹 잃지 않고자 하는 것"[33]으로 해석하는 한편, ㉡나아가 이러한 중용이란 "『서경(書經)』에 나오는 '정(精)·일(一)'의 뜻과 서로 표리가 되니, 즉 정(精)은 중이 되고, 일(一)은 용이 되"며 "이 책(『중용』-필자 주)에서는 첫 장에서 '도는 떠날 수 없다[道不可離]'고 말하여 이미 제시하였나니, 여기서의 '도'란 곧 중이요, '떠날 수 없다'는 것은 곧 용이다."[34]라고 역설하기도 하였다. 그리고 이상과 같은 박세당의 '중·용' 개념은 이후 조선 후기 탈성리학적 경학의 흐름을 구성하는 골간 가운데 하나가 됨은 물론이다.

(4) '학(學)' 개념

이외에도 박세당은 『논어 사변록』에서 우선 '학(學)' 개념과 관련하여, 첫째, "사람이 스승을 따라 독서하고 질문하며 강구하여 스스로 행동하고 사물을 처리하는 방법을 알기를 추구하는 것",[35] 또는 "앞 사람의 자취를 밟아 …… 선왕(先王)의 법도를 아는 것"[36]으로 정의하는 가운데,

---

'不偏之謂中, 不易之謂庸. 中者, 天下之正道; 庸者, 天下之定理.…"; 『中庸章句』, 頭註 "'中'者, 不偏不倚·無過不及之名; '庸', 平常也."

33 『思辨錄』【中庸】(『西溪全書』下, 31쪽), 「第1章」의 註 "今按, '庸', 恒也. 其曰: '中庸'者, 旣欲事得其中, 尤欲恒持於此而無暫時之或失也."

34 『思辨錄』【中庸】(『西溪全書』下, 31쪽), 「第1章」의 註 "在於 書 則'精·一'之義, 與此表裏, 精爲中, 一爲庸. 在於此書則首章所云: '道不可離'者, 已揭而示之, '道'者, 卽中也; '不可離'者, 卽庸也."

35 『思辨錄』【論語】(『西溪全書』下, 68쪽), 「學而」篇 第1章의 註 "人從師讀書·質問·講究, 求知行己·處物之方, 是謂之'學'."; 『思辨錄』【論語】(『西溪全書』下, 70쪽), 「爲政」篇 第15章의 註 "從師讀書, 卽是學."

"수기·치인은 학(學)이 아니면 얻을 수 없으니, 따라서 군자는 학에 힘쓰는 것이다. 성인(聖人)께서 성인이 되신 까닭도 여기에 있을 따름이다."[37]라고 주장함으로써 학문의 효용을 일단 '수기·치인'과 함께 궁극적으로는 '성인의 경지'에 두고 있다.

둘째, 박세당은 이러한 전제 위에서 "편안함과 배부름을 구하지 않는 것은 뜻이 독실한 것이요, 일에 민첩하고 말을 삼가는 것은 행함에 힘쓰는 것이니, 이는 학(學)을 좋아하지 않는 자가 아니라면 가능하지 않다."[38]고 주장함으로써 '학의 필수적 구성 요건'으로서 내면적인 '뜻의 독실함'과 외면적인 '실천에의 힘씀'을 동시에 강조한 바 있다.

마지막으로, 박세당은 기회가 있을 때마다 '학문 방법론'과 관련해서도 "이 네 가지[나가서는 공경(公卿)을 섬기고, 들어와서는 부형(父兄)을 섬기며, 상사(喪事)에 감히 힘쓰지 않음이 없고, 술[酒]로 곤경에 처하지 않음–필자 주]는 모두가 인사(人事)에 있어 지근(至近)한 것인데도 성인께서는 오히려 이를 겸연쩍게 여기시어 감히 이것에 능하다고 자처하지 않으셨으니, 배우는 자들이 진실로 여기에서 깊이 살필 수 있다면 의당 공부에 있어서 천천히 할 일과 급히 할 일을 알아 멀고 절실하지 않은 일에만 내달리는 폐단이 없어지게 될 것이다."[39]라고 강조한 바 있다.

---

36 『思辨錄』【論語】(『西溪全書』下, 90쪽), 「先進」篇 第19章의 註 "踐迹, 踐前人之迹, 謂 '學'也. …… 苟爲不學, 不知先王之法度, ……"

37 『思辨錄』【論語】(『西溪全書』下, 69쪽), 「爲政」篇 第4章의 註 "修己·治人, 非學不得, 故君子務學. 聖]之所以爲聖], 亦在於此而已."

38 『思辨錄』【論語】(『西溪全書』下, 69쪽), 「學而」篇 第14章의 註 "不求安飽, 志之篤; 敏事·愼言, 行之力, 此非好學者不能."

39 『思辨錄』【論語】(『西溪全書』下, 85쪽), 「子罕」篇 第15章의 註 "四者皆人事之至近, 而 聖]人猶且慊然不敢自以爲能, 學者苟能深察乎此, 則當有以識其緩急而無騖遠不切之弊也."

한편, 상기한 바와 같은 박세당의 '학(學)' 개념에 대한 주장 역시『논어집주』에서 표명되고 있는 주희의 입장에 대한 비판적 인식을 그 배경으로 하고 있다.

첫째, '스승을 따라 독서하고 질문하며 강구함'을 요체로 하는 박세당의 '학' 개념에 비추어 볼 때, ①「학이」편 제1장의 경문 "학이시습지(學而時習之, 배우고 때때로 익힌다)"에서의 '학'을 주희가 "본받는다[效]"[40]는 뜻으로 해석한 것과 관련하여 "'학'을 비록 '본받는다'는 뜻으로 풀이할 수도 있겠으나, 단지 '본받는다'라고만 말한다면 스승에게서 전수받고 강구하며 질문한다는 뜻이 완전히 갖추어지지 못한 점이 있지 않을까 염려스럽다."[41]라고 비평하고 있으며, ②「위정」편 제15장의 경문 "학이불사즉망(學而不思則罔, 배우기만 하고 생각함이 없으면 얻음이 없다)"에서의 '학'을 주희가 이번에는 '익힌다[習]'는 의미로만 해석한 것과 관련해서도 "주(註)에는 '그 일을 익히지 않으므로 위태로워 편안하지 못하다'고 말했는데, 만약 이처럼 '학'을 '익힌다[習]'로 풀이한다면 '학이시습(學而時習)'이라는 경문은 또한 의당 어떻게 해설할 것이며, '위태로워 편안하지 못하다'고 한 것 역시 아주 명석하지 못하다."라고 비판하고 있다. 이로써 박세당은 나름의 관점에서 ① 주희의 주석이 노정하고 있는 '논의의 단편성'과 '논지의 비일관성'에 대해 문제를 제기하고 있을 뿐만 아니라, ② 나아가 주희의 '학' 개념이 어느덧 인간의 외면적인 구체적 실천을 사상한 채 인간의 내면적 수양의 문제에만 초점을 맞추는 경향성[42]에 대한 경계심을 함축하고 있음을 간취할 수 있겠다.

---

40 『論語集註』,「學而」篇 第1章의 註 "學之爲言, 效也."
41 『思辨錄』【論語】(『西溪全書』下, 68쪽),「學而」篇 第1章의 註 "○'學'雖可訓爲'效', 但只言'效', 則恐於傳受·講·質之義或有未備."
42 주희의 '학(學)·습(習)' 개념을 살펴보면, 그는 ①"학(學)이란 말은 본받는대[效]"는 뜻이

둘째, 박세당이 『논어 사변록』에서도 학문 방법론의 일단으로서 특히 '멀고 절실하지 않은 일에만 내달리는 폐단'에 대해 경고하고 있음은 『사변록』의 「서」에서와 마찬가지로 당시 조선 학계의 일반적 풍토에 대한 비판적 인식을 그 배경으로 하고 있었던 것으로 사료되며, 또한 바로 이러한 맥락에서 그는 "지금의 세속으로 본다면 선진(先進)이 예악(禮樂)에 있어 야인(野人)이라는 것은 의심스러우며, 후진(後進)이 예악에 있어 군자(君子)라는 것도 의심스럽다."[43]는 논평을 제시한 바 있다.

(5) '정(政)' 개념

끝으로, 박세당은 『논어 사변록』에서 '정(政)' 개념과 관련해서, 우선 유가 일반이 표방하는 '덕치(德治)'와 '예치(禮治)'의 이념 및 이에 기반을 둔 '교화(敎化)의 중시'라는 입장을 충실하게 공유, 견지하고 있다.[44]

다. 즉, "사람의 본성이란 모두가 선한 것이지만 이것을 앎에 있어서는(사람 사이에-필자 주) 선(先)과 후(後)가 있나니, 나중에 깨닫는 자는 반드시 먼저 깨달은 자의 행한 바를 본받아야만 이에 선을 밝게 알게 되고 (잃었던-필자 주) 애초의 본성을 회복할 수 있는 것이다." ②또한 "습(習)이란 거듭하여 익힘[重習]을 의미하나니, 때때로 다시 생각하고 궁구하여 마음속에 무젖게 하는 것"이요, 바로 이렇게 하였을 때 비로소 "마음속에는 기쁨[說]이 넘치게 되니, 따라서 공부에 있어서도 그 진전됨을 스스로도 그만둘 수 없게 되는 것(學之爲言效也. 人性皆善, 而覺有先後, 後覺者必效先覺之所爲, 乃可以明善而復其初也. 旣學而又時時習之, 則所學者熟, 而中心喜說, 其進自不能已矣. … 習, 重習也. 時復思繹, 浹洽於中, 則說也.)"[『論語集註』, 「學而」篇 第1章의 註]으로 정의하였다. 이렇게 본다면 주희의 '학·습' 개념은 '마음[心]'의 영역을 한 치도 벗어나지 않는다. 즉, ①'학'이 무엇보다 '선을 밝게 아는 과정'이요 '잃었던 본성을 회복하는 문제'로 나타난다면, ②한편 '습'이란 것 역시 '배운 바를 마음속에 무젖게 하는 일'이요 심지어 이때에 느끼는 '기쁨[說]'마저도 여전히 '마음의 문제'에 국한되고 있다. 결국, 이러한 맥락에서 본다면 주희의 '학·습' 개념이 전제·강조하는 '실천'조차도 인간의 내면적 수양에 초점을 두고 있는 '심학(心學)'의 문제'로 귀결되고 있는 셈이다.

43 『思辨錄』【論語】(『西溪全書』下, 88쪽), 「先進」篇 第1章의 註 "自今世俗而觀之, 則先進爲禮樂, 疑於野人; 後進爲禮樂, 疑於君子也."

그럼에도 그는 특히 『논어집주』에 표명된 주희의 입장과 비교해서 나름의 흥미로운 독자적 입장을 부분적으로나마 개진하고 있음 또한 사실이다. 첫째, 박세당은 "대저 일을 공경하거나 씀씀이를 절약하거나 백성을 부리는 것이 정치가 아니고 무엇인가? 정치가 이 세 가지 이외에 따로 무엇이 있겠는가?"[45]라거나, 심지어는 "집안에 거하면서 효도하고 우애하는 도(道)를 닦는 것 이 또한 하나의 정치인 것이니, 반드시 백성을 다스리고 임금을 섬겨 정사에 종사하는 것만이 아니다."[46]라고 강조하고 있는바, 이로써 그는 ① '정(政)'이란 개념을 어디까지나 '구체적인 실사(實事)와 실천'을 중심으로 이해하는 태도를 보여 주고 있는 한편, ② 이는 또한 성리학자들이 은연중 '정(政)'을 '마음에 간직할 바'나 '경(敬)'을 위주로 특히 내면의 수양의 문제로 몰아가는 경향성에 대한 경계와 비판을 함축하고 있음은 물론이다.[47]

---

44 『思辨錄』【論語】(『西溪全書』下, 69쪽),「爲政」篇 第3章의 註 "德·禮, 修之己. … 有躬行觀感之效, 所以民恥不善而克由夫正. 以德則有恥, 以禮則能格.";『思辨錄』【論語】(『西溪全書』下, 71쪽),「爲政」篇 第23章의 註 "因舊禮而損益其過·不及, 此聖〕人治世之法也.";『思辨錄』【論語】(『西溪全書』下, 92쪽),「顏淵」篇 第7章의 註 "兵·食者, 生之所資, 末也; 信者, 生之所由, 本也. 末可以去, 本不可去也.◦ … 然則雖兵食旣足之後, 猶必待行其教化, 然後民可以信於我, …"

45 『思辨錄』【論語】(『西溪全書』下, 68쪽),「學而」篇 第5章의 註 "◦ … 夫敬事·節用·使民, 非政而何? 政有外於此三者乎?"

46 『思辨錄』【論語】(『西溪全書』下, 71쪽),「爲政」篇 第21章의 註 "居家而修孝·友之道, 此亦一政也, 不必治民·事君以從政也."

47 이와 관련하여 박세당은 다음과 같이 말한 바 있다: "구산[龜山, 이름은 양시(楊時), 1053~1135: 북송의 학자]은 '이 경문[「학이」편 제5장-필자 주]은 다만 마음에 보존할 것만을 논했을 따름이지 정치를 행함은 언급하지 않았다'고 말했는데, 그 설이 매우 엉성하다. …… 호씨(胡氏)가 또한 '무릇 이 몇 가지는 또한 모두 경(敬)을 위주로 하였다'라고 말했고, 주자(朱子) 또한 이러한 뜻을 미루어 해석하였다. 내가 생각건대, 경(敬)이란 진실로 일이 없을 때는 궐(闕)할 수도 있거니와, ……경을 위주로 함은 이 장의 본지가 아닌 듯하다(◦龜山謂: '此特論其所存而已, 未及爲政', 其說甚疎. … 胡氏又謂: '凡此數者, 又皆以敬爲主', 朱子又推釋其義. 竊謂敬固無事而可闕, … 以敬爲主, 恐非此章之本旨.)" 思辨錄【論

316

둘째, 바로 이러한 맥락에서 박세당은 성리학자들이 통상 이상적인 통치 방법으로서 내세웠던 '무위이치(無爲而治)'론과 관련해서도 일관되게 "대개 '정치를 덕으로써 한다[爲政以德]'는 것은 먼저 자기를 다스린다는 것이다. 자기를 (먼저-필자 주) 바로잡아 남을 바로 잡음이 천하가 귀복(歸服)하는 까닭이 되나니, '북극성이 제 자리에 있다[北辰居其所]'는 것은 곧 '자기를 다스린다'는 것을 이름이다."[48]라거나, "스스로 귀함을 내세우지 않고 자기를 엄하게 단속하는 것"[49]으로 해석한 바 있다. 이로써 그는 ① 우선 '덕치'의 요체로서 특히 '자기를 바로잡아 남을 바로잡는다'거나 '자기를 엄하게 단속한다'라는 치자(治者)의 솔선수범이라는 '능동적 작위성'의 측면을 강조하는 한편, ② 이러한 입장을 통해 당시 유행했던 '무위이치'론이 자칫 야기할 수도 있었던 부작용에 대해서도 엄히 경계하고 있다. 즉 "이 장[「위정」편 제1장-필자 주]에서 언급되고 있는 해설은 모두가 '하는 일이 없어도 사람들이 복종한다'는 의미로 생각하고 있으나, 그렇지 않은 것 같다. 오직 주자가 말한 '자기 자신에게서 덕이 닦여짐에 천하가 그에게로 되돌아간다'거나 범씨(范氏)가 말한 '힘쓰는 바가 지극히 적으면서도 뭇 사람들을 복종시킬 수 있다'는 주장이 본지에 합치되는 듯하나, 다만 이 모두가 '하는 일이 없어도 사람들이 복종한다'는 논리에서 벗어나지 못하고 있다."[50]라는 비평이 바

語】(『西溪全書』下, 68쪽), 「學而」篇 第5章의 註.

48 『思辨錄』【論語】(『西溪全書』下, 69쪽), 「爲政」篇 第1章의 註 "蓋'爲政以德', 先自治也. 正己以正人, 所以天下歸服. '北辰居其所', '自治'之謂也."

49 『思辨錄』【論語】(『西溪全書』下, 96쪽), 「衛靈公」篇 第4章의 註 "恭己正南面'者, 不以貴自居而治己之嚴也."

50 『思辨錄』【論語】(『西溪全書』下, 69쪽), 「爲政」篇 第1章의 註 "此章所稱諸說, 皆以爲無爲而人服之之義, 恐未然. 唯朱子所謂'德修於己而天下歸之', 范氏所謂'所務者至寡而能服衆', 似合本旨, 但皆不免'以無爲爲歸'."

로 그것이다.

2) 『논어 사변록』에 나타난 경전 해석 태도

상기한 바대로, 박세당은 『논어 사변록』을 저술하면서 특히 자신의 경학적 입장의 일단으로서 나름의 주목할 만한 일련의 '경전 해석 태도'를 표명하고 있는바, 바로 이 부분이 기실 『논어 사변록』을 구성하는 내용의 주종을 이룸은 물론이다. 그리고 이러한 그의 경전 해석 태도 또한 다시금 크게 두 부분으로 이루어져 있는데, 즉 ① 그가 『논어』에 담겨 있는 '수사(洙泗)의 가르침'을 추구하기 위해 의식적으로 견지, 구사했던 '해석학적 기본 입장' 및 '해석학적 방법론'과 함께, ② 이러한 해석학적 입장 및 방법론에 입각하여 특히 『논어집주』 및 그 「세주(細註)」에 나타난 '주희를 위시한 여타 성리학자들의 주석에 대한 비판적 검토'가 바로 그것이다.

(1) 해석학적 기본 입장

① '수사학'의 지향

박세당은 『논어 사변록』에서 특히 자신의 저술 목적을 어디까지나 '수사(洙泗)의 가르침', 즉 '공맹(孔孟)의 본지'을 추구하는 데에 두었다. 그리고 이러한 그의 관심은 『논어 사변록』에서 시종 일관되게 "공자의 본지, …… (성인께서-필자 주) 입언(立言)하신 본의(本意)", "성인의 말씀에서 반드시 그 말씀하시게 된 취지[旨]", "성인의 뜻[意]", "[경(經)의-필자 주] 본지", "공자와 맹자께서 …… 논하신 취지[旨]", "(경의-필자 주) 뜻[義]", "(경이-필자 주) 가리키는 뜻의 귀추[指義之歸]", "공자의 뜻

[意]", "(경의-필자 주) 깊고 미묘한 취지[微旨], …… 성인의 취지[旨], …… 이 장(章)[「선진」편 제11장-필자 주]에서 문답한 본의"51 등을 강조, 모색하는 것으로 나타났다.

② 경문에 대한 '독자적 해석'의 시도

이어 박세당의 상기한 바 저술 목적은 직접『논어』경문(經文)의 본지에 대한 '독자적 해석'을 시도하는 노력으로 이어지기도 하였다. 물론 그는 이러한 자신의 시도와 관련하여 "내 말도 감히 반드시 그러하다고 자신하지는 않는다."52라거나, "감히 꼭 그렇다고 단정하지는 못하겠다."53라는, 신중하고도 유보적인 입장을 전제하고 있음에도, 그는 종래 경문의 본지에 대한 제가(諸家)의 주석을 일단 괄호 속에 묶어 두는 가

---

51 『思辨錄』【論語】(『西溪全書』下, 68쪽),「學而」篇 第1章의 註 "○… 上蔡之說, 雖巧殊非孔子本旨, … 盖論釋經義, 只當深明立言本意, ……";『思辨錄』【論語】(『西溪全書』下, 68쪽),「學而」篇 第5章의 註 "○… 然學者於聖人之言, 必先求所以言之旨, ……";『思辨錄』【論語】(『西溪全書』下, 71쪽),「爲政」篇 第24章의 註 "勉齋‧黃氏曰:'一則不當爲而爲, 一則當爲而不爲', 可謂:'正得聖人之意'矣.";『思辨錄』【論語】(『西溪全書』下, 76쪽),「雍也」篇 第1章의 註 "以敬與簡而分自治‧治人, 亦未得爲深合本旨, ……";『思辨錄』【論語】(『西溪全書』下, 79쪽),「述而」篇 第10章의 註 "如朱子所云:'是自家命悉地'者, 亦甚未安, 似非孔‧孟論性‧命之旨.";『思辨錄』【論語】(『西溪全書』下, 83쪽),「泰伯」篇 第5章의 註 "若謂:'是物我無間', 則於義甚妨.";『思辨錄』【論語】(『西溪全書』下, 85쪽),「子罕」篇 第10章의 註 "先儒之說不然, 誠懼後學無以得其指義之歸云";『思辨錄』【論語】(『西溪全書』下, 89쪽),「先進」篇 第7章의 註 "然孔子之意, … ○蘇氏以爲'君子行禮, 視吾之有無而已'; 胡氏以爲'君子用財, 視之可否, 豈獨視有無而已哉?', 二說皆得. ……";『思辨錄』【論語】(『西溪全書』下, 89쪽),「先進」篇 第11章의 註 "程子之言, 可謂'得其微旨'矣. ○朱子言…… 此正合聖人之旨, ……恐非此章問答本意.";『思辨錄』【論語】(『西溪全書』下, 96쪽),「衛靈公」篇 第21章의 註 "不如朱子'和而處衆', 爲合本旨耳."

52 『思辨錄』【論語】(『西溪全書』下, 70쪽),「爲政」篇 第16章의 註 "(夫子嘗曰:'人而不仁, 疾之已甚, 亂也', 愚意恐此章之義亦如此, 雖異端而若攻擊之太過, 則或反爲害也.) 然亦不敢自信其必然耳."

53 『思辨錄』【論語】(『西溪全書』下, 99쪽),「微子」篇 第7章의 註 "(觀下文子路之言, 盖亦所卞者在此,) 然未敢斷其必爾也."

운데 "이러한 등등의 말은 모두 나의 사사로운 마음에 의혹된 까닭에서 나온 것이다. 그러므로 내가 이를 드러내고 옛 어진 이의 말을 반대한 죄를 받기를 기다린다."[54]는 자못 결연하고도 진지한 자세에서 이에 대한 자신만의 독자적 이해를 모색하기에 이른다. 그리고 이러한 그의 시도는 ① 대부분 자신의 독자적인 경학적 관점에서 경문의 의미를 부연 설명하는 가운데, 이러한 맥락에서 필요한 경우 기존의 주석들을 명시적으로 취사선택하여 원용하거나 또는 비판하는 경우[55]로 나타났

---

[54] 『思辨錄』【論語】(『西溪全書』下, 74쪽), 「里仁」篇 第15章의 註 "此等說, 皆私心所惑, 故著之以竢罪我者." 註; 『思辨錄』【論語】(『西溪全書』下, 91쪽), 「顔淵」篇 第6章의 註; 『思辨錄』【論語】(『西溪全書』下, 93쪽), 「顔淵」篇 第20章의 註; 『思辨錄』【論語】(『西溪全書』下, 94~95쪽), 「子路」篇 第15章의 註; 『思辨錄』【論語】(『西溪全書』下, 95쪽), 「子路」篇 第21章의 註; 『思辨錄』【論語】(『西溪全書』下, 95쪽), 「子路」篇 第22章의 註; 『思辨錄』【論語】(『西溪全書』下, 95쪽), 「憲問」篇 第4章의 註; 『思辨錄』【論語】(『西溪全書』下, 95쪽), 「憲問」篇 第5章의 註; 『思辨錄』【論語】(『西溪全書』下, 96쪽), 「憲問」篇 第34章의 註; 『思辨錄』【論語】,(『西溪全書』下, 96쪽) 「憲問」篇 第36章의 註; 『思辨錄』【論語】(『西溪全書』下, 96쪽), 「憲問」篇 第46章의 註; 『思辨錄』【論語】(『西溪全書』下, 96쪽), 「憲問」篇 第47章의 註; 『思辨錄』【論語】(『西溪全書』下, 96쪽), 「衛靈公」篇 第1章의 註; 『思辨錄』【論語】(『西溪全書』下, 96쪽), 「衛靈公」篇 第15章의 註; 『思辨錄』【論語】(『西溪全書』下, 96쪽), 「衛靈公」篇 第21章의 註; 『思辨錄』【論語】(『西溪全書』下, 96쪽), 「衛靈公」篇 第30章의 註; 『思辨錄』【論語】(『西溪全書』下, 97쪽), 「衛靈公」篇 第31章의 註; 『思辨錄』【論語】(『西溪全書』下, 97쪽), 「衛靈公」篇 第33章의 註; 『思辨錄』【論語】(『西溪全書』下, 96쪽), 「衛靈公」篇 第36章의 註; 『思辨錄』【論語】(『西溪全書』下, 97쪽), 「季氏」篇 第3章의 註; 『思辨錄』【論語】(『西溪全書』下, 97쪽), 「季氏」篇 第9章의 註; 『思辨錄』【論語】(『西溪全書』下, 97쪽), 「季氏」篇 第12章의 註; 『思辨錄』【論語】(『西溪全書』下, 98쪽), 「陽貨」篇 第4章의 註; 『思辨錄』【論語】(『西溪全書』下, 98쪽), 「陽貨」篇 第11章의 註; 『思辨錄』【論語】(『西溪全書』下, 98쪽), 「陽貨」篇 第19章의 註; 『思辨錄』【論語】(『西溪全書』下, 99쪽), 「子張」篇 第11章의 註; 『思辨錄』【論語】(『西溪全書』下, 100쪽), 「堯曰」篇 第1章의 註.

[55] 『思辨錄』【論語】(『西溪全書』下, 71쪽), 「爲政」篇 第24章의 註; 『思辨錄』【論語】(『西溪全書』下, 75~76쪽), 「公冶長」篇 第20章의 註; 『思辨錄』【論語】(『西溪全書』下, 76쪽), 「公冶長」篇 第25章의 註; 『思辨錄』【論語】(『西溪全書』下, 76쪽), 「雍也」篇 第1章의 註; 『思辨錄』【論語】(『西溪全書』下, 76쪽), 「雍也」篇 第2章의 註; 『思辨錄』【論語】(『西溪全書』下, 77쪽), 「雍也」篇 第11章의 註; 『思辨錄』【論語】(『西溪全書』下, 77쪽), 「雍也」篇

으며, ② 이외에도 주희가 주석을 달지 않은 경문에 대해서까지 예외적으로 자신의 해석을 적극 부기한 사례[56]가 있기도 하다.

③ 경문에 대한 '고증 및 독자적 분장분구(分章分句)'에 대한 관심의 한편, 박세당은 상기한 바 '수사(洙泗)의 가르침', 즉 '공맹(孔孟)의 본지(本旨)'을 추구한다는 문제의식은 또한 『논어』의 경문에 대한 고증 및 독자적 분장분구'에 대한 나름의 관심으로 이어지기도 하였다. 여기서

第17章의 註; 『思辨錄』【論語】(『西溪全書』下, 77쪽), 「雍也」篇 第19章의 註; 『思辨錄』【論語】(『西溪全書』下, 77쪽), 「雍也」篇 第20章의 註; 『思辨錄』【論語】(『西溪全書』下, 77쪽), 「雍也」篇 第23章의 註; 『思辨錄』【論語】(『西溪全書』下, 77쪽), 「雍也」篇 第24章의 註; 『思辨錄』【論語】(『西溪全書』下, 78쪽), 「雍也」篇 第28章의 註; 『思辨錄』【論語】(『西溪全書』下, 78쪽), 「述而」篇 第2章의 註; 『思辨錄』【論語】(『西溪全書』下, 79쪽), 「述而」篇 第11章의 註; 『思辨錄』【論語】(『西溪全書』下, 80쪽), 「述而」篇 第23章의 註; 『思辨錄』【論語】(『西溪全書』下, 80쪽), 「述而」篇 第27章의 註; 『思辨錄』【論語】(『西溪全書』下, 80~81쪽), 「述而」篇 第28章의 註; 『思辨錄』【論語】(『西溪全書』下, 81쪽), 「述而」篇 第29章의 註; 『思辨錄』【論語】(『西溪全書』下, 81~82쪽), 「述而」篇 第33章의 註; 『思辨錄』【論語】(『西溪全書』下, 82쪽), 「述而」篇 第34章의 註; 『思辨錄』【論語】(『西溪全書』下, 82쪽), 「泰伯」篇 第2章의 註; 『思辨錄』【論語】(『西溪全書』下, 82쪽), 「泰伯」篇 第3章의 註; 『思辨錄』【論語】(『西溪全書』下, 83쪽), 「泰伯」篇 第11章의 註; 『思辨錄』【論語】(『西溪全書』下, 83쪽), 「泰伯」篇 第12章의 註; 『思辨錄』【論語】(『西溪全書』下, 83~84쪽), 「泰伯」篇 第13章의 註; 思辨錄 【語】(『西溪全書』下, 84쪽), 「泰伯」篇 第18章의 註; 『思辨錄』【論語】(『西溪全書』下, 84쪽), 「泰伯」篇 第19章의 註; 『思辨錄』【論語】(『西溪全書』下, 84쪽), 「子罕」篇 第8章의 註; 『思辨錄』【論語】(『西溪全書』下, 84~8쪽, 「子罕」篇 第10章의 註); 『思辨錄』【論語】(『西溪全書』下, 86쪽), 「子罕」篇 第19章의 註; 『思辨錄』【論語】(『西溪全書』下, 86쪽), 「子罕」篇 第23章의 註; 『思辨錄』【論語】(『西溪全書』下, 87쪽), 「子罕」篇 第28章의 註; 『思辨錄』【論語】(『西溪全書』下, 87쪽), 「子罕」篇 第29章의 註; 『思辨錄』【論語】(『西溪全書』下, 88쪽), 「鄕黨」篇 第6節의 註; 『思辨錄』【論語】(『西溪全書』下, 88쪽), 「鄕黨」篇 第16節의 註; 『思辨錄』【論語】(『西溪全書』下, 88~89쪽), 「先進」篇 第7章의 註; 『思辨錄』【論語】(『西溪全書』下, 89쪽), 「先進」篇 第11章의 註; 『思辨錄』【論語】(『西溪全書』下, 89쪽), 「先進」篇 第13章의 註; 『思辨錄』【論語】(『西溪全書』下, 89쪽), 「先進」篇 第15章의 註; 『思辨錄』【論語】(『西溪全書』下, 90쪽), 「先進」篇 第20章의 註; 『思辨錄』【論語】(『西溪全書』下, 90~91쪽), 「先進」篇 第25章의 註.

56 『思辨錄』【論語】(『西溪全書』下, 96쪽), 「衛靈公」篇 第22章의 註.

① '경문에 대한 고증'의 사례로는 대표적으로 "구본(舊本)을 좇는 것이 옳다.",⁵⁷ "'강(綱)'은 의당 '망(網)' 자의 오기로 보아야 한다.",⁵⁸ "'인결(人潔)'로부터 '왕야(往也)'까지의 14자는 의당 '여기진야(與其進也)'의 앞에 있어야 한다.",⁵⁹ "'누공(屢空)' 위아래로 의당 궐문(闕文)이 있다.",⁶⁰ "'성불이부 역지이이(誠不以富 亦祇以異, 진실로 부유하게 만들지 못하고, 또한 단지 이상함만 취할 뿐이다)'란 구절이 의당 이 장의 첫머리에 있어야 함은 정자의 말과 같으나, 그 위에 또 의당 '시운(詩云)'이란 두 글자가 있어야 하고, 그 아래에는 또한 주자의 말과 같이 '공자왈(孔子曰)'이란 세 글자가 있어야 한다. 이렇게 된 후에야 문장의 뜻이 갖추어지게 된다."⁶¹ 등의 주장이 있으며, ②『논어집주』와는 다른 '독자적 분장분구'에 대한 사례로는 대표적으로 "'내가 회(回)와 더불어 말한다'는 것이 마땅히 한 구절이 되어야 할 것이다.",⁶² "'삼분(三分)' 이하는 마땅히 혹자(或者)의 설(의당 '삼분' 이하를 끊고 '공자왈'로 시작하여 따로 한 장을 만들어야 한다는 주장–필자 주)을 따라야 한다.",⁶³ "'고천종지(固天縱之)'가 마땅히 구(句)가 되어야 한다. 지금은 '고천종지장성(固天縱之將

---

57 『思辨錄』【論語】(『西溪全書』下, 77쪽), 「雍也」篇 第24章의 註 "(有仁之仁), 恐從舊爲是, (曰: '當作人'者, 非.)"

58 『思辨錄』【論語】(『西溪全書』下, 80쪽), 「述而」篇 第26章의 註 "綱, 當作'網'字之誤也. (旣言'釣'則其不用網, 可知. 綱, 所以挈網, 然謂'網爲綱, 他書所無, 不應獨至此書, 有此僻語也.)"

59 『思辨錄』【論語】(『西溪全書』下, 97쪽), 「季氏」篇 第12章의 註 "'誠不以富, 亦祇以異', 當在此章之首, 如程子之言, 然其上, 又當有'詩 云'二字, 其下, 又當如朱子言有'孔子曰'三字, 如此後, 文義乃備."

60 『思辨錄』【論語】(『西溪全書』下, 90쪽), 「先進」篇 第18章의 註 "'屢空'上下, 當有闕文."

61 『思辨錄』【論語】(『西溪全書』下, 97쪽), 「季氏」篇 第12章의 註 "'誠不以富, 亦祇以異', 當在此章之首, 如程子之言, 然其上, 又當有 '詩云' 二字, 其下, 又當如朱子言有 '孔子曰' 三字, 如此後, 文義乃備."

62 『思辨錄』【論語】(『西溪全書』下, 70쪽), 「爲政」篇 第9章의 註 "'吾與回言', 當爲一句."

63 『思辨錄』【論語】(『西溪全書』下, 84쪽), 「泰伯」篇 第20章의 註 "'三分'以下, 當從或說."

聖)'으로 구를 삼는데, 잘못이다.",64 "'몰계추(沒階趨)'가 마땅히 구가 되어야 한다. 지금 습속에는 '추(趨)' 자를 아래 구에 속하게 하여 '익(翼)' 자와 연결하여 읽는데, 잘못이다",65 "혹인(或人)이 또 말하기를 「상인호불(傷人乎不)」이 마땅히 한 구가 되어야 한다'고 말했는데, …… 지금 사리(事理)로 그 뜻을 구한다면 혹인의 설이 맞는 것 같다."66 등의 주장이 있다.

(2) 해석학적 방법론

한편, 박세당은 『논어 사변록』을 통해서 상기한 바 자신의 '해석학적 기본 입장'을 정립, 실천하는 가운데, 이를 의미 있게 뒷받침하기 위한 일련의 '해석학적 방법론'에 대한 감수성 또한 나름대로 표명한 바 있다. 이처럼 그가 표명, 구현했던 방법론적 원칙은 대표적으로 경전 해석에 있어서 '지나친 천착(穿鑿)에 대한 경계', '사리(事理)와 논리적 일관성의 중시' 및 '이금증고(以今證古)의 행태에 대한 비판'으로 구체화되었다.

① '지나친 천착'에 대한 경계
박세당은 『논어 사변록』을 저술하면서, 특히 "경(經)의 뜻을 논하고

---

64 『思辨錄』【論語】(『西溪全書』下, 84쪽),「子罕」篇 第6章의 註 "'固天縱之', 當句. 今以'固 天縱之將聖]'爲句者, 誤."

65 思辨錄【論思辨錄【論語】(『西溪全書』下, 80쪽),「述而」篇 第28章의 註 "'人潔'至'往也' 十四字, 當在'與其進也]'之前.'語』(『西溪全書』下, 88쪽),「鄕黨」篇 第4節의 註 "'沒階趨', 當句. 今俗, '趨'屬下句, 連'翼'讀者, 非."

66 『思辨錄』【論語】(『西溪全書』下, 88쪽),「鄕黨」篇 第12節의 註 "或人又謂:「傷人乎不」, 當爲一句.' … 今以理求之, 恐或說爲得."

해석하는 데에는 단지 (성인께서-필자 주) 입언하신 본의를 깊이 밝히는 데 그쳐야 할 것이요, 해석이 이처럼 범람하여 옆으로 확산되는 것은 부당하다."[67]는 입장, 다시 말하면 어디까지나 '수사(洙泗)의 가르침', 즉 '공맹(孔孟)의 본지'를 추구하는 데 필요한 이상의 번다하고 현학적인 주석에 대한 비판과 거부의 입장을 처음부터 분명히 하였다. 물론 이러한 그의 입장은 곧 '지나친 천착(穿鑿)에 대한 경계'라는 하나의 원칙으로 정립되어, 『논어 사변록』에서 『논어』의 경문에 대한 제가의 주석을 평가하고 자신의 해석을 제기하는 준거로서 관철된 바 있다.

한편, 이러한 박세당의 해석학적 원칙은 다시금 경전 해석에서 ㉠ 해석자의 세계관과 이념적 표준을 투사시켜 이에 맞추어 경전을 해석하는 태도,[68] ㉡ 해석자의 의견을 억지로 끌어다 붙이는 행태나 논의를 억지로 뜯어 맞추려는 병폐,[69] ㉢ 덮어놓고 과분하게 칭찬하는 행태,[70] ㉣ 근거 없는 주장,[71] ㉤ 지나치게 고답적이고 거창한 논변에 힘쓰는 행태,[72] ㉥ 경문의 내용과 무관한 의미를 덧붙이는 행태,[73] ㉦ 대언장담(大言壯談)하는 태도,[74] ㉧ 쓸데없는 말을 늘어놓는 행태[75] 등에 대한 경계

---

67 『思辨錄』【論語】(『西溪全書』 下, 68쪽), 「學而」篇 第1章의 註 "盖論釋經義, 只當深明立言本意, 不當泛濫旁出如此也."
68 『思辨錄』【論語】(『西溪全書』 下, 68쪽), 「學而」篇 第5章의 註.
69 『思辨錄』【論語】(『西溪全書』 下, 71쪽), 「八佾」篇 第8章의 註; 『思辨錄』【論語】(『西溪全書』 下, 74쪽), 「公冶長」篇 第8章의 註; 『思辨錄』【論語】(『西溪全書』 下, 77쪽), 「雍也」篇 第10章의 註.
70 『思辨錄』【論語】(『西溪全書』 下, 74쪽), 「公冶長」篇 第5章의 註.
71 思辨錄 【論語】(『西溪全書』 下, 76~77쪽), 「雍也」篇 第5章의 註.
72 『思辨錄』【論語】(『西溪全書』 下, 78쪽), 「雍也」篇 第28章의 註; 『思辨錄』【論語】(『西溪全書』 下, 82쪽), 「述而」篇 第37章의 註.
73 『思辨錄』【論語】(『西溪全書』 下, 76쪽), 「雍也」篇 第1章의 註; 『思辨錄』【論語】(『西溪全書』 下, 90쪽), 「先進」篇 第18章의 註; 『思辨錄』【論語】(『西溪全書』 下, 90쪽), 「先進」篇 第19章의 註.

로 표명되기도 하였다.

② '사리'와 '논리적 일관성'의 중시

또한, 박세당은『논어 사변록』에서 경전을 해석하는 데 있어 특히 '논리적 일관성'을 중시하였다.[76] 그리고 이러한 입장은 나아가 경전 해석에 있어 ㉠'문맥'의 고려,[77] ㉡'사리'나 '이치'의 중시[78]라는 태도로 나타나기도 하였다.

③ '이금증고(以今證古)'의 비판

끝으로, 박세당은『논어 사변록』에서 흔히 정주성리학자들이 저질렀던 오류, 즉 경전 해석에 있어 후세의 변화된 세태와 제도에 의거하여 옛것을 고증하거나 해석하는 '이금증고(以今證古)'의 잘못에 대해서도 엄히 경계한 바 있다. 이는 대표적으로 "어찌 후세의 풍속이 변하여 그

---

74 『思辨錄』【論語】(『西溪全書』下, 90쪽),「先進」篇 第22章의 註.
75 『思辨錄』【論語】(『西溪全書』下, 97쪽),「季氏」篇 第9章의 註.
76 『思辨錄』【論語】(『西溪全書』下, 75쪽),「公冶長」篇 第12章의 註;『思辨錄』【論語】(『西溪全書』下, 81쪽),「述而」篇 第31章의 註;『思辨錄』【論語】(『西溪全書』下, 82~83쪽),「泰伯」篇 第5章의 註;『思辨錄』【論語】(『西溪全書』下, 83쪽),「泰伯」篇 第9章의 註;『思辨錄』【論語】(『西溪全書』下, 84쪽),「泰伯」篇 第17章의 註;『思辨錄』【論語】(『西溪全書』下, 85~86쪽),「子罕」篇 第16章의 註;『思辨錄』【論語】(『西溪全書』下, 88쪽),「鄕黨」篇 第5節의 註;『思辨錄』【論語】(『西溪全書』下, 88쪽),「鄕黨」篇 第8節의 註.
77 『思辨錄』【論語】(『西溪全書』下, 71쪽),「八佾」篇 第8章의 註;『思辨錄』【論語】(『西溪全書』下, 71~72쪽),「八佾」篇 第21章의 註.
78 『思辨錄』【論語】(『西溪全書』下, 71~72쪽),「八佾」篇 第21章의 註;『思辨錄』【論語】(『西溪全書』下, 75쪽),「公冶長」篇 第12章의 註;『思辨錄』【論語】(『西溪全書』下, 84쪽),「泰伯」篇 第19章의 註;『思辨錄』【論語】(『西溪全書』下, 88쪽),「鄕黨」篇 第12節의 註;『思辨錄』【論語】(『西溪全書』下, 91~93쪽),「顏淵」篇 第7章의 註;『思辨錄』【論語】(『西溪全書』下, 94쪽),「子路」篇 第4章의 註;『思辨錄』【論語】(『西溪全書』下, 94쪽),「子路」篇 第14章의 註;『思辨錄』【論語】(『西溪全書』下, 99쪽),「子張」篇 第3章의 註.

노래를 화답하는 법이 실로 주자의 말과 같았기 때문에 지금을 표준으로 삼아 옛것이라 생각하고 풀이한 것에서 벗어나지 못한 것이 아니겠는가?"[79]라거나, "선유들이 이 장에서 음양(陰陽)과 삼재(三才)로 나눈 설이 심히 많다. 이렇게 책을 읽고 이렇게 학(學)을 논한다면, 어찌 한갓 언사만 번거로워 도무지 절실하게 자기를 위하는 실효가 없고, 또한 후학을 그르치지 않겠는가?"[80]라는 비평으로 나타났던바, 이는 무엇보다 후세에 나온 고원하고 난삽한 논리를 동원하여 거꾸로 옛 성인의 말씀을 해석하려는 잘못에 대한 엄중한 비판을 함축하고 있는 것이다.

(3)『논어집주』에 나타난 주희의 주석에 대한 평가

박세당은『논어 사변록』에서 상기한 바대로 어디까지나 요·순 이래 전수된 '수사(洙泗)의 가르침', 즉 '공맹의 본지'을 추구한다는 나름의 문제의식과 원칙을 일관되게 견지한 바 있다. 바로 이러한 입장에서 그는 무엇보다 "송(宋)나라 때에 와서 정자와 주자 두 선생께서 일어나심에…… 육경(六經)의 뜻이 이에 다시금 환하게 세상에 밝혀졌다."[81]고 주장함으로써 그 경학적 의의를 적극 인정한 바 있는『논어집주』와 그「세주(細註)」에 나타난 '주희의 경전 주석'에 지대한 관심을 가지며, 이에 대한 세심한 검토를 통해서 자신의 독자적 평가를 내린 바 있다.

---

79 『思辨錄』【論語】(『西溪全書』下, 81쪽),「述而」篇 第31章의 註 "豈後代俗變, 其和歌者, 實如朱子所云故, 未免於據今而意古耶?"
80 『思辨錄』【論語】(『西溪全書』下, 82쪽),「述而」篇 第37章의 註 "又先儒於此章, 分陰陽·三歲, 其說甚多. 如此讀書, 如此論學, 豈不徒繁辭語, 而都無切近自爲之實效, 致誤後學耶?"
81 『思辨錄』(『西溪全書』下, 2쪽),「序」"及宋之時, 程·朱兩夫子興, … 六經之旨, 於是而爛然復明於世."

그리고 이러한 박세당의 평가는 크게 두 방향으로 나누어지고 있다. 즉 ① '주희의 경전 주석에 대한 비판적 평가'로서, 이는 그가 "간혹 살펴보면 또한 (주자의-필자 주) 주설(註說)에도 의심나는 부분이 있는 것을 면치 못하"며 또한 "수사(洙泗)의 가르침"과 "공자의 본뜻과도 자못 다른 점이 있다"[82]는 평소의 의구심을 체계적으로 변론해 낸 부분으로서, 주희의 주석에 대한 그의 평가에서 대부분을 차지한다.[83] ② '주희의

---

82 思辨錄【大學】(『西溪全書』 下, 9쪽),「傳5章」의 註 "其他所言, ……似與洙·泗之丁寧立敎爲切問近思之學者, 不司. … 則殆有異於夫子之旨.";『思辨錄』【大學】(『西溪全書』 下, 20~21쪽),「傳10章」의 註 "○自余改定 章句, 已七年, 間復省閱, 又不免於註說有疑, 故每欲一爲難辨, 久未之暇, 今始粗有所論."

83 『思辨錄』【論語】(『西溪全書』 下, 68쪽),「學而」篇 第1章의 註;『思辨錄』【論語】(『西溪全書』 下, 68쪽),「學而」篇 第5章의 註;『思辨錄』【論語】(『西溪全書』 下, 68~69쪽),「學而」篇 第10章의 註;『思辨錄』【論語】(『西溪全書』 下, 69쪽),「學而」篇 第13章의 註;『思辨錄』【論語】(『西溪全書』 下, 69쪽),「爲政」篇 第1章의 註;『思辨錄』【論語】(『西溪全書』 下, 69쪽),「爲政」篇 第2章의 註;『思辨錄』【論語】(『西溪全書』 下, 69쪽),「爲政」篇 第3章의 註;『思辨錄』【論語】(『西溪全書』 下, 70쪽),「爲政」篇 第10章의 註;『思辨錄』【論語】(『西溪全書』 下, 70쪽),「爲政」篇 第11章의 註;『思辨錄』【論語】(『西溪全書』 下, 70쪽),「爲政」篇 第15章의 註;『思辨錄』【論語】(『西溪全書』 下, 70쪽),「爲政」篇 第16章의 註;『思辨錄』【論語】(『西溪全書』 下, 71쪽),「八佾」篇 第13章의 註;『思辨錄』【論語】(『西溪全書』 下, 71~72쪽),「八佾」篇 第21章의 註;『思辨錄』【論語】(『西溪全書』 下, 72쪽),「里仁」篇 第1章의 註;『思辨錄』【論語】(『西溪全書』 下, 72쪽),「里仁」篇 第2章의 註;『思辨錄』【論語】(『西溪全書』 下, 72쪽),「里仁」篇 第5章의 註;『思辨錄』【論語】(『西溪全書』 下, 72~73쪽),「里仁」篇 第6章의 註;『思辨錄』【論語】(『西溪全書』 下, 73쪽),「里仁」篇 第10章의 註;『思辨錄』【論語】(『西溪全書』 下, 73쪽),「里仁」篇 第13章의 註;『思辨錄』【論語】(『西溪全書』 下, 73~74쪽),「里仁」篇 第15章의 註;『思辨錄』【論語】(『西溪全書』 下, 74쪽),「里仁」篇 第18章의 註;『思辨錄』【論語】(『西溪全書』 下, 74쪽),「公冶長」篇 第1章의 註;『思辨錄』【論語】(『西溪全書』 下, 74쪽),「公冶長」篇 第3章의 註;『思辨錄』【論語】(『西溪全書』 下, 74쪽),「公冶長」篇 第4章의 註;『思辨錄』【論語】(『西溪全書』 下, 74쪽),「公冶長」篇 第8章의 註;『思辨錄』【論語】(『西溪全書』 下, 74~75쪽),「公冶長」篇 第11章의 註;『思辨錄』【論語】(『西溪全書』 下, 75쪽),「公冶長」篇 第14章의 註;『思辨錄』【論語】(『西溪全書』 下, 75쪽),「公冶長」篇 第25章의 註;『思辨錄』【論語】(『西溪全書』 下, 76쪽),「雍也」篇 第1章의 註;『思辨錄』【論語】(『西溪全書』 下, 77쪽),「雍也」篇 第10章의 註;『思辨錄』【論語】(『西溪全書』 下, 77쪽),「雍也」篇 第24章의 註;『思辨錄』【論語】(『西溪全書』 下, 78쪽),「雍也」篇 第28章의 註;『思辨錄』【論語】(『西溪全書』 下,

78~79쪽),「述而」篇 第6章의 註;『思辨錄』【論語】(『西溪全書』 下, 79쪽),「述而」篇 第11章의 註;『思辨錄』【論語』(『西溪全書』 下, 79~80쪽),「述而」篇 第19章의 註;『思辨錄』【論語』(『西溪全書』 下, 80쪽),「述而」篇 第23章의 註;『思辨錄』【論語』(『西溪全書』 下, 80쪽),「述而」篇 第25章의 註;『思辨錄』【論語』(『西溪全書』 下, 80쪽),「述而」篇 第27章의 註;『思辨錄』【論語』(『西溪全書』 下, 80~81쪽),「述而」篇 第28章의 註;『思辨錄』【論語』(『西溪全書』 下, 81쪽),「述而」篇 第29章의 註;『思辨錄』【論語』(『西溪全書』 下, 81쪽),「述而」篇 第30章의 註;『思辨錄』【論語』(『西溪全書』 下, 81쪽),「述而」篇 第32章의 註;『思辨錄』【論語』(『西溪全書』 下, 81~82쪽),「述而」篇 第33章의 註;『思辨錄』【論語』(『西溪全書』 下, 82쪽),「述而」篇 第34章의 註;『思辨錄』【論語』(『西溪全書』 下, 82쪽),「泰伯」篇 第3章의 註;『思辨錄』【論語』(『西溪全書』 下, 82~83쪽),「泰伯」篇 第5章의 註;『思辨錄』【論語』(『西溪全書』 下, 83쪽),「泰伯」篇 第6章의 註;『思辨錄』【論語』(『西溪全書』 下, 83쪽),「泰伯」篇 第9章의 註;『思辨錄』【論語』(『西溪全書』 下, 83~84쪽),「泰伯」篇 第13章의 註;『思辨錄』【論語』(『西溪全書』 下, 84쪽),「泰伯」篇 第17章의 註;『思辨錄』【論語』(『西溪全書』 下, 84쪽),「泰伯」篇 第18章의 註;『思辨錄』【論語』(『西溪全書』 下, 84쪽),「泰伯」篇 第19章의 註;『思辨錄』【論語』(『西溪全書』 下, 84쪽),「泰伯」篇 第20章의 註;『思辨錄』【論語』(西溪全書(下), 84쪽),「子罕」篇 第4章의 註;『思辨錄』【論語』(『西溪全書』 下, 84~85쪽),「子罕」篇 第7章의 註;『思辨錄』【論語』(『西溪全書』 下, 84~85쪽),「子罕」篇 第10章의 註;『思辨錄』【論語』(『西溪全書』 下, 86쪽),「子罕」篇 第23章의 註;『思辨錄』【論語』(『西溪全書』 下, 87쪽),「子罕」篇 第28章의 註;『思辨錄』【論語』(『西溪全書』 下, 87쪽),「子罕」篇 第29章의 註『思辨錄』【論語』(『西溪全書』 下, 87~88쪽),「子罕」篇 第30章의 註;『思辨錄』【論語』(『西溪全書』 下, 88쪽),「鄕黨」篇 第5節의 註;『思辨錄』【論語』(『西溪全書』 下, 88쪽),「鄕黨」篇 第6節의 註;『思辨錄』【論語』(『西溪全書』 下, 88쪽),「鄕黨」篇 第8節의 註;『思辨錄』【論語』(『西溪全書』 下, 88쪽),「鄕黨」篇 第12節의 註;『思辨錄』【論語』(『西溪全書』 下, 89쪽),「先進」篇 第11章의 註;『思辨錄』【論語』(『西溪全書』 下, 89쪽),「先進」篇 第13章의 註;『思辨錄』【論語』(『西溪全書』 下, 89~90쪽),「先進」篇 第16章의 註;『思辨錄』【論語』(『西溪全書』 下, 90쪽),「先進」篇 第18章의 註;『思辨錄』【論語』(『西溪全書』 下, 90쪽),「先進」篇 第22章의 註;『思辨錄』【論語』(『西溪全書』 下, 91쪽),「顔淵」篇 第6章의 註;『思辨錄』【論語』(『西溪全書』 下, 91~93쪽),「顔淵」篇 第7章의 註;『思辨錄』【論語』(『西溪全書』 下, 93쪽),「顔淵」篇 第20章의 註;『思辨錄』【論語』(『西溪全書』 下, 94쪽),「子路」篇 第4章의 註;『思辨錄』【論語』(『西溪全書』 下, 94쪽),「子路」篇 第8章의 註;『思辨錄』【論語』(『西溪全書』 下, 94쪽),「子路」篇 第14章의 註;『思辨錄』【論語』(『西溪全書』 下, 95쪽),「子路」篇 第21章의 註;『思辨錄』【論語』(『西溪全書』 下, 96쪽),「憲問」篇 第34章의 註;『思辨錄』【論語』(『西溪全書』 下, 96쪽),「憲問」篇 第44章의 註;『思辨錄』【論語』(『西溪全書』 下, 9쪽6),「憲問」篇 第47章의 註;『思辨錄』【論語』(『西溪全書』 下, 96)쪽,「衛靈公」篇 第1章의 註;『思辨錄』【論語』(『西溪全書』 下, 96쪽),「衛靈公」篇 第15章의 註;『思辨錄』【論語』(『西溪全書』 下, 97쪽),「衛靈公」篇 第33章의 註;『思辨錄』【論語』(『西溪全書』 下, 97쪽),「季氏」篇 第7

경전 주석에 대한 긍정적 평가'로서, 이 부분은 비록 상대적으로 소수이기는 하지만 나름의 관점에서 의미와 맥락이 부합한다고 판단될 경우, 이에 대한 적극적 평가와 수용에 있어서도 그는 결코 인색하지 않았다.[84]

5. 맺음말

이상의 논의를 통해서 『논어 사변록』에서 표명된 박세당의 경학 사상을 '『논어』의 주요 개념에 대한 독자적 해석'과 '『논어 사변록』에 나타난 경전 해석 태도'를 중심으로 일별하였다. 이러한 경학적 성과는 그가 양란 이후 달라진 조선 사회의 역사적·사회적 조건에 대한 나름의 예민한 감수성하에서, 특히 자신이 터 잡고 있었던 정주성리학의 사상적

章의 註; 『思辨錄』【論語】(『西溪全書』 下, 97쪽), 「季氏」篇 第12章의 註; 『思辨錄』【論語】(『西溪全書』 下, 98쪽), 「陽貨」篇 第19章의 註; 『思辨錄』【論語】(『西溪全書』 下, 98쪽), 「陽貨」篇 第21章의 註; 『思辨錄』【論語】(『西溪全書』 下, 98쪽), 「陽貨」篇 第25章의 註; 『思辨錄』【論語】(『西溪全書』 下, 99쪽), 「子張」篇 第3章의 註; 『思辨錄』【論語】(『西溪全書』 下, 99쪽), 「子張」篇 第5章의 註; 『思辨錄』【論語】(『西溪全書』 下, 99쪽), 「子張」篇 第11章의 註; 『思辨錄』【論語】(『西溪全書』 下, 100쪽), 「堯曰」篇 第1章의 註.

84 『思辨錄』【論語】(『西溪全書』 下, 71쪽), 「爲政」篇 第24章의 註; 『思辨錄』【論語】(『西溪全書』 下, 84쪽), 「子罕」篇 第8章의 註; 『思辨錄』【論語】(『西溪全書』 下, 86쪽), 「子罕」篇 第19章의 註; 『思辨錄』【論語】(『西溪全書』 下, 88쪽), 「鄕黨」篇 第16節의 註; 『思辨錄』【論語】(『西溪全書』 下, 88~89쪽), 「先進」篇 第7章의 註; 『思辨錄』【論語】(『西溪全書』 下, 89쪽), 「先進」篇 第11章의 註; 『思辨錄』【論語】(『西溪全書』 下, 89쪽), 「先進」篇 第15章의 註; 『思辨錄』【論語】(『西溪全書』 下, 90~91쪽), 「先進」篇 第25章의 註; 『思辨錄』【論語】(『西溪全書』 下, 95쪽), 「憲問」篇 第5章의 註; 『思辨錄』【論語】(『西溪全書』 下, 96쪽), 「憲問」篇 第36章의 註; 『思辨錄』【論語】(『西溪全書』 下, 96쪽), 「衛靈公」篇 第21章의 註; 『思辨錄』【論語】(『西溪全書』 下, 9쪽7), 「季氏」篇 第12章의 註; 『思辨錄』【論語】(『西溪全書』 下, 98쪽), 「陽貨」篇 第4章의 註; 『思辨錄』【論語】(『西溪全書』 下, 98쪽), 「陽貨」篇 第11章의 註.

전통을 근본으로 성찰했던 시대적 우환 의식과 지적 고투의 산물이었던바, 그 궁극적 지향점이 곧 '수사(洙泗)의 본지'에 있었음은 물론이다.

그러면, 이를 전제로 『논어 사변록』에서 박세당이 보여 주고 있는 경학 사상의 특징을 간략히 정리해 보면 다음과 같다. 첫째, 박세당은 『논어 사변록』에서 학문 방법론과 관련하여 수사학(洙泗學) 본연의 '구체적 실천성'과 '능동적 작위성'을 일관되게 강조하고 있다는 점이다. ① 이러한 그의 입장은 특히 『논어』의 주요 개념', 즉 '인(仁)', '경(敬)', '중(中)·용(庸)', '학(學)' 및 '정(政)' 개념에 대한 독자적 해석에서 공통적으로 관철되고 있는데, ② 이러한 그의 해석은 무엇보다 당시 조선 학계가 어느덧 노정하기 시작했던 하나의 경향성, 즉 비근하고 절실한 실천은 외면한 채 멀고 심오한 논리에만 매달리는 '엽등(躐等)의 폐단'과 아울러 한편으로 인간의 내면적 수양의 문제에다 일차적으로 초점을 맞춤으로써 은연중 이러한 경향성을 조장했던 정주성리학에 대한 비판을 동시에 함축하고 있음은 물론이다.

둘째, 박세당은 『논어 사변록』에서 내용 구성과 관련하여 자신의 '경전 해석 태도'를 개진, 천명하는 데에 보다 중점을 두고 있다는 점이다. ① 상기한 바대로, 그는 『논어』의 주요 개념'에 대해 유의할 만한 입장을 개진하고 있음에도 아직은 상대적으로 단편적이고도 소략한 논의의 수준에 그치고 있다면, 반면 '경전 해석 태도'와 관련해서는 주자학의 경전 주석을 상대화하는 가운데 특히 '해석학적 기본 입장', '해석학적 방법론' 및 『논어집주』에 나타난 주희의 주석에 대한 평가'의 측면에서 새롭고도 주목할 만한 문제의식과 견해를 수미일관 적극적으로 표명하고 있음을 간취할 수 있다. ② 결국 이러한 사실은 ㉠ 그의 경학 사상이 정주성리학의 세계관에 대한 본격적인 비판적 해체와 재구성을 통해서 '대안적 세계관'을 구축하는 단계에까지는 여전히 진전되지 못하고 있었음을 함축하는바, ⓛ 그럼에도 그가 자신의 경학 세계의 기본 방향을 '수사학(洙泗學)의 지향'으로 정립하는 가운데 일련의 독자적인 경전 해석 태도를 천명, 실천함으로써 당시 조선 사회에서 어느덧 교조화의 양상을 보이던 노론의 주자 도통주의에 심대한 균열을 야기했다는 맥락에서 당시로서는 보기 드문 이단적 사상가의 한 명이었음을 증언하고 있다고 할 것이다.

마지막으로, 박세당은 『논어 사변록』에서 자신의 경학적 입장과 관련하여 무조건 주자학을 비판, 거부하는 것으로 일관하지 않았다는 점이다. ① 이러한 사실은 특히 ㉠ 그가 『사변록』의 「서」에서 유교경학사에 있어 특히 송대 정주성리학의 경학적 성과 및 그 사상적 의의를 높이 평가하는 데에 조금도 인색하지 않았다는 점, ㉡ 그가 비록 『논어 사변록』에서 『논어집주』에 나타난 주희의 경전 주석에 대해 명시적으로 비판한 사례가 다수였음은 분명 사실이지만, 그럼에도 동시에 그는 비록 소수이지만 나름의 독자적 관점에서 의미와 맥락이 부합한다고 판단되는 경우에는 오히려 이를 적극적으로 평가하고 수용하는 데에도 결코 주저하지 않았다는 점, ㉢ 그가 『논어 사변록』을 저술하면서 『논어집주』의 총 498장 가운데 나름의 관점에서 208장만을 선별하여 자신의 경학적 입장을 개진하고 있는데, 여기서 그가 『논어 사변록』을 저술한 문제 의식을 염두에 둘 때 아마도 선별되지 않은 나머지 장의 경우에는 대체로 『논어집주』와 의견을 같이했던 것이 아닐까 사료된다는 점 등에서 잘 확인할 수 있을 것이다. ② 바로 이러한 맥락에서 그의 경학적 입장은 결코 '반주자학(反朱子學)'에 있지 않았다. 다시 말하자면, 그는 요(堯) · 순(舜) 이래 전수된 '수사(洙泗)의 가르침', 즉 '공맹(孔孟)의 본지'를 추구한다는 나름의 학문적 문제의식을 수미일관 견지함으로써 특히 정주성리학 역시 상대화하는 가운데 이를 독자적 입장에서 취사선택하는 안목과 역량을 보여 주었으며, 이로써 그는 조선 후기 '탈주자학적(脫朱子學的) 경학'[85]의 흐름을 선도했던, 실로 예외적인 사상적 거장 가운데 한 명으로 평가할 수 있는 것이다. 그리고 이러한 그의 학문적 고투의 이면에는 어디까지나 "선유들이 세상을 깨우치고 백성을 돕고자 했던 뜻에 티끌만 한 도움"이라도 되고자 하는 유교 지식인으로서의 간절한 시대적 우환 의식이 자리 잡고 있었던바, 결국 이러한 경학적 온축이 그의 독자적인 경세학(經世學)과 긴밀히 연결되어 있었음은 물론이다.

---

85 여기서 '탈주자학(脫朱子學)'이란 개념의 의미를 분명히 할 필요가 있을 것으로 보인다. 즉 ① 일반적으로 '탈(post)'이란 접두어는 일견 모순되는 이중적 의미를 동시에 함축하고 있는바, 곧 '후기(後期)'라는 의미에서의 '연속의 측면'과 '탈(脫)'이라는 의미에서의 '단절의 측면'이 바로 그것이다. 여기서 ㉠ 전자의 경우란 시간적으로 선후 관계를 가지는 동시에 이전 사상이 이후 사상의 모태이자 출발점으로 기능하는 측면이라면, ㉡ 후자의 경우란 사상의 성격이 질적으로 변화하는 측면으로서, 특히 여기에는 달라진 역사적·사회적 조건과 조응하는 새로운 세계관을 모색하려는 '시대적 상상력'이 핵심 요인이 된다고 하겠다. ② 따라서 이 두 측면 가운데 어느 특정 측면만을 지나치게 또는 배타적으로 강조할 경우, 조선 후기 주자학 및 탈주자학의 시대적 의미 및 그 변화 양상을 제대로 포착하기는 어려울 것으로 적어도 필자는 보고 있다.

박세당의 학술 정신과 『맹자 사변록』

함영대

1. 서계 박세당 연구의 지형

서계 박세당의 학문, 특히 그의 경전에 대한 해석은 실학 연구의 차원에서 관심을 끌어 진작부터 적지 않은 연구 성과가 제출되었다. 그는 경전의 해석에 있어서 경전의 본지를 찾고 실(實)을 추구하는 경향을 보인다. 상대적으로 관념적 해석 경향이 강했던 주자의 해석과는 거리가 있다. 이는 교조적인 주자학으로 향하고 있던 당대 조선의 학술 분위기에서는 이례적인 것이다. 그 때문에 실학 연구에서는 그를 경전 해석에서 실학적 전환의 단초를 보이는 대표적인 학자로 지목했다.[1]

특히 그가 40세 이후 관직을 단념하고 산림에 기거하면서 직접 농사

---

[1] 윤사순(1974), 「박세당의 실학사상에 대한 연구」, 『아세아연구』 46, 고려대 아세아문제연구소, 29~95면. 이후 『한국유학논구』 현암사, 1980에 수록; 이승수(1993), 「서계의 『사변록』 저술 태도와 시비 논의-성리학적 세계관의 변모를 중심으로」, 『한국한문학연구』 16, 한국한문학회 참조.

를 지으면서 저술한 『색경(穡經)』의 존재와 주자 해석의 문제를 상당히 날카롭게 지적한 『사변록(思辨錄)』으로 인해 그의 학문적 성격은 더욱 분명해지는 듯했다.[2] 만년에 이경석(李景奭)의 신도비명을 지으면서 송시열의 인물됨을 비판한 것으로 이해되는 구절로 인해 송시열 후학의 공격을 받아 사문난적(斯文亂賊)으로 몰리면서, 이후 주자학을 공고히 한 조선의 학술에 대응하는 실학적 성과로 더욱 확고하게 굳어진 감이 있다.[3]

그러나 근래 연구로 인해 서계의 『사변록』이 과연 주자학을 이탈한 것인가에 대한 반성은 물론 그 학문 성과에 대한 세밀한 평가도 점차 섬세하게 진행되고 있다.[4] 철학 사상분야에서 촉발된 서계 박세당에 대

---

2 김용섭(1988), 『조선후기농업사연구』, 지식산업사.; 김영진(2004), 「해제」, 『색경』, 농촌진흥청 참조.

3 朴世堂, 『西溪集』 卷12, 「領議政白軒李公神道碑銘」. 이 글에서 서계는 이경석의 신도비명을 작성하면서 우암에 대해 "함부로 거짓말을 하고 멋대로 속이는 것은 어느 세상에나 이름난 사람이 있는 법, 올빼미는 봉황과 성질이 판이한지라 성내기도 하고 꾸짖기도 하였네, 착하지 않는 자는 미워할 뿐 군자가 어찌 이를 상관하랴(恣僞肆誕, 世有聞人. 梟鳳殊性, 載怒載嗔. 不善者惡, 君子何病)."고 지적했다. 이것이 우암의 후학들에게 빌미가 되어 사문난적 논란을 촉발하는 계기가 되었다.

4 김태년(2009), 「박세당의 『사변록』 저술 동기와 『대학』 본문 재배열 문제에 대한 검토」, 『한국사상과문화』 51, 한국사상문화학회에서는 "박세당의 주석은 많은 부분에서 주희의 주석과는 다른 해석을 제시했지만, 이것만으로 주자학, 또는 성리학의 틀을 벗어난 어떤 새로운 [사상 체계]를 제시했다고 판단하기 어렵다. 주희의 해석을 직접 거론하며 비판한 그의 논의를 보더라도 그의 주관심은 여전히 도의[理]의 실현에 있었고 인식의 틀 또한 전통적인 성리학의 자장 안에 있었다. 이런 측면에서 보면 노론 측의 '사문난적'이라는 비판은 분명 도가 지나친 것이었으며, 게다가 주희 이후 중국의 주자학자들은 물론 노론계 학자들 내부에서도 주희의 주석이나 주장에 대해 의문을 표시했다는 사실을 상기해 볼 때 박세당에 대한 이러한 비판은 정치적 공세의 일환이었다고 평가할 수밖에 없다."고 지적했다. 그 학문적 내용을 자세하게 분석하여 송시열의 후학이 제기한 사문난적 논란의 상격을 규명한 것은 이 보고가 가장 자상하다. 김태년은 그 이전에 『맹자 사변록』의 '호연지기장'을 중심으로 김창협의 견해를 비판적으로 검토하여 그 관점을 세밀하게 분석하기도 했다. 김태년(2008), 「논사변록변(論思辨錄辨)의 호연지기론(浩然之氣論)에 대한 고찰」, 『기전문화연구』 34, 경인교대 기전문화연구소, 85~113쪽 참조.

한 연구가 문학 등으로 확대되면서 그 학문의 성격이 더욱 자세하게 고찰되고 있는 것은 긍정적인 흐름으로 이해된다.[5]

특히 실학 연구에 대한 연구사적 반성으로 주자학과의 거리두기를 실학의 핵심적인 성격으로 파악하거나 민족적 성격을 강조하여 그 학문적 업적을 과도하게 평가했던 연구에 대한 반성적 성찰이 이어지고 있다. 이로 인해 서계의 학문에 대한 온당한 평가가 요청되고 있는데, 이는 견실한 학문의 추구라는 점에서도 바람직하다.

여기서는 우리의 주제인 조선 맹자학의 흐름에서 그의 『맹자 사변록』 을 검토하여 조선 맹자학의 관점에서 서계 박세당이 이룩한 경학 방면 의 성과를 짚어 보기로 한다.

2. 삶의 지향과 경전 해석의 관점

서계 박세당은 관직 경험이 있는 관료 출신의 학자이다. 그는 32세에 과거에 장원으로 급제했고, 수년 간 조정에서 벼슬살이를 했다. 그러나

---

5 근래에 제출된 서계의 경학 및 사상과 관련 연구로 대표적인 것은 다음과 같다. 윤사순 외(2007), 『서계 박세당 연구』, 집문당; 강지은(2007), 「서계 박세당의 『대학 사변록』에 대한 재검토-『대학장구대전』의 주자주(朱子註)에 대한 비판적 고찰의 의미를 중심으로」, 『한국실학연구』 13, 한국실학학회; 김태년(2009), 앞의 논문; 송갑준(2009), 「사변록의 주주 (朱注) 비판과 경학사적 위치」, 『인문논총』 24, 경남대 인문과학연구소; 신창호(2014), 「서계 박세당의 「사변록·중용」 해석과 학문적 특징」, 『동양고전연구』 55, 동양고전학회 등이 있다. 사문난적 논란을 학술 권력의 문제로 이해하여 검토한 논문은 김형찬(2012a), 「안동 김문의 지식 논쟁과 지식 권력의 형성-농암 김창협의 학문적 입장을 중심으로」, 『민족문화연구』 56, 고려대 민족문화연구원; 김형찬(2012b), 「사문난적(斯文亂賊) 논란과 사서의 재해석-박세당의 『사변록』과 김창협의 비판을 중심으로」, 『한국사상과문화』 63, 한국사상문화학회; 송혁기(2015), 「상소를 통해 본 조선 후기 지식인의 재편-이경석, 박세당 평가와 관련한 노론계의 상소를 중심으로」, 『동양고전연구』 59, 동양고전학회 참조.

서계의 저술에는 관료적 지향보다는 재야 학자의 분위기가 더욱 강하게 느껴지는데, 이는 그의 삶의 이력과 관련이 깊다. 그는 40세에 관직을 버리고 수락산의 서편 기슭에 은거했다. 그리고 74세로 세상을 떠나기 전까지 거의 대부분을 이곳에서 지냈다. 강학과 저술, 농사일이 큰 일과였다.[6]

40세 이후 이러한 삶의 선택에 대해 그의 『연보』에서는 비교적 자세하게 그 정황을 서술하고 있는데, 그 핵심은 우암 송시열과의 불화였다.[7] 그런데 그는 이 시기 연행을 다녀오면서 관직에 염증을 느끼고 있었다. 그래서인지 그는 산림에 있는 것이 스스로의 천성에 맞다고 토로했고,[8] 그러면서 다른 한편으로는 추악한 사람과는 벼슬살이를 함께 하지 않는다고 다짐하면서 완고한 자신에게는 임천(林泉)이 제격이라고 자위했다.[9]

물론 그가 세상의 눈길을 의식하지 않았던 것은 아니다. 윤증에게

---

6 서계의 삶과 그 저술의 기본적인 입장에 대해서는 안병걸(1998), 「서계 박세당의 독자적 경전 해석과 그의 현실 인식」, 『조선 후기 경학의 전개와 그 성격』, 성균관대 대동문화연구원; 윤사순(1996), 「서계 박세당」, 『한국인물유학사』, 한길사 참고.

7 『西溪集』卷22, 「年譜」戊申(1668, 先生40歲). "蓋是時懷川相退處鄉曲, 主張朝論, 當路諸人, 競相和附, 一世人物之進退與奪, 唯視其向背. 一言少拂則若墜諸淵, 專意投合, 則若加諸膝. 先生獨持讜議直道, 不肯聽其俯仰, 而先生地望才學, 又未可易以擠棄, 於是仄目者衆. 及因徐金之事, 與受其謗, 先生知不可有爲於世, 而但若祿仕而已, 則亦非其心. 乃日與其屈志辱身, 隨其翕張, 豈若從吾所好, 以沒身於畎畝間也哉. 然猶不欲悻悻也, 因例罷官, 遂歸田居."

8 『西溪集』卷1, 「使燕錄」, 「上使用杜工部詩久客宜旋斾一句爲韻, 分作五首, 輒次」. "素性本山林, 行世昧適宜, 强宦不入心, 强食不安脾." 이 시기는 바로 서계가 석천으로 귀향하는 때인데, 마침 이때 연행사의 서장관으로 가게 되어 읊은 것이다. 그는 자신의 본성이 산림에서 사는 알맞다 하면서 억지로 벼슬하니 마음에도 차지 않는다고 토로했다.

9 『西溪集』卷2, 「石泉錄上 戊申」. "不應軒冕同腥腐, 終是林泉合鈍頑." 다른 시에서도 "性悟嫌難合, 才疏懼未周. 寧從蟲鳥計, 是處便埋頭."라고 하여 석천에서의 임천 생활에 대해 변명했다.

336

보낸 서간에서는 스스로 세상과 소통을 끊으려 했던 것은 아니고, 다만 스스로의 명분에 철저하기 위해 임천에서의 생활을 하는 것이라는 점을 고백한 바 있다.[10] 임천의 삶을 택한 서계는『색경』에서 자신의 처지와 삶의 지향을 이렇게 말했다.

나는 진실로 야인(野人)이다. 대저 선비는 출사하면 조정에 서서 올바른 도를 행해야 하니 이를 군자(君子)라고 한다. 벼슬에서 물러나면 들에서 밭을 갈며 자신의 힘으로 먹어야 하니 이를 야인이라고 한다. 나는 이미 들에서 밭을 갈고 있으니 야인이 되지 않으려 해도 그럴 수 없다. 나는 일찍이 벼슬할 때, 나의 도가 세상에 행해지기에 부족하다는 것을 알았으므로, 물러나 스스로 농사나 지으며 살고자 한 지가 오래이다.[11]

"나는 진실로 야인이다."라는 말은 서계가 자신의 처지를 명확하게 인식하고 있음을 보여 주는 언명이다. 그는 벼슬살이할 때에 자신의 도가 세상에 행해지기 부족하다는 것을 알았다고 하면서 물러나 농사를 지으며 후학들을 가르쳤다.[12] 서계는 30대의 혈기 왕성한 관료 시절 사간원 정언, 홍문관 교리, 경연 시독관, 해서 지방의 어사 등을 역임하면서 소신과 직언으로 강골 기질을 드러냈다. 청의 사신에 대한 영접과 관련해서는 송시열과 다른 의견을 제출하여 공격받기도 했다.[13] 원만한

---

10 『西溪集』卷2,「尹子仁 拯 見寄詩 三首, 次韻酬謝」. "未欲爲名誤, 非緣與俗疏."
11 『西溪集』卷7,「穡經序」. "吾固爲野人也. 夫士進則立於朝而行其道, 是謂君子. 退則耕於野而食其力, 是謂野人. 吾旣耕於野矣, 求不爲野人, 得乎? 且吾嘗仕, 知其道之不足有爲於時, 欲退而自食其力之日, 久矣."
12 서계의 삶에 대해 시장(諡狀)을 올렸던 최석항(崔錫恒)은 이렇게 기록했다. "春夏則杖屨多在田間, 子弟挾册隨往, 藉草墨上, 對坐講劘. 每値除夜申夕, 必置酒食, 與之達宵團欒, 常於花辰月夕, 携冠童逍遙溪邊, 風詠而歸. 公平生未嘗有引而自高之意."

관직 생활이었다고는 볼 수 없다. 서계 스스로도 이러한 자신의 성정을
잘 알고 있었던 듯싶다.

신은 성품이 본래 어리석어 세상사의 고저(高低)를 전혀 이해하지 못하고 또
매우 고집이 세어 남의 뜻을 좀처럼 이해하지 못하였으니, 늘 저를 아는 사람들
이 이러한 점을 많이 걱정하였습니다. 그러므로 살아오면서 남들과 합치됨이
적었습니다.[14]

벼슬할 때부터 당시 시류에 그다지 원만하게 어울리지 못했음을 고
백한 것이다. 그는 퇴거한 이후 계속 내려진 벼슬에도 거의 나아가지
않았다. 집안 내의 문제와 정국의 변동이 영향을 주었을 것이다. 하지
만 근본적인 것은 역시 세상과 쉽게 합치되지 못하는 서계의 소신과
은거를 통한 학자로서의 삶의 지향이 더 큰 이유였을 것이다.
그의 삶의 자세에 대해 가장 간명하면서도 깊이 있는 평가는 최석항
이 시장(諡狀)에서 기록한 것이다.

공은 세상 유자들이 대부분 화려함만 따르고 실질은 내버리며 감정을 꾸미고
명예를 구하는 것을 문제로 여겼으며, 늘 쓸모없는 사람으로 자처하여 학문하
는 것을 명목으로 삼으려 하지 않았으니, 은미한 뜻이 어디에 있는지 사람들이
어찌 알 수 있겠는가. 내가 보건대, 예로부터 영화를 사양하고 한가한 사람으로
물러난 선비들은, 벼슬살이에 성공해 명성을 확립하고 벼슬을 그만둘 나이가
되어 물러나거나 시절이 위태롭고 세상이 어지러워 기미를 보고 떠났다.……

---

13 윤사순(1996), 앞의 책, 1220쪽.
14 『西溪集』卷5, 「辭執義三疏 乙卯」. "臣性本昏愚, 於世事高低, 全所未解. 又其執滯之甚難
曉以意, 常時知識, 多患其如此, 故生來寡合."

공 같은 자는 나이로 보면 사십이 채 안 되었고 시절로 보면 성명(聖明)한 때를 만났으며, 또 송곳 하나 꽂을 땅이나 머리를 가릴 기와 한 장도 없으면서, 단지 말이 행해지지 않고 도가 합치되지 않는다는 이유로 훌쩍 떠나가 띠풀을 엮어 지붕을 만들고 돌을 개간해 밭을 마련했다. 거친 밥과 나물국을 먹는 생활을 사람들은 그 고통을 감내하지 못했을 텐데 유유자적하게 즐기며 근심을 잊었으니, 이는 실로 등용되면 나아가고 등용되지 못하면 은거한다[用捨行藏]는 의리에 부합하는 것이다.15

은거 이후 서계는 강학에 몰두하였고 그 결과로 주목할 만한 학술적 업적을 제출했다. 그 결과물 가운데 하나가 『사변록(思辨錄)』이다.16 『사변록』의 다른 이름은 『통설(通說)』이다. 서계는 그 서문에서 경전 연구의 두 가지 폐단은 이단에 빠지거나 전대의 전적을 고수하는 데 있다고 보았다.17

아울러 경전 연구는 "먼 곳을 가려면 반드시 가까운 데로부터 한다."는 『중용』의 가르침에 기초하여, 얕고, 소략하고, 거친 데서부터 시작하

---

15 崔錫恒, 『西溪集』 卷21, 「附錄·諡狀」. "顧公病世之儒者類多徇華遺實, 矯情干譽, 常自處以閑人, 不欲以學問爲名, 微意所在, 人孰得以知之哉. 竊觀自古辭榮退閑之士, 或以宦成名立, 年至縣車, 或以時危世亂, 見幾色斯. … 若公者以年則未及强仕, 以時則遭遇聖明, 又無立錐之地蓋頭之瓦, 而只以言不行道不合, 浩然而歸, 結茅爲屋, 墾石爲田, 糲飯菜羹, 人不堪其苦, 而悠然自得, 樂而忘憂, 此固合於用捨行藏之義."

16 『사변록』은 모두 14책으로 되어 있다. 그 저술 순서는 다음과 같다. 1책 『대학(大學)』(52세), 2책 『중용(中庸)』(59세), 3책 『논어(論語)』, 4·5책 『맹자(孟子)』(61세), 6·7·8·9책 『상서(尙書)』(62세), 10·11·12·13·14책 『시경(詩經)』이다. 『시경』은 건강 악화로 「소아채미편(小雅采薇篇)」에서 중단되었다. 안병걸 교수(1998)는 이에 기초하여 『사변록』은 오경(五經)보다는 사서(四書)를 중시했던 주자학에 짝하여 그 해석의 모순을 밝히려는 의도에 치중한 것이 아닌가 추측했다. 연보의 기록은 이러한 추측에 힘을 실어 주고 있다.

17 『西溪集』 卷7, 「序通說」. "其陷溺異端者, 多假借近似, 以飾其邪遁之辭. 其抱持前籍者, 又膠滯迂僻, 全昧夫坦夷之塗."

여 심오하고, 구비되고, 정밀한 곳으로 나아가야 한다고 주장했다.[18] 가까워야 도달하기가 쉽고, 얕아야 헤아리기가 쉬우며, 소략한 것은 얻기 쉽고, 거친 것은 알기가 쉽기 때문이다. 그리하여 점차적으로 깊고, 구비되고, 정밀한 곳까지 나아가야 한다[19]는 것이 그의 지론이었다. 이것은 당대의 경전 연구 풍토에 대한 비판에서 제출된 것이다.

지금 육경에서 탐구하는 방법은 대체로 모두 얕고 가까운 곳을 건너뛴 채 심오하고 심원한 곳으로 치달리며, 거칠고 소략한 것을 소홀히 한 채 정밀하고 구비된 것을 엿보고 있으니, 그 깜깜하고 어지러우며 빠지고 넘어져서 아무런 소득이 없는 것이 당연하다 할 것이다. 저러한 방법으로는 그 심오하고 심원하며 정밀하고 구비된 것을 얻지 못할 뿐만 아니라, 그 얕고 가까우며 거칠고 소략한 것마저 모두 잃게 되고 말 것이니, 아, 슬프다. 또한 매우 미혹된 짓이다.[20]

귀머거리는 우레와 천둥의 소리를 듣지 못하고 장님은 해와 달의 빛을 보지 못하지만, 저 귀머거리와 장님이 문제일 뿐이지 우레와 천둥, 해와 달은 본래 그대로인 것처럼 육경의 빛은 변함없이 존재한다[21]는

---

18 앞의 책. "傳曰, 行遠必自邇, 此何謂也. 非所以提誨昏蔽, 使其能自省悟乎? 誠使世之學, 有得乎此. 向所謂遠者, 卽可知自邇而達之, 然則所謂深者, 亦可自淺而入之. 所謂備者, 亦可自略而推之, 所謂精者, 亦可自粗而致之. 世固未有粗之未能而能先其精, 略之未能而能業其備, 淺之未能而能早其深, 邇之未能而能宿其遠者."

19 앞의 책. "夫邇者易及, 淺者易測, 略者易得, 粗者易識, 因其所及而稍遠之, 遠之又遠, 可以極其遠矣. 因其所測而稍深之, 深之又深, 可以極其深矣. 因其所得而漸加備, 因其所識而漸加精, 使精者益精備者益備, 可以極其備極其精矣."

20 앞의 책. "今之所求於六經, 率皆躐其淺邇而深遠是馳, 忽其粗略而精備是規, 無怪乎其眩瞀迷亂, 沈溺顚躓而莫之有得, 彼非但不得乎其深遠精備而已. 幷與其淺邇粗略而盡失之矣, 噫嘻悲夫! 其亦惑之甚乎."

것이 서계의 생각이었다.

송대의 정자와 주자가 일어나자 육경의 의미가 다시 찬연히 세상에 드러났다. 정자와 주자는 과거의 오활하고 편벽된 학설, 사이비 학설을 바로잡고 이단의 선동을 끊어 육경의 의미를 제대로 발현했다. 그리고 그것이 가능했던 것은 말단을 잡고서 근본을 더듬고 말류를 따라 근원을 거슬러 올랐기 때문이다. 바로 자사가 『중용』에서 말한 뜻과 참으로 깊고 묘하게 계합되는 것이다! 이것이 서계의 생각이었다.[22]

그러나 서계의 정자와 주자에 대한 찬탄은 거기까지였다. 정자와 주자에 의해 경전의 지취(旨趣)가 찬연하게 빛난 것은 사실이지만 그 뜻이 온전하게 모두 빠짐없이 밝혀졌다고 생각하지는 않았다.

육경에 실린 말은 그 큰 줄기는 비록 하나이지만 가닥은 천만 갈래이니, 이것이 이른바 "이치는 하나이나 생각은 백 가지이며, 귀결처는 같으나 가는 길은 다르다."는 것이다. 그러므로 비록 절륜한 지식과 심오한 조예가 있더라도 오히려 그 지취를 극진하게 다하여 미세한 부분을 놓치지 않을 수 없는 경우가 있는 것이다. 그러므로 반드시 여러 사람의 특장을 널리 모으고 작은 견해라도 버리지 아니한 뒤에야 거칠고 소략한 것이 유실되지 않고 얕고 가까운 것도 누락되지 아니하여 심원하고 정밀하게 구비된 육경의 대체가 비로소 온전해질 수 있는 것이다. 이 때문에 참람함을 잊고 좁은 소견으로 얻은 바를 대강 기술한 다음 이를 모아 성책(成册)하여 '통설'이라 이름 하였으니, 혹 세상을 인도하고

---

21 앞의 책. "夫聾則不聞乎雷霆之聲, 瞽則不覩乎日月之光, 彼聾瞽者, 病耳. 雷霆日月, 固自若也. 行乎天地而震烈, 耀乎古今而晃朗, 未嘗爲聾與瞽而聲光之或虧."
22 앞의 책. "故及宋之時, 程朱兩夫子興, 乃磨日月之鏡, 掉雷霆之鼓, 聲之所及者遠, 光之所被者普, 六經之旨, 於是而爛然復明於世. 羲之迂僻者, 旣無足以膠人慮而滯人意, 其近似者, 又不能以假之名而借之號, 邪遁之煽誘遂絶, 坦夷之準的有在. 究其所以至此者, 亦莫非操末探本, 沿流泝源以得之, 則是於子思所言之指, 眞有深合而妙契者乎!"

백성을 돕는 선유의 뜻에 티끌만 한 도움이 아주 없지는 않을 것이다.[23]

"이치는 하나이나 생각은 백 가지이며, 귀결처는 같으나 가는 길은 다르다."는 것은 『주역』의 말이다.[24] 이는 다양한 해석의 가치를 옹호하는 논리로 응용할 수 있다. 절륜한 지식과 심오한 조예가 있더라도, 지취를 극진히 하려다 보면 미세한 부분을 놓칠 수 있으므로 거칠고 소략한 것이라도 그 특장을 널리 모아 누락시키지 말아야 육경의 온전한 의미를 찾을 수 있다는 말이다. 심원하고 정밀하게 구비된 육경의 대체를 완벽하게 파악하기 위해서는 "여러 사람의 장점을 두루 모아 작은 장점도 버리지 않아야 한다(博集衆長 不廢小善)"는 논리이다. 이 논리에서는 정자나 주자처럼 탁월한 학자가 아니라고 해도 경전에 대한 의견을 낼 수 있다. 여러 사람의 소소한 견해라도 일말의 장점이 있다면 필요한 것이기 때문이다. 서계는 이러한 보유의 논리로 『통설』 즉 『사변록』의 저술을 정당화했다.

공교롭게도 이 『사변록』의 서문은 서계의 나이 61세, 바로 『맹자 사변록』을 저술한 그해(1690)에 작성되었다. 52세에 『대학』으로부터 시작된 『사변록』의 저술은 59세에 『중용』, 60세에 『논어』를 거쳐 61세 환갑의 나이에 이르러 마무리된 것이다. 적어도 서계의 관념 속에는 사서(四書)에 대한 주해를 내는 것으로 『사변록』 저술의 일단을 마무리하고 있었던 것이다.

---

23 앞의 책. "然經之所言, 其統雖一, 而其緒千萬, 是所謂一致而百慮, 同歸而殊塗. 故雖絕知獨識淵覽玄造, 猶有未能盡極其趣而無失細微, 必待乎博集衆長, 不廢小善, 然後粗略無所遺, 淺邇無所漏, 深遠精備之體, 乃得以全. 是以輒忘僭汰, 槩述其蠡測管窺之所得, 裒以成編, 名曰通說, 倘於先儒牖世相民之意, 不無有塵露之助."
24 『周易』, 「繫辭傳 下」. "天下同歸而殊塗, 一致而百慮."

그런데 여기서 하나 더 짚어야 할 것은 경전을 해석하는 서계의 기본적인 태도와 입장이다. 그는 젊은 시절부터 꾸준히 유학자로서 근후하게 경전을 진지하게 공부하는 자세를 견지했는데, 특히 본지에 대한 추구가 유달랐다.

그는 39세 때에 『소학언해』를 개정하는 과정에서 그 경전 자체의 본의를 충실하게 하는 데 특히 주의했다. 그는 언해의 착오가 대부분 주(注)의 설명이 본지를 잃은 데서 비롯되었다고 생각하여 주설(注說)을 아울러 분변했다. 이러한 서계의 태도는 당시 정설(定說)을 고치기 어려워하는 동료들의 저항과 다툼도 불사하는 것이었는데, 잘못되었다고 판단되는 부분에 있어서는 일체의 단락마다 변론하여 찌를 붙여 보고했다. 이것은 결국 송시열과 송준길에 의해서도 확인되었다. 특히 송시열은 크게 찬탄하고 한두 조목 외에는 모두 서계의 견해를 접수하여 신본 『소학언해』를 간행하도록 했다.[25]

52세 때에 저술한 『대학 사변록』에서는 그 편간과 자구 가운데 뒤섞이고 잘못된 것을 바로잡고 그 전주(箋註)의 해설 가운데 그릇된 것을 변론했는데, 특히 '첨피기오(瞻彼淇澳)'와 '전왕불망(前王不忘)' 두 구절의 문리에 대해 고심하여 이 두 단락을 제10장인 평천하장(平天下章)의 뒤로 옮겨 놓았다. 이것은 정자의 고찰과도 상통하는 것이었다.[26]

---

25 『西溪集』卷22,「年譜·丁未」. "承命考改小學諺解及註說以進. 今上在東宮將講小學, 上以小學諺解句讀, 多艱澁不雅, 命儒臣考證改定, 諸僚莫有擔當者. 先生乃詳加玩索, 以爲諺解之誤, 多由於註說之失旨, 並辨駁之. 同僚嫌其改易前人定說, 先生終不撓, 凡所舛誤, 一皆逐段辨論, 付籤以進. 上命就質于兩宋, 宋相大加贊歎, 一二條外皆從籤論, 今行新本諺解是也."

26 앞의 책,「年譜·庚申」. "著大學思辨錄 正其編簡字句之錯訛, 辨其箋註解說之差誤 … 至瞻彼淇澳及前王不忘兩簡, 輒疑其上下文義不相貫屬, 反覆究思, 終有所不通者, 每掩卷而廢之. 及著思辨錄, 移此兩段於第十平天下章後, 考兩程所定大學, 蓋與先生同焉."

53세 때 저술한『노자도덕경주(老子道德經註)』에서는『노자』의 유의미성에 대한 역사적 고찰에서 "그 도가 비록 성인의 법에 합치하지는 않지만 그 뜻은 역시 몸을 닦고 백성을 다스리고자 하는 것이니, 그 말은 간략하지만 그 뜻은 심원하다. 한나라 이전엔 그 도를 중시하여 썼기 때문에 위로는 임금이 공묵(恭黙)의 교화를 행하였고, 아래로는 신하가 청정(淸靜)한 다스림을 행하였다."고 평가하면서 진나라 때의 노자에 대한 잘못된 해석이 노자에 대한 이해를 그르쳤기 때문에 노자의 본의를 제대로 알 필요가 있다는 생각을 밝히기도 했다.[27]

54세 때에 이루어진『장자주(莊子注)』에서는 장자의 취지를 세밀하게 살폈다. 곧 장자의 우화는 "말은 비록 기롱이지만 뜻은 실로 존모한 것이다. 그리고 그 정미한 이치는 입신의 경지이니, 성(性)을 안 것으로 말하면 역시 장자만 한 이가 없을 정도이다. 이른바 '그 성심을 따라 스승 삼으면 누군들 홀로 스승이 없겠는가(隨其成心而師之 誰獨且無師)'라는 것은『중용』의 '솔성(率性)'과『맹자』의 '성선'의 뜻에 깊이 부합하니, '순자나 양웅이 비할 바가 아니다'고 그 가치를 옹호했다. ……또한 장자는 도리가 어떠하다는 그 정체를 알렸을 뿐 노자와 같이 이렇게 해야 자신에게 이롭다는 공효를 말하지 않았으므로, 그 목적의식으로 인해 사(私)의 취지가 있는 노자에 비해 공(公)의 가치가 있다는 분석을 제시하기도 했다."[28]

---

27 앞의 책,「年譜·辛酉 53歲」. "用見其旨, 其道雖不合聖人之法, 其意亦欲修身治人. 蓋其言約其旨深, 自漢以前, 尊用其術, 上而爲君能行恭黙之化, 下而爲臣能爲淸靜之治."

28 앞의 책,「年譜·壬戌 54歲」. "蓋語雖譏戲而意實尊慕, 且其精理入神, 如識性亦莫如莊子, 所謂隨其成心而師之, 誰獨且無師者, 深合率性性善之旨, 非荀楊之比 …… 又曰莊子只說道理合如此, 非有所爲而言之者, 故曰公. 老子以爲如是而後利於己, 乃始有所爲而爲之者, 故曰私."

특히 장자와 노자의 차이를 변별하면서 그 각 저작에 속한 편들을 구분하여 문헌학적 검토를 거친 것이나 왕패를 사공에 대한 의지로 구분한 것은 서계가 그 학문의 방법론에서는 주자의 학문 과정을 계승한 측면이다. 이것은 그 견해의 차이만으로 주자와의 거리를 말하는 입장에서는 간과하기 쉬운 것이다.

한편 59세에 저술한 『중용 사변록』에서는 『중용』이라는 책의 유래와 성격을 비판적으로 검토했다. 곧 그 책이 『예기』의 한 책이었는데 『예기』는 원래 한나라 선비가 진나라 때에 분서된 후에 주워 모아 편집한 것으로 착간이 많으니 『중용』과 『대학』에도 이러한 사례가 있을 수 있다는 지극히 상식적인 비판을 거침없이 제시했다. 그렇기 때문에 주자 전후로 착간을 조정하려는 노력이 있었다고 이해했다. 그런데 『대학』과 달리 『중용』은 강목이 따로 있어 단락을 분간하기가 어렵기 때문에 장간(章簡)까지 바꾸지는 못한 것이라고도 짚었다.[29]

석천으로 은거하기 전인 39세 이후 노장(老莊)의 주석서와 『사변록』을 집필하는 50대까지 서계가 견지한 학문적 입장은 경전의 본지에 대한 추구이다. 그 방향은 집요한 문헌적 검토, 의리에 대한 깊이 있는 분변과 성찰, 노장의 해석에서 보이는 기존의 의견에 대한 비판적 검토와 독창적인 자신의 의견 제시라고 할 수 있다. 이러한 전환은 그에 앞서 맹자에 대한 주석서를 제출했던 만회(晩悔) 권득기(權得己)나 포저(浦渚) 조익(趙翼)에서는 찾기 어려운 매우 실질적이면서도 비판적인 시각이다.

---

29 앞의 책, 「年譜·丁卯 59歲」. "著中庸思辨錄 先生嘗曰庸學同出於禮記, 而禮記一書, 固漢儒拾綴煨燼之餘. 故錯簡居多, 則庸學獨安保其不然乎? 是故大學之指定錯簡者, 朱子之前, 自有兩程, 朱子之後, 亦多有之. … 至於中庸, 先儒卒未嘗變動其章簡者, 大學則自有綱目, 易辨其區段, 而中庸無此故也."

그런 점에서 이러한 사상 전환의 근저에 혹시 연행의 경험이 반영된 것이 아닐까 생각해 볼 수 있겠다. 서계는 마흔 살 전후로 연행의 경험이 있고, 명청이 교체하여 이미 상당히 안정기를 찾던 당대의 학문 풍토에서 조선과는 다른 중국의 경서 해석의 분위기, 곧 북경의 학술 분위기를 보고 귀국하여 적극적으로 자신의 견해를 제시했을 가능성이 있다. 그런데 이러한 짐작은 서계 그 자신의 연행 경험에 대한 회고에서도 확인할 수 있듯, 서계는 청조의 변화에 그다지 긍정적인 평가를 하지 않았다. 서계는 자신이 본 당시 북경의 풍경에 대해 아래와 같이 술회했다. 그의 형과 윤증(尹拯)에게 보고한 것이기 때문에 그 말의 진실성은 믿을 만하다.

연경의 상황은 쓸쓸하기 짝이 없었습니다. 어디를 보아도 풍요로운 모습은 찾아볼 수가 없었으니, 어찌 난리가 난 지 얼마 되지 않아서 그런 것이겠습니까. 지역이 변방에 가까워 남쪽 지방과 다른 것은 옛날부터 그랬던 것이지 오늘날에만 그런 것은 아닐 것입니다. 또 만나는 사람들은 비록 명색이 선비라고는 하지만 대부분 시장에서 술이나 파는 부류인지라 이익을 탐해 수치를 모르며 생각이 없고 무식하여 더불어 이야기할 만한 상대가 아니었으니, 한마디 말에 서로 마음이 통하여 강개한 마음으로 심지를 털어놓기가 이미 어려운 일이었습니다.
게다가 말이 통하지 않고 필담을 나누는 것은 또 성가신 일이어서 시사(時事)와 세변(世變)에 대해 알아볼 길이 없었으니, 어찌하겠습니까. 그 대략을 말씀드리자면, 정령(政令)이 한곳에서 나오고 무력을 쓰지 않는다는 것이고, 겉으로 드러나지 않은 기상은 엿보아 헤아릴 도리가 없었습니다. 그 밖의 자잘한 일은 일일이 기억해 내기가 이미 어렵고 비록 들은 것이 있어도 글로 전하기가 쉽지 않습니다.[30]

물어 주신 청나라의 동정에 대해서는, 보고 듣지 못함이 봉사나 귀머거리보다 더욱 심하여 자세히 알 길이 없었습니다만 아는 바를 대략 말씀드리겠습니다. 원·명 이후로 중국이 소유했던 땅을 청나라가 모두 차지했는데도 서쪽·남쪽·북쪽 세 방면의 변방에 병란의 변고를 보지 못하겠으니, 내지(內地)의 경우는 말하지 않아도 상상할 수 있을 것입니다. 하늘이 무지한 지도 이미 오래되었으니, 오히려 더 이상 무슨 말을 하겠습니까. 몽고가 청나라의 변경을 침입했다는 말은 또한 사실이 아니니, 길거리에 이와 같은 말이 떠돌기도 하지만 말하는 사람이 대부분 믿을 만하지 않고, 또 가시적인 움직임이 있지 않기 때문입니다. 그들의 정령(政令)의 득실에 대해서는 더욱 탐지하기 어려웠습니다. 다만 얼핏 들으니, 소주(少主)가 자못 사나워 훌륭한 명성이 드러나지 않고 정사를 보좌하는 사람도 탐오하다는 소문이 있습니다. 또 보니, 한인(漢人)들이 대부분 원한을 품고 비방하고 있으나 이상한 점은 모두 묻는 대로 그럭저럭 응대할 뿐 한스러운 마음에서 우러나 차탄하고 분개하는 자가 없으니 이 때문에 믿을 수 없습니다. 기유년(1669, 현종 10) 3월 27일.[31]

"대부분 시장에서 술이나 파는 부류인지라 이익을 탐해 수치를 모르

---

30 『西溪集』卷18,「上仲氏承旨公」. "燕土物色, 蕭素殊甚, 耳目所及, 未見豐侈之象, 豈去亂未遠而然耶. 抑地近邊朔, 異於南土, 在古已然, 非獨今日也. 且所與接者, 雖名措, 率是市井酤販之流, 貪利忘恥, 貿貿無識, 不足與語, 望其一言相動, 慷慨輸瀉, 固已難矣. 況言音不通, 而紙筆又煩, 時事世變, 叩知無由, 奈何. 若言其槩, 政令出一而兵革不用, 至其未著之爻象, 有非窺測所到, 自餘小事, 諳悉旣難, 雖有所聞, 未易書傳耳."

31 『西溪集』卷19,「與尹子仁拯」. "所訪彼間動靜, 聞見不到, 較諸瘖聾而反甚, 無由諳悉. 然略言所知, 則元明以來, 幅員所圍者, 無不有之, 西南北三隅, 未見有兵革之變, 至於內地, 不言可想, 天之醉, 亦已久矣, 尙復何說. 蒙古犯邊, 竟亦不實, 槩路間或有如此說者, 所言之人, 多非可信. 又未有動靜之可據故爾, 其政令得失, 尤難探窺, 但微聞少主頗狼愎, 令聞不彰, 輔政之人. 又有貪黷之聲, 又見漢人多怨謗, 而所可異者, 皆是隨問勉應, 未有咨嗟憤歎發於澘恨者, 所以未可信耳. 己酉三月卄七日."

박세당의 학술 정신과『맹자 사변록』 **347**

며 생각이 없고 무식하여 더불어 이야기할 만한 상대"가 아니었고, 더
구나 "말이 통하지 않고 필담을 나누는 것은 또 성가신 일이어서 시사
와 세변에 대해 알아볼 길이 없었다."는 고백은 우리에게 서계가 연행
을 통해 중국의 공기를 접했을 것이라는 기대를 내려놓게 한다. 기실
서계는 연행에서 돌아오는 길에 "어찌하여 당우의 백성이 느닷없이 오
랑캐가 되었단 말인가."[32]라고 안타까워했지만 "감상에 젖은들 무엇하
랴 천지의 운수가 절로 그러하다."[33]고 체념했으며, 북경의 조양문을 나
서자마자 "압록강 나루에서 배 오를 날이 언제일까." 기다릴 정도로 중
국에서 속히 떠나오려 했다.[34] 진저리칠 정도로 중국의 분위기를 싫어
했던 것이니 이러한 정황에 중국의 학술 공기를 접하여 영향을 받았을
리는 만무하다고 해야 하지 않을까.

그러므로 서계의 경전 해석과 비판에 대한 대응은 온전히 서계 자신
의 통찰에 의한 것이라고 지적할 수 있다. 그는 육경에 온축된 본의를
주자가 해석한 것은 고금에 없는 탁월한 것이지만, 후학들이 이를 어리
석은 것처럼 높일 줄만 알고 실천하려고만 한다면 이것은 문제라고 지
적했다. 여기서 어리석은 듯 실천하려고만 하는 이는 바로 안회(顔回)
이다. 안회는 공자의 수제자로 문일지십의 천재이다. 그런데 누가 안회
처럼 어질 수 있겠는가? 서계는 그럴 수 없다고 단언하면서 "몹시 어리
석은 자신은 내 마음만 믿을 뿐"이기 때문에 "미치광이라는 소리를 피
하지 않을 것"이라고 다짐했다.[35]

---

32 『西溪集』 卷1, 「使燕錄・上使用杜工部詩久客宜旋旆一句爲韻, 分作五首, 輒次」. "云何唐
虞人, 遽化爲夷貊."
33 앞의 시. "感傷且奚爲, 天地數自然"
34 『西溪集』 卷1, 「使燕錄・出朝陽門」. "今日朝陽門外路。何時鴨綠渡頭船"
35 『西溪集』 卷22, 「年譜・己巳 61歲」. "六籍誰能發鍵樞, 紫陽傳註古今無, 後賢知說鮮知助,
可道如愚是不愚 … 甚愚只信心, 不自避狂顚."

그가 하고자 한 것은 다른 취지가 아니라 경전의 뜻을 밝히고자 한 것일 뿐이었다. 그는 명철하다고 하면서 사물의 이치를 왜곡하는 것에 동의할 수 없었던 것이다.[36] 이러한 측면에서 그가 왜 『상서』보다 『시경』을 어렵게 여겼는지를 이해할 수 있다. 서계는, 『상서』의 문장은 문장이 간결하고 뜻이 심오하긴 하지만 자세히 궁구하면 해석 또한 어렵지 않지만 『시경』의 시는 애초에 무슨 의도로 지었는지 드러내지 않았기 때문에 그 내용을 반복해서 궁구해 보아도 끝내 그 무슨 의도로 지은 것인지 파악하지 못한 것이 있다고 그 어려움을 토로한 바 있다.

그는 후인들이 그 내용을 미루어 주제를 파악한 것은 본의가 아니라고 지적했다.[37] 여기서도 작자의 의도를 파악하여 경전의 본의와 진실을 추구한 서계의 경전 탐구에 대한 기본적인 입장을 다시 한번 확인할 수 있다.

3. 『맹자 사변록』의 분석

이러한 경전 해석의 기본적인 입장에서 학술적 견해가 확립된 가운데 저술한 것이 『맹자 사변록』이다. 『사변록』의 일련의 저술 가운데 사서로서는 마지막에 제출한 것이다. 그러므로 이 『맹자 사변록』을 마치고 스스로 그 유명한 『통설』의 서문을 남겼던 것이다. 그는 『사서 사변록』을 마치면서 경전은 "얕은 도량과 하찮은 식견을 지닌 세간의 비루

---

36 앞의 연보. "所欲發經旨, 意實非他然, 明者豈枉物, 此事當恕施."
37 『西溪集』 卷22, 「年譜·癸酉 65歲」. "先生嘗曰執謂解書難於詩, 書雖簡奧, 然仔細尋繹則解亦不難. 詩則本不著其所爲而作, 後人有推其詞而得題者. 又有反覆其詞而終莫得其何爲而作者, 所以解之爲尤難."

한 선비나 꽉 막힌 유자가 밝힐 수 있는 바가 아니다."[38]고 지적하고
또 이렇게 일갈했다.

> 이단에 빠진 자들은 대부분 비슷한 내용을 빌려서 자기들의 간사한 말과 회
> 피하는 말을 꾸미고, 전대(前代)의 전적을 고수하기만 하는 자들은 꽉 막히고
> 오활하고 편벽되어 평탄한 길을 전연 몰랐다. 아, 이것이 어찌 성현들이 부지런
> 히 또 간절하게 이 글을 만들고 이 말을 기록함으로써, 이 법을 밝혀 천하 후세
> 에 희망을 건 뜻이겠는가![39]

서계가 비판하는 것은 이단에 빠진 자들이 수식하는 것과 전대의 전
적을 고수하는 자들이 고루하게 묵수하여 평탄한 길을 전혀 몰랐다는
것이다. 그렇다면 어찌해야 하는가? 바로 『대학 사변록』을 지을 때처럼
"편간과 자구 가운데 뒤섞이고 잘못된 것을 바로잡고 그 전주(箋註)의
해설 가운데 그릇된 것을 변론"해야 하는데 그 방향은 평탄한 것을 지
향하는 것이다.

그 방식대로 서계는 경전 본문에 집중하여 그 본의를 찾는 데 주의하
였으며, 그 경전 자체의 의미를 충분히 통득(通得)하는 것을 우선적인
목표로 삼았다. 그런 다음 본격적으로 경전의 본문에 대해 편간과 자구
를 바로잡고 전주 해설의 틀린 것을 분별했다. 즉 경전의 본문과 주석
에 대해 어느 정도 객관적인 비평의 태도를 처음부터 견지했다는 말이
다. 누구의 견해에 기초해서 경전을 이해하려고 한 것이 아니라 일단

---

38 朴世堂, 『思辨錄·序』. "固非世之曲士拘儒, 賤量陋識, 所可明也."
39 앞의 글. "其陷溺異端者, 多假借, 近似以飾其邪遁之辭, 其抱持前籍者, 又膠滯迂僻全昧
    夫坦夷之塗, 嗚呼! 此豈聖賢所以勤勤懇懇爲此書記此言, 以明乎此法, 而庶幾有望於天下
    後世之意哉!"

경전의 본문상에 나아가 자신의 견해로 정리한 다음 경전의 본문과 주석을 참고했다는 점이 주목된다.[40]

이는 율곡 학통을 이은 사계, 우암으로 이어지는 순정 주자학의 흐름에서는 보여 주는 것처럼 처음부터 주자의 해석에 기초해 경전의 학습을 진행[41]하는 양상과는 뚜렷하게 구별되는 것이다.

물론 『맹자 사변록』은 결론적으로는 『맹자집주대전』에 대한 비평적 주석서다. 서계는 최종적으로 『맹자』에 대한 자신의 견해를 제출할 때에는 『맹자』의 원문 자체가 아닌 『맹자집주대전』에 기초해 자신의 견해를 제출했다. 주자학의 텍스트에서 완전히 자유롭지는 못했다는 것이다.

그러나 그 비평의 모습은 상당히 전면적이다. 경전의 본문에 대하여 편간과 자구를 바로잡는 편집 고증에 관련된 것과 전주의 해설에 대한 것이 있는데, 전주 해설에 대한 설명에서 서계는 종종 주석에 대한 흥미로운 비평적 관점을 제시했다. 또한 전주 해설에 대응하는 방식이 아니라 자신의 관점으로 파악한 고유한 견해도 적지 않게 제출했다. 이 세 방면의 분류는 서계의 『맹자 사변록』의 특징적 면모이다.

1) 『맹자』 본문의 편간과 자구에 대한 고증

서계는 맹자의 본문 자체도 완전무결한 것이라고 생각하지 않았다. 이미 성인으로 받아들여진 공맹과 그들의 도통이 담긴 텍스트 가운데 하나인 『맹자』에 대해 그 텍스트의 진위를 문제 삼은 것이다. 물론 전면적인 것은 아니지만, 그러한 문제의식 자체가 흥미로운 것이다.

---

40 실제 『사변록』의 저술에서 그 서술 순서가 발췌 경문, 자기 견해, 주석 검토의 방식으로 전개되었다. 주견의 서술이 우위에 있는 체제이다.

41 사계의 『경서변의』, 특히 「맹자변의」에 대해서는 함영대(2008a) 참조.

서계는 『맹자』가 부분적인 착간이 있으며, 뜻이 이어지지 못하는 구절도 여럿 있다고 보았다. 또한 문맥의 의미만으로는 그 뜻을 알 수 없는 것도 적지 않다고 했다. 이러한 평가는 물론 모두 원전에 대한 세밀한 이해로부터 도출된 것이다. 그 사례의 하나가 「이루하」 19장이다. 이장은 인간과 짐승의 차이와 순의 행실에 대한 이야기로 구성되어 있다.

맹자가 말했다. 사람이 금수와 다른 점은 얼마 되지 않는데, 일반 사람들은 그것을 버리고, 군자는 그것을 보존한다. 순은 여러 사물의 이치에 밝으며 인륜을 살폈으니 인의(仁義)로 말미암아 행한 것이지, 인의를 일부로 행한 것은 아니다.[42]

서계는 이 장의 첫째 대문을 해석하면서 "이 장의 아래 장은 그 뜻이 서로 연결되지 않은 것으로 보아 각각 한 장을 만들어야 할 것이다."[43]고 하고, 다음 대문에 대한 해석에서 다시 "이 글은 당연히 따로 한 장이 되는 것인데, 앞에 '맹자왈'이라는 석 자가 빠졌기 때문에, 독자가 살피지 못하고 위의 글과 합하여 한 장을 만든 것이다."[44]라고 주장했다.

이 장의 내용을 엄밀하게 검토해 보면 뒷 문장은 인간의 본성을 잘 보존한 순의 사례를 들어 인간과 금수의 차이를 강조한 앞 문장의 부연 문장으로 볼 수도 있다. 그러나 인간과 금수가 다르다고 한 것과 순이 사물의 이치를 살폈다고 하는 것은 반드시 유관한 일이라고 보기 어렵

---

42 『孟子』, 「離婁下」 19章. "孟子曰, 人之所以異於禽獸者, 幾希, 庶民去之, 君子存之. 舜明於庶物, 察於人倫, 由仁義行, 非行仁義也."
43 『孟子思辨錄』, 「離婁下」 19章. "此與下文, 當各自爲一章, 其義不相承也."
44 앞의 책. "此當自爲一章, 以上脫孟子曰三字, 故讀者, 不察遂與上文, 合爲一章耳."

기 때문에 분리해 보는 것도 무리한 것은 아니다. 그러나 어느 쪽으로 보더라도 이것은 상당히 정밀한 읽기 이후에나 포착 가능한 것이다. 『대학』과 『중용』이 아닌 『논어』와 『맹자』의 착간을 지적하는 것은 드문 것이다. 서계 경전 독법의 흥미로운 일면이라고 할 것인데, 이러한 착간과 분장을 지적하는 면면은 『맹자 사변록』 곳곳에 보인다.[45]

개별 구절에 대한 지적도 적지 않은데 다음은 그 가운데 하나이다. 「양혜왕상」 4장[46]에서 맹자는 곳간에는 기름진 고깃덩어리가 있고, 마구간에는 살진 망아지가 있는데도 백성의 얼굴에는 주린 기색이 있고 들에는 굶어 죽은 시체가 굴러다니니 "이것은 짐승을 거느려 사람을 잡아먹는 것이다(此率獸而食人也)."라고 양혜왕에게 충고한 바 있다. 맹자의 마지막 말에 대해서 주자는 "짐승을 몰아 사람을 잡아먹게 하는 것과 다를 바 없다(無異於驅獸以食人矣)."라고 해석했다. 이 점에 대해 서계는 '구(驅)' 자의 의미에 집중해서 다르게 해석했다.

주(註)에, "짐승을 몰아[驅] 사람을 먹게 하였다." 하였으나, 옳지 않은 듯하다. '구(驅)'는 짐승을 시켜서 사람을 먹게 한 것이 아닌가 의심된다. 짐승을 거느린 대[率]는 것은 자기가 먼저 한다는 것이니, 천하를 인(仁)으로써 먼저 한다는 솔(率) 자와 같다.

주자의 해석은 임금이 직접 한다는 느낌보다는 결과적으로 그렇게

---

45 『맹자 사변록』, 「만장상」 6장에 보이는 "相去久遠, 終不可解說, 但當以意取之, 抑不知文, 或有誤乎?" 등과 같은 것도 그중 하나이다.

46 『孟子』, 「梁惠王上」 4章. "孟子對曰, 殺人以梃與刃, 有以異乎? 曰無以異也, 以刃與政, 有以異乎? 曰無以異也. 曰, 庖有肥肉, 廐有肥馬, 民有飢色, 野有餓莩, 此率獸而食人也. 獸相食, 且人惡之, 爲民父母, 行政, 不免於率獸而食人, 惡在其爲民父母也."

된다는 뜻에 가까운 데 비해, 서계의 관점대로 해석하면 더 직접적인 횡포를 자행한 것으로 해석하게 된다. 해석상의 뉘앙스의 차이는 더 면밀한 검토가 필요하겠지만, 서계가 한 자 한 자의 의미 파악에 매우 신중하고 철저한 모습을 보이고 있음은 분명하다.

2) 경문 자체에 대한 평가

『맹자』의 「만장하」 2장은 주나라 왕실의 벼슬과 봉록에 대한 맹자의 언급이 있다.[47] 북궁기(北宮錡)의 질문에 답한 것이다. 맹자는 제후들이 그 서적을 없애 버려 자세한 것은 듣지 못했지만 대략의 내용은 들었다고 하면서 그 내용을 소상하게 알려 주었다.[48] 상당히 긴 내용임에도 불구하고 서계는 이 내용을 그대로 길게 소개하고는 이어서 주자의 견해에 대한 자신의 입장을 제시하고 있다.

주자는 이 장의 내용이 『주례』와 『예기』의 「왕제」편과 같지 않다 하며 빼 버리려고 했고, 정자는 "오늘의 『예서』는 모두 진시황이 태운 잿더미에서 주워

---

47 『孟子』, 「萬章下」 2章. "天子一位, 公一位, 侯一位, 伯一位, 子男同一位, 凡五等也. 君一位, 卿一位, 大夫一位, 上士一位, 中士一位, 下士一位, 凡六等, 天子之制, 地方千里, 公侯皆方百里, 伯七十里, 子男五十里, 凡四等, 不能五十里, 不達於天子, 附於諸侯, 曰附庸. 天子之卿, 受地視侯, 大夫, 受地視伯, 元士, 受地視子男. 大國地方百里 君十卿祿, 卿祿四大夫, 大夫倍上士, 上士倍中士, 中士倍下士, 下士與庶人在官者, 同祿, 祿足以代其耕也. 次國地方七十里, 君十卿祿, 卿祿三大夫, 大夫倍上士, 上士倍中士, 中士倍下士, 下士與庶人在官者, 同祿, 祿足以代其耕也. 小國地方五十里, 君十卿祿, 卿祿二大夫, 大夫倍上士, 上士倍中士, 中士倍下士, 下士與庶人在官者同祿, 祿足以代其耕也. 耕者之所獲, 一夫百畝, 百畝之糞, 上農夫食九人, 上次食八人, 中食七人, 中次食六人, 下食五人, 庶人在官者, 其祿, 以是爲差."
48 앞의 책. "北宮錡問曰 周室班爵祿也 如之何? 孟子曰, 其詳不可得而聞也, 諸侯惡其害己也而皆去其籍, 然而軻也嘗聞其略也."

모은 것으로서 한나라 선비들이 덧붙인 것이 많으므로 다 믿기가 어렵다." 말했으니, 그 뜻이 같지 않은 듯하다. 그러나 맹자가 말한 것이 그 대체를 얻었으므로 학자들이 그 이유를 찾아 뜻을 잃지 않는다면, 이것만으로도 천하의 정치를 바로잡고 상하의 직분을 밝힐 수 있을 것이니, 무엇 때문에 『주례』나 「왕제」와 같니 다르니 이러쿵저러쿵 말할 것인가.[49]

주자는 『맹자』보다 일찍 이룩된 『주례』나 『예기』의 기록과 차이를 보이는 맹자의 이 기록을 신뢰할 수 없으니 빼 버리자고 했고, 정자는 지금 전승되는 것이 고대의 그 책이라고 믿기 어려우며 오히려 맹자가 가까운 시대에 전해들은 것이지만 이미 자세하지는 않다고 하였다. 그래도 예서(禮書)보다는 아쉬운 대로 맹자의 기록을 더 평가한 것이다.[50]

서계는, 맹자의 말이 대체를 얻었고 후대 학자들이 그 본의를 찾아 그것으로 천하의 정치를 바로잡고 상하의 직분을 밝히는 데 유용하다면 그것으로 족하다는 입장이다. 그것이 구구하게 문헌에서의 같고 다름을 밝히는 것보다 세무와 실용에 관계된 것이라면 활용하자는 것이다. 경세적 지향이 강하게 느껴지는 대목이다. 서계는 자구와 문헌의 동이만을 탐구하는 경학을 위한 경학자가 아니라 본문의 경세적 가치, 실천적 가치에 더 많은 관심을 가진 학자였던 것이다.

「만장상」 5장에서 인용된 『서경』의 「태서」[51]에 대한 해석 역시 그러한

---

49 『孟子思辨錄』, 「萬章下」 2章. "朱子以此章之說, 與周禮王制不同, 欲闕之, 程子謂禮書皆掇拾煨燼多出, 漢儒傳會難於盡信, 其意微似不同. 然孟子所言大體, 已得, 學者苟求其故, 無失其意, 只此亦可以正天下之治, 明上下之分, 又何必屑屑於周禮王制同不同之間哉?"

50 『孟子集註大全』, 「萬章下」 2章. "愚按此章之說, 與『周禮』 「王制」不同, 蓋不可考, 闕之可也. 程子曰 孟子之時, 去先王未遠, 載籍未經秦火, 然而班爵祿之制, 已不聞其詳, 今之禮書, 皆掇拾於煨燼之餘, 而多出於漢儒一時之傳會, 奈何欲盡信而句爲之解乎, 然則其事, 固不可一二追復矣."

경향을 잘 보여 준다.

　　예로부터 성현이 말하는 하늘은 모두 이와 같은 것으로서, 사람을 제쳐 놓고
하늘을 찾으려고 한다면 끝내 하늘을 알지 못하는 것이다.[52]

　　주자는 이 인용 구절에 대한 해석을 "하늘은 형체가 없어, 보고 듣는
것을 백성들의 보고 들음으로부터 하니, 백성이 순(舜)에게 돌아감이
이와 같다면 하늘이 주심을 알 수 있는 것이다."[53]라고 했다. 서계의
시선은 하늘의 이치보다는 사람에게 가 있다. 현실적이고 실천적인 측
면이다. 이러한 측면은 「진심상」 4장의 "만물(萬物)이 모두 내게 갖추어
져 있다."[54]는 맹자의 말에 대한 해석에서도 두드러진다.

　　사람의 한 몸이 천지 사이에 처하여 그 접촉하는 바가 가까이는 군신·부자
로부터 멀리는 이적(夷狄)·금수에 이르기까지, 작게는 곤충·초목에까지 무릇
손발이 닿고 이목이 접하는 바로서 그 대상이 만물 아닌 것이 없다. 참으로
내가 당하는 것이면 반드시 모두 그 성품을 잃지 않도록 하여 각각 그 처소를
얻게 하여야 하니, 이것이 만물이 모두 내 몸에 갖추어졌다는 것으로서 실제로
내가 그 책임을 맡는 것이다. 어찌 힘쓸 바를 알지 못해서야 되겠는가.[55]

---

51 『孟子』, 『萬章上』 5章. "太誓曰 天視自我民視 天聽 自我民聽 此之謂也."
52 『孟子思辨錄』, 「萬章上」 5章. "自古聖賢之所謂天者, 未嘗不如此, 欲捨人而求天, 則天終
　　不可得矣."
53 『孟子集注』, 「萬章上」 5章. "自從也, 天無形, 其視聽, 皆從於民之視聽, 民之歸舜, 如此,
　　則天與之可知矣."
54 『孟子』, 『盡心上』 4章. "孟子曰, 萬物皆備於我矣."
55 『孟子思辨錄』, 「盡心上」 4章. "人之一身處乎天地之間, 所與者, 無非物也. 近自君臣父子
　　遂至夷狄禽獸, 微則昆虫草木, 與凡手足之所觸, 耳目之所接, 苟當於吾身, 必皆有以使無
　　失其性, 而各得其所, 是則萬物皆爲吾身之所備, 有而實任其責矣, 可不知所勉哉."

서계는 만물이 내게 갖추어져 있다는 것이 구체적으로 감각되는 일과 물(物)이라고 확언하고 그 각각에 대한 책임이 내게 있음을 분명하게 선언했다. 그것은 이어지는 구절인 "자기 몸에 반성하여 진실하면 즐거움이 이보다 더 클 수는 없다."[56]는 것에 대한 해석에서도 견지된다. 그는 이 구절을 "이 말은 스스로 자기 몸에 반성해 보아 사물에 대처한 것이 털끝만큼도 사심이나 허위가 끼이지 않고 한결같이 모두 성실하고 순수하다면 이것이 천하의 지극한 즐거움이 된다는 것이다."[57]라고 하여 개개인들의 성실함이 천하의 즐거움이 될 수 있음을 지적하였다. 이러한 감각을 가지고 있는 그가 주자의 '이(理)'에 의한 해석 방식에 부정적인 반응을 보이는 것은 인식상의 필연적인 결과라 하겠다.

주(註)에, 만물을 만물의 이치로 해석하여 말하기를, "이치가 성품에 갖추어지지 않음이 없다." 하고, 또 말하기를, "자기 몸에 반성하여 갖춘 이치는 모두 성실하다." 하였는데, 이 장에서 만물을 만물의 이치[物理]로 해석하고 있는 것은 명확한 근거가 없으며, "자기를 반성하여 갖춘 이치는 성실하지 않음이 없다." 말한 것은, 또 행(行)으로 지(知)를 삼음을 면치 못하고 소위 행(行)이라는 것이 도리어 말 밖의 다른 뜻[餘義]이 되고 만다. 이 말을 쓰지 않으면 안 되기 때문에 할 수 없이 이 말을 써서 결론을 맺은 것이 아닌가.[58]

주자는 만물이 내게 갖추어져 있다는 것을 이치로 해석하여 자신이

---

56 『孟子』, 「盡心上」 4章. "反身而誠, 樂莫大焉."
57 『孟子思辨錄』, 「盡心上」 4章. "言自反其身, 而見所以處物者, 無毫髮私僞容於其間, 而一皆誠純, 則是爲天下之至樂也."
58 앞의 책. "註以萬物爲萬物之理, 曰理無不具於性, 曰反諸身而所備之理皆實, 此章所言萬物其謂物理, 旣無明據而, 反諸身而所備之理無不實云者, 又不免以行爲知, 其所謂行者, 乃反爲言外之餘義, 見其無此不可. 故不得不, 以此結之歟."

구상한 이기론을 투영했다. 세계는 그럴 근거가 없다고 잘라 말했다. '자기를 반성하는 이치'라는 것은 반성한다는 실천적인 행위와 이치라는 형이상적인 가치가 도무지 결합할 수 없다고 반박했다. '여의(餘義)'라고 완곡하게 말했지만, 말도 안 된다는 비판이다. 곧 주자의 해석은 자신의 논리를 전개하기 위한 억지라고 보는 것이다.

본문에 대한 당당한 해석과 주자의 견해에 대한 첨예한 비판은 세계가 경전의 해석에서 어떠한 선입견이나 구애됨 없이 자신의 견해를 대범하게 제시라는 점에서 흥미롭다. 또한 그 견지가 구체적 현실에서 실천 가능한 방향이라는 점 역시 주목할 만하다. 이것은 기본적으로 세계가 경전을 해석함에 있어 고원함이 아닌 평실함에서 찾고 그 논증의 근거를 가급적 생활의 실감 속에서 확인하려 했다는 점에서 의미 깊게 포착해야 할 것이다.

3) 『맹자집주』에 대한 비판적 이해

기실 이 부분이 『맹자 사변록』의 특징적 면모로 가장 주목할 만한 것이다. 『맹자 사변록』은 그 첫머리를 「양혜왕상」 1장의 '하필왈이(何必曰利)'에 대한 해석으로부터 시작하는데, 여기에서부터 세계는 『집주대전』의 해석과는 다른 견해를 제출한다.

주에, "이익을 바라는 마음[利心]은 외물과 내가 상대하는 데에서 생긴다." 하였으나, 그렇지 않은 듯하다. 대개 이익이라 함은 편익을 말한 것이다. 스스로의 편익만 구하면 곧 외물에 해를 주고도 긍휼히 여길 겨를이 없게 된다. 특별히 외물과 내가 상대한 다음이라야 이익을 바라는 마음이 생기는 것은 아니다.[59]

판단의 분기는 이익을 바라는 마음이 생기는 원인에 대한 분석의 차이이다. 『집주』에서는 사물과 나에 대한 상대성의 파악, 즉 물아의 분기에서 이익을 바라는 마음이 생긴다고 보았다. 해결책은 사물과 나를 함께 보면 된다는 것인데, 이론적인 요소가 강한 이상적인 인식론이다. 반면 서계는 이익을 바라는 마음을 개인이 편익을 추구의 산물이라고 보았다. 그러므로 자신의 편익만을 추구하게 된다면 이기심으로 인해 상대에게 해를 주어도 그것을 긍휼히 여길 겨를이 없게 된다는 것이다.

그렇다면 서계의 해결책은 상대를 고려하지 않고 편익을 추구하는 이기심을 줄이는 것이다. 물아가 연결되어 있다는 관념적인 설정보다는 실감이 가능한 개인이 가질 수 있는 이기심을 상정하여 해석함으로써 상대적으로 그 문제점을 파악하기도 쉽고, 그 해결책을 찾기도 수월해진다.

해석에서 이러한 구체적인 정황을 상정하려는 서계의 시도는 「양혜왕상」 3장의 "백묘의 밭에 그 농사 때를 빼앗지 않는다(百畝之田 勿奪其時)"를 해석하는 데서도 잘 나타난다.

주에, "이렇게 되면 경계가 바르고 정지(井地)가 고르게 된다." 하였는데, 이와 같은 해석은 마땅하지 않다. 이것은 다만 백성으로 하여금 그들의 산업을 잃어버리지 않게 하자는 것이지, 경계를 바르게 하자는 의논은 아닌 듯하다.[60]

전체적의 맥락의 이해에서 그 본의를 파악하려는 시도를 보이는데

---

59 『孟子思辨錄』,「梁惠王上」 1章. "註利心生於物我之相形, 恐未安. 夫利者, 便益之謂也. 自求便益, 卽害於物而不暇恤也, 非特物我相形而後, 利心乃生也."
60 『孟子思辨錄』,「梁惠王上」 3章. "註至此則, 經界正, 井地均, 恐不宜如此說. 此但言使民無失業耳, 非論正經界也."

그 지향은 평이(平易)하고 직절(直切)함이다. 그 본문의 맥락이 "가축들을 기르는데 그 때를 빼앗지 않는다면 일흔 먹은 사람이 고기를 먹을 수 있고, 백묘의 밭을 두고 농사의 때를 빼앗지 않으면 여러 식구를 둔 가정이 주리지 않을 수 있다."[61]라는 점에 기초해 본다면 서계의 해석이 좀 더 타당해 보이기도 한다.

한편 서계의 이러한 시각은 편견 없이 경전의 본문을 충분히 숙독하고 사색한 결과로 이해된다. 그것은 그가 주자의 해석을 절대화하지 않고, 상대적으로 인식할 때 가능한 것이다. 선입견 없는 경전 해석은 궁극적으로 경전의 본래적 의미에 가까워질 수 있는 가능성을 가진다.

서계는 그리 까다롭게 받아들일 것 없는 해석 역시 경전적 용례에 비추어 반박하였다. 앞서도 다른 측면을 지적한 바 있는 「이루하」 19장에서는 인간이 동물과 다름 점에 대하여 그 대표적인 예로 순임금의 행실이 제시되었다. 즉 "순임금은 여러 일에 밝았고, 인륜을 살폈으니 인과 의를 말미암아 자연스럽게 행한 것이고, 애써 인과 의를 행하려고 한 것은 아니다."[62]는 말이 그것이다. 이에 대해 주자는 사물의 이치를 강조하는 특유의 지식론적 접근법을 구사했다.

물(物)은 사물이요, 명(明)은 그 이치를 앎이 있는 것이다. 인륜은 해설이 전편에 보인다. 찰(察)은 그 이치의 상세함을 다함이 있는 것이다. 사물의 이치는 진실로 도외(度外)가 아니나, 인륜이 특히 사람의 몸에 간절하다. 그러므로 그 앎에 상세하고 간략한 차이가 있는 것이니, 순임금에 있어서는 모두 '생이지지(生而知之)'이다. 인의를 따라 행함이요 인의를 행하려 함이 아니라는 것은, 인

---

61 『孟子』, 「梁惠王上」 3章. "鷄豚狗彘之畜, 無失其時, 七十者, 可以食肉矣, 百畝之田, 勿奪其時, 數口之家, 可以無飢矣."
62 『孟子』, 「離婁下」 19章. "舜明於庶物, 察於人倫, 由仁義行, 非行仁義也."

의가 이미 마음속에 뿌리 하여 행하는 바가 모두 이로부터 나온 것이요, 인의를 아름답게 여긴 뒤에 억지로 힘써 행한 것이 아니니, 이른바 '안이행지(安而行之)'라는 것이다. 이는 성인의 일이니, 보존하기를 기다리지 않아도 보존되지 않음이 없는 것이다.[63]

그러나 서계는 물(物)에 대한 주자의 주석이 합당하지 않다고 생각했다. 그는 사(事)와 물(物)은 하나로 볼 수 없는 것이라고 했다. 그리고 그 근거를 경전의 용례에서 제시했다.

주에는 물(物)을 사물이라고 해석했으나, 사(事)와 물(物) 둘을 뒤섞어 하나로 볼 수 없으니, 『대학』에서 말한 "물(物)에는 본말이 있고, 사(事)에는 종시(終始)가 있다."는 것을 보아서도 알 수 있을 것이다.[64]

이러한 방식은 공(恭)과 경(敬)에 대한 해석에서도 잘 나타난다.

주(註)에는, "공(恭)은 경(敬)이 밖에 나타난 것을 말하고, 경(敬)은 공이 안에 있음을 말하는 것이다."라고 해석하였으나, 이는 그렇지 않은 점이 있는 듯하다. 공·경 두 가지는 덕은 서로 비슷하나 뜻이 같지 않은 것으로서, 자기를 낮추어 겸손하는 것을 공이라 하고, 삼가고 두려워하는 것을 경이라고 하는데, 자기를 낮추고 겸손한 뜻이 마음에 있으면 공은 안에 있고, 자기를 낮추고 겸손

---

63 『孟子集注』, 「離婁下」 19章. "物, 事物也, 明則有以識其理也, 人倫, 說見前篇. 察則有以盡其理之祥也, 物理固非度外, 而人倫, 尤切於身. 故其知之, 有詳畧之異, 在舜則皆生而知之也. 由仁義行, 非行仁義, 則仁義已根於心, 而所行, 皆從此出, 非以仁義爲美而後, 勉强行之, 所謂安而行之也, 此則聖人之事, 不待存之而無不存矣."

64 『孟子思辨錄』, 「離婁下」 19章. "註訓物爲事物, 恐未可以混二而爲一. 觀『大學』所言物有本末, 事有終始者, 則可知矣."

한 뜻이 용모에 나타나면 공은 밖에 있는 것이 된다. 경에 있어서도 마찬가지다. 어른을 보고 겸손한 마음을 더 가져서 조금이라도 자신의 법도를 잃지 않으려 함은 공이요, 어른을 보고 삼가고 두려워하여 조금이라도 윗사람 섬기는 예절을 다하지 못할까 두려워하는 것은 경이니, 공이 어찌 밖에만 있으며, 경이 어찌 안에만 있겠는가, 또한 "『논어』에 거처함에 공손하고, 일을 함에 공경한다."는 예(例)에 있어서는 어느 것이 안이고, 어느 것이 밖이라 하겠는가.[65]

한 자 한 자의 해석을 소홀히 하지 않는 자세와 경전의 용례로부터 자의의 정확한 의미를 포착하려는 시도는 특히 눈여겨볼 만하다. 이러한 '이경증경(以經證經)'의 태도가 이후 주자학적 경전 해석을 허물어뜨리는 중요한 방법론적 전략으로 작동한 것에 비추어 보면 더욱 그렇다.

한편 경전 해석에서의 독자적 관점은 주자학적 세계관의 핵심에 해당하는 이기론과 심성론에 대한 해석에서도 여지없이 관철되었다. 다음은 위에서 다룬 「이루하」 19장의 앞 단락[66]에 대한 서계의 해석이다.

사람과 동물이 다르다는 것은 다만 그 성(性)이 같지 않기 때문인 것으로서, 극히 적다는 것은 이 점을 말하는 것이다. 일반 사람은 이를 버려 성(性)이 있으면서도 따를 줄 모르고, 군자는 이를 보존하여 능히 그 성을 따르는 것이다. ○주에는, "사람과 만물이 날 때 천지의 이치를 같이 받아서 성품을 이루고, 천지의 기운을 같이 받아서 형상을 이루는데, 서로 같지 않은 점은 다만 사람은

---

65 『孟子思辨錄』, 「告子上」 6章. "註恭者, 敬之發於外者, 敬者, 恭之主於內者, 此亦恐其有不如此者. 夫恭敬二者, 德雖相近而義亦不同, 抑遜之謂恭, 謹畏之謂敬, 抑遜之意存於心則恭在內矣, 抑遜之意見於貌則恭在外矣. 雖敬亦然見尊長而深執抑遜無敢, 或失於在已之節者恭也, 見尊長而克致謹畏無敢不盡於事上之禮者敬也, 恭豈偏在外而敬豈偏在內耶? 且如居處恭執事敬, 何者爲內, 而何者爲外也."

66 『孟子』, 「離婁下」 19章. "孟子曰, 人之所以異於禽獸者, 幾希, 庶民去之, 君子存之."

형기의 바른 것을 얻어 그 성품을 온전히 하는 데서 금수와 조금 다를 뿐이다." 하였다. 내가 생각건대 사람과 금수의 성품이 다른 것은 다만 동물은 치우치고 사람은 온전한 것에만 차이가 있는 것만은 아니라고 본다. 만일 사람은 성품을 온전히 하기 때문에 금수와 다른 것이라면, 저 짐승들은 모두 온전하지 못하기 때문에 그 성품을 같이할 수 없다는 것인가. 지금 맹자가 말한 개와 소의 성품을 보더라도 아마 그렇지 않은 듯하다.[67]

주자의 이기론(理氣論)은 인간과 자연을 관통하는 통일된 원리이다. 이것은 인간의 심성도 예외일 수 없다. 그 결과 인간 심성의 근원도 동물과 근본적으로는 다를 것이 없게 된다. 다만 그 바름과 편벽됨의 차이가 있을 뿐이다. 이기론이 가진 원리로서의 가치이자 한계였다. 서계는 그 점에 동의하지 않았다. 서계는 사람과 동물의 성(性)은 다르다고 분명하게 말하고 있다. 그는 주자의 해석이 『맹자』에서 말한 소와 개의 성(性)도 차이가 있다는 것과도 다르다고 말하고 있다. 은연 중에 주자의 관점은 경전의 원의는 아니라는 것을 말하는 것이다. 인간과 동물에 공통적으로 적용되는 이기심성의 논리는 부정된다. 다음에서도 그것은 반복된다.

내가 의심하는 것은, 주자가 성을 논한 때에는 언제나 "사람과 만물이 태어날 때 똑같이 천지의 이치를 받아 성을 삼았으나, 그 성이 치우치냐 온전하냐에

---

67 『孟子思辨錄』, 「離婁下」 19章. "人物之所以異者, 獨其性不同故耳, 此所謂幾希也, 庶人去之, 則有性而不知率, 君子存之, 則能率其性矣 ○ 註, 人物之生, 同得天地之理以爲性, 同得天地之氣以爲形, 其不同者, 獨人於其間, 得形氣之正而能有以全其性, 爲小異耳. 愚竊謂人物之所以異其性者, 不但在於偏全之間而已. 若謂人以全之故而獨異於禽獸, 則彼禽獸者, 將皆以不全, 而同其以孟子所言, 犬牛之性者觀之, 殆有不然者歟."

차이가 있을 뿐이다."고 하였는데, 이는 맹자가 말하는 성과 조금 같지 않은 점이 있는 듯하다. 만일에 개나 소도 다 사람의 성의 한쪽을 가졌는데, 사람은 그 완전함을 갖춘 것이라고 말한다면 어찌 그렇겠는가? 깨어진 옥이나 부서진 구슬도 성은 본래 같은 것이니, 치우치거나 온전하다는 차이로 사람과 만물의 성을 논할 수는 없을 것이다.[68]

서계는 더 나아가 형이상(形而上)의 성(性)과 형이하(形而下)의 기(氣)라는 주자의 이론 체계도 부정한다.

주자는 성(性)은 형이상을 말하는 것이고, 기(氣)는 형이하를 말하는 것이라고 했는데, 내 생각으로는 그렇지 않은 것 같다. 『주역』에서 형이상을 도(道)라 하고 형이하를 기(器)라 한 것은, 아직 형을 받기 이전에 그 형(形)을 만드는 이치가 이미 명명(冥冥)한 그 위에 갖추어져 있으므로 형이상을 도(道)라 한 것이고, 이미 형(形)을 받아 아래에 있게 되면 각각 그 형에 따라서 이를 갖추게 하여 재(才)가 되므로, 형이하를 기라고 한 것이 아니겠는가. 사람과 만물의 본성은 기(氣)로써 그 이(理)를 갖추어 각각 재(才)가 되는 것이므로, 『중용』에, "하늘이 명한 것을 성이라 한다." 하였고, 맹자는 또한, 마음의 직능[官]은 생각하는 것[思]이니, 하늘이 나에게 준 것이다." 하였으며, 맹자는 또 "측은 · 수오 · 공경 · 시비의 마음은 내가 본래 가지고 있는 것이고, 인 · 의 · 예 · 지가 밖으로부터 나를 구속하는 것이 아니다." 한 것이다. 이는 다 형상으로써 이치를 갖춘 것을 말한 것으로서, 성을 형이상이라고 할 수는 없을 것이다.[69]

---

68 『孟子思辨錄』,「告子上」 3章. "愚竊疑朱夫子之論性, 亦常以爲人物之生同稟天地之理, 以
爲其性, 特有偏全之異, 似與孟子之言, 性微有不同. 若曰犬與牛, 皆有人性之一偏, 而人
具其體之全, 豈其然乎? 毁璧碎珠牟同一性, 不可以偏全之間而差人物之性也."

69 앞의 책. "朱子謂性形而上者也, 氣形而下者也, 竊以爲有不然也. 夫『易』所言形而上者謂

서계가 보기에 사람과 물(物)과 성(性)은 이미 사람마다의 본체에 갖추어진 재질이므로 형질로 이치를 갖춘 것이다. 즉 성(性)은 형이상의 무형적인 이념이 아닌 어엿한 실체로서 존재하는 것이라는 파악이다. 개별성의 가치를 존중하는 것이다. 이로써 눈앞의 실재로 시선을 돌려 도덕과 심성 수양에 실천적인 노력을 기울일 수 있는 인식의 전환이 가능해진다.

그 일면을 잘 보여 주는 것이 「진심상」 15장의 해석이다. 여기에는 "어버이를 친하게 여기는 것은 인(仁)이요, 어른을 공경하는 것은 의(義)이니, 이는 다름이 아니라 온 천하에 두루 통하기 때문이다."[70]라는 맹자의 언급이 있다. 서계는 이것을 "군자의 도는 본래 다른 것이 없고 다만 이 효제로써 미루어 세상에 미쳐 가서 세상과 더불어 효제를 행하면, 백성이 선에 동화되지 않음이 없어 세상을 평화스럽게 할 수 있는 것이니, 요순의 도는 효제뿐임을 말한 것이다."라고 보고, 이것은 또 "자기 집 어른을 섬기는 마음으로 남의 어른을 섬긴다면 세상을 손바닥에서도 움직일 수 있다." 한 것과 그 뜻이 같다고 보았다.[71] 개개인의 실천, 그 가운데서도 모범이 되는 군자의 실천이 군자의 효제라고 본 것이다. 서계는 이 경문에 대한 주자의 견해를 소개하고 바로 반박했다.

之道, 形而下者謂之器者, 豈非以未賦形之前, 其賦形之理已具於冥冥之上. 故曰形而上者, 謂之道, 旣賦形而在下則, 又各隨其形而含其理以爲之才. 故曰形而下者, 謂之器乎. 今人物之性, 則乃器之含其理以各爲之才者, 故曰天命之謂性, 又曰心之官則思, 此天之所與我者. 又曰惻隱·羞惡·恭敬·是非之心, 我固有之仁義禮智, 非由外鑠我也, 皆有是形而含此理之謂, 恐不可曰形而上者也."

70 『孟子』「盡心上」 15章. "親親, 仁也, 敬長, 義也, 無他, 達之天下也."

71 『孟子思辨錄』「盡心上」 15章. "言君子之道, 本亦無他, 但以此孝弟, 推而達之於天下, 與天下共之, 民無不化於善, 而天下可得而平, 堯舜之道孝悌而已. 又曰老吾老以及人之老, 天下可運於掌, 皆此意."

주(註)에 말하기를, "어버이를 친히 섬기고 어른을 공경하는 것이 비록 한 사람의 사사로운 일이나 이를 세상에까지 미쳐 가서 동조하지 않을 자가 없게 되면, 그것이 인의(仁義)가 되는 것이다." 하였는데, 가만히 생각하면, 이것은 크게 본뜻을 잃은 것이 아닌가 두려워진다. 어버이를 친히 섬기는 것이 저절로 인(仁)이 되고 어른을 공경하는 것이 저절로 의(義)가 되는 것이니, 어찌 처음에는 한 사람의 사사로움을 면치 못하다가 세상에 통달한 뒤에라야 비로소 인과 의가 되겠는가.[72]

개개인의 효도와 공경의 실천이 바로 인의가 되는 것이지, 그것이 천하에 가득해야 인의가 되는 것은 아니라고 보는 것이 서계의 해석이다. 본문의 뜻 역시 인의가 보편적인 도덕률이라는 데 그 핵심이 있지 천하사업을 수행해야 인의가 된다고 하지는 않았으므로 서계의 논박은 일리가 있다.

서계는 일상에서 쉽게 인식할 수 없고 구체적이지 않아서, 실천할 수 없는 해석에 대해서 극도의 부정적인 견해를 숨기지 않았다. 「진심상」 16장에는 맹자가 순임금의 임금이 되기 전 산에 살 때에 야생 속에서 야인들과 다를 것이 없었으나 한 가지 착한 행실을 듣고 보면 문득 강물을 터놓은 듯하여 그 패연함을 막을 수 없었다라는 말이 나온다.[73] 그 가운데 '패연'을 해석하기를 "무릇 한 가지 말과 한 가지 행실이라도 본받을 만한 것은 이를 본받아 기뻐하기를 마치 굶주리고 목마른 사람

---

72 앞의 책. "註謂親親敬長, 雖一人之私, 然達於天下, 無不同者, 所以爲仁義也. 竊恐未免大失本指, 親親自爲仁. 敬長自爲義, 豈初則不免爲一人之私, 待達之天下然後, 方得爲仁義也."
73 『孟子』, 「盡心上」 16章. "孟子曰舜之居深山之中, 與木石居, 與鹿豕遊, 其所以異於深山之野人者幾希, 及其聞一善言, 見一善行, 若決江河, 沛然莫之能禦也."

이 음식을 얻은 것같이 하였으니, 이것을 일러 '패연'이라 한다."[74]라고 하여 적극적인 실천을 그 의미로 포착했다. 그러나 주자는 이 역시 이 치의 구현이라는 관점에서 해설했다. 서계는 주자의 해석을 인용하면 서 그러한 해석의 해악을 매우 극렬하게 비판했다.

주(註)에, "혼연한 가운데에 만 가지 이치가 다 갖추어 있어서 한 번만 감촉하 여도 그 반응이 매우 빨라서 통하지 않는 것이 없다." 하였는데, 이른바 혼연이 란 것은 어떤 형상을 지어야 하는 것인지 알 수 없다. 장차 또한 혼연하여 형상 하기 어려움은 따로 성인의 마음이 되어 보통 사람은 가질 수 없다는 뜻인가. 아니면 어리석은 사람 지혜로운 사람 할 것 없이 마음은 한가지인데, 성인만이 능히 그 마음의 덕을 밝혀 가린 바가 없다는 것인가. 또 한 번만 감촉하여도 그 반응이 심히 빠르다는 말은 귀신의 덕을 말한 것이라면 말이 되지만 성인의 덕을 말한 것이라면 불가하다.

맹자가 이 말을 한 것은 장차 사람으로 하여금 이른바 혼연이라는 것을 알게 하려고 함인가. 이른바 감응의 빠른 것을 알게 하려고 함인가. 성현이 교훈을 남기고 말을 세우는 것은 후세의 학자를 위하여 준칙을 보여 본받을 바를 알게 함이 아님이 없는데, 이제 이에 이름 지을 수도 없고 배울 수도 없는 말을 만들 어 그 뜻을 해석하여 후학의 괜한 담론만 만들고 보탬이 없는 사치스러운 관심 거리만 만들어 놓았으니, 가한지 불가한지 모르겠다.[75]

---

74 『孟子思辨錄』, 「盡心上」 16章. "凡一言一行之可取者, 其喜之若飢渴之得飲食, 此之謂沛然."
75 앞의 책. "註渾然之中, 萬理畢具, 一有感觸, 其應甚速, 無所不通, 所謂渾然者, 不知作何 形狀, 將亦渾渾然, 難形難狀者, 別自爲聖人之心, 而非恒衆人之所與有歟, 是其不然而心 無愚智一也. 獨聖人能明其心之德, 而無所蔽乎? 且一有感觸, 則其應甚速者, 言鬼神之德 則可矣, 言聖人之德則不可也. 抑孟子之爲此言, 將欲使人知所謂渾然者乎?, 知所謂感應 之速者乎?, 聖賢之垂訓立言, 無非爲後世學者示之以準則, 使知所法, 而今乃爲不可名, 不 可學之說以釋其義, 爲後學空談無益之侈觀, 不知其可乎否也."

서계의 반박은 힐난에 가깝다. 맹자의 이 말은 구체적인 실천의 준칙을 삼기 위해서인데, 주자의 혼연한 이치나 빠른 감응 운운은 도무지 본문의 해석에도 적합하지 않을 뿐만 아니라 학문하는 자에게도 전혀 도움이 되지 않는다고 지적했다. "이름 지을 수도 없고 배울 수도 없는 말을 만들어 그 뜻을 해석하여 후학의 괜한 담론만 만들고 보탬이 없는 사치스러운 관심거리만 만들어 놓았으니, 가한지 불가한지 모르겠다."라는 마지막의 비판은 주자의 해석 방식에 대한 비판이자 현실적 적실성을 잃고 무익한 담론으로 허송하는 당대 학문에 대한 불만을 투영한 것이다.

서계는 『중용』에서 말한 미발과 기발의 의미가 멀리 있는 것이 아니라고 보았다. 그것은 바로 맹자가 말한 "하지 않아야 할 것을 하지 말며, 그 하고자 하지 말아야 할 것을 하지 말아야 하니, 이와 같이 할 따름이다."[76]라는 이 구절이라고 생각했다.[77] 서계는 평소 선유들이 중용의 미발의 뜻에 대하여, 너무 깊이 구함을 면치 못하여, 도리어 평탄하고 명백한 이치를 잃었다고 보았다.[78] 서계가 생각하는 중용의 미발은 바로 이런 것이었다.

의(義) 아닌 것을 부끄러워하고 착하지 않은 것을 싫어함은 누구나 다 같은 마음이니, 평소에는 의롭지 않은 것이라고 여기면 할 만한 것이라고 여겨도 하지 않고, 착하지 않은 것이라면 하고자 할 만한 것이라고 여겨도 문득 하지 않으니, 이것이 『중용』에서 말한 "희로애락이 드러나지 않은 것을 중(中)이라

---

76 『孟子』, 「盡心上」 17章. "孟子曰, 無爲其所不爲, 無欲其所不欲, 如此而已矣."
77 『孟子思辨錄』, 「盡心上」 17章. "此章所言, 卽 『中庸』 未發旣發之旨, 孟子之所得於子思者, 如此."
78 앞의 책. "愚竊謂, 先儒於中庸未發之義, 不免求之太深, 而反失其坦明之理."

이른다."는 것이다. 어떠한 사물이 나타나 서로 유혹하게 되면 감정이 움직여 사사로운 뜻이 양심을 가리면, 전에는 부끄러워하지 않던 것을 이제는 부끄러운 줄도 모르고 하게 되며, 전에는 싫어하여 하고자 하지 않던 것을 이제는 싫어할 줄도 모르고 하고자 하여 마침내 의롭지 못하고 착하지 못한 데에 빠지니, 이것은 그리 나는 것이 절도에 맞지 못하여 그 조화를 잃은 것이다. 반드시 평소의 하지 않고 하고자 하지 않는 마음을 굳게 지켜서 확고하게 가져, 사물의 유혹에 빼앗기거나 사사로운 뜻에 가리는 일이 없도록 하여 오직 하는 것이 의뿐이요, 하고자 하는 것이 착한 것뿐인 뒤에야 본래 타고난 떳떳한 덕을 잃지 않을 수 있는 것이다.

군자의 도는 이렇게 하는 것 외에는 다른 방도가 없다. 그러므로 이와 같이 '할 따름[而已]'이라고 말한 것이다. 비록 천지가 자리 잡고 만물이 길러지는 공이라 할지라도 또한 다만 이것으로 말미암아 이르는 것이니, 이것이 『중용』에 이른바, "발하여 모두 절도에 맞는 것을 조화라 이른다."는 것이다. 하고자 하지 않는 바를 하지 않는 것은 큰 근본[大本]이고, 함도 없고 하고자 함도 없는 것은 통달한 도[達道]이다.[79]

서계가 생각하는 의(義)란 다른 것이 아니다. 반드시 평소의 하지 않고, 하고자 하지 않는 마음을 굳게 지켜서 확고하게 가져, 사물의 유혹에 빼앗기거나 사사로운 뜻에 가려지는 일이 없도록 하여 오직 하는

---

79 앞의 책. "恥不義而惡不善, 人之情也, 則其平居固未嘗以不義爲可爲而思爲之, 不善爲可欲而輒欲之, 此『中庸』所謂喜怒哀樂未發之謂中, 及其物來, 相誘情動而私意蔽, 則向之所恥而不爲者乃爲之而不知恥, 向之所惡而不欲者乃欲之而不知惡, 終陷於不義不善, 此發而不能中節, 失其和者也. 必堅守平日不爲不欲之心, 確然不爲物誘所奪, 不爲私意所蔽, 而所爲唯義所欲唯善然後, 乃有以不失其秉彛之德, 君子之道如此之外, 更無所加. 故曰而已矣, 雖位育之功, 亦但由此而致之. 此『中庸』所謂, 發而皆中節謂之和者也, 所不爲所不欲, 大本也, 無爲無欲, 達道也."

것이다. 또한 하고자 하는 것이 착한 것뿐인 뒤에야 본래 타고난 떳떳한 덕을 잃지 않을 수 있는 것이다. 이것이 군자의 도이고 이외에는 다른 방법이 없다. 명확한 이해이다. 쉽지만 현실에서 분명하고 확고하게 그 옳은 도덕을 실천할 것을 강조한 것이다. 그러므로 서계의 서원에는 항상 제자들로 넘쳐날 수 있었을 것이다. 쉬우면서도 분명하고 명확했기 때문이다.

4. 조선 맹자학의 전개와 『맹자 사변록』

서계는 『사변록』 서문의 말미에 이 책에 대한 자신의 입장을 밝혀 놓았다.

굳이 다른 견해를 제시하여 나의 주장을 세우기를 좋아하는 마음에서 이 책을 지은 것은 아니다. 광망하고 경솔하여 식견이 모자라는 것을 헤아리지 않은 죄로 말하면 사양하지 않고 기꺼이 받을 것이다. 후세의 이 글을 읽는 자가 혹시 그 뜻이 다른 데 있지 않다고 여겨 특별히 용서해 준다면 이 또한 다행일 것이다.[80]

그러나 다른 견해를 세우려고 한 것이 아니었다는 그의 진심은 받아들여지지 못했다. 서계가 노론으로부터 받은 만년의 박해는 그가 지은 이경석의 비문에 우암 송시열을 풍자한 문구가 있었던 것이 주된 이유

---

80 『西溪集』卷7, 「序通說」. "非出於喜爲異同, 立此一說. 若其狂率謬妄不揆疎短之罪, 有不得以辭爾, 後之觀者, 或以其意之無他而特垂恕焉, 則斯亦幸矣."

였지만, 주자의 학설을 준수하지 않은 이『사변록』역시 중요한 공격의 빌미가 되었다. 숙종 역시『사변록』과「비문」을 내입시켜 일람하고 삭탈관직과 유배를 명했다. 다행히 70이 넘은 나이와 아들 박태보의 순절을 이유로 유배는 면했지만『사변록』은 그의 만년을 고통스럽게 한 문제작이었다.[81]

서계가 당한 핍박은 주자의 경전 해석 외에는 받아들여지지 않던 당시 조선의 학술 풍토가 낳은 비극이었다. 서계가 인용하여 찬동해 마지 않던 포저(浦渚) 조익(趙翼)이 주자와 일부 다른 견해를 내세웠으나 만년을 그리 큰 탈 없이 보낼 수 있었던 것과는 사뭇 대조된다.[82] 점점 더 교조화되어 가고 있는 조선 주자학의 일면을 보여 준다.[83]

서계가 찾으려 한 진실은 주자에 의해 밝혀진 것이 아니라 경전의 본의에 있었다. 그런데 이러한 면모는 바로 주자가 추구한 경전 해석의 정신과도 일치하는 것이다. 경전에 대해 의심하고 날카로운 비평 정신으로 경전 해석의 새장을 연 것은 바로 주자가 아니었던가? 경전의 궁극적 진실이라는 귀결처는 같으나 가는 길은 다를 수 있는 것이다. 어느 길이 더욱 바른 길인가 하는 평가는 후세인들의 몫으로 남겨 두는 것이 합당하다. 누구도 완벽할 수는 없으므로, 거칠고 소략한 것이라도 그것이 각각의 특장이라면 모아야 경전의 본의에 도달할 수 있는 것이다. 이것이 바로 서계가 생각한 경전의 진실을 찾아가는 방법이다.

그런데 서계의 진지하고 정직한 학술적 도전은 당대에 받아들여지지

---

81 이병도(1968), 1~3면; 윤사순(1996), 1223~1224쪽 참고.

82 포저 조익은『대학』의 '무자기(毋自欺)'를 해석하면서 주자의 견해가 초년과 만년이 다른 것을 지적했음에도 '순숙한 사람'이라는 평가와 함께 큰 문제가 없이 관직을 마쳤다. 이와 관련해서는 함영대(2008b) 참조.

83 우암(尤庵) 송시열(宋時烈)과 남당(南塘) 한원진(韓元震)에 이르러 주자의 언론동이(言論同異)까지 따져 검토한 것에서 그러한 점은 확연하게 드러난다.

못했다. 오히려 '사문난적'의 대표적인 희생자가 되어 상처를 받을 뿐이었다.

그러나 당대의 시류와 타협하지 않고, 주류 이데올로기에 구애받지 않던 서계의 학술 정신은 사그라지지 않았다. 주자의 학설이 아니라 주자가 경전을 탐구한 그 정신을 본받고자 한 서계의 비판적 주자학은 한 세대 후에 태어나 그처럼 재야에 머물며 경전 해석을 통해 구체적 삶의 진실을 찾고, 다시 경전에서 그 근거를 찾으려고 했던 성호(星湖) 이익(李瀷)에 의해 적극적으로 이어졌다.

『논어』를 연구하기 위해서는 반드시 이 주석서를 연구해야 할 것이며, 이 주석서를 연구하기 위해서는 반드시 먼저 주자의 정신을 이해해야 한다. 그의 정신을 이해하면 공자의 정신도 거의 짐작하게 될 것이다. 주자가 이 주석을 쓸 때 먼저 옛 학설 가운데서 수용할 만한 것은 수용하여 구태여 새로운 학설을 내리지 않았고, 역으로 시대에 따라 견해가 다른 것은 다른 것을 따르고 구태여 옛것을 남겨 두지 않았다. 또한 문하의 제자가 생각나는 대로 의견을 개진한 것도 조금이라도 뛰어난 점이 있으면 모두 채택하고 버리지 않았다. 그런 것으로 보아 주자의 마음이 천지처럼 광대하며 시대를 초월한 공정성을 가져서 털끝만큼도 얽매임이 없이 옳은 것만을 추구한 것이다. 그러므로 주석을 취사선택하던 당시의 주자의 마음가짐과 분위기를 느낄 수 있다. 즉 아무리 부족한 사람의 견해일지라도 반드시 주의 깊게 들어서 올바른 해석이 있기를 기대하였으며, 행여 잘못된 곳이 있으면 이를 저지하였다. 그리하여 모든 장점을 모아 가지고 올바른 것을 파악하였으니 이것이 곧 주자요, 『집주』다.[84]

---

84 『星湖全集』 卷49, 「論語疾書序」. "欲看此書, 須先究此註, 欲究此註, 須先得其心, 得朱子之心, 夫子之心, 又庶幾可推也, 何謂心. 朱子之爲此註, 其於舊說, 苟可以因則因之, 不苟新也, 或前後異見則易之, 不苟留也. 雖門人小子, 隨意發難, 一曲之長, 咸在採收, 不苟棄

성호가 그렇게 배우려고 한 것은 학설이 아니라 그 주석을 만들 때의 분위기였으니, 그것은 광대하고 공정하여 조금의 구애받음도 없이 오직 옳은 것을 추구하는 그 정신이었다. 서계의 경전 해석의 정신은 성호의 이러한 비판적 주자학의 정신과 그 여맥이 이어진다고 할 만하다.

서계는 그 정신을 『맹자 사변록』이라는 구체적 경전 주석을 통해 구현했다. 『맹자 사변록』은 비판적 주자학의 정예로운 저작이며, 그 학술 정신은 조선 후기의 실학, 특히 성호학파의 경전 해석에 이어진다는 것을 확인했다. 어떠한 학술적 권위에도 굴하지 않고 오직 양심적인 학자의 관점으로 경전의 진실을 추구하려 한 점에서 그렇다.

그런 점에서 숙종 당시의 『사변록』에 대한 상소와 변론에 대한 당시 사신의 평가는 학술적 진리와 당대 권력의 측면에서, 또는 학문과 정치의 관계에 대해서 후학들의 마음에 다시 한번 왜 학술은 항상 비판적인 입장을 견지해야 하는지, 왜 학문과 권력은 한자리에 있어서는 안 되는지를 일깨운다.

박세당의 글을 상고해 보건대, 천착·파쇄하여 말이 도리가 없으므로 비록 삼척동자로 하여금 이를 보게 하더라도 보고 알 수 있으니, 진실로 세도의 근심이 될 것도 없었다. 조정에서 만약 상자 속에 있던 물건이라 하여 내버려 두고서 묻지 않았으면 그만인데도, 태학에서는 죄를 성토하는 상소를 올렸고 성상은 벽사(闢邪)의 교지를 내려서 온 세상 사람이 그 어리석고도 참람함을 알지 못하는 이가 없었다. 이탄(李坦) 등이 비록 스승과 제자의 의리로써 사사로이 옹호하려고 하지만 되겠는가? 그 상소 가운데 선정의 일을 많이 빙자해 말하였

也. 用此知朱子之心, 與天地同恢, 與古今同公, 無一毫繫吝, 而惟義之從也, 然則當時取舍氣像可見. 雖愚下之言, 必將導以諦聽, 祈或有中, 使有乖妄, 亦且詔而不怒, 所以集長就中而爲朱子也, 集註也."

는데, 선정의 지은 것이 과연 '전도 착란하여 그 글이 비록 있더라도 있지 아니한 것과 같다'는 것이 박세당의 말하는 바와 같겠는가? 말이 매우 치우치고 꾸며졌음을 볼 수가 있다.[85]

---

85 『숙종실록』 권38, 숙종 29년(1703) 4월 23일 기사 史臣의 평가. "按世堂之書, 穿鑿破碎, 語無倫脊, 雖使三尺童子見之, 亦可覷破, 固不足爲世道之憂. 朝家若以篋笥中物, 置而不問則已, 太學上討罪之疏, 聖上下闢邪之敎, 一世之人, 莫不知其愚且僭也。坦等雖欲以師生之義, 私自掩護, 得乎? 其疏多藉口先正, 而先正所撰, 果嘗有顚倒錯亂? 其書雖存, 與未有同, 如世堂所云者乎? 可見詖遁之甚矣."

삼경부

三經部

『상서 사변록』의 특징

이희재

1. 서론

서계 박세당(1629~1703)은 17세기에 조선 왕조 현종 때 관리로서 10여 년 봉사하고 주로 재야에서 은둔하면서, 경전을 읽고 분석하는 일을 즐겼다. 그는 정치적 분쟁에 휘말리면서 사문난적(斯文亂賊) 혹은 오사(五邪)라고 낙인찍히면서 반주자학자로 성토의 대상이 된 바 있다.

박세당의 상서에 관한 선행 연구는 김만일의 연구가 최초이며,[1] 계속해서 「조선 17~18세기 상서 해석의 새로운 경향」에서 윤휴(尹鑴) · 이익(李瀷)과 더불어 「상서 사변록」을 다루었다.[2] 여기에서는 박세당의 탈주자학적 상서 해석을 소개하면서 성리학적 의미를 배척하였다고 한다.

---

[1] 김만일(2003), 「박세당 경학 사상의 성격 · 상서사변록을 중심으로」, 『유교문화연구』 6집, 유교문화연구소.
[2] 김만일(2006), 『조선 17 · 18세기 상서 해석의 새로운 경향-윤휴 · 박세당 · 이익을 중심으로』, 고려대학교 대학원.

박세당은 기존 주석서의 인용에 있어서 상서대전본(尚書大傳本)과 채침(蔡沈)·주희(朱熹)의 주석 가운데 자신이 취사선택하고 어느 하나를 추종하지 않았다는 것이다. 또한 박세당의 비판이 탈주자학적 성격으로서 비판의 내용이 어구 해석에 대한 것과 사실, 고증(지리·율력·예악·제도 등)에 관한 것이며, 성경·인심·천명·천리 등에 관한 채침의 주석에 대해서는 언급하지 않았다고 한다.3 그러나 『상서』 자체가 왕도정치의 근거를 천명과 천리, 그리고 요순의 도통에서 찾는다는 점에서 이 지적은 '요전', '순전', '우공', '대우모'에서는 해당되나 전반적인 틀에서는 그렇지 않다.

당시 박세당 이외에도 윤철(尹鐵, 1617~1680)의 『독상서(讀尚書)』, 홍여하(洪汝河, 1621~1678)의 『독서차기(讀書箚記)』, 이현일(李玄逸, 1627~1704)의 『홍범연의(洪範衍義)』, 박세채(朴世采, 1631~1695)의 『범학전편(範學全編)』, 이익(李瀷, 1681~1763)의 『서경질서(書經疾書)』 등 많은 상서 주석서가 나왔다. 주류는 주자학적 가치관에 바탕을 한 상서 해석이지만 탈주자학적 경전 주해는 윤휴과 박세당에 의해 이루어진다. 이 시대의 상서를 연구한 김만일에 의하면, 윤휴는 주자에 대해서 간간히 비판적이고, 특히 『서경집전』의 채침에 대해서 과감한 비판을 가했다고 한다. 윤휴는 채침을 비판하기 위해 공안국(孔安國)의 『상서정의』를 인용하였다고도 하고, 이어지는 그의 「이익의 상서 해석 연구」에서는 이익이 윤휴와 박세당의 비판 정신을 이어서 정약용(丁若鏞)의 주석에 이르는 가교 역할을 했다고 하며, 더 나아가 앞서의 상서 주석보다 더 많은 경전을 인용한다고 분석했다.4

---

3 김만일(2006a), 93쪽.

4 김만일(2005), 「윤휴의 독상서 연구」, 『유교사상연구』 23, 한국유교학회, 57~64쪽.
   김만일(2007), 「이익의 상서 해석 연구」, 『유교사상연구』 28, 한국유교학회, 29~66쪽.

김성윤도 이현일(李玄逸, 1627~1704)의 『홍범연의』5를 분석하여 탈주자학적 경향이 있었다고 주장한다. 정치는 도덕을 천명하는 과정으로서가 아니라 국가를 경영하고 법을 집행하는 실천적 행위이자 도덕으로부터 벗어난 공리적 목적을 향한 수단적 행위로 보는 실학적 사상으로 분석했다는 것이다. 말하자면 군주의 수신에 의한 교화가 아닌 공리적 정치관을 수용한다는 것을 밝히고 있다.

기존의 주자학적 가치를 벗어나 새로운 가치 창출을 위한 학계의 변화의 조짐이기는 하지만, 주로 관심은 홍범 편에 집중되었다. 박세당은 이미 탈주자학적 주석을 통해 실학적 가치를 모색한 사상가로, 『상서』 58편 전편에 걸친 주석 작업을 수행했다. 그의 입장은 기존의 주자학적 권위를 벗어나려고 하는 것이기 때문에 주자나 채침은 신성한 영역으로 남지 않는다. 그러나 당시 왕조 사회에서 『상서』 자체를 비판할 수 없다는 것은 당연한 것이다. 그는 주자나 채침의 잘못을 지적하여 본래의 원전의 정신을 찾자는 것이며, 그 작업은 자신의 판단이 아니라 수많은 다른 상서 연구자들의 주석을 연구하여 객관적인 진리를 찾자는 고증학적 성격을 가지고 있다.

상서는 사서삼경(四書三經) 가운데 서경(書經)에 해당되는 경서로, 주로 중국의 역사적 성왕들에 대해 그 의의를 기술한 것이다. 크게 『금문상서(今文尙書)』와 『고문상서(古文尙書)』로 구별되지만, 주자의 제자인 채침은 이 두 가지를 모아 『서집전(書集傳)』을 정리했다.

『금문상서』라고 하는 복본(伏本)은 진시황의 분서 때 벽 속에 감추어 두었던 것인데, 공자가 산삭(刪削)한 것으로 알려진 상서 100편이 다른 경전과 함께 망실된 후 한대에 들어와 진의 복생(伏生)이 암송하였던

<hr />

5 김성윤(2006), 「홍범연의 정치론과 군제개혁론」, 『대구사학』 83, 대구사학회, 105~134쪽.

29편을 예서로 기록한 것을 말한다.

『고문상서』는 공본(孔本)으로, 공자의 옛집을 허물다가 벽 속에서 발견한 것으로 복본보다 16편이 많은 과두문자(蝌蚪文字)의 46편을 말한다. 당대 이후로는 상서 저본 중 매본(梅本) 58편만이 전해졌으며, 송대에 들어와 58편 전체를 주석하니 이것이『서경집전』이다. 주석자인 채침(蔡沈, 1167~1230)은 주자의 문인으로 당시 대학자인 왕안석(王安石)·소식(蘇軾)·임지기(林之奇)·여조겸(呂祖謙) 등의 주서(註書)를 두루 참고하였다. 우리나라에서는 이를 수용하여 언해 등 모든 해석이 이『집전』을 대본으로 하였다.

상서는 '서경'이라고 높이 부르기도 하는데, 유교의 정치의 근간이 되는 도통(道統)과 천명(天命)의 원리, 선양(禪讓)의 정신, 덕화(德化)[6]의 중요성 등을 여기에서 찾을 수 있기 때문이다. 『서경』의 명칭은 선진(先秦) 때에는 단지『서(書)』라고만 일컬어졌으나, 한대로부터『상서(尚書)』라고 일컬어졌다. 왕숙(王肅)은 "위에서 하신 말씀을 아래서 적은 것이므로 상서라고 한다."고 설명했다. 한편 정현(鄭玄)은 "공자가 서를 편찬하였으므로 이를 높여 상서라고 한다."라고 했다. 이처럼『상서』의 '상(尚)'이라는 글자에는 대체로 '상고'라는 의미와 '존숭'이라는 의미가 내포되어 있음을 알 수 있다.[7]

『상서』의 내용은『논어』등에 자주 보이며, 특히『논어』의「요왈편」은 거의 대부분이『상서』를 축약해 놓았다는 사실에서『상서』가 유교의 중요한 교과서였음을 쉽게 알 수 있고, 맹자 역시『상서』를 가장 많이 인용하였다.[8]

---

6 劉起釪(2004),『尚書硏究要論』, 齊魯書社(中國 山東), 117쪽.

7 이기동(2007),『서경강설(書經講說)』, 성균관대학교 출판부, 11쪽.

8 성백효(1998),『서경집전(書經集傳)』, 전통문화연구회, 5쪽.

『상서』에서 이상으로 생각하는 세계는 삼대지치(三代之治)로, 여기에서 유교 사상의 이상 정치가 묘사된다. 삼대, 곧 하·은·주 시대에 있어 이상적인 치적이 내용을 싣고 있다. 조선조의 제왕들에게 이 책은 필수 독서였으며 교과서적 규범서로 확고한 위치를 차지했다. 조선 중기의 주자학적 이상 국가를 실현하려고 한 정암(靜菴) 조광조(趙光祖)의 지치주의적인 도덕 정치는 『서경』이 제시한 도덕 정치에 바탕을 한 것이기도 하다.

조선 유학에 있어서 채침의 『서경집전(書經集傳)』은 비판의 여지가 없는 텍스트였지만, 17세기 주자학적 교조주의를 벗어나려는 박세당은 선유들의 전통적인 주석을 참고로 하여 자신의 입장을 피력했다. 인용 고전은 『맹자(孟子)』가 압도적으로 많으며, 『논어(論語)』·『춘추(春秋)』·『시경』 등도 인용되지만, 『맹자』의 인용은 다른 경서는 빈약하다. 박세당의 『상서 사변록』은 소위 『통서(通書)』라고 불리는 것으로 『주역』을 제외한 사서삼경에 대한 주석 중의 하나이다. 『상서』 전편에 대해 기존의 주석을 발췌하여 싣고, 기존의 주자나 채침의 주석에 구애받지 않고 자신의 의견을 자유롭게 개진하고 있다. 이러한 그의 주석 방식은 반드시 반(反)주자학의 틀로는 볼 수 없다. 십중팔구는 비판적이지만, 때에 따라서는 주자나 채침의 주석을 수용하고 존중하고도 있기 때문이다. 그러나 분명한 것은 기존의 권위에 대해 무조건적으로 수용하지 않는다는 점이다. 이런 점에서 그의 『상서 사변록』은 반주자학적이라고는 할 수 없지만, 고증학적으로는 탈(脫)주자학의 입장인 것은 분명하다.

그의 주석서에서 많이 쓰는 부정적 표현은 그 본뜻을 잃었다는 '실(失)'이다. 주로 『서경집전』의 주석자인 채침을 겨냥한 비판이다. 『상서』 본래의 정신을 잘못 해석하고 있다는 이런 태도는, 그의 자신감의 표현이기도 하고 기존 학설에 대해 구애받지 않겠다는 태도라고 할 것이다.

실(失) 다음의 비판적 언사로 '미(未)' 역시 비판적 의미일 것이다. 본래의 정신을 잃었다는 것이 보다 신랄한 태도인 데 비해 그 해석이 미흡하다는 것도 기존 주석에 대한 불만을 의미하는 것이다.

이 밖에도 채침의 주석에 대해 '의심스럽다', '그렇지 않다'라는 등의 비판적 태도를 견지한다. 그러나 이것으로 그의 입장이 반주자학적인 것이 아니라 고증학적 철저성에 근거한 것이다. 그의 의도는 주자나 채침을 비판하는 것이라기보다는 자유로운 비판 정신을 통해 본래 경서의 의의를 음미해 보자는 데 있다.

이러한 주석에 있어서 비판적 관점은 『상서 사변록』 전편에 걸쳐 펼쳐져 있기 때문에 탈주자학적 주석을 일일이 열거하기보다는 『상서』의 주석에 있어서 기존의 주석과 어떤 차이가 나는가를 비교, 분석해 천명·왕도·민본을 범주를 통해 알아보고자 한다.

2. 상제천上帝天이 강조된 천명사상

박세당은 『상서 사변록』에서 천명사상에 근거한 천(天)의 해석에서 천을 '이'로 해석하는 종래의 주자학적 천관(天觀)을 벗어나 선진 유학의 그대로의 해석에 충실했다.

천이 하민을 돕고 임금과 스승을 만든 것은 오로지 그것이 상제를 돕고자 하는 것이다. 그래서 은총이 이에 드러나 사방을 편안케 하여, 곧 죄 있는 자를 바로 잡고 무고한 사람을 불쌍히 여기는 것이다. 내가 어찌 하늘의 뜻을 위배하고 넘으랴. 이는 무왕이 스스로 말하기를, 상천으로부터의 위탁의 무거움을 받았으니 감히 태만하겠는가 한 것이다.[9]

이러한 상제천적인 개념에 대한 해석은 『집주(集註)』와 다름없다. 지리와 제도에 대한 해석은 비판적인 것이 많지만, 이 점에서 박세당은 천리로서의 이법천(理法天)이 아닌 일종의 인격적인 상제천의 개념을 수용한다.

위는 다만 하늘을 말하며 백성을 말하지 않음은 이른바 '천'이란 따라서 볼 수 없는 까닭으로 나온 말이다. ……천의 여탈은 오로지 인심의 향배에 달려 있는 것이다.[10]

집주에서는 하늘은 과연 민심에 벗어나지 않고 민심은 과연 하늘에 벗어나지 않음을 나타낸 것이라고 하는 데 비해, 박세당은 인심이라고 해석하는 것이 특별하다. 천명사상에 입각한 정치의 요체가 관과 대비되는 민보다는 천과 대비되는 인에 있다고 보았던지 민심(백성의 마음)이 아닌 인심(사람의 마음)의 뜻을 잘 살피고 부응해야 함을 강조한다.

"하늘의 보배로운 명을 타락시키면 자손이 능히 안정되지 못하니 이는 선왕이 또한 그 귀의할 곳을 잃는다."[11]는 것도 『집주』에서는 단지 후손들의 제사를 언급하여 "하늘이 내린 보배로운 명을 실추하지 말아야 하니, 이렇게 하면 거의 선왕의 제사도 길이 의뢰하여 보존될 바가 있다."[12]라고 한 데 비해 박세당은 천명을 어길 경우 현재의 사람들이 후일의 자손들로부터 기약하기 어렵고 동시에 선왕들도 역시 자신들의

---

9 『思辨錄-尙書』秦誓 上 7章.
10 『思辨錄-尙書』多士 4章.
11 『思辨錄-尙書』金縢 7章.
12 『書經集傳』金縢 7章.

선의지를 이을 곳이 없어진다고 했다.

이러한 천명은 어떻게 알 수 있으며, 그것을 실천한다는 것은 무엇인가? 이에 대해 박세당은 "천명을 쉽게 보존할 수 없음은 오직 천의 믿을 수 없음으로 인해서이다. 만약 그 천명을 타락시키고 그 나라를 잃는 자는 모두 능히 경력하여 계승할 수 없는 연유일 따름이다. 그래서 하늘의 믿을 수 없음을 살펴서 힘써 선인의 덕을 이으려는 까닭이다."라고 한다. 『집전』에서는 단지 덕을 계승하지 못한 것만 언급한 데 비해 천명은 특정인을 특별하게 따로 염두에 두는 그런 어떤 편애를 하는 그런 따위가 아니므로 방심하지 말고 열심히 노력해야 한다는 의지를 말하고 있다.

'천명불상(天命不常, 하늘의 명은 일정한 것이 아니다)'의 개념은 천 자체가 믿을 수 없이 변덕스럽다는 것이 아니고, 천이 왕에게 주는 왕권은 무조건적인 것이 아니라 민에 대한 왕의 책임을 다할 때까지만 유효하다는 것이다. 곧 천명의 전제 조건을 말하는 것이다. 그러므로 주공과 성왕은 주 왕실이 천명을 계속 보존하기 위해서는 문왕의 덕을 이어서 백성을 편안케 하는 데 전력을 다해야 함을 강조한다.

그는 『집주』에서 다만 '크게 사의로 천명을 도모하며'라고 거론한 데 대해 좀 더 구체적으로 그러한 사의로 천명을 도모한 사례로 주(紂)의 부덕을 거론한다. "대개 거슬리고 비뚤어지고 불순한 뜻은 주가 방자하고 음란하고 난폭하고 크게 어긋나 천명을 거슬리고 종사의 망함을 생각하지 않음을 말하는 것이다."라고 하여 천명이 부덕한 왕에게까지도 도덕적 정당성과 권위를 주는 존재가 아님을 강조한다. 하늘이 총명한 사람을 선택하여 임금으로 삼아서 오직 백성을 다스리게 한다. 이제 주만이 아니라 걸(桀)이 어둡고 난폭하여 도탄에 빠지게 한 것은 하늘이 임금을 세운 뜻이 아니다. 그러므로 그대로 방치하지 않고 끊어 없애 명을 바꾼다는 것이다. 『집주』에서는 구체적으로 부덕한 임금을 논하지 않은 것에 대해 박세당은 구체적인 인물로서 걸의 폭정을 거론하고 있다.

> 만약 임금이 없다면 다스림이 반드시 쟁란에 이를 것이다. 하늘의 곧게 총명을 내어서 제왕을 삼았다. 오로지 백성이 편안하다. 이제 걸이 혼미하고 난폭하여 백성이 도탄에 빠졌으니 하늘이 임금을 세운 뜻이 아니다. 그러므로 없애고 혁명을 한 것이다.[13]

여기에서 『집주』는 "하늘은 전상의 이치가 말미암아 나오는 것이요"라고 하여 이법천적 경향이 강하지만, 박세당은 걸을 없앤 하늘의 권능을 강조하고 있으므로 훨씬 인격적 주재천이 강조되는 것이다. 『집전』에서는 "오로지 덕은 하늘을 감동시키고 감통하는 오묘함이 있다."고 한 데 비해 "오로지 덕이 하늘을 감동시키고 먼 곳에 이르지 않음이 없음을 지성이면 감신이라고 한다."고 하였다. 여기서 '감통'이란 『집전』의 주에 비해 박세당은 인격신을 의미하는 신을 거론하고 있다. 단순히 이법천이 아닌 상제적 성격의 천을 말해 주는 부분이다. 천을 궁극적 원리로만 파악한 것이 아니라 무언가 호소할 신적인 존재로 적극적으로 이해하고 있음을 알 수 있다.

---

13 『思辨錄-尙書』 仲虺旗之誥 2章.

3. 군왕의 노력을 강조한 왕도사상

박세당은 『서경』의 가장 중요한 취지는 왕도(王道)를 밝히는 것이라고 한다. 그 왕도에 있어서 중요한 것은 임금의 덕이다. 천명을 밝히는 의의도 왕도를 밝히기 위한 것이라고 볼 정도로 근본적인 것이라고 보고 있다. "대개 성인의 『서경』을 줄여 편찬한 뜻은 본래 왕도를 밝히려는 까닭이며 왕의 덕을 기술한 즉 비서를 통해 왕도를 보완함에 있다."라고 평가한다.

왕의 덕이란 하늘에서 자연히 받은 덕인가 아니면 자신의 수양을 통해 얻은 덕인가에 대해서, 수양이 필요 없는 왕은 요순과 같은 성인일 뿐이며 다른 왕은 수양이 필요하다고 한다. 『집주』에서 거론하지 않은 구체적 사례로 맹자를 인용하여 수양과 노력이 필요하지 않은 성인 거의 없으므로 덕을 닦는 것이 필요함을 역설한다.

맹자는 말하기를, 요순의 본성대로와 탕무(湯武)의 몸 닦음이 이와 같은즉 예부터 마땅히 임금을 삼은 것은 오로지 요순일 뿐이다. 비록 탕무의 성스러움은 오히려 노력의 반복이 있으며 제왕의 지위에 있기가 부족하다. 하물며 그 아래에 있는 자들이야![14]

박세당은 『집주』에서 이야기하지 않은 제왕의 노력에 대해 특별하게 많은 이야기를 하고 있다. 아무 노력도 하지 않고 단지 하늘의 총명을 기다리는 것이 아니라 면학을 하여서 덕을 이루는 것이 이치에 맞는다고 함으로써 『집주』의 성인의 덕은 노력과 면학이 아닌 타고난 것이라

---

14 『思辨錄-尙書』秦誓 上 3章.

는 것에 대해 우려한다.

어떤 사람의 기질이 능히 하늘의 자연에서 나와 노력을 필요로 하지 않는다고 하겠는가. 만약 이를 위해 말하자면 반드시 그 총명은 하늘에서 얻어진 것으로 노력을 기다림이 없을 것이다. 노력을 한 연후에 바야흐로 제왕이 될 수 있으니 면학을 하여서 그 덕을 이루는 자는 마침에 제왕 됨이 부족한 채 백성의 부모가 되니 그 이치가 어떻게 된 것인가.[15]

『집주』에서는 "천성이 총명하여 면학을 기다리지 않고 그 앎이 먼저 알고 그 깨달음이 먼저 깨달아 서물(庶物) 중에 가장 출중하다. 그러므로 천하에 대군이 되는 것이다."[16]라고만 했다. 박세당은 임금의 덕은 하늘이 내려 준 것이라고 하는 점에 대해서는 긍정하지만, 모든 왕이 그렇다는 것은 아니다. 요순을 제외한 다른 왕들은 힘써 공부하고 노력하는 것이 필요한 것이며 그런 노력이 있다면 백성의 부모 되는 데 부족함이 없다는 것이다.

그는 『집주』에서 '안여지(安汝止)'는 성군(聖君)의 일로 태어나면서 아는 것이고 '흠궐지(欽厥止)'를 현군(賢君)의 일로 배워서 아는 것이라고 해석한 것에 대해 그 본지를 잃은 해석이라고 비판한다. 그러면서 "본래 성현의 구분이 있는데 생지(生知)와 학지(學知)의 차이가 어찌 임금에게 어려운 일을 권고함에 있겠는가. 생지의 성을 바라고, 학지의 현을 바람은 위에 아래의 경계함을 말함과 같다. 임금의 높고 낮음을 같이 보아 하열한 임금을 권고함은 단지 하열함을 위할 뿐이다. 생지의

---

15 『思辨錄-尙書』秦誓 上 3章.
16 『書經集傳』秦誓 上 3章.

성이 어찌 권장하고 경계한다고 해서 능히 이미 가진 생지의 성스러움을 얻겠는가!"[17]라고 하여 생지의 성인은 완벽하여 노력을 권면할 대상이 아니라고 했다.

요순과 같은 성인이 아니면 늘 배우고 덕을 닦을 필요가 있다. 그렇다면 닦아야 할 왕의 덕은 무엇일까? 우선 왕의 덕 가운데 가장 중요한 것은 중정(中正)의 도를 닦는 것이다. 왕은 백성의 부모가 되고 언제나 실천궁행함으로써 천명을 실현하는 것이다. 중정이야말로 요순 이래 내려온 왕의 수신의 요체로, 『집주』에 거론하지 못한 중정의 도를 최선이라고 하고 있다. 다시 말해서, 그는 『집주』에서 극(極)을 황극(皇極)으로만 해석한 것에 머물지 않고 그 극을 중정으로 풀이한다. "인군(人君)이 할 수 있는 이 중정의 도를 말함이다. 자신을 닦고 천하의 사람들을 이끌면 천하의 사람들이 곧 모두 위에서 세운 극, 바로 중정에 하나로 돌아간다. …… 무릇 교화된 자들이 존중하고 가까이 하지 않을 수 없으니 이른바 백성의 부모가 되어서 천하의 왕이 된다."고 강조한다.

그는 『집전』에서 황극을 단지 "황은 임금이요 건은 세움이다. 극은 북극의 극과 같으니 지극하다는 뜻이다."라고 하여 중정에 대해 한마디도 언급하지 않은 것과는 달리 황극을 중정의 뜻으로 적극 해석한다.

이는 왕이 그 몸을 중정의 원칙으로 세워서 천하의 사람들을 통솔함이며 사람들은 그 교화를 따르지 않을 수 없고 그 복을 받는다. …… 대개 천하의 이치는 그 중을 얻지 못하면 극이 됨이 부족하다. 극에 이르지 못하면 중이 됨이 부족하다. 중은 극이 그 중(中)에 있는 것이며 극은 중(中)이 그 중에 있다. 그러므로 경에 편파 됨이 없고 치우침이 없는 것을 건극(建極)의 근본이라고 했다.

---

17 『思辨錄-尙書』 太甲 上 7章.

비록 주자라도 능히 중정을 버리고 별도로 건극의 설을 세울 수 없다. …… 요순의 윤집궐중과 탕의 건중우민이 홀로 황(皇)이 그 유극(有極)의 일을 세우는 것이 아니랴.[18]

이처럼 그는 왕이 지극한 표준을 세움이란 반드시 다름 아닌 중정이라고 갈파했다. 물론 이것은 이미 『집주』의 서문에 『상서』의 정신이 중정이라고 한 것과 일치한다. "정일집중(精一執中)은 요·순·우가 서로 전수한 심법이요, 중을 세우고 극을 세움은 상나라 탕왕과 주나라 무왕이 서로 전수한 심법이다."[19]라고 했기 때문이다. 박세당은 이것이 도통의 핵심 사상이라는 것에 대해 특별히 언급하지는 않지만, '선택하기를 정밀하게 하고자 하고 지키기를 한결같이 하고자 하니, 정(精)은 의심과 혼돈, 그리고 잡박한 잘못이 없는 것이며 일(一)은 침탈당하고 쉽고 끊어지는 병통이 없는 것이니 중(中)은 정을 얻음이요 집(執)은 일을 얻음'이라고 해석했다.[20] 이처럼 정과 일, 중과 집을 분리하여 해석하는 것은 박세당이 후자를 중시했기 때문이라는 주장도 있으나,[21] 중이 형이상학적 미발(未發)의 차원보다는 적중한 행동을 뜻하는 것이다.

박세당은 군왕이 중정의 덕을 닦는 것 이외에도 항상 허물을 개선하고, 자신의 독선이 아닌 보필하는 신하들의 지혜를 통해 덕을 이루어야 할 것으로 본다. 왕의 권위는 하늘에서 주어진 것이기는 하지만, 모든 왕이 총명을 하늘로부터 타고난 것은 아니다. 그러므로 왕의 도덕적

---

18 『思辨錄-尙書』洪範 16章.
19 『書經集傳』序.
20 『思辨錄-尙書』大禹謨 15章.
21 김종수(2003), 「박세당 사단칠정론과 인심도심설 취급 태도와 실천의 문제」, 『서계 박세당의 종합적 검토』, 의정부문화원, 74쪽.

수양은 대단히 필요하며 좋은 인재의 보좌를 받는 것도 필요하다. 만약 그렇지 않고 부덕한 행위를 자행할 때는 왕이 될 수 없는 것이다. 왕은 언제나 백성을 공경하고 그들을 위해 걱정해야 하고 노력해야 한다. 왕도 정치의 요체는 왕의 도덕성에 있으며, 그 도덕성은 중정의 덕이며 다름 아닌 황극인 것이다.

여기서 결국은 큰 틀에서 『집전』과 다르지 않음을 확인할 수 있다. 다만 중정의 덕을 강조한 점에서 또한 기존의 주석이 노력이 필요 없는 경지를 강조한 반면, 박세당은 군왕의 쉼 없는 노력을 강조했던 점에서 차이가 있다. 이것은 왕이라고 해서 아무런 노력 없이 선정을 할 수 없다는 것으로, 왕의 민생에 대한 보다 적극적인 실천을 요구했던 그의 태도를 나타내는 주석이기도 하다.

4. 민생을 걱정한 민본사상

박세당은 정치의 귀중함은 백성을 기르는 데 있으며, 수·화·금·목·토·곡은 백성의 바탕인 것이므로 반드시 그것이 닦아지도록 해야 하며, 정덕(正德)과 이용후생(利用厚生)은 백성의 힘쓰는 것이라고 했다. 『집주』가 정덕·이용·후생을 위정자들이 베푸는 것으로 해석한 데[22] 비해 박세당은 백성들이 주체가 되어 힘쓸 바를 말하고 있다. 그는 수(水)를 비롯한 여섯 가지 자원을 물(物, 대상을 의미)이라고 해석하고 이용후생은 사(事, 실천을 의미)라고 분석하고, 이러한 물은 기가 되고 사는 용으로 실용과 활용의 의미를 가진다. 이는 실용주의적 해석으로

---

22 『書經集傳』 大禹謨 7章.

정치란 민생을 위해 구체적으로는 재화를 통용되게 하고 백성들의 춥고 배고픔의 절절함을 해결하여 잘살 수 있도록 돕는 일이라고 해석한다.

백성 중심의 사유는 백성을 위한 일이기도 하려니와 군주의 이익이 되기도 한다. 『집주』에서는 '백성은 나라의 근본이니, 근본이 견고한 뒤에야 하(夏)나라가 편안하니'라고 하여 국가라는 추상적 존재의 이익을 말하나 박세당은 군주가 존경받는 길이라며 구체적인 이익으로 해석한다.[23]

민본사상은 천명과 왕도사상의 결론이라고 할 것이다. 그는 하늘의 뜻을 알려면 백성의 뜻을 아는 것이 중요하다고 하며, 백성이 정치의 근본이라고 말한다. 왕의 사명은 그 무엇보다도 백성을 편하게 하는 안민(安民)에 있고, 그러기 위해서는 인재를 활용할 줄 아는 지인(知人)이 중요하다.

> 고요가 다시 위의 도리가 됨을 말함이니, 오로지 사람을 알고 백성을 편안히 함, 이 두 가지일 뿐이다. 대개 임금의 도의 책임은 안민일 뿐이다. 안민의 근본은 또한 지인인 까닭이다. 우임금이 이에 탄식하여 말한 것이다.[24]

천과 민의 관계에 대해 『집주』에서는 '민심이 있는 곳은 곧 천리가 있는 것'[25]이라고 한 데 대해 박세당은 인격성을 배제한 천리보다는 천의(天意)를 더 강조하고, 그것이 곧 백성의 뜻이라고 해석한다.

> 하늘의 보고 들음은 오직 백성에게 의탁하고, 그 상선(賞善)과 벌악(罰惡)도

---

23 『思辨錄-尙書』 大禹謨 7章.
24 『思辨錄-尙書』 皐陶謨 2章.
25 『書經集傳』 皐陶謨 7章.

또한 오로지 백성의 뜻일 따름이며, 천의와 민심은 상하가 통하는 것이다. 무릇 땅을 두어 임금이 된 자가 덕을 반드시 표창하고 죄를 반드시 벌주는 것은 위로 하늘에 합당함을 구하고 또한 마땅히 아래로 백성을 살피기 위함이다.[26]

백성을 위해 해야 할 일 가운데 중요한 작업은 역상(曆象)이다, 그가 '요전(堯典)'의 주석을 치밀하게 고증학적으로 분석하여 마치 『상서 사변록』의 중심이 역상 등 제도의 확립에 있는 듯 착각이 들 정도이지만, 실은 그 관심의 핵심은 제도 자체라기보다는 농경 사회에서 사시와 절기의 변화를 파악하여 민생을 돕는 일이 그 관심의 초점이라고 할 것이다. 『집주』에서는 역상에 대해 '역은 수를 기록하는 책이요 상은 하늘을 관찰하는 기구'[27]라고 한 데 대해 단순한 책이나 기구로 해석하지 않으며 민생을 위해 매우 중요한 것으로 다음과 같이 말한다.

흠약호천(欽若昊天)은 하늘의 도를 공경하고 따르는 것이다. 역은 그 수를 적은 것이다. 상은 그 움직임을 따르는 것이다. 신(宸)은 해와 달의 시기의 차례이다. 일월성신의 운행이 모두 항상하는 수가 있어서 역상하여 사계절을 정할 수 있으며, 이로써 사람들에게 베풀어 각각 시기에 맞게 할 바를 알게 한즉 일을 폐할 수 없다. …… 일을 가리키고 실제를 기록하며 백성에게 농사철을 알려 주는 것을 정치의 가장 우선으로 삼았다. 농사철을 알려 주려고 한즉 우선 역상을 하고 반드시 존중하고 공경하니, 이는 그 덕의 지극함이 된다. 맹자가 왕정을 논하면서 반드시 먼저 백성의 일을 말한 것이 또한 이 뜻이다.[28]

---

26 『思辨錄-尙書』, 太『全書』下 165쪽.
27 『書經集傳』堯典 3章.
28 『思辨錄-尙書』堯典 3章, 太『全書』下 156쪽.

무일(無逸)을 해석하는『집주』에서는 "사민(四民)의 일은 농사보다 수고로운 것이 없고, 생민의 공은 농사보다 더 성대한 것이 없다."[29]라고 하여 농사의 일을 강조하지만, 박세당은 여기서 더 나아가 정치의 요체가 바로 민생인데 그것은 농업의 수고로움이 근본이라면서 왕은 안일에 빠지지 말고 농사의 수고로움을 경험하여 이민(利民)할 것을 주장한다.

인주의 일신에 의탁하는 바가 편안한 것이 됨은 백성이고 백성이 믿는 바의 생업이 됨은 농사뿐이다. 임금이 다만 그 자신의 안일만 알고 민생의 실제적 곤란을 알지 못한즉 반드시 교만하여 백성을 확대한다. 백성이 반역하면 국가는 망한다.[30]

여기서 한 가지 덧붙일 것은 박세당은 당시 경기도의 실정에 맞는 소농(小農) 위주의 농사서인『색경』을 집필한 저자이기도 하다는 것을 염두에 둘 필요가 있다. 민생의 고통을 함께하고 손수 농사의 고통을 나눌 수 있는 자신이 처한 현실에 바탕을 두고 이루어진 주석이라는 점에 유의해야 할 것이다.

『상서』의 역이 농사철을 알려 주려고 한 것이기 때문에 이를 존중하고 공경하고, 맹자의 왕정(王政)이 먼저 백성의 일을 말한 것이 또한 이 민본의 뜻이라고 해석하여 백성 중심의 사유를 잘 보여 주고 있다.

---

29 『書經集傳』無逸 2章.
30 『思辨錄·尙書』無逸 2章.

5. 결론

박세당의 『상서 사변록』은 소위 『통서』라고 하는 사서와 삼경에 대한 주석서인 『사변록』 가운데 한 부분이다. 잘 알려진 대로 그의 주석은 주자학적인 경전 주석에 얽매이지 않고 고증학적 비판을 통해 비교적 자유롭게 경전을 연구한 것이다. 이런 탈주자학적 성격은 당대의 윤휴에게서도 찾아볼 수 있었던 것이고, 이러한 경향은 이후 이익이나 정약용의 탈주자학적 경전 주해에도 영향을 끼쳤다.

그의 『상서 사변록』에서 기존의 주자나 채침의 『집주』의 주석을 절대시하거나 맹종하지 않고, 다른 사상가들의 주석서를 광범하게 참고하여 자신의 의견을 개진했다. 기존의 주석에 바탕하면서 자신의 의견을 정리하는 태도로 나아간다. 그리고 그런 태도는 고정관념이나 편견을 넘어서서 실증적으로 기존의 주석서를 채집하여 열거하고 기존의 주석을 비판할 것은 하고 또 받아들일 것은 받아들이면서 자신의 의견을 첨가하는 형식으로 서술한다.

그럼에도 본시 『상서』의 정신을 읽으려는 그의 노력은 유학의 본래 정신으로 돌아가자는 것이기에 『상서』의 기본 정신인 천명사상과 왕도 사상, 그리고 민본주의를 강조하며 그의 실학적 사유의 바탕으로 삼고 있음을 알 수 있다. 그의 『상서 사변록』에 나타난 천명사상은 기존의 주석에 비해 보다 상제천적인 보다 권능이 있는 천의 개념을 강조하고 있음을 알 수 있다. 이는 후일 다산 정약용의 '영명주재지천(靈明主宰之天)'과도 일맥상통한 것으로, 주자학적 이법천(理法天)에 얽매임이 없이 선진 유학의 천관을 표현하는 것이다. 이는 반드시 초월적 신을 의미하는 것은 아니지만 훨씬 인격적 요소가 강조된 것이다.

『상서』의 중요 정신이라고 할 수 있는 왕도사상에 있어서 그는 면학을 필요로 하지 않는 성인보다는 현실적 왕들이 면학과 인재를 필요로 한다고 해석하여, 왕을 성인시하는 종래의 입장과 차이를 보이고 있다. 이러한 왕도사상의 핵심은 덕을 닦아야 하는 일이다. 그 덕의 핵심에 중정의 가치가 있다. 중정의 가치에 대해 그는 바로 황극이라고 할 정도로 중시하고 있다. 이점은 상서의 정신의 요체 바로 그것이라고 할 수 있다.

민본사상에 대한 그의 생각은 『상서』의 지리와 치수, 제도와 천문 등의 주제들이 실은 모두 농업에 도움을 주는 민생의 이익으로 귀결하는 것이라고 보고, 민생을 도모하는 일이야말로 『상서』의 상서다운 가치라고 보고 있다.

박세당은 해박한 고증학적 지식을 통해 『채전(蔡傳)』[채침의 『서집전(書集傳)』]에서 미처 거론하지 못한 것이나 잘못된 것을 수정하고 보완하여 기존의 주석을 신성시하는 전통으로부터 벗어났다. 필자는 그가 집필한 중국 지리를 비롯한 고증학적인 주석 작업을 전 분야에 걸쳐서 상세히 거론하지 못했다. 그러나 『상서』의 주요 골격인 천명과 왕도, 그리고 민본사상을 통해 그가 추구한 가치가 탈권위적, 탈주자학적인 것이라는 것을 확인할 수 있었다. 이것은 주자학에 반대하거나 채침을 무조건 폄하하지 않는다는 점에서 반주자학이라고 규정할 수는 없다. 단지 주자학적 주해를 우상화하지 않는다는 점에서, 때로는 그로부터 벗어나고 비판을 할 수 있다는 면에서 여타의 『사변록』과 괘를 함께하는 것이다.

그의 경전 주석은 전통적인 주자학적 틀에 구애받지 않았으며, 때로는 고증학적 전거에 입각해서 상서가 강조한 천명과 왕도, 그리고 민본정신을 새롭게 보고자 했다.

『시경 사변록』 소고小考

付星星

1. 박세당과 그의 『시경 사변록詩經思辨錄』

박세당(1629~1703)은, 자는 계긍(季肯), 어린 시절에는 호를 잠수(潛叟)라 하였고, 장성하여서는 서계초수(西溪樵叟)라 하였다. 반남(潘南, 현 전라남도 나주의 속향) 박씨의 후손이다. 어릴 적부터 남달리 영민하여, "많은 서적을 읽지 않고 문리에 정통하지 않았을 때에도 의미와 정취를 발견하고 해석하여 독자적 견해를 내기도 하였다."[1] 현종 1년(1660)에 성균관 전적에 제수되었으며, 관직이 이조 판서에 이르렀다. 박세당은 숙종 28년(1702)에 「이경석비문(李景奭碑文)」을 지어 송시열이 이경석을 함부로 능욕하였다고 비판하였다. 당시 노론과 유생들은 이에 크게 반발하였고, 박세당이 『사서 사변록(四書思辨錄)』에서 주자의 문장을 바꾸었다는 점을 들어 박세당을 "모성추정(侮聖醜正)"이라고 공격하였다. 대표적으로 어유봉(魚有鳳)은 『대태학유생박세당소(代太學儒

---

1 李坦, 『(西溪先生)年譜』, 『西溪集』 권22, 『한국문집총간』 제134책, 435쪽.

生請罪朴世堂疏)』에서 말하였다.

천하에서 용인할 수 없는 것 중에 성인을 모욕하는 것만큼 막대한 죄는 없습니다. 국법으로 반드시 논의해야 할 것 중에 잘못된 것을 바로잡는 것만큼 급한 일이 없습니다. …… 박세당은 어긋난 성품과 편벽된 견해가 있으면서, 벼슬을 내놓고 물러났다는 한마디를 가지고, 그 문자의 잔재주를 자랑하면서 제자들을 모아 가르치면서 감히 사도(師道)를 자처합니다. 그가 경전의 의미를 해설하는 이유는 예전 사람들이 능했던 바를 이기는 데 힘쓰는 것입니다. 듣자하니 그는 주자의 『사서장구집주』에 많은 의문을 품어 마음대로 고치고 저술하여 설(說)을 만든 지가 여러 해가 지났다 합니다. 최근 또 이경석의 비문을 짓는다는 이유로, 선대의 바른 신하인 문정공 송시열을 모욕하는 데 있는 힘을 다하였습니다.[2]

숙종 29년(1703), 75세의 박세당은 관직을 삭탈당하였으나, 그의 문하생과 동료들이 선처를 호소하였고, 또 이미 연로하였기에 옥과(玉果)로 유배가는 것에 그쳤다. 같은 해 8월 21일 석천에서 사망하였다.

박세당은 유가와 도가의 서적을 깊이 연구하였고, 52세(1680년)에 『대학 사변록(大學思辨錄)』 집필을 시작하였다. 그의 저서로는 『대학 사변록』·『사서 사변록』·『남화경주해산보(南華經註解删補)』·『중용 사변록(中庸思辨錄)』·『논어 사변록(論語思辨錄)』·『맹자 사변록(孟子思辨錄)』·『상서 사변록(尚書思辨錄)』·『시경 사변록(詩經思辨錄)』이 있다.

박세당은 65세에 『시경 사변록』을 집필하기 시작하였다. 이탄(李坦)의 『서계선생연보(西溪先生年譜)』 계유년(1693)에는 아래와 같은 내용이

---

2 魚有鳳, 『杞園集』, 『한국문집총간』 제184책, 8쪽.

기재되어 있다.

　　그 후 십 년간 계속해서 병고를 겪었다. 『시경 사변록』은 『소아·채록(小雅·
采錄)』까지만 수록되고 미완성으로 남았다. 선생(박세당)은 "누가 『서경』이 『시
경』보다 이해하기 어렵다고 하였는가? 『서경』은 비록 간결하고 오묘하지만 자
세히 보면 어렵지 않다. 『시경』은 본래 그 저작 동기가 드러나지 않아 후세 사람
들이 그 시구를 통해 짐작하여 주제를 더한 것도 있고, 그 말에 가려 결국 그
지어진 까닭을 알지 못하게 된 것도 있다. 그러므로 시를 해석하는 것이 더욱
어렵다."라고 하였다.[3]

　박세당이 『시경』을 가장 나중에 해석한 것은, 여러 경전들 중에 『시경』
이 가장 해석하기 어렵다고 생각했기 때문이라는 것을 알 수 있다. 박
세당은 십 년간 『시경 사변록』 집필에 심혈을 기울였으며, 일평생 쌓아
온 학문적 사고(思考)를 모두 『모시(毛詩)』 해석에 집중하였으니, 『시경
사변록』은 박세당의 가장 뛰어난 경학적 성과라 할 수 있다.

　박세당은 많은 저서들을 "사변록"이라 명명하였는데, 『시경 사변록』
도 그중 하나이다. "사변록"은 신중하게 생각하고 명확하게 판단하자는
의미를 가지고 있다.[4] 박세당은 『시경』을 해석하는 것이 가장 어렵다고
했다. 『시경』 중 많은 작품이 저자를 알 수 없고, 작가의 의도를 고증하
기 어려우며, 비록 『모시서(毛詩序)』 등 많은 시학 연구론이 시의 주제
를 추정하였지만, 이러한 추정이 시경의 본래 의미와 반드시 부합하지
는 않기 때문이다. 심화된 시경 연구를 통해 시경의 본지를 탐색하기

　3　李坦, 『(西溪先生)年譜』, 『西溪集』 권22, 『한국문집총간』 제134책, 446쪽.
　4　崔錫恒, 『(西溪先生)諡狀』, 『西溪集』 권21, 『한국문집총간』 제134책, 431쪽.

위해서는 과학적 연구 방법이 필요하다. 이러한 점에서 박세당의 시 해석론은 참고할 가치가 있다. 박세당의 시 해석론에는 첫째 모홍삼가 겸수병취(毛與三家 兼收幷取), 둘째 한송겸채 유시지구(漢宋兼采 唯是之 求), 셋째 함영본문 이정해시(涵詠本文 以情解詩), 넷째 관주현실 향왕성 치(關注現實 嚮往聖治) 크게 네 가지가 있다.

박세당은 이와 같은 방법론을 통해 한당 시론의 오류를 수정하고, 주 희의『시집전(詩集傳)』을 보정(補正)하였다. 박세당은 한송 시경학의 병 폐에 대해 분명히 인식하고 있었다. 그는 "『서(序)』는 견강부회하고, 『모(毛)』와『정(鄭)』은 천착(穿鑿)한 말이다.",5 "오늘날『전(傳)』은 허술 하여 믿음직스럽지 못하다."6고 하였다. 이러한 박세당의 견해는 동시 대 중국학자 요제항(姚際恒)의 견해와 유사하다7는 점에서 주목할 가치 가 있다. 요제항은 "한인(漢人)의 실책은 완고함에 있고, 송인(宋人)의 실책은 망령됨에 있다. ……명인(明人)들은『시경』의 오류가 천착함에

---

5 朴世堂,『詩思辨錄』, 성균관대학교 대동문화연구원 주편『한국경학자료집성』, 성균관대학 교출판부, 제72책, 224쪽.

6 박세당의『시경 사변록』에서 말하는 "오늘날『전(傳)』[금전(今傳)]"은 명대 호광(胡廣)이 원대 유근(劉瑾)의『시전통석(詩傳通釋)』을 절취하여 지은『시전대전(詩傳大全)』을 가리 킨다. 이 책은 주희의『시집전(詩集傳)』에 주석을 달아 보완한 서적이다. 따라서 "오늘날 『전(傳)』[금전(今傳)]"이란 곧 주희『시집전』의 관점을 말하는 것이다.

7 박세당과 청대 유학자 요제항은 완전히 다른 곳에 살고 있어 생전에 만난 적이 없으며, 서로의 저술도 볼 수 없었다. 박세당은 1693년에『시경 사변록』을 저술하기 시작하여 사 망(1703년)하기까지 완성하지 못하였고,『시경 사변록』이 간행된 시기는 더 늦었기에, 요 제항은 그의 영향을 받을 수 없었다. 요제항은 1696년에『구경통론(九經通論)』[『시경통론 (詩經通論)』포함]을 저술하기 시작하여 1710년에 완성하였다. 이 시기는 박세당이 이미 세상을 떠난 지 7년이 지난 뒤였기에 박세당이 지은『시경 사변록』도 요제항『시경통론』 의 영향을 받지 않았다. 두 사람의 시경학 관점이 가진 유사성은『시경』연구 발전의 필 연적 추세였다. 요제항과 박세당은 17세기 말, 18세기 초 중국과 한국의『시경』연구에서 반발의 기치를 내건 대표적인 학자들이다. 그들은『시경』의 문본에서 출발하여, 역대『시 경』연구 성과를 수용 및 비판의 대상으로 삼았다. 한송 시경학의 세기에 걸친 교류가 낳 은 자기성찰의 결과물인 것이다.

있다고 하였다."[8] 요제항은 당송문호들의 견해에 반대하고『모시서』,『시집전』을 비판하는 독자적인 주장을 하였다. 이러한 그의 연구는 방옥윤(方玉潤)과 최술(崔述)에게 영향을 주었고, 후대 학자들은 그들이 "새로운 시경 연구 학풍을 개척하였다."[9]고 하여 그 학맥을 '독립사고파'라고 명명하였다. 박세당의『시경 사변록』또한 조선 시경 연구의 새로운 학풍을 불러왔다.

2.『시경 사변록』의 시경 해석 방법

1) 모시와 삼가시를 모두 받아들인다(毛與三家 兼收幷取)

전통 중국 시경학은 제(齊)·노(魯)·한(韓)·모(毛)의 사가(四家)로 나누어지는데,『정전(鄭箋)』과『공소(孔疏)』이후 모시가 특히 성행하여, 시경을 연구하는 사람들은 모두 모시를 규범으로 여기고, 나머지 삼가(三家)의 시를 논하는 자는 드물었다. 박세당은『시경 사변록』에서『모시』를 위주로 하면서『한시(韓詩)』를 겸용하여, 삼가시가 중시되지 않던 시대에『한시』에 주목하고 그것을 인용하는 보기 드문 연구를 하였다. 삼가시의 내력에 대해 간단히 소개하자면, 한(漢)대의 시경에는 제·노·한·모의 사가(四家)가 있고, 이 중 제시·노시·한시는 한대에 통용되던 문자로 이루어져 금문경학이라 하고, 모시는 고문자로 쓰여졌기에 고문경학이라 부른다.『수서·경적지(隋書·經籍志)』에는 사가시

---

8 姚際恒(1958),『詩經通論·自序』, 중화서국, 8쪽.
9 夏傳才(2007),『詩經硏究史槪要』, 청화대학출판사, 156쪽.

의 홍망성쇠에 관한 내용이 있다.

한나라 초기에 신공이라는 노나라 사람이 있었다. 부구백(浮丘伯)에게서 『시
경』을 받아 훈고를 하였으니, 이것이 『노시(魯詩)』이다. 제나라 사람 원고생(轅
固生)도 『시경』을 전하였으니, 『제시(齊詩)』이다. 연나라 사람 한영(韓嬰)도 『시
경』을 전하였으니, 『한시(韓詩)』이다. 마침내 후한 시기에 삼가(三家)가 모두 세
워졌다. 한나라 초기에 또 초나라 사람 모장선(毛萇善)의 『시경』이 있는데 자하
(子夏)가 전한 것이라 하여 『고훈전(詁訓傳)』을 지었으니, 이는 『모시(毛詩)』의
옛 학문이나, 확립되지 못하였다. 후한 구강(九江)에 사만경(謝曼卿)이 『모시』를
잘하여 이것을 『훈(訓)』이라 하였다. 동해(東海)의 위경중(衛敬仲)이 사만경에게
수학하였다. 선대 유자들이 서로 계승하여 『모시』라고 하였다. 『서(序)』는 자하
가 창작했고 모공과 경중이 덧붙였다. 정중(鄭衆)·가규(賈逵)·마융(馬融)이 함
께 『모시전(毛詩傳)』을 지었고, 정현(鄭玄)이 『모시전(毛詩箋)』을 지었다. 『제시
(齊詩)』는 위나라 대에 이미 사라졌다. 『노시(魯詩)』는 서한 시기에 사라졌다.
『한시(韓詩)』는 비록 보존되었으나 그것을 전하는 자가 없었다. 오직 『모시정전
(毛詩鄭箋)』만이 오늘날까지 존재한다.[10]

삼가시는 한대 초기에 학관(學官)으로 성립되어 정치적인 작용을 하
였는데, 사법(師法)과 가법(家法)을 과도하게 강조하여 점점 경직되었
고, 결국 소멸하였다. 반면, 민간에서 홍행했던 모시는 정치와는 관계
가 적었고, "모시는 공자의 이성정신에서 유래하였고, 태평성세를 지향
하는 속성을 가지고 있었다. 그리고 모시 연구자들의 부단한 노력으로
동한 말 삼가시가 정치적 역량을 상실하자 급격히 홍기하였다. 특히

---

10 魏徵, 令狐德棻(1982), 『隋書·經籍志』 권32, 중화서국, 918쪽.

한 황실 경학대사 정현(鄭玄)이 추진한 금문(今文)에서 모시로의 대대적 전환은, 금문 삼가시 학문의 쇠퇴와 모시학의 성행을 야기하였고, 모시학은 경학에서 독보적인 지위를 점유하게 되었다."[11] 당 고종 영휘 4년(653)에는 공영달(孔穎達)의 『모시정의(毛詩正義)』를 전국에 반포하고, 명경과에서 『모시정의』를 기준으로 관리를 선발하여 모시의 권위를 더욱 공고히 하였다. 이로 인해 삼가시를 연구하는 자는 더욱 적어졌다. 그 후, 송대 왕응린(王應麟)이 『시고(詩攷)』에서 삼가시를 수집한 것을 기점으로, 역대 학자들은 삼가시를 분류하는 작업을 하기 시작하였다. 청대 학자 범가상(范家相)·완원(阮元)·정안(丁晏)·마국한(馬國翰)·진수기(陳壽祺)·진교종(陳喬樅)·위원(魏源) 등이 삼가시 연구에 많은 공헌을 하였고, 청 말기에 왕선겸(王先謙)이 그동안의 성과를 『시삼가의집소(詩三家義集疏)』로 집대성하였다.

박세당은 삼가시 중 『한시』를 특히 중시하였다. 그는 『한시』의 이문(異文)을 인용하여 『한시』와 『모시』 문본(文本)의 차이를 분석했다. 예를 들어, 『위풍·고반(衛風·考槃)』의 제1장 "고반재간 석인지관(考槃在澗 碩人之寬)"의 '간(澗)'에 대해, 박세당은 『시경 사변록』에서 "『한시』는 간(澗)을 간(干)이라고 썼으니, 메마른 땅을 말한다."(177쪽)라고 하였다. 왕선겸도 『시삼가의집소』에서 이 글자의 차이를 상세히 분석했다.

한시는 간(澗)을 간(干)이라고 썼는데, 메마른 곳을 말한 것이다. ……『전(傳)』에서는 "산골 물을 간이라고 한다" …… 호승공(胡承珙)은 말했다. "『소아(小雅)』는 '질질사간(秩秩斯干)'이라 하였고, 『전(傳)』은 '간(干)은 간(澗)이다'라고 하였

---

11 劉毓慶(2009), 『문학에서 경학까지-선진양한시경학사론(從文學到經學-先秦兩漢詩經學史論)』, 화동사범대출판사, 448쪽.

으니, 두 글자는 통한다. 『역(易)』은 '홍점우간(鴻漸于干)'이라 하였고, 『역문(譯文)』은 순(荀)과 왕(王)을 인용하여 말하길, '간(干)은 산 사이로 흐르는 물이다'라고 하였다. 우주(虞注)는 '작은 냇물이 산을 따라 흐르는 것을 간(干)이라고 한다'고 하였으며, 적주(翟注)는 '산의 물가이다'라고 하였다. 이들은 모두 간(干)을 간(澗)이라 하였다." 진교종(陳喬樅)은 말했다. "『한시』가 '메마른 땅'이라 한 것은, 간(干)이 절벽이 있는 땅의 산골 물이기에 메마른 땅이라고 한 것이다. 토지가 척박함을 말한다. 『구중유마·전(丘中有麻·傳)』은 구중(丘中)을 메마른 곳이라고 하였으니, 이와 같은 의미이다."[12]

박세당의 해설은 간결하게 『한시』의 이문과 그 뜻을 예시로 들었을 뿐, 진일보한 해석을 하지는 않았다는 단점이 있다. 『시삼가의집소』의 상세한 해설을 통해, 간(澗)과 간(干)은 글자가 다르지만 그 의미는 같다는 것을 알 수 있다.

『소아·소완(小雅·小宛)』 제5장 "애아전과 의안의옥(哀我塡寡 宜岸宜獄)"에 대해, 박세당은 "『한시』는 전(塡)을 진(疹)이라 썼으니, '괴롭다[苦]'는 것이다."(535쪽)라고 하였다. 또 왕선겸은 다음과 같이 말했다.

『한시』는 전(塡)을 진(疹)이라 썼는데, 진(疹)은 괴롭다는 의미이다. …… 호승공(胡承珙)은 말했다. "옛 설은 '진(眞)'을 따랐는데, '진(㐱)'이란 글자로부터 서로 가차(假借)하였다. 『모(毛)』는 '전(塡)'을 '진(盡)'이라 설명하였는데, '전(塡)'을 '진(殄)'의 가차 자로 쓴 것이다. 『첨앙시(瞻卬詩)』는 '방국진시(邦國殄瘁, 나라가 거의 무너지다)'라고 하였고, 『전(傳)』은 '진(殄)은 진(盡)이다'라고 하였다." "『한(韓)』은 진(疹)이라 썼다."의 '진(疹)'은 '진(胗)'을 주문(籀文)으로 쓴 것이다.

---

12 王先謙(1987), 『詩三家義集疏』, 중화서국, 274~275쪽.

진(脤)은 입술이 튼 것이다. 그 의미가 아니다. 『한(韓)』은 대개 '진(疹)'을 '전(瘨)'의 가차 자로 여겼다. 『설문(說文)』은 "전(瘨)은 병(病)이다."라 하였다. 『운한(雲漢)』·『소민(召旻)』의 기록은 모두 "전(瘨)은 병(病)이다."라 하였다. 『운한(雲漢)』·『석문(釋文)』은 "전(瘨)을 『한시』 또한 전(瘨)이라 썼다."고 하였다. 진교종(陳喬樅)은 말했다. "옛 설은 병(病)과 고(苦)로 서로를 설명했다. …… 그런즉 『한시』 '진고(疹苦)'의 설명은 그 의미가 응당 곤궁하고 고통스럽다는 것이며, 모시의 전진(瘨盡) 설명의 의미 역시 지극히 곤궁함을 말한다."(695~696쪽)

박세당은 『시경』 문본에서 『모시』와 다른 『한시』의 이문(異文)을 예로 들어, 경문에서 『모시』만을 위주로 하지 않고 『한시』도 겸용하였다. 왕선겸 등 삼가시 학자들이 연구한 바에 의하면 『모시』는 가차 자를, 삼가시는 본자(本字)를 많이 사용했고, 그로 인해 양자 간에 글자는 다르지만 의미가 같은 이문(異文)이 생겨났다. 이문(異文)을 통해 『모시』와 삼가시는 동원이류(同源異流)라는 것을 알 수 있기에, 『모시』만을 숭상하며 삼가시를 폄하해서는 안 된다.

박세당은 몇몇 시구를 해석하면서 『한시』가 『모시』보다 우수하다고 주장했다. 『패풍·신대(邶風·新臺)』의 "신대유쇄 하수매매(新臺有灑 河水浼浼)"에 대하여 박세당은 "『한시』에서 말하길 쇄(灑)는 최(漼)이니 드문드문한 모양이고, 매(浼)는 미(浘)이니 넘쳐흐르는 모양이다."(148쪽)라고 하였다. 『모전(毛傳)』에서는 "쇄(灑)는 높고 험준한 산이고, 매매(浼浼)는 평지이다."라고 하였는데, 이에 대해 박세당은 "아마도 『한시』의 훈(訓)에서 나온 것이 아닌가 싶다."라고 하였다. 이러한 그의 추측은 왕선겸의 『시삼가의집소』의 내용을 통해 더 설득력을 얻을 수 있는데, 그 내용은 다음과 같다.

단옥재는 말했다. "이것은 필시 제1장 신대유쇄 하수매매(新臺有灑 河水浼浼)의 이문(異文)이다. 최(漼)·미(浘)와 차(泚)·미(瀰)는 같은 부류이고, 쇄(灑)·매(浼)는 다른 부류이다." ……마서진(馬瑞辰)은 말했다. "쇄(灑)와 세(洗)는 쌍성(雙聲)으로 예전에는 통용되었다. 『백호통(白虎通)』은 '세(洗)는 선(鮮)이다'라고 하였다. 『여람(呂覽)』의 주석은 '세(洗)는 신(新)이다'라고 하였다. ……『모(毛)』는 높고 험준하다고 설명하였는데, 『한(韓)』이 선명한 모양이라고 설명한 것보다 확실치 않다.(211쪽)

이외에도, 박세당은 옳고 그름을 논하지 않고 『한시』와 『모시』의 공통점과 차이점을 상호 대조하여 시구를 해석하였다. 『패풍·북문(邶風·北門)』 중 "왕사돈아(王事敦我)"의 '돈(敦)'에 대해 『시경 사변록』은 "『모전』의 돈(敦)은 후(厚)이다. ……『한시』의 돈(敦)은 박(迫)이다."(143~144쪽)라고 하였다. 『패풍·곡풍(邶風·谷風)』 "유광유궤(有洸有潰)"에 대해 박세당은 "『모전』의 궤궤(潰潰)는 노(怒)이다. ……『한시』의 궤궤(潰潰)는 좋지 않은 모양이다."(133쪽)라고 하였다. 그리고 왕선겸의 『시삼가의집소』는 진교종의 말을 인용하여 "『모전』의 궤궤(潰潰)는 노(怒)인데, 노(怒) 또한 좋지 않은 모양이니, 『한시』와 같다."(179쪽)라고 하였다.

박세당은 『시경 사변록』에서 삼가시 중 『한시』로써 『모시』를 보충하였다. 그 분량이 많지는 않지만, 모시와 삼가시를 모두 수용하는 시경학 연구 방법을 구현했다는 데 중요한 의의가 있다.

2) 한송시론의 장점을 모두 수용하여 실사구시적으로 연구한다 (漢宋兼采 唯是之求)

전통적인 시경학은 한학과 송학의 두 갈래로 나누어진다. 양자의 학술적 지향은 판이하여 서로 경쟁의 구도를 이룬다. 한당(漢唐)대에는 한학이 성행하였는데, 공영달(孔穎達)의 『모시정의(毛詩正義)』가 전국에 배포된 뒤로 『시경』 한학의 권위가 확립되었고, 당 말에 이르기까지 이와 배치되는 의견을 낸 학자는 극히 드물었다. 송대는 "경학 변고(變古)의 시대"[13]로, 구양수(歐陽脩)·정초(鄭樵) 등이 모시와 정현에 대해 의문을 제기하였으며, 주희는 송대 시경학을 집대성한 『시집전(詩集傳)』을 출간하였다. 원(元)대에는 『시집전』을 과거 시험의 법령으로 내세웠다. 명나라는 원대의 과거제를 계승하였고, 호광(胡廣) 등이 『시전대전(詩傳大全)』을 편찬하여 주희의 『시집전』의 위상을 높였다. 이 시기에는 송학이 한학을 능가하여 학술의 주류 사조가 되었으며, 『모시정의』는 소외되고 『시집전』이 성행하였다. 청대에는 한학이 다시 부흥하여 한학과 송학의 격렬한 논쟁이 시작되었다. 본래 정상적인 학파들 간의 논쟁은 문제에 대한 의식을 심화하고 학술적인 진보를 이룰 수 있다. 그러나 한학과 송학의 논쟁은 때때로 비학술적 요소가 개입하여 학술 연구에 악영향을 주었다. 그래서 사고관신(四庫館臣)들은 "한학을 배척하는 자들은 경전의 뜻을 논하기보다 한유(漢儒)를 공격하기에 바쁘다. 한학을 옹호하는 자들은 경전의 뜻을 논하기보다 송유(宋儒)가 한유(漢儒)를 헐뜯는 말에 분노할 뿐이다."[14]라고 하였다. 사고관신들은 경계를

---

13 皮錫瑞(2008), 『經學歷史』, 중화서국, 220쪽.
14 紀昀 등(1997), 『四庫全書總目(整理本)』, 중화서국, 186쪽.

허물고 공명정대할 것을 호소하였지만, 사고관은 본래 한학가들의 본진(本陣)이었다. 때문에 그들 역시 한송 논쟁의 위험성을 알면서도 구체적인 조정 과정 속에서는 한학을 옹호하고 송학을 비판하는 태도를 버리지 못하였다.

박세당이 살던 시기 조선의 학자들은 주희의 『시집전』을 규범으로 여겼으며, 그와 다른 견해를 내는 학자들은 많지 않았다. 박세당의 『시경』 연구는 주희의 관점을 수용하면서도, 그에 대해 반박하고 수정하기도 하였다. 이것은 박세당이 주희에 반대한 것이 아니라, 주희를 존숭하는 동시에 객관적으로 한당 고거학(考據學)의 장점을 수용한 것이다. 그리고 그는 어렴풋하게나마 『시경』 연구는 한학과 송학을 모두 수용해야 하며, 어느 한쪽이 우월하다는 편견을 버려야 한다는 것을 의식하고 있었다. 한송 양가가 모두 확실한 해석을 하지 못하고, 박세당 자신도 이해하지 못하는 부분은 '궐의(闕疑)'로 표시하여 보류하였으니, 이와 같이 신중한 박세당의 연구 방법은 높이 평가해야 마땅하다.

『모시서(毛詩序)』는 시의 주제에 부합하는 해석이 많지만, 견강부회한 해석도 적지 않아 시경학 역사상 많은 논쟁을 일으켰다. 『모시정의』는 거의 『모시서』를 수용하였는데, 주희의 『시집전』은 『모시서』에 반대하여 『서』를 폐기하기에 이르렀다. 주희의 방법은 다소 독단적이어서, 박세당은 『시경』을 해석할 때 문본과 역사적 사실을 자세히 고찰하여 『모시서』의 해석을 다수 수용하였다.

『패풍·격고(邶風·擊鼓)』의 『모시서(毛詩序)』에는 "『격고(擊鼓)』는 주우(州吁)를 원망하는 것이다. 위나라 주우가 병사를 씀이 폭란(暴亂)한데, 손문중으로 하여금 진나라와 송나라가 평화를 맺게 하여서, 나라 사람들이 그 용감하나 무례함을 원망하였다."라고 하였다. 주희는 『모시서』의 내용에 대해 반신반의하며 "옛 설에 이로써 춘추시대 은공 4년에 주우가 스스로 설 때에 송·위·진·채가 정나라를 쳤던 일이라고 했으니 아마도 그런 듯하다."[15]라고 하였다. 주희는 '아마도 그런 듯하다'라는 말로 신중히 표현하였는데, 박세당은 주희의 모호한 표현에 반대하며 "이 시는『모시서』가 사실을 밝힌 것이다."(119쪽)라며『모시서』가 틀리지 않았다고 단언하였다.

『왕풍·군자양양(王風·君子陽陽)』에서 박세당은『모시서』·『모전(毛傳)』·『정전(鄭箋)』·『모시정의』의 해석을 수록하고 "이 시의 의미에 대해, 옛 해설들이 이와 같이 철학적 함의가 풍부하니, 이를 따른다."(205쪽)라고 하였다. 박세당은 주희의『시집전』이 옛 해설보다 비합리적이라고 생각했기 때문에 이 시에는 주희의 관점을 수록하지 않았다.

또, 박세당은 주희의『시집전』에 근거하여 한학의 경직적이고 복잡한 단점[16]을 보충, 수정하였다.

『소남·초충(召南·草蟲)』에 대해 박세당은 "이 편은 옛 설이 매우 천착하여 본지를 잃어버렸다. 오늘날『시집전』이 수정한 내용이 옳다."(85쪽)라고 하였다.

『왕풍·군자우역(王風·君子于役)』에 대해『모시서』는 "평왕을 풍자하는 것이다. 왕이 부역을 기한 없이 시행하니, 대부가 그 위태롭고 어려움을 생각하며 읊은 것이다."라고 하였다. 이에 대해 주희의『시집전』

---

15 朱熹(2007),『詩集傳』, 봉황출판사, 22쪽.

16 『四庫全書總目·經部總敍』는 다음과 같이 말했다. "한경(漢京) 이래로 이천 년 동안 유학자들이 흐름을 따라가니, 학문에 무릇 여섯 가지 변화가 있었다. 처음에는 오직 문파로 주고받아, 스승에게 전하여 여쭙고 이어받아, 훈고를 생각하여 서로 전하지 않고, 감히 같고 다름을 논하지 않았으며, 편장과 자구에 대해 들은 바를 각별히 지켰다. 학문이 독실하고 근엄하여 그 폐단에 이르러서도 융통성이 없었다. 왕필(王弼)과 왕숙초(王肅稍)가 이의를 제기하니 학풍이 변하여 어떤 것은 믿고 어떤 것은 의심하였다. 공(孔)·가(賈)·담(啖)·조(趙) 및 북송 손복(孫復)·유창(劉敞) 등이 각자 주장을 말하고 서로 통섭하지 않아 그 폐단에 이르러서도 번잡하였다." 『사고전서총목』, 1쪽.

은 다음과 같이 서술하였다.

대부가 오랫동안 밖으로 부역 감에 그 부인이 그리워서 시를 지어 말하였다. 군자의 부역 감이여, 그 돌아올 기약을 알지 못하니 또 지금 어느 곳에 이르렀는고? 닭은 횃대에 깃들이고, 해는 저물어 가며, 소와 양도 아래로 내려온다. 축산의 출입도 아침과 저녁의 절차가 있거늘, 부역 간 군자는 이에 쉴 때가 없으니 나로 하여금 어찌 생각지 아니하게 하랴.(50쪽)

박세당은『시집전』을 수용하고『모시서』를 따르지 않았다.

이외에도, 박세당은 확실한 해석을 할 수는 없지만 한송 양가가 모두 합리적이라고 생각되는 시편에 대해서는 둘의 장점을 모두 수용하였다.

『패풍·북풍(邶風·北風)』의 마지막 장에서 박세당은『모전』과『모시서』의 설을 예로 들어 "옛 설이 이와 같은데, 지금의 설 역시 틀리지 아니하니, 마땅히 두 가지를 모두 보존해야 하며 어느 한 가지를 버려서는 안 된다."라고 하였다.

『정풍·자금(鄭風·子衿)』에서 박세당은『모시서』·『정의』·『모전』·『정전』을 예로 들어 "이 장의 의미는 예와 지금의 설이 모두 다르니, 두 가지를 모두 보존한다."라고 하였다.

『정풍·산유부소(鄭風·山有扶蘇)』에 대해『모시서』는 "홀(忽)을 풍자하는 것이다."라고 했으며,『정전』은 "어진 이를 임용하지 않고 소인배를 임용함을 흥홀(興忽)로써 표현하였다."라고 하였다. 주희의『시집전』은 "음탕한 여자가 그 사사로이 친한 자를 희롱한다."(61쪽)고 하였다. 박세당은 "이 시의 의미는 오늘날『시집전』의 해설에 더 유사하다. 그러나『모시서』의 해설 또한 반드시 틀렸다고 속단해서는 안 된다."(224쪽)고 하였다.

박세당은 이해하기 어려운 시구는 우선 해석을 보류해 두었다. 『소아·보전(小雅·甫田)』제3장의 '증손(曾孫)'에 대해 그는 "증손이 왕후(王侯)를 말하는 것인지 공경(公卿)을 말하는 것인지 명확하게 지적할 만한 것이 없으므로 보류한다."(647쪽)라고 하였다.

『용풍·간모(鄘風·干旄)』에는 "양마오지(良馬五之)", "양마육지(良馬六之)"라는 구절이 있는데, 박세당은 이에 대해 아래와 같이 서술하였다.

오늘날의 설과 옛 설이 모두 다르다. 『모(毛)』는 곁마 네 마리의 고삐 개수라 하였고, 『정(鄭)』은 바로 보이는 숫자라고 하였고, 주희의 『전(傳)』은 수레를 끄는 말이 많음이라 하였다. 대저 상장(上章)에서 이미 네 마리 말이라 하였고, 제2장 또한 그 문장을 과장하거나 사실을 줄이는 것이 마땅하지 않으니, 이는 『모(毛)』의 오류이다. 바로 보이는 숫자라는 것은, 직접 좋은 말의 아래에 매는 것이 마땅하지 않고, 만약 그렇다 하더라도 대개 말이 되지 않으므로, 이는 『정(鄭)』의 오류이다. 다섯 마리 말은 한대에 시작된 것이며, 여섯 마리 말은 천자가 끌 수 있으니, 위나라의 대부가 주제넘게 행할 수 없다. 비록 수레를 끄는 말이 많다는 것을 자랑하려 했다 하더라도, 어찌 그럴 수 있겠는가. 이는 주희 『전(傳)』의 오류이다. 이 세 가지 설명은 모두 그 의미를 탐구하였지만 그 말을 억지로 해석할 수는 없으며, 끝내 그 의미를 알기 어려우니 보류하는 것이 낫다. (169~179쪽)

박세당은 자세히 모시와 정전, 주희의 해석을 고찰하여 그들의 차이점을 지적하였으나, 자신도 더 좋은 해석을 하지 못할 때에는 보류하여 실사구시적인 시경 해석의 태도를 보였다.

3) 본문(本文)을 음미하여 감정으로써 시를 해석한다(涵詠本文 以情解詩)

『시경』은 선대 민중 생활의 정감이 담긴 표현이며, 무정(無情)의 사물이 아니다. 그러나 『시경』은 한대에 관학으로 편입되며 점차 정치와 밀접한 관계에 놓이기 시작하였고, 학자들은 『시경』의 서정성보다 교화 기능을 강조하였다. 그 후 송대에는 고대의 학문에 대해 회의적인 사조를 가진 시경학이 등장하였고, 학자들은 과거 한당 『시경』 연구의 한계를 재고하여 『시경』의 감정 표현[言情] 기능에 주목하였다. 이 새로운 사조의 대표자는 바로 주희이다. 그는 비록 『주남·관저(周南·關雎)』편에서 "학자가 우선 그 말에 나아가서 그 이치를 완색(玩理)하여 마음을 기른다면 또한 가히 시를 배우는 근본을 얻을 것이다."(3쪽)라고 하였지만, 그의 『시집전』을 전체적으로 살펴보면 '이치를 완색한[玩理]' 내용은 소수이고, '감정을 말한[言情]' 내용이 대부분이다. 주희 자신이 "대개 옛 사람들이 시를 쓴 것은 오늘날 사람들이 시를 쓰는 것과 마찬가지로 사물에 감정을 느끼는 것이 있어 정(情)과 성(性)을 읊은 것이다. 어느 때에 다 풍자라 하겠는가?"[17]라고 한 것과 상통하다. 안타깝게도 주희 이후의 많은 시경학 저서들은 다시 시의 교훈성을 강조하며 성리학적 해석을 다수 적용하였고, 『시경』의 서정성은 감추어져 드러나지 않게 되었다. 조선시대에는 이학(理學) 사상이 숭배되었고, '이(理)'로 『시경』을 해석하는 것이 보편적이었다. 그러나 박세당은 보편적 방법을 따르지 않고, 『시경』의 문본에서부터 출발하여 감정으로 『시경』을 해석하였다. 서정적 시경 연구의 전통을 발양(發揚)하고 동시대 학자들을 넘어

---

17 주희(1986), 『주자어류』 권18, 중화서국, 2076쪽.

선 것이다.

박세당은 현실에서 느끼는 감정을 『시경』의 해석에 투영하여 시인이 전하고자 하는 감정을 깊이 음미하였다. 그는 『시경』이 부부간의 이별과 그리움을 전달한다고 여겼다. 『주남·여분(周南·汝墳)』 제2장에는 "준피여분 벌기조이 기견군자 불아하기(遵彼汝墳 伐其條肄 既見君子 不我遐棄)"라는 구절이 있다. 이에 대해 『시사변록』은 "보지 못하니 마음이 아프고, 걱정과 그리움의 절박함을 견디지 못한다. 이미 보고 나면 스스로 깊이 다행이라 여기고, 만약 그 버리지 않음을 알게 되면 바라는 마음의 바깥으로 나오는 것이다. 이는 인정(人情)의 지극함을 보여 준다."(78쪽)

또한 『소남·초충(召南·草蟲)』편 시의 주제에 대하여, 『모시서』는 "『초충』은 남편과 아내가 능히 예(禮)로써 스스로를 지킨다는 것이다."라며 부부의 예절에 중점을 두고 교화의 의미를 강조하였다. 반면, 주희는 『모시서』의 교화설에 동의하지 않고 감정 표현설을 주장하였다. 시가 말하는 것은 부인이 길을 떠난 장부를 그리워하는 마음이지, 예악 교화와는 관련이 없다는 것이다. 주희의 『시집전』은 "남국이 문왕의 교화를 입어, 제후 대부들이 타지로 행역을 나가, 그 아내가 혼자 살면서 계절과 사물이 변하는 것을 보고 그 남편을 생각하는 것이 이와 같다."(10쪽)고 하였다. 박세당의 관점은 주희와 비슷하여 『모시서』의 해설에 반대하였다. 그는 "제후의 부인이라 여기든, 대부의 처라 여기든, 그것이 아니라는 법이 없거늘, 또 어찌 그가 어떤 사람인지 밝히고 속단한단 말인가? 다만 밝히기 어려운 것은 보류하고 알 수 있는 것만 논할 뿐이다. 이 편에서 알 수 있는 것은 장부가 외지에 있어 시간이 지나도 돌아오지 않아 부인이 그리워하는 마음일 뿐이다. 다른 것은 모두 상세하지 않으니 어찌 반드시 강제로 말을 만들어 운운하겠는가."(85~86쪽)라고 하였다. 박세당은『모시서』의 예악설에 반대하고 주희와 마찬가지로 부부의 그리움을 표현한 것이라고 생각하였다. 그러나 박세당이 주희의 관점을 완전히 수용한 것은 아니었다. 그는 시가 말하는 감정 표현의 범위를 축소하고, 시에 등장하는 부부를 제후 대부 부부라고 한정지었다는 점에서 주희의 해석이 지나치게 고지식하다고 여겼다. 시가 말하는 감정은 보편적이며, 이 세상의 부인들이 집을 떠난 남편을 그리워하는 마음은 모두 그 안에 함축될 수 있다. 따라서 감정 표현의 범위는 절대 제후 대부에만 한정되지 않는다. 이 시에 대한『모시서』의 해석은 진부하고『시집전』의 해석은 고지식한데, 박세당의 관점은 양자보다 우수하고 합리적이다.

박세당은 또『시경』이 내포하고 있는 부모, 형제의 정에 주목하였다.『소아・소명(小雅・小明)』제3장의 내용은 "옛날 내가 떠나올 때는 해와 달이 따스했는데 어찌 돌아간다고 말하리오. 나랏일은 더욱 급박하네. 올해도 저물어 가고 쑥대 베고 콩을 거둔다오. 마음의 근심함이여, 내 스스로 불러들였도다. 저 사람을 생각함이여, 일어나 웅얼대다 잠자리에서 나가도다. 어찌 돌아가려 하지 않으리오마는 이것을 반복할까 두렵네(昔我往矣 日月方奧 曷云其還 政事愈蹙 歲聿云莫 采蕭穫菽 心之憂矣 自詒伊戚 念彼共人 興言出宿 豈不懷歸 畏此反覆)."이다. 박세당은 시인이 부모에 대한 그리움을 토로하는 것이라고 보았다. 그리고 옛 설이 현명한 군주에 대한 그리움이라 한 것은 천착하고,『시집전』이 동료에 대한 그리움이라 한 것은 근거가 허술하기에, 두 해설 모두 확신할 수 없다고 하였다. 박세당은 말하였다.

반복(反覆)은 소인이 그 사이를 줏대 없이 오가는 것을 하소연하는 것인 듯하다. 앞 세 장에서 말하는 공인(共人)은, 시의 의미를 자세히 살펴보니 그 부모를 가리키는 듯하다. 부모를 그리워하는 마음이 간절하여 눈물이 비와 같이 흐르고 누워서도 편히 있지 못한다. 그 감정의 그리움이 이와 같음을 미루어 알 수 있다. 일찍이 다른 책에서 이 말을 인용하여 부모를 생각하는 글을 보았는데, 다만 그 기록이 상세하지 못했다. 옛 설이 정공이위(靖共爾位)한 군주라고 한 것, 오늘날 『시집전』이 동료의 거처라고 한 것은 모두 아래 두 장(章)에 근거하여 말한 것이다. 정공이위를 말하지만, 그 뜻을 취하는 자는 각각 다르다. 이 문장에 한해 우연히 같을 뿐이지, 시인의 뜻이 반드시 그렇다고 할 수는 없다. 옛 설은 천착한데, 오늘날 『시집전』은 허술하다. 그리워 눈물이 나고 생각하다 돌아가 밤에도 편히 잠들지 못하는 것에 대한 두 설을 비교해 보았으나, 모두 크게 들어맞지 않는다.(604~605쪽)

또 『당풍·체두(唐風·杕杜)』에서 박세당은 "'기무타인(豈無他人, 어찌 다른 사람이 없으랴)'은 같이 갈 다른 사람이 없는 것은 아니지만, 형제와 같이 가는 것만 못하며, 고로 스스로 그 독행(獨行)과 외로움을 탄식하며 같이 가는 사람이 없는 것 같다고 하는 것이다. 비(比)는 친(親)이다. 길을 가는 사람들이 혈육과 같다고 하지만, 또 그 외로움을 가엾이 여기고 도움을 보니, 어찌 지극히 스스로 상심함이 이와 같을까. 말이 이에 이르렀으니, 심히 서러운 감정이다."(264쪽)라고 하였다. 형제의 정으로 이 시를 풀이한 박세당의 해설은 『모시서』의 "시대를 풍자했다는 설[刺時說]"보다 확실히 뛰어나다. 청대 독립파 시경학자 요제항(姚際恒) 역시 이 시가 "형제에게서 얻지 못하는 듯하면서도 끝내 형제의 도움을 바라는 글이다."[18]라고 하였고, 방옥윤(方玉潤)은 "형제가 우의를 잃고 도움이 없음을 슬퍼한다."[19]라고 하였다. 두 학자는 박세당보다

---

18 姚際恒, 『시경통론(詩經通論)』, 133쪽.

조금 후대의 사람으로, 공교롭게도 다른 지역에서 같은 사조가 나타났던 것이다.

정(情)으로써 시를 해석하는 것 이외에도, 박세당은 "시는 원망할 수 있다."는 전통에 주목하였다. 사마천(司馬遷)은 "『시삼백편』은 대저 성현이 발분(發憤)하여 지은 것이다. 이 사람은 모두 우울하고 답답한 마음이 있는데 그것을 발산하지 못하기 때문에, 지난 일들을 서술하여 앞으로의 일을 생각하는 것이다."[20]라고 하였다. 박세당은 사마천의 관점을 계승하였고, 『시경 사변록』 중에 발분의 관점으로 시를 해석한 부분이 적지 않다. 예를 들어 『용풍 · 재치(鄘風 · 載馳)』편에서 박세당은 "부인이 형제를 조문하러 위나라로 가는 길에, 허나라의 대부가 쫓아와 가지 못하게 막았다. 고로 자신의 뜻을 서술하여 그 근심을 풀어낸 시이다."(171쪽)라고 하였다.

4) 현실에 주목하여 성치를 바라다(關注現實 嚮往聖治)

박세당은 임진왜란(1592~1598)과 병자호란(1636~1637) 이후의 조선 사회에 살았다. 이 두 차례의 전쟁은 조선 왕조에 막대한 재해를 입혔고, 정치 혼란과 사회 기강의 붕괴, 농지의 황폐화, 민생고와 같은 사회 문제를 야기하였다. 사상계에는 의리(義理) 위주의 주자철학이 현실의 문제를 해결하지 못하면서 주자철학의 한계성이 드러났다. 이러한 사회적 국면은 학풍의 전환을 촉진하였고, 이로부터 17세기 조선 후기 실학파가 탄생하였다. 실학파는 기존의 규범을 혁파하고 주자학의 심

---

19 方玉潤(1986), 『시경원시(詩經原始)』, 중화서국, 258쪽.
20 司馬遷(1963), 『사기(史記)』, 중화서국, 3300쪽.

성 이론에서 벗어나 경험과 실용을 중시하였다. 실학파 맹아기(萌芽期)의 대표적 인물인 박세당은[21] 적극적으로 사회현실에 주목하여 많은 유익한 시책들을 제시하였다. 최석항(崔錫恒)의 『서계선생(西溪先生) 시장(諡狀)』에는 다음과 같은 대목이 나온다.

> 정미년(1667) 여름에 수찬으로 소환되었다. 당시 성상이 가뭄을 근심하여 구언(求言)하는 하교를 내리자, 공이 성지(聖旨)에 응하여 소를 진달하였다. 첫째, 성지(聖志)를 확립하여 각고의 노력으로 다스림을 도모하여 쇠퇴기를 전성기로 전환하는 근본으로 삼으라는 것이고, 다음으로 조회를 드물게 보는 잘못에 대해 논하고, 이어 대신들이 일하기를 싫어하는 폐단을 언급하면서, 앞으로 확연히 분발하여 날마다 법전(法殿)에 납시어 신료들을 불러 접견하고 대신들을 책려(責勵)해서 직분을 다하게 하기를 청하였다. 또 이웃과 친족에게까지 세금을 징수하는 것에 대한 원한, 그리고 군제(軍制)를 알맞게 변통하는 것에 대해 말하였다. 이상 5, 6천 자에 걸쳐 세세하게 언급한 것이 명백하고 절실하며 당시의 병폐를 통렬히 지적하지 않은 것이 없었다.[22]

박세당의 이러한 건의는 국정에 채택되지 않아 시행되지 못하였다. 그러나 박세당의 적극적 현실 참여 의지와 경세치용의 열정은 사라지지 않았고, 그는 자신의 생각을 저술에 담아내었다. 『시경 사변록』에는 현실에 주목하고 성명(聖明)의 정치를 지향하는 내용이 적지 않다.

『왕풍・구중유마(王風・丘中有麻)』에 대해 『모시서』는 "현인(賢人)을 그리워하는 것이다. 장왕(莊王)이 현명하지 못하여 현인을 축출하였는

---

21 한국철학회 편(1996) 『한국철학사』, 사회과학문헌출판사, 90쪽.
22 崔錫恒, 『(西溪先生)諡狀』, 『西溪集』 권21, 『한국문집총간』 제134책, 425쪽.

데, 나라 사람들이 그를 그리워하며 시를 지었다."라고 하였다. 주희의 『시집전』은 "부인이 그 사사로이 만나는 자를 바라지만 오지 않는다. 그러므로 의심하기를 언덕 한가운데에 삼밭이 있어 다시 그와 사사로이 만나 머물게 하는 자가 있으니 이제 어찌 기쁘게 오라 할까?"(55쪽)라고 하였다. 박세당은 『모시서』의 해석에 공감하고, 연애시로 이 시를 해석한 주희의 견해에 반대하였다. 그는 『모시서』의 해석에서 더 나아가 "구(丘)는 '산'을 말하는 것이다. 유(留)는 '산다'는 것이다. 장(將)은 '바라다'라는 뜻이다. 시시(施施)는 내버려 두어 더딘 모양[委遲貌]이다. 이 편은 현인이 달아나 숨은 일이 많음을 보여 준다. 마지막 장의 '피류지자(彼留之子)'는 그 이름을 말하지는 않았지만, 대개 위에서 말한 두 사람에게만 국한되지 않는다. 군주는 어리석고 나라가 혼란하여 현인들이 숨었는데, 그들을 그리워하는 마음이 깊고, 그들을 바라는 마음이 간절한 것이 이와 같다. 즉, 시인이 세태를 걱정하고 현인을 아끼는 마음을 볼 수 있다."(213~214쪽)라고 하였다. 그는 감정을 담은 필묵으로 시인의 세태를 걱정하는 마음을 해석하고, 『시경』 해석을 통해 개인적인 정한(情恨)을 표현했다.

『정풍·탁혜(鄭風·蘀兮)』에 대해 『모시서』는 "홀(忽)을 풍자함이다. 군주는 약하고 신하는 강하니 번창하지 않는데 조화롭다."라고 하였다. 주희는 "이는 음란한 여자의 말이다."(61쪽)라고 하였다. 박세당은 "이 시의 의미에 대한 『모시서』의 해설은 견강부회이고, 모(毛)와 정(鄭)은 천착한 말이다. …… 나는 이 시가 시간이 지나 일을 하지 못할 것을 두려워하여, 일찍 그것을 도모하고 싶어하는 뜻을 나타냈다고 여긴다. 만약 『당풍(唐風)』의 '금아불락 일월기제(今我不樂 日月其除, 지금 내가 즐기지 않으면 세월은 그냥 가 버린다)'와 같은 뜻이 아니라면, 필시 대부가 나라가 위태로워 재앙이 도래할 것을 걱정하여, 여러 대부들과 같은 마음으로 힘을 합쳐 일찍이 대책을 세우고자 하는 것이다."(224~225쪽)라고 하였다. 박세당은 떨어지는 꽃을 통해 국가 환난의 도래와 대부가 나라를 생각하는 간절한 마음을 읽어 낸 것이다. 그는 나라와 백성을 염려하는 자신의 마음을 『시경』에 투영하였기 때문에 이러한 독창적인 견해를 제시할 수 있었다.

박세당은 『시경 사변록』에서 사직과 민생을 걱정하는 마음을 표현하였다. 『소아 · 십월지교(小雅 · 十月之交)』의 마지막 장에 대해 박세당은 "이 장의 내용은 사람들은 모두 풍요롭고 즐거운데 나만 홀로 근심하며, 백성들은 편안하지 않은 자가 없는데 나는 감히 쉬지 못하니, 병이 깊어져도 근심 걱정은 아득하다고 말하는 것이다. 천명은 균등하지 못하여 편안한 자는 절로 편할 뿐이니, 내가 어찌 그들을 본받을 수 있겠는가? 힘써 일하면서도 노고를 말하지 않는 것은 이와 같기 때문이다." (508~509쪽)라고 하였다.

『소아 · 채숙(小雅 · 采菽)』 제4장에 대해 박세당은 "이 장에서 '작(柞)'은 천자를, '지(枝)'는 제후를, '엽지봉봉(葉之蓬蓬)'은 제후들의 많은 공로를 빗댄 것이다. 그러므로 천자의 나라를 평정할 수 있고, 그렇게 한 이후에 그 왕실이 베풀고 힘쓰는 것이 이와 같으니, 만복(萬福)이 이에 모여들고, 같이 좌우의 신하들을 따라가니, 또 공평하고 분별 있게 다스리는 현명한 인재가 된다."(713쪽)라고 하였다. 이는 박세당의 사직과 민생에 대한 염려와 명군현신(明君賢臣)의 정치를 지향하는 의지를 잘 보여 준다.

『시경 사변록』에는 난세에 살며 자기 수양에 힘썼던 박세당의 모습을 보여 주는 대목도 있다. 『위풍 · 벌단(魏風 · 伐檀)』에서 박세당은 다음과 같이 말했다.

이 시는 군자를 만나지 못하는 시기에 상심하지만, 수신하고 덕을 쌓을 수 있음을 찬미하며, 쓰이지 못하다고 하여 스스로 좌절하지 않는다는 뜻이다. 쾅쾅 박달나무를 벤다(坎坎伐檀)는 것은 부지런히 수행에 힘씀을 비유한다. 강가에 놓았는데 강물이 맑고 물결이 인다(寘之河干 河水清漣)는 것은 때를 만나지 못해 시행하는 바가 없음을 비유한다. 농사도 사냥도 하지 않고 어찌 거두고 어찌 보는가(不稼不狩 胡取胡瞻)는 것은 진실로 부지런히 천작(天爵)을 수행하지 않으면 인작(人爵)에 닿을 수 없으니, 군자는 일하지 않으면 먹지 않음을 비유한다. 이와 같이 어진 이가 무도(無道)한 세상을 만나 변하지 않고 그 뜻을 지키는 것을 깊이 탄식한다.(254쪽)

『소아·백구(小雅·白駒)』의 마지막 장에서 박세당은 말했다.

저 현자가 마침내 떠나 다시 머물지 못하니, 그 능히 자신을 깨끗이 하여 혼란한 세상에 더럽혀지지 않고 미치지 못하게 됨을 탄식한다. 그러나 국가는 반드시 현인을 기다려 창성하며, 세상을 도와 백성을 구하는 것이 내가 바라는 바이니, 심오하다. 스스로 아끼지 않고 그 몸을 무겁게 하여 아득히 먼 마음이 있다. 대개 그 반복해서 법도를 살피기를 바라고, 끝내 세상을 등지고 결정하여 한 번에 행하는 것이 부당하다고 말한다.(448쪽)

박세당은 유가 경전에 주석을 달았을 뿐만 아니라 『노자』·『장자』와 같은 도가 서적에도 주석을 달았다. 그는 도가의 무위적 세계에서 정신적 만족을 얻었고, 『시경』을 해석하면서 "군자는 외부의 혼란이 있어도 내면의 수양을 잃지 않는다."며 불우하여도 기운을 잃지 않는 현인을 찬양하였다. 그러면서 은연중에 항상 흔들리지 않고자 하는 자신의 의지를 표출하였다.

3. 한당 시경학에 대한 『시사변록』의 비판

박세당의 『시경 사변록』은 한당 시경학의 장점을 수용한 한편, 그 단점에 대해서는 비판하였다. 박세당은 "『모시서』는 견강부회이고, 모(毛)와 정은 천착(穿鑿)한 말이라 생각한다."(224쪽)라며, 한당 시경학 연구의 두 가지 단점을 지적하고 더 좋은 방향으로 수정하였다.

먼저, 박세당은 일부 시편에 대한 『모시서』·『모전』·『정전』·『모시정의』의 해석에 만족하지 못하였다. 그중 비교적 선명한 예시를 들자면, 박세당은 『모시서』가 문왕·후비 등으로 『시경』의 의미를 견강부회하는 것에 반대하였다. 그는 『모시서』가 『주남·관저(周南·關雎)』를 문왕과 태사(太姒, 문왕의 비)와 연결지은 것에 대해 "명확한 근거가 없는 자의적인 해석이다. 옛 설은 이로써 아름다운 후비가 투기하지 않음을 지었다고 여겼는데, 주자에 이르자 비로소 그 오류를 수정하였다."(66쪽)라고 하였다. 그는 『관저(關雎)』가 "대개 그 임금이 현명한 여인을 얻어 배필로 삼아 정치에 도움이 되는 것을 기뻐하여, 그 일을 기록하고 노래로 부른 것이다."(65~66쪽)라고 하였다. 『주남·갈담(周南·葛覃)』편에 대해 『모시서』는 "후비의 근본이다. 후비가 부모의 집에서 길쌈에 힘쓰고, 근검절약하며 빨래한 옷을 입고, 사부를 공경하면, 돌아가 부모를 편안하게 해드릴 수 있으니, 여자로서의 도리로 천하를 교화함이다."라고 했다. 그러나 박세당은 『모시서』의 해석이 "근거를 찾을 수 없다."(69쪽)고 하였다.

이외에도 박세당이 시의 주제를 수정한 내용은 더 많다. 『패풍·백주(邶風·栢舟)』의 제2장에 대해 박세당은 "이 장에 대한 예와 지금의 해설은 모두 오류가 있다. 공자와 정전은 앞 두 구절의 의미를 잘못 분석하였다. 주자의 『시집전』은 이미 말한 것을 또 말하는 것이, 앞과 뒤를 두 가지 의미로 나누는 오류가 있다."(105쪽)라고 하였다.

『패풍·종풍(邶風·終風)』에서 "(이 시는) 모전과 정전이 모두 틀렸으니, 『모시서』가 틀린 까닭이다."(105쪽)라고 하였다.

『패풍·웅치(邶風·雄雉)』에서 "옛 설은 『소서(小序)』를 따르니, 견강부회의 오류가 생겼다."

『위풍·죽간(衛風·竹竿)』에서 "이 편은 옛 설이 천착하니, 오늘날의 『시집전』을 따른다."

『왕풍·대거(王風·大車)』에서 "『모시서』는 '주대부를 풍자하는 것이다. 예의가 사라지고, 남녀가 음분(淫奔)하니, 진고(陳古)로써 지금 대부가 남녀의 송사(訟事)을 듣지 못한다고 풍자한 것이다'라고 하였다. 『모전』 이후로는 모두 『모시서』의 설을 인용하여 경전의 해석이 오류가 있으니, 오늘날의 『시집전』을 따르는 것이 옳다. 옛 설이 제 3장을 해설한 것은 더욱 천착하다."(212쪽)

『정풍·유녀동거(鄭風·有女同車)』에서 "옛 설을 합치면 틀리지 않으니, 오늘날 『시집전』을 따르지 않는 것이 옳다. 그러나 이것이 음분(淫奔)의 시인지는 모르겠다. …… 이 시와 같은 것은 보류해야 마땅하다."(223쪽)

『정풍·양지수(鄭風·揚之水)』에서 "이 시의 의미는 예와 지금의 설 모두 근거가 부족하다. 그러나 그렇다고 믿는 것은, 단지 친구와 친척의 은혜가 사람 사이에 더 어그러지고 소원해지니, 그것에 상심하고 원망하여 지었다는 것뿐이다. 양(揚)이란 물이 많음인데, 가벼운 가시나무 다발을 흘려보내지 못하니, 실로 이전부터 뜻한 바가 아니다. 대저 소친(素親)으로써 은혜가 있는 사람이라 하여도 그 사사로운 정에 통달하지 못하면 또한 어찌 이전부터 스스로 뜻하는 바라고 하겠는가? 이것이 그 흥을 의탁한 까닭인가?(232~233쪽)

이외에도, 박세당은 『소남·작소(召南·鵲巢)』, 『소남·행로(召南·行露)』, 『제풍·재구(齊風·載驅)』, 『정풍·여왈계명(鄭風·女曰鷄鳴)』, 『위풍·벌단(魏風·伐檀)』, 『진풍·택피(陳風·擇陂)』, 『빈풍·벌가(豳風·伐柯)』, 『소아·체두(小雅·杕杜)』 등에서 시의 주제에 대한 자신의 생각이 한당의 해석과 다르다고 이야기하였다.

다음으로, 박세당은 글자와 단어를 해석하는 데 있어 한당 시경학과 다른 견해를 보였다. 예를 들어 『모전』을 수정한 『패풍·격고(邶風·擊鼓)』 제4장 "사생결활 여자성설 집자지수 여자해로(死生契闊 與子成說 執子之手 與子偕老)"가 있다. 박세당은 "『모전』은 '결활(契闊, 오랫동안 만나지 않음)하고 근심하며 괴롭다' 하였고, 『정전』은 '서로 더불어 괴로움 속에 있다'고 하였다. 오늘날 『모시전』은 '결활(契闊)하고 멀리 떨어져 있다는 뜻이다'라고 하였는데, 모두 오류가 있는 듯하다. 결활이란 오히려 헤어지고 만남을 말하는 것이다. 결(契)은 결합이요, 활(闊)은 떠나서 멀어짐[離闊]이다. 평상시에 가정에서 일찍이 맹세하기를, 죽든 살든 헤어지든 만나든 서로 포기하지 않기를 기약하는 것이다. 만약 죽음과 삶의 간극이 크다고 한다면 또한 말이 되지 않는다."(118~119쪽)라고 하였다.

박세당은 공영달의 『모시주소(毛詩注疏)』 중 글자 해석이 타당하지 못한 부분을 지적하였다. 『패풍·포유고엽(邶風·匏有苦葉)』 제2장 "유미제영 유요치명 제영불유궤 치명구기모(有瀰濟盈 有鷕雉鳴 濟盈不濡軌 雉鳴求其牡)"에 대해 박세당은 "나루에 물이 넘실댄다는 것은 예절이 매우 엄격함을 비유한 것이고, 까투리가 운다는 것은 여자가 음란한 생각을 하고 법도에 연연하지 않음을 비유한 것이요, 예를 범해도 다치지 않는다고 말함을 비유한 것이다. '그 수컷을 구한다(求其牡)'는 구하는 대상이 그 배필이 아님을 비유한 것이다. 공영달이 제(濟)를 '물을 건너다'로 고친 것은 틀렸다."(125쪽)라며 『정의』가 제(濟) 글자를 '물을 건너다'라고 해석한 것에 반대하였다.

또 『왕풍·채갈(王風·采葛)』의 '일일불견 여삼추혜(一日不見 如三秋兮)'에 대해, 박세당은 공영달이 『정의』에서 '삼추(三秋)'를 아홉 달이라고 해석한 것은 틀렸으며, '삼추(三秋)'는 '삼세(三歲)'로 해석해야 한다고 주장했다.

박세당은 『시경』의 주제와 글자를 해석하면서 한당 시경학에 의문을 제기하였다. 때로는 이전의 학설을 버리고 자신의 의견을 제시하였고, 때로는 주자의 『시집전』에 영감을 얻었으며, 해결하지 못한 훈고학 문제는 보류하여 독자에게 제시하였다. 박세당의 훈고는 완벽하지 않다. 그러나 다른 지역의 학자로서 한당 고거학의 오류를 지적할 수 있었다는 점은 그의 깊은 한학적 내공을 잘 보여 준다. 그가 수정한 고증의 오류들은 『시경』의 심화 연구에도 도움이 되었다.

4. 주희의 『시집전』에 대한 비판

박세당은 "오늘날 『전(傳)』은 허술하여 믿음직스럽지 못하다."라며 대담하게 『시집전』의 단점을 지적하였다. 주자학을 존숭하던 조선시대에 이와 같은 관점을 제기한 것은 대단한 학술적 용기가 있는 것이며, 박세당이 의문을 품고 독립적으로 사고하는 학문을 했음을 보여 준다. 박세당은 주희의 '음시(淫詩)'설과 그 『모시서』 비판의 허점을 수정하였다. 문학으로써 『시경』을 해설하고, 뜻으로써 『시경』을 이해한 것은 주희 『시집전』의 우수한 특징이지만, 고거학의 방면에서는 허술한 부분이 매우 많다. 박세당은 『시경』을 해석하면서 주희 해석의 단점을 발견했

고, 이에 한당『시경』연구의 장점을 빌려 그것을 보충하였다. 박세당은
실학 사조의 대표적 인물로서 주희의 성리학에 만족하지 않았으니, 그
런 그가 한당 시론으로 주자 시론의 결점을 보완한 것은 사실상 주자학
의 독점적 지위를 와해시키는 작용을 했다.

1) 주희의 '음시(淫詩)'설에 반대하다

『시집전』은 송대 시경학을 집대성한 서적으로, 주희는 시를 음미하고
감정으로 시를 해석할 것을 강조하였다. 그는 한대의 시경 교화 전통에
서 탈피하여, 한대 학자들이 도덕 설교로 견강부회한 내용을 삭제했다.
그리고『시경』본래의 서정성에 주목하여 시편의 주제를 교화설이 아
닌 연정설로 수정하고, 몇몇 시편을 과감하게 남녀의 애정시로 정의하
였다. 그러나 성리학자인 주희는 서정성에 대한 인식이 철저하지 못하
여 도리어 일부 애정시를 '음란한 시[淫詩]'라고 평가절하했다. 박세당은
주희가 음시로 규정한 24수의 시 중에서 16수는 합리적이지 못하다고
생각했다.[23] 또,『정풍·준대로(鄭風·遵大路)』,『정풍·산유부소(鄭風·
山有扶蘇)』,『정풍·건상(鄭風·褰裳)』,『정풍·자금(鄭風·子衿)』,『진풍
·동문지양(陳風·東門之楊)』의 5수는 주희의 해석이『모시서』의 해석과
병립할 수 있다고 보았다. 또『정풍·봉(鄭風·丰)』에 대해서 박세당은
『모시서』와 주희『시집전』의 해석 중 어떤 것이 옳고 그른지 판단하기

---

[23] 이 16수의 시는『패풍·정녀(邶風·靜女)』,『용풍·상중(鄘風·桑中)』,『위풍·모과(衛風
·木瓜)』,『왕풍·채갈(王風·采葛)』,『구중유마(丘中有麻)』,『정풍·장중자(鄭風·將仲子)』,
『유녀동거(有女同車)』,『탁혜(蘀兮)』,『교동(狡童)』,『동문지선(東門之墠)』,『풍우(風雨)』,
『양지수(揚之水)』,『야유만초(野有蔓草)』,『진유(溱洧)』,『진풍·동문지분(陳風·東門之枌)』,
『동문지지(東門之池)』이다.

어렵다고 하였다. 박세당은『정풍·출기동문(鄭風·出其東門)』,『진풍·월출(陳風·月出)』두 편에 대해서만 주희의 음시설에 동의하였고, 다른 시에 대해서는 모두 반박한 것이다.

『위풍·모과(衛風·木瓜)』에 대해 주희의『시집전』은 "남녀가 서로 주고받는 말이다."(48쪽)라고 하였으나, 박세당은 "오늘날『시집전』은 이 시가『정녀(靜女)』의 부류와 같이 남녀가 서로 주고받는 말이라 하였다. 나는 이 시의 의미가 깊고 주제가 심원한 것이 도리를 아는 자가 지었다고 생각하며, 남녀가 서로 유혹하는 시가 아닐 것이라 생각한다."(198쪽)라고 하였다.

주희의『시집전』은『정풍·장중자(鄭風·將仲子)』가 음분(淫奔)한 말이라고 했다.(56쪽) 박세당은 "이것이 음분한 자의 말이라는 것은 왜곡되었다. 오직 신안호씨가 두려워하는 바가 있어 경솔하게 따라가지 않음을 말하니, 그것이 내포한 바 또한 예의에 그친 자에 가깝다."라고 하였다.

『정풍·유녀동거(鄭風·有女同車)』에 대해 주희의『시집전』은 "음분의 시가 아닐까 싶다."(60쪽)라고 하였으나, 박세당은 "음분의 시라는 것을 알 수 없다. 게다가 여인과 함께 수레에 탔다는 것이 어찌 두 명의 여인이 탄 것이 아니라 반드시 남녀가 함께 탄 것이라 볼 수 있겠는가? 이 시와 같은 것은 보류해야 마땅하다."(223쪽)라고 하였다.

2)『시집전』이『모시서』를 답습한 내용을 지적하다

『시집전』은『모시서』에 반대하였지만,『시경』해석에서 누차『모시서』의 해석을 인용하였다. 향희(向熹) 선생의 통계에 의하면『시집전』의 305편 시 중에, 161편은 완전히 혹은 기본적으로『모시서』의 해설을 수용하였다.[24] 박세당은 주희『시집전』의 일부가『모시서』의 틀에서 벗어나지 않으며,『모시서』의 견강부회를 일일이 수정하지도 않았다고 지적했다. 예를 들어『주남·갈담(周南·葛覃)』편에서 박세당은 다음과 같이 말하였다.

『주남·갈담(周南·葛覃)』3장의 주석은, 이 시는 후비가 직접 지은 것이라고 하였다. 상문(上文)에도 후비가 이미 베를 짜 놓고 그 일을 부(賦)로 지은 것이라 하니, 이 또한『소서(小序)』의 옛 설을 따른 것이다. 그러나 이 시들은 모두 근거가 없어서, 이 사람이 제후의 부인이 아니라 왕의 후비라고 하든가, 저 사람이 대부의 첩이 아니라 제후의 부인이라고 하는 것은 모두 억측에 불과하여 채택하기에 부족하다. 주자는 일찍이『소서(小序)』의 오류를 반박하였지만, 결국 또 답습하게 되었다. 이처럼 그것을 지향한 자, 공격한 자들은 모두 오십 보의 부류에 속한다. 나는 분명한 근거가 아니지만 오류가 없을 수 있는 것보다는 그 글의 고하(高下)와 의미를 보고 보류의 의미를 남겨 두는 것이 천착하고 허술한 병폐가 없는 성실한 방법이라 생각한다.(68~69쪽)

박세당은 주희의 해석이『모시서』의 연속이라고 보았는데, 이는 주희가『모시서』를 반박했다는 관점에 반대되는 것이다. 박세당은 주희가 분명『모시서』를 반박한다 했음에도 불구하고, 실은 암암리에『모시서』를 인용했으며, 고로 일부 시의 주제 파악에 있어『시집전』과『모시서』는 '오십 보 달아난 자가 백 보 달아난 자를 비웃는 것'에 불과하다고 지적하였다. 물론『주남·갈담(周南·葛覃)』편의 주제는 고증하기 어려우며, 이러한 경우 박세당은 신중한 태도를 보였다. 그는 '모르는 것은

---

24 向熹(2002),『시경어문논집(詩經語文論集)』, 사천민족출판사, 335쪽.

모른다고 한다'를 신조로 삼았으며, 억지로 해석하려 하기보다는 잠시
보류하여 훗날 다시 해결할 수 있기를 바랐다. 이러한 그의 태도는『모
시서』와『시집전』에 비해 훨씬 진중하다.

또,『주남·권이(周南·卷耳)』편에 대해 박세당은 다음과 같이 말하였다.

> 이 장의『소서(小序)』는 매우 잘못되었다. 주자가 이미 심도 있게 그것을 배
> 척하였으나, 오히려 그 후비(后妃)설은 고치지 못했다. 이에 이르러 가로되, 어
> 찌 문왕(文王)이 조회하고 정벌할 때, 강리(羑里)에 갇혔던 날에 지었겠는가?
> 고증할 수 없다. 이미 고증할 수 없으니, 또 어찌 이 시가 반드시 태사(太姒)가
> 지은 것인지 알 수 있는가? 당시 제후의 부인들은 모두 이 시를 지을 수 없었단
> 말인가? 알 수 없는 것이다. 의심을 가라앉혀 보아도, 문왕이 조회 정벌하고
> 갇혀있던 때에, 태사가 어찌 갑자기 후비의 자리에 의거하겠는가?(70~71쪽)

박세당은 주희는『모시서』의 철저하지 못한 점을 의심했고, 이 시의
창착 시기가 불분명함에도 불구하고 이 시가 태사(太姒)가 지은 것이라
단정지었으니, 근거 없는 억단(臆斷)이라고 지적하였다. 이러한 시의 주
제에 대해, 박세당은 성급히『모시서』를 믿는 것보다는 차라리 미결로
남겨 두는 것이 낫다고 여겼다.

이외에도, 박세당은 주희가『주남·규목(周南·樛木)』,『주남·부이(周
南·芣苢)』,『소남·고양(召南·羔羊)』의 주제를 규정함에『모시서』의 영
향에서 완전히 벗어나지 못한 부분을 상세히 지적하고 변증하였다.

박세당은 또『시집전』의 몇몇 시 주제 해석이 도리어『모시서』보다
비합리적이라고 지적하였다.『패풍·격고(邶風·擊鼓)』에 대해『모시서』
는 "『격고(擊鼓)』는 주우(州吁)를 원망하는 것이다. 위나라 주우가 병사
를 씀이 폭란(暴亂)한데, 손문중으로 하여금 진나라와 송나라가 평화를

맺게 하여서, 나라 사람들이 그 용감하나 무례함을 원망하였다."라고 하였다. 주희는 "위나라 사람인 종군하는 자가 스스로 그 하는 바를 말하며, 위나라의 백성은 혹 나라에서 토공 일을 하기도 하며 혹은 조읍에서 성을 쌓기도 하는데, 나는 홀로 남쪽으로 가서 칼날에 화살촉에 죽을 걱정을 하니 위태롭고 괴로움이 더욱 심하다."라고 하였다. 박세당은 "이 시는 『모시서』가 사실을 밝힌 것이다."(119쪽)라고 하였다.

『소아・남산유대(小雅・南山有臺)』에 대해 주희의 『시집전』은 "이 또한 잔치에서 통용되던 노래이다."(129쪽)라고 하였는데, 박세당은 "나는 이 시가 비록 연회의 빈객들을 위해 불리던 노래이지만, 그 의미는 사실 국가가 현명한 인재를 얻음을 찬미하고 그 장수를 축복하는 것으로, 『모시서』의 설이 맞다고 생각한다. 그저 잔치에서 통용되던 축복의 가사로 여겨서는 안 될 것이다."(402쪽)라고 하였다.

3) 한당 고거학의 장점으로 『시집전』의 오류를 보정(補正)하다

박세당은 주희가 규정한 시의 주제를 다수 반박하였다. 박세당은 시편의 장구(章句)와 단어의 훈고를 중시하였으며, 『정전』과 『모시정의』의 고거학 성과로 『시집전』을 보충하고 수정하였다.

『패풍・녹의(邶風・綠衣)』의 제1장 "녹혜의혜 녹의황리 심지우의 갈유기이(綠兮衣兮 綠衣黃裏 心之憂矣 曷維其已)"에서 '갈유기이(曷維其已)'에 대해, 주희의 『시집전』은 "이(已)는 멈춤이다."(19쪽)라고만 풀이하였다. 『모전』은 비교적 상세하여 "스스로 멈추고 싶지만 언제 멈출 수 있을지 근심한다."라고 하였다. 박세당은 『모전』이 "맞는 듯하다"(109쪽)고 하였다.

『소남・표유매(召南・摽有梅)』 제1장 "표유매 기실칠혜(摽有梅 其實七

兮)"의 '기실칠혜(其實七兮)'에 대해 주희의 『시집전』은 "매화가 떨어져 나무에 있는 것이 적으니, 이로써 때가 지나 너무 늦어짐을 보여 준다." (13쪽)라며 구체적인 해석을 하지 않았다. 박세당은 『모전』의 해석을 인용하여 보충하기를 "『모전』은 '기실칠(其實七)'을 '나무에 달린 것이 일곱 개이다'"라고 해석하였다. '금(今)'은 급하다고 말하는 것이며, '위(謂)'는 예법을 갖추기를 기다리지 않는다는 말이다. 30세 남자와 20세 여자는 예법이 갖추어지지 않아도 예를 기다리지 않고 만나 그것을 행하니, 인민이 번성함이라"(92쪽)고 하였다.

박세당은 또 『정전』의 설을 수용하였는데, 『용풍·정지방중(鄘風·定之方中)』에서 '궁실(宮室)'의 의미에 대한 『모전』·『정전』·『모시정의』·『시집전』의 해설을 인용한 뒤에 "궁실(宮室)의 의미에 있어, 『모전』과 오늘날의 『시집전』이 같고 오직 『정전』만이 다르지만, 『정전』이 더 우수한 듯하다(160쪽)고 하였다.

박세당은 『모시정의』를 특히 많이 인용하였는데, 『왕풍·양지수(王風·揚之水)』제1장 "불여아수신(不與我戍申)"에 대해 그는 "'불여아수신(不與我戍申)'의 의미는 공영달의 해설이 옳다."(206쪽)고 하였다. 그리고 『천보(天寶)』라는 시의 의미에 대해서도 "공영달의 설이 가장 합리적이다"(370쪽)라고 평가하였다.

5. 결론

상술한 내용들을 통해 『시경 사변록』의 여러 시 해석 방법과 그 가치를 알 수 있다.

첫째, 모시(毛詩)와 삼가시(三家詩)를 모두 받아들였다. 시는 사가(四

家)로 나누어지는데, 모시만이 유독 성행하여, 시를 다루는 자는 모두 모시를 중심으로 여기고, 나머지 삼가의 시는 논하는 자가 드물었다. 박세당은 이것은 옳고 저것은 그르다는 편견을 버리고, 모시와 삼가를 모두 수용하였으며, 특히 『한시(韓詩)』를 다수 인용하여 모시의 부족한 점을 보완하였으니, 그 학술적 포용력이 매우 넓었다.

둘째, 한송 시론의 장점을 모두 수용하여 실사구시적으로 연구했다. 전통적인 시경학은 한학과 송학으로 나누어져 물과 불처럼 조금도 양보하지 않고 대립하였다. 박세당은 한송의 우열을 가리지 않고 평등하게 대하였으며, 저작 중에 적지 않게 한학으로 송학의 부족함을 보완하고, 또 송학으로 한학의 결함을 보충하였다. 한송 양가가 모두 확실한 해석을 하지 못하고, 박세당 자신도 이해하지 못하는 부분은 보류하여 신중함을 나타내었다.

셋째, 문본(文本)을 음미하여 감정으로써 시를 해석했다. 역대 시경학자들의 해석 중에는 그 본지를 파악한 명확하고 합리적인 것들도 있지만, 견강부회하여 모호한 것들도 있었다. 박세당은 전대 학자들이 보인 해석의 한계를 벗어나, 우선 문본을 위주로 반복하여 읊어 보고, 뜻으로써 의미를 추론[以意逆志]한다면, 고거(考據)와 의리(義理)를 넘어 시의 본지를 파악할 수 있을 것이라고 하였다. 이러한 시 해석 방법은 동시대 요제항(姚際恒)의 『시경통론(詩經通論)』과 유사한데, 다른 지역에서 비슷한 사조가 발생한 것으로 검토의 가치가 있다.

넷째, 현실에 주목하여 성치를 지향했다. 박세당은 임진왜란과 병자호란 이후 조선의 국세가 나날이 기울고 민생이 피폐해지던 시대에 살았다. 국난을 목격한 박세당은 민생에 주목하였고, 정치적 직언을 서슴지 않았으나 그의 주장은 채택되지 않았다. 박세당은 『시경 사변록』에서 재차 자신의 뜻을 밝히고, 사회현실에 주목하여 성명(聖明)의 정치를 지향하였으니, 『시경 사변록』은 경세치용(經世致用)의 특색이 있다.

박세당은 일찍이 "『서(序)』는 견강부회하고, 『모(毛)』는 천착(穿鑿)한 설이다.", "『전(傳)』은 허술하여 믿음직스럽지 못하다."고 말하였다. 그래서 박세당은 한송 시학의 결함에 대해 정확한 보충과 교정을 했다. 한학 고증의 오류를 교정한 것은, 박세당의 학문적 내공을 잘 보여 준다. 특히, 조선시대 모범으로 여겨진 주자의 『시집전(詩集傳)』의 단점을 지적하고, 더 나아가 그것을 수정한 것은 엄청난 학술적 용기가 아니고서는 불가능한 일이었다. 그의 이러한 시도는 당대 사람들의 주자에 대한 미신을 혁파하고, 새로운 시경 연구 학풍을 진작시켰다. 물론, 박세당의 『시경 사변록』도 단점이 있다. 『모시서』의 틀을 벗어나지 못하고 『시경』을 과도하게 교화적으로 해석했다. 또 시의 해석이 지나치게 정서적이고 개인의 감정을 담아 객관적이지 못한 부분이 있다. 그리고 주희에 대한 비판에서도 정밀하지 못한 내용이 있다. 그럼에도 불구하고, 이러한 결점들이 그 장점을 가릴 수는 없다. 『시경 사변록』은 조선 시경학사의 중요 저작으로, 시경 연구자라면 중시할 만한 높은 학술적 가치가 있다.

* 번역 임유정 (국립대만대학교 중문과 박사과정)

432

참고문헌

『사변록』 저술 동기와 『대학』 본문 재배열 문제에 대한 검토 _ 김태년

김창협, 『農巖集』, 『한국문집총간』 162, 민족문화추진회.

김창흡, 『三淵集』, 『한국문집총간』 165, 민족문화추진회.

박세당, 『西溪集』, 『한국문집총간』 134, 민족문화추진회.

박세당, 『思辨錄大學』, 『한국경학자료집성』 3, 성균관대 대동문화연구원.

박세당, 『국역사변록』, 민족문화추진회, 1989(중판)

윤증, 『明齋遺稿』, 『한국문집총간』 135, 민족문화추진회.

최창대, 『昆侖集』, 『한국문집총간』 183, 민족문화추진회.

『숙종실록』

朱熹, 『大學章句』・『大學或問』・『晦庵先生朱文公文集』・『朱子語類』, 『朱子全書』, 上海古籍出版社, 2002.

강지은, 「西溪 朴世堂의 『大學思辨錄』에 대한 재검토－『大學章句大全』의 朱子註에 대한 비판적 고찰의 의미를 중심으로－」, 『한국실학연구』 13, 한국실학학회, 2007.

김세정, 「명재 윤증과 서계 박세당의 격물 논변」, 『동양철학연구』 56, 동양철학연구회, 2008.

김용흠, 「朝鮮後期 老・小論 分黨의 思想 基盤－朴世堂의 『思辨錄』 是非를 中心으로」, 『學林』 17, 연세대 사학연구회, 1996.

박천규, 『박서계의 大學新釋』, 『동양학』 17, 단국대 동양학연구소, 1987.

배종호, 「박세당의 격물치지설」, 『실학논총』, 전남대, 1975.

송석준, 「한국 양명학의 초기전개양상－윤휴와 박세당의 『대학』 해석을 중심으로」, 『동서철학연구』 13, 한국동서철학회, 1996.

안병걸, 「朴世堂의 獨自的 經傳解釋과 그의 現實認識」, 『大東文化硏究』 28, 성균관대 대동문화연구원, 1993.

윤미길, 「박세당의 사서주해에 대한 일고찰－다산과의 관련을 중심으로」, 『국어교육』 109, 한국어교육학회, 2002.

윤사순, 「박세당의 실학사상에 관한 연구」, 『아세아연구』 46, 고려대 아세아문제
연구소, 1972.

이병도, 「박서계와 반주자학적 사상」, 『대동문화연구』 3, 성균관대 대동문화연구
원, 1966.

이영호, 「西溪 朴世堂의 『思辨錄·大學』에 대한 硏究」, 『漢文學報』 2, 우리한문학
회, 2000.

이천승, 「농암 김창협의 심성론에 대한 연구」, 성균관대 박사학위논문, 2003.

이향미, 「朴世堂의 『大學思辨錄』 硏究: 體制와 格物致知說을 中心으로」, 성균관대
석사학위논문, 2003.

이희재, 「박세당의 인식론」, 『광주사범대학논문집』 6, 1989.

장윤수, 「朴西溪의 『思辨錄』 考察: 「大學」과 「中庸」」, 『哲學論叢』 6, 영남철학회,
1990.

장지연 지음, 조수익 옮김, 『조선유교연원』 2, 솔출판사, 1998.

장창수, 「西溪 朴世堂의 脫朱子學的 思惟에 관한 硏究」, 계명대 석사학위논문,
1997.

현상윤 지음, 이형성 교주, 『조선유학사』, 『기당현상윤전집』 2, 나남출판사, 2008.

『대학 사변록』에 보이는 박세당의 '경세(經世)' 지향 학문관 _ 김용흠

1. 자료

『인조실록』, 『숙종실록』, 『昆侖集』(『韓國文集叢刊』 188책), 『西溪集』(『韓國文集叢
刊』 134책), 『西溪全書』(太學社, 1979), 『朱子語類』

2. 국내 논저

강지은, 「서계(西溪) 박세당(朴世堂)의 『대학사변록(大學思辨錄)』에 대한 재검토」,
『韓國實學硏究』 13, 한국실학학회, 2007.

강지은, 「尹鑴의 『讀書記』와 朴世堂의 『思辨錄』이 朱子學 批判을 위해 저술되었
다는 주장의 타당성 검토(Ⅰ)-『大學』의 '格物' 註釋에 대한 재고찰을 중
심으로」, 『韓國實學硏究』 22, 한국실학학회, 2011.

김용흠, 「朝鮮後期 老·少論 分黨의 思想基盤-朴世堂의 『思辨錄』 是非를 中心으
로」, 『學林』 17, 연세대 사학연구회, 1996.

김용흠, 「17세기 政治的 갈등과 朱子學 政治論의 分化」, 오영교 편, 『조선후기 체제변동과 속대전』, 혜안, 2005.

김용흠, 『朝鮮後期 政治史 硏究 Ⅰ－仁祖代 政治論의 分化와 變通論』, 혜안, 2006.

김용흠, 「南溪 朴世采의 變通論과 皇極蕩平論」, 『東方學志』 143, 연세대 국학연구원, 2008.

김용흠, 「조선후기 정치와 실학」, 『다산과 현대』 2, 연세대 강진다산실학연구원, 2009a.

김용흠, 「숙종대 소론 변통론의 계통과 탕평론－明谷 崔錫鼎을 중심으로」, 『韓國思想史學』 32, 2009b.

김용흠, 「肅宗代 前半 懷尼是非와 蕩平論－윤선거·윤증의 논리를 중심으로」, 『韓國史硏究』 148, 2010.

김용흠, 「조선후기 실학과 사회인문학」, 『東方學志』 154, 연세대 국학연구원, 2010.

김용흠, 「연평 이귀, 실학과 탕평론의 선구자」, 『내일을 여는 역사』 39, 내일을 여는 역사재단, 2010.

김용흠, 「당론서(黨論書)를 통해서 본 회니시비(懷尼是非)－『갑을록(甲乙錄)』과 『사백록(俟百錄)』 비교」, 『역사와 현실』 85, 2012.

김용흠, 「홍이섭 사학의 성격과 조선후기 실학」, 『韓國實學硏究』 25, 韓國實學學會, 2013.

김용흠, 「다산 실학의 성격과 국가 구상－21세기 유학의 변용 가능성 탐색」, 『한국학논집』 56, 계명대 한국학연구원, 2014.

김용흠, 「전쟁의 기억과 정치－병자호란과 회니시비」, 『韓國思想史學』 47, 韓國思想史學會, 2014a.

김용흠, 「조선의 주류 지식인은 왜 사문난적이 되었나?－서계 박세당의 삶과 사상」, 『내일을 여는 역사』 57, 내일을 여는 역사재단, 2014b.

김용흠, 「삼전도의 치욕, 복수는 어떻게?－미촌 윤선거의 북벌론과 붕당 타파론」, 『내일을 여는 역사』 61, 도서출판 선인, 2015.

김용흠, 「스승을 비판한 백의정승－명재 윤증의 탕평론과 회니시비」, 『내일을 여는 역사』 62, 민족문제연구소, 2016.

김용흠, 「주자학자 박세채가 탕평론을 제출한 사연」, 『내일을 여는 역사』 65, 민족문제연구소, 2016.

김용흠, 「조선후기 노론 당론서와 당론의 특징－『衡鑑』을 중심으로」, 『韓國思想史學』 53, 韓國思想史學會, 2016.

金駿錫, 「17세기 畿湖朱子學의 동향－宋時烈의 '道統' 계승운동」, 『孫寶基博士停年紀念 韓國史學論叢』, 지식산업사, 1988.

金駿錫, 「西溪 朴世堂의 爲民意識과 治者觀」, 『東方學志』 100, 연세대 국학연구원, 1998a.

金駿錫, 「17세기의 새로운 賦稅觀과 士大夫生業論」, 『歷史學報』 158, 歷史學會, 1998b.

金駿錫, 『朝鮮後期 政治思想史 研究－國家再造論의 擡頭와 展開』, 지식산업사, 2003.

金泰年, 「박세당의 『사변록』 저술 동기와 『대학』 본문 재배열 문제에 대한 검토」, 『韓國思想과 文化』 51, 2010.

김학수, 「17세기의 명가－潘南朴氏 西溪家門」, 『문헌과 해석』 16호, 2001.

三浦國雄, 「17世紀 朝鮮에 있어서의 正統과 異端－宋時烈과 尹鑴」, 『民族文化』 18, 1982.

柳仁熙, 『朱子哲學과 中國哲學』, 汎學社, 1980.

윤미길, 「박세당의 사서주해에 대한 일고찰－다산과의 관련을 중심으로」, 『국어교육』 109, 한국어교육학회, 2002.

尹絲淳, 『韓國儒學論究』, 玄岩社, 1985.

李東熙, 「朱子의 大學章句에 대한 研究－格物說을 중심으로」, 『東洋哲學研究』 2, 1981.

이승수, 「17세기 노소 분기의 고민과 선택－西溪 朴世堂의 高弟子 西堂 李德壽」, 『문헌과 해석』 16호, 2001.

이영호, 「西溪 朴世堂의 『思辨錄·大學』에 대한 연구」, 『漢文學報』 2, 우리한문학회, 2000.

李香美, 「朴世堂의 『大學思辨錄』 연구: 體制와 格物致知說을 中心으로」, 성균관대 석사학위논문, 2003.

정경희, 「17세기 후반 '전향 노론' 학자의 사상」, 『역사와 현실』 13, 한국역사연구회, 1994.

정순우, 「서계 박세당 공부론의 역사적 성격」, 한국학중앙연구원 편, 『서계 박세당 연구』, 집문당, 2007.

정호훈, 「조선후기 實學의 전개와 개혁론」, 연세대 국학연구원 편, 『전통의 변용과 근대개혁』, 태학사, 2004.

3. 해외 논저

가노 나오키[狩野直喜] 著, 吳二煥 譯, 『中國哲學史』, 乙酉文化社, 1986.

佐野公治, 『四書學史の硏究』, 創文社: 東京, 1988.

范文瀾, 『群經槪論』, 1933.

楊國榮 지음, 김형찬·박경환·김영민 옮김, 『양명학』, 예문서원, 1994.

任繼愈 編著, 전택원 옮김, 『中國哲學史』, 까치, 1990.

候外廬 외 지음, 박완식 옮김, 『송명이학사 1』, 이론과실천, 1993.

候外廬 외 지음, 박완식 옮김, 『송명이학사 2』, 이론과실천, 1995.

『중용 사변록』의 이해와 학문적 특징 _ 신창호

『국역 사변록』(1976), 민족문화추진회.

『思辨錄』

『中庸章句』

신창호, 「『중용』 수장(首章)의 교육학적 해석-성(性)·도(道)·교(敎)의 인간학적 관점」, 『교육철학』 제34집, 2008.

심미영, 「박세당의 『사변록-중용』에 관한 연구」, 안동대 석사학위논문, 2007.

안병걸, 「17世紀 朝鮮朝 儒學의 經傳 解釋에 관한 硏究-『中庸』 解釋을 둘러싼 朱子學派와 反朱子學的 解釋 간의 葛藤을 중심으로」, 성균관대 박사학위논문, 1991.

안병걸, 「西溪 朴世堂의 中庸解釋과 朱子學 批判」, 『태동고전연구』 제10집, 1993.

윤사순, 「박세당의 경학관」. 윤사순·고익진 편, 『한국의 사상』, 열음사, 1990.

윤석환, 「西溪哲學의 反朱子學的 思想構造와 時代性」, 고려대 석사학위논문, 1989.

윤수광, 「西溪 朴世堂의 『中庸思辨錄』에 관한 硏究」, 성균관대 석사학위논문, 1996.

장병한, 「朴世堂과 沈大允의 『中庸』 해석 체계 比考-성리학적 주석체계에 대한 해체주의적 입장과 그 연계성 파악을 중심으로―」, 『한국실학연구』 11, 2006.
장창수, 「서계 박세당의 탈주자학적 사유에 관한 연구」, 계명대 석사학위논문, 1997.
주영아, 「박세당의 개방적 학문관 연구」, 『동방학』 제20집, 2011.
한국학중앙연구원 편, 『서계 박세당 연구』, 집문당, 2006.

『논어 사변록』에 대한 일고(一考) _ 김용재

금장태, 「송명이학의 두 주류와 퇴계의 양명학 비판」, 『동덕여대논총』 제10집, 1980.
김길락, 「韓國陽明學과 近代精神」, 『陽明學』 2호, 한국양명학회, 1998.
김용재, 「양명학 형성과정에 관한 역사·철학적 고찰―明과 朝鮮의 思想史를 중심으로―」, 『한국철학논집』 제12집, 한국철학사상연구회, 2003.
김용재, 「한국양명학 연구현황과 새로운 모색」, 『양명학』 제14호, 한국양명학회, 2005.
김용재, 「『論語集解』와 『論語集註』의 註釋 比較를 통해 본 『論語』 經文의 理解[Ⅰ]―「學而」를 중심으로, 『한문교육연구』 제31호, 한국한문교육학회, 2008.
김용재, 「『論語』 古注를 통해 본 『論語』 經文의 해석학적 이해[1]」, 『동양철학연구』 제59집, 동양철학연구회, 2009.
김용재, 「『論語集解』와 『論語集註』의 註釋 比較를 통해 본 『論語』 經文의 理解[2]―「爲政」을 중심으로」, 『한문교육연구』 제34호, 한국한문교육학회, 2010.
김용재, 「畿湖陽明學 연구의 현황과 향후 전망」, 『유학연구』 제24집, 충남대 유학연구소, 2011.
김용재, 「諸註釋을 통해 본 〈論語〉 經文의 解釋學的 理解[4]―「里仁」을 중심으로, 『동양철학연구』 제70집, 동양철학연구회, 2012.
김용재, 「諸註釋을 통해 본 『論語』 經文의 解釋學的 理解[5]―「公冶長」을 중심으로」, 『한문고전연구』 제24집, 한국한문고전학회, 2012.
김용재, 「『論語集解』와 『論語集註』의 註釋 比較를 통해 본 『論語』 經文의 理解[3]―「八佾」을 중심으로」, 『한문교육연구』 제38호, 한국한문교육학회, 2012.
김용재, 「諸註釋을 통해 본 『論語』 經文의 解釋學的 理解[6]―「雍也」를 중심으로」, 『동양철학연구』, 동양철학연구회, 2015.

박연수, 「양명학에 대한 조선유학자들의 비판」, 『육사논문집』 48집, 육군사관학교, 1995.

송석준, 「양명학의 전래와 연구」, 『한국사』 31집, 국사편찬위원회, 1998.

송석준, 「조선조 양명학의 수용과 연구현황」, 『양명학』 제12호, 한국양명학회, 2004.

송석준, 「한국 양명학의 초기전개양상」, 『東西哲學硏究』 13호, 한국동서철학연구회, 1996.

송하경, 「한국양명학의 전개와 특징」, 『양명학』 제2호, 한국양명학회, 1998.

오룡원, 「박세당의 논어사변록 연구」, 『대동문화연구』, 성균관대 대동문화연구원, 2004.

오종일, 「陽明學의 受容과 傳來에 관한 再檢討」, 『陽明學』 3호, 한국양명학회, 1999.

이영호, 「조선논어학의 특징에 대한 도설적 정리」, 한국경학학회 월례발표회 발표문, 2012.

정동국·정덕희 공저, 『공자와 양명학』, 태학사, 1999.

정차근, 「韓國 陽明學의 反朱子思想的 本源」, 『사회과학연구』 4, 창원대, 1998.

조남호, 「조선 주자학자들의 良知에 대한 논쟁」, 『陽明學』 2호, 한국양명학회, 1998.

최재목, 「韓國의 陽明學 硏究에 대한 回顧와 展望」, 『철학회지』 21집, 영남대 철학연구회, 1997.

한예원, 「한국양명학의 역사와 과제」, 『국제유학연구』 4, 국제유교연합회, 1998.

수록 논문 출처

김형찬 | 「斯文亂賊 論難과 四書의 再解釋 — 朴世堂의 『思辨錄』과 金昌協의 批判을 중심으로」, 『한국사상과 문화』 63, 한국사상문화학회, 2012. 6, pp.329~351.

이영호 | 「서계 박세당의 『사변록, 대학』에 대한 연구」, 『漢文學報』 Vol.2, 우리한문학회, 2000.

강지은 | 「서계(西溪) 박세당(朴世堂)의 대학사변록(大學思辨錄)에 대한 재검토 — 대학장구대전(大學章句大全)의 주자주(朱子註)에 대한 비판적 고찰의 의미를 중심으로」, 『한국실학연구』 13, 한국실학학회, 2007. 6, pp.303~331.

김태년 | 「박세당의 『사변록』 저술동기와 『대학』 본문 재배열 문제에 대한 검토」, 『한국사상과 문화』 51, 한국사상문화학회, 2010. 1, pp.213~238.

한재훈 | 「『대학사변록』에 나타난 박세당의 '격물치지' 해석과 주희 비판의 성격」, 『철학탐구』 51, 중앙철학연구소, 2018. 8, pp.1~32.

김용흠 | 「서계 박세당의 『대학사변록』에 보이는 '경세' 지향 학문관」, 『한국사연구』 182, 한국사연구회, 2018. 9, pp.199~246.

신창호 | 「西溪 朴世堂의 〈思辨錄 中庸〉 理解와 學問的 特徵」, 『동양고전연구』 55, 동양고전학회, 2014. 6, pp.59~84.

김용재 | 「박세당의 『思辨錄論語』에 대한 一考」, 『유학연구』 29, 유학연구소, 2013. 12, pp.25~60.

정일균 | 「서계(西溪) 박세당(朴世堂)의 『논어(論語)』론 — 『논어사변록(論語思辨錄)』을 중심으로」, 『한국사상사학』 60, 한국사상사학회, 2018. 12, pp.191~233.

함영대 | 「서계 박세당의 학술정신과 『맹자사변록』」, 『한국한문학연구』 72, 한국한문학회, 2018. 12, pp.97~138.

이희재 | 「朴世堂 『尙書思辨錄』의 特徵」, 『유교사상문화연구』 35, 한국유교학회, 2009. 3, pp.53~75.

付星星 | 「朴世堂 《詩思辨錄》 讞論」, 『Journal of korean Culture』 16, 한국어문학국제학술포럼, 2011. 2, pp.1~28.